KONSALIK

DAS BERNSTEIN ZIMMER

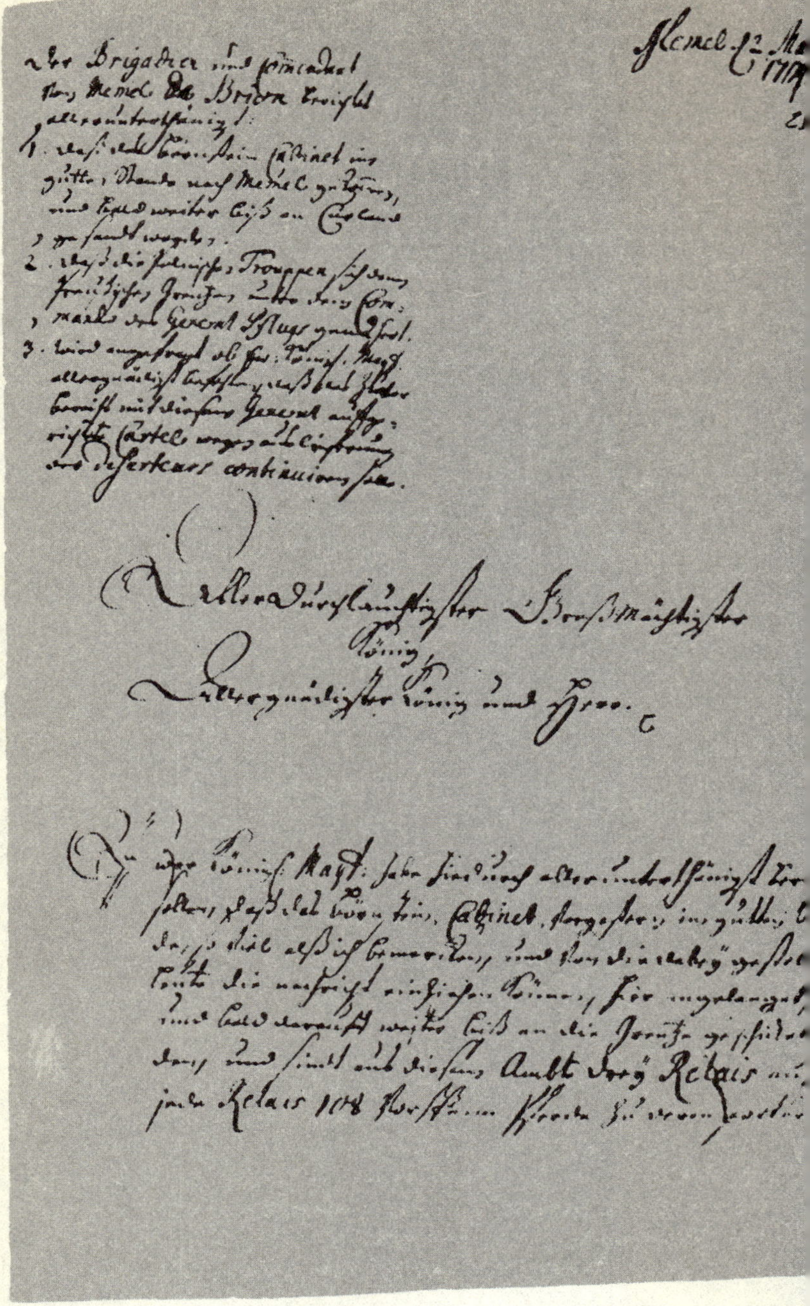

Mit diesem Brief vom 2. Mai 1717 meldet der Kommandant der preußischen Festung Memel Ankunft und Weitertransport des Bernsteinzimmers bis an die kurländische, heißt russische Grenze.

KONSALIK

DAS BERNSTEINZIMMER

ROMAN

ERSCHIENEN BEI HESTIA

GROSSEN DANK

möchte ich hiermit allen Personen und Institutionen aussprechen, die mir bei den Vorbereitungen dieses Romans geholfen, die mich mit Informationen versorgt und mit Hintergrundmaterial unterstützt haben.

Da die meisten von ihnen nicht genannt sein möchten, will ich grundsätzlich darauf verzichten, hier Namen zu nennen. Aber es ist mir ein Anliegen, zu betonen, daß all die Hilfen, Ratschläge und Hinweise diesen Roman erst möglich gemacht haben.

Danke!

Heinz G. Konsalik

Der hintere Vorsatz zeigt eine der wenigen Aufnahmen
des Bernsteinzimmers vor der Demontage.
Das Foto entstand wahrscheinlich in den dreißiger Jahren.

Printed in Germany

ISBN 3-7770-0387-5
Satz: Compusatz GmbH, München
Umschlaggestaltung: Atelier Schütz, München
Titelabbildung: Jürgens Ost- und Europa-Photo, Köln/
Studio Gerd Weissing, Nürnberg
Druck und Bindung: May + Co, Darmstadt

Inhalt

Mit Rücksicht auf noch lebende Personen oder deren Verwandte sind die Namen verändert worden. Irgendwelche Namensgleichheiten sind deshalb unbeabsichtigt und zufällig. Dagegen werden Personen der Zeitgeschichte mit ihren richtigen Namen genannt.

Gib es nicht auf,
dein gestohlenes Pferd zu suchen –
du und dein Pferd gehören zusammen …

SIBIRISCHES SPRICHWORT

I. Teil

Puschkin 1941

DIE PERSONEN:

Dr. Herbert Wollters	Rittmeister
Dr. Hans-Heinz Runnefeldt	Sonderführer
Julius Paschke	Unteroffizier
Michael Wachter (Michail Igorowitsch Wachterowskij)	Verwalter des Bernsteinzimmers
Jana Petrowna Rogowskaja	ein russisches Mädchen
General Ulrich von Kortte	Armeekorps-Kommandeur
General Jobs von Haldenberge	Armeekorps-Kommandeur
Heinrich Müller-Gießen	Major im Einsatzstab Rosenberg
Heinrich Braunfeld	SS-Gruppenführer, Polizeidivision
General Witalij Bogdanowitsch Sinowjew	sowj. Divisionskommandeur
Oberst Nikolaj Michajlowitsch Limonow	sowj. Brigadekommandeur
Lew Semjonowitsch Wechajew	Unterleutnant
Viktor Janissowitsch Solotwin	Rotarmist
Dr. Jörg Pankratz	Stabsarzt
Dr. Hans Phillip	Unterarzt
Frieda Wilhelmi	Oberschwester
Karl Bludecker	Sanitäter
Erich Koch	Gauleiter von Ostpreußen
Bruno Wellenschlag	Gauamtsleiter
Dr. Wilhelm Findling	Museumsdirektor in Königsberg
Martha Findling	seine Frau
und	
Adolf Hitler	
Martin Bormann	Reichsleiter, Chef der Parteikanzlei

u. a.

Sie war wirklich nicht das, was man ein hübsches Mädchen nennen konnte. Die schwarzen, strähnigen Haare hingen ihr in fettigen Zotteln wirr ins Gesicht, an ihren Kleidern klebte Schmutz aus getrockneter Erde, und Grashalme wie gelbrote verdorrte Buchenblätter hatten sich in den Stoffalten verfangen... kein Anblick, der einen Mann reizte, auch nur einmal hinzusehen. Aber wenn man die Strähnen aus dem Gesicht wischte, starrten einen schöne, fast schwarze Augen an. Hochangesetzte Backenknochen erinnerten an Bilder tatarischer Frauen, die Nase war klein und der Mund, jetzt verzerrt und mit zitternden Lippen vor Angst und Verzweiflung, verlief in einem sanften Schwung.

Unterleutnant Lew Semjonowitsch Wechajew stand der Sinn ganz woanders als bei der Entdeckung solcher Vorzüge. Er wischte auch nicht das Blut ab, das dem Mädchen aus dem Haar über der linken Schläfe sickerte, die Wange hinunterlief und einen roten Strich auf dem Hals bildete: er sah keinen Anlaß zu irgendeiner Hilfe, denn das Mädchen trug einen deutschen Militärmantel. Darunter, verdreckt wie alles an ihr, konnte er das Kleid einer Roten-Kreuz-Schwester erkennen, den Kragen geschlossen mit der runden Brosche, ebenfalls eine faschistische Uniform, wie Lew Semjonowitsch es voll erbarmungsloser Wut nannte.

»Was reden wir herum, Genossen?« sagte er. Abschätzend wog er mit der einen Hand die schwere Pistole aus dem Futteral an seinem Gürtel, als wolle er ihr Gewicht prüfen. »Eine Spionin ist sie! Trägt sie eine deutsche Uniform oder nicht, na?! Hat sie sich in einer Erdhöhle im Wald versteckt? Machen wir es kurz, und dann weiter mit uns! Kein Grund, lange zu diskutieren.«

Der Zufall hatte den kleinen Trupp sowjetischer Soldaten ausgerechnet in diesem Waldstück haltmachen lassen. Die Spezialeinheit von neunzehn Mann und zehn leeren Lastwagen war auf dem Weg zur dritten Kompanie des zweiten Garderegimentes, um aus den Schlössern vor Leningrad noch zu retten, was in der Kürze der Zeit noch zu retten war. An einem friedlichen sonnigen Morgen, dem 22. Juni 1941, waren plötzlich auf breiter Front deutsche Armeen in Rußland eingefallen. Sturzkampfbomber, kurz Stukas genannt, heulten aus dem blauen Himmel auf Dörfer, Städte und Menschen herab, und es setzte sich ein Kriegsmaterial in Bewegung, wie es die Welt noch nie gesehen hatte. Den Schock und das lähmende Entsetzen ausnutzend, stießen die deutschen Truppen unaufhaltsam in die Weite des russischen Landes hinein, trieben die sowjetischen Divisionen vor sich her und glaubten, wie vorher in Polen, an einen neuen Blitzsieg. Ihre Panzer durchbrachen die Stellungen, in endlosen Kolonnen folgte ihnen die Infanterie, die Artillerie ebnete ihr den Weg durch brennende Ortschaften und aufgerissene, hoch in der Frucht stehende Felder.

Nun marschierten die Deutschen auf Leningrad zu, während ihre Bomber die Stadt und ihre Vororte zerhackten. Tausende Menschen, Greise, Frauen und sogar Kinder, hoben breite Gräben aus, bauten Panzersperren, tief gestaffelte Verteidigungslinien und Erdbunker. An allen Frontabschnitten zerbrach der heldenhafte Widerstand der sowjetischen Divisionen an dem Vorsturm der deutschen Truppen, und der Leningrader Stabschef Generalmajor Nikischew meldete dem Generalstabschef der Roten Armee, General Boris M. Schaposchnikow: »Ich habe keine Reserven mehr. Der kleinste feindliche Einbruch kann nur durch rasche Improvisationen einzelner Einheiten abgewehrt werden.«

Am 8. September erreichte Marschall Georgij Schukow die Aufforderung Stalins, nach Moskau in den Kreml zu kommen. Stalin empfing ihn sofort, reichte ihm beide Hände und sagte:

»Georgij Konstantinowitsch, meinen Glückwunsch, meine Hochachtung. Sie haben die faschistischen Aggressoren im Mittelabschnitt aufgehalten. Welch ein Erfolg! Jetzt werden die Deutschen sehen, wie stark wir sein können. Was haben Sie nun vor?«

»Zurück zur Front.« Schukow warf einen verwunderten Blick auf Stalin. Hatte man ihn nach Moskau befohlen, um ihm zu gratulieren? Nur deshalb? Wer Stalin so gut kannte wie er, konnte das nicht glauben.

»Zur Front.« Stalin nickte ihm wohlwollend zu. »An welche Front?«

Einen Augenblick schwieg Schukow vor Verblüffung. Doch dann begriff er den Grund, warum er hier im Kreml, in der Schaltzentrale von Rußlands Verteidigung stand. »An die Front, an der Sie mich für nötig halten, Genosse Generalsekretär«, antwortete er.

»Dann fliegen Sie sofort nach Leningrad, Georgij Konstantinowitsch.« Stalins Gesicht wurde ernst, seine schwarzen Augen bekamen einen ungewohnt traurigen Blick. »Die Lage ist dort so gut wie hoffnungslos.«

Am 9. September landete Marschall Schukow auf dem Flughafen von Leningrad. Über dem Ladogasee war er noch kurz von zwei deutschen Messerschmitt-Jägern verfolgt worden, bis endlich die sowjetische Luftsicherung eingriff und die Jäger abdrehten. Der Befehlshaber der »Nord-West-Front«, wie die nördliche Heeresgruppe der Sowjetarmeen hieß, Marschall Woroschilow, empfing seinen Nachfolger Schukow und die drei mit ihm gekommenen Generäle mit einem resignierten Ausdruck im Gesicht, las Stalins Brief und nickte schwermütig. »Ich bin eben ein alter Mann«, sagte er müde. »Was sein muß, muß sein. Dies ist ein anderer Krieg als der Bürgerkrieg. Er muß anders geführt werden. Georgij Konstantinowitsch... wird Stalin mich liquidieren lassen?«

»Sie sind ein alter Freund von ihm...«

»Aber ich habe in seinen Augen versagt.«

»Nein... die Deutschen waren nur schneller. Das ist alles. Was wird aus Leningrad? Ich weiß es nicht. Vielleicht folge ich Ihnen bald, Kliment Jefremowitsch. Ich werde vieles anders machen als Sie, aber ob es richtig ist, wird sich noch zeigen müssen. Ist diese Stadt zu retten? Können wir eine Belagerung durchstehen?«

»Wir sollten mit dem Schlimmsten rechnen.« Woroschilow trat an das Fenster seines großen Arbeitszimmers und sah hinauf in den wolkenverhangenen Himmel. Es wird regnen, dachte er. Die Felder werden zu Sümpfen, die Straßen zu Schlammlöchern... Jetzt müßte ein langer Regen kommen und die deutschen Armeen ersaufen lassen. Noch kennen sie nicht Rußland, wenn die nasse Erde sie festhält und Pferd und Wagen, Menschen und Maschinen in ihr versinken. »Ich habe damit begonnen, die größten Kunstschätze aus den Schlössern zu retten. Skulpturen, Gemälde, Münzsammlungen, wertvolle Möbel, Gobelins, Kristall, Schmuck... Sehen Sie mich nicht so fassungslos an, Genosse Schukow. Ich habe aus Moskau genaue Instruktionen bekommen.«

»Gemälde! Gobelins! Möbel! Dabei brauchen wir jede Hand, die ein Gewehr halten kann, und Sie lassen alten Bojarenschmuck aus den Glasvitrinen holen.«

»Außerdem hatte ich nicht genug Transportmittel.« Woroschilow hob die Schultern, als friere er. Er ist wirklich ein alter müder Mann, dachte Schukow und empfand so etwas wie Mitleid mit dem Marschall.

»Auch heute arbeiten Tag und Nacht vor allem Frauen daran, aus dem Katharinen-Palast in Puschkin das Wertvollste zu verpacken und hierher in die Gewölbe der Isaak-Kathedrale zu schaffen. Fast 20 000 Gegenstände haben sie schon weggebracht. Aber wenn der deutsche Vormarsch anhält, sind die Faschisten eher in Puschkin, als wir alles ausbauen können. Vor allem wird es unmöglich sein, einen der größten Schätze zu retten. Das Bernsteinzimmer...«

»Bernsteinzimmer?« Schukow zog das Kinn an. Er hatte von diesem Saal mit seinen Mosaiken, Gemälden, Spiegeln und aus Bernstein geschnitzten Figuren an den Wänden schon gehört, aber ihn nie gesehen. Auch Fotos hatte er irgendwann in einer Zeitschrift betrachtet, ohne aber von der Ergriffenheit angesteckt zu werden, die man den Verfassern dieses Berichtes anmerken konnte. Nur Zorn, erinnerte er sich jetzt, war ihn damals überkommen bei dem Gedanken, wie verschwenderisch, ja verbrecherisch die Fürsten und Zaren gelebt hatten, auf dem Rücken des Volkes, der Bauern und Leibeigenen, der armen Kulaken, die man auspreßte bis aufs Blut. »Es ist nicht zu retten?«

»Die Deutschen rücken genau auf Puschkin vor, und ich habe nicht genug Lastwagen. Außerdem ist es völlig unmöglich, daß die Frauen den ganzen Saal demontieren. Mehr zerstören als retten könnten sie. Meine Seele weint, Georgij Konstantinowitsch.«

»Ich werde General Popow beauftragen, eine Sonderabteilung nach Puschkin zu schicken und das Bernsteinzimmer auszubauen.« Schukows Mitleid wuchs, als er sah, wie es um Woroschilows Lippen zuckte. »Wir werden zwölf Divisionen aus dem Baltikum zusammenziehen und daraus die 42. und 48. Armee bilden. Da werden wir doch eine kleine Sondereinheit abzweigen können.«

»Wenn die Deutschen nicht vorher in Puschkin sind.«

»Das weiß ich auch nicht. Ich weiß nur, daß wir uns an jedem Meter Erde festkrallen werden. Leningrad ist ein Fanal. Wir werden es den Deutschen nie, nie überlassen, auch wenn Stalin sagt, es sei eine fast hoffnungslose Lage. *Fast* hoffnungslos. An diesem *fast* halte ich fest.«

Aber auch Schukow sah in den nächsten Tagen ein, daß es unmöglich war, das Bernsteinzimmer noch rechtzeitig nach Leningrad zu bringen. Die in drei Schichten arbeitenden Frauen im Katharinen-Palast von Puschkin, dem ehemaligen *Zarskoje Selo,* seit Peter dem Großen Sommersitz der

Zaren, bekamen daher die Order, das kostbare Zimmer vor Zerstörung zu schützen. Sie stellten große Holztafeln als Splitterschutz vor den Bernsteinwänden auf und beklebten die großen, in der Sonne in allen Gelbtönen funkelnden Flächen mit Papier. Damit wollte man verhindern, daß Erschütterungen die Mosaiken sprengten und die Bernsteinstücke von den Paneelen platzten. Schließlich trugen die Frauen alle beweglichen Kunstschätze wie Büsten aus Bernstein, einen großen Bernsteinsekretär, Tische aus Bernstein und zierliche Schränkchen zu den letzten Lastwagen, die von der Armee zum Transport von Lebensmitteln, Munition, Geschützen, Zement, Eisengeflechte und neuen Regimentern dringender gebraucht wurden als zur Rettung von Kunstschätzen.

»Ich habe auch Hunderttausende von Männern, Frauen und Kindern zu retten!« sagte Schukow einmal in jenen Tagen zu General Sinowjew, der bei einer Lagebesprechung die Aufgabe der Kunstwerke bedauerte. »Edelsteinbesetzte Tabakdosen können nicht schießen! Jammern Sie nicht länger über einen goldenen Stuhl, jammern Sie mehr über die Menschen.«

»Die Faschisten werden alles wegschleppen. Stehlen werden sie unersetzbare Gemälde, Skulpturen, Bücher. Rußland wird, auch wenn wir den Krieg gewinnen, ein armes Land sein.« Sinowjew holte einen Zettel aus seiner Uniformtasche. Er war ein großer Kunstliebhaber, der stundenlang in einem Museum vor einem Rembrandt sitzen konnte oder in der Eremitage von Leningrad durch die zahllosen Räume wanderte. Einmal war er drei Tage lang hintereinander dort gewesen, um das Museum der wertvollsten Kunstschätze der Welt, nur vergleichbar mit dem Pariser Louvre, in seiner ganzen Pracht zu erleben, und war am Ende schier trunken von dem Gesehenen nach Hause gekommen. »Ich habe Informationen von unseren Spionen. Überall, wo die Deutschen Städte und Schlösser eroberten, ist gleich nach den kämpfenden Truppen ein sogenanntes Sonderkommando am Ort, um alle Kunstgegenstände abzutransportieren. Die Deutschen haben bisher geraubt in 427 Museen, 1670 russisch-orthodoxen und 237 römisch-katholischen Kirchen, 69 Kapellen, 532 Synagogen, 258 anderen kirchlichen Gebäuden, 334 Hochschulen und 43 000 öffentlichen Bibliotheken. Was dort alles weggeschleppt wurde, werden wir nie wiedersehen.«

»Fleißige Spione, wirklich fleißig«, sagte Schukow mit einem spöttischen Unterton. Er nahm Sinowjew den Zettel aus der Hand, zerknüllte ihn in seiner Faust und warf das Knäuel dann unter den Kartentisch. »Und was melden Ihre fleißigen Spione über die Truppenstärke der Deutschen, ihre Bewaffnung, ihre Ziele, ihren Nachschub, ihre Stimmung, ihre wirklichen Verluste?«

General Sinowjew schwieg. Wie recht hat er, der Marschall, dachte er. Man sollte ihn nicht weiter reizen. Immer enger wird die Umklammerung Leningrads, unser Widerstand ist heldenhaft, ja, das ist das richtige Wort, heldenhaft, aber die Deutschen rücken weiter vor, sind nicht aufzuhalten. In zehn oder vierzehn Tagen werden sie durch die Straßen der Stadt marschieren, mit Fahnen und dröhnender Musik, wie vor einem Jahr durch Paris. Und sie werden überall plündern, die Kunst der ganzen Welt werden sie besitzen, den Louvre in Paris und die Eremitage, die Schatzkammer Rußlands. Ich bin noch einer, der an Gott glaubt. Also, Gott im Himmel, laß es nicht zu! Schütze unser Leningrad, auch wenn es nach dem Mann genannt wurde, der sagte: »Religion ist Opium fürs Volk.« Vergiß nicht, Herr, daß diese Stadt einmal Sankt Petersburg hieß. Eine heilige Stadt. Strecke deine Hand aus und halte die Deutschen auf. Schenk uns ein neues Wunder.

»Woran denken Sie, Witalij Bogdanowitsch?« riß ihn Schukows Stimme in die Wirklichkeit zurück. »Ihr Blick ist weit weg...«

»An ihre Worte denke ich, Genosse Marschall.« General Sinowjew beugte sich über die große Karte von Leningrad und Umgebung. Eine vorzügliche Karte. Jeder Bach war eingezeichnet, jeder Fabrikschornstein, jeder Tümpel, jeder schmale Waldweg. Und auch *Zarskoje Selo,* das heute Puschkin hieß, der Katharinen-Palast mit dem Bernsteinzimmer. »Nachschub ist wichtiger als ein Gemälde von Tintoretto.«

An diesem 12. September 1941 nun hielt die kleine Kolonne mit Unterleutnant Wechajew auf der glitschigen Waldstraße westlich von Puschkin, und Lew Semjonowitsch stieß so wilde, unanständige, ja schweinische Flüche aus, daß seine Rotarmisten ins Staunen kamen. Ein so junger Kerl und solche Ausdrücke! Wo hat man so etwas schon gehört?

Nennt die gebrochene Hinterachse eine vertrocknete Hure, die der Satan fickt, und den unschuldigen Fahrer des Lastwagens, den Gefreiten Sliwka, beschimpft er als verblödeten Affen, der sich wohl während der Fahrt selbst befriedigt. Welch eine Rede, Genossen! Aber was half's? Die Achse war gebrochen, der Wagen lag fast auf der linken Seite, keinen Ersatz hatte man bei sich, wer denkt denn daran, daß so ein eisernes Mistding brechen kann, und mit Tauen zusammenbinden konnte man es auch nicht, zum Haareraufen war es, und außerdem wußte niemand, wie es nun weiterging. Ließ man den Wagen einfach liegen und fuhr weiter, oder holte man Hilfe von der nächsten Militärwerkstatt? Neun Werst war sie entfernt, das bedeutete, daß es Stunden dauern würde, ehe man eine neue Hinterachse bekam.

Wechajew entschied, sich erst einmal am Waldrand hinzusetzen, eine Scheibe nassen Brotes mit einem Aufstrich aus Zwiebeln und Lebermus zu essen, eine Papyrossa zu rauchen und dann erst zu entscheiden, was man tun sollte. Seine Soldaten, im geheimen froh über diese Unterbrechung, denn keine Freude ist's, in einem engen Fahrerhaus stundenlang zu hocken und über holprige Straßen zu hüpfen, bis einem jeder Stoß vom Hintern längs durch den Körper bis unter die Hirnschale fährt, schwärmten aus, knöpften ihre Hosenschlitze auf oder zogen die Hose ganz herunter und hockten sich an Bäumen oder Büschen hin, um sich zu erleichtern.

Auch der Soldat Viktor Janissowitsch Solotwin, ein junges Bürschchen, das sogar noch rot werden konnte, wenn die anderen rauhen Kerle schmatzend berichteten, wie und was sie mit ihrer Olga oder Warwa gemacht hatten, in der Scheune, im Stroh, hinter einer Heupuppe oder sogar – welch ein Schwein, dieser Nikita – auf der großen Hobelbank in der Schreinerwerkstatt seines Vaters, verspürte ein Drängen in den Därmen und ging tiefer als die anderen in den Wald hinein, eben weil er so schüchtern war und nicht gern sein nacktes Hinterteil zeigte.

Langsam, die Finger schon am Gürtelschloß, suchte er einen guten Platz, möglichst hinter einem dichten Gebüsch, als er plötzlich etwas sah, das nicht in diesen Wald gehörte.

Erde. Blanke Erde, wie sie bei einer Grabung ausgehoben wird. In einem Umkreis von etwa drei Metern lag sie über den Waldboden verteilt, und sie war festgestampft und geebnet worden. So etwas konnte weder von einem Hasen noch von einem Fuchs stammen, auch Marder, Nerze oder Waschbären verteilten nicht so korrekt die für ihre Höhlen ausgeworfene Erde. Hier war von einem Menschen gegraben worden, für Viktor Janissowitsch war das ganz klar, aber nicht klar war ihm, warum man in einem einsamen Wald, dazu noch im verfilzten Dickicht, den Boden aufriß.

Mit einemmal verspürte er keinen Drang mehr, sich die Hose abzustreifen. Ein Gefühl von Gefahr stieg in ihm auf. Er überlegte, ob er zurückrennen und Unterleutnant Wechajew alarmieren sollte, aber wenn es sich dann herausstellte, daß nichts Ungewöhnliches zu entdecken war, würde man ihn nicht nur mit Spott übergießen, sondern Wechajew würde auch noch seine ganze Wut wegen der gebrochenen Achse an ihm auslassen. Also schweig, mein Lieber, dachte Solotwin, sieh erst einmal selbst nach, ein Feigling bist du nicht, Krieg ist ja, aber die Deutschen sind noch viele Werst von hier entfernt... was also kann es sein?

Nein, ein Feigling war Viktor Janissowitsch nicht, nur hatte er bisher noch keine Gelegenheit gehabt, seinen Mut zu zeigen. Nicht einen deutschen Soldaten hatte er bislang erschossen, selbst gesehen hatte er noch keinen. Immer waren es nur Holzattrappen gewesen, sogenannte »Pappkameraden«, die unter seinen gutgezielten Schüssen umfielen und ihm Belobigungen seiner Offiziere eingebracht hatten. Doch, seien wir ehrlich mit ihm, ein wenig Zittern in den Knochen und ein drehendes Gefühl im Magen hatte er schon, wenn er daran dachte, einen richtigen Menschen durch ein bloßes Fingerkrümmen aus dieser Welt schaffen zu müssen. Nur davor hatte er eigentlich Angst, und deshalb wünschte er sich insgeheim – es auszusprechen war ja Feigheit und Verrat am Volk –, daß es bei seiner jetzigen Reinheit blieb. Sie kamen ja nur indirekt mit dem Feind in Berührung, denn ihre Aufgabe führte sie immer dorthin, wo noch Ruhe war, von den Luftangriffen der Faschisten einmal abgesehen. Er gehörte zu einer Sondereinheit, die überall dort auftauchte, wo man mit einer Eroberung durch die Deutschen rechnete, und die aus Klöstern, Schlössern und Museen so viele Kunstschätze bergen sollte, wie es in der kurzen Zeit möglich war. Drei Offiziere, Kunstexperten, fuhren immer einen Tag voraus, um die wertvollsten Stücke auszusuchen und zu kennzeichnen.

Nun war das Ziel das Städtchen Puschkin, das eigentlich nur aus dem Alexander-Palast und dem Katharinen-Palast, weiten Parkanlagen und Zierteichen mit Wasserspielen und Grotten bestand. Die Wohnhäuser um diese Paläste waren uninteressant, und man hätte sie von den Deutschen überrennen lassen können, wie diese Hunderte andere kleine Städte zuvor überrannt hatten.

Wenn da nicht der Katharinen-Palast gewesen wäre. Dieser herrliche Palast mit seinen Säulen und Marmorstatuen, den vergoldeten Zwiebelkuppeln seiner Schloßkirche, den vergoldeten Balkongittern aus Schmiedeeisen, den von Bildhauern reich verzierten Fenstersimsen und den kunstvollen französischen Gärten nach dem Vorbild des Parks von Versailles. Der Wert all dieser Kunstwerke, die sich hier angesammelt hatten, war mit Zahlen kaum noch zu benennen. Und ein Kunstwerk war darunter, das einzigartig auf der Welt war, das nie wieder hergestellt werden konnte: ein Saal in den Maßen von 11,50 Meter mal 10,55 Meter und einer Deckenhöhe von sechs Metern mit 22 wunderschönen Vertäfelungen, 150 Platten, Girlanden, Figuren und Wappen, und das alles aus einem »Stein« in den Farben vom hellsten Gold bis zum funkelnden Dunkelbraun: das Bernsteinzimmer. Über zweihundert Jahre wurde dieser Saal im Katharinen-Palast, geliebt von allen Zarinnen und Zaren, immer wieder ergänzt und ausgeschmückt mit neuen Bernsteinwerken, Gemälden und Deckenmalereien, Putten und auch vielfarbigen Jaspis-Mosaiken in Bernsteinrahmen, die ein Werk des Hofarchitekten Rastrelli, des Lieblingsbaumeisters der Zarin Elisabeth, waren.

Das Bernsteinzimmer.

Ein ganzer Saal aus dem »Sonnenstein«.

Wer ihn einmal gesehen hat, wird es nie mehr vergessen. Die Schönheit hatte sich in ihn eingebrannt, in Tausenden von Mosaiken und glitzernden Steinschnitzereien brach sich das Licht.

Die drei Kunstoffiziere der Roten Armee waren vor zwei Tagen in Puschkin eingetroffen. In ständigem Telefonkontakt mit General Sinowjew, berichteten sie ihm, daß deutsche Bomber die Vorstädte von Leningrad und auch Puschkin bombardierten, aber das wußte Sinowjew längst.

»Ich will nicht wissen, was an der Front passiert«, bellte er ins Telefon und unterstrich seine Erregung mit Faustschlägen auf den Tisch, die man in Puschkin deutlich hörte.

»Könnt ihr das Bernsteinzimmer retten? Das allein sollt ihr mir melden. Schaffen wir es?«

»Kaum«, sagte der älteste der Offiziere, ein Major, der als Kunsthistoriker am *Russkij Muzei,* dem Russischen Nationalmuseum, arbeitete und dem vor allem die Säle XXII., I., XXI. und III. unterstanden, wo die schönsten und wertvollsten Gemälde, Skulpturen und Möbel dieses Museums ausgestellt waren. »Wir können gerade noch die Wände verschalen und vor Beschädigungen schützen. Damit hatte man bereits begonnen, als wir eintrafen.«

»Was hindert Sie, das Zimmer auszubauen?« rief Sinowjew in höchster Erregung.

»Die Zeit, Genosse General.«

»Noch sind die Deutschen nicht in Puschkin!«

»Aber sie werden in spätestens drei bis vier Tagen hier sein. In drei Tagen ist der Ausbau nicht zu schaffen.«

»Wir haben Menschen genug!« schrie Sinowjew unbeherrscht. Das Bernsteinzimmer in deutscher Hand – dieser Gedanke preßte ihm das Herz zusammen. »Holen Sie an Arbeitern heran, was Sie kriegen können.«

»Alle noch arbeitsfähigen Männer und Frauen sind zu Schanzarbeiten befohlen. Drei Verteidigungsgürtel sollen entstehen.«

»Das weiß ich doch!« General Sinowjew fuhr sich mit der Hand über Stirn und Augen. Das letzte Gespräch mit General Schukow war noch frisch in seiner Erinnerung. »Holen Sie einfach Frauen von der Straße und lassen Sie sie zum Bernsteinzimmer bringen! Es *muß* gerettet werden! Verstehen Sie mich: Es *muß* –«

»Außerdem brauche ich achtzehn bis zwanzig Lastwagen...«

Sinowjew holte tief Atem. Zwanzig Lastwagen. »Versagt Ihr Gehirn?« sagte er, etwas leiser geworden. »Sie wissen doch...«

»Um das Zimmer abzutransportieren, brauche ich zwanzig Wagen, Genosse General. Die Wahrheit ist's nun mal. Sollten wir die Mosaike einzeln in Säckchen wegbringen, die Girlanden zersägen, die Köpfe herausschlagen, die Gemälde aus den Rahmen schneiden, die Deckenmalereien zerstückeln? Die Vertäfelungen müssen als Ganzes herausgenommen werden, die Türen, die Putten, die Girlanden, die Masken... sonst können wir das Bernsteinzimmer gleich in die Luft sprengen.«

»Ich werde sehen, was mir möglich ist«, sagte General Sinowjew noch leiser. Seine Stimme war schleppend geworden, schwer die Zunge vor Hilflosigkeit und Kummer. Er stützte den Kopf in die rechte Hand, während die linke den Telefonhörer hielt. Seine Gardedivision grub sich in die Erde, tränkte Meter um Meter der heiligen russischen Erde mit Blut, aber der Druck der deutschen Truppen war zu stark. Allein im Raume Puschkin und Peterhof stießen das XXVIII. Armeekorps, das XLI. Panzer-Korps, die 96. und 121. Infanterie-Division, das L. Armeekorps, Teile der 16. und 18. Armee der Heeresgruppe Nord unter dem Befehl von Generalfeldmarschall Ritter von Leeb, die 1. Panzerdivision und vor allem die SS-Polizei-Division, gefürchtet überall, wo sie eingesetzt wurde, unaufhaltsam vor. Fünfzehn Divisionen der Roten Armee standen neunundzwanzig Divisionen der Deutschen gegenüber. Zum erstenmal erlebten sie die Übermacht der Faschisten.

Leningrad – für Hitler ein Symbol des Sieges.

Und im Mittelabschnitt der Front rollte die deutsche Lawine bereits auf Moskau zu.

General Sinowjew schloß einen Moment die Augen.

Es darf nicht sein, schrie es in ihm. Nein, es darf einfach nicht sein! Über 500 000 Kinder leben noch in der Stadt, für 980 000 Menschen hatte man Luftschutzräume gebaut, 672 000 Menschen konnten sich in schnell ausgehobenen Splittergräben verkriechen, aber doppelt so viele Einwohner warteten in Leningrad auf ein Wunder ... auf das Wunder, nicht in deutsche Hand zu fallen. Und auch an Generalmajor F. S. Iwanow erinnerte sich Sinowjew jetzt. Als Schukow ihn fragen ließ, wie der Frontverlauf um Leningrad verlaufen würde, hatte Iwanow verzweifelt geantwortet: »Ich weiß nicht, wo die Front verläuft. Ich weiß überhaupt gar nichts!« Sofort wurde er von Schukow seines Kommandos enthoben. Der Marschall kannte kein Erbarmen mehr, er war ein Offizier der härtesten Art, ein Mensch, der Unmögliches möglich machen wollte: Leningrad, eine seit ihrer Gründung im Mai 1703 durch Peter den Großen unbesiegte Stadt, sollte unbesiegt bleiben.

Ein Vorbild für das riesige russische Reich.

Sinowjew atmete ein paarmal tief ein und aus, seufzend und doch befreiend.

»Sie bekommen Lastwagen, Genosse Major, so viel ich entbehren kann«, sagte er und wischte sich wieder über die

Augen. Wenn Schukow das erfährt, wird es mir ergehen wie Iwanow. In Schimpf und Schande werde ich weggejagt. »Sie sind morgen, spätestens übermorgen bei Ihnen in Puschkin.«

»Wieviel Wagen, Genosse General?«

»Ich weiß es nicht. Es gibt da einen Spezialtrupp, den ich schon öfter eingesetzt habe. Ein paar Soldaten, die schon Millionenwerte gerettet haben. Verdammt, bauen Sie das Bernsteinzimmer aus!«

Er legte den Hörer auf und blieb an seinem Tisch sitzen, faltete die Hände und stützte das Kinn darauf. Wir kommen zu spät, dachte er voll würgender Traurigkeit. Die letzten Berichte von der Front lauteten: Der Ring der Deutschen wird immer enger. Die »Perlenkette«, die Vororte Leningrads mit ihren Schlössern in Petrodworez, Puschkin und Pawlowsk, mit einer der reichsten Bibliotheken Rußlands, würden von den deutschen Divisionen überrannt werden, und eine der schönsten Schatzkammern der Welt war für immer verloren.

Was kann ich tun? Himmel, hilf mir! Was kann ich tun?

Es waren dann zehn Lastwagen, die Sinowjew, ohne die Aktion an Schukow zu melden, auf den Weg nach Puschkin schickte. »Fahrt Tag und Nacht!« hatte er zu dem strammen Unterleutnant Wechajew gesagt. »Jede Stunde ist wichtig! Wenn ihr das Bernsteinzimmer rettet, wird Rußland euch einmal die Helden von Puschkin nennen. Fahrt... fahrt... fahrt!«

Und nun hatte einer der Wagen einen Achsenbruch. In einem Wald lagen sie am Wegrand herum, neunzehn Rotarmisten und ein gottserbärmlich fluchender Lew Semjonowitsch; und der schüchterne Soldat Viktor Janissowitsch Solotwin, der eigentlich seinen Darm hinter einem Gebüsch entleeren wollte, entdeckte verstreuten, frisch ausgegrabenen Waldboden.

Vorsichtig, nach allen Seiten sichernd wie ein Reh, mit angespanntem Gehör und klopfendem Herzen schlich Solotwin durch den Wald, von Baum zu Baum Deckung suchend, bereit, sofort zu schreien, wenn er angegriffen werden sollte.

Was blieb ihm schon anderes übrig, als zu schreien! Seine Maschinenpistole lag im fünften Lastwagen, eine Pistole trug nur Wechajew an den Gürtel geschnallt. Er, Solotwin, hatte jetzt nur ein Taschenmesser bei sich, ein kleines, aufklappbares Ding, mit dem man ein Stück Wurst oder Brot abschneiden konnte, aber auch dies nur in mühsamer Säbelei, denn stumpf war die kurze Klinge, schon mindestens zwanzig Jahre alt. Sein Vater Awtonon Sergejewitsch hatte es ihm geschenkt, als er die Uniform anziehen mußte, um die deutschen Banditen, wie der Vater die Aggressoren nannte, aufzuhalten. »Ein Messer ist immer gut«, hatte Awtonon zu ihm gesagt. »Schneiden kann man damit, Büchsen öffnen, mit der Spitze bohren und schrauben, ein wahres Teufelsding ist so ein Messerchen. Verlier es nicht, mein Sohn, dein Leben könnte es retten.«

Also holte Viktor Janissowitsch das väterliche Taschenmesser aus seiner verschmutzten Uniformhose, klappte die lächerlich kleine Klinge auf und verfolgte weiter die Spur der verstreuten Erde. Etwa vierzig Meter von der Straße entfernt kam er an einen breiten, vielleicht zwei Meter tiefen Graben. Er war mit Büschen bewachsen, und Wurzelfäden stießen durch den Hang, die aussahen wie ein struppiger Bart... ja, und da sah Viktor Janissowitsch einen Haufen Zweige, die vertrocknet waren, etwas Absonderliches für einen Graben, aus dem die feuchte Erde schimmelig und streng roch.

Solotwin krallte die Finger fester um den Holzgriff seines Taschenmessers, stieß es vor, als wolle er ein Bauernduell beginnen, und spreizte dabei die Beine. So viel Mut verstand er selbst nicht mehr. Ihm war klar, daß dieses trockene Reisig etwas verdeckte und daß die abgerissenen Zweige etwas schützen sollten, was immer sich dahinter verbergen mochte.

»Komm heraus!« rief er, seine plötzlich so harte Stimme bewundernd. »Heb die Hände hoch und komm heraus! Keinen Sinn hat's, sich jetzt noch zu verkriechen.«

Er wartete, hinter einem Baum stehend, das Messer von sich gestreckt. Wenn's ein Spion ist, dachte er mit hämmerndem Herzen, wird er mich verstehen? Kann er russisch? Aber so dumm sind die Deutschen nicht, daß sie Spione losschicken, die kein Russisch verstehen. Oder ist's ein Sowjetbürger? So einer, von denen man jetzt immer öfter hört? Defätisten, Verräter, Mitglieder der berüchtigten Fünften Kolonne, Kollaborateure, Agenten, die mit den Deutschen zusammenarbeiteten, die nachts Leuchtzeichen abfeuerten und den deutschen Bombern den Weg zu besonders wichtigen Stellen angaben? Da hatte doch eine Frau –

überall wurde das erzählt als warnendes Beispiel –, eine Frau in Leningrad in ein entdecktes Tagebuch geschrieben: »Werden wir wirklich bald befreit? Einerlei, wie die Deutschen sind, es kann kaum noch schlimmer kommen. Herr, vergib mir . . .« Eine Feindin des Kommunismus. Erschossen hatte man sie, die Verräterin.

Wer also verbarg sich dort im Abhang des Grabens?

Noch einmal rief er mit scharfer Stimme: »Komm heraus!« Insgeheim wünschte er sich, daß niemand aus dem Versteck kroch, daß es verlassen war und es keinen Kampf geben würde. Aber Solotwin hatte dieses Glück nicht.

Die verdorrten Äste bewegten sich, wurden zur Seite geschoben, gaben den kleinen, runden Eingang einer Erdhöhle frei, eine schmutzige Hand drückte das Reisig weg, und dann erschien in der Öffnung ein Kopf, und ein schmaler Körper kroch ins Freie.

Solotwin duckte sich hinter seinem schützenden Baum und wartete ab. Was er zunächst klar erkannte, war ein deutscher Militärmantel, zottelige Haare, von getrockneter Erde verschmutzte Kleider und ein verdrecktes Gesicht mit hohen Backenknochen. Sieh an, sieh an, dachte Viktor Janissowitsch, und seine Angst verschwand so plötzlich, wie sie ihn angesprungen hatte. Ein deutscher Spion! Wahrhaftig, sogar in Uniform. So sicher sind sie sich, unser Land zu erobern, daß sie sich sogar in Uniform unter uns mischen. Aber noch sind wir hier, Freundchen, und wir bleiben hier. Weißt du nicht, was Stalin am 3. Juli, morgens um sechs Uhr dreißig im Moskauer Radio zu uns allen gesagt hat?

»Kein einziger Waggon, keine einzige Lokomotive, kein Kilo Getreide und kein Liter Brennstoff dürfen in die Hand des Feindes fallen. In den besetzten Gebieten müssen sich Partisanengruppen zu Fuß und zu Pferde organisieren, um einen Zermürbungskrieg zu führen, Brücken und Straßen zu sprengen, Lager, Häuser und Wälder in Brand zu setzen. Der Feind muß gehetzt werden bis zu seiner Vernichtung . . .«

Solotwin stieß den Atem schnaufend durch die Nase. »Die Hände hoch!« rief er. »Hoch und in den Nacken legen! Und herkommen, ganz langsam herkommen. Ich schieße sofort, jawohl, sofort . . .«

Der Deutsche schien ihn zu verstehen. Auch glaubte er Solotwin, daß er bewaffnet war. Von der Straße her erklang jetzt Hämmern und lautes Stimmengewirr. Wechajew ließ den Wagen mit der gebrochenen Achse mit Wagenhebern aufbocken. Langsam kam der Deutsche auf Viktor Janissowitsch zu, die Hände im Nacken gefaltet, kletterte den Hang des Grabens hoch und blieb an seinem Rand stehen. Solotwin winkte ihm energisch zu.

»Hierher! Zier dich nicht, Kerlchen. Zu Ende ist für dich der Krieg... wenn man dich leben läßt.«

Der Deutsche nickte, was bewies, daß er Russisch verstand, kam näher, und jetzt erst erkannte Solotwin mit ungläubigem Blick, daß der deutsche Soldat unter dem Mantel keine Hosen, sondern einen Rock trug, daß seine Haare bis auf die Schultern fielen und das Gesicht unter den Haarsträhnen vor den Augen mehr einer Frau glich als einem Mann.

Viktor Janissowitsch trat hinter seinem Baumstamm hervor, das Taschenmesser noch immer in der Hand, schüttelte den Kopf und wartete, bis dieses deutsche Rätsel drei Schritte vor ihm stehenblieb. Wieder musterte er die Gestalt von oben bis unten, erkannte ein blauweiß gestreiftes Kleid mit einer weißen, jetzt aber völlig verdreckten Schürze und vorn am Hals eine runde Brosche mit einem deutlichen roten Kreuz darauf.

»Na, sieh einer an!« sagte Solotwin und senkte sein Taschenmesser. »Ein schmutziges Schwänchen! Und russisch kann es! Und als Schwester verkleidet es sich! Ihr seid schon eine Bande, ihr deutschen Spione!«

»Ich bin kein Spion«, sagte das Mädchen in einem guten Russisch.

Solotwin grinste breit und nickte mehrmals. »Aber man spricht, als habe man russische Muttermilch getrunken. Was machst du da in der Erdhöhle? Warum hast du sie gegraben?«

»Ich warte auf die Deutschen, Rotarmist.«

»Aha! Aha!« Solotwin war zufrieden. Ein Geständnis war das. Eine Spionin hatte er entdeckt und gefangengenommen. So einfach im Vorübergehen, bei der Suche nach einem guten Platz zum Scheißen. Die Augen muß man offenhalten, wo immer man geht. Das ist es, Genossen. Jetzt wird es eine Belobigung geben, vielleicht sogar einen Orden oder eine Beförderung zum Gefreiten. Es kam darauf an, wie wichtig diese Spionin für die Sowjetunion war.

Unterleutnant Wechajew machte ebenfalls große runde Augen, als Viktor Janissowitsch mit einem deutschen Soldaten aus dem Wald kam, schrie sofort: »Feind bei uns!« und griff nach seiner Pistole. Aber schneller als Solotwin sah er Kleid und Schürze, erkannte daran eine Frau und zeigte mit geballter Faust auf sie.

»Was ist das?« brüllte er.

»Eine deutsche Spionin!« meldete Solotwin stramm. »In einer Erdhöhle hauste sie. Entdeckt habe ich sie in einem Graben...

»Und sie lebt noch, *ty maschonka*?!«

Soll man das übersetzen? Besser nicht. Wer hätte von Wechajew je etwas anderes als ein übelstes Schimpfwort erwartet?

Solotwin errötete leicht, schämte sich vor dem Mädchen, auch wenn es eine Feindin war, und senkte den Kopf.

»Waffenlos bin ich, Genosse«, sagte er bedrückt. »Hab nur ein Taschenmesser bei mir.«

»Und das genügt nicht, *ty wetry*?« Viktor Janissowitsch errötete noch mehr, als er sich jetzt einen Furz genannt hörte. »Und mit zehn Fingern kann man würgen, Soldat Solotwin! Geht mit einer deutschen Spionin spazieren, was sagt man dazu? Will sie wohl haben und abreiben und dann ficken?« Er holte tief Atem, ignorierte, daß das Mädchen aus einem Riß über der linken Schläfe blutete, den sie sich beim Hinauskriechen aus der Höhle geholt hatte, und sagte dann grob, seine Pistole aus dem Futteral holend: »Kein Grund, lange zu diskutieren...«

»Ich bin keine Spionin«, sagte das Mädchen noch einmal. Mit weiten Augen starrte sie in die Mündung von Wechajews Pistole, die genau auf ihre Stirn zielte. Nur ein leichtes Fingerkrümmen trennte sie jetzt noch von der ewigen Nacht. »Einen Offizier will ich sprechen.«

»Einen Offizier!« äffte Wechajew ihr nach. »So einfach einen Offizier sprechen, als kaufe man ein auf dem Markt. Was soll's denn sein, mein Täubchen, vielleicht einen Major oder einen Oberst oder gar einen General? Alles haben wir im Körbchen. Bedien dich.«

»Ein General wäre das richtige«, antwortete sie. »Bringt mich zu eurem General.«

»Welch ein Glück, daß wir einen General sogar in der Nähe haben.« Eisiger Spott beherrschte Wechajews Stimme. »Wünschen das Hürchen eine gutgefederte Limousine? – Umdrehen! Umdrehen, sag ich!«

Das Mädchen blieb so stehen, wie es war. Umdrehen...

das bedeutete nichts anderes als einen Genickschuß. Die sicherste Methode der Hinrichtung.

Sie wischte sich mit der Hand über ihr Gesicht, schob die Zotteln zur Seite und sah Wechajew in die kalten, gnadenlosen Augen. Er würde sie auch in die Stirn schießen, das erkannte sie an seinem Blick.

»Ich bin keine Deutsche«, sagte sie laut, aber ihre Stimme war tonlos vor Angst. »Ich bin eine Russin. Eine Genossin...«

»Das trifft sich gut!« Wechajew verzog den Mund wie vor Ekel. »Ich bin der jüngste Bruder von Stalin. Nur glaubt er es nicht, so wenig wie ich dir glaube. Wenn wir schon lügen, dann glaubhaft. Umdrehen!«

»Ich komme aus Puschkin, Genossen.«

»In einer deutschen Uniform?! Soll man dich anspucken, du Verräterin?! Wir fahren nach Puschkin, und sie kommt von dort und vergräbt sich im Wald. Spionin! Ekelhafte Spionin!«

»Einen Auftrag habe ich! Bringt mich zu eurem General. Schnell! In zwei Tagen hat der Deutsche Puschkin besetzt. Ihre Artillerie schießt schon in die Stadt. Alles kann ich erklären. Daß der Rotarmist –« sie zeigte auf Solotwin – »mich entdeckt hat, war nur ein Zufall. Ich *muß* zu eurem General!«

»Was du mußt, bestimme ich!« Wechajews Stimme bekam jetzt einen metallischen Klang. »Umdrehen! Kein Wort weiter! Für mich ist ein Spion kein Mensch mehr –«

General Witalij Bogdanowitsch Sinowjew hatte wieder mit Puschkin telefoniert. Der Major und Kunstexperte berichtete, daß die Deutschen bereits in die Stadt schossen, daß ihre Flugzeuge den Katharinen-Palast bombardiert und schwer beschädigt hätten und daß es völlig ausgeschlossen sei, jetzt noch das Bernsteinzimmer auszubauen und zu retten.

»Wir werden heute noch Puschkin verlassen müssen«, sagte der Major gepreßt. Im Telefon hörte Sinowjew die Detonationen der deutschen Granaten. Von der Front hatte er keine Meldung bekommen, kopflos schien man dort zu sein. »Die Faschisten rücken unaufhaltsam vor. Eine SS-Division soll direkt auf Puschkin vorstoßen.«

»Das weiß ich alles!« Sinowjew streifte mit einem Blick die

Landkarte, die vor ihm auf dem Tisch ausgebreitet war. Er hatte sich in einem kleinen Landschloß, das zur Zarenzeit einem reichen Bojaren gehört hatte, einem Fürsten Wladimir Nikolajewitsch Tschepikow, sein Hauptquartier eingerichtet und wußte, daß er das ganze Gebiet in spätestens drei Tagen räumen mußte. Der Stab packte bereits. General Popow, der mit schnell zusammengezogenen zwölf Divisionen die Stadt verteidigen sollte, erwartete ihn in Leningrad. Von Schukow kam die Nachricht, unverzüglich abzuziehen: Für die Verteidigung der Stadt brauchte man jetzt jeden Mann. Ein geordneter Rückzug – wie triumphal wäre er, wenn im Troß der Division auf zehn Lastwagen das Bernsteinzimmer nach Leningrad mitfuhr und so gerettet wurde. »Eine Kolonne ist unterwegs, Genosse Major.«

»Zu spät, Genosse General.«

»Es ist nie zu spät!« schrie Sinowjew. Fast wie ein Aufschrei klang es. »Und wenn wir Puschkin fünf Minuten vor dem Einmarsch der Deutschen verlassen!«

»Wir schaffen es nicht. Ein fachgerechter Ausbau dauert mindestens drei oder vier Tage. Diese Zeit haben wir nicht mehr. In drei Stunden verlassen wir den Katharinen-Palast. Das Herz blutet mir, Genosse General, aber damit kann ich die Deutschen nicht aufhalten.«

Sinowjew legte auf. Sein Adjutant Kowaljow kam ins Zimmer und meldete Besuch an.

»Ein Mädchen«, sagte er und schüttelte dabei den Kopf. »Trägt einen deutschen Militärmantel und die Tracht einer Rote-Kreuz-Schwester. Wurde im Wald in einer Erdhöhle gefunden, spricht russisch und verlangt, den Genossen General zu sprechen.«

»Eine Spionin, Igor Iwanowitsch?« General Sinowjew drückte das Kinn an seinen Uniformkragen. »Warum bringt man sie hierher? Wo ist sie?«

»Vor der Tür wartet sie.«

»Erschießen!«

»Sie will vorher Sie sprechen, Genosse General. Sie weiß, was sie erwartet. Aber –«

»Lassen Sie sie eintreten, Igor Iwanowitsch.«

Draußen im Wald, kurz bevor Unterleutnant Wechajew seine Pistole abdrücken wollte und der Schuß den Kopf des Mädchens zertrümmert hätte, war etwas Unerwartetes geschehen. Die Spionin sagte nämlich: »Ich komme vom Bernsteinzimmer«, und dieser kurze Satz veränderte die

Situation vollkommen. Lew Semjonowitsch ließ die Pistole sinken, schluckte mehrmals, als habe sich seine Kehle verengt. Dann schielte er zu Solotwin und den anderen Rotarmisten, die einen Kreis um sie bildeten und auf die Hinrichtung warteten, und er beschloß, sich keine Blöße zu geben und vor allem kein Erbarmen zu zeigen.

»Was macht's!« sagte er rauh. »Ob jetzt oder in ein paar Stunden? Erschossen wirst du doch! Viktor Janissowitsch und Jewgenij Nikititsch, bringt sie zum Kommandeur.« Sogar einen Lastwagen stellte er dafür zur Verfügung, selbst auf die Gefahr hin, von General Sinowjew deswegen beschimpft zu werden. Bernsteinzimmer, das war ein Zauberwort. Wenn es tatsächlich einen Zusammenhang zwischen dem Bernsteinzimmer und der Spionin gab, mußte Sinowjew sich das anhören und dann selbst entscheiden, was mit ihr geschah.

»Wenn du versuchst, zu fliehen...« setzte er zu einer Warnung an, aber das Mädchen schüttelte nur den Kopf. Der Kopfriß hatte aufgehört zu bluten, eine rote Kruste zog sich über die Stirn.

»Warum soll ich flüchten, Genosse?«

»Nenn mich nicht Genosse, du Hure!« brüllte Wechajew auf. »Was ein Genosse ist, weißt du das überhaupt?! Eine Ehre ist es! Besudle nicht meine Ehre...«

Noch eine kräftige Ohrfeige gab er ihr, bei der ihr Kopf so zur Seite flog, daß Solotwin befürchtete, er könne vom Hals gerissen werden. Mit diesem Schlag hatte Wechajew jedoch sein Gesicht gewahrt. Er drehte sich um, stapfte zu dem schräg liegenden Wagen mit der gebrochenen Achse und entschloß sich, nach Puschkin weiterzufahren. Nun waren es nur noch acht Lastwagen, die man nicht mehr brauchte. Aber das wußte ja Unterleutnant Wechajew nicht.

Er ließ die Motoren anspringen, setzte sich in die Kabine des ersten Wagens und ließ durch einen langen Hupton die Kolonne anfahren.

Was er auch nicht wußte, war die peinliche Tatsache, daß er den vorrückenden deutschen Truppen direkt in die Arme fuhr.

Die Tür von Sinowjews Arbeitszimmer öffnete sich also, der Adjutant Kowaljow winkte, und das Mädchen kam über die Schwelle. Noch immer sah sie aus, wie Wechajew sie losgeschickt hatte. Sie hatte weder sich noch ihre Kleidung säubern können und starrte vor Dreck.

Sinowjew rümpfte die Nase und deutete mit einer Handbewegung an, sie solle an der Tür stehenbleiben. Er meinte, einen Gestank nach Schimmel und Verwesung zu riechen, aber sicherlich war das Einbildung, was ihn beim Anblick dieser Person nicht weiter wunderte. Er musterte den deutschen Militärmantel, das Schwesternkleid, die fettigen Zottelhaare, das Gesicht mit den hohen Backenknochen, die Beine in den dicken Strümpfen und die derben Schuhe.

Wie mag sie aussehen, wenn man sie gewaschen hat, dachte er. Befreit von dieser schrecklichen Kleidung, frisiert und vielleicht sogar etwas geschminkt? Vorstellen konnte man sich, daß unter dem Dreck eine schöne Frau hervorkam.

»Was ist nun?« fragte er ziemlich abweisend. »Will man ein Geständnis ablegen? Du verstehst russisch?«

»Meine Muttersprache ist es.« Das Mädchen sah sich nach Kowaljow um. »Kann ich den Mantel ausziehen? Warm ist es hier. Habe ihn nur getragen, weil es in der Höhle kalt war.«

»Du bist eine Kollaborateurin, stimmt's?!« fragte Sinowjew eisig. »Wolltest hinüber zu den Faschisten!«

»Überrollen lassen wollte ich mich. In zwei Tagen sind die Deutschen hier...«

»Oh, sie ist gut informiert.« Der General hatte sich an seinen Adjutanten gewandt. »Überrollt wollte sie werden. Auch eine Art des Überlaufens.« Seine Augen suchten wieder das Gesicht des Mädchens. »Warum bist du hier? Hoffst du, daß ich dich begnadige? Ein Irrtum ist das, Verräterin.«

»Ich heiße Jana Petrowna Rogowskaja –«

»Angenommen oder wirklich?«

»Wirklich. Mein Vater war Pjotr Borisowitsch Rogowskij.«

Durch General Sinowjew fuhr ein kurzes, kaum wahrnehmbares Zucken. Er beugte sich über den Tisch und musterte sie erneut von oben bis unten. Kaum glaublich, dachte er. Eine unverschämte Lüge muß das sein.

»Rogowskij? Der Experte für die Malerei des 19. Jahrhunderts in der Eremitage?«

»Ja, mein Vater ist es gewesen.« Sie zog den deutschen Militärmantel aus, ließ ihn zu Boden fallen und stand nun in der deutschen Schwesterntracht vor Sinowjew. Befreit von dem schmutzigen, unförmigen Mantel sah sie ganz anders aus, zwar voller Flecken von Erde, aber sie hatte eine gute Figur mit schlanken Hüften und einer deutlich erkennbaren Wölbung unter dem Kleid und Schürzenlatz. »Vor drei Monaten ist er gestorben, an einem Herzanfall. So aufgeregt hatte ihn der Überfall der Deutschen auf unser Land.«

General Sinowjew faltete die Hände über der Karte von Leningrad und Umgebung. Natürlich kannte er Rogowskij, immerhin hatte er den bekannten Experten dreimal gesehen und gesprochen. Einmal als er andächtig vor einem Bild von Tizian saß, das zweitemal im Saal der Impressionisten und zum letztenmal vor einem Leonardo da Vinci. Unterhalten hatte man sich, natürlich nur über Bilder und ihre genialen Maler. Wer verrät denn in solch einem Gespräch, daß er eine Tochter hat, die Jana heißt?

»Weiter«, sagte Sinowjew, etwas milder gestimmt. »Was will die Tochter von Rogowskij bei den Deutschen?«

»Verlobt bin ich mit Nikolaj Michajlowitsch Wachterowskij.«

»Kein Begriff ist mir dieser Name.«

»Er ist der Sohn von Michail Igorowitsch Wachterowskij.«

»Auch den kenne ich nicht.«

»Eigentlich heißt er Michael Wachter. Das Bernsteinzimmer in Puschkin betreut er.«

Sinowjews Kopf schnellte vor. Sein Oberkörper lag jetzt wie zum Sprung geduckt über der Karte, und um seine Augen begannen die Muskeln zu zucken. »Das Bernsteinzimmer betreut er? Wie soll man das verstehen?« sagte er. Der Klang seiner Stimme war höher als sonst, wie Kowaljow erstaunt feststellte.

»Ich werde es Ihnen erzählen, Genosse General.« Jana sah sich um. Plötzlich zitterten ihre Knie, sie konnte kaum noch stehen. Er glaubt mir, dachte sie und mußte sich an Kowaljow festhalten. Nicht erschossen werde ich, das Leben darf ich behalten, meinen Auftrag kann ich ausführen. Vor ihren Augen begannen sich der General, der Schreibtisch, die Fenster, die Stuckarbeiten an Wänden und Decke zu drehen. Bevor Sinowjew reagieren konnte, stieß sie sich von Kowaljow ab, erreichte einen der mit rotem Brokat bezogenen, vergoldeten Stühle und ließ sich auf ihn fallen. »Eine... lange Geschichte ist es«, sagte sie und bemühte sich, trotz ihrer Schwäche deutlich zu sprechen. »Ein langes Erbe ist es, genau 225 Jahre alt.«

»Erzählen Sie, Jana Petrowna.« Sinowjew winkte hinüber zu Kowaljow. »Hol Wodka, etwas zu essen, schnell.«

Kowaljow nickte, machte kehrt und verließ das Zimmer. Was geht hier vor, dachte er, während er eine Ordonnanz rief und die Wünsche des Generals weitergab. Wieso ist plötzlich alles anders? Einen deutschen Soldatenmantel hat sie getragen, in einer Erdhöhle hat sie sich verkrochen. Kann man das vergessen? Und wenn sie Stalins Tochter wäre, wer zum Feind überläuft, gehört erschossen.

»Es war unser Plan, daß ich mich von den Deutschen überrollen lasse«, sagte Jana Petrowna und lehnte den Kopf gegen die mit Damast bezogene Wand. »Nikolaj ist nach Leningrad gefahren, um seine Pflicht zu erfüllen und die Stadt zu verteidigen. Dreiundzwanzig Jahre ist er...«

»Und Sie, Jana?«

»Neunzehn. Wir lernten uns kennen vor zwei Jahren, als Nikolaj und sein Vater die Bernsteinschränke in der Eremitage besuchten. Wir waren sofort verliebt ineinander, und auch Väterchen hatte nichts gegen uns, als er erfuhr, wer Michael Wachter, Nikolajs Vater, war. Seit einem Jahr leben wir zusammen in Puschkin, in einem Seitenflügel des Katharinen-Palastes, dort, wo seit der Zeit der Zarin Elisabeth die Familie Wachterowskij, wie sie sich seit 225 Jahren nennt, wohnt.« Sie schloß die Augen. Daß man sie nicht mehr erschießen würde, erschütterte sie zutiefst. Sie hätte weinen mögen, aber nur ein Zittern durchlief ihren Körper. »Und dann stehen plötzlich die Deutschen vor Puschkin, Väterchen Michail hatte es immer geahnt, ganz sicher war er sich, als die Deutschen den Ilmensee und Nowgorod eroberten, die Luga überquerten und am Wolchow entlang nach Leningrad schwenkten. ›Sie werden auch Puschkin nicht verschonen‹, hatte Väterchen gesagt. ›Sie werden das Bernsteinzimmer wegschleppen, und niemand wird wissen, wohin es gekommen ist. Verloren wird es für immer sein. Warum kommt denn niemand und holt es aus Puschkin weg?‹ Telefoniert hat er, dreimal nach Leningrad ist er gefahren, aber dort waren sie beschäftigt, die größten Schätze der Eremitage und der anderen Museen in den Gewölben und der Isaaks-Kathedrale zu verstecken. Zu spät war es dann, als sie dann doch noch nach Puschkin kamen. Die Deutschen waren schneller. Nur die Bilder, Skulpturen, Möbel, Bücher, Teppiche und Porzellane konnten sie wegbringen. Für das Bernsteinzimmer blieb keine Zeit mehr.«

»Ich weiß es.« Sinowjew blickte ungeduldig zur Tür. Wo blieb der Wodka, das Essen. Es konnte doch nicht so schwer sein, etwas Eßbares herzubringen! »Mit Marschall Schukow habe ich darüber gesprochen. Er sieht nur die Hände, die schießen, keine Hände, die Kunstschätze retten. Vielleicht hat er recht, sicherlich hat er recht. Den deutschen Angriff müssen wir zum Stehen bringen.«

»Genauso sprach Väterchen Michail.« Jana Petrowna hatte die Schwäche überwunden, sie atmete wieder gleichmäßiger und sah hinüber zu Sinowjew. »Und da hatten wir einen Plan. Wenn die Deutschen Väterchen umbrachten, würde niemand mehr da sein, der das Bernsteinzimmer bewachte. Der immer in seiner Nähe war, der es auf allen Wegen begleitete, der die deutschen Räuber nicht aus den Augen ließ. Nur ich könnte das... als deutsche Krankenschwester. Wer kontrolliert eine Krankenschwester? Überallhin könnte ich kommen, ohne aufzufallen. Das war der Plan: Überrollen lasse ich mich von den deutschen Truppen, gut versteckt in einer Erdhöhle, und wenn sie weitergezogen sind, melde ich mich als versprengte Schwester in Puschkin. Zurückgekehrt zu unserem Bernsteinzimmer bin ich, und nie mehr aus den Augen werde ich es lassen. Ist das nicht ein guter Plan, Genosse General?«

Sie holte wieder tief Atem und sah zu, wie die Ordonnanz ein Tablett mit Wodka, Tee und Plätzchen hereinbrachte und Kowaljow damit einen runden Tisch in der gegenüberliegenden Ecke deckte.

»Irgendwie bekam Väterchen die Rote-Kreuz-Uniform und einen deutschen Militärmantel – erobert bei einem Vorstoß bei Luga, erklärte er. Und dann fuhren wir in den Wald, gruben die Höhle aus, und ich blieb in der Höhle und wartete. ›Nur noch vier Tage, Janaschka‹, sagte Väterchen zu mir, ›vielleicht noch kürzer. Gott segne dich, mein Töchterchen. Wenn wir uns nicht wiedersehen und Nikolaj den Krieg überlebt, sei ihm eine gute Frau. Und laß nie das Bernsteinzimmer aus den Augen, wohin man es auch bringt. Eine Krankenschwester kommt überall hin.‹ So war es, und dann entdeckt mich der Rotarmist Solotwin, bringt mich zu Unterleutnant Wechajew. Und er will mich erschießen als Spionin.« Jana Petrowna blickte hungrig auf den gedeckten Tisch. Der Tee duftete, das Gebäck roch nach Zimt und Honig. Ihr lief das Wasser im Mund zusammen. »Glauben Sie mir, Genosse General?«

»Ich glaube Ihnen, Jana.« Sinowjews Stimme war gütig und beruhigend. »Essen und trinken Sie erst einmal, und dann erzählen Sie mir, wie das mit der Familie Wachter oder Wachterowskij ist.«

Es wurde ein langer Tag und eine lange Nacht. Am nächsten Morgen setzte sich der Divisionsstab ab, das Schlößchen lag verlassen im Park, die Kolonnen rollten eilig nach Leningrad.

Mit einem Fahrrad kehrte Jana Petrowna in den Wald zurück und verkroch sich wieder in ihrer Erdhöhle.

Die deutschen Truppen waren nur noch neun Kilometer von ihr entfernt.

Die Sondereinheit von Unterleutnant Lew Semjonowitsch Wechajew, die letzte Hoffnung von General Sinowjew, wenigstens die wichtigsten Teile wie die Wandtafeln des Bernsteinzimmers zu retten, kam, wie vorauszusehen war, zu spät nach Puschkin. Genauer gesagt: Der Unterleutnant erreichte Puschkin gar nicht. Die acht Lastwagen mit dem Sowjetstern fuhren fröhlich und unbekümmert in den Aufmarschraum der Deutschen hinein und direkt in die Arme der 1. Panzerdivision. Sie stand vor dem Stadtrand von Puschkin. Flugzeuge bombten ihr den Weg frei, trafen auch den Katharinen-Palast und trafen den Großen Saal. Von dem herrlichen, prunkvollen Saal, einem der wunderbarsten Werke des Hofarchitekten Rastrelli, war nichts mehr übrig. Auch eine Anzahl Nebenräume wurde schwer beschädigt... das Bernsteinzimmer, geschützt durch die von den Frauen vorgesetzten hölzernen Splitterwände, blieb erhalten.

Wechajew dachte weder an Gegenwehr noch an Flucht, als er die ersten deutschen Panzer sah, die ihm auf der Straße entgegenkamen. Nachdem er sich entschlossen hatte, den Wagen mit dem Achsenbruch liegen zu lassen und die Spionin mit dem Wagen von Solotwin zum General zu schicken, hatte er im tiefsten Inneren schon geahnt, daß dieser Einsatz der letzte für ihn in diesem Krieg sein konnte. Nur eines wünschte er sich heiß und innig: Nie in die Hände der SS fallen. Was man von ihr erzählte, ließ einem eisige Schauer über den Rücken laufen.

Nun war es geschehen: aber wenigstens deutsche Panzer, keine SS... Wechajew ließ seine Kolonne halten, stieg aus dem ersten Wagen, die anderen Rotarmisten machten es ihm nach, schließlich war er ja der Kommandant und damit das Vorbild, und als er die Arme hob, taten sie es auch und standen neben ihren Wagen. Ihre Gesichter zeigten ängstliche Erwartung, in ihren Herzen bohrte die ungewisse Hoffnung, von den Deutschen wie Menschen behandelt zu werden und in eine erträgliche Gefangenschaft zu kommen. Sadisten und mitleidlose Grausame gab es bei allen Völkern – sie hofften, nicht alle Deutschen wären so.

»Meine Lieben –« rief Wechajew seinen Leuten zu, die Arme hoch in den Himmel gereckt. »Vorbei für uns ist der Krieg. Man kann's nicht ändern. Zu gern hätte ich mitgemacht, das Vaterland zu verteidigen. Aber das Schicksal, meine Lieben, wer kann gegen das Schicksal an? Seien wir mutig auch in der Gefangenschaft ... schließlich sind wir von der Garde.«

Kurz vor ihnen hielt der erste deutsche Panzer an, nachdem Wechajew schon mit einem stechenden Gefühl in der Brust gedacht hatte: Jetzt überrollen sie uns. Niederwalzen werden sie uns! Sollen wir von der Straße flüchten, links und rechts in den Wald? Erschießen werden sie uns, aber das ist immer noch besser als unter Panzerketten zermalmt zu werden.

Doch er blieb stehen, biß nur die Zähne zusammen und schloß die Augen bis auf einen Schlitz. Als der rollende Tod nahe vor ihm knirschend und scheppernd bremste und stehenblieb und aus der Turmluke der Kopf des Kommandanten, ein junger Leutnant war's, auftauchte, atmete Wechajew tief durch und sandte wieder einen Gedanken an das Schicksal. Danke, sagte er lautlos. Danke, Schicksal. Jetzt weiß ich, was das heißt, dem Tod ins Auge zu schauen. Nie werde ich das vergessen, wenn ich diesen Krieg überlebe. Nie.

Eine Panzertruppe kann mit Gefangenen wenig anfangen. Wohin mit ihnen? Sie im Panzer mitzunehmen, ist unmöglich. Zur Bewachung einige Soldaten zurücklassen ... ebenfalls unmöglich, denn bei der Besatzung eines Panzers ist kein Mann zuviel, jeder hat seinen Platz und seine Aufgabe. Wechajew überlegte noch, als der junge deutsche Leutnant schon aus seinem Turm kletterte und von hinten ein Mann gelaufen kam, nicht in Uniform, sondern in Zivil. Den Russen sah man ihm sofort an. Er trug eine Schirmmütze, einen labberigen Anzug, derbe Stiefel und über der Hose ein weites, blaues Hemd, so wie viele Bauern herumliefen, wenn sie sich sonntags besonders fein gemacht hatten.

Wechajew zog die Brauen zusammen, starrte den Landsmann böse an, behielt aber die Hände noch immer hochgestreckt über dem Kopf. Der Russe, etwa um die Sechzig herum, stellte sich neben den Offizier und wartete. Die Deutschen hatten ihn einfach als Dolmetscher mitgenommen, als sie erfuhren, daß Stepan Fjodorowitsch Piwojanow – so hieß er – ihre Sprache verstand. Er hatte von 1927 bis 1932 in Ostpreußen auf einem Gut gearbeitet und hatte dort nicht nur deutsch sprechen, sondern auch wild fluchen gelernt. Was ein ostpreußischer Bauer ist, hat viele derbe Worte.

Wechajew rümpfte die Nase und beherrschte sich, nicht vor Piwojanow auszuspucken. Mit dem Feind kollaboriert er, zieht mit den Eroberern mit, dolmetscht, was sie befehlen, verrät Vaterland und Brüder, Mütter, Väter und Schwestern, nur, um mit den Deutschen sorglos zu fressen und vielleicht auch noch einiges Beutegut zu kassieren. Welch ein triefäugiges Schweinchen! Verräter überall. Wechajew dachte an die dreckige Spionin aus der Erdhöhle und bekam einen schnelleren Atem.

»Nun sag nur, du Rattengeschwür, was der Faschist will!« knurrte Wechajew und sah dabei den Leutnant so harmlos an, als habe er eine freundliche Begrüßung gesprochen.

Der Leutnant verstand natürlich nichts, aber ein Wort verstand er dem Klang nach sehr gut: Faschist. Das ist international. Er spreizte die Beine und klemmte die Daumen zwischen Gürtel und Leib.

»Wenn er noch einmal Faschist sagt, knall ich ihm die Nase nach hinten«, sagte der junge Leutnant. »Los, übersetz es ihm!«

Stepan Fjodorowitsch tat seine Pflicht und wiederholte es auf russisch. Wechajew war kaum beeindruckt, er schluckte nur seine Wut herunter.

»Übersetz –« sagte der Leutnant wieder. »Ihr seid jetzt Gefangene und marschiert die Straße weiter nach Süden. Deutsche Infanterie folgt uns in drei Kilometern. Bei ihr meldet ihr euch. Weglaufen hat keinen Sinn, wir finden euch doch. Und besorgt euch keine Zivilkleider! Ihr werdet nämlich dann wie Partisanen behandelt und sofort erschossen. Als Soldaten könnt ihr überleben.«

Piwojanow übersetzte es fleißig, Wechajew ließ die Arme sinken und leckte sich über die Lippen.

»Bleibst du hier und begleitest uns?« fragte er dann den Dolmetscher.

»Nein. Ich muß mit ihnen weiterfahren.«

»Ein Jammer! Wirklich ein Jammer! Wir hätten dich in der nächsten Stunde so gerne aufgehängt.«

»Was sagt er?« fragte der junge Leutnant mißtrauisch.

»Er wird dem Befehl gehorchen, Herr Offizier.« Piwojanow wünschte sich plötzlich, möglichst schnell wieder auf den sicheren Panzer zu kommen. »Er wird mit seiner Mannschaft zu Ihrer Infanterie marschieren.«

»Sehr gut.« Der junge Offizier winkte. Drei seiner Panzerschützen kamen nach vorn, im Arm eine Anzahl Handgranaten. Mit steinernem Gesicht sah Wechajew, wie sie die Motorhauben der Lastwagen hochdrückten, dann den Dekkel schnell zuwarfen und zur Seite sprangen. Mit einem dumpfen Gedröhn explodierten die Handgranaten. Es riß die Hauben wieder auf, Motorteile wirbelten durch die Luft, die Wagen vier, sechs und sieben fingen sofort Feuer und standen sekundenschnell in hellen Flammen. Wechajews Leute warfen sich sofort zu Boden und rollten sich von der Straße. Mit ohrenbetäubendem Krachen zerplatzte der Wagen sieben, eine unerträgliche Hitze wehte von den brennenden Wagen zu Wechajew hin.

Der Leutnant winkte von neuem. »Aufsitzen!« schrie er seinen Männern zu. Piwojanow senkte den Kopf und starrte Wechajew von unten an.

»Auch ich bin ein Kriegsgefangener«, sagte er, wie um Entschuldigung bittend. »Machen mit mir, was sie wollen. Soll ich mich erschießen lassen? Eine gute Frau habe ich, neun Kinderchen, drei Söhnchen sind in Leningrad, um es zu verteidigen. Was soll ich tun? Bin ein armer Mensch, Genosse. Du wirst's besser haben, bestimmt wirst du's besser haben. Kommst in ein Lager, hast zu essen, hast Ruhe. Direkt beneiden kann man dich.«

»Zur Hölle fahre!« sagte Wechajew dumpf und verzog verächtlich den Mund. »Bist nicht wert, daß jemand vor dir ausspuckt. Nicht mal anpissen möchte ich dich... ist gute, reine sowjetische Pisse, viel zu schade für dich.«

Er trat von der Straße weg zur Seite, sah finster zu, wie die deutschen Panzersoldaten wieder in ihre stählernen Ungeheuer kletterten, die Luken schlossen und Piwojanow nach hinten zum letzten Gefährt lief, wo er seinen Platz neben der Kanone hatte. Dann donnerten die schweren Motoren auf, die Panzer fuhren an, walzten auf die zerstörten Lastwagen zu, schoben sie von der Straße, stürzten sie um und zermalmten die Aufbauten. Als der letzte Panzer mit dem darauf hockenden Piwojanow an Wechajew vorbeiratterte, starrten sie sich noch einmal haßerfüllt an, und Piwojanow hätte weinen können über so viel Schande. Aber er durfte weiterleben mit der Hoffnung, einmal seine neun Kinder wiederzusehen, vor allem seine drei Söhnchen, die in den Gräben und Bunkern vor Leningrad auf die Deutschen warteten und die Stadt Leningrad nicht hergeben wollten.

Wechajew versammelte seinen Truppe wieder um sich. Die deutschen Panzer waren im Wald verschwunden, nur noch das Rasseln der stählernen Raupenketten lag in der Luft. Die Lastwagen lagen brennend links und rechts der Straße, ein Bild, das Wechajews Herz bluten ließ.

»Genossen –«, sagte er mit ernster, aber dumpfer Stimme. »Gehört habt ihr's. Deutsche Infanterie folgt den Panzern, in einer Stunde können sie hier sein. Zeit genug, um uns zu entscheiden. Wer will, kann weglaufen und sich verstecken. Unser Auftrag ist vorbei. Jeder kann tun, was er will.«

»Ein guter Gedanke ist's, wegzulaufen.« Der Sergeant Jemeljan Mironowitsch Sotow rieb sich mit beiden Händen unschlüssig die Stirn. »Aber bekommen sie uns dann, wird man uns erschießen. Als Partisanen. Ganz sicher ist das. Lew Semjonowitsch, was wirst du tun?«

Wechajew hatte sich bereits entschieden. »Ich bleibe auf der Straße und gehe den Faschisten entgegen«, antwortete er. »Ein lebender Russe, wenn auch in Gefangenschaft, ist wichtiger als ein toter Held. Einmal wird die Zeit kommen, Rache zu nehmen. Darauf warte ich.«

»Also denn, liebe Freunde, denken wir auch so.« Sergeant Sotow schlug die Fäuste gegeneinander. »So ist es: Leben ist wichtiger als ein verfaulender, durchlöcherter Körper zu sein. Irgendwann vielleicht sehen wir Piwojanow wieder und holen nach, was er verdient hat. Wohnt ja hier in dieser Gegend. Ist leicht zu finden, das verräterische Väterchen mit seinen neun Kinderchen. Wird die Rechnung bezahlen müssen. Gehen wir also.«

Mit Wechajew an der Spitze marschierten sie los, mitten auf der Straße, nachdem sie ihre Waffen weggeworfen hatten und somit kein kämpfender Feind mehr waren. Knapp Dreiviertelstunden zogen sie durch den Wald, traten hinaus auf ein weites Feld von Spätkartoffeln, über dem schreiend und krächzend ein Schwarm Krähen flatterte. Eine fahle Sonne schien und saugte die Feuchtigkeit vom letzten Regen aus den Furchen.

Als der erste kleine, offene, braungrün gespritzte deutsche Wagen ihnen entgegenkam – es war ein sogenannter Kübelwagen, wie sie im Volkswagenwerk gebaut wurden –, hob Wechajew die Hand, und sie blieben stehen.

Der Wagen hielt, zwei Offiziere sprangen auf die Straße, Pistolen in den Händen, während der Fahrer mit einem Maschinengewehr auf sie zielte. »Hoch!« befahl Wechajew, und wie für ein Ballett einstudiert, schnellten alle Arme in die Luft. Der erste deutsche Offizier, ein Major, lachte laut und ließ seine Pistole sinken.

»Die Helden werden rar«, sagte er zu dem zweiten Offizier, einem Hauptmann. »Sehen Sie sich bloß diese Visagen an! Wenn das so weitergeht, werden wir in ein paar Tagen in der Newa baden können.«

Wie zuvor der junge Panzerleutnant verstand Wechajew nun auch nichts weiter als ein Wort. Aber es genügte ihm.

Die Newa, dachte er. Ihre Seitenarme und Kanäle, die Leningrad durchzogen. Das Venedig des Ostens. Er sah die Brücken und Brückchen in ihrer einmaligen Schönheit vor sich, die Palais der ehemaligen Fürsten und Zarengünstlinge, das Winterpalais, die Admiralität, die Kirchen und Kathedralen, den Newskij-Prospekt, die breite prächtige Straße, die Eremitage, die Kais aus Granit mit ihren breiten Treppen zum Flußufer, verziert mit steinernen Löwen, Sphyngen, riesigen Vasen und Säulen mit Kugeln. Er sah den Marmorpalast, den Dekabristenplatz, die prächtige Rossistraße, in deren säulengeschmückter Häuserzeile im Jahre 1738 die erste Ballettschule Rußlands gegründet worden war, das Kirow-Theater, in dem der schon legendäre Bassist Fjodor Schaljapin gesungen hatte und Tschaikowskij sein Ballett *Schwanensee* uraufführte: Leningrad und die Newa, die steingewordene Schönheit, der Stolz der Jahrhunderte. Und jetzt spricht da ein deutscher Offizier von der Newa – das kann nur bedeuten, daß er die Stadt an der Newa erobern will. Mütterchen Rußland, wehre dich!

»Ihr werdet die Stadt nie betreten!« sagte Wechajew. »Nie, solange noch *ein* Herz in ihr schlägt.«

»Was sagt der Clown?« Der Hauptmann warf einen verächtlichen Blick auf Wechajew.

»Keine Ahnung.« Der Major winkte nach hinten. Ein zweiter Kübelwagen fuhr heran. »Wegbringen, die Kerle. Zu den anderen. Feststellen, von welcher Einheit.«

Ein Feldwebel, der dem zweiten Kübelwagen entstiegen war, winkte Wechajew energisch zu. »Los!« brüllte er. »Nicht den Schlappschwanz spielen! Hopp, hopp nach hinten!« Und dann schrie er das Wort, das jedem Russen in die Knochen fuhr: *»Dawaij! Dawaij! Bjeschat'!«* (Renn!)

Und Wechajew setzte sich in Bewegung, rannte die Straße hinunter zu der anrückenden Marschkolonne der Infanterie, rannte an ihr vorbei, und seine Soldaten folgten ihm mit hochgestreckten Armen und keuchenden Lungen, den Blick starr geradeaus, bis jemand rief: *»Stoj!«* und sie stehenblieben.

Nun waren sie Gefangene, zu Ende war für sie der Krieg. Sie konnten ihn vielleicht überleben, aber trotzdem liefen ihnen die Tränen über die verschmutzten Gesichter, und ihre Kehlen waren wie zugeschnürt.

Aus den deutschen Wehrmachtsberichten:

Sonntag, den 14. September 1941.

Im Osten bahnen sich durch den günstigen Verlauf der Operationen neue Schlachtenerfolge an.
Nachdem starke deutsche Kräfte in die Befestigungsfront von LENINGRAD *eingebrochen sind, wird die enge Einschließung der Stadt trotz erbitterter Gegenwehr unaufhaltsam fortgesetzt...*

Montag, den 15. September 1941.

Im Osten sind große Angriffsoperationen im erfolgreichen Fortschreiten.
Die Einschließung von LENINGRAD *wurde in zähem Kampf um die neuzeitlich ausgebauten Befestigungsanlagen weiter verengt. Wiederholte, von schweren Panzern unterstützte Gegenangriffe des Feindes brachen zusammen...*

Michael Wachter kroch aus dem sicheren, zwei Etagen unter der Erde liegenden Keller und bahnte sich einen Weg durch die Trümmer und Steinhaufen. Überall lagen zerbrochene Möbel, Decken hingen herunter, und in den Fußböden klafften große Risse. Mit klopfendem Herzen erreichte er den Saal, den man das Bernsteinzimmer nannte.

Es hatte den Bombenangriff ohne Schaden zu nehmen überlebt. Kaum hatten die deutsche Flugzeuge über Puschkin wieder abgedreht, waren auch die aus der Stadt zusammengeholten Frauen aus dem Keller gekommen, um die unersetzlichen Kunstwerke im Schloß zu sichern. Fieberhaft arbeiteten sie, in Kittelkleidern, ihr Haar mit einem Kopftuch zurückgehalten und immer wieder in die Ferne lauschend, ob nicht wieder eine Welle des Todes aus der Luft über Puschkin erschien.

An einen Abtransport der noch im Katharinen-Palast vorhandenen Schätze war nicht mehr zu denken. Die 1. Panzerdivision stand wenige Kilometer von *Zarskoje Selo* entfernt und bereitete sich auf den entscheidenden Angriff vor. Die SS-Polizei-Division marschierte vor dem Nordteil von Puschkin auf, Panzerspitzen schossen bereits in die Stadt. Zu retten war nichts mehr. Jetzt konnten die Schätze nur noch vor der Zerstörung geschützt werden.

Die Frauen deckten die wertvollen Intarsienböden mit einer dicken Sandschicht ab, füllten die großen China-Vasen mit Wasser, verklebten die mit Seide und Brokat bespannten Wände mit Pappe, zogen Stoffbezüge über die historischen Möbel und verhängten die Regale und Schränke der einmaligen Zarenbibliotheken. Sowjetische Offiziere, die sich auf dem Rückzug kurz in einigen Sälen aufhielten und von hier aus mit den kämpfenden Truppen in Telefonverbindung standen, hetzten durch Zimmer und Gänge, bereit, sofort in die vor dem Palast wartenden Wagen zu springen und sich nach Leningrad zurückzuziehen.

Aufatmend lehnte sich Michael Wachter an eine der holzverschalten Wandtafeln des Bernsteinzimmers und sah den Frauen zu, wie sie den Sand auf den herrlichen Böden verteilten. Morgen, dachte er. Oder übermorgen... länger wird's nicht dauern. Dann stehen hier deutsche Soldaten, werden die Deckengemälde begaffen und die Holztafeln herunterreißen, um zu sehen, was sich dahinter verbirgt. Und sie werden sprachlos vor dieser Pracht aus Bernstein stehen, vielleicht einen Augenblick von Ergriffenheit gefangen sein, aber dann wird das große Plündern beginnen, die Vernichtung des schönsten Saales, den die Welt bisher kannte.

Wachter war ein mittelgroßer, etwas dicklicher Mann von beinahe 55 Jahren, das Haar war dunkelblond ohne einen Schimmer Grau. Den muskulösen Oberkörper umspannte ein blauweiß gestreiftes Hemd, dessen Ärmel er bis über die Ellbogen hochgekrempelt hatte, und wenn er deutsch sprach, klang es sehr hart wie bei vielen Menschen, die im Osten aufgewachsen waren und deren zweite Muttersprache das Russische war.

Noch in der Betrachtung der Deckengemälde versunken, schrak er zusammen, als ihn auf russisch eine Stimme ansprach.

»Sie wollen tatsächlich hier bleiben, Michail Igorowitsch?«

Wachter nickte stumm. Vor ihm stand Oberst Nikolaj Michajlowitsch Limonow, der Kommandeur der Brigade, die den Auftrag hatte, den Rückzug der sowjetischen Truppen aus dem Raum Puschkin nach Leningrad zu decken. Seine Rotarmisten waren eine verlorene Truppe, ausgelaugt von den schweren Abwehrkämpfen, Mensch gegen deutsche Panzer, Panzerabwehrkanonen und Minen gegen stählerne Ungeheuer. Aber sie wußten, daß nur ihr Opfer die Stadt retten konnte. Jeder Tag, jede Stunde waren wertvoll. Hunderttausende bauten um Leningrad die neuen Gräben und Bunker, Panzerfallen und Artilleriestellungen, drei Verteidigungsringe hintereinander, in denen sich die Deutschen festbeißen würden. Es war September, der 15. im Jahre 1941, und die Menschen starrten in den Himmel und beteten stumm: Herr, laß es regnen. Früher als sonst. Warte nicht mehr bis Oktober, bis der große Regen alle Wege und Straßen unpassierbar macht, die Fuhrwerke im tiefen Morast steckenbleiben und selbst die Panzer mit ihren breiten Ketten sich nur in den Schlamm wühlen und in ihm versinken. Dann gibt es kein Vorwärts mehr, dann werden die Aggressoren Leningrad nicht mehr erreichen, und nach dem Regen wird der Winter kommen, die Schneestürme werden über das Land heulen, vereist werden sie, die deutschen Armeen, kämpfend gegen einen unbesiegbaren Gegner: die Natur. Leningrad wird gerettet sein... laß es regnen, Herr, öffne die Wolken, laß die Deutschen ertrinken! Jetzt bitte, jetzt und nicht erst im Oktober. Hilf uns, Gott!

»Meine Pflicht ist es, Genosse Oberst«, antwortete Wachter und stieß sich von der Bretterwand ab. »Bei meinem Bernsteinzimmer muß ich bleiben.«

»Man wird Sie ohne zögern erschießen.«

»Warum? Ich kann nachweisen, daß ich ein Deutscher bin.«

»In russischen Diensten?«

»Viele Deutsche haben in den vergangenen Jahrhunderten den Zaren gedient. Generäle, Admiräle, Forscher, Philosophen, Ärzte und politische Berater waren Deutsche... so wie meine Vorfahren. Mit dem Bernsteinzimmer zog 1716 einer meiner Ahnen, Friedrich Theodor Wachter, nach Sankt Petersburg. Seitdem ist immer ein Wachter bei dem Bernsteinzimmer geblieben, hat es gepflegt und beschützt und neben dieser Aufgabe nur eine zweite gehabt: einen Sohn zu zeugen. So wurde das Erbe weitergereicht von Generation zu Generation.«

»Und nun glauben Sie, Michail Igorowitsch, daß das Bernsteinzimmer und Sie überleben. Eine Illusion ist das! Sie sind der letzte Wachterowskij.«

»Nein, Nikolaj Michajlowitsch. Einen Sohn habe ich.« Wachter sagte es mit Stolz. Die Tradition war nie unterbrochen worden, einen Sohn zu haben, war eine Verpflichtung. »In Leningrad ist er jetzt, wird mithelfen, die Stadt zu verteidigen, bewacht die Kunstschätze, die wir noch abtransportieren konnten. Ich bin stolz auf ihn. Auch wenn sie mich erschießen, es ist immer wieder ein Wachter da, der mit dem Bernsteinzimmer leben wird.«

Oberst Limonow hob den Kopf. Aus der Ferne hörten sie den Kanonendonner. Ihm war, als spürte er die Einschläge unter seinen Sohlen, als laufe ein leichtes Zittern durch den Boden.

»Morgen sind die Deutschen hier im Schloß.« Limonow schluckte den Ärger über sich selbst hinunter. Natürlich zitterte der Boden des Schlosses nicht, auch wenn er es spürte. Die Nerven! Auch ein Brigadekommandeur hat Nerven, nur hysterisch darf er nicht werden. »Was werden Sie tun, Michail Igorowitsch?«

»Ich werde mich beim Kommandeur der deutschen Truppen melden. Sicher bin ich mir, daß er hier im Schloß wohnen wird. Es gibt keinen schöneren Platz in Puschkin. Und bitten, ja anflehen werde ich ihn, das Bernsteinzimmer vor Vandalismus zu beschützen.«

»Vandalismus? Das wollen Sie tatsächlich sagen? Wachterowskij, zusammenschlagen wird man Sie, bis Sie nur noch stammeln können: ›Ein deutscher Soldat ist kein Vandale.‹ Sie waren nie in der Armee?«

»Nein, nie. Immer hatten wir Wachters eine Sonderstellung. Wer sollte sich denn um das Bernsteinzimmer kümmern? Wir hatten ein verbrieftes Recht, es nie zu verlassen, handgeschrieben und gesiegelt von Zar Peter I. Es hängt unter Glas in meinem Wohnzimmer, und jeder Herrscher über Rußland hat es anerkannt... sogar Lenin und Stalin. Nein, ich war nie Soldat, keiner von uns Wachter. Wir lebten nur für das Bernsteinzimmer.«

»Eine interessante Geschichte der Familie Wachterowskij. Erzählen Sie weiter, Michail Igorowitsch.«

»Dazu ist jetzt zu wenig Zeit. Ich muß das Bernsteinzimmer retten. Später, Genosse Oberst.«

»Sie glauben an ein Später?«

»Könnten wir ohne diesen Glauben leben?« Michael Wachter zuckte zusammen. Irgendwo, bedrohlich nah, krachten Explosionen und ließen die Scheiben des Saales klirren. »Sie werden sich nach Leningrad zurückziehen, Genosse Oberst?«

»Ja.« Limonow starrte mit versteinertem Gesicht vor sich hin. Noch in der Nacht würde der Stab seiner Brigade sich absetzen und den Katharinen-Palast verlassen müssen.

»In die Stadt?« fragte Wachter.

»Ich werde sicherlich zu Besprechungen mit General Sinowjew und Marschall Schukow in die Stadt kommen.«

»Wenn Sie Zeit finden, könnten Sie meinen Sohn Nikolaj besuchen? In der Eremitage wird er sein. Bei den geretteten Kunstschätzen des Schlosses. Wenn Sie ihn sehen, sagen Sie ihm bitte, daß ich stolz auf ihn bin. Sehr stolz. Nachricht werde ich ihm geben, wo ich auch bin, und wo ich bin, ist auch das Bernsteinzimmer. Wie der Krieg auch ausgeht, wir werden uns wiedersehen. Bitte, sagen Sie es ihm.«

»Ich werde daran denken, Michail Igorowitsch. Leben Sie wohl.« Limonow drückte Wachter die Hand, hielt sie lange fest und sagte dann fast feierlich: »Was werden Sie tun, wenn die Deutschen das Bernsteinzimmer zerstören?«

»Nicht überleben werde ich es. Seit 225 Jahren gehören das Bernsteinzimmer und die Wachters zusammen. Man kann sie nicht mehr trennen –«

Während der Nacht verließen die letzten sowjetischen

Truppen den Katharinen-Palast. Wachter stand unter dem Säulenvorbau mit den überlebensgroßen Marmorstatuen an der breiten Treppe zu den Gärten und blickte den wegfahrenden Wagen nach. Eine helle Nacht war's, feucht und klar, voll reiner Luft, durchsetzt vom Duft der Tausenden von Blumen aus den Gärten und dem würzigen Geruch der Bäume. Und still war es, nachdem der Motorenlärm verklungen war, ganz still, als hole die Natur noch einmal tief Atem, bevor am Morgen die Granaten heranheulten, die Erde aufrissen und die Panzerketten alles im Wege Liegende zermalmten.

Auch die Frauen hatten das Schloß verlassen und waren zurück in ihre Häuser gelaufen, erwarteten dort die Deutschen und zitterten ihrer ersten Begegnung mit den Eroberern entgegen. Wie waren diese Deutschen? Stimmte es, was man von ihnen erzählte, was man in den Zeitungen las und was man ihnen berichtete? Vergewaltigten sie die Frauen, warfen sie die kleinen Kinder mit den Köpfen an die Wände, erschossen sie alle Männer, zündeten sie die Häuser an? Viele Bewohner von Puschkin glaubten es und schlossen sich daher noch schnell den zurückflutenden Soldaten an. Auf Handwagen, vor die sich die Frauen an Stricken schirrten, schleppten sie das Allernötigste mit sich fort: ein paar Töpfe, Bettzeug, Decken, Kleidung, Truhen mit Wäsche und heimlich auch das Kruzifix aus der »schönen Ecke« der Wohnung, ein Marienbild oder den segnenden Christus. Wer ein Pferd hatte, war ein Glücklicher. Er konnte es vor seinen Wagen spannen, konnte sogar Möbel mitnehmen und vieles, was im Laufe eines Lebens zusammengekommen war. Er konnte Kartoffeln und gesäuerten Kohl mitnehmen, eingelegte Gurken und dicke, schöne Zwiebeln, einen bisher versteckten Schinken oder strammgestopfte Würste, ja, einige schlachteten sogar noch ein Schwein und deckten es mit Möbeln und Betten zu. Hunger würde es in Leningrad geben, das ahnte man. Von allen Seiten rückten die Deutschen vor, und der Ring um die Stadt wurde immer enger. Woher sollte man für Hunderttausende das Essen bekommen? Da war alles, was man kauen konnte, wichtiger als alles sonst. Wer wußte denn, wie lange die Blockade dauerte, ehe sich die Stadt ergab oder die Deutschen zurückgetrieben wurden oder im Regen ersoffen oder im Eissturm erfroren... Warten wir es ab, warten wir geduldig. Beides haben wir ja in Jahrhunderten gelernt, das Warten und die Geduld.

Michael Wachter saß die ganze Nacht über auf einem

Schemel im Bernsteinzimmer, in völliger Dunkelheit, allein mit allen Schätzen, die nur noch diese Nacht lang Rußland gehörten. Zeit hatte er jetzt, sich zu erinnern an den letzten Zaren Nikolaus II., der 1916 mit der Zarin, dem Zarewitsch und seinen vier schönen Töchtern hier im Zimmer saß und um Rasputin, den dämonischen Mönch, weinte, den Fürst Jussopow und seine Freunde ermordet hatten. Damals war er, Wachter, 30 Jahre alt gewesen, und sein Vater Igor hatte der Zarin und den Töchtern parfümierte Taschentücher gebracht, damit sie ihre Tränen trocknen konnten. Und Silvester 1916/17, zweihundert Jahre nachdem das Bernsteinzimmer von Berlin nach St. Petersburg gebracht worden war, hatte der Zar sein letztes Fest gegeben. Und er hatte Igor Germanowitsch Wachterowskij einen Orden verliehen und zu einem Bruderkuß an sich gezogen, als habe er geahnt, daß ihn die Februar-Revolution 1917 vom Thron fegen würde, den letzten Zaren der Dynastie Romanow.

Ja, und dann – Vater Igor war an einem Lungenleiden gestorben und er, Michael Wachter, hatte mit 34 Jahren das Erbe angetreten – besuchte Lenin das Schloß, ging durch alle Säle, blieb im Bernsteinzimmer stehen, ließ den Blick fast andächtig über die schimmernde Pracht des »Sonnensteines« gleiten und hatte dann zu ihm gesagt: »Ich hasse die Zaren und ihre Ausbeutung des Volkes, aber daß sie dies geschaffen haben, macht sie leider unsterblich.« Und er, Wachter, hatte geantwortet: »Das Geschenk eines deutschen Königs ist es, Genosse Lenin. Wir haben es nur gut gepflegt.«

»Und du wirst es weiter so gut pflegen.« Lenin hatte ihm die Hand gegeben, zum Erstaunen der ihn umringenden Kommissare, denn eine große Ehre war's, die Hand des großen Wladimir Iljitsch Uljanow zu drücken, dem Vater eines neuen Rußland, des bolschewistischen Arbeiter- und Bauernstaates.

Vor 21 Jahren war das. Welch eine kurze Zeit, und doch wie weit schon weg in der Erinnerung. Damals, im Jahre 1918 wurde sein Sohn Nikolaj geboren, am 17. Juli, genau an jenem Tag, an dem um ein Uhr fünfzehn in der Nacht, in der Villa Ipatiew bei Jekaterinburg, die Zarenfamilie von den Bolschewisten erschossen und in den Wäldern von Koptjakij auf einer Lichtung, die man »Zu den vier Brüdern« nannte, zerstückelt und verbrannt wurde. Dem Zaren zu Ehren hatte er seinen Sohn Nikolaus getauft, keiner wußte das, noch nicht einmal Nikolaj selbst hatte er es gestanden. Ein alter Familienname ist's, hatte er erklärt, Tradition, mein Junge, so wie alles bei uns Wachters.

Wie weit, weit weg das alles.

Und wie war das im Jahre 1929? Stalin stand hier im Bernsteinzimmer, in hohen Stiefeln und Pumphose, mit einem Bauernhemd und einem breiten Gürtel um den Leib, und der mächtige Josif Wissarionowitsch Dschugaschwili hatte ihm auf die Schulter geklopft und gesagt: »Eure Geschichte hat man mir erzählt, Michail Igorowitsch. Zar Peter hat den ersten Wachterowskij mit dem Bernsteinzimmer geschenkt bekommen. So soll's bleiben. Hast du schon einen Sohn?«

»Elf Jahre ist er alt.«

»Wo ist er?«

»Versteckt hat er sich. Irgendwo im Palast. Angst hat er, der Junge.«

»Angst? Vor mir?« Stalin hatte gelacht, sein buschiger Schnurrbart hatte gebebt, und die dunklen, georgischen Augen blitzten. »Laß ihn suchen. Ich will ihn sehen. Angst! Vor mir braucht niemand Angst zu haben.«

Man suchte Nikolaj, aber man fand ihn nicht. Im riesigen Katharinen-Palast gab es hundert Ecken, Winkel und Keller, wo sich ein Kind verstecken konnte. Erst später, 1937, stand Nikolaj Wachterowskij vor Stalin, nun neunzehn Jahre alt, schmal, hochaufgeschossen, mit strohblonden Haaren wie seine Mutter Lydia Alexandrowna und deren azurblauen Augen. Und Stalin hatte gesagt, hier im Bernsteinzimmer stehend, vor einer Vase mit goldgelbem Bernsteinmosaik: »Du bist also der vorerst letzte Wachterowskij. Diesmal versteckst du dich nicht, was?« Er hatte es nicht vergessen, und es durchfuhr Nikolaj eiskalt und schmerzvoll. »Siehst du nun, junger Genosse: Vor mir braucht keiner Angst zu haben.«

Ein paar Tage danach ließ Stalin den Marschall Michail Nikolajewitsch Tuchatschewskij erschießen und mit ihm eine Reihe anderer hoher Offiziere, weil sie Spione seien. Aber nur unbequem waren sie ihm, und einfach war es, das Unbequeme aus dem Weg zu räumen.

Stalin, der Mann, der jetzt gegen die Deutschen kämpfte, ihre Armeen aufhalten wollte, Rußland zu retten versuchte und Leningrad zu einer riesigen Festung werden ließ.

Vier Jahre erst war das her, man soll's nicht glauben. Es

war das letztemal, daß Stalin das Bernsteinzimmer besucht und bewundert hatte.

Im Morgengrauen begann die deutsche Artillerie wieder zu schießen. Die Granaten verschonten das Schloß, schlugen in der Stadt Puschkin ein, durchlöcherten die Straßen und Wege nach Leningrad, verfolgten die zurückgehenden sowjetischen Truppen. Die Panzer der 1. Panzerdivision rollten auf Puschkin und den Katharinen-Palast zu, erreichten ohne Widerstand den Stadtrand von Puschkin und fuhren die breite, schöne Allee zum Palais hinauf.

Michael Wachter verließ sein Bernsteinzimmer, stellte sich wieder unter den Säuleneingang, so wie er in der Nacht Oberst Limonow nachgeschaut hatte. Sein Herz tat ihm weh, als er die graugrünen Stahlkolosse auf sich zurasseln sah, die Geschütztürme mit dem schwarzweißen Balkenkreuz. Die Kommandanten der Panzer standen in den hochgeklappten Luken und starrten auf den herrlichen Palast, als erlebten sie ein Märchen. Vor der großen Treppe hielten sie, kletterten aus den Türmen, sprangen auf den Boden und kamen, Pistolen in der Hand, auf Wachter zu. Ein Offizier, der an der Spitze lief, blieb vor Wachter stehen und stieß ihm den Lauf seiner Waffe gegen die Brust. Die anderen Soldaten stürmten an ihnen vorbei ins Schloß.

»Was stehst du hier rum?« fuhr ihn der Offizier an. »Wo sind die anderen? Wo Russki?«

»Ich bin kein Russe, Herr Hauptmann«, sagte Wachter ruhig und furchtlos. »Ich bin ein Deutscher wie Sie. Willkommen in *Zarskoje Selo* –«

Am Nachmittag waren die Säle und Prunkzimmer, die Wirtschaftsräume und Gesindezimmer, die Schlafgemächer der Zaren und die Bibliotheken voller Menschen in deutschen Uniformen. Von allen Seiten waren sie gekommen, um Quartier in diesem Palast zu nehmen, der zum Schönsten gehörte, was in Rußland je gebaut worden war. Vor allem die Stäbe mit ihren hohen Offizieren zogen in das Schloß ein und belegten die prunkvollsten Räume. An die herrlichen geschnitzten und mit Gold verzierten Türen hämmerten Soldaten die handgeschriebenen Pappschilder ihrer Einheiten, mit Richtungspfeilen von links oder nach rechts, mit Namen der Kommandeure oder auch nur *Schreibstube* oder WuG, was soviel hieß wie *Waffen* und *Geräte*.

Fünf Stäbe richteten sich häuslich im Katharinen-Palais ein: Der Stab des XXVIII. Armeekorps, der Stab der 16. Armee, der Stab des XLI. Panzer-Korps und die Stäbe der 96. und 121. Infanterie-Division. Die SS-Polizei-Division und die 1. Panzer-Division, die Puschkin als erste erreicht hatten, waren weitergezogen und verfolgten die sowjetischen Truppen. Das Gedröhne der Geschütze lag wie ein ferner Donner über dem Land, unter dem Himmel brummten die deutschen Bombergeschwader nach Leningrad.

Michael Wachter hatte aufgeatmet, als die SS-Division an dem Schloß vorbei zum Nordteil der Stadt Puschkin zog, wo sich die letzten Rotarmisten wehrten, ein armseliger Riegel, der nur den Zweck verfolgte, Zeit zu gewinnen, die Stunden hinzudehnen, denn jede Stunde bedeutete ein Stück Graben, eine Bunkerwand, eine Geschützstellung mehr im Verteidigungsring um Leningrad.

Am 16. September 1941 war das Bernsteinzimmer in deutscher Hand, aber es stand noch unversehrt hinter den schützenden Holztafeln und Pappstreifen. Der Krieg war darüber hinweggerollt... und es lebte noch.

Ein glücklicher Mensch war Michael Wachter in diesen Stunden.

Am 17. September war auch der Nordteil von Puschkin von den sowjetischen Truppen geräumt worden. Die SS-Polizei-Division marschierte in die Stadt, der nachrückende Stab erschien vor dem Katharinen-Palast, um hier ebenfalls sein Hauptquartier einzurichten. Mit Schrecken starrte Wachter auf die Uniformen mit dem Totenkopf. Zum erstenmal sah er SS-Offiziere und SS-Soldaten jener deutschen Division, die zur Elite gerechnet wurde und von der vor dem Krieg und erst recht jetzt im Krieg so viel geschrieben worden war. Gefürchtet waren die Männer mit dem Totenkopf, sie waren von allen deutschen Truppen am besten ausgerüstet, eine geballte Faust, deren Schlag Vernichtung hieß.

Ein SS-Gruppenführer – dem Rang eines Generals entsprechend – stieg die Stufen der großen Treppe hinauf, während der Stab vor dem Portal vorfuhr und wie zu einer Parade eine peinlich ausgerichtete Reihe von Fahrzeugen bildete. Noch hatte der SS-General nicht einmal die Hälfte der Treppe erstiegen, da erschien im Eingang des Palais der Kommandeur des XXVIII. Armeekorps und hob, kurz grüßend, die Hand an sein Mützenschild. Der SS-Gruppenführer erwiderte mit ausgestrecktem Arm, mit dem Hitlergruß.

»Ich nehme an, Herr Kamerad«, sagte der Kommandeur etwas steif –, »Sie haben die Absicht, hier Ihren Stab einzuquartieren.«

Der SS-Gruppenführer blieb auf der Treppe stehen, warf einen schnellen Blick auf die imposante Fassade des Schlosses und nickte.

»Braunfeld«, stellte er sich vor. »Heinrich Braunfeld.«

Der Panzergeneral lächelte mokant. Ausgerechnet Braunfeld, dachte er, und dann Befehlshaber einer SS-Division. Und Heinrich heißt er auch noch, wie sein Chef Heinrich Himmler. Kompletter geht's nicht mehr.

»Von Kortte«, sagte er noch steifer. »Ich bedaure, Ihnen sagen zu müssen, daß wir für einen neuen Stab keinen Platz mehr haben.«

SS-Gruppenführer Braunfeld blickte wieder die Schloßfassade entlang und schüttelte den Kopf. Was will er, dachte er. Dieser Affe mit den roten Streifen an der Hose! »Das Schloß ist groß genug. Sie wollen doch nicht sagen, daß Ihr Stab über hundert Zimmer braucht.«

»Es befinden sich zur Zeit fünf Stäbe im Katharinen-Palast. Dazu die gesamten Trosse, morgen kommen die Werkstätten von zwei Panzerkorps hinzu. Ich empfehle Ihnen, sich im benachbarten Alexander-Palais einzurichten. Es ist noch verhältnismäßig schwach belegt.« General von Kortte hob wie bedauernd die Schultern. »Gruppenführer, es tut mir leid. Der jetzige Hausherr des Schlosses, Generaloberst Busch, Befehlshaber der 16. Armee, hat diese Anordnung getroffen.«

»Ich möchte Busch sprechen!« Braunfeld fühlte sich wie gegen den Bauch getreten. Und er sagte einfach »Busch«, respektlos, flegelhaft, rüde, wie von Kortte es nannte.

»Der Generaloberst ist beschäftigt«, antwortete er kühl. »Bitte fahren Sie weiter zum Alexander-Palais.«

»Sie werfen einen SS-Stab hinaus?!« Braunfeld holte tief Atem. »Herr von Kortte, das wird Folgen für Sie haben. Es wird dem Reichsführer-SS gemeldet werden! Ihre Behandlung einer kämpfenden Truppe ist unerhört! Sie hören noch von vorgesetzter Stelle.«

SS-Gruppenführer Braunfeld drehte sich um und stieg grußlos die Treppe hinunter. Was er an seinem Wagen zu seinen Stabschef sagte, konnte von Kortte nicht verstehen. Er sah nur, wie der SS-Offizier, ein Standartenführer, den Kopf in den Nacken warf, einen musternden Blick hinauf zu von Kortte warf und dann wieder in den Wagen stieg. Braunfeld folgte ihm. Zehn Minuten später war der Platz vor dem Säuleneingang wieder leer. Zurück blieb nur ein großer Ölfleck ... einer der Wagen mußte ein Leck in der Ölleitung haben.

Michael Wachter stand noch immer neben der Eingangstür, als von Kortte den Palast wieder betreten wollte.

»Ich danke Ihnen, Herr General«, sagte er in seinem harten Deutsch, stockend und sichtlich bewegt. General von Kortte blieb erstaunt stehen.

»Wofür?« fragte er abgehackt und sah Wachter an.

»Sie haben die SS vom Schloß ferngehalten.«

»Das geht Sie nichts an!« Von Korttes Stimme wurde scharf. Er kniff die Augen zusammen, es sah aus, als ziele er auf Wachter.

»Es wären noch genug Räume frei, Herr General.«

»Das geht Sie überhaupt nichts an!«

»Bestimmt nicht.«

»Also, was wollen Sie?«

»Ihnen nochmals danken, daß Sie das Bernsteinzimmer gerettet haben.«

General von Kortte, der sich schon abgewandt hatte, um das Schloß zu betreten, drehte sich wieder um. »Das Bernsteinzimmer! Ist das der mit Holz verschalte Saal, in dem Sie immer herumsitzen?«

»Ja, Herr General.«

»Und die ganzen Wände sind aus Bernstein?«

»Alles, Herr General. Die Wände, die Figuren, die Girlanden, die Türumrahmungen, die Gemälderahmen, die Blumen und Zweige ... alles aus Bernstein.«

»Donnerwetter!« Von Kortte war beeindruckt. »Das müssen Sie mir mal zeigen. Wie heißen Sie?«

»Michael Wachter.«

»Das ist ja ein deutscher Name.«

»Ich bin Deutscher, Herr General.«

»Und arbeiten bei den Bolschewiken?«

»Seit 225 Jahren, Herr General.«

»Donnerwetter!« Von Korttes Stimme gluckste vor Vergnügen. »Sieht man Ihnen gar nicht an, dieses Alter.« Er lachte über seinen eigenen Witz, nur drei Sekunden lang, dann wurde er wieder ernst. »In Kunstdingen bin ich ein Banause«, sagte er offen. »Bernsteinzimmer ... habe ich noch nie gehört. Ist es in Kunstkreisen bekannt?«

»Es gehört zu den größten und wertvollsten Kunstwerken überhaupt. Es ist unersetzlich. So etwas wird es nie wieder geben.«

»Und da glauben Sie, daß man an maßgeblicher Stelle das nicht weiß? Daß Ihre Bretter noch einen Sinn haben ... jetzt, wo Puschkin in unserer Hand ist und es auch für immer bleiben wird? Es wird nicht lange dauern, und eine Kommission von Kunstsachverständigen wird kommen, die Bretter wegreißen und Aha! und Oho! rufen. Man wird herumtelefonieren zum Führer, zu Reichsleiter Bormann, zu Außenminister von Ribbentrop, zu Reichsmarschall Göring, zu Reichsleiter Rosenberg – kennen Sie überhaupt die Namen?«

»Nur Hitler und Göring, Herr General. Hier auf Puschkin lebten wir sehr für uns allein. Uns interessierte Deutschland kaum. Wir hatten unsere Arbeiten im Schloß, die Pflege der vielen Räume, Möbel, Böden und Teppiche, die Ausbesserungen außen und innen, die Gärten ... was ging uns an, was außerhalb des Katharinen-Palastes geschah?«

»Das ist ein weitverbreiteter Fehler, mit Scheuklappen herumzulaufen und nur in eine Richtung zu sehen.« General von Kortte ging zurück in die prunkvolle Eingangshalle mit ihren marmornen Figuren, der wunderschönen Treppe, den bemalten Stuckdecken und dem einzigartigen eingelegten Boden. Wachter folgte ihm dichtauf. Von Korttes Reden hatten ihn nicht beruhigt, im Gegenteil, seine Sorge hatte neue Nahrung bekommen und wuchs um sein Herz herum.

»Sie meinen, Herr General«, sagte er stockend, »daß Hitler oder Göring oder die anderen ...«

»Ich meine gar nichts.« Von Kortte blieb wieder stehen und ließ Wachter um sich herumkommen. »Außerdem ist meine Meinung völlig gleichgültig. Es gilt allein die Meinung des Führers.«

»Was will Hitler mit dem Bernsteinzimmer?«

»Wenn es so einzigartig ist, wie Sie sagen, Wachter, stellt es eine wertvolle Kriegsbeute dar. Wir haben im Reich Museen genug, um es dort aufzubauen. Mann, Sie haben mein Interesse geweckt. Wann kann ich das Zimmer ohne die Verschalung sehen?«

»Ich werde morgen eine Vertäfelung freilegen lassen.«

»Sehr gut.« General von Kortte nickte, als zwei junge Offiziere durch die Halle rannten und dabei stramm grüßten. »Was ich noch fragen wollte: Wo ist das Personal des Schlosses geblieben? Sie waren doch nicht allein hier.«

»Geflohen, Herr General.«

»Vor uns geflohen?« Von Kortte zog die Stirn kraus. »Vor uns braucht doch keiner zu fliehen!«

»Die Frauen hatten Angst, daß sie vergewaltigt werden.«

»Von uns? Von unseren Soldaten?!« Die Stimme des Generals wurde laut und wirkte wieder wie zerhackt. »Ein deutscher Soldat ist ein ehrenhafter Mann! Wir sind doch keine Mongolen Dschingis-Khans! Ich wünsche, daß die Frauen zurückkommen und das Schloß weiter in Ordnung halten.«

Ohne eine Antwort abzuwarten, drehte sich von Kortte wieder um und stieg die Marmortreppe hinauf zu den Sälen, in denen sein Stab arbeitete. Für sich selbst hatte er den Chinesischen Saal ausgewählt, ein Prunkstück mit bemalten Wänden und Türen und geschnitzten asiatischen Möbeln. Der Fernmeldetrupp schien dafür keine Augen gehabt zu haben. In die Wände hatte man Klammern für die Telefonleitungen geschlagen und Löcher zu den Nebenräumen gebohrt. Hier waren die Dienststellen des Oberquartiermeisters, des Ia und des Ib und die Schlafzimmer der Stabsoffiziere.

Michael Wachter sah von Kortte nach und wischte sich mit der rechten Hand über sein Gesicht. Er wurde nicht klug aus dem General. Man konnte mit ihm reden, und plötzlich war er wieder zugeknöpft und eisig wie eine Marmorstatue. Wie's auch sei... er hatte nicht zugelassen, daß die SS das Schloß besetzte. Allein schon das war eine mutige und gute Tat, für die man ihm dankbar sein sollte.

Am nächsten Morgen war alles anders.

In der Nacht waren zwei Kompanien Infanterie von der Front zurückgekommen. Sie waren verdreckt, übermüdet, vom schnellen Vormarsch zermürbt. Neue, frische Kompanien hatten sie abgelöst. Nun nahmen sie im Schloß Quartier und belegten die noch freien Räume.

Wachter hatte sie nicht kommen hören, er schlief in seiner Wohnung im Nebentrakt, an deren Tür man ein Pappschild mit der Aufschrift *Verwaltung* genagelt hatte. Dadurch blieb er ungestört, konnte seine Wohnung behalten und wurde nicht belästigt. Erstaunt stellte er fest, welch ein kleines Wunder solch ein Schild hervorbringen konnte. Niemand kümmerte sich darum, was hinter der Tür geschah... das Schild allein genügte. Es war etwas Amtliches. Ein guter Deutscher hatte davor Respekt und keine Fragen mehr.

Als Michael Wachter zu seinem Bernsteinzimmer kam, blieb er zunächst betroffen stehen und starrte auf die herrliche Tür. Auch hier hatte man ein Pappschild aufgenagelt, bemalt mit einer groben Schrift. *Belegt von 2. Kp.* stand darauf, und man hatte einen derben zweizölligen Nagel benutzt, um den Fetzen anzuheften. Der große Nagel saß mitten in den Schnitzereien und vergoldeten Girlanden.

Wachter atmete tief durch, riß die Tür auf und stürmte in das Zimmer. Zwei Landser waren gerade dabei, ein Stück der Holzverschalung loszureißen, um zu sehen, was sich dahinter versteckte. Die Mehrzahl aber lag herum, schlief auf den im Zimmer abgestellten oder herangeschleppten kostbaren Sesseln, Liegen und Kanapees. Sie wetzten mit ihren schmutzigen, erdverkrusteten Stiefeln über die Brokat- und Seidenbezüge, rauchten und warfen die Kippen in den Sand, der den unersetzbaren Parkettboden bedeckte. Zwei andere Landser, die gerade eine Pappverkleidung heruntergerissen hatten, standen einen Augenblick wie erstarrt vor dem Glanz, den sie freigelegt hatten.

In einem Rahmen aus leuchtendem Bernstein, Intarsien von Sonnengelb bis zum warmen Braun, Mosaike, aus denen man Blütenranken und Medaillons geschnitzt hatte, hing das Gemälde einer idealisierten Landschaft, mit römischen Säulen und bogenförmigen Ruinen, eingebettet in eine sanfte Hügellandschaft, wie sie in der Toskana zu finden war. Eine gemalte Ode des Vergil.

»Det is'n Ding!« sagte einer der Landser begeistert. »Da bring ick meener Erna 'ne Handvoll mit. Allet Bernstein, meine Fresse!«

Er zückte sein Seitengewehr, stieß die Spitze in das Mosaik, bohrte und brach ein großes Stück aus der Wand.

Mit drei langen Sätzen stürzte sich Wachter auf den Soldaten, gerade, als dieser grinsend sagte: »Erna war schon imma scharf auf Bernstein. Kameraden, det is hier ja wie'n Goldbergwerk.«

»Zurück!« brüllte Wachter. Er entriß dem Landser das Seitengewehr, schleuderte es weg, packte ihn an den Schultern und stieß ihn von der Bernsteintafel weg.

»Na, na, wat is denn?« sagte der Landser verblüfft. Dann erst begriff er, daß man ihn angegriffen hatte, daß sein Seitengewehr mitten im Saal im Sand lag und daß es auch noch ein Zivilist war, der ihm einen Stoß versetzt hatte, ein älterer Mann in einem abgeschabten Anzug. »Hast wohl 'ne

Meise, Opa?!« schrie er und ballte die Fäuste wie ein Boxer. »Nu halt man dein Kinn fest...«

Aber er kam nicht dazu, seinen Schlag anzubringen. Der zweite Landser, der hinter Wachter stand, hieb mit dem Knauf seines Seitengewehres, weit ausholend, dem anscheinend Verrückten auf den Kopf, zweimal hintereinander, während die anderen Soldaten aus ihren Sesseln und Kanapees hochzuckten.

Michael Wachter spürte den zweiten Schlag schon nicht mehr. Ein scharfer Schmerz durchfuhr ihn bis hinunter zu den Zehen. Jetzt bin ich tot, konnte er noch denken, dann fiel er in eine bodenlose Schwärze, in der es kein Denken mehr gab.

In ihrer Erdhöhle wartete Jana Petrowna auf das Erscheinen der deutschen Truppen. In einem dichten Gebüsch hatte sie das Fahrrad versteckt, das ihr der Adjutant von General Sinowjew gegeben hatte, ein ziemlich verwirrter Major, der nicht verstehen konnte, warum man eine Spionin nicht sofort erschoß, sondern ihr sogar ein Fahrrad gab, damit sie fliehen konnte. Aber frage einer mal einen General nach dem Sinn seiner Befehle... Genossen, wer wagt das schon?

Außerdem waren alle viel zu sehr damit beschäftigt, das Hauptquartier der Division in dem kleinen, verträumten Jagdschlößchen zu räumen. Die deutsche Artillerie schoß in die zurückgehenden Rotarmisten hinein, Panzervorstöße schlugen große Lücken in die Verteidigungsstellungen, selbst Gegenangriffe der gefürchteten sowjetischen Panzer T 34 brachen im Feuer der neuen deutschen Panzerabwehrgeschütze, kurz PAK genannt, zusammen. Die Stukas und schweren Heinkel-Bomber luden ihre tödliche Fracht über den Dörfern und kleinen Städten ab, überall loderten Brände, und der Himmel war dunkel vom Rauch der Zerstörung.

General Sinowjew hatte von seinem Kunstrettungstrupp nichts mehr gehört. Die Verbindung zu Unterleutnant Wechajew war abgerissen. Er wartete auch gar nicht mehr auf eine Nachricht, die Meldungen von der Front sagten ihm, daß die kleine Kolonne direkt in die Arme der vorpreschenden deutschen Panzer gefahren sein mußte. Die auf der Karte abgesteckten feindlichen Positionen zeigten ihm, daß Wechajew keine Chance mehr gehabt hatte, den Deutschen auszuweichen oder zu fliehen. Aus Leningrad war außerdem der Befehl gekommen, sich auf den äußeren Verteidigungsgürtel zurückzuziehen. Dort gruben noch immer Tausende von Frauen, Pionieren und alten Männern die Schützengräben, gossen mit Beton neue Panzersperren, verstärkten die Bunker, stützten die Unterstände ab, und sogar halbwüchsige Kinder schleppten Säcke und Steine, Balken und Bretter, um einen Wall gegen die Aggressoren zu bauen.

Stalins »Kronprinz« Andrej A. Schdanow, Mitglied des Politbüros, war nach Leningrad gekommen und hatte als neuer Leiter der Leningrader Parteiorganisation das Oberkommando der Verteidigung übernommen. In einem Aufruf verkündete er:

»Entweder wird die Arbeiterklasse Leningrads versklavt und ihre schönste Blüte vernichtet werden, oder wir graben dem Faschismus vor Leningrad das Grab.«

Die gesamte Bevölkerung sollte deshalb bewaffnet werden. Sie sollten im Handgranatenwerfen und Straßenkampf ausgebildet werden, Straße um Straße, Haus um Haus sollten sich in eine Festung verwandeln, an der sich der Feind verbluten würde. Wenn die Deutschen Leningrad schon eroberten, dann nur unter Strömen von Blut. Auch Marschall Schukow erließ am 17. September an alle Kommandeure der zur Verteidigung von Leningrad eingesetzten sowjetischen Armeen den Befehl, keinen Meter mehr den Faschisten zu überlassen. »Jegliche Absetzbewegung betrachte ich ab sofort als Verbrechen gegen das sowjetische Vaterland«, ließ er verkünden. »Diese Ehrlosen werden zum Tode verurteilt.«

Überall, vor allem im Süden der Stadt, wo von den Deutschen die größte Gefahr drohte, nachdem sie Puschkin erobert hatten, entstanden Stacheldrahthindernisse und kleine Betonbunker, die man »Woroschilow-Hotels« nannte. Deutsche Flugzeuge warfen über der Stadt gefälschte Lebensmittelkarten und Rubelscheine ab und Flugblätter, auf denen stand, daß man alle schonen würde, die ihre Kommandanten töteten und sich ergaben. Polizeistreifen durchkämmten die Straßen, wer mit solch einem Flugblatt gefaßt wurde, konnte auf der Stelle erschossen werden.

1,5 Millionen Menschen waren bereit, Rußlands schönste Stadt mit ihren Leibern vor den Deutschen zuzumauern.

Jana Petrowna hörte am frühen Morgen des 17. September das Rasseln der Panzerketten auf der Waldstraße. Die Angriffsspitzen der Panzer-Gruppe 4 unter Generaloberst Hoepner hatten sie erreicht. Der Ring um Leningrad war geschlossen.

Noch zwei Tage blieb Jana Petrowna in ihrem Erdhöhlenversteck. Dann wagte sie sich ins Freie, wusch sich gründlich in einem kleinen Bach und bürstete den Dreck, so gut es ging, aus ihrer Schwesterntracht. Sie ließ den Militärmantel zusammengeknüllt in der Höhle zurück, zog das Fahrrad aus dem Gebüsch und schob es auf die Straße. Das war der gefährlichste Teil ihres Planes, aber sie hatte Glück. Auf der Straße war kein einziges deutsches Fahrzeug, kein einziger deutscher Soldat zu sehen. So friedlich, wie ein schöner Herbsttag sein kann, stand der Wald unter einer noch wärmenden Sonne.

Sie schwang sich auf den Sattel, setzte ihre Schwesternhaube auf, hängte eine große Tasche aus braunem Wachstuch an die Lenkstange und fuhr den gleichen Weg, den auch Wechajew gefahren war.

Zurück nach Puschkin. Zurück zum Katharinen-Palast. Und während sie kräftig in die Pedale trat, schwirrten viele Gedanken durch ihr Gehirn.

Lebte Väterchen Michail noch? War das Schloß zerstört worden? Hatte man die Schätze geplündert? Wer wohnte jetzt in den Prunkräumen? Würde man ihr die Geschichte, die sie erzählte, glauben und sie im nächsten Lazarett arbeiten lassen? Was war aus Nikolaj, ihrem Liebsten, geworden? Mit dem letzten Lastwagen voller wertvoller Vasen, Schmuckstücke, Möbel und Teppiche, mit Gemälden aus zwei Jahrhunderten und persönlichen Andenken der Zarinnen und Zaren hatte er *Zarskoje Selo* verlassen und sollte sie in Leningrad in Sicherheit bringen. Hatte er es geschafft? Hatte er Leningrad erreicht, oder war er von deutschen Bomben und Granaten zerfetzt worden? Ob es Väterchen Michail wußte... wenn er noch lebte? Gab es noch das Bernsteinzimmer...?

Nach zwei Stunden einsamer Strampelei kamen ihr die ersten deutschen Truppen entgegen. Ein Infanterie-Bataillon, wie auf dem Marsch zu einem Manöver. Die Kompaniechefs ritten zu Pferde voraus. Der Kommandeur, ein Major, saß zusammen mit seinem Adjutanten und einem Stabsarzt in einem Kübelwagen, erst dann folgten die Autokolonnen mit dem Troß, der Schreibstube, der Feldküche und dem Material. Kein Spähtrupp war ihnen vorausgefahren, so sicher fühlten sie sich.

Ein merkwürdiges, das Herz zusammenschnürendes Gefühl war's, zum erstenmal deutsche Soldaten zu sehen. Nur für einen Moment zuckte Angst durch Jana Petrownas Körper beim Anblick der langen, grauen Kolonne, doch dann beugte sie sich über das Lenkrad und strampelte unbeirrt weiter. In ihren Adern klopfte das Blut. Würde man sie anhalten? Würde man fragen, woher sie kam?

Ganz rechts fuhr sie auf der Straße, der Kübelwagen des Majors verlangsamte sein Tempo, der Fahrer grinste breit und warf ihr mit gespitzten Lippen ein Küßchen zu. Verwundert lehnte sich der Stabsarzt aus dem offenen Wagen. Der Major tippte ihm auf den Ärmel.

»Doktor, nicht wild werden!« Er lachte kurz und musterte die auf sie zuradelnde Jana. »Lassen Sie das Karbolmäuschen in Ruhe. Wir haben keine Zeit.«

Der Stabsarzt lehnte sich wieder in den Sitz zurück und schüttelte den Kopf.

»Wo kommt sie her, Herr Major?« fragte er verblüfft. »Ja, verdammt, von wo kommt sie? Vor uns ist kein Lazarett, nur ein vorgeschobener Truppenverbandsplatz.«

»Das wird es sein.«

»Auf gar keinen Fall! Unmittelbar hinter der kämpfenden Truppe arbeiten nur Sanitäter und Ärzte. Rote-Kreuz-Schwestern tauchen erst in der Krankensammelstelle auf, und die ist hinter uns. Und sie sitzt auf einem Fahrrad, als fahre sie fröhlich zum nächsten Krankenhaus.«

»Doktor, Sie suchen nur nach einem Grund, mit ihr anzubandeln. Nein, ich lasse nicht halten.« Der Major lachte wieder und winkte Jana zu, als sie an ihr vorbeifuhren. »Verdammt! Wirklich ein hübsches Mäuschen ...«

Jana Petrowna winkte zurück, lachte zu ihnen hinüber und trat, so kräftig sie konnte, in die Pedale. Als sie an den Soldaten vorbeikam, empfingen sie schrilles Pfeifen und laute Zurufe. »Schwester, ich habe einen Tripper –« hörte sie aus dem Gejohle heraus. »Schwesterchen, wo hast du die Sanierungsspritze? Mich juckt's, mich juckt's ... komm her und sieh mal nach ...« Und als sie an der Feldküche vorbeikam, wedelte der Koch, der auf der Protzenbank hockte, mit einem langen hölzernen Kochlöffel und brüllte: »Tausche 'nen Schlag Suppe gegen einmal Hopp-hopp ...«

»Haben Sie das gesehen, Herr Major –« sagte der Stabsarzt erregt. »Ihr Kleid ist voller Flecken! So läuft doch eine deutsche Schwester nicht herum! Da stimmt doch was nicht! Wir sollten sie uns näher ansehen...«

»Das könnte Ihnen so passen, Doktor. Leibesvisitation und so. Was ist denn da unterm Röckchen...« Der Major lachte wieder. »Nichts zu machen, mein Lieber – wir alle befinden uns im sexuellen Notstand. Ihre Ärzte habt ja immer mehr Möglichkeiten als wir armen Schweine an der Front.«

Endlich hatte Jana Petrowna das deutsche Bataillon passiert und war wieder allein auf der Straße nach Puschkin. Aus der Ferne hörte sie Gesang, die Landser sangen, um die Müdigkeit zu überwinden. Die Stahlhelme an das Koppel geschnallt, die Uniformkragen aufgeknöpft, verschwitzt und mit Staub überzogen, marschierten sie als Ersatz zum nun geschlossenen Belagerungsring von Leningrad.

Mit noch einem leichten Zittern in den Gliedern stieg Jana ab und dehnte sich, drückte den Rücken durch und holte tief Atem. Beschwerlich war es, auf der unbefestigten Straße zu fahren. Die Straßendecke war von tiefen Furchen durchzogen, die fünf Tage Regen hinterlassen hatten.

In der Nacht schlief sie in einem zur Hälfte ausgebrannten Bauernhaus. Zwischen den verkohlten Balken, eng an die Mauer des ehemaligen Wohnzimmers gedrückt, im Schutze des zersprungenen Ofens aus Lehm und Feldsteinen, lag sie auf zusammengerafftem Stroh, atmete den scharfen Brandgeruch ein und einen süßlichen Geruch, den sie nicht kannte. Erst am Morgen entdeckte sie, daß neben ihr, nur durch die zerborstene Mauer getrennt, drei Tote lagen, zwei Frauen und ein alter Mann, schwarz im Gesicht von dem Feuer, dem sie nicht entkommen waren. Der Verwesungsgeruch drehte ihr den Magen um, sie stützte sich an die rußige Mauer und erbrach sich, hetzte dann zu ihrem Rad und fuhr zurück auf die aufgerissene Straße.

Erst später war sie fähig, etwas zu essen und zu trinken. Sie saß neben der Straße unter einem Baum, die braune Wachstuchtasche im Schoß, und knabberte Sonnenblumenkerne, zerteilte eine dicke Zwiebel und kaute zwei Scheiben ausgetrocknetes Brot und ein Stückchen Dauerwurst. Es schmeckte schon etwas ranzig, aber sie aß die Wurst mit großem Hunger und trank aus einer Bierflasche das Wasser, das sie nach dem Waschen aus dem Bach im Wald geschöpft hatte. Sie schüttete den Rest in die Hand, wusch sich damit das Gesicht, nahm einen Kamm aus der Tasche, ordnete ihr Haar und betrachtete sich in einem kleinen, von braunem Kunstleder umrahmten Spiegel.

Zufrieden war sie mit sich. Das Gesicht mit der Schwesternhaube, die hohen Backenknochen, die klaren Augen, die vollen Lippen ... schön war sie, das konnte sie selbst von sich sagen.

Am Abend des zweiten Tages ihrer Radreise erreichte sie endlich Puschkin, die Schlösser von *Zarskoje Selo*.

Die Deutschen, denen sie jetzt überall in Massen begegnete, beachteten sie kaum bis auf die typischen Bemerkungen, Zurufe oder Zeichen, wenn Männer ein so hübsches Mädchen in der Tracht einer Rote-Kreuz-Schwester sahen. Ihre Gegenwart nahm niemand mit Erstaunen oder Mißtrauen wahr. Gerade vor einem Tag war ein Feldlazarett nach Puschkin verlegt worden und hatte sich hier in einer der Schulen eingerichtet. Neun Ärzte und vierzehn Sanitäter versorgten die Verwundeten und Kranken, die mit Sanitätskraftwagen, kurz Sanka genannt, von der Front herangeschafft wurden. In den Hauptverbandsplätzen nur notdürftig versorgt, lagen sie jetzt hier mit durchgebluteten Verbänden, um den Hals den »Sanitätslaufzettel« gehängt, auf dem gedruckt war.:

Begleitzettel für Verwundete und andere chirurgisch zu Behandelnde.
Nichttransportfähig: zwei rote Streifen.
Transportfähig: ein roter Streifen.
Marschfähig: kein roter Streifen.

Darunter standen Name, Dienstgrad, Truppenteil und Art der Verletzung.

Für viele war das ein Dokument des Sterbens, ein Transportschein in die Ewigkeit.

Und auf allen Zetteln stand groß, unübersehbar, mit einem Stempel aufgedruckt: Entlaust.

Mit dem Feldlazarett waren auch drei Schwestern nach Puschkin gekommen. Warum sollte eine von ihnen nicht mit einem Fahrrad zum Katharinen-Palast fahren? Bei den vielen Kommandanturen und Stäben, die das Schloß besetzt hatten, war immer etwas zu tun. Das war mehr Glück, als sich Jana Petrowna erhofft hatte. Unbehindert fuhr sie über die altvertrauten Wege, durchquerte den Park und die zauberhaften Gärten und stellte dann das Rad an die Hausmauer. Aus einem offenstehenden Fenster hörte sie das Klappern von Schreibmaschinen, ein Gewirr von Stimmen und roch den Qualm vieler Zigaretten.

Ohne Hast, völlig unauffällig, ging sie zu Fuß weiter, betrat durch den Nebeneingang des Schlosses den Flügel, in dem früher die Angestellten wohnten und auch Michael Wachter seine Zimmer hatte. Offiziere, die ihr begegneten, grinsten sie an, einige musterten sie mit unverschämten Blicken, ein Hauptmann hielt sie auf und faßte sie am Arm.

»Wohin, meine Süße?« fragte er. »Sicherlich suchen Sie mich.«

»Bestimmt nicht. Ich suche den General.«

Sie sagte einfach General, das genügte. Ein General war sicherlich im Palast, sein Name war unwichtig. Niemand würde es wagen, sie dann noch festzuhalten. Auch der forsche Hauptmann ließ sofort Janas Arm los und hob die Schultern.

»Zum General... dagegen komme ich natürlich nicht an«, sagte er anzüglich. »Zimmer 17, aber nicht hier. Dort, im Hauptgebäude. Wünsche ein gutes Hüpferchen.«

Vor der Tür zu Wachters Wohnung, an der jetzt das Pappschild *Verwaltung* genagelt war, blieb sie stehen und klopfte. Väterchen Michail antwortete nicht, noch dreimal klopfte sie, dann drückte sie die Klinke. Die Tür war nicht verschlossen, mit einem leisen Quietschen schwang sie auf. Nach links und rechts sah sich Jana Petrowna um, allein war sie auf dem Flur, und sie schlüpfte schnell in die Wohnung.

Das erste, was sie wahrnahm, war der strenge Geruch von Karbol. Sie blieb in der kleinen Diele stehen, preßte die flache Hand gegen ihre Brust, ein unbeschreibliches Gefühl der Angst durchflutete und lähmte sie, und dann schrie sie mit hellerer Stimme als sonst:

»Väterchen, wo bist du? Väterchen... bist du hier? Väterchen...«

Sie merkte nicht, daß sie es auf russisch schrie, und es war wiederum ihr Glück, daß niemand in der Wohnung war und sie hörte.

Verwirrt, mit einem dumpfen Schmerz unter der Hirnschale, stellte Michael Wachter fest, daß er noch lebte. Er roch den beizenden Karbolgestank, spürte den Druck in seinem Kopf, hörte vor seinem Fenster Stimmen und Motorenlärm und behielt die Augen geschlossen, voll Verwunderung, daß er in einem Bett lag, und es mußte das Bett in seinem Schlafzimmer sein, denn alle Geräusche kamen von links. Links, wo das Fenster hinaus auf einen breiten Gartenweg ging.

Träge – ihm kam es vor, als könne er sich nicht bewegen – kehrte die Erinnerung zurück: das Bernsteinzimmer, der Soldat, der mit seinem Seitengewehr die Verkleidung abhebelte und es dann in das Mosaik stieß, wie ein Mörder, dessen Messer in eine Brust dringt. Auf ihn hatte er sich gestürzt, hatte ihm das Messer aus der Hand geschlagen ... ja, so war's gewesen. Das Gesicht des Soldaten sah er noch, fassungslos, von einem hilflosen Grinsen verzogen, dann hatte ein Dröhnen in seinem Kopf begonnen, das alles in ihm auslöschte.

Das Bernsteinzimmer!

Er riß die Augen auf und zuckte zusammen, als ein heller Aufschrei in seine Ohren drang. »Väterchen!« rief eine Frauenstimme. »Väterchen! Du bist wieder da ... du lebst ... du wirst nicht sterben!« Und dann weinte jemand, und alle weiteren Worte gingen im Schluchzen unter. Ein Kopf erschien vor seinen Augen, ein tränenüberströmtes Gesicht, von schwarzen Haaren umrahmt, und dieser Kopf trug ein Häubchen, wie es Krankenschwestern tragen, beugte sich nun über ihn und küßte seine Stirn, die Augen und die Lippen. »Väterchen, lieg ganz still, bewege dich nicht, hast du Schmerzen, willst du etwas trinken ...«

»Sprich deutsch«, sagte er mit noch schwerer Zunge. »Janaschka, du bist eine deutsche Krankenschwester. Vergiß das nie! Nie! In Ostpreußen bist du geboren ... in Ostpreußen ... bei den Masurischen Seen.«

»Ja, Väterchen«, antwortete sie und weinte weiter.

»Jana!«

»Ich weiß.« Jetzt sprach sie deutsch mit einem harten Akzent. »Sie müssen ganz ruhig liegen bleiben, Herr Wachter.«

»Ich muß zum Bernsteinzimmer, Schwester.« Er versuchte, sich aufzurichten, aber ihm war, als glühte sein Kopf, als loderten Flammen aus ihm. Er fiel auf das Kissen zurück und schloß wieder die Augen. »Mein Bernsteinzimmer ...«

Sie zog die Decke wieder hoch bis unter sein Kinn und hielt ihn fest, damit er still lag.

»Sie leben... das ist jetzt das Wichtigste.«

Obwohl sie allein in der Wohnung waren, niemand sie sah und hörte, spielten sie weiter, was sie verabredet hatten: Sie war eine unbekannte deutsche Krankenschwester und er ein ihr fremder Angestellter der Schloßverwaltung von *Zarskoje Selo*. Sie hatten sich vorher nie gesehen... nur ein einziges Du, ein einziges russisches Wort konnte ihr Verderben sein und ihren Plan zunichte machen.

Die Unruhe in Wachter wuchs. Er hielt Janas Hand fest, als sie sein Kopfkissen zurechtrücken wollte, und sie wunderte sich über die Kraft, die in diesem Griff lag. »Ich muß es sehen«, sagte er. »Verstehst du das nicht? Ich muß wissen, was sie mit dem Zimmer gemacht haben, nachdem sie mich niedergeschlagen haben. 225 Jahre lang hat keiner die Wände berührt, weil die Wachters aufpaßten, weil immer jemand von uns da war... und jetzt brechen sie die Mosaiken heraus... für Erna zur ›Erinnerung‹ an Puschkin. Jana, laß mich aufstehen. Bitte...«

»Du bleibst liegen, Väterchen.«

»Jana.«

»Sie bleiben liegen, Herr Wachter«, verbesserte sie sich sofort. »*Ich* werde hinübergehen und nach dem Bernsteinzimmer sehen. Ich komme als Schwester überall hin.« Sie beugte sich über ihn und streichelte sein bartstoppeliges Gesicht. »Eine gute Idee war das, Väterchen«, flüsterte sie an seinem Ohr.

»Jana!«

»Niemand hört uns.«

»Das ist es nicht. Daran gewöhnen sollst du dich, daß du mich nicht kennst. Zum erstenmal hast du mich heute gesehen.«

An der Tür klopfte es. Sofort danach kam ein hochgewachsener Offizier in die Wohnung, stutzte, als er die Rote-Kreuz-Schwester an Wachters Bett sitzen sah, und trat dann näher.

»Wendler –« stellte er sich höflich vor. »Ich bin Arzt. Wie geht es Ihnen, Herr Wachter? Was macht der Kopf? Wie ich sehe, sind Sie in bester Betreuung.« Ein strahlender Blick traf Jana. Sie senkte die Augen und drehte dem Arzt den Rücken zu. Es war ein Oberstabsarzt, aus dem Stab des XXVIII. Armeekorps.

»Haben Sie mich verbunden, Herr Doktor?« fragte Wachter. »Wie sieht mein Kopf aus?«

»Eine mittelgroße Platzwunde ... die Hirnschale ist nicht verletzt. Gott sei Dank. Verbunden hat Sie dann ein Sanitäter.« Dr. Wendler räusperte sich, beugte sich über Wachters Kopf und kontrollierte den Verband. Er war tadellos angelegt worden. »Sie sehen jetzt aus wie ein Muselmann«, versuchte er einen Scherz. »So ein Turban steht Ihnen gut. Nicht wahr, Schwester?«

»Ja –« antwortete Jana kurz.

»Ich habe mich noch einer Bitte zu entledigen.« Dr. Wendler schien ein Mensch zu sein, der gerne etwas gespreizt sprach. »General von Kortte läßt um Entschuldigung bitten, daß einige seiner Soldaten sich so ungebührlich Ihnen gegenüber benommen haben. Die Schuldigen werden zur Rechenschaft gezogen. Urlaubssperre ist das mindeste, was sie erwartet. Das soll ich Ihnen ausrichten ... das aufrichtige Bedauern des Herrn Generals.«

»Danke, Herr Doktor.«

»Der Herr General wird Sie heute noch besuchen.«

»Was macht mein Bernsteinzimmer?«

»Keine Ahnung.« Dr. Wendler hob die Schultern. Das Bernsteinzimmer war für ihn von geringerem Interesse als die hübsche Schwester an Wachters Bett. Er blinzelte ihr zu, aber Jana übersah es und nahm eine Haltung ein, die Abwehr signalisierte. »Was soll mit dem Zimmer los sein?«

»Hat man es zerstört ... geplündert ...«

»Moment mal.« Dr. Wendler zog die Augenbrauen zusammen. »Was sagen Sie da, Wachter? Ein deutscher Soldat zerstört nichts und plündert schon gar nicht. Ihre Meinung über unsere Landser ...«

»Verzeihung, Herr Doktor.« Wachter unterbrach den Oberstabsarzt sofort. Er stellte mit Erschrecken fest, daß man so etwas nicht sagen durfte. Ein guter Deutscher kritisierte niemals die Wehrmacht des Führers. Zersetzung nannte man das. Wehrkraftzersetzung. »Aber man hat mich niedergeschlagen, weil ich einen Soldaten hindern wollte, aus der Bernsteinwand etwas herauszubrechen.«

»Mein Gott, ein kleines Andenken ... fällt ja gar nicht auf bei so viel Bernstein. Es stimmt also: Sie haben den Landser zuerst angegriffen?«

»Ja. Er bohrte mit dem Seitengewehr ...«

»Gut, gut, gut!« Dr. Wendler winkte ungeduldig ab. »Das wird alles untersucht werden. Wozu haben wir ein Feldgericht?«

»Feldgericht?« fragte Wachter gedehnt. Der Druck in seinem Kopf verstärkte sich. Feldgericht – das bedeutete eine Verhandlung, und der Soldat würde freigesprochen werden, das war ganz sicher. Freispruch wegen Notwehr. Das Herausbrechen des Bernsteins war kaum erwähnenswert. »Muß das sein, Herr Doktor?«

»Die Entscheidung liegt bei dem General.« Dr. Wendler betrachtete wieder Jana Petrowna und lehnte sich am Kopfende des Bettes gegen die Wand. »Wie kommen Sie eigentlich hierher, Schwester?«

»Aus dem Lazarett. Irgend jemand aus dem Stab rief uns an und fragte nach einer Hilfe.« Ihr Reaktionsvermögen war hervorragend. Sie hob den Kopf, sah Dr. Wendler in die Augen, aber es war ein kühler, abweisender Blick. »Mit dem Fahrrad bin ich dann zum Schloß gefahren. Sie können es sich ansehen, es steht draußen an der Hauswand.«

»Verrückt! Als ob wir hier nicht genug Sanitäter bei der Truppe haben! Da kommen von der Front die Schwerverwundeten, die die beste Pflege brauchen, und man zieht eine Schwester ab, um einen Zivilisten zu betreuen! Idiotie!«

»Wenden Sie sich bitte an den Herrn General«, sagte Jana kühl. Wie wild ihr Herz klopfte, konnte man ja nicht sehen. »Vom Stab rief man an –«

»Das weiß ich nun.« Dr. Wendler stieß sich von der Wand ab. »Wie lange bleiben Sie im Schloß, Schwester?«

»Solange man mich hier braucht.«

»Wie heißen Sie eigentlich?«

»Jana Rogowskij.«

»Klingt verdammt russisch –«

»Ich bin in Masuren geboren. In Lyck in Ostpreußen.«

»Natürlich weiß ich, wo Masuren liegt!« Dr. Wendler reagierte ausgesprochen beleidigt. »Schlacht an den Masurischen Seen. Hindenburg vernichtet die russische Armee... 1914... im Ersten Weltkrieg. Jana Rogowskij, also doch ein paar Tropfen russisches Blut.«

»Nicht einen.« Und dann sagte Jana etwas, das Wachter nie für möglich gehalten hätte. »Ich habe einen Ahnenpaß. Bis 1680. Meine Vorfahren waren brandenburgische Siedler. Wollen Sie den Ahnenpaß sehen? Ich hole ihn...«

»Danke! Danke!« Dr. Wendler winkte ab, nickte Wachter noch einmal zu und verließ dann mit knarrenden Stiefeln die Wohnung. Einen Augenblick blieb Wachter ruhig liegen, aber dann schnellte er aus seinen Kissen empor.

»Das war das Tollste, was ich je gehört habe! Wer hat dir denn die Sache mit dem Ahnenpaß beigebracht?«

»Bitte bleiben Sie liegen, Herr Wachter.« Janas dunkle Augen blitzten vor Freude. »Irgendwann habe ich mal in der PRAWDA gelesen, daß die Deutschen ganz wild auf Ahnenpässe sind. Jeder will nachweisen, daß er ein Arier ist, nie ein Jude in seiner Familie war. Daran habe ich mich plötzlich erinnert.«

»Du... Verzeihung... Sie sind ein wunderbares Mädchen, Jana. Und jetzt seien Sie noch wunderbarer, lassen Sie mich aufstehen und zu meinem Bernsteinzimmer gehen.«

Ein paar Minuten später stand Wachter, gestützt auf Janas Schulter, in dem Saal. Erschütterung lähmte seine Zunge, er war zu keinem Wort mehr fähig, nur seine Augen schimmerten feucht.

An vielen Stellen waren die Verkleidungen heruntergerissen, häßliche Löcher klafften in den Bernsteinwänden, Rosetten und Girlandenstücke fehlten – ein Anblick, der einem das Herz zerreißen konnte. Aber das Zimmer war leer. Die deutschen Soldaten hatten es räumen müssen. Was sie zurückgelassen hatten, waren verdreckte Polster auf den Sesseln und Kanapees, einen durch Nagelstiefel beschädigten Fußboden, eine Menge Papier, Dosen und Flaschen und an einer nackten Frauenfigur aus Bernstein ein Pappschild: »Wichsen verboten!«

»Ein deutscher Soldat zerstört nichts...« wiederholte Wachter leise die Worte Dr. Wendlers. »Und wir waren immer stolz darauf, Deutsche geblieben zu sein. Jetzt schäme ich mich.«

Er senkte den Kopf, schloß die Augen, und Jana ließ ihn allein mit seinem Schmerz, sprach ihn nicht an, sagte kein Wort und biß die Zähne zusammen.

Was sollte man auch sagen? Krieg war, und jeder Eroberer benimmt sich wie ein Eroberer... seit Jahrtausenden...

Sie schraken zusammen. Hinter ihnen klappte die Tür zu. Sie drehten sich schnell um und sahen, daß General von Kortte ins Zimmer gekommen war. Er warf einen kurzen Blick durch den Saal und hob in stummer Resignation die Schultern.

»Ich war bei Ihnen, Herr Wachter«, sagte er. »Aber Sie waren nicht in Ihrer Wohnung. Wo anders als im Bernsteinzimmer kann er sein, dachte ich, und so ist es. Ich weiß, was Sie sagen wollen... es bleibt mir nur die beschämende

Pflicht, mich für meine Soldaten zu entschuldigen. Davon haben Sie nichts, davon kommen die herausgebrochenen Stücke nicht wieder, vier Soldaten warten auf ihre Bestrafung, den anderen ist nichts nachzuweisen... ein Krieg fordert vielerlei Opfer.«

General von Kortte schritt die Wände ab, betrachtete die freigelegten Bernsteinvertäfelungen, die Figuren, Gemälde, Rosetten und Girlanden und blieb nach diesem Rundgang wieder vor Michael Wachter und Jana Petrowna stehen.

»Ich verstehe ja wenig davon«, sagte er. »Museen waren mir immer ein Greuel. Eine Ansammlung toter Gegenstände... ich habe es lieber mit lebenden Menschen zu tun. Aber das erkenne ich jetzt doch: Das hier ist von unschätzbarem Wert. Das ist ein Kunstwerk, das einen nicht kaltlassen kann.« Er zögerte und fügte dann hinzu: »Wie ich Ihnen schon gesagt habe, im Reich scheint man genauso zu denken.«

»Was... was meinen Sie damit, Herr General?« Wachters Stimme bekam einen besorgten Unterton. »Was haben Sie gehört?«

»Morgen treffen zwei Sonderkommissionen bei uns ein, ein ›Sonderkommando AA‹, das heißt vom Außenministerium, und Herren des ›Einsatzstabes Rosenberg‹. Sämtliche Herren sind Kunstwissenschaftler, Museumskonservatoren, Kunstsachverständige. Experten also. Warum wohl strömen sie aus allen Ecken nach Puschkin und ausgerechnet zum Katharinen-Palast?!«

»Ja, das ist kein schweres Rätsel, Herr General.« Wachter stützte sich schwer auf Janas Schulter. Ihm war, als weichten die Knochen seiner Beine auf. »Was raten Sie mir? Was soll ich tun?«

»Nichts.«

»Das ist verdammt wenig.«

»Etwas anderes bleibt Ihnen gar nicht übrig, Herr Wachter.« General von Kortte sah Jana fragend an. Eine Rote-Kreuz-Schwester zur Betreuung eines Niedergeschlagenen... wer hatte diesen Luxus angeordnet? Aber er fragte nicht weiter nach, wie alle anderen, für die eine Schwester im Einsatz ein gewohntes Bild war. »Kann ich etwas für Sie tun?«

»Die Sonderkommandos nicht in das Schloß lassen, Herr General.«

»Wie stellen Sie sich das vor? Der Chef der 18. Armee, Generaloberst von Küchler, hat sie mir angekündigt. Ich kann doch nicht zu dem Generaloberst sagen: Rufen Sie die Herren zurück!«

»Warum nicht?«

»So kann nur ein Zivilist fragen. Erstens kann ich dem Generaloberst keine Vorschriften machen, und zweitens unterstehen die Sonderkommandos nicht der Befehlsgewalt des Heeres, sondern nur ihren Ministerien. Ich werde einen Teufel tun, Ribbentrop oder Rosenberg anzusprechen.« General von Kortte stieß wieder die Tür auf und wandte sich zum Weggehen. Aber im geschnitzten, vergoldeten Türrahmen drehte er sich noch einmal um. »Machen Sie keine Dummheiten!« sagte er ernst. »Ein Mensch ist ersetzbar, dieses Kunstwerk nicht... wo immer es stehen wird. Ihre Familie hat jahrelang vorbildlich ihre Pflicht getan. Auch das gibt es nicht wieder.«

Im Führerhauptquartier »Wolfsschanze« bei Rastenburg in Ostpreußen, im Norden der Masurischen Seenplatte, bereitete sich Reichsleiter Martin Bormann, der Chef der Parteikanzlei und einer der wenigen Vertrauten Hitlers, auf die obligatorische Mittagstafel des Führers vor.

Zwar aß Hitler nur wenig und vorwiegend vegetarisch, aber das beeinträchtigte in keiner Weise die tägliche Spannung, die diesem Mittagsmahl vorausging. Die Tischgespräche, die Hitler dabei führte, diese endlosen Monologe über seine Zukunftsgedanken, seine Ziele, seine Hoffnungen, seine Ansichten über Kunst und Wissenschaft, Strategie und Weltpolitik, Wirtschaft und nationalsozialistischer Rechtsreform, Außenpolitik und Baukunst entblößten von Tag zu Tag mehr das Wesen dieses Führers, der angetreten war, die ganze Welt zu verändern.

An diesem 22. September 1941 stand es fest, daß Leningrad nicht erobert werden sollte, sondern der Sturm auf Moskau vordringlicher war. Der Ring war geschlossen, die Blockade konnte beginnen, das Aushungern von 1,5 Millionen Menschen. Was an dieser Front entbehrlich war, wurde herausgezogen und in die Schlacht um Moskau geworfen, zuerst die 4. Panzergruppe von General Hoepner. Es war eine Entscheidung, die weder Stalin noch Schukow glaubten, nichts als ein Täuschungsmanöver, sagten sie, aber dann tauchte die 4. Panzergruppe im Norden Moskaus auf und bestätigte die Wahrheit: Leningrad wurde nicht mit Waffengewalt erobert... es sollte verhungern.

Martin Bormann ordnete ein paar Schreiben in einen Schnellhefter, kniff ihn unter den Arm und betrat kurz vor Hitler den Eßraum des Führers. Die Lagebesprechung war beendet, die Meldungen von den Fronten hatten Hitler erfreut, zwar war der Vormarsch der deutschen Armeen äußerst zäh und der Widerstand der Sowjets wuchs von Tag zu Tag, aber das große Ziel rückte immer näher: der Einmarsch deutscher Truppen in Moskau. Was Napoleon mißlungen war, würde der Führer in Kürze dem deutschen Volk und der Welt melden können: Zum erstenmal in der Geschichte betrete ein europäisches Heer die Hauptstadt Rußlands.

An diesem Tag war Hitler mit sich, seiner Welt und seinen Generälen zufrieden. Man konnte sich schöneren Dingen zuwenden, zum Beispiel den Künsten.

Wie kaum ein anderer aus seiner Umgebung kannte Bormann den Führer, seine Stimmungen und seine Schwächen. Er ahnte fast immer richtig voraus, was Hitlers Geist außerhalb den militärischen Situationen beschäftigte. Oft lenkte er vorsichtig die Gespräche auf dieses oder jenes Thema, das er gerade für wichtig hielt.

Die Mittagstafel verlief wie immer. Hitler aß wenig, trank zum Nachtisch eine Tasse Tee, unterhielt sich kurz mit seinem Leibarzt Dr. Morell und wandte sich dann Bormann zu. Ein langer Monolog war gerade beendet. Zur Freude Bormanns hatte Hitler über seine Pläne gesprochen, nach dem Endsieg in Linz an der Donau, der Stadt, die er besonders liebte, ein gigantisches Museum zu bauen, über dessen Gestaltung sein Architekt Albert Speer schon nachdachte. Es sollte ein gigantischer Bau werden, der alles bisher Gesehene übertreffen und gegen den das Reichsparteitagsgelände in Nürnberg wie eine Zwergenheimstatt wirken würde. Die wertvollsten Kunstschätze der Welt sollten in diesem Museum versammelt sein, eine riesige Walhalla der Kunst, gefüllt mit Plastiken und Gemälden, Teppichen und Gobelins, Goldschmiedearbeiten und Porzellanen, Möbeln und Büchern, Ikonen und Holzschnitzereien. Die unschätzbarsten Kulturgüter aus ganz Europa würden für alle Zeiten der Menschheit erhalten bleiben, deutscher Besitz für die kommenden tausend Jahre. Ein Erbe für Hunderte

Generationen... denn Europa gehörte dem Deutschen Reich, daran zweifelte Hitler nicht einen Augenblick. Vor allem die unsagbaren Schätze im Osten, in den Schlössern, Klöstern und Kirchen, in den Zarenpalästen und den Palais der Fürsten und des russischen Hochadels sollten die Glanzstücke dieses Museums werden.

Schon gleich zu Beginn des Krieges wurde eine Verfügung herausgegeben, daß alle Kunstschätze aus den eroberten Gebieten von Experten begutachtet und selektiert werden sollten. Die besten und wertvollsten Stücke wurden danach ausgesondert, um nach dem Sieg nach Linz gebracht zu werden. »Führervorbehalt« wurde diese Verfügung genannt. Hitlers Hand lag auf allem, was eine zweitausendjährige Kunst hervorgebracht hatte.

An diesem 22. September hatte Hitler vor der Tischrunde seinen großen Traum von Linz ausgebreitet. Aus den besetzten Ostgebieten waren lange Listen mit »sichergestellten« Schätzen eingetroffen, die Hitler in Begeisterung versetzten. Er warf einen kurzen Blick zu Bormann hinüber und lehnte sich weit zurück, die Hände über dem Leib zusammengelegt.

»Sie möchten etwas vortragen?« sagte er und wies dabei auf den roten Schnellhefter, der neben Bormann lag. »Fangen Sie an.«

»Mein Führer –« Bormann öffnete den Schnellhefter und überflog noch einmal schnell die Meldungen, die er darin gesammelt hatte. »Das Einsatzkommando ›Hamburg‹ des Sonderkommandos AA, das sich bei Schließung des Rings um Leningrad im Verband der 18. Armee befand, hat einen Vorbericht geschickt. Ein großer Teil der Kunstschätze von Puschkin, von Gatschina, Pawlowsk und Petrodworez, dem ehemaligen Peterhof, sind gerettet worden, zum größten Teil unversehrt. Darunter befindet sich im Katharinen-Palast in Puschkin auch das wertvollste und schönste Kunstdenkmal: das Bernsteinzimmer. Es wäre wert, in Linz einen eigenen Saal zu bekommen. Fotos des Bernsteinzimmers liegen vor. Bitte, mein Führer.«

Bormann reichte Hitler vier großformatige Fotografien. Sie zeigten das Bernsteinzimmer von allen Seiten, die Dekkengemälde und den eingelegten Fußboden. Es waren Aufnahmen vor dem Krieg mit allen Möbeln und Bernsteinschränken und dem auf einem hohen, mit soldatischen Marmorfiguren umringten Sockel stehenden Reiterstandbild Friedrich des Großen. Auch die alten chinesischen Vasen waren zu sehen, die Bernstein-Intarsientischchen und der wunderschöne Bernsteinsekretär.

Lange sah sich Hitler die Fotos an. Dann gab er sie an Bormann zurück, nickte kurz und knapp: »Ich werde das Zimmer in Linz als einen Mittelpunkt aufstellen. Veranlassen Sie das Notwendige. Es soll mit größter Sorgfalt vorgegangen werden. Wer soll die Leitung übernehmen?«

»Ich denke an Dr. Herbert Wollters oder Dr. Hans-Heinz Runnefeldt. Sie sind Experten, vor allem für Bernstein.«

»Am besten beide.« Hitler trank einen Schluck Tee und schien sehr zufrieden zu sein. Man sah es an seinen Händen – er rieb sie aneinander. »Sie sollen sofort beginnen. Und die anderen Kunstwerke?«

»Sie werden im Rahmen der Aktion Bernsteinzimmer sichergestellt werden.« Bormann warf wieder einen Blick in seinen Schnellhefter. »In den Schlössern Puschkin und Pawlowsk sind es vor allem noch seltene Bücher aus vier Jahrhunderten ... man schätzt über 50 000 Bände. Daneben hat man noch eine sensationelle Ikonensammlung entdeckt. Auch das wäre etwas für Linz, mein Führer.«

Hitler nickte wieder. »Kümmern Sie sich darum«, sagte er. »Ikonen ... darin lebt Rußlands Seele.«

Er begann einen langen Monolog über Ikonen, Kirchenschätze und den ungeheuren Einfluß des Christentums auf die Kunst des Mittelalters.

Bormann entschuldigte sich und verließ den Eßraum. Er war einer der wenigen, der die Mittagsrunde vor Hitler verlassen durfte.

Am 26. September bekam der Oberbefehlshaber des Heeres ein Schreiben von der Adjutantur der Wehrmacht beim Führer. Darin hieß es:

»Der Führer hat nach Vortrag von Reichsleiter Bormann entschieden, daß der Leiter des Außenamtes der staatlichen Museen, Dr. Hans-Heinz Runnefeldt, der zur Zeit als Sonderführer die Betreuung der Kunstschätze in Reval ausübt, so eingesetzt wird, daß er auch für weitere Aufgaben auf dem Gebiet, z. B. Sicherstellung der Kunstschätze von Zarskoje Selo, Peterhof und Oranienbaum und späterhin auch Petersburg zur Verfügung steht ...«

Das »deutsche Gold der Ostsee«, wie Hitler den Bernstein

von jeher genannt hatte, das größte Kleinod, das Bernsteinzimmer in Puschkin, war »Führervorbehalt« geworden. Bestimmt für das gigantischste Museum, das die Welt besitzen sollte, den »ewigen Bau« in Linz an der Donau.

Die beiden Expertenkommissionen, das Sonderkommando AA und der Einsatzstab Rosenberg trafen im Abstand von zwei Tagen im Katharinen-Palast ein. Sie meldeten sich bei General von Kortte und legten ein Schreiben von Generaloberst von Küchler vor, dem Oberbefehlshaber der 18. Armee, die den Einschließungsring um Leningrad errichtete und zu deren Verwaltungsgebiet nun auch Puschkin gehörte. Von Kortte las das Schreiben und machte eine weite Handbewegung.

»Sehen Sie sich um, meine Herren«, sagte er. »Ich kann's nicht ändern.«

Der Leiter des Sonderkommandos AA, das zuerst in Puschkin auftauchte, überhörte höflich den Sarkasmus des Generals. »Dr. Herbert Wollters«, stellte er sich vor. »Ich handele im Auftrag des Herrn Reichsaußenministers von Ribbentrop und einer Sondervollmacht der Parteikanzlei.«

»Das haben Sie eben schriftlich gegeben, Herr Hauptmann.« Von Korttes Stimme war abweisend. »Ich habe es zur Kenntnis genommen.«

»Rittmeister, Herr General...«

»Wie bitte?« Der General hob die Augenbrauen, der Ton war wie vereist.

»Ich bin Rittmeister, Herr General.«

»Ist das nicht das gleiche wie Hauptmann?« Die Stimme wurde schroff und die Worte zerhackend. »Ihre Belehrungen habe ich nicht nötig. Ich war selbst Rittmeister, da ochsten Sie noch auf der Penne.«

»Ich bitte um Verzeihung, Herr General.«

»Schon gut.« Von Kortte winkte ab. »Eine Ordonnanz wird Sie durchs Schloß führen. Wo fangen Sie an?«

»Ich habe die Grundrißpläne bei mir.« Dr. Wollters klopfte gegen die lederne Aktentasche, die er unter dem Arm trug. »Beim Bernsteinzimmer.«

»Das habe ich erwartet.« Von Kortte ging zum Telefon auf seinem Schreibtisch, drehte eine Nummer und sagte kurz: »Viebig, kommen Sie zu mir.«

Als hätte er vor der Tür darauf gewartet, trat sofort ein

junger Leutnant ein. »Herr General?« fragte er in strammer Haltung.

»Der Herr Rittmeister vom AA –« von Kortte betonte das Rittmeister besonders deutlich und genüßlich – »möchte zum Bernsteinzimmer und dann durch das ganze Schloß geführt werden. Begleiten Sie ihn.«

Dr. Wollters verabschiedete sich zackig mit einem Nikken, dem er den Hitlergruß hinzufügte. Es war für von Kortte das erstemal, daß er einen Offizier damit grüßen sah und nicht mit der Hand am Mützenschirm. Er verkniff sich eine neuerliche Bemerkung, drehte sich um und wandte Dr. Wollters den Rücken zu. Es war ein stummer, aber deutlicher Hinauswurf.

Michael Wachter saß auf einem Schemel im Bernsteinzimmer, als wollte er seinen Namen in die Tat umsetzen: er bewachte es. Notdürftig hatte er die Holz- und Pappverschalungen wieder geflickt, hatte den herrlichen Fußboden vom Sand befreit und gesäubert und hatte versucht, die Schmutzflecken von den Seiden- und Damastbezügen der Möbel zu entfernen. Jana Petrowna half ihm dabei. Sie war noch immer im Katharinen-Palast und wohnte bei ihrem zukünftigen Schwiegervater – falls Nikolaj die Belagerung Leningrads und den Krieg überlebte.

Vor kurzem hatte sie Wachter den Verband abgenommen. Er trug jetzt ein breites Pflaster auf dem Kopf, nachdem man ihm die Haare kreisrund wie eine Tonsur abrasiert hatte. Einige Witzbolde nannten ihn seitdem »Pater Michaelus« und baten um einen Beichttermin. Wachter machte das Spiel mit; die Hauptsache war, man fragte nicht mehr und sah ihn als Faktotum, als ein Teil der Einrichtung des Schlosses an.

Dr. Wollters blieb mitten im Saal stehen und sah sich um. Den Intarsienfußboden kann man ausbauen, dachte er. Die großen Bernsteintafeln, die Plastiken der Krieger und Göttinnen, vor allem die Masken der »Sterbenden Krieger« am oberen Vries, die, wie man vermutete, sogar von dem berühmtesten Bildhauer der damaligen Zeit, Andreas Schlüter, stammen sollten, waren ebenfalls ohne Schwierigkeiten abzutransportieren, nur die Deckengemälde bereiteten ihm einige Sorgen. Es würde äußerst schwierig sein, die bemalte Deckenschicht herauszuschälen.

Dr. Wollters kannte dieses Zimmer bis ins Detail, und das nicht nur von Fotos. Noch 1937 war er als Gast des Leiters des Städtischen Museums in Leningrad gewesen, hatte die Schätze in den Ausstellungssälen bewundert und war dann mit ihm hinaus nach Puschkin gefahren, zum Katharinen-Palast. Voll stummer Bewunderung, ja mit echter Ergriffenheit hatte er im Bernsteinzimmer gestanden und das goldene Farbenspiel auf sich wirken lassen.

»Guten Tag!« sagte Wachter laut.

Dr. Wollters, der grußlos ins Zimmer gekommen war, als hätte er den Mann auf dem Schemel nicht gesehen, warf einen Blick zur Seite, wie wenn er angespuckt worden wäre. Er erwiderte den Gruß nicht, sondern fragte hochmütig:

»Wer sind denn Sie?«

»Sie müßten mich kennen, mein Herr«, sagte Wachter und blieb auf seinem Schemel sitzen.

»Ich – Sie? Nicht daß ich wüßte. Woher denn?«

»Sie waren schon einmal hier. Mit dem Direktor der Leningrader Städtischen Sammlungen. War's 1937 ... ich weiß es nicht mehr genau. Aber ich habe Ihr Gesicht nicht vergessen.«

»Behalten Sie all die Gesichter der Tausenden, die das Bernsteinzimmer besucht haben?« fragte Dr. Wollters und lächelte mokant.

»Nein. Nur wenige, aber Ihres ist dabei. Damals haben Sie gesagt: ›Das ist das wundervollste aus Bernstein, das es auf der Welt gibt! Fast genau an der gleichen Stelle wie jetzt standen Sie damals. Das habe ich nicht vergessen.«

»Sie sind hier einer der Museumsdiener?«

»Ich bin der Verwalter des Bernsteinzimmers. Mein Vorfahr Friedrich Theodor Wachter hatte diesen Auftrag von König Friedrich Wilhelm I. erhalten und ist mit dem Bernsteinzimmer zu Zar Peter I. nach Sankt Petersburg gekommen.«

»Der letzte einer Dienerdynastie. Sieh an!« Dr. Wollters Hochmut schien ohne Grenzen. »Die Nachwelt wird Ihnen dankbar sein, daß Sie das Bernsteinzimmer so gut gepflegt haben.«

»Was geschieht jetzt mit dem Zimmer?« fragte Wachter. Die Arroganz von Dr. Wollters tropfte an ihm ab wie von einer Wachstuchhaut. Vielleicht hätte sein Vater Igor Germanowitsch an seiner Stelle zugeschlagen und diesen Herrn mit Faustschlägen aus dem Saal getrieben. Aber was brachte das? Nur Ärger, nur eine Verhaftung, lange Verhöre, eine Entfernung von Puschkin, eine Strafversetzung nach

Deutschland, sogar an die Front konnte man ihn noch schicken mit seinen 55 Jahren, er war ja ein Deutscher... also war es klüger, den Demütigen zu spielen.

»Was geht Sie das an?« Dr. Wollters betrachtete wieder die Deckengemälde. Ohne Beschädigungen gelingt der Ausbau nie, dachte er. Man wird sie nachher vorsichtig restaurieren müssen. Im Notfall malt man sie nach den vorhandenen Detailbildern nach. Es gibt nun mal Grenzen, jeder Experte muß mir da recht geben.

»Ich habe die Verpflichtung, beim Bernsteinzimmer zu bleiben.«

»Kaum zu glauben, daß der Führer sich auch verpflichtet fühlt! Aber Sie können sich ja bewerben. Das ist nicht meine Sache. Nur mache ich Ihnen wenig Hoffnungen, daß man Sie nach Linz holt.«

»Das Zimmer kommt nach Linz?« fragte Wachter. Seine Stimme hatte jeden Klang verloren.

»Nach dem Endsieg. Es wird also nicht mehr lange dauern –«

»Und wo liegt Linz?«

Dr. Wollters sah Wachter an, als habe ein Affe einen Grunzlaut von sich gegeben. Ja, war das denn die Möglichkeit? Der Kerl kannte Linz nicht? Gab's denn so was? Eine Art Analphabet bewachte einen der größten Kunstschätze der Welt?! So etwas war auch nur bei den Bolschewiken möglich.

»Linz liegt an der Donau«, sagte Dr. Wollters widerwillig. »Im früheren Österreich. Jetzt gehört es zum Großdeutschen Reich. Haben Sie nicht mitgekriegt, daß der Führer seine Heimat eingegliedert hat? Haben Sie 1938 verschlafen? Linz wird einmal die Kunstmetropole dieser Welt sein. Der Führer plant Gigantisches. Aber warum erzähle ich Ihnen das... Sie begreifen es ja doch nicht.«

»Nein, ich begreife es nicht.« Wachter faltete die Hände im Schoß. Wie ein Stein legte sich die Sorge auf sein Herz. »Ich begreife vieles nicht.«

»Es scheint so.« Dr. Wollters drehte sich zu dem jungen Ordonnanzoffizier um, der an der offenen Tür wartete. In seinem Blick war zu lesen, daß er diesen Kunstexperten widerlich fand. Das Bernsteinzimmer interessierte Leutnant Viebig überhaupt nicht – es war die Art und Weise, wie Wollters sprach, die ihn abstieß. Eine durch und durch arrogante Sau, dachte er. Denkt, er sei etwas Besonderes, weil er vom AA kommt. Nicht zu hoch die Nase, Herr Rittmeister, es könnte hineinregnen.

»Gehen wir!« sagte Wollters zackig. »Die anderen Säle und die Keller. Meine Leute müssen eine Bestandsaufnahme machen. Erstaunlich, was die Russen hier zurückgelassen haben.« Er lachte abgehackt. »Wir waren ihnen zu schnell. Gott sei Dank, muß man da sagen –«

Wachter wartete noch zehn Minuten, als Dr. Wollters gegangen war. Nachdem er sich vergewissert hatte, daß der Kunstexperte nicht mehr in der Nähe war, verließ er schnell das Bernsteinzimmer. Er rannte hinüber zum Gesindeflügel, warf in seiner Wohnung die Tür hinter sich zu und verriegelte sie. Schwer atmend lehnte er sich gegen den Rahmen.

Jana Petrowna sah ihn betroffen an. Wachters verzerrtes Gesicht verhieß nichts Gutes. Sie war gerade damit beschäftigt, den Bezug eines Gobelinsessels mit einer milden Seifenlauge von Flecken zu reinigen. Etwas anderes als Seife gab es nicht.

»Hör auf damit!« schrie Wachter und ließ sich auf sein Sofa fallen. »Hör auf! Zerschneid lieber alles, zerreiß es ...«

»Was... was ist denn passiert, Väterchen?« fragte sie erschrocken.

Wachter atmete ein paarmal tief durch, wurde ruhiger und wischte sich mit beiden Händen über die Augen. »Es ist soweit. Sie werden es ausbauen«, sagte er dann dumpf. »Wollen es nach Linz bringen. In ein Museum. Linz an der Donau, Töchterchen. Weit weg von hier. Hitler will das Bernsteinzimmer haben. Ich weiß es jetzt sozusagen amtlich. O Gott, laß das nicht zu, tu ein Wunder ...«

»Wann wollen sie das Zimmer ausbauen?«

»Ich weiß es nicht, Janaschka. Bald, hat er gesagt, bald. Und keiner kann das verhindern.«

»Du wirst mit dem Bernsteinzimmer mitgehen, Väterchen.«

»Wegjagen werden sie mich! Sie kriegen es sogar fertig, mich zu erschießen. Du hast nicht seine Augen gesehen ... diese kalten Augen, dieses steinerne Gesicht.«

»Sie werden dich nicht töten, Väterchen. Nur zurücklassen werden sie dich.«

»Genügt das nicht?« Wachter starrte Jana Petrowna wie ein Sterbender an. »Auch das ist Tod –«

»Ich werde dann an deiner Stelle bei dem Zimmer bleiben, wie wir es ausgemacht haben«, sagte sie und versuchte, ihn durch ein Lächeln zu besänftigen. »Verlaß dich auf mich, Väterchen. Nicht aus den Augen werde ich es lassen.«

»Auch dich werden sie wegjagen, Jana.«

»Nein. Eine Schwesterntracht trage ich, ein Rotes Kreuz... unangreifbar bin ich für einen Deutschen. Im ersten Transportwagen werde ich sitzen und mitfahren, wohin auch immer das Bernsteinzimmer kommt. Und keiner wird lange fragen, warum ich mitfahre.«

Wachter schüttelte den Kopf. Ein Wahnsinn war das, dachte er. Auch wenn sie recht haben sollte, daß die Schwesterntracht sie schützt... es blieb ein Wahnsinn. Er sah Jana Petrowna aus traurigen Augen an und erschrak über ihre Entschlossenheit.

»Viel zu gefährlich, Jana.«

»Ich habe keine Angst.«

Zwei Tage später – Dr. Wollters und sein Sonderkommando AA waren wieder abgezogen mit dem Versprechen, bald wieder zurückzukommen – fuhren die Experten des »Einsatzstabes Reichsleiter Rosenberg«, militärisch abgekürzt ERR, vor dem Katharinen-Palast vor. Ihr Leiter, ein Kunstexperte und Kunsthistoriker im Range eines Majors, meldete sich bei General von Kortte. Der diensthabende Wachoffizier benachrichtigte über Telefon den General, während ein Feldwebel die Herren zum Chinesischen Zimmer führte.

Von Kortte tat es wohl, gleich bei ihrem Eintritt zu sagen: »Meine Herren, den Weg hätten Sie sich sparen können. Das Auswärtige Amt war schneller. Sie kommen zwei Tage zu spät. Alle Kunstschätze sind bereits katalogisiert. Möchten Sie einen Kognak zur Beruhigung?«

Der Major, er stellte sich als Heinrich Müller-Gießen vor, verbarg nicht seine Enttäuschung. Er machte vor von Kortte eine knappe Verbeugung. »Verbindlichsten Dank, Herr General«, sagte er. »Uns war unbekannt, daß die Kameraden vom AA schon hier waren.«

»Aha! Es schwirren also noch mehr Trupps herum, um Kunstwerke sicherzustellen? Man sollte eine Koordination versuchen und nicht Hase und Igel spielen.«

Major Müller-Gießen überhörte den Spott, nahm sich

aber vor, solche Bemerkungen in seinem nächsten Bericht an Rosenberg zu erwähnen. Schließlich war Rosenberg der neue Reichsminister für die besetzten Ostgebiete und sein »Sonderstab Bildende Kunst« als erster damit beauftragt worden, das gigantische Kunstprojekt Linz des Führers mit außergewöhnlichen Kunstschätzen zu füllen. Zudem lag ein Vorschlag Rosenbergs bei Hitler vor, seinem Einsatzstab das alleinige Recht der Sammlung zu übertragen und alle bisher von anderen Organisationen sichergestellten Kunstgegenstände in seine Verwaltung zu geben.

»Wir möchten trotzdem das Schloß besichtigen, Herr General«, sagte Müller-Gießen unbeeindruckt. »Wir haben einen Auftrag von höchster Stelle, den wir erfüllen müssen.«

»Bitte, ich hindere Sie nicht.« General von Kortte machte, wie bei Dr. Wollters, eine allesumfassende Handbewegung. »Registrieren Sie, zählen Sie, bewerten Sie... wie heißt's so schön? Doppelt genäht, hält besser.«

Dieses Mal saß nicht Wachter auf seinem Schemel im Bernsteinzimmer, Jana Petrowna stand im Saal, als Müller-Gießen und die anderen Sachverständigen eintraten. Mit hochgezogenen Brauen betrachtete sie die graugrünen Uniformen.

»Ah, ein kunstliebendes Schwesterchen!« sagte Müller-Gießen, plötzlich wieder gut gelaunt. Wie für die meisten Soldaten war auch für ihn eine Rote-Kreuz-Schwester zuerst ein Objekt männlichen Interesses. »Nicht wahr, das ganze Palais ist ein Wunderwerk der Kunst. Aber hier, das Bernsteinzimmer, ist einsame Klasse. Nur sehen Sie leider jetzt nicht viel. Die ganze Pracht werden wir Ihnen dann nach dem Sieg in Linz zeigen. Es wird sich lohnen, nach Linz zu kommen.«

»Bestimmt werde ich nach Linz kommen, bestimmt... wenn das Bernsteinzimmer dort sein wird.« Janas Lächeln bezauberte Müller-Gießen in Sekundenschnelle. Er war Professor für Kunstgeschichte, schon Anfang Fünfzig, und zu Hause in Würzburg wartete eine etwas dickliche Frau auf ihn und eine Tochter, die Lehrerin war.

Mit fünfzig Jahren kann einen das Lächeln einer hübschen Krankenschwester bis ins Herz treffen. Müller-Gießen versuchte es mit einem uralten Trick. Er sagte charmant:

»Die Kunst nimmt Sie gefangen, Schwesterchen? Darf

ich den Gefangenenwärter spielen? Ich erkläre Ihnen gern die Schätze des Katharinen-Palastes. Staunen werden Sie, wo Sie hier sind. Wie wär's mit heute abend?«

»Da habe ich Dienst.« Janas Lächeln verstärkte sich. Instinktiv spürte sie, daß dieser Mann in der Offiziersuniform ein wichtiger Mann war.

»Dann morgen?«

»Wie lange bleiben Sie in Puschkin?«

»In Puschkin? Bestimmt fünf Tage. Wir haben auch noch die anderen Paläste zu besuchen und aufzulisten.« Müller-Gießen spürte ein Jucken unter den Haarwurzeln und genoß dieses Gefühl. Es war wie damals am 29. August 1940, als er in Frankreich die Kathedrale von Chartres besichtigte und dabei Lucienne Dambrous kennenlernte. Sie war ein süßes, neunzehnjähriges Mädchen gewesen mit schulterlangen blonden Haaren und hatte ihn seelisch völlig außer Kontrolle geraten lassen, als sie die Nächte bei ihm blieb. Er überschüttete sie mit Schokolade, Wein, Kognak und kleinen Kunstwerken, die er in Kirchen und Museen »sichergestellte«. Jetzt stand ihm eine schwarzhaarige Schönheit gegenüber, blinzelte ihn an, und unter seiner Kopfhaut juckte es. »Also dann morgen abend«, sagte Müller-Gießen forsch. »Schwesterchen, ich zeige Ihnen alles, was Sie wollen.«

Die anderen Herren in seiner Begleitung, ausnahmslos Kunstwissenschaftler, grinsten breit. Ja, der Major, das war ein Draufgänger... im wahrsten Sinne des Wortes.

Michael Wachter saß in seinem Wohnzimmer auf dem Biedermeier-Sofa, seinem Lieblingsmöbel, das er aus dem Gartensaal zu sich genommen hatte, nicht weil es besonders wertvoll war – da gab es im Schloß hundertmal kostbarere Möbel, sondern weil es sich bequem darauf ausruhen ließ. Man konnte sich langstrecken, hatte immer einen warmen Rücken durch die hohe Lehne und ein festes Polster unter sich. Er hatte einen alten Katalog vor sich und blätterte darin herum. In ihm waren alle Kunstgegenstände aufgeführt, die im Katharinen-Palast einmal zu besichtigen gewesen waren, als ganz *Zarskoje Selo* noch ein riesiges, in der Welt einmaliges Museum gewesen war. Selbst jetzt, nachdem sich die russischen Sondereinheiten zurückgezogen hatten, war noch genug vorhanden, um das Herz jedes Kunstsachverständigen höher schlagen zu lassen.

Wachter blickte auf, als Jana Petrowna in die Wohnung kam.

»Sie sind da, Väterchen«, sagte sie und ließ sich in einen Sessel fallen.

»Jana!«

Sie verzog den Mund und nickte. »Herr Wachter... ich weiß. Geführt werden sie von einem älteren, geilen, widerlichen Offizier. Er will mich morgen abend abholen und mir alles zeigen. Ich weiß, was er mir zeigen will!«

»Natürlich gehst du nicht hin.« Wachter musterte sie forschend. »Oder...?«

»Verstecken werde ich mich.« Sie nahm einen Schluck von dem kalten Tee, der in einer großen Tasse auf dem Tischchen stand. Überrascht zog sie das Kinn an und holte tief Atem. »Da ist ja Wodka drin!«

»Ja. Ein wenig.«

»So wenig, daß es einem die Kehle durchbrennt!«

»Töchterchen –«

Jetzt rief sie: »Herr Wachter!« und hob mahnend die Finger. Doch dabei lachte sie.

»Fräulein Rogowskij... So ein Tee beruhigt die Nerven. Ich habe es nötig.« Wachter legte den Katalog auf das Sofa. »Was haben Sie erfahren?«

»Sie tun so, als wollten sie morgen das Bernsteinzimmer ausbauen.«

»Haben sie das gesagt?«

»Ich habe gehört, wie einer der Offiziere zu einem anderen leise sagte: ›Wie kriegen wir diese Deckenmalerei heil heraus?‹ Das heißt doch, daß sie das Zimmer mitnehmen.«

Wachter erhob sich von seinem Sofa und zog seine dünne Jacke über das Hemd. »Ich sehe mir das mal an«, sagte er mit belegter Stimme. »Vielleicht ist das unser Glück. Da streiten sich zwei Nazi-Räuber um die gleiche Beute. Bis sie sich einig sind, wer weiß, wie dann die Welt aussieht? Sie verändert sich jetzt von Tag zu Tag.«

Er verließ die Wohnung, ging langsam von seinem Wohntrakt durch das Schloß. Die an ihm vorbeieilenden Soldaten, meist Offiziere der Stäbe, beachteten ihn nicht. Aus zwei Sälen, in denen Mannschaften sich niedergelassen hatten, erklangen Lachen, Stimmengewirr und zog der Geruch von vielen Zigaretten auf die Gänge. Er begegnete dem Adjutanten von General von Kortte, der ihn freundlich grüßte, und betrat dann das Bernsteinzimmer. An der Tür blieb er stehen und sah eine Weile stumm zu, wie die Experten des »Einsatzstabes Reichsleiter Rosenberg«, die einige der Verkleidungen von den Wänden wieder herausgerissen hatten, nun voll staunender Bewunderung davorstanden. Sie sahen das Bernsteinzimmer zum erstenmal. Bisher kannten sie es nur von Fotos und aus Beschreibungen.

Müller-Gießen spürte, daß jemand den Raum betreten hatte und ihn musterte. Es war ihm, als sei ein Brennglas auf seinen Nacken gerichtet. Schnell drehte er sich um und starrte Wachter böse an.

»Wer sind Sie denn?!« fragte er in scharfem Ton. »Wie kommen Sie hier herein?!«

»Durch die Tür, Herr Major.«

»Lassen Sie diese dämlichen Bemerkungen!« bellte Müller-Gießen. »Raus mit Ihnen! Halt! Hiergeblieben! Wieso kommen Sie als Zivilist in dieses Schloß?!«

»Ich gehöre zum Palais. Ich wohne hier«, sagte Wachter, ohne sich von der Tür zu rühren.

»Wie lange denn?«

»Von meiner Geburt an.«

»Aahh –« Das klang gedehnt und angriffslustig. »Ein Russe also?!«

»Nein, ein Deutscher.« Wachter machte eine weite Handbewegung, die das ganze Zimmer umfaßte.« Ich verwalte das Bernsteinzimmer.«

»Seit wann?!«

»Seit 1716...«

Müller-Gießen verzog sein Gesicht, als habe er Essig getrunken. Doch dann brüllte er los, und brüllen konnte er vorzüglich. Er benutzte dabei wie ein Sänger die Zwerchfellatmung.

»Sie Idiot! Was nehmen Sie sich heraus?! Sie O-beiniger Zivilist! Ich werde Ihnen abgewöhnen, sich über andere lächerlich zu machen! Wer ist Ihr Vorgesetzter?!«

»Ich habe keinen Vorgesetzten.«

»Sie haben keinen... Mann, wer ernährt Sie denn? Bei wem sind Sie angestellt?!«

»Zur Zeit lebe ich in einem Niemandsland.«

»In Deutschland leben Sie!« schrie Müller-Gießen und wurde rot im Gesicht. »Wo *wir* sind, ist Deutschland! Das werden Sie noch begreifen lernen.« Er atmete tief ein. »Sie verwalten das Bernsteinzimmer? Na gut, werde ich nachforschen. Das Zimmer wird in den nächsten Tagen ausgebaut.«

»Von wem?«

»Das geht Sie einen Scheißdreck an, Mann!«

»Aber ich weiß es, Herr Major: Das Sonderkommando des AA...«

Es war ein Hieb, der saß. Genau in die Magengrube von Müller-Gießen. Die anderen Herren hatten sich umgedreht und verfolgten interessiert die Auseinandersetzung ihres Chefs mit diesem schäbiggekleideten Zivilisten.

»Ist das sicher?« bellte Müller-Gießen.

»Ein Herr Dr. Wollters, Rittmeister Wollters, ließ das verlauten.«

»Wollters. Ausgerechnet Wollters!« schrie Müller-Gießen. Gegen diesen Namen war er allergisch. Bauchschmerzen bekam er, wenn er an ihn dachte. Schon siebenmal war Dr. Wollters schneller gewesen als Müller-Gießen, und immer hatte er von Reichsleiter Martin Bormann recht bekommen. Gegen Bormann kam keiner an, am wenigsten Rosenberg. Es gab eine Reihe von hohen Parteigenossen, die Bormann, nach außen hin immer höflich, innerlich aber für sich abhakte: Neben Rosenberg war das vor allem auch Josef Goebbels. Aber jetzt, hier beim Bernsteinzimmer, wollte Müller-Gießen Sieger bleiben. Er brauchte nur einige Lastwagen, vielleicht 20 oder 22 Stück... und das war ein Problem, das er im Augenblick noch nicht lösen konnte. Aber das AA auch nicht, das war sicher. Zwanzig Lastwagen zu bekommen, um Kunstschätze zu transportieren, war ebenso schwierig wie der Abbau der Deckengemälde.

»Was hat Wollters noch zu Ihnen gesagt?« Müller-Gießen sprach den Namen so voller Ekel aus, als wollte er sich jeden Augenblick erbrechen.

»Nichts.«

»Termine?«

»Keine. Nur: So schnell wie möglich.«

»Das ›wie möglich‹ beruhigt mich etwas. Er kann auch nicht zaubern.«

»Die Männer von Ribbentrop hatten ein Schreiben aus dem Führerhauptquartier bei sich. Auf Veranlassung von Bormann –«

»O Scheiße! Scheiße!« Müller-Gießen schlug erregt die Fäuste gegeneinander. Die anderen Herren zogen betretene Gesichter. Wiederholte sich zum achtenmal der Wettlauf der beiden Kunstsammler? »Wie rief Richard III. bei der Schlacht von Bosworth? ›Ein Pferd! Ein Pferd! Ein Königreich für ein Pferd!‹ *Ich* brauche kein Pferd... ich brauche zwanzig Lastwagen! Meine Herren, wir werden doch noch für den Führer zwanzig Lastwagen auftreiben können!«

Es zeigte sich, daß Müller-Gießen die Lage unterschätzt hatte. Schon bei General von Kortte blitzte er eiskalt ab. Als Müller-Gießen zu ihm sagte, er brauche sofort, *sofort* betonte er noch einmal, zwanzig Lkws, sah ihn von Kortte fast mitleidig an und tippte sich dann an die Stirn.

»Herr Major, Sie spinnen«, sagte er abgehackt.

»Ihr Armeekorps wird doch wohl zwanzig Wagen haben.«

»Zum Munitionstransport. Für Verpflegung, Nachschub, zur schnellen Verlegung von Truppen an die Front, zum Rücktransport von Verwundeten... aber doch nicht für Wände aus Bernstein!«

»Es handelt sich um Besitztümer des Führers!«

»Dann soll der Führer mir persönlich einen Befehl dazu geben.«

»Herr Reichsleiter Rosenberg –«

»Mein Vorgesetzter ist der Kommandierende der Armee und der Oberbefehlshaber der Wehrmacht.«

»Unser Sonderauftrag ist klar umrissen, Herr General.«

»Das kann ich nicht entscheiden. Wenden Sie sich an den Oberbefehlshaber der 18. Armee, Generaloberst von Küchler. Wenn es Lkws gibt, dann nur mit seiner Genehmigung.«

»Das heißt: Sie wollen nicht?«

»Ich kann nicht.« Von Korttes Stimme schwamm in Ironie. Es tat ihm in der Seele gut, Müller-Gießen ebenso abfahren zu lassen wie diesen hochnäsigen Dr. Wollters. »Als Akademiker sollten Sie den Unterschied zwischen Können und Wollen verstehen. Ich bedaure, Herr Major.«

Damit war Müller-Gießen entlassen. Er stand stramm, grüßte kurz und verließ wutschnaubend das Chinesische Zimmer. Auf dem breiten Flur, wo seine Herren warteten, machte er sich Luft.

»So ein Fatzke!« schrie er. »So ein Saboteur! Als ob wir Scheißhaufen wären! Das gibt eine Meldung an den Reichsleiter, das kann ich Ihnen sagen. Diesem Kortte werden noch die Augen überlaufen! Da werden sich jetzt andere Stellen um ihn kümmern! Ha, der kennt uns noch nicht.« Er winkte. »Gehen wir, meine Herren.« Er sah sich um. Wachter, der ihn zu General von Kortte geführt hatte, war nicht mehr da. »Wo ist dieser russendeutsche Zivilist?«

»Gegangen. Sollte er bleiben, Herr Major?« Ein Kunstexperte im Range eines Oberleutnants hob die Schultern. »Wir wußten nicht, daß...«

»Schon gut. Wir müssen sofort zum Hauptquartier der 18. Armee. Diesmal müssen wir die ersten sein!«

Aber auch bei Generaloberst von Küchler kamen sie zu spät. Dr. Wollters war schon da gewesen. Und wie ihm ließ von Küchler durch einen seiner Adjutanten auch Müller-Gießen sagen, daß während der Kämpfe um Leningrad noch nicht mal ein Rad für außerkriegerische Zwecke zur Verfügung gestellt würde.

»Und jetzt geht's los!« sagte Müller-Gießen angriffslustig. »Wer zuerst die Lkws hat, ist Sieger. Meine Herren, wir bleiben hart am Mann.«

Im Schloß von Königsberg hatte Gauleiter Koch seine »Gauleitung Ostpreußen« eingerichtet. Für ihn war das Schloß der richtige und einzige Ort, an dem er wohnen und arbeiten konnte.

Drei Dinge liebte der ehemalige Maler und Anstreicher und jetzige Gauleiter und Reichskommissar für die Ukraine besonders: die Macht, die Frauen und den Prunk. Genau in dieser Reihenfolge. Die Macht besaß er, regierte wie ein König in Ostpreußen und der Ukraine, mit einer Grausamkeit, die Tausende von Männern, Frauen und Kindern in den Tod trieb, in Konzentrationslagern verschwinden ließ und die ganze Dörfer zerstörte, verbrannte und einebnete. Seine Macht und sein Haß auf die »slawischen Untermenschen« war so groß, daß selbst Rosenberg und der Chef der Polizei der Ukraine, der Höhere SS- und Polizeiführer Hans Prützmann, Beschwerde bei Hitler führten. Nur erreichten sie nichts... Koch war mächtiger.

Bei den Frauen hatte der Gauleiter selten mit Gegenwehr zu rechnen, aber nicht etwa, weil er ein schöner, charmanter Mann war. Koch war mittelgroß, hatte große, leicht abstehende Ohren und trug unter der breiten Nase einen kurzen Schnurrbart, eine »Fliege«, ähnlich wie sein von ihm vergötterter Führer Adolf Hitler, und saufen konnte er, als sei er ein endloser Schlauch. Seine Erfolge im Bett waren in den meisten Fällen auf die Angst der Frauen, ihm Widerstand zu leisten, zurückzuführen. Frauen nannte er grundsätzlich Weiber oder, wenn er in Stimmung war, »geile Wackelärsche« oder »Titten mit Beinen«. In Königsberg und über das ganze Land verstreut hatte er sich seine »Liebeslauben« eingerichtet. Am luxuriösesten war das alte, ehrwürdige Herrengut *Nasza Polska* (Unser Polen) zwischen Warschau und Nasielsk. Hier hatte Koch sein Schlafzimmer mit Spiegelwänden ausgestattet und über dem breiten Himmelbett ebenfalls einen riesigen Spiegel an der Decke anbringen lassen. Wohin man also beim Liebesspiel blickte ... man sah sich von allen Seiten: ein Zimmer voll von kopulierenden Paaren. Hier fühlte sich Erich Koch wohl, hier war er der Sonnenkönig des Ostreiches. Weiber – das war Leben!

Mit der dritten Leidenschaft, dem Prunk, hatte er ein gespaltenes Verhältnis. Seine Pläne, sich wie ein echter Herrscher mit wertvollen Kunstschätzen zu umgeben, erfüllten sich nur teilweise oder zögernd. Zu viele waren nach den Eroberungen unterwegs, um sich mit Gemälden, Gobelins, Möbeln, Teppichen, Goldschmiedearbeiten oder Bibliotheken und Porzellanen einzudecken. Göring raubte für seine feudalen Landsitze Karinhall und Schorfheide, Rosenberg für Hitler und sein Linzer Traummuseum, Himmler für seine Villa auf dem Obersalzberg, Ribbentrop als Sammler für den Führer, Generalgouverneur Frank für seine Häuser, nur Martin Bormann zeigte wenig Interesse an der Kunst, dafür aber um so mehr für die Sammelleidenschaft der anderen. Immer wieder rügte er das Abtransportieren von unersetzlichen Kunstwerten, die dem »Führervorbehalt« unterlagen, mahnte die unbedingte Befolgung des Führerbefehls an und ließ alle oberen Reichsbehörden wissen, daß er sehr wohl über alles unterrichtet sei und im Namen des Führers eingreifen werde.

Gauleiter Koch beklagte im kleinen Freundeskreis sein Schicksal, immer nur die Brosamen einsammeln zu können, die ihm die Großen vom Kunsttisch übrig ließen. Natürlich reichte auch das aus, um seine Häuser mit herrlichen Kunstwerken zu schmücken, aber es war sozusagen die zweite Garnitur. Das verletzte Kochs Stolz ungemein ... hier im Osten war er die Nummer eins, Ostpreußen der schönste aller Gauen. Wem also stand daher das Schönste aus den eroberten Schlössern, Bibliotheken, Klöstern und Museen zu?

Am 19. September 1941, als der Einschließungsring um Leningrad geschlossen war und Generalfeldmarschall Ritter von Leeb, der Oberbefehlshaber der Heeresgruppe Nord, den Artilleriebeschuß der Stadt zur Demoralisierung der

Bevölkerung befahl – ein Bombardement, das 18 Stunden dauerte, 18 Stunden lang ein Regen von Granaten –, hatte Gauleiter Koch seinen Vertrauten, den Gauamtsleiter Bruno Wellenschlag und den Direktor der Kunstsammlungen der Stadt Königsberg, Dr. Wilhelm Findling, zu einem Glas Wein in seine Wohnung eingeladen. Dr. Findling, mehr ein ernster und stiller Mensch, der die Wissenschaft liebte, als ein Zechkumpan, hatte vor der Einladung noch kräftig gegessen und sich Magnesiumpillen eingesteckt. »Das wird wieder eine Sauferei!« hatte er zu seiner Frau gesagt. »Koch hat angerufen.«

Sie saßen nun in tiefen Sesseln, tranken zum Auftakt des gemütlichen Abends eine Flasche französischen Kognak und hörten Erich Koch zu, der nichts Neues oder Bewegendes berichtete: Er lobte des Führers Tatkraft, Rußland in einem Sturmlauf ohne Beispiel niederzuzwingen. Die »Ostmark«, wie Koch die eroberten Gebiete nannte, würden einmal die Kornkammer und das Gemüsebeet des Reiches werden. Plötzlich aber unterbrach er sich selbst und beugte sich zu Dr. Findling vor.

»Kennen Sie Puschkin?« fragte er.

»Ja. Das alte *Zarskoje Selo*, Herr Gauleiter.«

»Schloß an Schloß, nicht wahr?«

»Vor allem zwei: Der Katharinen-Palast und das Alexander-Palais.«

»Sie waren schon dort?«

»Dreimal, Herr Gauleiter.«

»Dann kennen Sie ja auch das Bernsteinzimmer.«

»Aber bestens. So etwas gibt es nie wieder. Das größte Kunstwerk, das jemals aus Bernstein hergestellt wurde. Wie der Führer es ausdrückte: Das deutsche Gold der Ostsee. Seit Jahrhunderten nennt man es auch den ›Sonnenstein‹.«

Dr. Findling nahm einen tiefen Schluck Kognak. An Bernstein konnte er sich begeistern wie Koch an einer schönen Frau. Die berühmte Königsberger Bernsteinsammlung lagerte in seinen Städtischen Kunstsammlungen, atemberaubende künstlerische Bernsteinarbeiten und ein Kleinod von Millionenwert: ein Kabinettschrank mit Flügeltüren und Schubladen, alles in leuchtendem Bernsteinmosaik. Er hatte ein paar enthusiastische Bücher geschrieben und war seither als Bernsteinfachmann international angesehen.

»Ich weiß, Herr Gauleiter«, sagte er jetzt, »woran Sie denken.«

»Genau an das, Dr. Findling.« Koch war in bester Stimmung. Der Kognak war gut, und die Frau, die Bruno Wellenschlag ihm für den Rest des Tages zugeführt hatte, schien vorzüglich. Sie wartete im Schloß in einem abgelegenen Zimmer, das Koch seinen Reitstall nannte.

»Das Bernsteinzimmer. Sie möchten es gern in Königsberg haben...«

»Möchten? Ich *will*! Hierher gehört es, hier ins Schloß, und nirgendwo anders hin! Dr. Findling, können Sie sich vorstellen, wie das sein wird: Das Bernsteinzimmer hier bei uns im Schloß?!«

»Ein geradezu märchenhafter Gedanke, Herr Gauleiter.«

»Kein Märchen! Ich lasse es wahr werden! Ich schaffe das.«

»Da gibt es doch für außergewöhnliche Kunstwerke den ›Führervorbehalt‹. Das Zimmer fällt bestimmt darunter.«

»Und wenn... ich werde mit Bormann sprechen. Nur ich kann das. Habe ich nicht dafür gesorgt, daß am dritten Mai 1933 ein Gesetz zum Schutze des Bernsteins erlassen wurde?«

»Das war eine epochale Tat, Herr Gauleiter.«

Dr. Findling meinte das ehrlich. Wenn es um Bernstein ging, schob sein Enthusiasmus alles andere beiseite, auch seine politischen Ansichten. Er war weder Parteimitglied noch in sonst einer Organisation, mit Ausnahme des NS-Beamtenbundes, und das auch nur, um seine Stellung als Museumsdirektor zu behalten und die Kunstschätze nicht in die Hände eines Heil-Hitler-Nazis fallen zu sehen. Er hatte keinen NS-Rang, hatte nie eine Uniform getragen mit Ausnahme im Ersten Weltkrieg, wo er es bis zum Unteroffizier gebracht hatte, weil – so sagte man ihm – er zu dämlich sei, um Offizier zu werden. Er sah lieber einen van Gogh an als ein Maschinengewehr – mit einer solchen Einstellung konnte man kein Soldat sein. Nicht in der kaiserlichen Armee. Mit Gauleiter Koch verband ihn nur, daß dieser auch im Schloß residierte und den Bernstein besonders liebte. Sonst hielt er auf Distanz bis auf die Saufabende, denen er nicht immer ausweichen konnte, denn so viele Ausreden hätten selbst Koch nachdenklich gemacht.

Dr. Findling zuckte dennoch zusammen, als Koch mit großer Betonung sagte:

»Fahren Sie nach Puschkin und verhindern Sie, daß sich

jemand anderes unser Bernsteinzimmer untern Nagel reißt.« Er sagte tatsächlich »unser Bernsteinzimmer«, als sei es schon in seinem Besitz.

»Zunächst wird man mich gar nicht nach Puschkin lassen.« Dr. Findling trank wieder einen Schluck Kognak. »Das ist absolutes Kampfgebiet. Da kommt keiner rein, ein Zivilist sowieso nicht. Die erste Kontrolle wird mich schon festnehmen.«

»Ich sorge dafür, daß Sie nach Puschkin kommen.« Erich Koch erhob sich, holte den Eiskübel mit den Weinflaschen von einem anderen Tisch und schüttelte den Kopf, als Bruno Wellenschlag aufsprang, um den Kühler zu tragen. Bei solchen Gesprächen verzichtete Koch auf seine ihn sonst bedienenden Ordonnanzen. Hier wollte er ungestört sein, ohne fremde Augen und Ohren, genau wie im Bett, wenn er sich schnaufend in den Spiegeln betrachtete. »Ich werde Bormann anrufen oder – das ist vielleicht am besten – gleich ins Führerhauptquartier fahren. In der ›Wolfsschanze‹ habe ich immer offene Türen. Und was heißt hier Führervorbehalt, Dr. Findling?! Natürlich wird der Führer für sein Riesending in Linz das Bernsteinzimmer von uns bekommen. Es sei denn, ich kann ihn überzeugen, daß das größte Kunstwerk aus Bernstein dorthin gehört, wo man den Bernstein findet... nach Ostpreußen, also nach Königsberg!«

»Wissen Sie, was wir zum Abtransport brauchen, Herr Gauleiter?«

»Sagen Sie es, Dr. Findling.«

»Mindestens zwanzig Lastwagen.«

»Haben wir!« Koch lachte und bog sich dabei nach hinten. »Wenn keiner sie hat, ich habe sie! Ganz offiziell. Ich werde eine ›Transportstaffel Koch‹ zusammenstellen, und dann geht's los, meine Lieben.« Er entkorkte die erste Flasche, eine Rüdesheimer Auslese von 1931, roch am Flaschenhals, goß sich einen Schluck ein, roch am Korken und in das Glas, nahm einen kleinen Schluck und kaute den Wein, ehe er ihn hinunterschluckte. »Ein Himmelströpfchen, wirklich«, sagte er mit echter Begeisterung. »Was gehört zum Schönsten dieses Lebens? Eine geile Frau, ein herrlicher Wein und –«

»Und die nötige Potenz!« sagte Wellenschlag respektlos.

»Bruno, hat es je daran gefehlt?!« Koch goß die Weingläser voll und stieß dann Wellenschlag die Faust in den Rükken. »Bist ja nur neidisch. Nach der ersten Nummer liegst du da und schnarchst. Ich werde erst ab Nummer vier so richtig munter! Prost! Auf unser Bernsteinzimmer!«

Sie hoben die Gläser und stießen an. Dr. Findling seufzte innerlich. Er mochte solche Reden nicht, er fand sie ordinär und obszön, aber wer mit Koch auskommen wollte, mußte sich daran gewöhnen. Nicht einmal seine Nichte entging den anzüglichen Bemerkungen und vulgären Ausdrücken, mit denen Koch alle Frauen auf ihre Gebärfunktion reduzierte. Er fand das wunderbar und nannte es volkstümlich.

Die Sauferei dauerte bis drei Uhr morgens.

Dr. Findling tastete sich an den Wänden entlang durch die Schloßgänge bis zu seiner Wohnung, es fiel ihm schwer, sich aufrecht zu halten, zumal er größte Lust verspürte, auf allen vieren vorwärts zu kriechen. Aber er erreichte ohne Kratzer oder Beulen sein Zuhause, fiel neben seiner Frau aufs Bett, hatte keine Kraft mehr, sich auszuziehen, stammelte nur noch: »Wenn das gelingt... wenn das gelingt...« und schlief sofort ein. Das fast kindliche Lächeln blieb auf seinem Gesicht.

Bruno Wellenschlag begleitete seinen Gauleiter zu dem Liebeszimmer, in dem die von ihm besorgte Frau schon seit Stunden wartete. Sie lag halb ausgezogen auf dem Bett und schlief. Eine hübsche Frau mit langen rötlichen Haaren.

»Du bist ein Fachmann, Bruno«, sagte Koch und zog seine Jacke aus, streifte die Hosenträger herunter und begann, seine Hose aufzuknöpfen. »Genau das richtige zum Nachtisch. Und jetzt raus, du Zuhälter!«

Wellenschlag verließ schnell das Zimmer. Beleidigen konnte man ihn nicht mehr. Wer jahrelang mit Koch arbeitete, hatte verlernt, sich aufzuregen. Zur Beruhigung trug bei, daß man unkündbar war... man wußte zu viel. Nur der Tod konnte die Verbindung auslöschen, nur war auch das für den Gauleiter kein besonderes Problem.

Im Zimmer stand Koch nackt vor der schlafenden Frau und wippte auf den Zehen auf und nieder. Er fühlte sich pudelwohl... die richtige Menge Alkohol machte ihn zum Liebes-Champion.

Aber auch Gauleiter Koch kam nicht weiter mit »seinem« Bernsteinzimmer. Martin Bormann war nicht zu erreichen, weder in Rastenburg im Führerhauptquartier, noch in der Parteikanzlei. Ihn privat in seiner Villa auf dem Obersalzberg anzurufen, wo Bormann neben Göring und

Himmler auf einem Hügel mit wundervoller Fernsicht wohnte, wagte er nun doch nicht.

Erst am 22. September bekam Koch nach lautem Gebrüll mit einem Adjutanten Martin Bormann ans Telefon und trug ihm seine Vorschläge vor. Bormann, der gerade von Hitlers Mittagstafel kam, schien ein offenes Ohr für Kochs Vorstellungen zu haben.

»Der Führer hat eben von den Museen in und um Leningrad gesprochen«, sagte er. »Die noch vorhandenen Kunstschätze sollen selbstverständlich gerettet werden. Auf Wunsch des Führers hat Generalfeldmarschall Keitel sofort eine Weisung an die Heeresgruppe Nord erlassen, den bronzenen Neptunbrunnen im Oberen Garten von Schloß Peterhof auszubauen. Ein Nürnberger Bildhauer aus dem 17. Jahrhundert hat ihn geschaffen, und der Führer sagt ganz richtig: Er gehört nach Nürnberg! Er wird sofort zusammen mit der berühmten Samsonstatue und anderen Figuren der großen Kaskade ausgebaut. Das Bernsteinzimmer... hm, ich werde mit dem Führer darüber sprechen. Warten Sie weitere Weisungen ab, Gauleiter.«

Hoffnungsfroh legte Koch auf. Kein striktes Nein... das bedeutete ein halbes Ja. Rosenberg, Ribbentrop, Göring und alle anderen Interessenten schienen ausgeschaltet. Der »König von Ostpreußen« besaß den besseren Draht zum Führerhauptquartier.

Inzwischen ärgerte sich Major Müller-Gießen gründlich und fand sich nur schwer mit seiner Enttäuschung ab. Er hatte mit seinen Kunstexperten ein paar Zimmer im Sommerpalais des Zaren Alexander bezogen, hatte sich gebadet und die Uniform von seinem Burschen ausbürsten lassen, aß vorsorglich vier Spiegeleier und trank eine halbe Flasche Rotwein dazu und fühlte sich danach kräftig genug, das hübsche Schwesterchen herumzuführen und – wie versprochen – ihr alles zu zeigen. Die Erinnerung an seine französischen Erlebnisse machte ihn geradezu beschwingt.

Im Bernsteinzimmer aber traf er das tolle Schwesterlein nicht an. Der widerliche Zivilist, dieser Russendeutsche Wachter, saß auf einem Hocker neben der Tür und wartete auf ihn. Müller-Gießen blieb ruckartig stehen.

»Was machen Sie hier?« fragte er schnarrend. »Sie sind Ihrer Aufgabe, auf das Zimmer aufzupassen, enthoben!«

Michael Wachter verzichtete darauf, mit Müller-Gießen über dieses Thema einen Streit anzufangen. Höflich erhob er sich von seinem Sitz und sagte:

»Ich soll Ihnen mitteilen, Herr Major, daß Schwester Jana nicht kommen kann.«

»Ach!« Müller-Gießen schnaufte durch die Nase. »Das kann sie mir nicht selbst sagen?«

»Dann wäre sie ja hier.«

»Und wo ist sie?«

»Das weiß ich nicht. Sie muß dringend in ein Lazarett, sagte sie.«

»In welches?«

»Das hat sie nicht gesagt. Ich habe auch nicht gefragt, sie war sehr in Eile.«

»Scheiße!« Müller-Gießen stampfte im Bernsteinzimmer hin und her, versuchte, seine Enttäuschung zu dämpfen, gab sich dann einen sichtbaren Ruck und verließ grußlos den Saal. Er fragte sich im Schloß durch, bis er den Oberstarzt im Stabe der Division gefunden hatte und bat um Auskunft.

»Wieviel Lazarette haben wir in Puschkin?« sagte er.

»In Puschkin selbst oder auch in der Umgebung?«

»Im näheren Gebiet, Herr Oberstarzt.«

»Oje! So aus dem Ärmel schütteln kann ich das nicht. Mit den zurückliegenden Hauptverbandsplätzen, Krankensammelstellen und Feldlazaretten könnten es im Gebiet um Puschkin mindestens neunzehn sein.« Der Oberstarzt sah Müller-Gießen verwundert an. »Wozu wollen Sie das wissen?«

»Es geht mir darum, ob Lazarette in Schlössern eingerichtet sind, in denen sich noch wertvolle Kunstschätze befinden«, sagte Müller-Gießen glaubwürdig. Seine Enttäuschung wuchs. Neunzehn mindestens ... unmöglich, sie alle abzuklappern und das Schwesterchen zu suchen. Jana hieß sie. Ein Name, so schön wie sie selbst. Jana, das paßte genau zu ihr. Jana ...

»Unsere Ärzte und Sanitäter interessieren sich für die Verwundeten, nicht für Gemälde oder Antiquitäten.« Der Oberstarzt wurde verschlossener. Müller-Gießen sah ein, daß es keinen Sinn hatte, noch mehr zu fragen. Vorbei, dachte er bitter. Vorbei, ohne daß es angefangen hat. Übermorgen mußte man weiter nach Petrodworez, wo der Sonderführer Dr. Hans-Heinz Runnefeldt den Neptunbrunnen ausbaute. Er hatte von der 18. Armee die nötigen Lastwagen bekommen... kein Kunststück, wenn es der Führer selbst befahl.

Müller-Gießen grüßte, sagte artig: »Danke, Herr Oberstarzt« und wandte sich aus dem Zimmer. Auf dem Flur sagte er wieder laut sein Lieblingswort: »Scheiße!« und verließ den Katharinen-Palast. Vor der Treppe parkte sein Wagen. Der Fahrer, ein Unteroffizier, las in der Soldaten-Illustrierten *Die Wehrmacht*, was Kriegsberichterstatter von allen Kriegsschauplätzen schrieben, fotografierten oder zeichneten. Er warf sie sofort auf den Nebensitz, als Müller-Gießen aus dem Schloß stürmte.

»Zurück zum Alexander-Palais!« schnarrte Müller-Gießen. Er ließ sich auf den Rücksitz fallen und lehnte sich zurück. »Nein... fahren Sie in die Stadt. Halten Sie auf der Bolschaja, dem Großen Platz. Aber flott, flott, ehe es ganz dunkel wird.«

Die Nacht verbrachte er dann mit einem drallen Bauernmädchen, das er an der Straße nach Puschkin auflas. Sie regte ihn nicht sonderlich auf; sie lag da wie ein Brett, hatte die Augen geschlossen und erduldete den schwitzenden deutschen Offizier. Ein unbefriedigender Ersatzfick, so sah es auch Müller-Gießen. Er schenkte dem Mädchen drei Tafeln Schokolade, zwei Pakete mit Dauerkeks und eine kleine runde Blechkonserve mit Leberwurst. Das Mädchen war glücklich, küßte ihm die Hand und rannte dann davon. Nur deshalb hat sie's getan, sagte sich Müller-Gießen und wusch sich ihren Geruch vom Körper. Wie anders wäre das mit Jana gewesen. Wie himmelhoch jauchzend. Aber 19 Lazarette abklappern – ein Wahnsinn!

»Und morgen –«, sagte er laut ins Zimmer hinein, »organisiere ich zwanzig Lkws! Ich werde mit Küchler selbst sprechen!«

Es blieb ein frommer Wunsch. Generaloberst von Küchler empfing ihn nicht einmal.

»Er ist weg«, sagte Wachter und rieb sich die Hände. »Mit Dampf vor der Nase wie ein wütender Stier. Der kommt nicht wieder.«

Jana Petrowna saß vor dem kleinen Radio, als Wachter zurück in seine Wohnung kam. Sie hatte den Ton ganz leise gestellt und sich zum Lautsprecher vorgebeugt. Sie hörte Radio Leningrad, die Aufrufe an die Bevölkerung, die

Berichte von den Verteidigungsmaßnahmen und den Kämpfen an der Ringfront. Nichts wurde beschönigt oder verschwiegen. Die Einwohner von Leningrad wußten, was sie bei der Blockade erwartete: Hunger, Tod, Bomben und Granaten und im kommenden Winter das Erfrieren. Aber nie, nie würde man die Hände hochheben und sich ergeben. Leningrad blieb russisch.

Sie schaltete das Radio aus, richtete sich auf und fuhr sich, wie immer, wenn sie innerlich erregt war, mit gespreizten Händen durch die Haare.

»Danke, Herr Wachter«, sagte sie gehorsam. Ihr war eher zumute, aufzuspringen, zu ihm hinzulaufen und ihm um den Hals zu fallen.

Drei Tage lang blieb Jana in Wachters Wohnung und traute sich nicht hinaus. Erst als es sicher schien, daß Müller-Gießen mit seinem »Einsatzstab Reichsleiter Rosenberg«, ERR, nicht mehr in Puschkin herumschnüffelte, wagte es Jana, wieder als Rote-Kreuz-Schwester im Katharinen-Palast herumzulaufen.

Wie erwartet: Sie fiel wieder niemandem auf. Keiner fragte, woher sie kam und was sie hier wollte. Man fragte nur, ob sie Zeit habe... Eine Menge Offiziere bemühte sich darum, ihr die langweiligen Abende zu vertreiben. Sie blieb standhaft bei aller Freundlichkeit und allem aufreizenden Lächeln, und so wurde sie zum Wettobjekt im Offizierskasino.

Wem gelingt es, das süße Schwesterchen ins Bett zu tragen? Wer wird der Sieger sein beim Sturm auf ihren Unterleib? Sie war doch nicht etwa noch unschuldig? Du lieber Himmel, was sind denn das für Ärzte, die solch einen Engel noch als Jungfrau herumlaufen lassen?! Kameraden, die Degen heraus –

Am 28. September wechselte die Besetzung des Schlosses. General von Kortte verabschiedete sich von Wachter, als ließe er einen guten Freund zurück. Sein Armeekorps wurde in den östlichen Teil des Einschließungsringes verlegt. Dafür bezog der Stab des 50. Armeekorps den Katharinen-Palast.

»Ich wünsche Ihnen alles Gute«, sagte von Kortte zum Abschied. »Vielleicht sehen wir uns einmal wieder... irgendwo... Sie sind ja leicht zu finden. Wo das Bernsteinzimmer ist, sind auch Sie.«

»Wenn wir den Krieg überleben, Herr General.« Wachter

schluckte, seine Stimme wurde unsicher. »Ich danke Ihnen für alles. Wenn Beten hilft, dann werde ich für Sie beten. Vielleicht wacht Gott auf ... jetzt schläft er ...«

»Sagen Sie das nicht so laut, Wachter, das ist Defätismus. Wehrkraftzersetzung. Das wird mit dem Tode bestraft. Denken und reden Sie nur vom Endsieg, dann überleben Sie. Das Bernsteinzimmer braucht Sie doch.« Von Kortte klopfte Wachter auf die Schulter. »Sie haben keine Kinder, keine Erben?«

»Nichts, Herr General.« Wachter versuchte ein kumpelhaftes Grinsen. »Aber es ist noch nicht zu spät ... bin ja erst fünfundfünfzig Jahre alt.«

»Beeilung, mein Lieber, Beeilung!« Von Kortte lachte und gab Wachter noch einmal die Hand.

»Und wer kommt jetzt hierher, Herr General?«

»Das 50. Korps. Kommandeur General Jobs von Haldenberge.«

»Kennen Sie ihn?«

»Mehr oder weniger. Mit ihm kann man reden. Ich werde ihn auf Sie hinweisen. Ein ernster, aber angenehmer Mann. Sie werden ihn von dem Bernsteinzimmer überzeugen können, bei mir haben Sie's ja auch geschafft ...«

Am Abend traf die lange Kolonne des Stabes des 50. Armeekorps beim Katharinen-Palast ein. General Jobs von Haldenberge bezog wie von Kortte das Chinesische Zimmer. Sein Schlafzimmer schlug er im Schlafraum von Katharina II. auf. Ein Zimmer, das ein kleines Heer von Liebhabern der Zarin gesehen hatte und dessen Wände, könnten sie sprechen, von ungeheuren Liebesräuschen erzählen würden.

Am nächsten Morgen ließ sich Wachter bei General von Haldenberge melden. Zur Verblüffung des Adjutanten empfing ihn der Kommandeur ohne lange Wartezeit. Haldenberge war bekannt dafür, jede unnütze Störung als eine persönliche Beleidigung anzusehen.

»Sie wurden mir schon empfohlen, Herr Wachter«, sagte er. Aber er gab ihm nicht die Hand, wie es von Kortte getan hatte. Ein Händedruck war für ihn schon eine Art von Vertraulichkeit. »Ich habe eine halbe Stunde Zeit. Sie können mir das sagenhafte Bernsteinzimmer zeigen.«

Jana Petrowna, die im Zimmer stand, um General von Haldenberge kennenzulernen, wurde von ihm überhaupt nicht beachtet. Eine Krankenschwester, die in ihrer Freizeit Kunstschätze ansieht ... was soll's?!

»Phänomenal!« sagte von Haldenberge, als Wachter ihm unter einer losen Verkleidung eine der Wandtafeln und Figuren zeigte. »So etwas habe ich noch nie gesehen. Kein Wunder, daß der Führer so etwas für das Reich retten will. Das gibt's nicht wieder.«

»Der Führer?« fragte Wachter dumpf.

»Ja. Hat Ihnen von Kortte nicht gesagt, was da läuft?« General von Haldenberge starrte an die Decke mit den herrlichen Deckengemälden. »Wir haben einen Führerbefehl bekommen... über Generalfeldmarschall Ritter von Leeb und Generaloberst von Küchler ist er auch zu mir gekommen als neuer Herr über Puschkin.« Er sagte tatsächlich »Herr über Puschkin«. Wachter zog wie frierend die Schultern hoch. »In zwei, drei Tagen wird das Einsatzkommando ›Hamburg‹ des Sonderkommandos AA hier im Schloß sein.«

»Rittmeister Dr. Wollters?«

»Sie kennen ihn bereits? Ja, er ist dabei. Geführt wird das Kommando von einem Sonderführer Dr. Runnefeldt, wenn ich den Namen richtig verstanden habe. Dieser Runnefeldt, oder wie er heißt, soll umfassende Vollmachten vom Führer haben. Das steht auch in der Anweisung vom Führerhauptquartier. Das Kommando soll, wie Generaloberst von Küchler mir sagen läßt, das Bernsteinzimmer ausbauen.« Von Haldenberge sah auf den Fußboden. Das Intarsienparkett aus rosa und schwarzem Palmenholz mit Palisander, vermischt mit leuchtendgelben Bernsteinstücken, entlockte dem General einen bewundernden Ausruf. »Unfaßbar! Ist das ein Parkett! Das waren noch Künstler, Herr Wachter, und sie hatten Zeit für ihre Kunst. Da wurde nichts gehudelt.« Er verließ das Bernsteinzimmer, ohne auch nur einen Blick auf Jana Petrowna zu werfen, und blickte Wachter wieder nachdenklich an. Von Kortte schien ihn gut unterrichtet zu haben, denn er zog jetzt ein Stück Papier aus der Uniformtasche, faltete es auseinander, indem er es in der Luft schüttelte, und klemmte ein Monokel in sein linkes Auge.

»Um Ihnen zu zeigen, wie ernst es in den nächsten Tagen wird, lese ich Ihnen das hier vor. Es ist eine Eintragung ins Kriegstagebuch der 18. Armee, zu der mein Korps gehört: ›28. September 1941, 16 Uhr. Rittmeister Dr. Wollters, vom OKW mit der Erfassung der Kunstgegenstände in den Zarenschlössern beauftragt, bittet um Schutz für das Zarenschloß

Puschkin, das durch Bombentreffer leicht zerstört und zur Zeit in vorderster Linie durch unachtsames Verhalten der Truppe gefährdet ist. Mit der Sicherung wird L. A. K. beauftragt. A. Nachsch. F. stellt Arbeitskräfte und Kfz zur Bergung der bes. wertvollen Kunstschätze unter Leitung von Rittmeister Dr. Wollters zur Verfügung‹.« Von Haldenberge ließ das Blatt sinken. »Das ist doch klar, nicht wahr? Noch heute wird das Schloß von den Truppen geräumt, nur die Stäbe bleiben hier, ich werde aus der Nachschubeinheit zwanzig oder mehr Mann zur Verfügung stellen, so viel man braucht, nur Kfz habe ich nicht übrig, da muß noch was organisiert werden.« Von Haldenberge steckte das Papier wieder in seine Rocktasche. Er sah Wachters entsetzte Augen, bedauerte ihn, aber helfen konnte er ihm nicht mehr. Das OKW hatte befohlen, und hinter diesem Befehl standen die Wünsche von Bormann und Hitler. Man konnte nur noch gehorchen.

»Und damit die Sache ganz im Sinne des Führers verläuft«, fügte er hinzu, »wird die ganze Aktion vom Sonderbeauftragten Dr. Runnefeldt selbst überwacht werden. Das ist Bormanns Vorschlag gewesen.«

»Sie ... sie wollen also das Bernsteinzimmer stehlen ...« sagte Wachter leise. General von Haldenberge hob die Augenbrauen und sah Wachter fast entsetzt an.

»Mann, was reden Sie da?« zischte er. »Das will ich nicht gehört haben! Das Bernsteinzimmer kommt heim ins Reich ... es gehörte Friedrich Wilhelm I. Deutsche Bernsteinkünstler haben es geschaffen! *So* muß man das sehen. Und so sieht es auch der Führer.«

Wachter nickte und schwieg. Er dachte an das Schicksal der Familie Wachter in den vergangenen 225 Jahren und den niedergeschriebenen Bericht seines Vorfahrs Friedrich Theodor Wachter: »Der König hat sein Bernsteinzimmer dem Zaren Peter I. geschenkt! Er muß besoffen gewesen sein. Einziger Trost: Wir werden das Zimmer nach Petersburg begleiten. Das hat uns der König versprochen. Wie wird unser Leben fernerhin aussehen?«

Ja, wie wird unser Leben aussehen? Was wird aus uns ohne das Bernsteinzimmer?

»Es tut mir leid, Ihnen das sagen zu müssen.« Von Haldenberge klopfte Wachter auf die Schulter. Es war gut gemeint, aber verringerte in keiner Weise Wachters Schmerz. »Hier hätte Ihnen auch General von Kortte nicht mehr helfen können. Außerdem, wer weiß, was noch auf uns zukommt. Das Bernsteinzimmer ist jedenfalls gerettet. Das muß doch für Sie ein großer Trost sein.«

Wachter nickte wieder stumm. Er wartete, bis von Haldenberge gegangen war, und kam dann ins Bernsteinzimmer zurück. Entsetzte starrte ihn Jana Petrowna an, stürzte dann, alle Vorsicht vergessend, auf ihn zu und umarmte ihn.

Er weinte. Väterchen weinte! Unter Zuckungen liefen Tränen über sein Gesicht.

»Sie... sie kommen...« sagte sie und umarmte Wachter.

»Ja –«

Da weinte auch sie. Die Stirnen gegeneinander gepreßt, hielten sie sich wie Ertrinkende umklammert und hatten keinen Trost mehr füreinander.

»O nein, nicht schon wieder! Mein Kopf fühlt sich noch jetzt an wie in einem Schraubstock.«

Dr. Findling hatte von einer Ordonnanz wieder einen Zettel von Gauleiter Koch überreicht bekommen. Eine Einladung für den Abend. Mörderische Alkoholstunden standen bevor.

»Ich sage ab. Ich bin krank. Meine Herbstgrippe. Du mußt mich entschuldigen, Martha.«

»Ich? Allein zu Koch? Nicht mit zehn Pferden!« Martha Findling wedelte mit beiden Händen durch die Luft. »Koch ist dein Freund. Das mußt du allein mit ihm ausmachen, Wilhelm.«

»Er ist nicht mein Freund, wie oft soll ich das noch sagen!«

»Aber er tut so.«

»Wenn ich Koch brüskiere, bin ich innerhalb von 24 Stunden entlassen und werde an die Front versetzt. Frontbewährung nennen sie das! Koch ist pathologisch stolz und nachtragend. Nur Krankheit wird er akzeptieren. Martha –«

»Nein! Nein! Nein! Ich habe genug vom letztenmal. Da hat er mich an die Brust gefaßt...«

»Davon weiß ich ja gar nichts. Davon hast du mir nie etwas erzählt! Dieser Hurenbock!«

»Was hättest du getan, wenn ich's dir erzählt hätte? Nichts! Koch ist immer der Stärkere.«

Martha Findlings Charakterisierung war nicht übertrieben... Koch *war* der Stärkere. Als Dr. Findling mit zerknirschter Miene bei ihm erschien, natürlich war Kochs Intimus Bruno Wellenschlag auch zu Gast, und sich entschuldigte, er habe seine alljährliche Herbstgrippe, rief Koch frohgelaunt:

»Dann trinken Sie erst mal einen Dreifachen, Doktor! So mach ich's immer. Ich gurgele die Bazillen mit Kognak weg! Und dann, wenn ich Ihnen sage, warum ich Sie gerufen habe, werden Sie wie ein Neger herumtanzen. Zuerst der Dreifache ...«

Dr. Findling trank mit wahrer Tapferkeit den großen Kognakschwenker leer. Koch und Wellenschlag, die keine Herbstgrippe plagte, leisteten ihm Gesellschaft. Und dann schoß Koch mit dem Gesicht eines siegreichen Gladiators seine erste Triumphrakete ab.

»Der Kontakt mit Generaloberst von Küchler und der 18. Armee ist perfekt. Mit Kußhand wurde die ›Transportstaffel Koch‹ angenommen und läuft wie am Schnürchen. Sie bringt Munition und Nachschub an die Front, entlastet die armee-eigenen Wagen, die nun schnelle Truppenbewegungen übernehmen, und stehen auf dem Rückweg, um nicht leer zu fahren, für die Gauleitung zur Verfügung.«

»Sehr schön«, sagte Dr. Findling. Sein Kopf brummte, der Magen wehrte sich massiv gegen den Kognak. Gauleiter, dachte er würgend, wenn ich Ihnen gleich auf den Teppich kotze, sind Sie allein schuld. Was Kochs Mitteilung bedeutete, begriff er noch nicht.

Koch blinzelte seinem Intimus Wellenschlag zu, der sich in einem der tiefen Sessel räkelte.

»Nummer zwei«, rief Koch und rieb sich die Hände. »Ich war in der ›Wolfsschanze‹ und habe mit Bormann gesprochen. Ich habe ihm erzählt, wo der beste und sicherste Aufbewahrungsort für das Bernsteinzimmer ist, bis es der Führer nach dem Endsieg in Linz ausstellt. Es gehört dorthin, wo es geschaffen worden ist, und Bormann hat das eingesehen: nach Königsberg. Hier in das Schloß! In Ihre Hände, Dr. Findling!«

Findling starrte Gauleiter Koch entgeistert an. Seine Magenschmerzen waren wie weggezaubert, sein Hirn war frei, der Alkohol verflüchtigte sich wie leichtes Gas.

»Mein Gott ...« stammelte er. »Zu mir ... mein Gott ...«

»Was soll Gott dabei?« Koch wedelte mit beiden Händen durch die Luft, als verscheuche er einen Schwarm

Wespen. »Der hat uns nicht geholfen. *Ich* habe es geschafft! Wie erwartet. *Ich*!«

»Es ist großartig, Gauleiter«, sagte Wellenschlag. Er kannte Kochs Eitelkeit nur allzu gut. Sie nicht zu pflegen, kam einer Art von Selbstmord gleich. »Einfach großartig! Da werden die anderen von Berlin bis Berchtesgaden aber spucken!« Er applaudierte sogar, der treue Bruno Wellenschlag, als habe Koch gerade eine Wagner-Arie beendet.

»Wann?« fragte Dr. Findling. Er mußte sich setzen. Diese Nachricht ging ihm in die Knie. »Wann, Herr Gauleiter?«

»Sie sind schon unterwegs. 18 Lkws, mit meinen besten Fahrern. Von Pleskau sind die Kunstexperten des Einsatzkommandos ›Hamburg‹ des AA unterwegs, dem der Führerauftrag zugeteilt wurde. Rittmeister Dr. Wollters und Sonderführer Dr. Runnefeldt werden die Aktion leiten. Der Kommandeur des 50. Armeekorps, General von Haldenberge, wird uns so viel Hilfskräfte zur Verfügung stellen, wie wir brauchen. In spätestens 14 Tagen werden wir das Bernsteinzimmer hier im Schloß empfangen...« Koch goß sich auf diesen Triumph noch einmal den Kognakschwenker voll und leerte ihn in einem Zug, ohne Luft zu holen oder zu spucken. »Was sagen Sie nun, Dr. Findling?«

»Nichts –«

»Nichts?!«

»Ich kann nichts mehr sagen, Herr Gauleiter. Ich bin zu überwältigt.« Findling meinte es ehrlich. Der Gedanke, in 14 Tagen den größten Bernsteinschatz in seinem Schloßmuseum zu beherbergen, drückte ihm fast die Luft ab. »Ist es nicht möglich, daß ich auch nach Puschkin fahre?«

»Unzweckmäßig wäre das. Ausbau und Transport sind militärische Aktionen, so ist es mit Generaloberst von Küchler abgesprochen. Schon wegen Rosenberg. Der liegt auf der Lauer wie der Teufel auf eine Kardinalsseele. Erst wenn das Bernsteinzimmer in Königsberg ist und bei Ihnen abgeladen wird, legen wir die Hände drauf.« Erich Koch begann im Zimmer hin und her zu wandern, die Hände auf dem Rücken verschränkt. »Sie sollten sich bis dahin überlegen, wo Sie das Zimmer wieder aufbauen können.«

»Es kommt dafür nur ein Raum im dritten Geschoß des Südflügels in Frage.« Dr. Findlings Stimme schwamm noch immer. Sein klopfendes Herz war kaum zu beruhigen. »Wenn man eine Wand herausnimmt, könnte er die ungefähren Maße von Puschkin haben.«

»Und was ist jetzt darin?«

»Der Raum gehörte zur Gemäldegalerie. Wir stellen dort Werke von Liebermann, Modersohn-Becker und Corinth aus.«

»Entartete und jüdische Kunst!« fügte Wellenschlag eilfertig hinzu. »Sogenannte Kunst, Gauleiter, eine Schrekkenskammer.«

»Raus damit!« Koch stieß den rechten Zeigefinger wie einen Dolch auf Dr. Findling. »Wieso gibt es diese Schmierereien überhaupt noch? Warum sind sie nicht verbrannt worden?«

»Auch im ›Haus der Deutschen Kunst‹ in München gibt es einen Saal mit entarteter Malerei und Plastik. Auf Wunsch des Führers. Zur Abschreckung und zur Bildung einer gesunden völkischen Kunst. Man kann gute Kunst nur erkennen im Vergleich mit solchen Auswüchsen.«

»Dr. Findling, das ist wahr.« Koch nickte mehrmals. »Der Führer sieht das richtig. Er war ja selbst ein Künstler. Hat auch gemalt. Also, was machen Sie mit den jüdischen Schmierern?«

»Sie kommen in den Keller, Herr Gauleiter.« Dr. Findling atmete auf. Das ging knapp an einer Katastrophe vorbei, dachte er. Koch hätte alles verbrennen lassen können. Ein Glück, daß mir die Sache mit Hitler einfiel. Man sollte sich in kritischen Situationen immer auf ihn beziehen. Eine bessere Rückendeckung gibt es gar nicht.

Koch blieb abrupt vor Dr. Findling stehen und zog das Kinn an. Dadurch bekam er ein Doppelkinn, was dem Gesicht eine trügerische Gutmütigkeit verlieh.

»Sie werden einen Zeitungsartikel schreiben, Doktor«, sagte er. »Die Rückkehr des Bernsteinzimmers in seine Heimat.«

»Wie Sie wünschen, Herr Gauleiter.« Dr. Findling war bereit, schier alles zu tun, wenn diese Kostbarkeit in das Schloßmuseum kam. Es war der Höhepunkt seines Lebens, ein erfüllter Traum, ein wahrgewordenes Märchen. Er stellte sich den Augenblick vor, in dem er mit seinen Händen über die leuchtenden Bernsteinmosaiken, Figuren und Girlanden streicheln würde. Welch ein ungeheures Gefühl! Es machte ihn wieder atemlos. »Man soll es nur vorsichtig ausbauen, ganz vorsichtig... mit Gefühl, wenn man so sagen darf.«

»Dafür wird Dr. Runnefeldt schon sorgen.« Gauleiter

Koch ließ sich in einen Sessel fallen und streckte die Beine von sich. Diesmal war er in Uniform, trug weitausladende Breeches-Hosen, seine Reitstiefel glänzten wie Lackleder. »Reichsleiter Bormann konnte keinen Besseren empfehlen.«

»Soll das Bernsteinzimmer denn ausgestellt werden?« Dr. Findling hielt Wellenschlag sein Glas hin. Jetzt war der Alkohol wie Medizin für ihn. Ein inneres Feuer nahm von ihm Besitz. »Soll es der Öffentlichkeit zugänglich sein?«

»Warum nicht?« Koch zog die Augenbrauen hoch. »Dafür holen wir es doch! Erst Königsberg, später Linz... wenn es mir nicht gelingt, den Führer umzustimmen und es in Königsberg zu lassen. Als Symbol des ›deutschen Goldes‹.«

Die alte Weisheit, daß Diebe mit ihrer Beute niemals prahlen, galt nicht mehr. Die Eroberer waren stolz auf ihre Raubzüge, jeder sollte ihre Beute sehen und bewundern. Das Volk der Sieger durfte begeistert sein.

Räuber-Ehre.

Wer zweifelte jetzt noch am Endsieg?

Nur Wehrkraftzersetzer... und die richtete man hin.

Am 1. Oktober traf die kleine Kolonne des Außenministeriums des »Einsatzkommandos Hamburg« in Puschkin ein. Den Weg zum Katharinen-Palast kannte man ja, hielt vor der Freitreppe und stieg etwas lahm von der langen Fahrt und unter Recken und Kniebeugen aus den Wagen. Koffer wurden ausgeladen und in einer exakten Reihe neben die Treppe gestellt.

»Da sind sie...« sagte Michael Wachter. Mit Jana Petrowna stand er am Fenster eines kleinen Zimmers, das mit weißem und blauem Email verziert war und das man die »Tabaksdose« nannte. Das einzige Möbelstück, das in dem Zimmer stand, war ein großer, überbreiter orientalischer Diwan. Auf ihm, wie auch nebenan im Schlafgemach, hatte Zarin Katharina II. ihre Liebhaber empfangen und mit ihrer unersättlichen Wollust ausgesaugt. Hinterher wurde geraucht... und deshalb hieß das kleine Zimmer »Die Tabaksdose«.

»Tatsächlich. Dr. Wollters ist gekommen«, sagte Jana. »Verstecken muß ich mich jetzt. Nicht sehen darf er mich. Sein Blick ist so merkwürdig.«

»Warten wir es ab, Jana.« Wachter beobachtete das Ausladen der Wagen. Ein Ordonnanzoffizier von General von Haldenberge war aus dem Schloß gekommen und sprach mit einem Mann, der eine SS-Uniform trug mit silberglänzenden Schulterstücken, die schmäler waren als die üblichen Offizierslitzen.

»Das muß Dr. Runnefeldt sein«, sagte Wachter und verkrampfte die Finger ineinander. »Was... was hat die SS damit zu tun? Ich denke, sie kommen vom Außenministerium? Jana, das sieht böse aus –«

»Was hast du vor, Väterchen?« Ihre dunklen Augen suchten in seinem Gesicht nach einer Regung, aber es war wie eine starre, unbewegliche Maske. »Du kannst nichts mehr tun...«

»Ich werde Ihnen helfen«, sagte Wachter dumpf.

»Helfen, Väterchen?«

»Beim Abnehmen der Vertäfelungen werde ich ihnen helfen. Beim Einpacken, beim Verladen... nichts darf mehr beschädigt werden. Es ist schon genug zerstört worden.«

»Wenn sie dich noch an das Zimmer lassen...«

»Mit Dr. Runnefeldt werde ich sprechen. Der General sagt, er hat mehr zu sagen als Rittmeister Wollters.« Er blickte wieder hinunter auf die Wagen und starrte auf den Mann in der SS-Uniform. Der hatte die Beine etwas gespreizt, den Kopf in den Nacken gelegt und betrachtete die herrliche Fassade des Palastes. Man sah ihm an, daß er von diesem Anblick überwältigt war. »Ich glaube, mit ihm kann man sprechen. Er hat gute Augen.«

»Ein SS-Offizier...?«

»Es gibt auch Tiger, die man streicheln kann.« Wachter trat vom Fenster der »Tabaksdose« zurück. »Ich gehe hinunter und begrüße sie. Alle müssen wissen, daß ich genauso zum Bernsteinzimmer gehöre wie eine der geschnitzten Rosen oder Rosetten.«

Wachter zog seinen Rock an, streichelte der bleichen Jana Petrowna über das nervös zuckende Gesicht und verließ schnell das kleine Email-Zimmer.

General von Haldenberge hatte unterdessen die Herren vom AA empfangen, überflog kurz ihre Legitimationen und bot ihnen Platz auf den mit kostbaren Perlmuttbildern verzierten chinesischen Stühlen.

»Sie wurden mir schon vom Armeestab angekündigt«, sagte er. »So schnell habe ich Sie nicht erwartet. Sind Sie auf einer Kanonenkugel wie weiland Münchhausen geritten?«

Dr. Runnefeldt lachte. Dr. Wollters verzog keine Miene. Er, der Humorlose, sah darin gar keinen Witz, eher eine perfide Anspielung auf seinen Titel Rittmeister. Erst dieser von Kortte, jetzt dieser von Haldenberge... ausgerechnet in der Generalität gibt es eine Menge solcher Typen!

»Jeder Tag ist wichtig!« sagte er deshalb mit dem gebotenen Ernst. »Puschkin liegt im Kampfgebiet, da kann allerhand passieren.«

»Wie wahr und scharf beobachtet.« Von Haldenberge bot Zigaretten an. Wollters lehnte ab, Dr. Runnefeldt griff mit geradezu süchtiger Gier zu. »Wo geschossen wird, kann was passieren.« Der Spott war so dick, daß Wollters sich wie verhöhnt vorkam. »Sie fangen sofort an?«

»Ja. Morgen schon, Herr General.«

»Wieviel Hilfskräfte brauchen Sie?«

»Ein paar nur.« Dr. Runnefeldt rauchte drei tiefe Züge, inhalierte den Rauch und stieß ihn dann stoßweise aus. »Zuviel stehen sich im Weg. Sechs, höchstens zehn Mann. Männer mit Gefühl in den Händen. Das ist eine diffizile Arbeit. Da braucht man Fingerspitzengefühl. Vielleicht haben Sie sogar Künstler in ihrer Truppe?«

»Das läßt sich feststellen. Auch in den Lazaretten lasse ich nachfragen. Bestimmt haben wir Künstler hier. Es wird aber länger als einen Tag dauern.«

Wollters wollte schon fragen, wieso man mehr als einen Tag dafür brauchte, aber Dr. Runnefeldt schnitt ihm vorher das Wort ab. »Wir werden uns unterdessen mit dem Bernsteinzimmer befassen und die Verkleidungen entfernen lassen. Dazu brauchen wir keine Fachleute.« Er warf einen schnellen Blick zur Seite. »Sie wollten auch etwas sagen, Herr Rittmeister?«

»Nein!« Wollters schob das eckige Kinn vor. Er war beleidigt. Was bildet sich dieser Sonderführer ein, dachte er wütend. Sonderführer... noch nicht mal ein Offizier! Ein neugeschaffener Dienstgrad, um auch ewige Zivilisten in die Ehre zu versetzen, eine Uniform zu tragen. Eine Beleidigung für jeden Offizier. Für jeden ehemaligen Kadetten. Und so einer will hier kommandieren? Spielt sich auf und bläht sich wie ein Puter?! In der Tasche schleppt er einen Führerbefehl herum – wenn schon, das berechtigt ihn zwar zu Aktionen, die von oberster Stelle abgesegnet sind, aber es berechtigt ihn nicht dazu, einen Rittmeister wie einen Stallburschen zu behandeln.

Eine Ordonnanz brachte auf einem Tablett Kaffee und Gebäck. Silberne Kannen, zartes Meißner Porzellan, blanke silberne Bestecke. Besitz der Zarin Elisabeth ... die Zimmer waren voll davon.

Dr. Wollters nahm seinen Kaffeelöffel und führte ihn an die Augen. Dann drehte er die Tasse herum und sah die gekreuzten Schwerter. Wirklich, echtes altes Meißen.

»Und die Kannen stammen aus der besten Silberschmiede von Petersburg«, sagte von Haldenberge mokant und klemmte sein Monokel ins Auge. »Sie sollen schon Zar Peter dem Großen gehört haben.«

Geht auch mit, dachte Dr. Wollters, ohne auf die Bemerkung des Generals einzugehen. Alles geht mit: die Ikonen, das Silber, die Edelsteinsammlung, die aus Gold, Bergkristall und Edelsteinen hergestellten Kronleuchter in den Prunksälen. Nichts bleibt hier. Mein lieber General, ich weiß genau, welch ungeheuren Schätze noch im Katharinen-Palast lagern. Nicht einmal Dr. Runnefeldt weiß das, und das beruhigt. Drei oder vier der ältesten und besten Ikonen werden einmal in meinem Arbeitszimmer hängen ... und ich werde mich noch nicht einmal schämen.

Er wurde aus seinen angenehmen Gedanken aufgeschreckt, als er von Haldenberge sagen hörte: »Eine Ordonnanz wird Sie zu Herrn Wachter bringen.«

»Wer ist Wachter?« fragte Dr. Runnefeldt erstaunt.

»Ein Spinner.« Dr. Wollters winkte lässig ab. »Er wartet das Bernsteinzimmer ... seit über 200 Jahren, wie er sagt. Familientradition. Benimmt sich, als sei er der Besitzer. Auf ihn können wir verzichten.«

»Ich möchte ihn trotzdem kennenlernen.« Dr. Runnefeldt erhob sich und drückte seine Zigarette in einem vergoldeten Aschenbecher aus. Er gehörte einmal dem Zaren Alexander II. »Vielleicht kann er uns Ratschläge geben?«

»Ratschläge? Ein Museumsdiener, ein Lakai –« sagte Wollters hochmütig.

»Ich bin für jeden Ratschlag dankbar. Ein Museumsdiener weiß manchmal besser Bescheid über die ihm anvertrauten Kunstschätze als ein Museumsdirektor. Ich hatte mal einen Saalwächter, der hat sogar eine Fälschung entdeckt. Wir großen Experten hielten es für echt und hätten jede Expertise unterschrieben.«

Sie grüßten stramm, von Haldenberge tippte kurz an seine Stirn, was einen Gruß bedeuten konnte oder auch etwas anderes, auf jeden Fall war es doppeldeutig. Dann standen sie draußen, warteten auf den Ordonnanzoffizier und schwiegen sich an.

Im Bernsteinzimmer stand nur ein älterer Mann, als sie die Tür öffneten. Der Offizier drehte sich wortlos um und ließ sie allein. Dr. Runnefeldt streckte seine Hand aus, Dr. Wollters ging provokativ an die freigelegte Bernsteintafel und betrachtete sie. Dabei pfiff er leise vor sich hin: »So leben wir, so leben wir, so leben wir alle Tage...«

»Sie sind Herr Wachter, nicht wahr?« sagte Dr. Runnefeldt freundlich. »Der Herr General hat uns von Ihnen erzählt. Sie gehören zum Bernsteinzimmer?«

»So ist es.« Wachter nickte und wunderte sich. »Sie sind Dr. Runnefeldt...«

»Ja.«

»Von der SS?«

»Nein. Wieso? Ach deshalb!« Er sah an seiner Uniform hinunter. »Ich bin der Leiter des Außenamtes der Staatlichen Museen von Berlin. Der Führer hat mir einen Sonderauftrag erteilt. Ich bin kein Soldat und kein Offizier und kann daher den Ehrenrock nicht tragen. Da hat man mir den SS-Habitus verliehen und mich zum Sonderführer gemacht.« Dr. Runnefeldt hob die Schultern. »Uniform muß eben sein.«

Dr. Wollters pfiff lauter. Unerhört, maulte er in Gedanken. Diese Kumpelhaftigkeit mit einem niedrigen Angestellten. Und so etwas setzt man mir, einem Rittmeister, vor die Nase! Überhaupt dieser Wachter! Hat man ihn überprüft? Wer hat ihn überprüft? Wo ist die Personalakte? Der kann ja Wunder was erzählen, die Wolken vom Himmel lügen, und ist in Wirklichkeit ein sowjetischer Agent! 225 Jahre im Dienste der Russen... das ist doch mehr als ungewöhnlich! Und will nie in den Jahrhunderten ein Russe geworden sein? Wer glaubt das denn? Wenn von dem Burschen keine Personalakte besteht, werden wir ihm eine verpassen lassen und seine Vergangenheit aufrollen! Vielleicht quellen uns dann die Augen über, was für ein Bürschchen das ist.

»Sie wollen also das Bernsteinzimmer ausbauen und mitnehmen?« fragte Wachter. Er war nun doch ein wenig beruhigt, daß es nicht die SS war, die das Zimmer als Siegesbeute beschlagnahmte und es damit für alle Zeit verschwinden lassen würde.

»Ja«, antwortete Dr. Runnefeldt. »Morgen geht's los. Wir werden das Zimmer ganz vorsichtig in die einzelnen Wandtafeln zerlegen, gut in speziell dafür anzufertigende Kisten verpacken und wegbringen. Wir sollen dafür achtzehn Lkws bekommen.« Dr. Runnefeldt starrte auf den Rücken Dr. Wollters, der noch immer pfiff. Jetzt war es der Paradiermarsch. »Helfen Sie uns dabei, Herr Wachter?« fragte er betont laut.

»Wenn ich darf –«

»Wenn jemand das Bernsteinzimmer kennt wie sich selbst, dann sind Sie es.«

»Die wenigsten kennen sich selbst, Herr Doktor.«

»Da haben Sie recht. Viele sind sich selbst gegenüber blind.« Das war auf Dr. Wollters abgeschossen. Er verstand es sofort richtig und preßte die Lippen zusammen. Sein Pfeifen verendete in einem Zischlaut.

»Und wohin… wohin bringen Sie das Zimmer jetzt?« fragte Wachter. Große Hoffnung, das zu erfahren, hatte er nicht.

Aber Dr. Runnefeldt machte kein Geheimnis daraus. »Nach Königsberg«, sagte er.

»Königsberg.« Wachters Gehirn arbeitete fieberhaft. Königsberg. Ostpreußen. Das Bernsteinzimmer blieb im Osten! Eine winzige Hoffnung stieg in ihm auf… nach Königsberg konnte man mitkommen. Dr. Runnefeldt war nicht jemand, der sofort nein sagen würde. Wirklich, mit ihm konnte man reden. Schon daß es zwischen ihm und Dr. Wollters offensichtliche Spannungen gab, war eine kleine Tür in die Zukunft.

»Später, nach dem Endsieg, wird es im größten Museum der Welt aufgebaut.« Dr. Runnefeldt machte eine weite Armbewegung durch den ganzen Saal. »Das Bernsteinzimmer wird das Glanzstück sein. Ein Museum, das der Führer in Linz bauen wird, ein Kunsttempel für tausend Jahre…«

»Davon habe ich schon gehört. Linz an der Donau, in Österreich.«

»In der Ostmark, mein lieber Wachter. Aber diese Feinheiten kennen Sie noch nicht.« Dr. Runnefeldt lächelte breit. »Ihre Familie war immer in russischen Diensten… warum sind Sie nicht Russe geworden?«

»Das war ein Auftrag von König Friedrich Wilhelm I. Wo das Bernsteinzimmer auch sein mag, ein Wachter, der immer ein Deutscher bleibt, soll es betreuen.«

»Und Sie sind nun der letzte?«

»Ja –« sagte Wachter zögernd. »Ja, Herr Doktor. Es ist mir nie gelungen, Kinder zu zeugen. Meine Frau starb sehr früh. Ich habe sie sehr geliebt und an eine andere, neue konnte ich mich nicht gewöhnen. Ich weiß, das ist ein Fehler. Seit 225 Jahren haben die Wachters Söhne gehabt, nun erlischt mit mir der Auftrag des Königs.« Er schwieg einen Moment, dachte an Nikolaj, der vielleicht jetzt in der Eremitage in Leningrad wohnte und mit viel Glück diesen mörderischen Krieg überleben konnte. Wenn nicht ... dann hatte er jetzt nicht gelogen.

Er nahm allen Mut zusammen und sah Dr. Runnefeldt voll in die Augen. Gute Augen hat er, dachte er wieder. Nur die SS-Uniform machte ihn so gefährlich.

»Und deshalb ... deshalb hätte ich eine Bitte«, sagte Wachter und atmete tief durch. »Als letzter der Wachters ... kann man mich da gebrauchen? Kann ich mitfahren nach Königsberg?«

Dr. Wollters drehte sich auf den Absätzen um. Die Sohlen seiner Reitstiefel knirschten über das Intarsienparkett. »Unerhört!« sagte er empört. »Was bildet sich dieser Mensch bloß ein?! Das leere Schloß kann er später bewachen und Ratten, Wanzen und Kakerlaken jagen.«

Er schwieg abrupt, und ihm war plötzlich klar, daß er einen großen, nie wieder gutzumachenden Fehler begangen hatte. Prompt reagierte Dr. Runnefeldt.

»Ich will mich für Sie verwenden, Herr Wachter«, sagte er. »Aber ich bin nur zuständig bis Königsberg, bis zur Ablieferung. Was dann kommt, entscheidet Museumsdirektor Dr. Findling in eigener Verantwortung. Unter uns – Dr. Findling ist ein sehr angenehmer Mensch, und vor allem der größte Bernstein-Experte, den wir haben.«

»Ich kann also Hoffnung haben?«

»Ohne Hoffen wäre das Leben sinnlos.«

»Und Sie ... Sie nehmen mich mit nach Königsberg?«

»Das weiß ich noch nicht«, Dr. Runnefeldt legte die Hand auf Wachters Schulter. Es war soviel wie ein stummes Versprechen. »Richten Sie sich auf jeden Fall darauf ein.«

Kurz nach diesem Gespräch stürzte Wachter in seine Wohnung, riß Jana Petrowna in seine Arme, küßte sie, als sei er ein junger stürmischer Liebhaber, drehte sich mit ihr im Kreis und strahlte vor Glück.

»Ich werde mitfahren, Töchterchen!« rief er. »Nach Königsberg werde ich mitfahren... mit meinem Zimmer... Bei ihm werde ich sein... bis Nikolaj aus dem Krieg zurückkommt und ihr einen Sohn habt. Vielleicht ist es wirklich besser, daß es aus dem Schloß wegkommt. Gerettet wird es und nicht unter Granaten und Bomben begraben. Jana, mein Töchterchen, das Schicksal meint es gut mit uns!«

An diesem Tag trug der für das Tagebuch des 50. Armeekorps verantwortliche Offizier auf einer Außenstelle des Korps in das Buch ein:

1.10.1941 Krasnogwardejsk:
Zur Sicherstellung der Kunstgegenstände im Befehlsbereich des L.A.K. *sind vom* A.O.K. 18 *Rittmeister Dr. Wollters und Sonderführer Dr. Runnefeldt eingesetzt.*

Und an diesem Abend – wer hat nicht Verständnis dafür – betrank sich Michael Wachter nach langer Zeit. Aus dem Schlafzimmer der Zarin Maria-Feodorowna holte er seine letzte Wodkaflasche. Er hatte sie im Bett aus Ahornholz versteckt.

Eintragung in das Kriegstagebuch des 50. Armeekorps:

14.10.1941 Krasnogwardejsk
Abtransport der durch die Kunstsachverständigen Rittmeister Dr. Wollters und Sonderführer Dr. Runnefeldt in Puschkin sichergestellten Kunstgegenstände, u.a. der Wandverkleidung des Bernsteinsaales aus Schloß Puschkin (Zarskoje Selo), nach Königsberg...

Es waren 14 Tage, in deren Nächten Michael Wachter kaum Ruhe fand, und wenn er übermüdet auf ein Feldbett sank und drei Stunden erschöpft und unruhig schlief, dann nur im Bernsteinzimmer. Das Feldbett hatte er mit einem zum Ausbau abkommandierten Soldaten aus dem Schlafzimmer von Zar Alexander I. geholt. Es stand in dem Barockschlafzimmer hinter einem Vorhang... eine spartanische Ruhestatt des soldatischen Zaren.

Bei der Auswahl der Helfer, die Dr. Runnefeldt angefordert hatte, Männer mit Fingerspitzengefühl, gab es allerdings einige Vorfälle.

So ließ der Hauptfeldwebel, auch Spieß genannt, eine zur

Erholung und Auffrischung aus der Front nach Puschkin abgezogene Kompanie antreten, und es entstanden bemerkenswerte Dialoge.

»Alle mal herhören!« schrie Hauptfeld Max Himmerich und blickte die Reihe seiner Soldaten entlang. »Wer ist Künstler?«

Keiner meldete sich. Man kannte Himmerich zu gut. Wenn sich jemand meldete, konnte es heißen: »Was sind Sie? Bildhauer? Ab zur Latrine und die trockene Scheiße von den Wänden hauen!«

»Ja, gibt's das denn?« brüllte Himmerich. »Ich habe keinen Künstler in der Kompanie?! Nur Analphabeten? Alle Künstler – vortreten!«

Zögernd traten jetzt drei Mann aus den Reihen und bauten sich drei Schritte vor der Kompanie auf. Hauptfeld Himmerich kniff die Augen zusammen. Drei, immerhin etwas.

Er ging zum ersten Freiwilligen und starrte ihn an. Die drei Kerle sahen nicht aus wie Künstler, auch wenn Himmerich nicht wußte, wie ein Künstler auszusehen hatte.

»Was sind Sie?« knarrte er.

»Schütze Eberhard Gneisl, Herr Hauptfeld.«

»*Was* habe ich gesagt«, brüllte Himmerich. »Nicht *wer* Sie sind!«

»Impressionist«

»Aha!« Himmerich zog die Augenbrauen hoch. Impremist, dachte er. Was ist das? Sicher unbrauchbar...

»Wegtreten!« bellte er. Der zweite Künstler grinste breit, als Himmerich zu ihm kam. »Und Sie?«

»Töpfer, Herr Hauptfeld.«

Himmerich holte tief Atem. »Sie Idiot!« schrie er und wurde hochrot im Gesicht. »Stellt Töpfe her und nennt sich Künstler!«

Nummer drei sah mit gemischten Gefühlen seiner Befragung entgegen und nahm Haltung an, als Himmerich vor ihm stand.

»Und Sie? Sind wohl artistischer Kunstscheißer?!«

»Nein, Herr Hauptfeld... Bleiverglaser.«

Himmerich stutzte. Was man darunter verstand, war ihm völlig unbekannt, auf jeden Fall gehörte es nicht zur Kategorie Künstler, wie Himmerich sie verstand. Kein Pianist, kein Sänger, kein Maler, nicht mal ein Anstreicher. War das eine saumäßige Kompanie!

»Wegtreten!« brüllte Himmerich. Er sah die lange Reihe der Angetretenen an und steckte den Daumen neben das Spießbuch in den aufgeknöpften Uniformschlitz. »Ich brauche jemanden mit Fingerspitzengefühl.«

»Hier, Herr Hauptfeld!« rief es aus der Mitte.

»Vortreten!«

Ein Gefreiter kann nach vorn und baute sich vor Himmerich auf.

»Was sind Sie?« Himmerich war auf alles gefaßt.

»Schneider, Herr Hauptfeld.«

Himmerich atmete hörbar auf. Ein Schneider! Wenn ein Schneider kein Gefühl in den Fingerspitzen hatte, konnte er einpacken! Wozu tragen die Schneider alle einen Fingerhut? Das war der richtige Mann!

»Sie melden sich abmarschbereit in einer halben Stunde bei mir!« sagte Himmerich wohlwollend. »Sie werden nach den Zarenschlössern verlegt. Kompanie weggetreten!«

Zufrieden stiefelte er zurück in seine Schreibstube. Nur ein Mann, aber immerhin – die Ehre der Kompanie war gerettet. Künstler sind eben selten, weiß der Teufel, wohin man sie eingezogen hat.

Immerhin – so kamen aus Puschkin zehn Männer mit Fingerspitzengefühl zusammen und meldeten sich bei Dr. Runnefeldt. Im Vertrauen auf die gute Organisation der Wehrmacht befragte er nicht jeden einzeln, sondern versammelte sie im Bernsteinzimmer. Drei Verschalungen waren bereits abgetragen worden. Die Pracht, die darunter zum Vorschein kam, ließ jeden Betrachter ganz still werden.

»Das Bernsteinzimmer ...« sagte einer der zehn leise. Dr. Runnefeldt sah zu ihm hinüber.

»Sie kennen es?«

»Nur von Bildern, aber die können nie wiedergeben, wie es wirklich ist. Das erschlägt einen ja.«

»Was sind Sie von Beruf?«

»Bildhauer, Herr Sonderführer.«

»Das ist ja vorzüglich. Wenn Rittmeister Dr. Wollters und ich nicht da sein sollten, übernehmen Sie das Kommando. Sie heißen?«

»Ludwig Gronau, Herr Sonderführer.«

»Also, Gronau ... Sie sind mir jetzt verantwortlich.« Er zeigte auf Wachter, der den Bildhauer kritisch musterte. »Und das ist Herr Wachter. Er hat das Bernsteinzimmer bisher gepflegt, er gehört zum Zimmer. Wenn Sie Fragen haben, wenden Sie sich an ihn. Und noch etwas: Wenn Herr Wachter Vorschläge macht, sind sie zu befolgen. Er kennt jedes Steinchen der Wände.«

Dr. Wollters hielt sich jetzt aus allen Anordnungen von Dr. Runnefeldt heraus. Er hatte einen ganzen Tag damit verbracht, die anderen Kunstschätze, die man noch im Katharinen-Palast zurückgelassen hatte, zu registrieren. Von Stunde zu Stunde wurde er unruhiger. Was in diesem Schloß noch an Werten vorhanden war, übertraf selbst die kühnsten Erwartungen. Immer wieder las er die lange Liste durch und bekam dabei Herzklopfen. Da waren verzeichnet:

Über 200 Schmuckgegenstände, von denen die in Kunstkreisen berühmten Frühlingssträuße aus Goldfiligran und Edelsteinen das wertvollste war.

Eine grandiose Sammlung von Meißner und französischem Porzellan.

Die Sammlung von Katharina II. mit 50 Ikonen, zum Teil eingefaßt mit edelsteinbesetzten Goldrahmen.

Die in der Welt einmalige Sammlung von Peter I., dem Gründer von Petersburg. Sie allein umfaßte 650 Ikonen. Alle Schulen der Ikonenmalerei waren vorhanden, von den Anfängen an. Geschenke der Kirchen und Klöster an den großen Zaren.

45 Deckengemälde der italienischen Schule, und unter seinen Füßen die wertvollen Parkette. In den Prunkräumen hingen die riesigen Kronleuchter mit ihren Verzierungen aus Bergkristall und Edelsteinen. Auch das Schlafzimmer Katharinas II. war noch vorhanden, die Möbel in den Nebengemächern standen herum, aus Holz geschnitzte und vergoldete einmalige Obszönitäten: Stühle mit Beinen aus erigierten Penissen, Behänge aus hölzernen Hodensäcken, im Holzrahmen eines Diwans eine naturgetreue Nachbildung einer Vagina.

Dr. Wollters war wie betäubt von der Fülle dieser Kunstgegenstände, wie es auch Müller-Gießen gewesen war, der das alles aufgelistet hatte.

»Kommt alles mit!« sagte Wollters halblaut zu sich selbst. »Alles! So etwas darf der Zerstörung nicht zum Opfer fallen.«

Natürlich wird der Führer in seinem Linzer Museum keine holzgeschnitzten Penisse ausstellen, aber Himmler oder Rosenberg oder wer sonst noch – ach ja, Göring –

bekommen sie auch nicht, dachte Wollters und hatte vor Begeisterung rote Ohren. Das werde ich für mich reservieren... irgendwie wird sich das möglich machen lassen. Ich habe ein großes Haus. Warum soll ich mir nicht ein Katharinen-Zimmer einrichten? Eine hochkünstlerische Sauerei – das wird für Stimmung sorgen. Und unbezahlbar ist es auch.

Am Abend saß er mit Dr. Runnefeldt zusammen im Offizierskasino des Armeekorps-Stabes, aß ein halbes Hähnchen, trank dazu einen leichten Wein und fühlte sich rundum wohl. Nicht einen Gedanken verschwendete er dafür, an die Soldaten zu denken, die kaum 30 km entfernt in ihren Gräben und Löchern verbluteten. Die Sowjets waren zum Entlastungsangriff angetreten... ihre 42. und 52. Armee stürmten gegen den deutschen Einschließungsring. Die 23. Armee versuchte, das Südufer des Ladoga-Sees zu halten, um über Straße und See einen Versorgungsweg herzustellen. In Leningrad hatte das Hungern begonnen –

»Wann kommen die Lastwagen?« fragte er Dr. Runnefeldt und nagte einen Hähnchenknochen ab. Das widersprach nicht seiner guten Erziehung, gab es doch einen englischen König, Heinrich VIII., der auch Hühnerknochen abgenagt und sie dann über die Schulter gegen die Wand geworfen hatte.

»Am 12.«, antwortete Dr. Runnefeldt kurz.

»Bis dahin sind wir fertig?«

»Müssen wir fertig sein! Die ›Transportstaffel Koch‹ kann uns nur eine beschränkte Zeit zur Verfügung stehen. Sie ist im Nachschub der 18. Armee eingesetzt.«

»Ich habe es Ihnen von Anfang an gesagt: Mir gefällt das nicht.« Dr. Wollters legte den Knochen auf den Teller zurück und säuberte seine fettigen Hände an einer großen Papierserviette. »Wieso hat Koch auch hier seine Finger drin? Was spielt sich da im Hintergrund ab?«

»Das Bernsteinzimmer kommt nach Königsberg ins Schloß, und da residiert nun einmal Gauleiter Koch. Führerbefehl. Unterstellen Sie dem Führer Dilettantismus?«

»Um Himmels willen – nein!« Dr. Wollters beugte sich etwas über den Tisch vor. »Ehrlich und unter uns, Dr. Runnefeldt, mögen Sie Erich Koch?«

»Ich kümmere mich nur um das Bernsteinzimmer«, sagte Runnefeldt eisig. »Eine Kritik an Gauleiter Koch steht mir nicht zu.«

Dr. Wollters wechselte das Thema. Es war ihm nicht gelungen, Runnefeldt festzunageln.

Der Ausbau des Bernsteinzimmers war mühsam und zeitaufwendig. Die großen Wandtafeln mußten vorsichtig vom Untergrund gelöst werden und wurden an den Nahtstellen zerlegt, die Rosetten, Girlanden, Putten, Kriegerköpfe und Figuren trennte man mit größter Feinfühligkeit heraus, eine Millimeterarbeit, bei der kein Mosaiksteinchen verlorengehen durfte. An den Wänden war schon in den ersten Tagen der Schloßbesetzung genug gesündigt worden. Die »Andenken« sammelnden Soldaten hatten große Bernsteinstücke aus den Mosaiken gebrochen. Überall sah man Löcher, ein paar Figuren, die den Seitengewehren standgehalten hatten, waren völlig zerkratzt, beschädigt oder durchgebrochen... es war ein Anblick, bei dem sich Wachters Herz verkrampfte.

»Eine Schande!« sagte Ludwig Gronau ein paarmal, wenn er die häßlichen Lücken sah. Er hatte mit Wachter Freundschaft geschlossen. Unter seinen Künstlerhänden zerbrach nichts, selbst beim Ausbau schien er das Bernstein zu streicheln. »Ich schäme mich für meine Kameraden.«

»Genau dasselbe hat General von Kortte gesagt. Was soll's...« Wachter hob resignierend die Schulter. »Nach dem Krieg wird man alles restaurieren, wenn es nicht schon Dr. Findling in Königsberg machen läßt. Der größte Teil ist jedenfalls erst mal gerettet.«

»Wenn wir den Krieg gewinnen, Michael.«

»Du glaubst nicht?«

»Hast du dir mal die Karte von Rußland angesehen? Von der Westgrenze bis zum Kap Deschnew im äußersten Sibirien? Das wollen wir erobern... dieses unendliche Land? Selbst wenn wir Moskau einnehmen, dann ziehen sich die Sowjets hinter den Ural zurück. Dann in die Sümpfe, in die Taiga, ins sibirische Hochland, in die Tundra und die Steppen, an die Grenze Chinas. Die Generäle sollten Hitler nicht nur Ausschnitte zeigen, sondern auch mal die Karte des ganzen Rußland. Da siegen wir uns zu Tode, schon bis zum Jenisseij, geschweige bis zur Lena. Da kommen wir nie hin!«

»Und was wird dann aus dem Bernsteinzimmer?« fragte Wachter bedrückt.

»Das bekommt ihr wieder. Verlaß dich drauf. Was wir hier tun, ist nur eine Verlagerung zum Schutz vor Zerstörung. Überall steht die Front, der Vormarsch ist gestoppt. Paß mal auf, wie das jetzt weitergeht... nämlich zurück.«

»Wenn das einer hört, bist du dran, Ludwig.«

»Ich sag's nur dir, Michael. Denk an meine Worte, wenn das große Muffensausen beginnt.«

Später sprach Wachter in seiner Wohnung mit Jana Petrowna darüber. Bisher hatte sie sich versteckt gehalten, stand nur des Nachts am offenen Fenster und saugte die frische Luft ein. In der Wohnung war sie sicher, weder Wollters noch Runnefeldt hatten sie bisher betreten – was sollten sie auch dort? Nur General von Haldenberge hatte Wachter einmal besucht, da war Jana auf das Klo geflüchtet, von Haldenberge blieb zum Glück nur eine knappe Viertelstunde, er war verwundert, wie bescheiden Wachter inmitten des ihn umgebenden Prunkes lebte.

»Bald sind wir soweit«, sagte Wachter und goß sich eine Tasse Tee ein, in die er ein paar harte Kekse tunkte. »Wir sind schon dabei, die Kisten zu zimmern. Eine Schwierigkeit hat Dr. Runnefeldt noch nicht beseitigt: Wo bekommen wir genug Holzwolle zum Transportschutz her? Die beiden Sägewerke von Puschkin liegen still.«

»Vielleicht bringen die Lastwagen Holzwolle mit.«

»Das ist unsere große Hoffnung, Töchterchen.«

Kurz darauf, am nächsten Morgen, wäre es bald zur Katastrophe gekommen. Auf Befehl des Generals war eine Putzkolonne unterwegs, um von außen die großen Fensterscheiben zu putzen. An dicken Seilen ließ sie sich vom Dach an der Hauswand hinunter, auch um beschädigte Fassadenteile abzuschlagen, die nach dem Bombenangriff vor der Eroberung übriggeblieben waren. Von Haldenberge blieb keine andere Wahl; ein großes Stück Gesims war heruntergefallen und hätte fast einen Oberst des Stabes erschlagen.

So kam es, daß der Gefreite Willy Schmidt an seinem Tau auch am Fenster von Wachters Wohnung vorbeipendelte und einen schnellen Blick ins Zimmer warf. Jana Petrowna, wie immer in Schwesterntracht, saß auf dem Sofa und las in einem Buch von Tolstoj. Daß es in russischer Sprache war, konnte man nicht erkennen.

»Ein Mäuschen!« sagte Schmidt begeistert. »Junge, Junge, ist die 'ne Wucht.« Er stellte sich draußen auf die

Fensterbrüstung und klopfte an die Scheibe. Als hätte man auf sie geschossen, sprang Jana Petrowna auf. Das Buch fiel mit einem dumpfen Laut auf den Boden.

Willy Schmidt winkte fröhlich durch die Scheibe und spitzte die Lippen.

»Küßchen!« rief er. »Küßchen! Mach das Fenster auf, Süße... der scharfe Willy ist da!«

Nur einen Augenblick hatte Jana gezögert, dann kehrte ihre Geistesgegenwart zurück. Mit verführerischem Lächeln kam sie ans Fenster, aber sie öffnete nicht die Flügel. Durch die Scheibe rief sie: »Hau ab, du Kletteraffe.«

Willy Schmidt grinste breit, machte eine eindeutige Handbewegung und klopfte wieder an die Scheibe.

»Mach auf, Schätzchen!« rief er und drückte seine Stirn gegen das Fenster. »Ich sag dir, du verpaßt was! Ich habe drei Atü in der Hose...«

»Da muß ich erst Stabsarzt Dr. Reiners fragen... meinen Verlobten«, rief Jana zurück.

»Ach, Scheiße... immer die Offiziere und Ärzte!« Willy Schmidt ließ sich an seinem Tau wegpendeln, winkte noch einmal zu Jana hin und verschwand dann vom Fenster in die Tiefe. Mit weichen Beinen ging Jana zum Sofa zurück. Was nun? dachte sie. Wird er das den anderen erzählen? Wird jetzt jemand kommen und nachsehen, was eine Rote-Kreuz-Schwester im Schloß zu suchen hat?

Sie wartete, breitete Verbandsmull, Pflaster, eine Schere und ein Fläschchen mit Desinfektionsflüssigkeit auf dem Tisch aus, als ob sie Wachter noch versorgen müßte, obgleich seine Platzwunde am Kopf längst verheilt war. Aber niemand kam. Willy Schmidt schwieg. Nicht, weil er abgeblitzt war und deswegen nicht von seinen Kameraden verspottet werden wollte, sondern aus der Erfahrung heraus, daß man ein Offiziersliebchen nicht aufreißen durfte. Einmal hatte er es getan, in Unkenntnis der Lage, beim Einmarsch in Polen, im Lazarett von Sokolow, wo er eine Woche lang lag mit einem grandiosen Durchfall und zu seinen Stubenkameraden sagte: »Jungs, ich kann doch nichts dafür... ich scheiße mich tot...« Kurz vor seiner Entlassung aus dem Lazarett hatte er dann Irma kennengelernt, aber mehr als über ein Streicheln ihrer Brust war er nicht hinausgekommen. Doch das genügte. Oberarzt Dr. Muthesius, Irmas Nachtgefährte, hatte das Griffekloppen zufällig gesehen, schiß Schmidt grauenhaft zusammen und sorgte dafür, daß er ohne Erholungsurlaub sofort wieder an die Front kam.

So ein Erlebnis machte vorsichtig. Finger weg von Offiziershüpferchen...

Wachter war sehr betroffen, als Jana Petrowna ihm am Abend von der Begegnung am Fenster erzählte. »Ab sofort ziehen wir die Vorhänge dicht zu«, sagte er. »Besser im Halbdunkel sitzen als in einer Zelle. Wirklich, man kann nie vorsichtig genug sein. Wer denkt denn daran, daß die außen an der Fassade herumturnen?«

Aber auch am nächsten Tag kontrollierte niemand Wachters Wohnung. Jana und er atmeten auf. Ihr Schicksal hatte sich noch nicht erfüllt.

Pünktlich am 12. September traf die Kolonne von 18 Lkws der »Transportstaffel Koch« in Puschkin ein. An einem Seiteneingang fuhren sie auf und standen dann auf den Zentimeter ausgerichtet auf dem Kies. Der Transportleiter, ein Oberleutnant, meldete sich in der Armeekorps-Adjutantur und dann bei Dr. Runnefeldt.

»Das klappt ja vorzüglich!« sagte Runnefeldt und gab dem Oberleutnant die Hand. »Das ist eben deutsche Gründlichkeit. Haben Sie Holzwolle bei sich?«

»Aber ja. Gauleiter Koch ahnte schon, daß es damit Schwierigkeiten gibt. Jeder Wagen hat ein paar Säcke Holzwolle bei sich.«

»Phantastisch! Hier ist wirklich einer, der noch denken kann.« In Wahrheit dachte er: Kochs Interesse ist gefährlich groß. Was spukt da in seinem Gehirn herum? Was hat er mit dem Bernsteinzimmer vor? Zwar gibt es da den Führerbefehl, den »Führervorbehalt«, und Bormann wird ein waches Auge auf das Bernsteinzimmer haben... aber Koch ist alles zuzutrauen. So harmlos er aussieht, so ein Gauner ist er auch. Ein Glück, daß es noch einen Dr. Findling gibt –

Während der Oberleutnant ins Kasino geführt wurde, um nach der langen Fahrt wieder etwas Anständiges zu essen und zu trinken, und die 36 Fahrer, für jeden Lkw zwei Mann abwechselnd am Steuer, in der Mannschaftsküche zum Koch gingen und sagten: »Nun greif man in dein Versteck, Junge, und bring was Gutes auf die Platte... wir sind vom Führer ausgesucht...«, teilte Dr. Runnefeldt die Neuigkeit im Bernsteinzimmer mit. Hier standen bereits 21 verpackte Kisten, nur die Holzwollauskleidung fehlte. Sechs Schreiner klopften die restlichen Kisten zusammen.

»Wir haben Holzwolle, soviel wir wollen!« rief Runnefeldt fröhlich. »Die Organisation läuft wie am Schnürchen! Herr Wachter, wischen Sie Ihre Sorgenfalten weg!«

»Nun ist es soweit«, sagte am Abend Wachter zu Jana Petrowna. »Wenn Runnefeldt mich tatsächlich mitnimmt nach Königsberg, was wird dann aus dir? Wir werden uns trennen müssen... und wo sehen wir uns wieder? Was auch mit mir passiert, *du* mußt den Krieg überleben, Töchterchen.«

Sie nickte, bereitete Wachter das Abendessen und feilte seither an ihren Gedanken, die sie seit vier Tagen beschäftigten. Sie sprach nicht darüber, es war *ihr* Plan, und Väterchen würde ihn glatt verbieten, wenn er ihn erfahren würde. Eine große Überraschung sollte es außerdem werden, auch wenn er sie hinterher beschimpfte.

Dr. Wollters war voll damit beschäftigt, die anderen Kunstgegenstände zu verpacken. Für jede der unbezahlbaren alten Ikonen – viele stammten aus der berühmten Nowgoroder Schule – ließ er ein Futteral aus dickem Packpapier oder Pappe anfertigen. Dann wurden die Kronleuchter zerlegt und in Kisten verstaut. Schwierigkeiten gab es nur mit dem Bett von Katharina II. und den Penisstühlen... Dr. Runnefeldt hatte Wollters wenig Hoffnung gemacht, ihm zwei Lastwagen extra abzugeben. Erst das Bernsteinzimmer... wenn dann noch Platz war, bitteschön. Von Möbeln hatte man im OKW nichts gesagt, und von geschnitzten und vergoldeten Hodensäcken schon gar nicht. So etwas fiel nicht unter den »Führervorbehalt«. Das war höchstens eine Kunst für den Frauenjäger Josef Goebbels.

»Auch ungefähr 20 000 Bücher müssen mit«, hatte Wollters gesagt. »Aus den Klöstern, von Mönchen handgeschrieben. Mit Initialen, gemalt mit Kobalt, Purpur und Gold! Ganze Gemäldeseiten zum biblischen Text. Dr. Runnefeldt, so etwas *muß* einfach mit. Dafür muß Platz vorhanden sein.«

»Erst das Bernsteinzimmer«, wiederholte Runnefeldt geduldig. »Vielleicht haben Sie Glück, Herr Wollters.«

Am frühen Morgen des 13. Oktober begann das mühsame Verladen. 27 große Kisten füllte das demontierte Bernsteinzimmer, und Dr. Runnefeldt zeichnete jede auf dem Deckel mit seinem Namen ab, bevor sie in die Lastwagen gehoben wurden. Die Kisten waren so schwer, daß Dr. Runnefeldt bei General von Haldenberge vorsprach und um

Hilfe bat. Ein Zug des in Kampfreserve bei Puschkin liegenden Pionier-Bataillons rückte zum Katharinen-Palast aus und brachte einen kleinen fahrbaren Kran und einen Flaschenzug mit.

»Vorsicht!« sagte Dr. Runnefeldt zu dem jungen Leutnant, der den Zug führte. »Größte Vorsicht. Da ist alles zerbrechlich in den Kisten. Nirgendwo anstoßen, und fallen lassen – das wäre eine Katastrophe.«

»Meine Jungs sind Spezialisten.« Der Leutnant blickte zu den Fenstern des abmontierten Saales. Ein dicker Kragbalken aus Vierkantholz wurde gerade durch ein Fenster geschoben und verankert. Man machte es mit soldatischem Improvisationstalent: Die Pioniere schlugen einfach dicke Stahlkrampen in die Fensterbrüstungen und innen in die nun kahlen Wände. Der große Flaschenzug konnte in Kürze aufgehängt werden.

Auch Spezialisten haben mal eine schwache Minute. Es passierte nicht beim Herunterlassen der Kisten, sondern beim Einschwenken des Krans auf einen der Lastwagen. Ein Strick riß, Dr. Runnefeldt griff sich entsetzt an die Stirn, der Pionier-Leutnant brüllte auf... aber verhindern konnte man nichts mehr. Die Kiste Nr. 19 rutschte aus den Stricken und fiel laut krachend mit der Kante auf den Kiesboden.

»Da haben wir's!« rief Dr. Runnefeldt erregt. »Jetzt ist nur noch Bruch in der Kiste.«

»Ich bitte festzustellen«, sagte der Leutnant mit eisiger Miene, »daß die Verschnürung der Kisten nicht von uns gemacht worden ist. Die Verantwortung liegt bei Ihnen.«

»Habe ich Ihnen einen Vorwurf gemacht?« Dr. Runnefeldts Stimme konnte auch dröhnend werden, was ihm niemand zugetraut hätte. »Ich stelle nur fest: Eine Kiste ist im Eimer!«

»Das werden Sie ja beim Auspacken sehen. Vielleicht haben Sie Glück. Bei solcher Holzwollenstopfung... und die Fallhöhe war auch nicht groß.«

»Sie wissen ja gar nicht, was Sie da verladen.«

»Ich will es auch gar nicht wissen.«

Der Leutnant ging hinüber zu der Kiste, die gerade mit dem Flaschenzug heruntergelassen wurde, und ließ Dr. Runnefeldt einfach stehen.

Am späten Nachmittag waren die Lkws beladen. Zehn Fahrzeuge hatte das Bernsteinzimmer gebraucht... Acht

Wagen blieben übrig. Dr. Runnefeldt ging ins Schloß und traf Wollters im halb abgerissenen Bernsteinsaal an.

»Sie haben ein unverschämtes Glück, Herr Wollters«, sagte er, deutlich verärgert. »Acht Lkws sind frei für Sie... Zufrieden?«

»Hervorragend.« Dr. Wollters überdachte schnell, was er hätte zurücklassen müssen, wenn es nur zwei Wagen gewesen wären. »Dann kann ich die Ikonen und Gemälde aus der Schloßkapelle und der Schloßkirche noch mitnehmen. Haben Sie diese herrliche Ikonostase gesehen? Eine geschnitzte, vergoldete Zwischenwand, über und über bedeckt mit edelsteinbesetzten Ikonen der berühmtesten Schulen.«

»Ja. Ich habe sie gesehen.«

»Wir müssen noch einen Tag dranhängen, Herr Dr. Runnefeldt. Ich lasse die ganze Nacht hindurch die Wand abtragen.«

»Morgen früh fahren wir los: Werden Sie es bis dahin schaffen? Wir können den Transportplan ohne Zustimmung des Armeekommandos nicht umstoßen. Das wissen Sie. Generaloberst Küchler wäre stinksauer.«

»Ich schaffe es.« Dr. Wollters spürte, wie seine Nerven vibrierten. Acht Wagen voll... Geschenke für den Führer... wenn das nicht in der »Wolfsschanze« lobend aufgenommen wurde, gab es keine Gerechtigkeit mehr. Und fünf, na, sagen wir zehn Ikonen aus dieser Fülle von Kunst konnte man privat abzweigen, bei rund 700 Ikonen fielen diese zehn gar nicht auf. Schon gar nicht die geschnitzten goldenen Hodensäcke... sie tauchten in keiner Liste auf, in keinem »Sicherstellungspapier«, Dr. Wollters hatte sie großzügig übersehen. »Wann sind Sie mit dem Verladen fertig?«

»In drei Stunden, denke ich.«

»Kann ich dann Ihre zehn Spezialisten und die Pioniere haben?«

»Sprechen Sie mit dem Leutnant, Herr Wollters.«

»Herr Runnefeldt, wir ziehen doch beide am gleichen Strang –«

»So ist es... nur jeder am anderen Ende.«

Wollters blickte Runnefeldt mit bösem Blick nach, als dieser zurück zu den Lastwagen ging. Fatzke, dachte er wütend. Hochnäsiges Arschloch. Ich werde alles in einem vertraulichen Bericht niederschreiben und es Ribbentrop zukommen lassen. Auch ein Dr. Runnefeldt ist entbehrlich… da hilft ihm keine Verbindung zu Bormann und dem Führer. Gerade im Führerhauptquartier wechseln schnell die Stimmungen.

Er verließ schnell das kahle Zimmer und ging mit weit ausgreifenden Schritten durch die langen Gänge des Palastes zur Schloßkirche.

Michael Wachter saß auf seinem Hocker mitten im ausgeräumten Saal, als Dr. Runnefeldt zu ihm hinaufkam. »Das hätten wir geschafft«, sagte er mit müder Stimme. »Den schönen Fußboden nehmen wir nicht mit?«

»Noch nicht… beim nächstenmal aber bestimmt.«

»Sie wollen noch mal in den Katharinen-Palast, Herr Doktor?«

»Wir müssen, Herr Wachter.« Dr. Runnefeldt zeigte nach oben. »Wir müssen uns etwas einfallen lassen, die Deckengemälde unversehrt wegbringen zu können. Dann geht auch das Mosaikparkett mit.«

»Wann fahren Sie?«

»Morgen, ganz früh.«

»Ich werde da sein und Abschied nehmen von meinem Bernsteinzimmer.«

»Ach ja…« Dr. Runnefeldt starrte wieder auf die Dekkengemälde, um Wachter nicht in die Augen sehen zu müssen. »Wir werden noch früher der Kolonne vorausfahren… Dr. Wollters, ich und – Sie.«

Es traf Wachter wie ein elektrischer Schlag. Er zuckte hoch und preßte beide Hände flach gegen seine Brust. Nur jetzt nicht umfallen, bettelte er. Herz, halt stand… verkrafte es, bitte, bitte, sei jetzt stark genug. Du darfst mich jetzt nicht verlassen, Herz. »Ich darf tatsächlich mit…? Nach Königsberg? Sie nehmen mich also mit, Herr Doktor? Ich… ich kann bei meinem Bernsteinzimmer bleiben?«

»Bis Königsberg sicherlich. Was dann wird, das kann ich nicht bestimmen. Das müssen Dr. Findling und Gauleiter Koch entscheiden. Ich habe es Ihnen schon einmal gesagt. Sind Sie zum Abmarsch bereit?«

»Ja, Herr Doktor.« Wachter holte tief und mit einem Röcheln Atem. »Alles steht gepackt bereit. Drei Koffer, mehr habe ich nicht, was ich mitnehmen kann. Das meiste gehört ja dem Schloß.«

»Rechnen Sie damit, daß Sie nie wieder nach Puschkin kommen. Vielleicht nach dem Endsieg, wenn der Katharinen-Palast dann noch steht.«

»Es geht mir nicht um das Schloß, Herr Doktor, auch wenn wir Wachters hier über 200 Jahre lang gelebt haben.«

»Ich weiß, Sie und das Bernsteinzimmer gehören zusammen. Ich glaube, das wird auch Dr. Findling einsehen.« Dr. Runnefeldt zog sein Kinn an den Uniformkragen und zwang sich, äußerlich keine Rührung zu zeigen. Als er sah, wie Wachters Augen glänzten und dieser Schimmer von verhaltenen Tränen kam, drehte er sich weg und verließ schnell das leergeplünderte Zimmer.

Die zehn Lastwagen standen aufgereiht längs der Zufahrt zum Katharinen-Palast, die Planen fest verschnürt, die Fahrerkabinen verschlossen. Acht Wagen warteten neben der Schloßkirche, um mit den Kunstgegenständen beladen zu werden, die Dr. Wollters noch ausbaute. Die zehn Künstler mit Fingerspitzengefühl und der Zug der Pioniere arbeiteten ohne Unterbrechung, nahmen die Ikonostase auseinander, holten die Kronleuchter von den Decken, schleppten große chinesische Vasen und brokatene Barockmöbel ins Freie und stapelten die eingehüllten Ikonen und Gemälde, Gobelins und Teppiche. Dr. Wollters stand an der Tür und strich jedes herausgetragene Teil penibel auf seinen Listen an.

Ein kurzer Haken. Aus! Es würde Rußland nie wiedersehen.

Unteroffizier Julius Paschke, geboren in Berlin-Wedding, von Beruf Kaminkehrer, den man als nicht kriegswichtigen Betrieb eingestuft hatte, saß auf dem Trittbrett von Wagen sieben und hielt Wache. Ohne Bewachung wollte Dr. Runnefeldt seine wertvolle Fracht nicht in der Nacht herumstehen lassen... auch die festeste Kiste war für einen Landser kein Hindernis, wenn er an etwas herankommen wollte. Im Rhythmus von zwei Stunden lösten sich die Wachen ab, nur Julius Paschke mußte länger aushalten. Er war Kolonnenführer der Wagen sechs bis zehn und außerdem der vorgesetzte Wachhabende, der UvD, der Unteroffizier vom Dienst.

Er saß da auf dem Trittbrett, rauchte eine Zigarette nach der anderen, hatte einen Mordsappetit auf eine Flasche Bier, auch wenn es Dünnbier war, das man Urinol oder Pissulin nannte, und hing schweren Gedanken nach. Vor allem beschäftigte ihn seine Frau Johanna, ein hübsches Frauchen mit strammen Titten und einem geilen runden

Arsch, und seit Paschke an der Front war – und er war vom ersten Tage des Einmarsches in Polen dabei – fragte er sich immer: Was macht sie jetzt? Liegt sie in dieser Nacht wirklich allein im Bett? Denkt sie immer an den Spruch: Hab Gott vor Augen und die Buxe zu...? Noch genug Männer waren in der Heimat, in den kriegswichtigen Fabriken, bei Siemens zum Beispiel, und diese Kerle sahen es gewissermaßen als Verpflichtung an, die Frauen ihrer kämpfenden Kameraden nicht vertrocknen zu lassen. War Johanna auch so eine?

Beim letzten Urlaub hatte Paschke versucht, ihr ein Kind zu machen, aber das war mißlungen. Wieso, das wußte Paschke auch nicht. Er hatte sich 14 Tage lang unermüdlich bemüht und kam dann durchaus nicht erholt zur Truppe zurück. Hannas Brief, der in dem Satz gipfelte: »Nix ist, Julius. Die polnischen Weiber haben Dich schlapp gemacht!«, war Anklage und Spott zugleich. Jetzt lag sie vielleicht unter einem dieser als unabkömmlich erklärten Kerle und blies ihm ihren Atem ins Gesicht. Himmel, Arsch und Zwirn, hoffentlich ist der Scheißkrieg bald zu Ende...

Er schrak zusammen, sein gesenkter Kopf zuckte hoch. Vor ihm stand eine weibliche Gestalt in einer Schwesterntracht. Lautlos war sie gekommen, völlig ohne Geräusch, als sei sie durch die Luft geflogen.

»Det is ja wunderbar!« sagte Julius Paschke, warf seine Zigarette weg und zermalmte sie mit der Stiefelsohle. »Wat is jefällig? Blutdruck, Herzklopfen oder Entlausung? Is alles da, Schwesterchen. Am schlimmsten empfind ick di Spannung in der Hose...«

»Ich möchte Sie um etwas bitten.« Jana Petrowna zögerte einen Moment, dann setzte sie sich neben Paschke auf das Trittbrett. Ein leichter Parfümgeruch umwehte Paschke und erinnerte ihn an den Puff von Riga.

Jeijeijei... ausgerechnet jetzt! Beim Wacheschieben gibt es kein anderes Schieben. Mädchen, ich komme vors Kriegsgericht – einen Teufel werde ich tun!

»Schieß los, Kleene, wat soll's denn sein?« sagte er und musterte Jana von der Seite. Sein Blick blieb auf ihrem Busen haften, und er kratzte sich nervös die Nase. Immer wenn's gemütlich wird, kommt was dazwischen.

»Sie fahren doch morgen nach Königsberg?«

»Hat sich det schon rumjesprochen? Ja, wir dampfen nach Königsberg.«

»Wie weit ist das?«

»Von hier?« Paschke kniff die Augen zusammen und sah in den fahlen Himmel. Morgen regnet's, dachte er. Eine Scheißfahrt wird das werden. Die russischen Straßen sind wahre Knochenbrecher. »Luftlinie unjefähr 800 Kilometer. Aber über die Straßen werden's ooch über 900 sein. Wird 'ne Quälerei. Und wenn's regnet, sitzen wir bis zum Arsch im Schlamm. So is det...«

»Ich muß nach Königsberg«, sagte Jana Petrowna ohne einen falschen Unterton. Es klang vollkommen glaubhaft. »Zum Lazarett II. Bin dorthin versetzt.« Ob es ein Lazarett II gab, wußte sie nicht, auch nicht, ob man Lazarette überhaupt so nannte, sie wagte es einfach, es so zu nennen.

»Königsberg is scheen. Dat wird Sie jefallen, Schwesterchen. Wenn Se mal uf der Kurischen Nehrung jebadet haben... det is'n Erlebnis, sag ick Sie.«

»Nehmen Sie mich mit?«

»Ick? Nach Königsberg? Mit so 'nem Rappelkasten? Woll'n Se nen roten Affenhintern haben?«

»Mit der Bahn ist es noch unbequemer. Von hier nach Pleskau, dann nach Rositten, weiter nach Memel... ich habe mich erkundigt.«

»Fährt denn von hier keen LaZ nach Königsberg?«

»Nein, morgen fährt kein Lazarettzug nach Ostpreußen. Aber ich muß morgen weg. Der letzte Termin. Warum kann ich denn nicht mit Ihnen fahren?«

»Weil det verboten is, Süße. Sonderkommando, vastehste? Jesperrt für alle Zivilisten.«

»Ich bin kein Zivilist. Ich bin eine Rote-Kreuz-Schwester.«

»Det stimmt nu ooch wieda.« Julius Paschke betrachtete Jana wieder von der Seite – is'n verdammt hübsches Pferdchen, dachte er – und stürzte sich damit in einen Gewissenskonflikt. »Mädchen, ick kann doch nich...«

»Bitte.« Sie legte ihm die Hand auf den Arm und streichelte ihn. Paschke bekam einen Kloß in den Hals, das Hämmern seines Herzens setzte wieder ein wie damals, als er im Puff von Riga der rothaarigen Eina gegenüberstand und sozusagen als Eintrittskarte seine Packung Präservative vorzeigen mußte. »Mich wird auch keiner sehen und entdekken. Ich verstecke mich in Ihrem Wagen hinter den Kisten.«

»Det können aba jut drei Tage werden... wenn's regnet.«

»Das macht mir nichts aus.«

»Mädchen, und wennste mal strullen mußt?«

Jana verstand das Wort nicht. Was ist strullen, dachte sie. In ihrem Wortschatz kam es nicht vor. Ich werde Väterchen fragen. Tapfer sagte sie:

»Ich muß nicht.«

»Drei Tage lang?« Paschke sah sie zweifelnd an. »Det wär'n medizinisches Wunder. Aba wennste det anhalten kannst, nachts kannste dann abprotzen...«

»So ist es.« Jana Petrowna lächelte Julius Paschke umwerfend an. »Sie nehmen mich also mit?«

»Ick weeß nich, ich weeß nich... wenn ick uffalle, dann sind de Litzen weg. Dann bin ich wieda Schütze Arsch. Laß mir det überlejen, Mädchen. Komm morjen früh noch mal, aber noch wenn's dunkel is. Ick sitz dann wieda uff'm Trittbrett.«

Jana Petrowna legte den Arm um Paschkes Schulter, gab ihm einen Kuß auf die Stirn und sagte »Danke! Danke! Danke!« Dann huschte sie weg, so lautlos wie sie gekommen war. Den knirschenden Kiesboden schien sie nicht zu berühren.

Paschke starrte ihr nach, bis sie an der dunklen Hauswand verschwand. Ein schwebender Schatten.

Da sitzte nun und kneifst de Beene zusammen, dachte er. So'n jünstiger Oogenblick kommt nich wieda. Und während der Fahrt nach Königsberg is ooch nix drin, und in Königsberg, im Lazarett, schnappen die Offiziere se wech.

Allet Scheiße, deene Emma –

Er steckte sich eine neue Zigarette an, rauchte hastig und wünschte sich einen ganzen Kasten voll Pissulin...

In dieser Nacht noch nahmen Michael Wachter und Jana Petrowna Abschied voneinander. Sie umarmten sich lange, küßten sich nach russischer Art dreimal auf die Wangen, nur wenige Worte sprachen sie, was sollte man jetzt auch noch sagen. Aber als sie sich voneinander lösten, hob Wachter beide Hände über Janas Kopf.

»Mein Töchterchen«, sagte er feierlich, »Gott segne dich. Gott möge dich beschützen. Hörst du mich, Gott? Laß sie nicht aus den Augen, erhalte mir mein Töchterchen und Nikolaj, meinen Sohn. Wenn es sein muß – nimm mich. Herr, erbarme dich unser... Amen.«

In aller Ruhe packten sie wortlos Janas schwarze Wachstuchtasche. Sie nahm kaum etwas mit, ein paar Stücke Unterwäsche, dicke Strümpfe, denn der Winter kam bestimmt, und Wachter sagte, es würde ein besonders schlimmer Winter werden. Die Stare und Störche seien früher als sonst nach Süden geflogen, die Wildenten sammelten sich bereits, und die Biber im weiten Schloßpark schleppten für die langen, weißen Monate Futter in ihre Bauten.

»Du bleibst also hier?« fragte Wachter, als die Tasche gepackt war.

»Vorläufig, Väterchen. Ich melde mich im Lazarett in der Gorkij-Schule. Irgendwie komme ich auch in die Nähe, wo du bist. Und wenn der Krieg schnell beendet ist, fahre ich sofort nach Leningrad zu Nikolaj.«

Er sah ihr zu, wie sie das Häubchen auf ihr Haar setzte, den Kragen mit der runden Brosche schloß und ihren grauen Mantel über die Schultern warf. Gott hat mich gesegnet, daß mein Sohn eine solche Frau bekommt, dachte er. Immer schon hatten die Wachters Glück mit ihren Frauen gehabt, selbst Urgroßvater Pjotr Germanowitsch, der drei außereheliche Kinder hatte, gottlob nur Mädchen. Jeden Fehltritt hatte Urgroßmutter ihm verziehen, sogar die gefährliche Liebe zu der Zarenköchin Wassilissa Valentinowna. Sie hatte den Ehrgeiz, die zweite Frau Wachterowskij zu werden, aber Urgroßvater machte ihr ein Kind, und die sittenstrenge Zarin verbannte sie als Gefängnisköchin auf die Peter-und-Pauls-Festung.

»Was ist strullen, Väterchen?« fragte Jana Petrowna plötzlich.

»Pinkeln.«

»Und abprotzen?«

Wachter sah Jana verblüfft an. »Woher hast du die Ausdrücke?«

»Soldaten haben davon gesprochen... unter dem Fenster.«

»Abprotzen nennen die Soldaten, wenn sie hinter einen Busch gehen, sich hinhocken...«

»Ach so.« Jana griff nach ihrer Wachstuchtasche und hob sie hoch. Wachter spürte, wie ihm die Kehle eng wurde. Der Abschied, die letzten Minuten, die letzten Worte, die letzten Blicke. Vielleicht für immer... endgültig. »Auf Wiedersehen, Väterchen.«

»Auf Wiedersehen, Töchterchen. Gott sei mit dir.«

»Und mit dir, Väterchen. Wir sehen uns bald wieder.«

»Bestimmt sehen wir uns wieder.«

Er riß ihr die Tür auf, ließ sie aus der Wohnung und machte die Tür schnell wieder zu. Ein langer Abschied ist eine unendliche Qual.

Mit gesenktem Kopf tappte Wachter in das Wohnzimmer zurück, setzte sich auf das Sofa und starrte auf seine drei Koffer.

Königsberg. Mein König... die Wachters haben bisher immer ihre Pflicht erfüllt. Sie haben es Euch in die Hand versprochen.

Auf seinem Trittbrett saß Julius Paschke und wartete auf das schöne Schwesterchen. Er hatte einen Entschluß gefaßt: Er nahm sie mit. Unter der Plane, hinter den Kisten. Dort hatte er in der vergangenen Stunde ein Lager für sie hergerichtet: drei Decken übereinander, in die Ecke gequetscht einen Eimer, den man dann in der Nacht leeren konnte. Ein Problem war nur sein Beifahrer, der Gefreite Heini Doll. Er war in Köln geboren und durfte gar nicht anders heißen als Doll. Wenn er Witze erzählte, schmerzte nach einer Viertelstunde das Zwerchfell. Das war die eine Seite. Die andere war ein strammer Nationalsozialist. Dolls Vater war ein politischer Leiter in Köln. Er arbeitete in der Propagandaabteilung der Kreisleitung Köln-Mitte und glaubte alles, was Goebbels in seiner wöchentlichen Kolumne in der Zeitschrift *Das Reich* herunterlog. Wenn Doll den blinden Passagier entdeckte, begann die Kacke zu dampfen.

So lautlos wie beim erstenmal stand Jana Petrowna plötzlich wieder vor Paschke. Sie wuchs einfach aus dem Schatten heraus. Paschke zog die Luft durch die Nase ein und zeigte dann auf die schwarze Wachstuchtasche.

»Det is alles?«

»Ja. In Königsberg bekomme ich eine neue Ausstattung.«

»Und det jerahmte Foto vom Bräutigam?«

»Ich habe keinen.«

»Es jibt wirklich viel Blinde uf d'r Welt.« Er hob die an der Ladeklappe aufgeschnürte Plane hoch und warf die Tasche in den Wagen. »Komm, ick helfe dir klettern. Der Chef fährt in 'ner halben Stunde ab, uns voraus, will de Laje peilen...«

»Wie heißt du?« fragte sie und nahm das Du auf, das Paschke angefangen hatte.

»Julius. Julius Paschke. Berlin-Wedding. Schornsteinfeger. Macht mir imma wieda Spaß, det Fegen.« Er verschränkte seine Hände vor dem Bauch wie zu einem Trittbrett und nickte Jana Petrowna zu. »Darf ick Jnädigste in meenen Horch bitten. Wie heest denn du?«

»Jana. Jana Rogowskij.« Sie hob das Bein, zog sich an Paschkes Schulter hoch, gestützt von seinen Händen, und setzte sich dann auf die Ladeklappe. Ihre schlanken Beine baumelten vor seinem Gesicht. Da kann die Hanna nich mit, dachte er. Und dabei is se so stolz uf ihre Beene. Det hier sind Rehbeenchen...

»Verschwinde nach hinten!« sagte er rauh. »Mach dich kleen, ick hab dir auch nen Eimer hinjestellt.«

»Für strullen und abprotzen...«

»Kleene, du bist in Ordnung. Du hast'n richtijen Drall. Los, krabble nach hinten. Und meld dir erst, wenn ick in den Wagen flüstere: Komm raus. Vastanden?«

Jana Petrowna nickte, schwang die Beine über die Laderampe und kroch an der Wand entlang zu ihrem Lager. Ihre Augen hatten sich schnell an die Dunkelheit gewöhnt, sie erkannte den Eimer in der Ecke, und neben den drei Decken Paschkes eine »eiserne Ration«, die Notverpflegung der Soldaten, die nur im allerhärtesten Notfall aufgerissen werden durfte und die man bei jedem Appell vorzeigen mußte, genauso wie die Präservative. Paschke, als Unteroffizier, kontrollierte man nicht... er selbst kontrollierte die anderen Landser, die Fahrer und Beifahrer.

Sie legte sich hin, konnte sich sogar in dem Hohlraum zwischen den Kisten ausstrecken, schob die Wachstuchtasche als Kissen unter ihren Nacken und schloß die Augen. Erst jetzt spürte sie das Zittern in ihrem Körper, die Anspannung der Nerven und versuchte, sich zu beruhigen. Alles ist gutgegangen, sagte sie zu sich. Und alles wird auch weiterhin gutgehen. Nur Ruhe, Ruhe, Jana Petrowna, das ist das wichtigste. Einen immer klaren Kopf mußt du behalten. Nichts kann dir passieren... diese Schwesterntracht macht dich unangreifbar.

Irgendwann später hörte sie draußen Stimmen. Paschke rief laut: »Alles in Ordnung, Herr Rittmeister.« Und dann Dr. Runnefeldts Stimme: »An kritischen Stellen halten wir und warten auf Sie. Wann müssen Sie tanken?«

»Alle Fahrzeuge sind vollgetankt, Herr Sonderführer. Das müßte für 400 Kilometer reichen.«

»Also dann... macht's gut, Jungs.«

»Gute Fahrt, Herr Sonderführer.«

Sie hörte das Anlassen eines Motors, der Kies knirschte unter den anfahrenden Reifen, irgendwo quietschte es. Gute Fahrt, Väterchen... ich bin hinter dir, ich komme dir nach. Sie legte sich wieder zurück auf Tasche und Decken und drückte das Ohr an die Holzwand zur Fahrerkabine, als der Gefreite Doll hinter das Lenkrad kletterte. Die erste Strecke fuhr er. Er hatte ausschlafen dürfen.

Das wollte jetzt auch Paschke machen und kuschelte sich bequem in seinen Sitz.

»Du, isch han vürhin ne dolle Nummer jehört!« sagte Doll. »Kütt die Lehrerin in de Klass, setzt sich ans Pult... und hätt kein Botz an! Fränzchen in der eschten Reih kann ihr untern Rock spinxe und fängt an, breit zu grinsen. ›Fränzchen –‹ frägt die Lehrerin. ›Wat ist denn? Warum laachste su?‹ Und dä Panz antwortet: ›Frollein, isch han noch nie 'n Schlüpfer aus Maulwurffell jesinn...‹ Jut, wat?«

»Abfahren!« schrie Paschke. »Du dämlicher Hund! Laß alle vorbei – wir machen den letzten!«

»Warum dat denn? Bisher...«

»Bisher is nich heute! Ick bin verantwortlich, daß keener verloren jeht. Und det siehste am besten hinten, als letzter. Kapiert?«

Det is der sicherste Platz, dachte Paschke. Da haste keenen hinter dich. Da kann die Kleene ooch mal de Neese ins Freie stecken und keener sieht det. War schon in de Schule so... hinten links, letzte Bank, da konnste imma in Deckung jehen. Intelligent mußte sein, Jefreiter Doll.

Endlich dröhnte der Motor auf, der Aufbau begann zu wackeln, es knackte, als Doll den Gang einlegte, und dann setzte sich der Wagen in Bewegung und drückte unter seinen Rädern den Kies weg. Unter dem Bodenblech klang es wie das Trommeln von Schrotkugeln.

Königsberg, wir kommen, dachte Jana Petrowna. Das Bernsteinzimmer kommt... und wir Wachters.

Irgendwann fielen ihr vom Schwanken des Wagens und dem gleichmäßigen Motorengebrumme die Augen zu, und sie schlief fest mit einem Lächeln um die Lippen.

Als sie aufwachte, war heller Tag, aber es regnete. Auf die Dachplane trommelten die Tropfen. Neben Doll schlief Julius Paschke mit offenem Mund und schnarchte fürchterlich. Am Mittag war Fahrerwechsel, da sollte es Bohnensuppe geben, aus Dosen, die auf einem Spirituskocher heiß gemacht wurden. Dann wollte sich Doll für das bestialische Schnarchen rächen.

Jana Petrowna rutschte an die Kabinenwand und schob sich an ihr empor. Durst hatte sie, aber daran hatte Paschke nicht gedacht. Er hatte ihr seine Feldflasche nicht dagelassen.

Auf den Knien untersuchte Jana die vor ihr stehenden Kisten, fand einen abgesplitterten Span, riß ihn aus dem Holzdeckel und begann, auf ihm herumzukauen. Der Speichel, der sich dabei bildete, verdrängte etwas das Durstgefühl. Es war eine alte, simple Erfahrung: Kauen, kauen, ganz gleich, was es ist... nur kauen... damit hältst du den Durst aus. Eine Zeitlang wenigstens läßt sich der Körper betrügen.

Im Licht, das durch die Planenritzen schimmerte, las sie, was Dr. Runnefeldt auf die Kistenseiten mit dickem Fettstift geschrieben hatte.

Nr. 23 stand direkt vor ihr und hatte den Span geliefert.

Vier Engel, ein Kriegerkopf und eine große Vasenplastik. Und dann, nachträglich, weil mit einem anderen Stift geschrieben, hatte Dr. Runnefeldt noch hinzugefügt:

Eine Madonna aus Bernstein, gefunden im Schlafzimmer der Zarin Elisabeth-Petrowna.

Petrowna. Jana beugte sich vor, küßte die Kiste und den Namen und bekreuzigte sich dann.

Madonna, hilf, daß alles gutgeht.

Und bitte, kümmere dich auch um Väterchen.

Dr. Runnefeldts Auto, ein offener Wagen der Marke Adler, kam gegen den russischen Regen nicht an. Das derbe, feste Segeltuchdach war zwar ein Schutz, aber an den Seiten regnete es durch. Es schloß nicht dicht genug mit dem Rahmen der Karosserie ab. Außerdem stand ein ziemlich heftiger Wind auf der rechten Seite und peitschte den Regen durch die Ritzen. Rechts aber, vorn neben dem Fahrer, saß Rittmeister Dr. Wollters und blickte verbissen in die graue, rauschende Gegend. Er hatte es so gewollt, er hatte es strikt abgelehnt, hinten neben Wachter zu sitzen, den er für völlig unnütz hielt. Dr. Runnefeldt hatte nichts dagegen, die Plätze zu tauschen, und jetzt freute er sich, daß ausgerechnet vorn rechts das Faltdach eine große Lücke zwischen

Fensterrahmen und Dachumrandung hatte. Wollters rechte Uniformseite begann durchzunässen. Der Stoff saugte das Wasser wie ein Schwamm auf – eine maßgeschneiderte Uniform aus bestem Aachener Tuch.

»Ein Mistwagen ist das!« sagte Wollters empört und drehte sich zu Dr. Runnefeldt und Wachter um. Auch bei ihnen drang der Regen durch ein paar Ritzen, aber es war noch zu ertragen. In die breiteste Ritze hatte Dr. Runnefeldt sein Taschentuch geklemmt und lächelte Wollters in einer Art von Resignation an. »Wer hat Ihnen denn diese Krücke angedreht?«

»Im Sommer ist ein offener Wagen ideal«, erwiderte Dr. Runnefeldt gelassen.

»Da kann man vor Staub nicht mehr atmen! Und im Winter? Zittern Sie sich warm?«

»Da sitze ich in meinem Büro in Berlin.«

»Im Winter sind Kunstschätze in den eroberten Gebieten für Sie nicht vorhanden?«

»Richtig. Mein lieber Herr Wollters... Kriege fangen erfahrungsgemäß im Sommer oder im Herbst an, wenn das Korn so richtig kräftig steht, die Felder überquellen, die Straßen und Wege pulvertrocken und hart sind. Haben Sie schon mal von einem Krieg gehört, der im Winter anfing? Denken Sie mal die Jahrhunderte zurück. Auch unser Krieg: Polen am 1. September, Frankreich 10. Mai, Rußland am 22. Juni... immer zur besten Zeit. Und bis zum Winter hatten wir Gelegenheit genug, uns um die Sicherstellung der Kunstwerke zu kümmern.«

»Aber jetzt kommt der Winter...«

»Das schreckt mich nicht. Wenn wir Moskau in diesem Jahr noch erobern, hat der Abtransport der noch gar nicht abzusehenden Kunstschätze Zeit bis zum Frühjahr. So lange werden wir sowieso brauchen, um alles zu erfassen. Was allein im Kreml lagert –«

Wachter verbiß sich eine Frage, die ihm auf der Zunge lag. Glauben Sie wirklich, hätte er fragen mögen, daß die Deutschen Moskau erobern? Nur drei, vier Wochen noch, höchstens, dann ist der Winter, die Schnee- und Eiszeit da. Der »General Winter«, wie er seit Napoleons Untergang vor Moskau heißt. Hat einer von euch schon einen russischen Winter erlebt? Wißt ihr, wenn der Schneesturm über das Land heult, wie armselig ihr dann alle seid, trotz eurer Technik, trotz Panzer und Flugzeugen? Vereisen werden sie alle, am Boden friert ihr fest ... da hilft euch kein Befehl von Hitler, nur vorwärts und nicht zurück zu marschieren. Der russische Winter ist stärker als alles ... er macht mit euch, was *er* will, nicht, was *ihr* wollt. Und gegen General Winter wollt ihr Moskau besetzen? Warten wir es ab, meine Lieben. Kommt nicht jetzt schon die Front vor Moskau zum Stehen?

Rittmeister Dr. Wollters schwieg. Die Belehrungen, die ihm Dr. Runnefeldt so freundlich erteilte, kotzten ihn an. Auch er zerrte aus der Hosentasche ein Taschentuch und stopfte es in die Verdeckritze; aber bei ihm half das wenig, es war in kurzer Zeit durchnäßt. Der Regen tropfte auf seine Uniform, als sei das zusammengedrehte Taschentuch ein Wasserhahn.

»Gibt es denn hier nichts, womit man das Scheißverdeck dicht kriegt?« rief er empört. »Ich bin bis auf die Haut naß.«

»Hier hinten ist es erträglich.« Dr. Runnefeldt dehnte sich behaglich. »Es war Ihr Wunsch, vorn zu sitzen.«

Dr. Wollters biß die Zähne zusammen. Und wenn ich hier vorn schwimme ... du bringst mich nicht dazu, meine Meinung zu ändern, dachte er verbissen. Das Mitschleppen dieses Halbrussen ist und bleibt eine Frechheit.

Zur Mittagszeit machten sie Rast an einem Bauernhof. Die Bäuerin, zwei Kinder – eine Tochter und ein Junge von 14 Jahren – und der Großvater waren beim Einmarsch der Deutschen nicht geflohen, sie hatten die graue Lawine über sich hinwegrollen lassen, hatten miterlebt, wie die deutsche Artillerie und die gefürchteten heulenden Stukas, die aus dem Himmel herausfielen, die Stalin-Linie, die vermeintlich uneinnehmbare Verteidigungslinie der Roten Armee, zerbombten und zerschlugen, und hatten damals beschlossen, lieber in den Trümmern ihres Hauses zu sterben, als davonzulaufen. Nicht weit von ihnen lag die Stadt Pskow, das jetzt Pleskau hieß, und hier hatte vor zweihundert Jahren der Leibeigene des Fürsten Michajlow, der Bauer Jermil Konstantinowitsch Grimaljuk einen Hof zur Betreuung übernommen. Nach Ende der Leibeigenschaft durften die Grimaljuks Haus und Land behalten, lebten bescheiden, aber zufrieden, fuhren oft zum Fischen an den nahen Peipus-See und lobten Gott ob seiner Güte. Jetzt war der Bauer, der Genosse Ilja Wladimirowitsch, als Scharfschütze irgendwo an der Front. Es gab keine Nachricht, keinen Brief, keine Karte – wie auch, seine Heimat war jetzt besetztes Gebiet geworden –, und niemand wußte, ob er noch lebte.

Praskowja Nikolajewna, die Bäuerin, die Kinder und vor allem Trofim, das noch recht muntere Großväterchen, hatten sich, so gut es eben ging, mit ihrem Schicksal abgefunden. Sie hatten das Korn gemäht, die Sommerkartoffeln aus dem Feld gezogen und die Gemüsebeete geharkt, um dann alles, was man nicht selbst zur Ernährung brauchte, den deutschen Besatzern zu verkaufen. Dabei hatte man sie zweimal elend betrogen... ein Schwein und ein Kälbchen hatten die Deutschen gekauft und mit deutschen Geldscheinen bezahlt.

»Das Geld«, hatten die Landser gesagt. »Germanskij Rubel, du verstehen? Einlösen in Kommandantur. Tauschen, kapiert? Menjat'... Guck nicht so blöd, alter Sack!«

Großvater Trofim nahm die Geldscheine, fuhr drei Tage später zum Ortskommandanten von Nostrow und legte Germanskij Rubel vor. Ausgelacht hatte man ihn und dann hinausgeworfen. Was er auf den Tisch legte, waren alte deutsche Lotterielose. Winterhilfswerk 1940.

Praskowja Nikolajewna stand in ihrer ausgebleichten Kittelschürze vor dem Haus, gegen den Regen einen Sack über den Kopf gestülpt, als Dr. Runnefeldts Auto auf dem Hof hielt. Die Kinder drückten die Nasen am Fenster platt, und Großvater Trofim bereitete sich darauf vor, gegen deutsche Lotterielose zu opponieren.

Dr. Wollters blickte mißmutig durch die Scheibe auf die Bäuerin und das alte Haus. Der Regen rauschte, als gieße man Eimer aus. Der Scheibenwischer kämpfte vergeblich gegen die vom Wind herangetriebene Flut an.

»Hier?« fragte er und drehte sich wieder um.

»Ja«, anwortete Dr. Runnefeldt.

»In dieser Bruchbude? Diesem Wanzennest? Sehen Sie sich mal das Weibsstück an... nur mit der Kneifzange anzufassen...«

»Wir wollen sie nicht anfassen, mein lieber Wollters, sondern eine Pause machen, etwas essen und trinken.«

»Da rühre ich nichts an! Soll ich vor Ekel die Gelbsucht bekommen?«

»Meistens haben die Bauern hier einen guten, frischen Quark«, sagte Wachter und erntete dafür einen bösen, durchbohrenden Blick. »Milch, eingelegte Gurken, feste Zwiebeln, selbstgebackenes Brot und vielleicht auch Grützwürstchen.«

»Scheußlich! Können wir nicht weiterfahren bis zu einer

Truppe? Irgendwo hier müssen doch deutsche Einheiten liegen! Lieber eine miese Feldküche als dieser Schweinefraß.«

»Wir müssen hier auf die Kolonne warten.« Dr. Runnefeldt setzte seine Mütze auf, schätzte den Weg vom Auto bis zur Haustür auf etwa drei Meter – man würde also naß werden und durch einen aufgeweichten Boden springen müssen. »Wir sind noch gut durchgekommen, aber wie haben es die Lkws in diesem Sauwetter geschafft? Das beschäftigt mich mehr als Essen. Ich habe erst Ruhe, wenn die Wagen hier aufgefahren sind.« Er stieß die Tür auf, sprang aus dem Auto und hetzte mit großen Sprüngen durch den Regen auf Praskowja zu. Wachter folgte ihm, der Schlamm spritzte an seiner Hose empor, an seinen Schuhen klebten sofort dicke Lehmklumpen. Stumm blickte der Fahrer zu Dr. Wollters an seiner Seite.

»O Scheiße«, sagte der Rittmeister resignierend. Dann stieß auch er seine Tür auf, sprang hinaus und rannte zu dem Bauernhaus. Praskowja Nikolajewna, die schon so viel von den Deutschen wußte, um feststellen zu können, daß da ein höherer Offizier durch den Schlamm hüpfte, riß den Kartoffelsack vom Kopf und warf ihn Wollters über die Schulter. Mit einer wilden Handbewegung schleuderte er ihn in den Regen und den Dreck.

»Haben Sie das gesehen?« rief er empört, als er in die Stube kam, wo Dr. Runnefeldt und Wachter bereits auf Großvater Trofim geprallt waren. »Diese widerliche Vettel wirft mir doch ihren Stinksack an den Kopf! »Dann schwieg er abrupt, denn Großväterchen sagte klar und deutlich:

»Gutten Tagg... Nix nähme Lotterie...«

»Was will er?« Wollters musterte den rüstigen Alten. »Total verkalkt, was?«

»Lassen Sie mich das machen.« Wachter nickte dem Großvater zu und sprach dann schnell einige Sätze auf russisch. Trofim riß die Äuglein auf, beleckte mit der Zunge seine tabakgelben Zähne und hörte stumm zu. Gefährlich, dachte er. Oh, wie gefährlich. Da ist einer, der spricht wie wir. Ein abtrünniger Genosse, der den Deutschen in den Arsch gekrochen ist. Vorsichtig muß man sein bei solchen Gewissenlosen.

»Wir sind auf der Durchfahrt«, hatte Wachter gesagt. »Wir wollen hier eine Weile bleiben, bis der stärkste Regen vorbei ist. Hast du was zum Essen da? Eine Kascha oder sonstwas? Eingelegte rote Rüben oder Gurken oder ein Töpfchen Schmalz? Gibt es bei dir Milch?«

Großväterchen wölbte die Unterlippe vor, so wie es Lamas tun, bevor sie spucken, aber er spuckte nicht, auf keinen Fall, man wollte ja noch weiterleben und warten, bis Ilja, das liebe Söhnchen aus dem Krieg zurückkam.

»Alles hat man uns weggenommen, alles«, sagte er, als Wachter schwieg. »Mein Schweinchen, mein Kälbchen, das Butterfaß, das Mehl, die Grütze, alles. Bezahlt haben Sie, deine neuen Freunde... mit wertlosem Papier.«

»Und wovon lebt ihr?« fragte Wachter.

»Ein paar Kartoffeln haben wir noch. Ein Süppchen, ein paar Zwiebeln... genug ist das. Schwer sind die Zeiten.«

»Was quatscht der Alte da?« fragte Dr. Wollters. Er zog seine durchnäßte Uniformjacke aus, ging zu dem aus Flußsteinen gemauerten Ofen und hing sie über eine gespannte Leine. Der Ofen gluckerte und war schön warm. Ich sage es doch, dachte Wachter zufrieden. Der Winter kommt diesmal schneller. Sie kennen ihre Natur genau, die Bauern, frühzeitig heizen sie ihre Öfen an, gut vollgesogen mit Wärme sollen die Steine sein, bevor der erste kalte Sturm kommt.

Großväterchen Trofim starrte den deutschen Offizier entgeistert an. Wollters hielt seine Hosen mit Hosenträgern fest ...breite, in buntem Muster gewebte, stabile Träger mit ledernen Schlaufen. Hatte man so etwas schon gesehen? So etwas gab es? Trofim konnte den Blick nicht von diesen Hosenträgern losreißen und verfluchte die Unmöglichkeit, sie nicht gegen ein Hühnchen eintauschen zu können.

Noch sieben Hühner hatte er im Stall versteckt und bisher vor allen Deutschen gerettet. Welch ein Wunderwerk von Hosenträgern...

»Ein paar Krümelchen werd ich noch zusammenkratzen«, sagte Trofim und ließ die Augen nicht von Wollters. Der hatte sich auf die Ofenbank gesetzt, lehnte den nassen Rücken gegen die warmen Steine und wunderte sich, daß es hier im Raum weder nach Schweiß noch nach saurer Milch roch. Praskowja stand an der Tür und wartete. Die Kinder hatten sich im Nebenraum versteckt, wo ein mit Stroh hoch gefülltes mächtiges Holzbett stand. Hier mummelte sich Großväterchen ein – so rüstig war er mit seinem Rheuma nun doch nicht, um noch auf den Ofen klettern zu können, auf die Plattform, auf der die ganze Familie im Winter schlief.

Wachter nickte zufrieden. »Guck in alle Ecken, Väterchen«, sagte er. »Es wird sich schon was finden.«

Trofim riß sich von den Hosenträgern los, schnalzte mit der Zunge und rieb mit der Oberlippe seine Nasenspitze. »Kann man tauschen?« fragte er und blinzelte Wachter zu.

»Was?« fragte Wachter verwundert.

»Gutes Essen gegen eine Leihgabe. Nur ein Viertelstündchen, das genügt. Ist ein guter Tausch, Genosse. Was ist schon ein Viertelstündchen im Leben eines Menschen. Mich wird's fröhlich machen.«

»Was willst du tauschen, Väterchen?«

»Einmal anziehen, Freundchen.« Großväterchen zuckte listig mit den Augen. »Vom Gospodin Offizier die Hosenträger...«

Ratlos warf Wachter einen schnellen Blick auf Dr. Wollters. Der Rittmeister saß, umgeben von molliger Wärme, am Ofen und wartete auf den Fraß, den man ihnen vorsetzen würde.

»Alter, du bist verrückt!« sagte Wachter. »Ich kann doch den Herrn Rittmeister nicht bitten, dir seine Hosenträger zu leihen. Auch nicht für ein Viertelstündchen. Unmöglich.«

»Frag ihn, Brüderchen. Kein Fleckchen wird drankommen, kein Stäubchen.«

Wachter wischte sich mit beiden Händen über das Gesicht und wandte sich herum zu Dr. Runnefeldt. Er stand in der »schönen Ecke« des Zimmers und betrachtete eine uralte Bauern-Ikone. Grob gemalt mit Eierfarben, schmale hohe Gestalten mit langgezogenen Gesichtern und großen runden Augen. Um etwa 1600 herum, dachte er. Das hat noch keiner erkannt, der hier im Zimmer gewesen ist. Ein kleines Juwel von Ikone. Man sollte es mitnehmen, so etwas gibt es kaum noch. Aber dann sah er Praskowjas Blicke und die Angst in ihnen. Diese Ikone war das einzige, was ihr von ihrem Glauben geblieben war. Das geschnitzte Kruzifix hatten Rotarmisten, die zur Stalin-Linie marschiert waren und bei ihnen rasteten, von der Wand gerissen und an der Hausmauer zersplittert. Und auch das Kerzchen, das ewige Licht, hatten sie ausgeblasen. »Da hängt ihr jetzt Stalin hin!« hatte ein Sergeant gebrüllt. »Ihr christlichen Heuchler.« Aber die Ikone ließen sie unberührt, sie zeigte Peter und Paul, und die Jünger waren kostbar gekleidet wie Bojaren.

Sie bleibt hier, dachte Dr. Runnefeldt und wandte sich von der Ikone ab. Wir haben über 500 Ikonen bei uns. Nehmen wir an, diese hier habe ich nie gesehen.

»Herr Doktor«, sagte Wachter leise, damit es Wollters nicht hörte. »Der Alte verspricht uns ein gutes Essen, wenn er die Hosenträger von Dr. Wollters einmal anziehen darf. Nur ein paar Minuten...«

»Das ist doch ein Witz!« sagte Dr. Runnefeldt entgeistert.

»Nein, Herr Doktor. Können Sie Dr. Wollters nicht fragen?«

»Das ist doch lächerlich!«

»Ein kleiner Tausch: Gutes Essen gegen...« Er schluckte. »Sonst gibt's für uns nur Essiggurken. Wir werden nie finden, wo sie ihre Vorräte versteckt haben.«

»So was Verrücktes gibt's nur einmal!« Dr. Runnefeldt ging hinüber zu Dr. Wollters und musterte die scheußlichen Hosenträger. Wollters fühlte sich wohl... er trocknete.

»Probleme?« fragte er. »Sag ich doch, das ist der reinste Schweinestall. Hier rühre ich nichts an!«

»Verleihen Sie für ein paar Minuten Ihre Hosenträger?«

»Wie bitte?« Wollters sah Dr. Runnefeldt fast entsetzt an. »Haben Sie öfters solche Anfälle?«

»Der Großvater möchte sie einmal tragen... dafür gibt es gutes Essen.«

»Das ist ja...« Wollters holte tief Luft. »Das ist unerhört!« Sein empörter Blick traf Großväterchen. Trofim grinste ihn freundlich und erwartungsvoll an. »Und so einen Blödsinn sprechen Sie auch noch aus, Herr Runnefeldt!«

»Ich finde, das ist ein guter Tausch.«

»Kein Fleckchen, kein Stäubchen wird drankommen –« warf Wachter ein. »Wenn es den alten Mann glücklich macht...«

»Sind wir im Krieg, oder ziehen wir herum, um jeden glücklich zu machen?« bellte Wollters.

»Das letztere.« Dr. Runnefeldt setzte zum vernichtenden Schlag an. »Nach Ansicht des Führers befreien wir hier den slawischen Menschen vom Bolschewismus. Also eine Art von Beglückung. Hier ist unsere Zukunft, das weite Land des Ostens. Die Ausdehnung des Großdeutschen Reiches.«

Wortlos erhob sich Dr. Wollters von der warmen Ofenbank, schnallte seine Hosenträger ab und warf sie Trofim zu. Großväterchen fing sie geschickt auf, wirbelte dann auf dem Absatz herum und verschwand so flott wie ein junger Bursch im Nebenzimmer.

Aber schon nach wenigen Minuten war er wieder da. Über seiner blauen Bauernbluse zogen sich die bunten Träger und hielten seine alte, fleckige, dunkelgraue Hose fest. Mit verklärtem Gesicht und stolzen Schritten ging er im Zimmer herum, stellte sich vor seine Schwiegertochter Praskowja, ließ zwischen den Daumen die Hosenträger schnalzen, wanderte mit hocherhobenem Haupt an allen Wänden der Stube entlang, und als sogar die Kinder sich blicken ließen und Großväterchen bestaunten, marschierte er mit durchgedrückten Knien paradierend einmal vom Ofen zur Tür und von der Tür zum Ofen. So glücklich und ergriffen war der Alte, daß er bei dieser Parade nichts mehr von seinem Rheuma spürte.

Mit gleicher Würde verließ er darauf das Zimmer, verschwand hinter der Tür zu seinem Schlafraum, öffnete einen breiten Schrank und schlüpfte durch ihn und eine Holztür in den angrenzenden Stall. Fröhlich gackerten seine sieben Hühnchen bei seinem Anblick und reckten die Hälse vor. Gab es jetzt schon Körnerchen?

»So ist nun mal das Leben, ihr Lieben!« sagte Trofim feierlich. »Versprochen hab ich's, und ein Grimaljuk hält sein Versprechen.« Er musterte die Hühnerchen, entschied sich für ein fettes, rundes Exemplar und hob die Schultern. »Lydia, eine muß es sein. Warst ein braves Tierchen.«

Ein Beil nahm er von der Wand, packte Lydia ruckzuck bei den Flügeln, trug das schreiende Tier zu einem Holzblock und hieb ihm den Kopf ab. Weit von sich weghaltend, damit kein Spritzerchen an die Hosenträger kam, ließ er es ausbluten und kehrte dann durch den Schrank zurück.

Dr. Wollters saß auf der Ofenbank und blickte auf seine Armbanduhr. »Die Zeit ist um!« sagte er scharf. »Es ist unerhört, was man hier mit mir macht. Warum haben Sie Ihre Hosenträger nicht abgeschnallt, Herr Runnefeldt?!«

»Erstens habe ich keine so bunten wie Sie, und zweitens trage ich nur Gürtel. Ah, da kommt ja Großvater wieder.«

Trofim erschien in der Stube, in der Rechten die Hosenträger, in der Linken das geschlachtete Huhn. Praskowja stieß einen langen Seufzer aus. Ausgerechnet Lydia, die beste Eierlegerin! Großväterchens Verstand war auch nicht mehr wie früher.

Dr. Wollters nahm seine Hosenträger entgegen und legte sie sofort wieder an.

»Der Kerl hat doch tatsächlich ein Huhn geköpft!« sagte er.

»Der Tausch.« Dr. Runnefeldt nickte dem Alten ermunternd zu. »Wenn das kein Geschäft war, Herr Wollters. Wir bedanken uns alle bei Ihnen für das kommende fulminante Essen...«

Eine große Betriebsamkeit entstand in dem Bauernhaus. Praskowja nahm das Huhn aus, die Kinder rupften es, Trofim bot Tabak an, den grob geschnittenen Machorka, den nur eine Kehle aus Blech vertragen konnte, und zauberte unter einer losen Dielenplanke eine Flasche mit Stachelbeerwein hervor.

»Sagen Sie der Bäuerin –« wandte sich Dr. Runnefeldt an Wachter –« daß das Huhn für 40 Personen reichen muß. Wir drei, der Fahrer und 36 Mann von der Kolonne. Wird zwar sehr dünn werden, die Suppe, aber bei dem Sauwetter tut sie allen gut.«

Praskowja stellte also einen riesigen Kessel auf den eisernen Herd, füllte ihn voll Wasser und ließ es kochen. Daß es ein Kessel war, in dem man sonst das Schweinefutter zubereitete, wußte keiner. Nur Wachter, und der hielt den Mund.

Aber die Suppe wurde nicht dünn, im Gegenteil, Praskowja schüttete, nachdem sie das Huhn in kleine Stücke zerteilt hatte, ein paar Hände voll Grütze in das brodelnde Wasser, dazu noch vier große Zwiebeln, und so wurde es mehr ein Brei als ein Süppchen. Trofim schnupperte in die Luft wie ein Ferkelchen, sagte mit glänzenden Augen: »Riecht wie bei meinem Mütterchen!«, und wenn das ein über siebzig Jahre alter Mann sagt, mußte das stimmen und war ein großes Lob.

Vier Stunden später tauchte aus dem rauschenden Regen die Lkw-Kolonne auf. Bis zu den Planen mit Dreck bespritzt, pflügten sie tiefe Furchen in die Straße und schwankten durch den Schlamm wie klobige betrunkene Riesen. Am schwersten traf es Julius Paschke als letzten der Kolonne... er mußte alle tiefen Spuren der vor ihm den Straßengrund zermahlenden Wagen überwinden.

»Dat is zum Mäusemelken!« hatte Doll ein paarmal geschrien. »Dat häste nu davon, mit dingem Fimmel von der Nachhut! Die da vürn rießen de Stroß op, und ich krieje die janze Scheiße ins Geseech! Nach dem Essen maache mir widder de Spitz…«

»Wir bleiben hinten«, sagte Paschke. Er bedauerte Jana, die hin und her geschleudert wurde. Die zarten Knöchelchen, dachte er. Und noch nich mal massieren kann ick se. »Ick weeß det besser als du…«

»Scheiße!«

Nun fuhren die 18 Lkws vor dem Bauernhaus auf, wieder schön ausgerichtet in langer Reihe. Von Wagen eins war die Meldung gekommen: »Das Auto vom Chef parkt vor einer Kate!«, und Paschke hatte den Befehl gegeben, auch dort zu halten. Mittagspause.

Etwas steif kletterten die Fahrer aus ihren Wagen und rannten hinüber zum Haus. Eine graugrüne, nasse Woge ergoß sich in das Zimmer, im Nu stank das ganze Haus nach durchweichten Kleidern und anderen Gerüchen. Großväterchen, neben Wollters einträchtig auf der Ofenbank sitzend, beobachtete interessiert die Soldatenflut. Wollters riß seinen Uniformrock von der Leine und zog ihn schnell an.

»Einsatzkommando ›Hamburg‹ zur Stelle!« meldete Paschke und schlug die Hacken zusammen. »Keine besonderen Vorkommnisse.«

Dr. Runnefeldt nickte. Paschke rührte sich. Der Duft der Hühnersuppe, die ein Brei geworden war, zog ihm in die Nase.

»Wie ist die Straße?« fragte Dr. Runnefeldt.

»Noch jeht's, Herr Sonderführer. Aber wenn det so weiter pißt… Bis Königsberg sind's noch gut 600 Kilometer.«

»Im Reich werden die Straßen besser, Paschke. Ihr habt Hunger, was?«

»Bis unta de Arme, Herr Sonderführer.«

»Dann Kochgeschirr raus und Essen fassen. Es gibt Brei mit Huhneinlage.«

»Wat flutscht, is imma jut, sagte meen zahnloser Großvater.« Paschke drehte sich um. Hinter ihm knubbelten sich die 35 Fahrer. »Bereit machen zum Essenfassen!«

Zwanzig Minuten später hatte jeder Soldat eine volle Kelle Hühnerbrei in seinem Kochgeschirr. Sie standen an den Wänden oder saßen auf den Dielen, und eine Weile hörte man nur das Klappern der auseinandernehmbaren Eßbestecke.

Dr. Runnefeldt, Wollters und Wachter saßen am Tisch und aßen von irdenen Tellern. Stumm sahen ihnen Praskowja, die Kinder und Großväterchen zu. Er war heute ein glücklicher Mensch – die schönsten Hosenträger der Welt hatte er getragen.

Paschke aß nur ein wenig von seinem Hühnerbrei, sagte dann zu dem schlürfenden Doll, der aufmerksam die Zwiebelstücke herumrührte, beste Munition für seine Rache: »Ick jeh mal abprotzen. Irjendwo find ick schon ne trockne Ecke...« und verließ das Haus.

Geduckt rannte er zu seinem Wagen, sprang auf die Stoßstange und schnellte sich von ihr ab über die Ladeklappe ins Innere. Die paar Meter waren wie ein Lauf durch einen Wasserfall gewesen.

»Ick bin et, Mädchen«, sagte er in das Halbdunkel hinein. »Keene Angst. Allet läuft wie jeschmiert. Haste noch deene Knochen? Ick hab dir wat zum Essen jebracht. Hühnerbrei. Sieht aus wie vorverdaut... aba schmeckt besser als ick gedacht habe.«

Er zwängte sich durch die Kisten und blieb vor Jana stehen. Sie saß mit dem Rücken an der Kabinenwand und streckte die rechte Hand aus. Paschke reichte ihr sein Kochgeschirr hin. »Du bist ein guter Mensch«, sagte sie.

»Ick hab mit'n Löffel schon jejessen.« Janas Worte machten ihn sehr verlegen. »Kannst aba unbesorcht nehmen. Ick habe keene Syphilis.«

Er lehnte sich an die Kiste von der Jungfrau Maria und den Engelsköpfen und sah ihr eine Weile zu, wie sie den Hühnerbrei aß. Sie nahm nicht viel, nur ein paar Löffelchen, und hielt ihm das Kochgeschirr wieder hin.

»Danke, Julius...«

»Kannste allet essen, Jana.«

»Und du?«

»Ick orjanisiere mir schon wat. Det ham wa jelernt. Magste nich?«

»Ich bin satt, Julius.«

»Da frißt meen Meerschweinchen ja mehr. Ick hab nämlich en Meerschweinchen zu Hause, mußte wissen. Emma heeßt se. Nach meener Schwiejermutta. Zuerst war Hanna – det is meene Frau – tief beleidicht. Dann kooft se sich eenen Kanarienvogel, den nannte se Klara. Wie meene Mutta. Da war'n wer quitt.«

Er nahm das Kochgeschirr zurück und löffelte den Rest

des Breies aus. Jetzt hatte er auch seine Feldflasche mitgebracht, schraubte sie auf und gab sie Jana.

»Tee«, sagte er dabei. »Mit so nem Zitronenpulver drin. Aba es schmeckt.«

Durstig goß sie sich den Mund voll, bis sich ihre Backen blähten, und dann erst schluckte sie es hinunter. Dreimal. Die Feldflasche war halb leer, als Jana sie an Paschke zurückgab.

»Bist 'n dolles Mädchen«, sagte er. »Und so wat wird nu im Kriech verheizt.«

»Er ist bald zu Ende, Julius.«

»Det glaubste? Ick weeß nich. Ick laß mir übaraschen.«

Mit langen Sprüngen kehrte er zum Bauernhaus zurück, triefend vom Regen, und stellte sich wieder neben Doll an die Zimmerwand.

»Dat wor äwwer ne nasse Eck zum Drießen«, sagte Doll.

Paschke beugte den Kopf vor und ließ das Wasser aus seinen Haaren laufen.

»Sprich deutsch, sag ick dir imma.«

»Eine nasse Ecke zum Scheißen!« Doll bemühte sich, hochdeutsch zu sprechen. »Himmlische Spülung, wat?«

»Du kannst mir jreuzweise...«

Dr. Runnefeldt war ein paarmal ans Fenster getreten und hatte hinaus in den Regen geblickt. Es sah nicht so aus, als ob sich der Himmel bald schließen würde.

»Es hilft alles nichts«, sagte er zu Dr. Wollters. »Wir müssen weiter. Wir können hier nicht Wurzeln schlagen. Ab und durch den Regen durch... wir sind ja nicht aus Zucker. Hinter der Düna, in Litauen, wird es besser. Da haben wir vernünftige Straßen.« Er wandte sich an die Landser und klatschte in die Hände. »Leute, es geht weiter! Wir kapitulieren doch nicht vor russischen Straßen! In Königsberg könnt ihr euch dann ausruhen...«

Als letzte verließen Wollters und Dr. Runnefeldt das Bauernhaus. Wachter saß schon hinten im Adler, der Fahrer hatte in die Verdeckritzen Streifen aus zerschnittenen Kartoffelsäcken gestopft.

»Wollen wir jetzt tauschen?« fragte Dr. Runnefeldt. »Sie hinten, ich vorn?«

»Nein!« antwortete Wollters stur.

»Dann Wachter nach vorn...«

»Ich bleibe auf meinem Platz!« Wollters zog den Kopf tief zwischen die Schultern und rannte los, riß die Wagentür auf und ließ sich auf den Sitz fallen. Dr. Runnefeldt gab Trofim die Hand. Der Alte war darüber so verblüfft, daß sich seine Hand anfühlte wie ein schlaffer Lappen.

»Mach's gut, Opa«, sagte Dr. Runnefeldt. Dabei wehrte er Praskowja ab, die unbedingt seine andere Hand küssen wollte. Wie gut war man heute weggekommen! Keine Hausdurchsuchung, keine Beschlagnahmung, nur Lydia hatte dran glauben müssen, ein kleiner Preis für die Güte der deutschen Offiziere. Und Großväterchen hatte sogar die Hosenträger anziehen dürfen. Welch ein Erlebnis. Muß man da nicht danken auf die gute, alte Art? »Und paß auf deine Ikone auf... 16. Jahrhundert, damit kannst du nach dem Krieg ein neues Haus bauen!«

Trofim verstand ihn natürlich nicht, aber am Klang der Stimme ahnte er, daß ihm etwas Gutes gesagt wurde. Er nickte vorsorglich, begleitete Dr. Runnefeldt bis zur Eingangstür und blickte dann lange der Wagenkolonne nach, die sich langsam durch den Regen auf die Straßen quälte.

An diesem Tag trug der schriftführende Offizier in das Kriegstagebuch des 50. Armeekorps ein:

16.10. Krasnogwardejsk:
Rittmeister Dr. Wollters und Sonderführer Dr. Runnefeldt verlassen nach Abschluß ihrer Tätigkeit (Sicherstellung von Kunstgegenständen) den Stab Gen.Kdo. L.A.K....

Einer der größten Kunstraube der Geschichte war damit dokumentiert.

Zwei Tage und zwei Nächte waren sie unterwegs: 930 Kilometer durch Regen, Schlamm, zähen Lehm und klebenden Morast. In Kauen mußten drei Lkws in die Werkstatt, nachdem man sie mühsam mit Abschleppseilen mitgezogen hatte. Der Werkstattleiter der 3. Nachschubkompanie, ein Oberfeldwebel, stellte zwei Federbrüche, einen Getriebeschaden und eine angeknackste Achse fest und meldete dann: »Reparatur wird drei Tage dauern. Dazu müssen die Lkws entladen werden.«

»Die Reparatur wird drei Stunden dauern!« hatte Dr. Wollters gebrüllt. »Und nicht ein Staubkorn wird entladen. Das wollen wir doch mal sehen!«

Hier erwies sich, daß ein Rittmeister mehr Autorität

ausstrahlte als ein Sonderführer, ein Schmalspur-Offizier. Wollters ließ sich bei dem Kommandeur des Nachschub-Bataillons melden, legte diesem – einem Hauptmann – seine Legitimation vor und wartete die Reaktion ab. Der Hauptmann brauchte reichlich viel Zeit, das Schreiben zu lesen.

»Im Führer-Auftrag!« sagte Wollters schnarrend. »Drei Tage Warten sind ein Wahnsinn. Im Führerhauptquartier wartet man auf meine Vollzugsmeldung. Soll ich melden: In Kauen bin ich an lahme Ärsche geraten?«

Der Hauptmann gab das Schreiben zurück und sah Wollters verkniffen an. Du aufgeblasener Affe, dachte er. Auch der Führer kann keine Achse hopp-hopp unter einem vollbeladenen Lkw wechseln. »Wir werden unser Bestes tun«, sagte er kühl. »Wir werden die Nacht durcharbeiten.«

»Das habe ich auch angenommen.«

Wollters grüßte und verließ die Bataillonsgeschäftsstelle wie ein Sieger. In der Werkstatt wußte man schon durch das Telefon Bescheid. Man war gerade dabei, den ersten Wagen aufzubocken. Julius Paschke, voll Sorge um Jana, wieselte um Dr. Runnefeldt herum und redete auf ihn ein.

»Die anderen 15 Wagen können doch weiterfahren nach Königsberg!« sagte er. »Oder – noch besser – Sie fahren mit 14 Wagen nach Königsberg, Herr Sonderführer, und ick bleibe mit meinem Fahrzeug hier und komme dann mit den anderen drei nach. Da kann gar nichts passieren.« Er blickte Dr. Runnefeldt treuherzig in die Augen: »Det vaspreche ick Sie...« fiel er in seinen Dialekt zurück.

»Wir bleiben zusammen, Paschke.« Dr. Runnefeldt schüttelte den Kopf. »Auf einen Tag mehr oder weniger kommt es nicht an. Der Herr Rittmeister will bloß ein bißchen Rummel machen...«

Und wat mach ick mit Jana, dachte Paschke erschrokken. Hier kann se nirgendwo Luft schnappen, ick kann se nich füttern, det fällt ja uff, und raus kann se ooch nich. War schon bisher en Risiko, wenn se nachts ausem Wagen jeklettert is. Aba hier, uff'm Hof der Werkstatt... det jeht ins Auge. Wat soll ick bloß tun?

Noch einmal versuchte er, wortreich Dr. Runnefeldt davon zu überzeugen, daß Nachkommen besser sei als Warten. Und es regnete noch immer. »Ick schaff det schon, Herr Sonderführer«, beteuerte er. »Mir hält so'n Schlamm nich uff...«

»Hinter Kauen werden die Straßen besser, Paschke. Es bleibt dabei: Wir bleiben zusammen.«

Es hatte keinen Sinn, weiter auf Dr. Runnefeldt einzureden. Paschke verließ die Werkstatt, schlenderte hinüber zu den auf dem Hof nebeneinander stehenden Lkws und kletterte über die Ladeklappe in das Innere seines Wagens. Das fiel nicht auf... bisher hatte Unteroffizier Paschke noch jeden Tag die Ladung seiner Kolonne überprüft, ob nichts verrutscht oder eine Kiste beschädigt war.

»Ick bin's!« sagte er in das Halbdunkel des Laderaumes hinein. »Is allet 'ne jerührte Scheiße, Mädchen...«

Er zwängte sich nach hinten durch die Kisten und lehnte sich wieder an die holzverschalte Marienstatue. Jana hockte auf dem Boden und starrte ihn aus weiten Augen an. In der Wagenecke stand der Eimer, noch unbenutzt.

»Wir müssen hierbleiben«, sagte Paschke und hob hilflos die Schultern. »Ick wollte voraus – nix zu machen. Wat nun?«

»Wie lange?« fragte Jana ruhig. Nichts schien es zu geben, was sie aufregen konnte... wenigstens äußerlich.

»Wer weeß det? Üba Nacht bestimmt... Ick kann dir Essen bringen, det fällt nich uff... aber mit Strullen un so... ist nix. Mußt'n Eimer benutzen, Mädchen, kannst ja nicht raus aus'm Kasten, ooch nachts nich. Det wimmelt hier von Landsern.«

»Wir schaffen es schon, Julius«, sagte Jana. Nicht sie mußte beruhigt werden, sondern der nervöse, zappelige Paschke. »Wir sind ja bald in Königsberg.«

»Noch 170 Kilometer...«

»Knapp einen Tag...«

»Wo willste denn raus?«

»Irgendwo in Königsberg. Am Rande vielleicht, bei einer Rast.«

»Det dich jeda sieht? Nee! Det geht nur in de Nacht...«

»Dann vor Königsberg, Julius.«

»Kommt druff an, wann mer hier wegkommen.« Paschke griff in die Tasche seines Mantels und holte zwei Butterbrote mit Käse und eine Flasche Mineralwasser hervor. »Det war allet, wat ick in der Kantine erjattern konnte. Vielleicht kann ick noch'n Schlag Suppe orjanisieren. Wird allet schwerer, Mädchen, als bisher. Sind zuvill Oogen da.«

Er kletterte zurück ins Freie, inspizierte noch drei Lkws, gewissermaßen als Alibi, bummelte dann zurück in die

Werkstatt und sah den Mechanikern zu, die fluchend in der Grube oder an einer Hebebühne an den vollbeladenen Wagen herumarbeiteten. Rittmeister Wollters und Sonderführer Dr. Runnefeldt waren mit dem Kübelwagen zum Kasino des Nachschubbataillons gefahren, um sich frisch zu machen und etwas Gutes zu essen. Vorher hatte es noch eine kleine Auseinandersetzung gegeben.

»Muß dieser Wachter denn mit?« hatte Wollters hochmütig gefragt. »Er ist Zivilist und gehört in kein Offizierskasino.«

»Er ist unser Gast, Herr Wollters.«

»*Ihr* Gast. Das ist ein Unterschied, und den halten wir mal deutlich fest. Ein Museumsdiener im Kasino. Übertreiben Sie nicht, Herr Runnefeldt.«

»Wachter kann uns noch sehr wertvoll sein. Vor allem Dr. Findling wird sich freuen.«

»Über was denn?«

»Wachter ist mit dem Bernsteinzimmer aufgewachsen. Wenn jemand das Zimmer bis ins kleinste Detail kennt, dann nur er... das kann uns beim Aufbau in Königsberg oder Linz sehr nützlich sein. Wir müssen weiterdenken...«

»Danke für die Belehrung!« Wollters war sauer und zeigte es auch. Er sprach mit Wachter kein Wort und ging als erster ins Kasino, als wollte er damit demonstrieren, daß er, als Rittmeister, immer den Vortritt habe.

Die Reparatur der drei Lkws dauerte doch länger, als der Werkstattleiter geschätzt hatte. Erst am nächsten Abend konnte der Oberfeldwebel melden: »Alles klar.«

»Wurde auch Zeit!« knurrte Wollters.

»Das war eine einmalige Leistung, Herr Rittmeister. Woher haben Sie diese Gurken denn bekommen? Da wakkelt und rostet ja alles.«

»Von Gauleiter Koch persönlich.«

»Dann will ich nichts gesagt haben.« Der Oberfeldwebel hob abwehrend beide Hände. Doch er grinste dabei. »Das sind hervorragende Wagen, bestens gepflegt! Pech kann man ja mit dem zuverlässigsten Wagen haben...«

»Wir fahren sofort weiter!« Dr. Runnefeldt verabschiedete sich von dem Werkstattleiter mit Handschlag, was Wollters unter seiner Würde fand. »Schätze, daß wir gegen ein Uhr nachts in Königsberg sind.«

»Wollen Sie Gauleiter Koch aus dem Bett holen?«

»Ich nehme an, er wird noch gar nicht drin sein.« Dr.

Runnefeldt lachte verhalten. »Ich werde ihn kurz vor unserer Abfahrt anrufen. Wie ich Koch kenne, wird er diese Nacht auf sein Bett verzichten, selbst wenn schon jemand darin wartet...«

Wollters sah Dr. Runnefeldt erstaunt an. Welche Reden! Er sah auf seine Uhr. »Haben wir noch Zeit, zu Abend zu essen?«

»Natürlich.«

»Im Kasino gibt es heute Rouladen mit Rotkohl.« Wollters hob die Augenbrauen. »Kommt dieser Museumsdiener wieder mit?«

»Soll Herr Wachter am Daumen lutschen?«

Wollters verschluckte eine Antwort, und das alte Spiel wiederholte sich. Er betrat als erster das Offizierskasino, ihm folgte Wachter und dann erst Dr. Runnefeldt. Die Lkw-Fahrer saßen in der Kantine der Werkstatt und schaufelten Nudelsuppe mit Rindfleischbröckchen in sich hinein. Paschke gelang es, sein Kochgeschirr in der Küche noch einmal füllen zu lassen.

Nach Einbruch der Dunkelheit kroch er wieder in seinen Wagen und hielt Jana das Kochgeschirr mit der dampfenden Nudelsuppe hin. Sie hatte den Eimer benutzen müssen, es roch scharf nach Urin.

»Verzeihung –« sagte Jana bedrückt, – »aber es ging nicht anders.«

»Ick sag ja nix. De Natur is stärker. Ick bringe den Eimer nachher raus. Iß erst mal. So um Mittanacht sind wir in Königsberg. Dann biste erlöst, Mädchen.«

»Wie kann ich dir danken, Julius?«

»Ick wüßte schon wat.« Paschkes Blick glitt über Janas Körper und blieb an der oberen Wölbung ihrer Schwesterntracht hängen. »Aba det jeht nich. Ick komm dir später im Krankenhaus besuchen. Wo biste denn da?«

»Im Städtischen Krankenhaus«, sagte sie sofort, ohne nachzudenken. »Da muß ich mich melden. Wohin sie mich dann stecken, das weiß ich noch nicht.«

»Ick werd dir finden.« Paschke griff nach dem Henkel des Eimers und verließ mit ihm wieder den Laderaum des Lkws.

Draußen kippte er ihn in einen Gully vor der Werkstatt und spülte ihn unter einem Wasserhahn in der Werkhalle aus. Det is ooch dat erstemal, dat ick Mädchenpisse rumtrage, dachte er. Aba wat tut man nich allet for die Liebe. Liebe? Na sajen wir: Sympathie. Zu Hause wartet Hanna.

Ooch wennse jetzt fremdjeht... nach'm Krieg is allet wieda normal. Dann is allet wieda vajessen. Ooch det Abenteuer Jana.

Kurz vor der Abfahrt, als Dr. Runnefeldt und Wollters mit Wachter schon im Kübelwagen saßen, kletterte er noch mal unter die Plane zu Jana und holte sein Kochgeschirr ab. Ein Soldat ohne Kochgeschirr ist nur ein halber Soldat. Zwei Dinge gibt's im Krieg, die wichtiger sind als alles andere: das Glück zu überleben, dazu braucht man Glück, und ein sattes Gefühl im Bauch, das kann man steuern. Ein Soldat kann vieles verlieren, nur nicht das am Gürtel scheppernde und gegen die Hinterbacke schlagende Kochgeschirr.

»Jetzt jeht's los!« sagte Paschke leise. »In Königsberg klopp ick jejen de Wand. Dann mußte ne Fliege machen, vastehste? Dann is et jünstig. Mädchen, mach's jut! Und ick suche dir in Königsberg, verlaß dir druff.«

Jana nickte. Plötzlich richtete sie sich an der Rückwand hoch, warf die Arme um Paschke und küßte den völlig Verblüfften auf den Mund. Wie ein Pfahl stand er da und glotzte dumm, als Jana sich wieder von ihm löste. In seinem Kopf, in seinen Schläfen, in seinem Herzen, überall summte es, als sei er ein Bienenkorb.

»Du weißt gar nicht, welch eine große Tat du getan hast, Julius!« sagte sie. »Ich werde dich nie vergessen. Gott sei mit dir... und überlebe den Krieg...«

»Dir... dir ooch allet Jute«, stammelte Paschke, fuhr sich mit beiden Händen über die Augen und tappte zur hochgeklappten Plane zurück. Erst auf dem Pflaster schüttelte er sich wie ein Hund, der aus dem Wasser kommt, und stieß einen tiefen Seufzer aus. Es war ihm, als habe Feuer seine Lippen verbrannt.

Is det 'n heißes Stück, dachte er, leicht benommen. Julius, wennste die mal ins Bett kriegst, mußte dir nachher krank melden. Knochenerweichung. Junge, Junge...

Er ging nach vorn, enterte das Fahrerhaus und ließ sich neben den Gefreiten Doll aus Köln fallen. Zur Begrüßung ließ der einen dumpfen Rülpser los.

»Sau!« sagte Paschke knapp.

»Nach Nudelsupp muß isch immer en Bäuerchen maache. Pardon, Monsieur.« Doll ließ den Motor anspringen, der Kübel mit den Offizieren fuhr schon ab. »Widder als letzte?«

»Ja.«

»Woröm? Jetzt weed de Stroß doch besser. Isch han jenug Dreck in de Freß jekriegt. Immer hinte blieven...«

»Quatsch nich... warte.« Paschke lehnte sich weit zurück. Dieser Kuß, durchrann es ihn. Dieser Druck ihrer Brust jejen meine Brust. Det vajeß ick ooch nich, Mädchen. Und wenn mir späta Hanna küßt, denk ick, du bist's! Übaleb du ooch den Krieg, Jana, und, na ja, Jott sei ooch bei dir...

Als sie als letzte abfuhren und über das Pflaster holperten, wußte Paschke, daß er Jana zum letztenmal gesprochen hatte und nie wiedersehen würde. Er starrte durch das Fenster in die Nacht und kaute auf seinen Zähnen herum und wunderte sich, daß Abschied so schwer auf dem Herzen lasten konnte. Bei Hanna war das anders gewesen. Da hatte er gelacht und gerufen: »Ick komm wieda, wenn mer die Polen zurechtjerückt hab'n.« Aber dann kam nach Polen Frankreich dran, und jetzt Rußland... und was dann noch?

»Woran denkste, Jul?« fragte Doll.

»An 'n Puff in Königsberg.«

»Isch han da en jut Adress.« Doll lachte in sich hinein. »Du, da kenn ich ne Witz. Tünnes und Schäl jehn über de Bottermarkt und...«

»Halt's Maul!« sagte Paschke grob.

»Hinger uns läuft einer mit nem Blechemmer noch und winkt.«

»Mit wat?«

»Blecheimer –«

»Jib Jas!« Julius Paschke zog den Kopf zwischen die Schultern. »Varrückte jibt's überall.«

Gauleiter Erich Koch übte sich in Geduld, aber es fiel ihm schwer. Nach dem Anruf von Dr. Runnefeldt aus Kauen hatte er schon in der nächsten Minute Dr. Findling und seinen Vertrauten und Trinkkumpanen Gauamtsleiter Bruno Wellenschlag benachrichtigt und mit Triumph in der Stimme gerufen: »Sofort herkommen! Das Bernsteinzimmer trifft heute nacht ein!«

Dr. Findling nahm Abschied von seiner Frau, als habe er eine lange Reise vor sich.

»Bestimmt werdet ihr wieder saufen!« sagte sie wenig damenhaft.

»Bestimmt, Martha, bestimmt. Das Bernsteinzimmer bei uns! Dieses Ereignis muß Koch begießen.«

»Und morgen zerplatzt dir wieder der Kopf, und die Magensäure steht dir bis zum Hals!« Sie dachte kurz nach und fügte dann hinzu: »Bevor du zu Koch gehst, trinkst du diesmal erst ein kleines Glas Salatöl...«

»Was soll ich trinken, Martha?« fragte Dr. Findling entsetzt.

»Ein Gläschen Salatöl. Das schmiert die Magenwände aus, wirkt gegen Übersäuerung und neutralisiert den Alkohol.«

»Mich übergeben werde ich!«

»Auch das ist nützlich. Wilhelm, Öl ist ein altes Hausrezept. Schon mein Großvater trank ein Glas, bevor er zu Versammlungen des Bürgervereins ging. Ich habe Großvater nie betrunken erlebt.«

»Kunststück... der war trainiert. Er konnte saufen wie ein Stier.« Dr. Findling sah mit zusammengepreßten Lippen zu, wie Martha in die Küche ging, Salatöl in ein kleines Schnapsglas goß und es ihm dann hinhielt. »Ich komme mir 47 Jahre jünger vor... da mußte ich jeden Morgen einen Löffel Lebertran nehmen. Seitdem kann ich keinen Fisch mehr riechen. Martha, muß das sein?«

»Ja. Du wirst sehen, es hilft.«

Tapfer trank Dr. Findling das Schnapsglas voll Öl, schluckte krampfhaft und wunderte sich, daß er sich nicht gleich darauf erbrach.

»Furchtbar!« sagte er nur.

»Warten wir's ab, Wilhelm. Bist du zum Frühstück wieder da?«

»Auf keinen Fall.«

»Mittag?«

»Wahrscheinlich auch nicht. Ich will das Bernsteinzimmer sofort auspacken lassen und alles registrieren. Der Einbau in Raum 37 wird Wochen in Anspruch nehmen. Alles soll wieder so hergerichtet werden, wie das Zimmer seit der Zarin Elisabeth in *Zarskoje Selo* gestanden hat. Hoffentlich haben sie beim Ausbau die Wandtafeln und Wandfriese genau beziffert.«

»Dr. Runnefeldt und Dr. Wollters sind doch international bekannte Kunstwissenschaftler.«

»Aber ob sie richtig numerieren können... wir werden sehen.« Er warf noch einen Blick voll Skepsis auf das Schnapsglas, das Martha in der Hand hielt, gab ihr dann einen Kuß auf die Stirn und verließ seine Wohnung.

Wie erwartet: Bruno Wellenschlag war schon da und hatte mit Koch bereits die ersten zwei Gläser Kognak getrunken. In einem Eiskübel stand eine Flasche französischer Champagner. Gauleiter Koch wollte das Bernsteinzimmer gebührend begrüßen.

»Um Mitternacht herum sind sie hier!« begrüßte Koch mit einer weiten Armbewegung Dr. Findling. »Mein Lieber, Sie müssen ja vor Glück platzen.«

»Dieser Tag ist wohl der schönste in meinem Leben, Gauleiter.« Findling trank mit Widerwillen das erste Glas Kognak und hatte das Gefühl, Koch sofort vor die Stiefelspitzen kotzen zu müssen. Aber dann beruhigte sich sein Magen sehr schnell, das brennende Gefühl, das er immer hinterher beim Schnapstrinken empfunden hatte, blieb aus. Großvaters Salatöl schien eine gute Sache zu sein.

»Wir alle empfinden so... vor allem, weil wir diesen einmaligen Schatz Rosenberg vor der Nase weggeschnappt haben. Wo hätte Rosenberg das Zimmer unterbringen lassen? Hier, im Schloß von Königsberg, hier gehört es hin! Ich werde auch den Führer davon überzeugen: Was soll das Bernsteinzimmer in Linz an der Donau?! Bei uns an der Ostseeküste wird der Bernstein gefunden, der Sonnenstein, das deutsche Gold... und das größte Kunstwerk aus ihm muß in Ostpreußen bleiben. Wie konnte bloß ein preußischer König so ein Wunderwerk einem russischen Zaren schenken! Friedrich Wilhelm I. muß damals besoffen gewesen sein. Wir, Sie, Findling, und ich holen es nach Deutschland zurück! Das Bernsteinzimmer ist in seine Heimat zurückgekehrt. So werden wir das auch in der Presse bekanntgeben.«

»Vergessen Sie den ›Führervorbehalt‹ nicht, Gauleiter.« Dr. Findling setzte sich in einen der tiefen Sessel. »Bormann wird darauf bestehen, daß das Zimmer nach Linz kommt.«

»Mit Bormann werde ich sprechen.« Koch winkte ab, obwohl er wußte, daß hier eine große Auseinandersetzung bevorstand. Er mochte Bormann nicht, und es war bekannt, daß dies auf Gegenseitigkeit beruhte. Der »kleine König von Ostpreußen« war Bormann zutiefst zuwider.

»Das wird ein schwerer Gang, Gauleiter«, sagte Wellenschlag ernst.

»Bormann ist logischen Argumenten immer zugänglich gewesen... im Notfall spreche ich mit dem Führer selbst. Mich hat der Führer immer angehört.«

Und dann begann das Warten. Das qualvolle Minutenzählen. Die immer ungeduldiger werdende Frage: Verdammt, wo bleiben sie denn?! Warum bummeln sie so unverschämt? Ist unterwegs etwas passiert? Warum ruft Dr. Runnefeldt nicht an? Das ist doch nicht normal... schon halb eins, und Mitternacht wollten sie hier sein.

Die Unruhe von Koch übertrug sich auch auf Dr. Findling und Wellenschlag. Sie standen am Fenster und starrten auf den Schloßhof, liefen ins Treppenhaus und blickten die Auffahrt hinunter und kehrten dann achselzuckend zurück. Koch lief in seinem Arbeitszimmer hin und her, die Hände auf dem Rücken, das Kinn angezogen, den Kopf tief zwischen den Schultern... ein Stier kurz vor dem Herausstürzen in die Arena.

»Wenn ich was hasse, dann ist es Unpünktlichkeit!« rief er erregt. »Von Kauen bis Königsberg ist es doch ein Klacks! Und die Straßen sind gut, keine Schlammlöcher wie in Rußland. Da stimmt doch was nicht! Das ist doch nicht normal!«

Jedoch, es war nichts geschehen, alles war völlig normal, bis auf den Aufenthalt am Hauptbahnhof. Da stieß Julius Paschke dem Gefreiten Doll in die Seite und sagte dumpf: »Halt mal an, Junge.«

»Warum denn?«

»Weil ick pissen muß.«

»Hier? Vorm Bahnhof? Dat jibt nen Auflauf.«

»Jeder Bahnhof hat'n Lokus, du Arsch! Bis hierhin konnt ick mir's vakneifen, aba jetzt geht's nich mehr. Anhalten.«

Um seinen Worten Nachdruck zu geben, hieb er mit der Faust dreimal gegen die Rückwand. Das Zeichen für Jana. Steig aus, Mädchen. Wir sind da. Mach's jut, Kleene. Ick werd vill an dir denken...

Er wartete noch eine Minute, ließ Doll den Lkw vor den Haupteingang rollen und sprang dann mit einem Satz aus der Fahrerkabine.

»Häste de Botz schon naß?« fragte Doll fürsorglich.

»Wat hab ich?«

»Die Hose naß...«

Paschke winkte ab und lief nach hinten. Die Plane war offen und flatterte etwas im Nachtwind. Leise rief er Janas Namen, aber sie antwortete nicht. Der Wagen war leer, sie hatte sich nach dem Klopfen sofort über die Ladeklappe geschwungen. Verzweifelt sah sich Paschke um. Nur noch einmal sehen wollte er sie, und wenn's nur ihr weghuschender Schatten war, aber er konnte sie nirgendwo entdecken. Nur ein Haufen Landser und Zivilisten hasteten in und aus dem Bahnhof, und drei Feldjäger, sogenannte Kettenhunde wegen ihrer blanken Brustschilde, die sie an einer Kette um den Hals trugen, standen am Eingang und machten Stichproben, hielten Landser an und kontrollierten die Ausweise, Urlaubsscheine oder Marschbefehle.

Langsam ging Paschke in den Bahnhof, suchte die Toiletten, stellte sich neben andere an die Pinkelrinne, drückte ein paar Tropfen ab und kam sich wie verlassen, wie in dunkler Einsamkeit vor. Als er zurückkam zu seinem Wagen, stand der Kübelwagen schon bei ihm. Die ganze Kolonne wartete. Nach vorn war durchgegeben worden: Letzter Wagen muß halten. Darauf stand der gesamte Transport still.

»Was ist denn los, Unteroffizier?« bellte Wollters aus dem Fenster des Kübels. Paschke nahm stramme Haltung an.

»Ick mußte mal, Herr Rittmeister«, meldete er, grüßte stramm, stieg in die Fahrerkabine und sah Doll von der Seite an. »Weiterfahren...«

Doll ließ den Motor wieder anspringen. »Is se jut weg?« fragte er wie nebenbei.

»Wer?«

Paschke spürte ein Rumoren in seinem Bauch. Lauernd sah er Doll an.

»Dat Karbolmäuschen.« Doll grinste breit. »Wor die flink...«

»Wat haste jesehen, Doll?«

»Jul, isch han doch ne Rückspiegel.«

»Du hast allet jewußt?«

»Klar. Isch han doch kein Tomaten op de Aujen. Isch wor nur jespannt, wie dat sich alles auflöst... Äwwer su wor et jut...«

»Du hast nix jesehen, Doll, janix! Vastehste mir?«

»Isch seh als Fahrer nur die Stroß, sonst nichts.« Doll grinste Paschke von neuem an und ließ den Lkw anrollen. An ihnen vorbei brauste der Kübelwagen wieder an die Spitze der Kolonne. »Äwwer morjen, da krieje isch en Fläsch Schaubau von dir...«

»Wat kriegst de?«

»Eine Flasche Schnaps, Kamerad.«

Paschke nickte und lehnte sich wieder zurück. Er dachte an Jana, und es war ihm dabei elend zumute. Und bis jetzt verstand er noch immer nicht, warum sie diese tagelange Mistfahrt mitgemacht hatte und nicht mit dem Zug nach Königsberg gefahren war.

Kurz vor ein Uhr passierte endlich der Kübelwagen die Wache am Königsberger Schloß. Der wachhabende Offizier, ein junger, in Polen verwundeter Leutnant, kontrollierte eingehend die Papiere, die ihm Wollters aus dem Fenster reichte. Seine Gründlichkeit regte Wollters auf.

»Glauben Sie, wir bringen mit 18 Lastwagen Dynamit ins Schloß, um es in die Luft zu sprengen?« schnauzte er den Leutnant an. »Oder haben Sie Leseschwierigkeiten?«

»Inhalt der Lkws?« fragte der Offizier knapp.

»27 Kisten mit Parisern!« schrie Wollters außer sich. »Himmel und Arsch, Herr Gauleiter Koch erwartet uns! Hat man Ihnen keine Order gegeben?«

»Es hieß: Einige Wagen kommen in der Nacht. Aber 18?«

»Ich mache Ihnen einen Vorschlag, Herr Leutnant.« Wollters holte tief Atem. »Sie lassen uns durch, und ich mache über Sie keine Meldung zur Frontbewährung.«

»Ich bin bereits HV geschrieben. Heimatverwendungsfähig. In Polen schwer verwundet. Lungensteckschuß. Waren Sie auch schon verwundet, Herr Rittmeister?«

Die Frage war von einem leichten Grinsen begleitet. Wollters riß dem jungen Leutnant die Papiere aus der Hand, lehnte sich zurück und verzichtete auf eine Antwort.

»Können wir jetzt ins Schloß, Herr Leutnant?« fragte Dr. Runnefeldt sanft.

»Natürlich.« Er grüßte, trat zur Seite, die herausgetretene Wache gab die Einfahrt frei. »Ich tue nur meine Pflicht...«

Als der Kübelwagen ratternd in den Schloßhof einfuhr, sagte Wellenschlag, der gerade am Fenster stand, gemütlich, als hätte er nicht seit Stunden gewartet: »Sie sind da.«

Gauleiter Koch und Dr. Findling schossen aus ihren Sesseln heraus, als habe man sie gestochen. Mit einem Griff hatte Koch seine Mütze ergriffen und stülpte sie über seinen Kopf. Der nächste Griff galt seinem Koppel.

Während er es sich umschnallte und dann den Uniformrock straff zog, an dessen linker Brustseite eine Reihe Ordensspangen im Licht des Kristallüsters glitzerten, sagte er mit vor Erregung bebender Stimme:

»Trinken wir jetzt zur Begrüßung unser Glas Champagner! Nachher kommen wir nicht mehr dazu. Soviel Zeit haben wir noch.«

Er entkorkte die Flasche, ließ den Korken mit einem leisen Knall an die Decke sausen, goß aus der vom Eiswasser triefenden Flasche die Gläser voll und stellte sie zurück in den Sektkühler.

»Auf unser Bernsteinzimmer!« rief er und hob sein Glas hoch in die Luft. »Auf daß es immer in der Heimat bleibe!«

Auch Wellenschlag und Dr. Findling hoben die Gläser und prosteten zu Gauleiter Koch hin.

»Ich danke Ihnen, Gauleiter«, sagte Dr. Findling mit ehrlicher Ergriffenheit. »Die Nachwelt wird es Ihnen nicht vergessen. Königsberg ist um einen Schatz reicher geworden.«

Stumm tranken sie in einem Zug die Gläser leer und taten es dann Erich Koch nach, der schwungvoll nach altem slawischen Brauch sein leeres Glas in eine Ecke des Zimmers warf, wo es an der wertvollen Tapete zerschellte.

»Und jetzt zu unserem Wunderwerk!« Gauleiter Koch rannte zur Tür und riß sie auf. »Die verlorene Tochter ist heimgekehrt.«

»Wieso Tochter?« fragte Dr. Findling verblüfft den neben ihm laufenden Wellenschlag.

»Bei Koch ist alles Schöne und Liebenswerte grundsätzlich weiblich«, lachte der Gauamtsleiter und klopfte Dr. Findling auf den Rücken. »Das müssen Sie doch wissen.«

Im Schloßhof waren die 18 Lkws in einem offenen Karree aufgefahren, vorn stand der Kübelwagen: eine Aufstellung wie zur Abnahme einer Parade. Wollters, Dr. Runnefeldt und Wachter waren ausgestiegen und warteten, bis der letzte Wagen mit Paschke und Doll als Abschluß hielt. Die Stoßstangen und Kühler waren auf den Zentimeter ausgerichtet. Plötzlich waren auch einige Männer in den gelbbraunen Uniformen der politischen Leiter der Gauleitung auf dem Hof, eine Ordonnanz rannte zum Gauleiterflügel und prallte dort auf Koch, der gerade die Tür aufriß.

»Herr Gauleiter«, rief der Mann.

»Ich sehe es ja!« Koch winkte ab, blieb unter der Tür stehen und überflog mit einem Blick die ganze Kolonne. Niemand sah ihm an, wie ergriffen er war. »Setzen Sie an Herrn Generalfeldmarschall Ritter von Leeb und den Kommandeur der 18. Armee, Herrn Generaloberst von Küchler, die Meldung ab: Der Transport aus Puschkin ist in Königsberg eingetroffen. Im Namen des Führers danke ich für diese historische Tat. Koch.«

»Sofort, Herr Gauleiter.« Der politische Leiter rannte davon.

Koch straffte sich, wölbte die Brust vor, nahm eine Herrscherpose ein und sah den drei Männern entgegen, die vom Kübelwagen auf ihn zukamen. Trotz seines niedrigen militärischen Ranges ging jetzt Dr. Runnefeldt voraus, blieb drei Schritte vor Koch stehen und hob grüßend die Hand an die Mütze.

»Herr Gauleiter«, meldete er und registrierte in Kochs Augen ein helles Glitzern, »ich melde: Das Bernsteinzimmer ist auf Befehl des Oberkommandos der Wehrmacht und des Reichsaußenministeriums eingetroffen. Keine besonderen Vorkommnisse.«

»Danke, Dr. Runnefeldt.« Koch gab ihm die Hand, sah dann auf Dr. Wollters und nickte ihm zu. »Sie sind Dr. Wollters, nicht wahr?«

»Jawohl, Herr Gauleiter.« Wollters knallte die Hacken zusammen.

»Und Sie?« Koch warf einen Blick auf den einzigen Zivilisten in dieser Runde.

Runnefeldt hatte diese Frage erwartet. »Darf ich Herrn Gauleiter den Herrn Michael Wachter vorstellen? Herr Wachter hat bis heute das Bernsteinzimmer in Puschkin betreut. Eine Familientradition seit 225 Jahren.«

»Und da haben Sie ihn gleich mitgenommen. Interessant.« Koch nickte auch Wachter zu und verzog seine Lippen zu einem leichten Lächeln. »Wir werden noch darüber miteinander sprechen, Herr –«

»Wachter, Herr Gauleiter.«

Mit größtem Interesse sah Wachter den mittelgroßen Mann in der gelbbraunen Uniform an. Das also ist Erich Koch, dachte er. Der Tyrann von Ostpreußen und den besetzten Gebieten. Der Reichskommissar. Der Gefürchtete, dessen Unterschrift über Leben und Tod entscheiden konnte. Der neue Herr über das Bernsteinzimmer. Auch mein Schicksal wird er sein.

Er trat zur Seite, als Koch sich vorwärts bewegte und folgte ihm dann mit Wollters und Dr. Runnefeldt. Langsam schritt Koch, wirklich wie beim Abschreiten einer Ehrenkompanie, die Lastwagen ab, hob vor jedem der verdreckten, mit Lehmklumpen verschmutzten Kühler kurz die

Hand an die Mütze und grüßte sie. Dann blieb er vor dem letzten Lkw stehen, neben dem Doll und Paschke wie zwei Denkmäler standen.

»Sie sind der Kolonnenführer?« fragte Koch im Kommandoton.

»Jawohl, Herr Gauleiter, Unteroffizier Paschke.«

»Das haben Sie gut gemacht.« Er blickte auf Paschkes Brust und sah, daß sie leer war. »Noch kein Eisernes Kreuz?«

»Nee, Herr Gauleiter. Ick war imma uff'n Auto, von Anfang an. Ooch bei de ›Transportstaffel Koch‹.«

»Ich werde Sie zum EK II vorschlagen, Unteroffizier.«

Koch grüßte und wandte sich ab. Paschkes Gesicht war rot geworden, durch seinen ganzen Körper krabbelte es wie Ameisen. Det EK... wird da de Hanna stolz sein.

»Zwei Fläsch Schaubau...« hörte er neben sich Doll flüstern. »Jratuliere.«

Koch war zum Kübelwagen zurückgegangen und wies auf Dr. Findling und seinen Vertrauten Wellenschlag.

»Das ist Dr. Findling. Direktor der Königsberger Museen.«

»Wir kennen uns«, sagte Dr. Runnefeldt. Er gab Findling mit einem kräftigen Druck die Hand. »Ihr Buch über Bernstein ist Pflichtlektüre aller Kunstwissenschaftler.«

»Ich bitte Sie«, antwortete Findling verschämt.

»Gauamtsleiter Wellenschlag.«

Die Herren nickten sich zu, ohne sich die Hand zu geben. Wellenschlag hatte das auch nicht erwartet... ein Hofnarr wird zwar erwähnt und gebraucht, aber er ist ein Gegenstand, kein Gleichgestellter.

»Lassen Sie die Fahrer wegtreten«, sagte Koch voller Freundlichkeit. »Der Wachhabende wird sich um sie kümmern. Sie, meine Herren, bitte ich, meine Gäste zu sein.«

Sie gingen ins Schloß, im Hof übernahm die Wache die Kolonne, ein Feldwebel warf einen Blick über die 36 Fahrer, die als geballter Haufen vor ihm standen.

»Ihr stinkt wie ne ganze Herde Ziegenböcke!« sagte er. »Ihr bekommt jetzt euer Quartier zugewiesen, und dann badet ihr erst mal!«

»Und wann gibt's was zu Fressen?« rief einer aus der Menge.

»Morgen früh um sieben. Das kennt ihr doch: Kaffeeholer raus!«

»O du Scheiße!«

»Ihr seid jetzt wieder unter zivilisierten Menschen. Gewöhnt euch daran.«

»Wat heeßt hier Zivil? Ick bin in Uniform! Übahaupt... wer biste denn?«

Paschke und der Feldwebel musterten sich. Gewitter lag in der Luft, das spürte jeder. Gib's ihm, Julius! Diese fette Etappensau...

»Ich spiele hier den UvD!« (Unteroffizier vom Dienst) Die Stimme des Feldwebels hatte sich erhoben. »Und wenn ich sage...«

»Und wenn *ick* saje –« unterbrach ihn Paschke – »det wir jetzt alle 'n Kaffee oder ne Pulle Bier kriegen, dann kriegen wir se! Oder ick jeh zum Gauleiter und saje: Parteijenosse, da draußen is'n Bettpisser, der mir scheuchen will... Wat jloobste, wat dann passiert, Kamerad?«

Der Feldwebel schien ein kluger Mensch zu sein. Er verzichtete auf eine Auseinandersetzung mit Paschke, sagte nur: »Erst badet ihr!« und ging dann dem Trupp voraus, um ihnen das Quartier zuzuweisen.

In Kochs Wohnung prosteten sich die Herren mit französischem Kognak zu. Der Gauleiter war bester Stimmung, und Wellenschlag konnte sich nicht erinnern, ihn jemals so gelöst und fröhlich gesehen zu haben, selbst dann nicht, wenn er ihm eine besonders schöne Frau ins Schloß gebracht hatte.

»Gleich morgen packen wir aus«, sagte Dr. Findling. »Ich kann's kaum erwarten.«

»Wie bei einer Frau, die man auszieht, was!« Koch lachte schallend. »Halten Sie durch, Dr. Findling.«

Da ist er wieder, der Erich Koch, dachte Dr. Findling. Nur Weiber im Kopf... Dr. Runnefeldt enthob ihn einer Antwort.

»Weiß man schon, wie es mit dem Bernsteinzimmer weitergeht?«

»Weitergeht?« Koch trank sein Glas leer. Sein Gesicht glühte. »Es bleibt hier! Ich werde den Führer bitten, es in die Hände der Verwaltung der Staatlichen Schlösser und Gärten zu geben. Da ist es sicher. Und Dr. Findling werde ich für die Verwaltung der Königsberger Kunstschätze vorschlagen. An alles haben wir gedacht.«

Es wurde eine fröhliche Männerrunde, die sich erst gegen fünf Uhr in der Frühe auflöste. Ein wenig angeschlagen, aber nicht so betrunken wie sonst bei Kochs Einladungen, kam Dr. Findling in seine Wohnung zurück. Martha erwachte und setzte sich im Bett auf. Findling ließ sich auf die Bettkante fallen und kippte dann, angezogen wie er war, ins Bett.

»Ein Lob deinem Großvater«, sagte er mit schwerer Zunge und schloß die Augen. »Salatöl ist ein Wundermittel. Die anderen sind total besoffen. Aber ich... ich stehe aufrecht...«

»Ich seh's!« sagte Martha sarkastisch.

Aber das hörte Dr. Findling nicht mehr, er war schon eingeschlafen.

Ein glücklicher Mensch. Ein schwärmerischer Raubgehilfe....

Sofort nach dem dreimaligen Klopfen gegen die Kabinenrückwand war Jana Petrowna nach hinten gelaufen und hatte die bereits gelöste Plane hochgeschoben. Als habe sie das gründlich geübt, ließ sie sich über die Ladeklappe abrollen und sprang auf die Straße. Die Wachstuchtasche preßte sie dabei an ihre Brust, und einen Augenblick war es ihr, als sähen ihr hundert Augen zu, wie sie aus dem Wagen sprang. Aber niemand schien sie beobachtet zu haben, und so lief sie mit weitausgreifenden Schritten, als müsse sie einen in wenigen Minuten abfahrenden Zug noch erreichen, in den Bahnhof und lehnte sich dort schwer atmend an einen Pfeiler. Sie wartete, daß jemand sie anhielt und kontrollierte, aber keiner beachtete sie, nur ein paar Landser, vom Heimaturlaub zurückkommend, gingen grinsend an ihr vorbei, beladen mit Freßpaketen von Muttern oder Ehefrauen.

Ein paar Minuten blieb Jana an der Säule stehen und ließ ihr heftiges Herzklopfen ausklingen. Geschafft. Bis hierher geschafft. Ich bin in Königsberg! Sie sah hinüber zu den Bahnsteigsperren, wo »Kettenhunde« jeden Reisenden kontrollierten und die Ausweise durchsahen, und sie war froh, nicht mit der Bahn gefahren zu sein. Sie wäre ohne Papiere nie durch die Sperren gekommen. Für die Zivilisten genügte eine Fahrkarte, aber jeder Uniformträger mußte sich ausweisen. War die Schwesterntracht eine Uniform? Sie wußte es nicht. Nur schnell weg von hier, dachte sie. Untertauchen wie in Puschkin. Königsberg war eine große, von Menschen wimmelnde Stadt, und irgendwo in diesem Häusermeer mußte es doch ein Versteck für sie geben.

Sie nahm ihre Wachstuchtasche in die Hand, ging durch die große Bahnhofshalle und hielt einen Bahnbeamten an, der um seine Mütze ein Band mit der Aufschrift *Auskunft* trug.

»Wo soll's denn hingehen, Schwester?« fragte der Mann. Es war ein alter Beamter, älter als Michael Wachter. »Nach Osten oder Westen?«

»Wie komme ich zum Städtischen Krankenhaus?«

»Mit der Straßenbahn. Linie eins. Aber die fährt erst ab fünf Uhr. Jetzt ist es erst kurz vor eins.«

»Und zu Fuß?«

»Da sind Sie ne ganze Zeit unterwegs. Und dann mit der schweren Tasche. Aber vielleicht nimmt Sie ein Wehrmachtswagen mit. Ich würde mich mal draußen umsehen.«

»Danke.«

»Gern geschehen, Schwester.«

Sie blieb stehen, bis der Bahnbeamte in der Menschenmenge verschwunden war, las dann die Hinweisschilder und entschloß sich, dem Pfeil zu folgen, der sie *Zu den Wartesälen* wies.

Es gab zwei davon, einen der ersten Klasse und einen der zweiten Klasse. Sie blickte durch die breite Glastür in die erste Klasse, sah, daß neben einigen Zivilisten vor allem Offiziere an den Tischen saßen und entschloß sich, in die II. Klasse zu gehen. Hier war die Gefahr, angesprochen zu werden, geringer als bei den Offizieren.

Im Wartesaal II stauten sich die Reisenden und Wartenden. Selbst um diese Nachtzeit waren alle Stühle und Tische besetzt, an den Wänden hockten die Landser auf dem Fußboden oder lagen sogar und schliefen trotz des Lärms, die Tornister als Kopfkissen untergeschoben. Nirgendwo war mehr ein Platz, und obwohl man bemerkte, wie sich die Rote-Kreuz-Schwester umsah und suchte, stand niemand auf und bot ihr seinen Stuhl an. Fast fünf Stunden an der Wand stehen? Mit einem Achselzucken suchte sich Jana Petrowna ein Stück Wand, stellte ihre Tasche vor die Füße und lehnte sich an. Ein Landser, der neben ihr auf dem Boden saß und eine fürchterlich stinkende Selbstgedrehte rauchte, blickte zu ihr hinauf.

»Wo wollen Sie denn hin, Schwester?« fragte er. Er war

ein älterer Mann, der an der linken Rockseite das silberne Verwundetenabzeichen trug. Ein Ordensbändchen im Knopfloch wies ihn als Träger des EK II aus.

»Mit der Straßenbahn in die Stadt. Aber die erste Bahn fährt erst um fünf Uhr.«

»Und so lange wollen Sie hier herumstehen?«

»Was soll ich sonst tun?«

»Erster Klasse ist auch voll?«

»Da sind mir zuviel Offiziere.«

»Ach so.« Der Landser grinste verständnisvoll. »Warum gehen Sie nicht in die Bahnhofsmission?«

»Bahnhofsmission?« fragte Jana verblüfft.

»Noch nie was davon gehört? Eure Ausbildung wird auch immer schlechter. Schnellkurs... und dann hopp-hopp, in die Lazarette, was? In der Bahnhofsmission sind Sie richtig. Alles Schwestern, vor allem braune Schwestern... die nehmen Sie bestimmt auf.«

»Danke.« Jana Petrowna hob ihre Tasche wieder hoch, nickte dem Landser zum Abschied zu und verließ den Wartesaal.

In der Halle sah sie sich um, fand den Hinweis *Bahnhofsmission* und blieb dann vor einer Tür stehen, durch die unaufhörlich Mädchen in einer ihr fremden Schwesterntracht aus und ein gingen, Leichtverwundete herausgeführt oder von Schwestern gebracht wurden. Soll ich? fragte sie sich. Was werden sie mich fragen? Werden sie glauben, was ich ihnen erzähle?

Allen Mut nahm sie zusammen, umkrampfte die Griffe ihrer Wachstuchtasche und betrat nach einem Soldaten mit einem Kopfverband den ersten Raum. Der Geruch von Bohnensuppe schlug ihr entgegen. In einer Ecke stand ein großer emaillierter Kochkessel, aus dem eine Schwester mit einer Kelle die Suppe in die hingehaltenen Kochgeschirre schöpfte. Eine Reihe von Verwundeten hatte sich gebildet, die Witze reißend an dem Kochtopf vorbeizog.

Die Küchenschwester warf einen Blick auf die unschlüssig und hilflos sich umsehende Jana und zeigte mit der Suppenkelle auf eine Pendeltür.

»Dort rein...«

»Danke.«

Sie stieß die Tür auf, kam in einen großen Raum, in dem an langen Tischen einige Verwundete saßen, Kaffee oder Tee tranken und an mit Dauerwurst belegten Broten kauten. Vier Etagenbetten an der Hinterwand waren belegt. Von dort erklang ein gedämpftes Schnarchen. Eine braune Schwester kam auf Jana zu und musterte sie erstaunt. »Wo kommst du denn her?« fragte sie.

»Von der Front bei Leningrad«, antwortete Jana wahrheitsgemäß.

»Oje! Und nun hast du Heimaturlaub?«

»Nein. Ich muß mich im Städtischen Krankenhaus melden. Kann ich vier Stunden bei euch bleiben? Die erste Straßenbahn fährt erst um fünf Uhr.«

»Natürlich kannst du hier bleiben. Nimmt dich denn keiner mit? Es fahren doch genug Autos vom Bahnhof in die Stadt.«

»Ich habe noch niemanden gefragt. Und – ich fahre lieber mit der Bahn.«

»Wegen der ewigen Fummelei, was?« Die Schwester lachte. »Die einen gewöhnen sich daran, die anderen nicht. Ich hab mich daran gewöhnt. Was willst du machen, wenn so'n schicker junger Leutnant dir über'n Schenkel streichelt?«

»Die Alten sind noch schlimmer.«

»Du sagst's! Auch schon Erfahrungen gesammelt, was?« Die braune Schwester gab Jana die Hand und zeigte auf eine andere Tür an der Seitenwand. »Geh da rein ... das ist unser Büro. Da ist's gemütlich, und keiner macht schweinische Witze. Von der Leningrader Front! Wie sieht's da vorne aus?«

»Eine Menge Verwundete.«

»Klar. Wir sehen es ja, wenn die LaZ-Züge hier vorbeikommen. In den Zeitungen und im Rundfunk bringen sie ja nichts darüber. Ist auch gut so. Worauf es ankommt, ist der Endsieg.«

»Genau so ist es«, sagte Jana. Ihre Kehle schnürte sich zusammen.

»Der Führer wird's schon machen.«

»Ein ... ein Glück, daß wir ihn haben ...« Es war einer der schwersten Sätze, die Jana je gesprochen hatte. Sie nahm wieder ihre Wachstuchtasche von den Dielen auf und ging hinüber in das Büro. An der Wand standen zwei Liegen, auf denen zwei erschöpfte Schwestern schliefen. Sie wurden von Janas Eintritt nicht wach. Zehn Stunden Dienst, da schläft man wie betäubt.

Sie setzte sich auf einen Stuhl neben einen der mit Papieren überfüllten Schreibtische, stützte den Kopf in beide Hände und dachte darüber nach, wie es nun weitergehen solle. Zwei Möglichkeiten gab es: Irgendwo untertauchen und in der Illegalität leben, voll Vertrauen auf den Schutz ihrer Schwesterntracht, oder sich im Krankenhaus melden und offiziell als Schwester tätig sein. Nur zweihundert Mark habe ich bei mir, sagte sie sich. Das hält nicht lange. Wovon soll ich ein Zimmer bezahlen, wovon soll ich leben? Ich kann nicht immer nur als reisende Schwester von Schwesternheim zu Schwesternheim ziehen... dieses Versteckspiel ist schnell erschöpft. Und dann?

Ihr Blick fiel über die Papierstapel. Am linken Schreibtischrand lag ein Block mit Vordrucken, und Jana las zunächst die fettgedruckte Überschrift.

Einsatzbescheinigung.

Es durchzuckte sie wie ein elektrischer Schlag. Sie warf einen schnellen Blick hinüber zu den zwei schlafenden Schwestern, zog den Block an sich und sah, daß das Formular blanko ausgestellt war. Unterschrift, Stempel... nur den Namen und das Datum mußte man noch einsetzen.

Hastig las sie den Text durch. Es war genau das, was sie brauchte. Name, Geburtsdatum, Heimatanschrift, Ausweisnummer und Bezeichnung der Dienststelle. Das Vorzeigen dieser Bescheinigung machte alle Fragen überflüssig. Sie war ein Paß der Sicherheit.

Hastig riß Jana Petrowna ein Blatt von dem Formularblock, warf wieder einen Blick auf die schlafenden Schwestern, raschelte bewußt mit einigen Papieren, aber sie erwachten davon nicht. Sie nahm einen Füllfederhalter, der in einer Buchse stak, und füllte das Formular mit Druckbuchstaben aus... die vor ihr stehende Schreibmaschine wagte sie nicht zu benutzen, das Klappern hätte die Schlafenden wecken können. Dann faltete sie die ausgefüllte Bescheinigung zusammen und steckte sie in die Wachstuchtasche. Aufatmend lehnte sie sich in ihrem Stuhl zurück und schloß für einen Moment die Augen.

So, den Kopf zurückgelehnt und mit geschlossenen Augen, fand die Leiterin der Bahnhofsmission sie vor, als sie kurz ins Büro hineinsah.

»Müde?« fragte sie. »Wie lange bist du schon unterwegs?«

»Von Puschkin bis Königsberg zwei Tage und anderthalb Nächte.«

»Da hinten stehen ein Elektrokocher, ein Topf mit Wasser und eine Tüte Kaffee. Echter Bohnenkaffee. Mach dir einen starken Kaffee. Bei uns gibt's keinen Muckefuck.«

»Danke.«

Was ist Muckefuck, dachte Jana Petrowna. Auch so ein Wort, daß ich noch nie gehört habe. Die Stationsleiterin ging wieder zurück in den Aufenthaltssaal und schlug die Tür zu. Die beiden Schwestern auf den Liegen schliefen weiter. Sie brühte sich keinen Kaffee auf, sondern wartete, bis zwei andere Schwestern in das Büro kamen, ihr die Hand gaben und dann einen Topf voll duftenden Kaffees aufgossen. Mit großem Genuß, fast gierig, trank Jana zwei Tassen.

»Ha, das ist was anderes als Muckefuck!« sagte sie dabei und kam sich sehr listig vor. Die eine Schwester nickte und schlürfte das heiße Getränk vorsichtig vom Tassenrand.

»Korn –« sagte sie, – »ist fürs Mehl da, nicht für den Kaffee. Aber das Geld dafür ist nötiger in der Rüstung. Nach dem Krieg können wir in Kaffee baden.«

»Genau!« Jana Petrowna nickte. Muckefuck ist also Ersatzkaffee, dachte sie. Aus gebranntem Getreide. So etwas muß man wissen, wenn man jetzt eine Deutsche ist. »Und wo bekommt ihr den Kaffee her?«

»Beziehungen...« Die junge Schwester lachte und schlürfte wieder an ihrem Kaffee. »Beziehungen sind alles. Man muß organisieren können.«

Jana lachte und tat so, als verstände sie das. Schon wieder etwas gelernt, dachte sie. Organisieren heißt also, hintenherum etwas zu besorgen, was man normal nicht mehr bekommt. Und Muckefuck ist Ersatzkaffee, und das Dünnbier nennen sie Urinol oder Pissolin. Das steht in keinem deutschen Wörterbuch. Aber wissen muß man's, sonst fällt man auf. Gibt es noch viele solcher Wörter, die ich lernen muß?

Die Wartezeit ging schnell herum... trotz des starken Kaffees war Jana, auf dem Stuhl sitzend, eingenickt und hatte geschlafen. Erst ein Rütteln an der Schulter ließ sie auffahren, ihr auf die Brust gesunkener Kopf schnellte hoch. Die leitende braune Schwester stand vor ihr.

»Muß dich leider von deinen Träumen befreien«, lachte sie. »Die erste Straßenbahn kommt gleich. Wenn du die noch haben willst... los, lauf los... Die Haltestelle ist genau gegenüber dem Haupteingang.«

»Danke!« Sie sprang auf und riß die Wachstuchtasche an

sich. »An euren Kaffee werde ich noch lange denken.« Sie zögerte, hauchte dann der Schwester einen Kuß auf die Backe und lief hinaus.

Die Straßenbahn war fast leer. Nur vorn im Waggon saß ein Trupp Arbeiter, sie rauchten, diskutierten über den Wehrmachtsbericht vom Vortage, schlossen Wetten ab, wann Leningrad und Moskau erobert werden würden. Einer von ihnen sagte »Nie!« und wurde von den anderen niedergebuht.

Haltestelle Städtische Krankenanstalten.

Jana Petrowna stieg aus, blieb neben dem Halteschild stehen und blickte lange hinüber zu den Mauern und Fensterreihen des Krankenhauses. Auf dieses Abenteuer hatte sie sich gründlich vorbereitet. Aus einem »Handbuch für Lernschwestern«, das Michael Wachter ihr einmal mitgebracht hatte – es war in russischer Sprache abgefaßt –, hatte sie einige Grundbegriffe auswendig gelernt und dann ins Deutsche übersetzt. Sie beherrschte, theoretisch, eine kleine Instrumentenkunde, hatte an Wachter, der einen Schwerkranken spielte, geübt, wie man Bettlägerige aufrichtete, ihnen die Pfanne unterschob, einen Verband wechselte, die Kranken wusch, den Puls fühlte und hatte an ihrer alten Kinderpuppe gelernt, wie man eine intramuskuläre Injektion setzt.

»Das muß genügen«, hatte später Wachter gesagt. »An mehr kommst du sowieso nicht ran. Nicht gleich als OP-Schwester werden sie dich einsetzen. Pillen wirst du verteilen, Bettwäsche wechseln, mal eine Spritze geben, in den Muskel nur, in die Vene, das machen die Ärzte oder die Stationsschwester mit Erlaubnis der Ärzte, stützen wirst du sie, wenn sie ihre ersten Gehversuche machen, Essen austeilen, Schwerkranke füttern, Fieber messen ... das alles ist kein Problem für dich. Und sprich so wenig wie möglich, Janaschka ... mit Worten verrät sich mancher mehr als durch Taten. Und halt die Augen offen ... lernen mußt du, lernen, überall lernen ... und plötzlich kannst du so viel wie eine richtige Schwester.«

Sie gab sich einen Ruck, überquerte die Straße und ging auf die Zufahrt zu, an der die Krankenwagen hielten. Jetzt war die Doppeltür der Einlieferung nur von zwei armseligen, trüben Lampen beleuchtet. Tiefe Stille lag über dem ganzen Gebäudekomplex.

Die Tür war abgeschlossen, in der linken Seitenwand war

ein großer Klingelknopf in die Mauer eingelassen. Sie drückte ihn hinunter, hörte nichts und drückte noch dreimal. In der großen Aufnahmehalle flammte Licht auf, ein verschlafener Sanitäter kam breit gähnend zur Tür.

»Was ist denn los?« rief er. »Ich bin ja schon da! Habt ihr den Koch im Sanka?« Dann erst erkannte er, daß da draußen ganz allein eine Rote-Kreuz-Schwester stand, ein hübsches Püppchen, so ein richtiges knackiges Ding für die Ärzte.

Sanka, dachte Jana Petrowna sofort. Was ist denn das nun wieder?

»Ich bin kein Sanka!« sagte sie forsch.

»Nee, wirklich nicht.« Der Sanitäter grinste, trat zur Seite und ließ Jana eintreten. »Wär schade, wennste wie'n Krankenwagen aussiehst.«

Sanka ist also ein Krankenwagen. Ein neues Wort, das wichtig war. Die Abkürzung von Sanitätskraftwagen. Jana wartete, bis der Sanitäter wieder abgeschlossen hatte und sah sich um. Kahle Wände, ein blanker Linoleumfußboden, ein Geruch von Desinfektionsmitteln, eine Reihe Türen, Rolltragen an einer Seite der Wände, zwei Untersuchungszimmer für Notfälle und Unfälle, zwei fahrbare Krankenstühle.

Der Sanitäter kam von der Eingangstür zurück und grinste Jana an.

»Na, über den Zapfen gewichst, und jetzt heimlich hinein durch die Hintertür. War's schön?« Er lachte, als er Janas verständnisloses Gesicht sah und legte den Arm um sie. Sie wußte nicht, ob sie es dulden oder ihn abschütteln sollte. »Machst Augen wie ein Engelchen, sooo unschuldig. Nun wetz schon in dein Bett, ehe dich die Nachtwache erwischt.«

»Ich muß mich bei der Oberschwester melden«, sagte Jana Petrowna, so wie sie es geübt hatte.

»Jetzt? Um halb sechs?« Er sah Jana genauer an und bemerkte ihre große Wachstuchtasche. »Ach Gott, du bist neu hier? Sollst dich melden?«

»Ja. Eben mit dem Zug angekommen.«

»Woher kommste denn?«

»Von der Front. Von Leningrad.«

»Das dreht ja 'n Hund in der Pfanne rum! Leningrad? Von ganz vorn?«

»Ja. Vom Hauptverbandsplatz.«

»Und was sollste dann hier bei uns?«

»Ich war krank. Typhus. Ich soll mich hier etwas erholen... und natürlich arbeiten. Sie haben mir einen Marschbefehl gegeben und mich losgeschickt.«

»Ja. So ist das!« Der Sanitäter faßte Jana unter und schob sie an seiner Seite zu einem Zimmer. »Mich hat's in Polen erwischt. Schuß in die Hacke, und als ich hochgezuckt bin, noch'n Schuß in die linke Schulter. Schlüsselbein zertrümmert. Seitdem schlurfe ich hier herum. So, das ist mein Wachraum. Setz dich auf das Sofa, Mädchen. Wie ist es mit nem Bier? Erzähl mal, was da draußen los ist. Bis acht Uhr haben wir Zeit, vorher ist keiner in der Verwaltung, und Oberschwester Frieda kriegste erst um halb neun. Die Frieda Wilhelmi ist nämlich so was wie ne Kommandeuse. Da stehn sogar die Ärzte stramm. Was die sagt, stimmt und wird gemacht. Der kann keiner! Der erste Rat von mir: Stell dich mit der Wilhelmi gut. Aber das wird schwer sein... du bist zu hübsch, Mädchen. Da sieht sie wieder was kommen. Alle Ärzte sind wie Hunde, die eine läufige Hündin riechen, sagt sie.«

»So schlimm ist es hier?«

»Was? Hat dich noch kein Arzt angepackt?«

»An der Front hatten wir andere Probleme. Da standen wir zwischen Haufen zerfetzter Leiber... Wie heißen Sie?«

»Karl Bludecker... Dämlicher Name, was? Aber man kann sich ja seine Eltern nicht aussuchen. Und du?«

»Ich heiße Jana Rogowskij.«

»Echter ostpreußischer Adel, was?« Bludecker grinste, holte eine Flasche Bier, aber Jana winkte ab.

»Danke, Karl. Ich kann doch nicht mit einer Bierfahne bei Frieda Wilhelmi vorsprechen.«

»Die Frieda säuft auch. Heimlich. Das weiß ich. Also dann nicht.« Er hob die Flasche hoch und prostete ihr zu. »Es lebe die Schiffahrt!«

Er nahm einen langen Schluck, setzte dann die Flasche ab und stieß diskret auf. Jana saß auf dem Sofa und hatte die Hände in den Schoß gelegt.

»Warum Schiffahrt?« fragte sie.

»Das kennste nicht?« Bludeker klopfte gegen die Bierflasche. »Nach einem halben Liter Pissolin kannste ein Liter schiffen...«

»Oder strullen...« sagte sie.

»Auch. Das ist nur vornehmer ausgedrückt. Mädchen, du bist in Ordnung!«

Um acht Uhr führte Bludecker sie zum Zimmer der Oberschwester. Frieda Wilhelmi war noch nicht da, sie setzte sich artig auf einen Stuhl in der Ecke und wartete.

Pünktlich um halb neun ging die Tür auf und ein beweglicher, massiger Turm rollte ins Zimmer. Der Turm war mit einer Schwesterntracht behängt und trug oben einen Kopf mit einem bebrillten Gesicht. Hellblaue Augen musterten kurz die sofort aufspringende Jana, dann rollte der Turm zum Schreibtisch und fuhr Arme aus, die sich auf die Tischplatte stützten. Schon dieser erste Anblick genügte, um in Jana eine alarmierende Angst aufkommen zu lassen. Das war eine Frau, gegen die niemand ankam, die nichts erschüttern konnte, die gewohnt war, zu herrschen, die nichts anderes erwartete als Unterwürfigkeit.

»Was ist?!« fragte sie kurz.

Jana zuckte zusammen und starrte den Fleischberg an. Welch eine Stimme, dachte sie überrascht. Eine angenehme, tiefe, klangvolle Stimme mit einem leicht singenden Ton. Vertrauen konnte man zu ihr haben, man mußte nur die Augen schließen ...

»Welche Station?«

»Noch gar keine, Oberschwester.«

»Wie bitte?«

»Ich soll mich hier melden.« Jana holte das selbstausgefüllte Formular aus der Wachstuchtasche und hielt es Frieda Wilhelmi hin. Mit größter Anstrengung versuchte sie, das leichte Zittern ihrer Hand zu unterdrücken. Jetzt entscheidet sich alles, dachte sie. Jetzt kann nur noch Gott helfen ... falls er gegen Frieda eine Chance hat. »Ich komme von der Front. Von Leningrad.«

»Von der Front!« Frieda Wilhelmi warf wieder einen Blick über Jana, ein Blick, der sie vollkommen umfaßte und wie ein Dorn in sie einzudringen schien. »Leningrad!« Frieda nahm das Formular an sich, überflog es und warf es dann auf ihren Schreibtisch. »Papiere ...«

»Ich habe nur diese Einsatzbescheinigung.«

»Sie müssen doch Papiere haben. Ihren DRK-Ausweis, ein Überstellungsschreiben ...«

»Ich habe nichts, Oberschwester. In den Hauptverbandsplatz schlugen drei schwere Granaten ein. Eine mitten in unsere Wohnbaracke. Alles wurde vernichtet und verbrannte. Das war eine Stunde, bevor ich abfahren mußte. Nur meine Tasche ist übriggeblieben, weil ich sie bei mir hatte.«

Frieda Wilhelmi nahm das Formular vom Tisch, las es noch einmal und zuckte dann mit den dickfleischigen Schultern. Jana atmete innerlich auf. Ein Schulterzucken ist eine halbe Kapitulation.

»Man hat Sie also uns zugewiesen?« sagte der Turm und warf das Papier wieder auf den Tisch zurück. »Waren Sie schon bei der Verwaltung?«

»Nein. Ich wollte mich erst bei Ihnen melden, Oberschwester.«

Frieda nickte, fand nach dieser Antwort das Mädchen sympathisch und setzte sich auf einen breiten Stuhl, der unter ihrer Körpermasse verschwand.

»Da müssen Sie gleich hin, Schwester Jana. Sonst gibt's kein Geld.« Wieder dieser forschende, in die Tiefe dringende Blick. »Wo steck ich Sie hin? In einem Hauptverbandsplatz waren Sie? Da kommt nur die Chirurgie in Frage. Davon haben Sie ja Ahnung. Wir sind hier das größte Heimlazarett. Ich bringe Sie nachher zum Chef, Dr. Pankratz. Stabsarzt Dr. Pankratz. Er jammert immer wieder nach einer guten Fachschwester. Gehen Sie jetzt zur Verwaltung und kommen Sie dann zu mir zurück.«

»Jawohl, Oberschwester.«

Frieda Wilhelmi blickte Jana nach, als sie das Zimmer verließ. Ein hübsches Mädchen, dachte sie. Ein gut erzogenes Mädchen. Ein offener Blick und noch nicht verdorben. Das sieht man sofort. Man wird auf sie aufpassen müssen, daß sie nicht unter die Räder kommt. Ich werde mich selbst um sie kümmern. Jana Rogowskij. Geboren in Lyck ... das liegt in Masuren, dicht an der russischen Grenze. Schlag den Ärzten und anderen auf die Pfoten, wenn sie Griffe kloppen wollen. Ich paß auf dich auf, Jana.

In der Verwaltung, Abteilung Personalbüro, saß ein rothaariger, jüngerer Mann und hatte neben dem Tisch sein rechtes Bein lang ausgestreckt. Erst beim zweiten Blick sah Jana, daß es eine Prothese war. Der Mann nickte und schob sich etwas auf dem Stuhl zurecht.

»Frankreich«, sagte er. »Sturm auf die Maginotlinie, Granatsplitter. Hat glatt den Knochen oberhalb des Knies durchschlagen.« Er streckte die Hand aus und nahm das Formular ab. »Sie wollen bei uns arbeiten?«

»Ich bin hierher abkommandiert.« Jana Petrowna war jetzt sicherer geworden. »Oberschwester Frieda schickt mich zu Ihnen. Ich soll auf der Chirurgie anfangen. Es ist alles geklärt, auch wegen der fehlenden Papiere. Ich komme von der Leningrad-Front.«

»Aha!« Der rothaarige Mann musterte Jana, als wollte er ein Kalb kaufen. »Wenn Frieda das sagt, ist ja alles in Ordnung.« Er wedelte mit dem Formular durch die Luft. »Das ist alles, was Sie haben?«

»Genügt das nicht?«

»Erraten. Aber wenn Frieda damit einverstanden ist... gut, ich trage Sie in die Personalliste ein.« Der Rothaarige steckte das Formular in eine blaue Mappe. »Aber sorgen Sie dafür, daß die fehlenden Papiere wieder beschafft werden.«

»So schnell wie möglich.« Sie wartete vor dem Tisch, aber die Einstellung schien damit beendet zu sein. »Wie ist Oberschwester Frieda?« fragte sie.

»Kennen Sie den Drachen, den Siegfried erschlug? Leider können wir Frieda nicht erschlagen... es meldet sich kein Siegfried.«

»So schlimm?«

»Ohne Frieda läuft hier nichts. Sie sieht, hört und riecht alles. Wenn sie sagt, Sie sind eingestellt, dann sind Sie's auch! Ich werde mich hüten, anders zu entscheiden wegen Ihrer fehlenden Papiere.« Er verzog sein Gesicht und fügte dann sehr ironisch hinzu: »Viel Freude an der Arbeit, Schwester. Eine Woche im Schützenloch ist gemütlich gegen ein Tag mit Frieda. Aber der Laden läuft mustergültig – das ist die andere Seite.«

Eine halbe Stunde später klopfte Jana wieder am Zimmer der Oberschwester an. Ein knurrendes »Ja« hieß »Eintreten«. Frieda Wilhelmi hob den Kopf und deutete auf einen Stuhl vor ihrem Schreibtisch. Als Jana saß, kam sie sich vor wie ein armer Sünder vor dem Hohen Gericht.

»Mein Kind –« Wieder diese warme, gar nicht zu dem Fleischturm passende Stimme, und dann noch »mein Kind«, eine fast mütterliche Vertraulichkeit, die Jana Petrowna sogar körperlich spürte. »Bevor wir zu Stabsarzt Dr. Pankratz gehen, noch ein nötiges, ernstes Wort: Ich mag keine Liebschaften in meinem Haus.«

Sie sagte »mein Haus«, und sie ließ damit erkennen, daß ihr nichts verborgen blieb. Jana nickte gehorsam.

»Das kommt bei mir nicht vor, Oberschwester.«

»Ach Gott, das sagen sie alle. Ich bin verlobt, ich will kein flüchtiges Abenteuer, dafür bin ich mir zu schade und tausend andere Beteuerungen. Und dann fallen Sie Dr. Phillip in die Hände, und alles ist vergessen.«

»Sie warnen mich vor Dr. Phillip?«

»Auch. Der ist nur ein Beispiel. Alle Männer sind verrückt, wenn sie so ein Mädchen wie Sie sehen.«

»Bitte, Oberschwester, sagen Sie du zu mir.«

Das war ein geschickter Schachzug. Frieda warf einen wohlwollenden Blick in Janas Augen und lächelte sogar. »Leben deine Eltern noch?« fragte sie.

»Nein. Mutter starb 1938 an Krebs, und mein Vater...« Jana gelang es, ihr Gesicht zucken zu lassen.« Vater ... ist in Frankreich vermißt. Aber ich fühle, daß er nicht wiederkommt. Ich spüre es.«

»Kannst du Schreibmaschine schreiben?«

»Sehr schlecht, Oberschwester.«

»Das kann man lernen. Alles kann man lernen, wenn man will und etwas Grips im Kopf hat. Du wirst Schreibmaschine lernen.«

»Jawohl, Oberschwester.«

»Ab sofort. Hier bei mir.« Frieda zeigte auf eine mächtige Adler-Schreibmaschine mit einem breiten Wagen, in den man auch Listen einspannen konnte. »Übung ist alles. Übung!« Der Turm warf wieder einen wirklich mütterlich zu nennenden Blick auf Jana Petrowna und wies mit ausgestrecktem Zeigefinger auf die Schreibmaschine. »Setz dich dorthin, mein Kind, und fang an.«

»Aber... Oberschwester...« Jana erhob sich, setzte sich auf den Stuhl hinter die Maschine und starrte hilflos auf die Tastatur. »Ich habe nur zweimal... mit zwei Fingern... nur aus Spaß bei meinem Vater...«

»Papperlapapp! Jeder kann Maschine schreiben! Heute zwei Finger, morgen vier Finger, in einem Monat alle zehn... Üben... Üben...« Frieda Wilhelmi nickte Jana aufmunternd zu. Und dann sagte sie etwas, was die gesamte Situation veränderte, was schicksalhaft für Jana werden sollte: »Ich schicke dich nicht auf Station, ich hab's mir anders überlegt, die Chirurgie hat genug Pfleger und Schwestern. Du bleibst bei mir und erledigst den ganzen schriftlichen Kram. Bisher hat das ein Mädchen aus dem Sekretariat getan. Sie wird dir noch so lange helfen, bis du allein arbeiten kannst. Einverstanden, mein Kind?«

»Selbstverständlich, Oberschwester.«

»Spann ein Blatt Papier ein und schreib–« Frieda wartete,

bis das Papier eingezogen war, und diktierte dann ganz langsam: »Aktennotiz. An die Apotheke im Hause. Ich habe festgestellt, daß die Stationen zwei, sechs und sieben nicht genügend Spritzen und Kanülen haben. Wenn sterilisiert wird, stehen kaum noch Spritzen zur Verfügung. Trotz Bitten der Stationen erfolgte bisher nichts! Ich verlange sofortige Zuweisung neuer Spritzen oder mache Meldung, daß die nötige Versorgung der Patienten nicht mehr gewährleistet ist. Frieda Wilhelmi, Oberschwester.«

Nur mühsam kam Jana voran, bei jedem dritten Wort vertippte sie sich, suchte nervös Buchstabe nach Buchstabe zusammen, schrieb die Wörter mal groß, mal klein und legte dann, am Ende des Diktats, die Hände in den Schoß. Sie sah aus, als wollte sie gleich weinen.

Frieda wuchtete sich von ihrem Stuhl, rollte auf Jana zu, blickte ihr über die Schulter und stieß einen grunzenden Laut aus.

»Immerhin, man kann's lesen«, sagte sie sanft. »Und nun, mein Kind, schreibst du das Ganze noch mal säuberlich ab. Du wirst sehen: Morgen geht es schon besser.«

»Bestimmt, Oberschwester.« Jana riß das Blatt aus der Maschine. »Darf ich hier in Ihrem Zimmer üben ... nach der Dienstzeit? Ich ... ich will Sie nicht enttäuschen.«

»Natürlich darfst du das.« In Frieda Wilhelmis Herz schien eine bisher verrammelte Tür aufgeschlossen worden zu sein. Mit ihrer dicken, schweren Hand streichelte sie Jana über den Kopf, grunzte erneut und rollte dann zu ihrem Schreibtisch zurück. »Du wirst auch nicht im Schwesternbau schlafen, sondern im Zimmer nebenan. Das ist eine Art Magazin, das Badezimmer ist direkt daneben.«

»Danke, Oberschwester«, sagte Jana gehorsam. Ein Zimmer ohne Beobachtung, dachte sie dabei. Kein Dienst auf der chirurgischen Station. Schnell wird es sich rumsprechen, daß ich nur für die Oberschwester arbeite. Beneiden wird man mich, oder auch nicht, aber ein Hauch von Autorität wird auch auf mich fallen. Niemand wird mich kontrollieren. Unter ihrem Schutz stehe ich. Gott im Himmel, du hast mir wirklich geholfen.

Auf der chirurgischen Station II hatte sich erwartungsvolle Spannung ausgebreitet. Der Rothaarige in der Verwaltung hatte sofort, nachdem Jana Petrowna das Büro verlassen hatte, in der Chirurgie angerufen und bekam ausgerechnet Dr. Phillip an den Apparat. Dr. Hans Phillip, mit seinen 28 Jahren noch sehr jungenhaft aussehend, mit rötlichblonden Haaren und einem sportlichen Körper genau der Typ des modernen Germanen, wie man ihn in den Illustrierten abgebildet sah und wie der Reichsführer SS, Heinrich Himmler, sie in extra dafür eingerichteten Zuchtanstalten, genannt »Lebensborn«, als neue deutsche Rasse züchten wollte, war der von allen geliebte Arzt in den Städtischen Krankenanstalten. Seine Abenteuer waren »grenzüberschreitend«: Nicht nur in der Chirurgie bekamen die Schwestern blanke Augen bei seinem Anblick, sondern auch in der Inneren, der Gynäkologie, der Pädiatrie und bei HNOlern gab es Schwestern, die ihn verfluchten und haßten und dennoch immer noch heimlich liebten. Ein Oberarzt der Röntgenabteilung hatte Phillip sogar schon einmal Schläge angedroht, ein Kollege von der Gynäkologie war noch weiter gegangen und hatte ihn zum Duell gefordert, auf Pistolen, draußen auf der Nehrung vor dem Haff an der Ostsee, aber da Duelle im Dritten Reich verboten waren ebenso wie das Pauken der Studenten, das Säbelfechten mit Mensuren, und alle schlagenden Studentenverbindungen aufgelöst worden waren, kam es nicht zu einer Begegnung zwischen den beiden Ärzten. Die Aufforderung, das Duell heimlich auszutragen, beantwortete Dr. Phillip mit großer Geste: »Wenn ich verwundet werden soll, dann nur an der Front! Aber doch nicht wegen eines Mädchens ... ich bitte Sie.«

Dr. Phillip, im Range eines Unterarztes, hörte interessiert zu, was der Rothaarige zu berichten hatte.

»Sie stellt sich gleich vor?« fragte er mit freudiger Stimme. »Bildhübsch, sagen Sie? Pechschwarze Haare und ebensolche Augen? Und was Anständiges in der Bluse? Kommt von der Front bei Leningrad? Danke, Robert ... dann ist die Kleine ja nahkampferfahren. Bei Frieda ist sie jetzt? Danke für den Tip. Ich werde mich doch noch zum Drachentöter qualifizieren.«

Der Chef der Chirurgie, Stabsarzt Dr. Pankratz, war noch nicht im Haus. Er hatte am vergangenen Tag bis gegen Mitternacht operiert. Ein Lazarettzug war angekommen, und neun Sankas hatten Schwerverwundete zum Krankenhaus gebracht, von denen fast die Hälfte sofort versorgt werden mußte. Sie kamen ohne Zwischenaufenthalt direkt von der Leningrader und Wolchow-Front, mit durchgebluteten Verbänden, eiternden Wunden, hohem Fieber... neun Wagen voll zerfetzter Leiber.

Dr. Phillip wartete auf die neue hübsche Schwester, hatte in seinem Arztzimmer einen starken Kaffee gebraut, mit Schokolade überzogene Kekse bereitgestellt und eine Flasche Danziger Goldwasser aus dem Bücherschrank geholt. Die besten Erfahrungen hatte er damit gemacht... Kaffee, Schokoladenkekse und Danziger Goldwasser, das schien eine Mischung zu sein, die bei den Mädchen nicht nur die Herzen öffnete...

Er wartete eine Stunde, machte durch die Station II eine Runde und besuchte drei schwierige Fälle, kniff Schwester Angelika beim Vorübergehen in den Hintern und rief dann ungeduldig in der Verwaltung an. Der Rothaarige – Hausapparat 009 – war baß erstaunt.

»Was? Sie ist noch nicht bei Ihnen?« sagte er. »Das verstehe ich nicht. Vielleicht hat sie sich verlaufen.«

»Eine Stunde lang?«

»Fragen Sie doch mal bei Frieda nach, Dr. Phillip.«

»Darauf kann ich gut verzichten. Wecken *Sie* einen schlafenden Löwen?«

»Nee.«

Dr. Phillip ließ noch eine Stunde verstreichen, fand das alles äußerst merkwürdig und rätselhaft und entdeckte in sich den Mut eines Helden: Er verließ die Chirurgie und machte sich auf den Weg zur Verwaltung und zu Oberschwester Frieda Wilhelmi. Fragen durfte man ja schließlich, wo die neue Mitarbeiterin blieb.

Der Rothaarige im Büro wußte gar nichts, hatte die hübsche Schwester nicht wiedergesehen und fand das Verschwinden auch sehr merkwürdig.

»Vielleicht hat die Kleine doch nicht die Klippe Frieda umschiffen können«, meinte er vorsichtig. »Da genügt nur ein dummer Satz, und schon ist der Ofen aus.«

»Ist das nicht eine Schande für uns alle, daß wir uns das gefallen lassen?!«

»Ändern Sie's mal, Herr Doktor.« Der Rothaarige grinste verlegen. »Machen Sie mal einen Versuch. Damals in Frankreich, wenn die Panzer angriffen, da hab ich im Graben gestanden und keine Angst gehabt, da hab ich gewartet, bis ich im toten Winkel war, und dann raus aus'm Graben, die Hafthohlladung an den Panzerturm geklebt, abgezogen und wieder in Deckung, und dann flog der Turm weg... aber wenn Frieda dort durch die Tür kommt, bekomme ich Herzklopfen.«

Dr. Phillip befahl sich, kein Feigling zu sein, ging hinüber zu den Räumen der Oberschwester, klopfte an die Tür und trat ein. Frieda Wilhelmi thronte hinter ihrem Schreibtisch, las in einem Aktenstück und warf einen durchdringenden Blick auf den Arzt. Am Schreibmaschinentisch saß eine junge, schwarzhaarige Rote-Kreuz-Schwester und schrieb mit zwei Fingern aus der Kladde etwas ab.

Das muß sie sein, dachte Dr. Phillip sofort. Genau, wie Robert sie geschildert hatte. Das Hübscheste, was ich seit langem gesehen habe. Ein Juwel von Mädchen. Was macht es hier bei Frieda an der Schreibmaschine? Sein Jungengesicht unter den blonden Locken glänzte. Siegfried, der strahlende Held, kam furchtlos näher.

»Was ist los?« fragte Frieda Wilhelmi und klappte die Akte zu.

Erstaunt blickte Jana Petrowna hoch. Die Stimme hatte sich völlig verändert, der warme, mütterliche Ton hatte sich in eine kalte, durchdringende Trompete verwandelt. Dr. Phillip schien nur diesen Ton gewöhnt zu sein. Er blieb stehen.

»Oberschwester, man hat der Chirurgie eine neue Mitarbeiterin angekündigt. Sie hat sich noch nicht gemeldet. Ist irgend etwas nicht in Ordnung?« fragte er.

»Ich habe umdisponiert. Das ist alles.«

»Es wäre gut, wenn das auch die Chirurgie erfahren würde.«

»Ist Stabsarzt Dr. Pankratz schon da?«

»Nein.«

»Dann halten Sie den Mund!« Das klang wie ein Kanonenschuß. Dr. Phillip empfand es wie eine schallende Ohrfeige. Die hübsche kleine Schwester blickte von ihrer Schreibmaschine auf. Nur eine Sekunde lang kreuzten sich ihre Blicke. Aber es reichte aus, um in Dr. Phillip ein Kribbeln zu erzeugen. »Ich werde dem Chef berichten.«

»Oberschwester Frieda –«

»*Was wollen Sie noch?!*«

Jedes Wort war ein Schlag. Jeder Ton traf Dr. Phillip geradezu schmerzhaft. Er wollte ebenso scharf antworten, aber was hätte das bewirkt? Gegen diese Masse Machtbewußtsein kam niemand an. Selbst Dr. Pankratz hatte es zu

Anfang seiner Tätigkeit versucht, mit dem Ergebnis, daß Frieda Wilhelmi die Chirurgie übersah und zugunsten der Inneren und der Gynäkologie Schwestern abzog und jeden Protest kalt von sich wegschob. Das ging so lange, bis Dr. Pankratz zu Frieda kam und sich mit gewundenen Sätzen, die nicht gleich wie eine Entschuldigung klingen sollten, entschuldigte. Frieda nahm die versteckte Kapitulation an, und von diesem Tag an lief der Betrieb in der Chirurgie wieder im normalen Gleis.

»Ist die Frage erlaubt, ob wir in Kürze mit der neuen Mitarbeiterin rechnen können?« fragte Dr. Phillip gepreßt. Es fiel ihm schwer, seine Wut über diese Erniedrigung zu verbergen.

»Nein! Rechnen Sie nicht damit. Haben Sie nicht gehört: Ich habe umdisponiert.«

Dr. Phillip begriff, daß er hiermit die Aufforderung erhalten hatte, das Zimmer zu verlassen. Er drehte sich um, warf noch einen Blick auf Jana, deren große schwarze Augen ihn musterten, und verließ dann grußlos das Zimmer. Hinter sich ließ er die Tür laut ins Schloß fallen, als sei sie ihm aus der Hand geglitten.

»Flegel!« sagte Frieda dröhnend. Dr. Phillip mußte es draußen im Flur noch gehört haben.

»Wer war denn das?« fragte Jana Petrowna und lächelte verlegen. Sie begriff nun, was der Sanitäter Bludecker gesagt hatte und daß alle im Haus Angst vor Frieda Wilhelmi hatten.

»Das war Dr. Phillip. Der berüchtigte. Der Bursche, der in dem Wahn lebt, der Mann sei die Krone der Schöpfung.« Frieda klappte die Akte wieder auf. »Übe weiter, mein Kind. Kümmere dich nicht um ihn. Und wenn er dir auflauert, sag es mir sofort. Alles, was einen Rock trägt, ist nicht sicher vor ihm.«

Jana Petrowna nickte und schrieb weiter, suchte die Buchstaben und klapperte mühsam den Übungstext ab. Die Gefahr, die von Dr. Phillip ausging, erkannte sie klar. Sie ahnte, daß er ab jetzt ihre Nähe suchen würde, daß er sie beobachtete und ihr nachging, daß er alles versuchen würde, um mit ihr in Kontakt zu kommen. Von heute an war sie nur sicher im Umkreis von Frieda Wilhelmi, und sie wußte jetzt, daß alles, was noch kommen konnte, abhängig war von dem unerwarteten mütterlichen Wohlwollen und der rätselhaften Zuneigung von Oberschwester Wilhelmi. Es war ihr, als sei sie ein Tier, das in eine warme schützende Höhle gekrochen war, um zu überleben. Sie hatte nun ein Bett, einen Schrank, einen Stuhl, einen Tisch und eine Stehlampe nebenan im Magazin. Sie hatte zu essen und zu trinken, sie hatte Wärme, wenn es Winter wurde, und sie hatte eine Beschützerin. Blieb alles so, wie es jetzt war, konnte man sicher das Ende des Krieges erwarten.

Und in ein paar Tagen sah sie Väterchen wieder. Im Schloß war er jetzt, bei seinem Bernsteinzimmer, treu dem Schwur, den sein Urahne vor seinem König geleistet hatte: Wo das Bernsteinzimmer ist, wird auch ein Wachter sein.

Gott im Himmel, laß Nikolaj Michajlowitsch in Leningrad überleben. Und einen Sohn zeugen müssen wir auch. Solange es das Bernsteinzimmer gibt, muß es auch einen Wachter geben.

»Woran denkst du, Kind?« Friedas Stimme schreckte sie aus ihren Gedanken auf.

»Ich mag diesen Dr. Phillip nicht, Oberschwester.«

»Sag dir das immer vor.« Frieda Wilhelmi blickte auf die Uhr an der Wand. Das Mittagessen wurde in Kürze ausgetragen, eine sehr wichtige Stunde für sie und alle Menschen im Krankenhaus. »Und denk nicht mehr an ihn... er ist wirklich keinen Gedanken wert.«

Bereits am nächsten Tag, um zehn Uhr vormittags, fand die erste Besprechung zwischen Gauleiter Koch, Dr. Findling, Dr. Runnefeldt und Dr. Wollters statt. Wie immer war auch Bruno Wellenschlag anwesend, obgleich er keinerlei Ahnung hatte, saß mit am Tisch und hörte schweigend zu. Ein Zeuge, den Koch bewußt hinzugezogen hatte, um später gegenüber Hitler, Bormann, von Ribbentrop und Rosenberg abgesichert zu sein.

Zwar lag aus dem Führerhauptquartier im voraus die Zusage vor, das Bernsteinzimmer in Königsberg aufzubauen, aber es bedurfte nur eines Fingerzeiges von Bormann, und die Lage änderte sich grundsätzlich.

Dr. Findling erschien etwas blaß und sichtlich angeschlagen zu dieser Konferenz. Großvaters Salatöl hatte zwar das Sodbrennen und die Übelkeit ferngehalten, aber die Alkoholschwere im Kopf konnte es nicht besiegen. Den anderen Herren schien es ähnlich zu gehen, bis auf Koch, der so munter und frisch war, als hätte er zwölf oder mehr Stunden geschlafen und nur Wasser getrunken. Er hatte in seiner Wohnung im Schloß übernachtet und war nicht hinaus zu seiner prunkvollen Villa gefahren, einem Prachtbau, der den Unwillen der Bevölkerung herausgefordert hatte, einen stillen, stummen, unterdrückten Unwillen natürlich, denn Kritik am Gauleiter wäre eine Brüskierung gewesen, die Koch sofort mit allen brutalen Mitteln bestraft hätte. Der »König von Ostpreußen« duldete keinen Widerspruch.

Koch eröffnete die Besprechung mit einer grundsätzlichen Frage an Dr. Findling: »Wie lange brauchen Sie zum Aufbau des Bernsteinzimmers im Schloß, Dr. Findling?«

Und Findling antwortete sofort: »Fünf bis sechs Monate, Herr Gauleiter!«

Er war auf diese Frage vorbereitet, und auch die Reaktion Kochs hatte er vorausgesehen. So erschrak er nicht, als Koch ihn anstarrte, und duckte sich auch nicht, als Koch plötzlich schrie:

»Ja, sind Sie denn verrückt geworden?! Sechs Monate?! Sechs Wochen gebe ich Ihnen –«

»Unmöglich.«

»Nichts ist unmöglich! Dr. Runnefeldt, wie lange dauerte der Ausbau in Puschkin?«

»Sechs Tage.« Dr. Runnefeldt warf einen ermunternden Blick hinüber zu Dr. Findling.

»Und Sie, Findling, quatschen von sechs Monaten?« schrie Koch aufgebracht. »Sind sie noch besoffen?!«

»Ich muß dem Kollegen Findling rechtgeben.« Dr. Runnefeldt, der keine Angst vor Koch hatte, zumal seine Auftraggeber Hitler, Bormann und das Außenministerium waren, ließ sich von Kochs giftigen Blicken nicht beirren. »Ausbauen ist ungleich einfacher als aufbauen. Man kann ein Haus in wenigen Stunden niederreißen, aber nicht neu bauen. Es ist ja nicht damit getan, die Wandtafeln einfach aufzustellen. Das Zimmer muß sachgemäß rekonstruiert werden. Tafel für Tafel, Figur für Figur.

Und nun, wo wir es zerlegt vor uns haben, sollte es auch historisch-wissenschaftlich untersucht und katalogisiert werden. Verschiedene Epochen und Künstler haben an ihm gearbeitet... vom Bernsteinschneider Gottfried Wolffram und den Danziger Meistern Ernst Schacht und Gottfried Turow im Jahre 1707 bis zu Rastrelli im Jahre 1760 in *Zarskoje Selo,* dem Jahr der endgültigen Aufstellung des Zimmers unter Zarin Elisabeth. Und auch dann noch, ab

1763, arbeiteten fünf Königsberger Bernsteinmeister am Aufbau und an Ergänzungen der Vertäfelung weiter. Es waren Friedrich und Johann Roggenbuch, Clemens und Heinrich Wilhelm Friedrich und Johann Welpendorf. Das müssen wir alles sehr genau registrieren, bevor wir das Bernsteinzimmer wieder einbauen.«

»Unser Superfachmann!« Koch kratzte sich die Nase und strich dann über seinen kurzen Schnurrbart. »Was sagen Sie dazu, Dr. Wollters?«

»Ich pflichte den Ausführungen des Kollegen Findling bei, Herr Gauleiter«, antwortete der Rittmeister vorsichtig. »Wir haben jetzt die beste und ich glaube einmalige Gelegenheit, das Bernsteinzimmer genau zu untersuchen und kunsthistorisch auszuwerten.«

»Mit Wissenschaftlern zu arbeiten, ist eine Strafe!« Koch wandte sich wieder Dr. Findling zu. »Ich wünsche, daß alle diese Arbeiten so schnell wie möglich ausgeführt werden. Nicht, daß uns die Zeit überrollt und der Krieg gewonnen ist, bevor das Bernsteinzimmer im Schloß aufgebaut ist. Sie wissen doch, meine Herren, daß dann das Zimmer nach Linz, in die Ostmark, kommen könnte. Mein ganzes Trachten ist, diesen einmaligen Schatz hier im Schloß zu lassen... für alle Zeiten! Wenn es in Einzelteilen herumliegt, ist es leichter abzutransportieren, als wenn es wieder eingebaut ist und eventuell neuen Schäden ausgesetzt wird. Beeilung also, Dr. Findling. Ob nun eine geschnitzte Figur von Meister Popofax stammt oder eine Girlande von Meister Pipiström, das ist doch im Grunde gleichgültig!«

»Nicht für die Wissenschaft, Herr Gauleiter«, sagte Dr. Runnefeldt furchtlos.

»Ich sagte es ja: Ihr Wissenschaftler seid eine Strafe Gottes.« Koch hieb mit der Faust auf den Tisch, daß die von einer Ordonnanz servierten Kaffeetassen klirrten. »Wann darf ich wenigstens eine Tafel sehen? Ist das denn erlaubt?«

»Wir werden einige Kisten öffnen und eine Tafel zusammensetzen. Allerdings nur liegend, Herr Gauleiter.«

»Wie gütig von Ihnen.« Koch erhob sich abrupt. Die erste Bernsteinzimmer-Konferenz war damit beendet. Die anderen Herren schnellten von ihren Stühlen hoch. »Wann?« fragte Koch.

»Ich werde versuchen, es heute nachmittag zu bewerkstelligen.«

»Versuchen Sie es, Dr. Findling.« Dicker Spott lag in Kochs Stimme. »Wohin darf ich mich begeben?«

»Ich schlage vor, eine Tafel auf dem Boden des für den Aufbau vorgesehenen Zimmers Nummer 37 auszulegen.«

»Und um welche Uhrzeit wäre meine Anwesenheit genehm?«

»Ich werde Sie benachrichtigen, Herr Gauleiter.«

»Zu gütig!« Koch ging zur Tür, gefolgt von seinem Schatten Bruno Wellenschlag. »Denken Sie daran, daß ich um neunzehn Uhr zu Abend esse...«

Er riß die Tür auf und stampfte hinaus. Erst als die Tür wieder zugefallen war, atmeten die Herren sichtbar auf. Dr. Runnefeldt sah hinüber zu Dr. Findling, der bleich an der Tischkante lehnte. Dr. Wollters kaute an seiner Unterlippe.

»Den haben Sie aber kräftig ins Kreuz getreten!« sagte Runnefeldt. »Natürlich sind Sie im Recht... aber befürchten Sie keine Repressalien von ihm?«

»Man hätte es diplomatischer ausdrücken sollen, nicht so direkt«, warf Dr. Wollters ein. »Wir kennen doch des Gauleiters Empfindlichkeit. Das wird Folgen haben, Dr. Findling.«

»Es geht nicht um mich, es geht um das Bernsteinzimmer.« Findling stieß sich von der Tischkante ab. »Auch ein Gauleiter muß vor so einem Kunstwerk Geduld lernen.« Er trat an das Fenster, blickte hinunter zum Schloßhof und auf die achtzehn Lkws. Sie wurden von fünf Soldaten bewacht. »Wie lange bleiben Sie, Kollegen?«

»Ich werde übermorgen nach Riga zurückkehren müssen«, sagte Dr. Wollters. »Vermute, daß ich noch einmal nach Pawlowsk muß. Die Ausbeute an Kunstschätzen dort im Schloß ist ja kaum zu überblicken!«

Auf dem breiten Gang zum Treppenhaus blieb Koch kurz stehen und tippte Wellenschlag gegen die Brust.

»Hast du das gehört, Bruno?« fragte er. »Die studierten Kerle wollen mir die Hose übern Hintern ziehen!«

»Eine Frechheit, Gauleiter.« Wellenschlag kannte wie kaum jemand anderes Kochs Charakter und Gemütsverfassung. »Aber...«

»Was aber? Diesen Findling werde ich hüpfen lassen wie einen Frosch! Und du wirst der Storch sein, der ihm ständig im Nacken sitzt!«

»Genaugenommen kann man ihm nichts vorwerfen, Gauleiter.«

»Quatsch nicht so blöd, Bruno.« Koch stampfte weiter in Richtung Treppenhaus. »Du verstehst was vom Saufen, aber nichts von Menschenführung. Auch Findling ist ein Lakai, alle um mich herum sind nur Lakaien, und ein Lakai hat zu tun, was ihm befohlen wird, und den Mund zu halten.«

Er stutzte und blieb stehen. Über den Gang kam ihnen ein älterer Mann entgegen, den Koch irgendwo schon einmal gesehen hatte. Er überlegte schnell, kam aber zu keinem Ergebnis. Ein Mann in einem schäbigen Anzug, der außerdem noch zu weit war. Wie kommt dieser Kerl in den abgesperrten Trakt des Schlosses?

Der Mann zögerte einen Augenblick, dann streckte er den rechten Arm hoch zum deutschen Gruß. »Heil Hitler, Herr Gauleiter!« sagte er sogar. Es klang nicht sehr fröhlich.

»Wer sind Sie?« fragte Koch, ohne den Gruß zu erwidern. »Woher kenne ich Sie? Wir sind uns doch schon mal begegnet...«

»Heute morgen um ein Uhr, Herr Gauleiter. Mein Name ist Michael Wachter. Ich bin mit dem Bernsteinzimmer gekommen.«

»Der Wärter!« rief Wellenschlag. »Der Museumsdiener aus Puschkin, Gauleiter. Der mit seinen 225-Jahren-Vorfahren.«

»Richtig!« Koch kam noch einen Schritt näher und schaute Wacher durchdringend an. »Sie sind einer der wenigen, die das Bernsteinzimmer genau kennen?«

»Vielleicht der einzige, Herr Gauleiter. Ich kenne jedes Mosaiksteinchen. Ich bin in dem Zimmer aufgewachsen, es gehört zu meinem Leben.«

»Kommen Sie mit!« Koch winkte herrisch. »Wir müssen uns darüber unterhalten. Was sind Ihre Pläne?«

»Pläne?« fragte Wachter verständnislos.

»Das Zimmer bleibt jetzt hier... was wollen *Sie* tun? Sie müssen doch eine Arbeit annehmen.«

»Ich habe gedacht, Herr Gauleiter, daß man mich hier brauchen kann. So wie bisher... als Wächter über das Bernsteinzimmer. Als Museumsdiener. Es gibt keinen, der...«

»Ich weiß. Ich weiß! Das Bernsteinzimmer ersetzte Ihnen die Muttermilch.«

»Fast war es so, Herr Gauleiter.«

»Wie lange schätzen Sie die Aufbauten hier im Schloß?«

»Einige Monate.«

»Der auch, Bruno!« Koch nickte zum Treppenhaus hin. »Kommen Sie mit, Wachter. Ich habe eine Menge Fragen an Sie. Und das mit Ihrer Übernahme als Wächter überlege ich mir. Ich brauche einen vertrauenswürdigen Mann für das Bernsteinzimmer.«

»Danke, Herr Gauleiter.« Wachter schluckte. Ein Kloß im Hals beengte sein Atmen. »Es wäre eine große Ehre für mich, im Schloß arbeiten zu können.«

Sie gingen in ein weitläufiges Zimmer, in dem eine Reihe von Ritterrüstungen an den Wänden standen und in der Mitte einige Glasvitrinen mit historischen Waffen. Kurzschwerter, Stachelkugeln, Beile und Hellebardenköpfe. In der linken hinteren Ecke stand eine moderne Sitzgarnitur, die völlig fremd in dieser Umgebung aus dem Mittelalter ostpreußischer Geschichte wirkte.

Koch setzte sich und winkte Wachter zu, das gleiche zu tun.

»Warum haben die Russen Sie nicht gezwungen, die deutsche Staatsbürgerschaft aufzugeben?« begann er das Gespräch, das mehr einem Verhör glich. »Wieso ist ausgerechnet ein Deutscher der Bewacher des Bernsteinzimmers?«

»Es ist durch einen Vertrag von 1716 geregelt, Herr Gauleiter.«

Wachter war auf der Hut. Er überlegte jedes Wort genau, bevor er es aussprach. Nur ein kleiner Fehler, eine winzige Unaufmerksamkeit konnte sein Ende bedeuten – darüber war er sich absolut im klaren.

»1716...« Koch lehnte sich zurück, faltete die Hände über seinem Bauch und musterte Wachter wieder mit durchdringenden Blicken. »Und daran hat sich Stalin gehalten?«

»Jeder, Herr Gauleiter. Alle Zaren und Zarinnen. Kerenskij und Lenin und Stalin auch.«

»Und nun erwarten Sie das auch vom Führer...«

»Von Ihnen, Herr Gauleiter. Dem Führer wird es egal sein, wer das Bernsteinzimmer bewacht. Solange es in Königsberg steht, haben Sie die Verantwortung.«

»Es wird jetzt für alle Zeit in Königsberg stehen!« rief Koch. Der Mann, wie hieß er?, Wachter, machte einen guten Eindruck auf ihn. Vor allem konnte er ein Auge sein, das Dr. Findling ständig beobachtete und laufend Berichte abgeben konnte. Nichts, was mit dem Bernsteinzimmer geschah, würde ohne Wachter stattfinden können. Wirklich ein wichtiger Mann.

»Wo haben Sie in Puschkin gewohnt, Wachter?«

»Im Katharinen-Palais, nicht weit vom Bernsteinzimmer entfernt.«

»Das werden Sie hier auch. Sie bekommen im Schloß eine Wohnung.«

»Heißt das, daß ich ... Herr Gauleiter, ich kann bleiben? Ich darf weiter das Zimmer betreuen? Ich ...«

Koch nickte. Es war ihm peinlich, plötzlich Tränen in den Augen des Mannes sehen zu müssen. Er empfand das als unmännlich, auch wenn er in dieser Situation Verständnis dafür aufbrachte.

»Reißen Sie sich am Riemen!« sagte Koch grob und doch mitempfindend. »Ich will, daß Sie mir über alles berichten. Haben Sie Familie?«

»Meine Frau ist schon lange tot.«

»Keine Kinder?«

»Einen Sohn. Er hieß Nikolaus. Bei einem Unfall kam er ums Leben. Motorrad, Herr Gauleiter. Schädelbruch.«

»Ist wie ein Affe gesaust, was?«

»Die jungen Leute.« Wachter hob resignierend die Schultern. »Gut, daß seine Mutter ihn nicht so gesehen hat. Er war für mich eine große Hoffnung. Nun stirbt mit mir die Familie Wachter aus.«

»Wie alt sind Sie, Wachter?«

»Fünfundfünfzig, Herr Gauleiter.«

»Zehn Jahre älter als ich! Wachter, das ist doch kein Greisenalter. Da kann man doch noch einen Sohn zeugen ... mit einer jungen, temperamentvollen Frau! Überlegen Sie sich das. Ein Mann kann immer ... nur Mut!« Koch lachte. Bei seinem Lieblingsthema angelangt, wurde er sogar kumpelhaft. »Sie wollen doch wohl nicht die 225-jährige Kette zerreißen? In den Lenden der Männer liegt Deutschlands Unsterblichkeit. Sehen Sie sich um, Wachter, in Königsberg wimmelt es von alleinstehenden Frauen mit dem nötigen Hunger.«

»Ich werde es mir überlegen, Herr Gauleiter.«

Koch schlug die Beine übereinander und nahm seine Mütze vom Kopf. Wachter wurde wieder vorsichtig. Es wird also länger dauern, dachte er. Das Verhör geht weiter. So schnell ist ein Koch nicht zu überzeugen.

»Erzählen Sie mir etwas von der Geschichte des Bernsteinzimmers«, sagte er ohne den sonst befehlenden Unterton.

»Das wird Tage dauern, Herr Gauleiter.«

»Na und? Wir haben doch Zeit. Jetzt eine Stunde... und morgen gehts weiter. Was hat zum Beispiel Lenin gesagt, als er zum erstenmal das Zimmer sah?«

»Auf dem Rücken der Werktätigen gebaut!«

»Das sieht ihm ähnlich!« Koch lachte schallend. »Weiter, mein lieber Wachter. Weiter.«

Nach drei Tagen hatte Jana Petrowna gelernt, mit zwei Fingern einigermaßen fließend zu schreiben. Allerdings hatte sie unentwegt geübt, hatte zehn Stunden lang hinter der Schreibmaschine gesessen und sich die Buchstabeneinteilung der Tastatur gemerkt. Sie hatte sogar versucht, mit geschlossenen Augen zu tippen, aber das ging zu diesem frühen Zeitpunkt völlig daneben. Am Abend des dritten Tages zeichnete sie auf ein längliches Stück Karton die Tastatur der Maschine, genau in der Größe des Originals. Frieda Wilhelmi begutachtete die Zeichnung, als sie von einem Rundgang durch die Stationen zurückkam. Wie üblich hatte es wieder eine Menge Ärger gegeben. Friedas Trompetenstimme hatte durch alle Flure gedröhnt, ein paar Schwestern ließ sie weinend in den Stationszimmern zurück. Ab und zu Dampf, das schadet nicht, war ihre Ansicht. Dampf treibt die Maschine. Ohne Dampf bleibt alles stehen.

»Was soll das, Kind?« fragte sie und legte den Karton zur Seite. »Merkst du dir die Buchstaben so leichter?«

»Nein, aber ich kann immer und überall mit den Fingern darauf üben.«

»Sehr klug!« Frieda umfaßte Jana mit einem fast liebevollen Blick. »Hast du keine Lust, mal an die frische Luft zu gehen?«

»Es regnet doch, Oberschwester.«

»Wie wär's, wenn du mal in ein Kino gehst? Im Ufa-Palast läuft ein neuer Film mit Zarah Leander. *Der Weg ins Freie,* heißt der Film. Und im Tivoli wird *Jud Süß* gespielt... das mußt du dir ansehen, mein Kind.«

»Wenn ich darf...«

»Natürlich darfst du. Du bist doch hier nicht im Gefängnis. Außerhalb deiner Arbeitszeit kannst du tun und lassen, was du willst. Selbstverständlich im Rahmen von Anstand und Moral.«

»Ich möchte zu gerne einmal in das Museum im Schloß, Oberschwester.« Jana starrte auf ihre Schreibmaschine, um nicht Frieda Wilhelmi anschauen zu müssen. »Ich liebe Gemälde und Skulpturen. Bei einem Kurzurlaub von der Front habe ich sogar Schloß Peterhof besichtigt. Ich war richtig ergriffen.«

»Dann sieh dir das Museum doch an, mein Kind.«

»Es ist nur am Tag geöffnet, nicht abends, wenn ich hier fertig bin.«

»Das stimmt.« Frieda Wilhelmi überlegte nicht lange. »Ich gebe dir morgen einen freien Tag.«

»Wirklich, Oberschwester? O danke... danke...«

Sie wollte aufspringen und Frieda umarmen, aber dann sank sie auf ihren Stuhl zurück und wischte sich über die Augen.

»Nun heul nicht!« sagte Frieda grob, aber nicht mit ihrer Trompetenstimme. »Dir steht doch ein freier Tag zu. Du gehst also morgen ins Museum und erzählst mir, was es da zu sehen gibt. Ich würde mitgehen, aber ich kann ja hier nicht weg. Und übermorgen abend sehen wir uns Zarah Leander an.«

In dieser Nacht wurde Jana Petrowna gestört. Ein Klopfen schreckte sie aus dem Schlaf auf, und das erste, was sie dachte, war: Wie gut, daß ich die Tür abgeschlossen habe. Auch ohne daß sich der Klopfende vorstellte, wußte sie, wer vor der Tür stand.

»Ja?« rief sie in der Art, wie sich Frieda immer meldete. Draußen im Flur hüstelte jemand. Dann sagte eine gedämpfte Stimme:

»Machen Sie auf. Bitte...«

»Wer ist da?« fragte sie völlig überflüssig.

»Hans...«

»Ich kenne keinen Hans.«

»Hans Phillip.«

»Ach Sie, Herr Doktor? Ein Notfall? Ich habe keinen Stationsdienst, das wissen Sie doch.«

»Man könnte es einen Notfall nennen, Schwester. Schließen Sie die Tür auf.«

»Nein.«

»Seien Sie doch kein Frosch.«

»Ich bin eine Jungfrau.«

»Wie bitte?«

»Ich bin Sternzeichen Jungfrau.«

»Humor haben Sie! Das gefällt mir. Wir sollten uns näher kennenlernen, aber nicht durch die Tür.«

»Ich wüßte nicht, wozu das nützlich ist.«

»Das könnte ich Ihnen erklären, wenn Sie mich hereinlassen.«

»Auch dann würden Sie mich nicht überzeugen.«

»Es käme auf einen Versuch an, Schwester Jana. Im Leben gibt es selten ein Nie.«

»Dann gehöre ich zu dieser Seltenheit, Herr Doktor. Lassen Sie mich jetzt weiterschlafen, bitte. Wieso sind Sie eigentlich noch im Haus?«

»Ich habe Nachtdienst. Nun machen Sie schon auf. Ich habe auch zwei Flaschen Bier mitgebracht.«

»Pissolin?«

Schweigen. Dr. Phillip zwinkerte verblüfft mit den Augen. Was ist denn das, fragte er sich. Die spröde Kleine und dann solch ein Wort. Junge, die hat es ja faustdick hinter den Ohren. Die ist ja gar nicht ein Kräutchen-rühr-mich-nicht-an. Die tut nur so, die spielt mit mir Katz und Maus.

»Mädchen –« sagte er und preßte dabei den Mund an den Türspalt. »Du bist ein Teufelsweibchen. Komm und dreh den Schlüssel rum...«

»Nein. Gute Nacht, Herr Doktor.«

Jana Petrowna legte sich wieder zurück und zog die Decke über ihren Kopf. Sie hörte nichts mehr und wußte so auch nicht, wie lange Dr. Phillip noch an der Klinke rüttelte, redete, bettelte und lockte. Schließlich gab er auf, zum erstenmal widerstand eine Frau seinen Lockungen, ein völlig unbekanntes Gefühl war das, und enttäuscht ging er zurück zum Arztzimmer der Chirurgie. Na, dann heute nicht, dachte er. Wir haben ja Zeit. Einmal wird's gelingen. Wer hat heute Nachtdienst? Schwester Veronika. Vroni, die Rundärschige. Besser als gar nichts.

Er packte seine Flaschen Bier wieder in die Kitteltasche und ging zur Station III, in der das Wachzimmer lag.

»Grüß dich, Vroni«, sagte er zu dem drallen Mädchen, beugte sich über sie, küßte sie und strich dabei über ihre Brüste. »Machen wir's uns gemütlich. Es wird sonst eine langweilige Nacht werden.«

Und Schwester Vroni knöpfte ihren Kittel auf...

Gegen zehn Uhr am Vormittag betrat Jana Petrowna das Museum im Königsberger Schloß. Sie kaufte eine Karte, wagte aber nicht, zu fragen, wo man das Bernsteinzimmer aufstellen wollte. Niemand außer ein paar Eingeweihten wußten von der Ankunft des Schatzes. Es war anzunehmen, daß die Kartenverkäuferin überhaupt keine Ahnung hatte.

Um nicht aufzufallen, ging Jana von Saal zu Saal, blieb vor einigen Gemälden stehen, stieg hinauf in den ersten Stock und sah nirgendwo einen leeren Saal oder eine Betriebsamkeit, die auf ein Auspacken des Bernsteinzimmers hinwies. Erst als sie in den zweiten Stock gehen wollte, versperrte ein dickes Seil die Treppe. Ein Schild hing an dem Seil: *Gesperrt.* Und auf der Treppe auf einem Ständer las sie: *Bis auf weiteres kein Zutritt.*

Jana blieb stehen und hob lauschend den Kopf. Da oben also, dachte sie. Da muß Väterchen sein. Was wird er sagen, wenn ich plötzlich vor ihm stehe? Sie hörte entferntes Hämmern, ein paar Stimmfetzen mischten sich dazwischen, irgend etwas schleifte über den Boden, dann eine deutliche Stimme: »Karl, pack mal mit an! Vorsichtig, du Knallkopf! Und jetzt: Hebt hoch!«

Jana Petrowna hob das Seil an, ging gebückt darunter her und stieg die Treppe hinauf. Um die Ecke des breiten Flurs hörte sie nun deutlicher das Hämmern. Zwei Männer bogen von einem Seitengang ein und blieben beim Anblick der Rote-Kreuz-Schwester stehen.

»Wo soll's denn hingehen, Schwester?« fragte einer von ihnen. »Hier ist im Moment nichts zu sehen.«

»Ist denn das Schild unten weg?« fragte der andere.

»Ich bin dienstlich hier. Im Krankenhaus wurde angerufen. Ich weiß nicht, was los ist.«

»Wird sich einer an den Mistkisten den Daumen gequetscht haben«, sagte der eine fröhlich.

»Hoffentlich nicht was anderes«, lachte der andere. Er winkte den Seitenflur entlang. »Freie Fahrt, Schwester. Und nehmen Sie ihn vorsichtig in die Hand...«

Laut lachend verschwanden sie in einem Zimmer. Jana zögerte einen Moment, dann preßte sie die Lippen zusammen und ging weiter. Vor einer breiten Tür, über der die Nummer siebenundzwanzig stand, blieb sie stehen. Hinter der Tür erklang laut das Stakkato des Hämmerns und vielfaches Stimmengewirr. Sie nahm allen Mut zusammen, drückte die Tür auf und betrat einen großen, leeren Saal.

Auf dem Parkettboden war eine der Wandtafeln des Bernsteinzimmers zusammengelegt worden, zwei Männer in Offiziersuniform studierten einen Bernsteinengel, den einer von ihnen in beiden Händen hielt, drei Männer an der hinteren, kahlen Wand schlugen Haken in die Mauer, ein vierter, mit einem Plan in der Hand, zeichnete mit einem dicken Stift neue Bohrlöcher an.

Und vor der auf dem Boden liegenden Wandtafel kniete Michael Wachter und untersuchte mit einer großen runden Handlupe das Mosaik aus geschliffenem, funkelndem Bernstein.

Der erste, der Jana Petrowna bemerkte, war Dr. Runnefeldt. Er blickte von dem Bernsteinengel hoch und sah sie an. Verblüffung lag in seinem Blick. Dr. Findling bemerkte es und drehte sich um. Auch ihm sah man das Erstaunen an.

»Sie haben sich verlaufen, Schwester«, sagte Dr. Runnefeldt höflich.

»Ich weiß nicht. Jemand hat im Krankenhaus angerufen, hier soll es einen kleinen Unfall gegeben haben.« Ihre Geistesgegenwart war hervorragend. Sie sah dabei hinunter auf die Wandtafel, vor der Wachter kniete.

Ich bin da, Väterchen! Mach dir keine Sorgen mehr um mich. Gut geht es mir. Schon bei den ersten Worten hatte es Wachter durchzuckt, er wollte herumfahren, aufspringen, aber dann siegte der Verstand, er blieb auf den Knien und schob nur seine Schultern hoch. Jana, das ist Janaschka... ihre Stimme ist es, keine zweite hat eine solche Stimme, eine solche Betonung der deutschen Sprache. Sie ist es, sie ist es... Jana ist nach Königsberg gekommen.

Langsam, was ihm viel Mühe und Selbstbeherrschung kostete, drehte auch er sich um, und als er Jana anblickte, mußte er sich zusammenreißen, um nicht die Arme auszubreiten.

Mein Töchterchen, dachte er. O Gott, mein Töchterchen. Wir sind wieder zusammen! Wie geht es dir? Wo bist du untergeschlüpft? Woher weißt du, daß ich im Schloß bin?

Er erhob sich von den Knien, klopfte den Staub von seinen Hosenbeinen und legte beide Hände flach auf sein Herz.

Töchterchen, ich grüße dich.

Dr. Runnefeldt hatte unterdessen den Kopf geschüttelt. »Ein Unfall? Hier bei uns? Nicht daß ich wüßte. Haben Sie eine Ahnung davon, Dr. Findling?«

»Nein. Hier ist keiner verletzt. Vielleicht unten bei den Wagen?«

»Das wüßten wir.« Dr. Runnefeldt kam einen Schritt auf Jana zu. Bedauern lag in seiner Stimme. »Es kann sich nur um einen dummen, aber gemeinen Scherz handeln, Schwester.« Erstaunen stieg plötzlich in seine Augen. Mit schräg gelegtem Kopf musterte er Jana genauer. »Kennen wir uns nicht?«

»Nein. Bestimmt nicht.«

»Wir sind uns noch nicht begegnet? Ich habe mich bisher noch nie geirrt. Und ein gutes Personengedächtnis habe ich. Irgendwoher kenne ich Sie...«

»Vielleicht von der Front? Ich habe im Hauptverbandsplatz gearbeitet. Vor Leningrad.« Sie sagte es so sicher und bestimmt, daß keine Zweifel aufkommen konnten. »Waren Sie an der Front?«

»Nein. Zum erstenmal irre ich mich. Verzeihen Sie, Schwester. Mein Name ist Runnefeldt.«

»Findling –« schloß sich Dr. Findling mit einer kleinen Verbeugung an. »Wie gesagt: Hier gibt es keinen Unfall.«

»Dann ist es wirklich ein übler Scherz.« Sie warf noch einen schnellen Blick auf Wachter und drückte ihre Einsatztasche an sich. »Wie komme ich jetzt wieder hinaus? In diesem Schloß kann man sich ja verlaufen.«

»Kein Problem, Schwester.« Wachter trat vor und sah mehr Dr. Runnefeldt als Jana an. »Ich werde Ihnen den Weg zeigen. Kommen Sie mit.«

»Danke. Verzeihen Sie mein Eindringen, aber ich kann ja nichts dafür.« Sie drehte sich um und ging aus dem Saal, Wachter nach, der ihr vorauslief. Auf dem Flur waren sie allein. Mit schnellem Griff faßte Wachter ihre Hand, zog sie in ein Zimmer mit Bildern von Liebermann und Modersohn-Becker und riß sie mit einem Aufschluchzen in seine Arme.

»Töchterchen...« stammelte er. »O mein Töchterchen. Nun sind alle Sorgen fort. Wo lebst du? Wo hast du dich versteckt? Hast du Hunger? Brauchst du Geld? Eine neue Tracht hast du ja an. Wo hast du sie gestohlen? O Töchterchen, wie glücklich bin ich...«

Eine Weile standen sie so engumschlungen im Liebermann-Zimmer, sprachen nach den ersten gestammelten Worten keinen Ton mehr, sondern gaben sich ganz dem Glück des Wiedersehens hin. Nur ein paar Tage waren sie getrennt gewesen, aber für Michael Wachter war es in Puschkin ein Abschied geworden, eine unbekannte Zukunft lag vor ihm, die kein Wiedersehen einschloß. Nun lagen seine Arme um Jana Petrowna, hier war sie, in Königsberg, im Schloß, so etwas wie ein Wunder war's, das über einen hereinbricht und einen stumm werden läßt.

Erst als Wachter wieder durchatmen konnte, ließ er Jana los, und sie konnte sagen:

»Väterchen, eine gute Stelle habe ich. Hier, im Städtischen Krankenhaus. Bin die Sekretärin der Oberschwester. Eine ehrenhafte Stelle. Habe ein eigenes Zimmer, bekomme ein Gehalt und freies Essen, werde von der Oberschwester Frieda beschützt wie eine Ikonensammlung, lerne Schreibmaschine, kann mich überall frei bewegen, kann in ein Kino gehen, ins Theater, in ein Café, ein Restaurant – wie ein normaler deutscher Bürger lebe ich ... und ich trage eine Uniform, die mich vor allen Kontrollen schützt. Eine eigene Uniform, Väterchen, keine gestohlene wie die erste, und einen Ausweis habe ich, eine Kennkarte, Lebensmittelkarten, Tabakkarten, Sonderzuteilungen –« sie breitete die Arme aus und drehte sich um sich selbst – »ich bin ein vollgültiger Mensch! Und du, Väterchen?«

»Der Gauleiter und der Museumsdirektor Dr. Findling haben mich für das Bernsteinzimmer angestellt. Ich bewache und betreue es weiter.«

»Dann hat sich ja nichts geändert!«

»Nur der Ort, Töchterchen. Der Ort ... und das ist eine Änderung, die uns noch viel zu schaffen machen wird. Wer weiß, wie der Krieg ausgeht?! Alle hier reden vom Sieg der Deutschen ...«

»Du bist doch ein Deutscher, Väterchen.«

»Ja, das bin ich. Ein Preuße bin ich, wie meine Ahnen ... aber ich bin nicht ein Deutscher wie die vielen heute, die sich Deutsche nennen. Die Endsiegglauber, die Heilrufer, die Hitlerhörigen, die Übermenschen, vor denen alle anderen nur Untermenschen sind, vor allem ihr, die Slawen, die Völker des Ostens. Was ich in den letzten Tagen alles gehört habe. Töchterchen, man müßte sich schämen, ein Deutscher zu sein und zu ihnen zu gehören.«

Einen Augenblick dachte Jana an Julius Paschke und schüttelte den Kopf.

»Auch andere gibt es, Väterchen. Vielleicht viele andere. Wir kennen noch zu wenig.«

»Aber fast alle glauben an den Sieg. An die Vernichtung Rußlands. Vor Moskau stehen sie, vor Leningrad, die Krim haben sie erobert, marschieren durch den Kaukasus...«

»Und der Winter wird kommen... den kennen sie noch nicht. Und der Ural liegt vor ihnen, dann das unendliche Sibirien, der Amur, der Ussuri, Chinas Grenze, Kamtschatka, die Gebiete um Wladiwostok und am Pazifik... niemand, auch die Deutschen nicht, kann Rußland erobern. Unser weites Land ist unser ewiges Leben.«

»Wie klug du redest, Töchterchen. Lassen wir uns überraschen vom General Winter.«

Noch viel, o wieviel hatten sie miteinander zu reden, aber es würde verdächtig werden, wenn Wachter nicht bald in das Bernsteinzimmer zurückkam. Vorsichtig öffnete er die Tür einen Spalt, spähte in den Flur und zog dann Jana Petrowna aus dem Liebermann-Zimmer. Er brachte sie bis zur Treppe, nickte ihr zu, wartete, bis sie die Stufen hinabsprang, und kehrte dann ins Bernsteinzimmer zurück.

Dr. Findling, Dr. Runnefeldt und Dr. Wollters hatten ihn nicht vermißt. Sie standen diskutierend vor der großen, auf dem Boden liegenden zusammengesetzten Wandtafel und verglichen sie mit Fotos aus alten Museumskatalogen des Katharinen-Palastes. Dr. Findlings Gesicht war von einer großen Betroffenheit gezeichnet.

»Wenn alle Tafeln so sind wie diese« – sagte er gerade – »na, dann Prost. Es fehlen der nach oben abschließende Wandfries, die Ornamentverzierungen zwischen dem Wandfries und dem Deckengemälde, das ja in Puschkin geblieben ist, und eine ganze Menge der Mosaiksteinchen der Tafel. Mir ist das rätselhaft. Das war doch alles noch vorhanden, als Sie das Zimmer ausbauten, meine Herren! Oder nicht?«

»Ich hab's nicht in der Tasche!« antwortete Dr. Wollters beleidigt. »Wir haben das ausgebaut, was vorhanden war.«

»Der über ein Meter hohe Wandfries war da! Das Bernsteinzimmer stand komplett im Saal.« Dr. Runnefeldt ging einmal um die ausgelegte Tafel herum. »Nichts fehlte! Das kann ich beschwören! Das wäre uns doch aufgefallen... rundum eine kahle Wand von einem Meter Höhe! Und die Ornamente zwischen Fries und Deckengemälde hätten ja auch Lücken hinterlassen, wenn sie nicht mehr dagewesen wären! Nein, das Zimmer war bis auf kleine Schäden unversehrt.«

»Fragen wir Wachter. Wenn einer etwas weiß, dann er...«

Bei dieser Lage der Dinge war Wachter zurückgekommen und hatte die letzten Worte noch gehört.

»Sie haben gehaust wie die Hunnen«, sagte er laut.

»Wer?« Dr. Findling fuhr herum, er hatte Wachter nicht zurückkommen gehört.

»Die Soldaten...«

»Da haben wir es. Diese sowjetische Soldateska...« Dr. Wollters ballte die Fäuste. »Nichts ist ihr heilig...«

»Es waren deutsche Soldaten, Herr Rittmeister«, sagte Wachter.

Jetzt fuhr Dr. Wollters herum, als habe ihn der Museumsdirektor in die Kniekehlen getreten. »Eine Unverschämtheit ist das!« schrie er mit hochrotem Gesicht. »Mann, was Sie da behaupten, ist Wehrkraftzersetzung! Darauf steht die Todesstrafe, wenn ich das melde. *Wenn* ich das melde! Der deutsche Soldat ist ein Kulturträger, begreifen Sie das?!«

»Schwer –«

»Sie... Sie Volksverräter!« Dr. Wollters japste nach Luft. »Sie bezichtigen unsere tapfer kämpfende Truppe des Vandalismus?! Ich... ich finde keine Worte mehr!«

»Eine Anzeige wäre sehr interessant.« Wachter übersah, daß ihm sowohl Dr. Findling wie auch Dr. Runnefeldt warnend zublinzelten. Maul halten, Wachter! Um Himmels willen, seien Sie doch still! Sie wissen ja gar nicht, was Sie da anrichten! Wenn Wollters wild wird, können wir Ihnen nicht mehr helfen. Keiner kann das dann mehr... selbst Gauleiter Koch nicht.

»Wäre sie das?« bellte Wollters. »Das Vergnügen können Sie haben!«

»Ich kann einen Zeugen vorweisen, Herr Rittmeister, dem wird man glauben: General von Kortte. Er hat es selbst gesehen, wie die Soldaten im Bernsteinzimmer gehaust haben. Mit verdreckten Stiefeln, voller Lehmklumpen, lagen sie auf den wertvollen Polstermöbeln, mit Seitengewehren haben sie Mosaike und ganze Schnitzereien aus den Wänden gebrochen, zur Erinnerung und um die Andenken an ihre Frauen zu schicken, mit ihren Nagelstiefeln haben sie das unersetzliche Intarsienparkett zertreten. Ich wollte sie von der Zerstörung abhalten... was haben sie getan? Mich niedergeschlagen haben sie, fast getötet, eine Horde von...«

»Jetzt reicht's!« brüllte Wollters außer sich. »Bezeichnet unsere heldenhaften Soldaten als marode Horde... Meine Herren, Sie haben es gehört! Sie sind meine Zeugen!«

»Wir können bezeugen, daß Herr Wachter, als wir in Puschkin ankamen, noch einen Kopfverband trug, und daß wir von Herrn General von Kortte erfahren haben, daß er das Bernsteinzimmer sofort nach diesem Vorfall räumen ließ und die Truppe andere Quartiere erhielt.« Dr. Runnefeldt hob die Schultern. »Leider ist das alles wahr, lieber Kollege... und Sie wissen es auch. Sie waren ja immer dabei. *Unsere* Soldaten haben das Bernsteinzimmer wie einen Steinbruch benutzt.«

»Nun übertreiben Sie nicht, Runnefeldt!« Dr. Wollters ging ein paarmal um die zusammengesetzte Wandtafel auf dem Boden herum. »Ich habe kaum etwas bemerkt.«

»Ich um so mehr.« Wachter ließ sich durch nichts mehr einschüchtern. Er war im Recht, und er hatte zeit seines Lebens untadelig gelebt und war ein aufrechter Mann. »Ich war ja dabei, wollte es verhindern und wurde dafür fast ermordet.«

»Unsere Landser haben doch nicht den ganzen Wandfries geklaut.«

»Nein.«

»Und um den geht es jetzt, nicht um ein paar herausgebrochene Steinchen. Der Wandfries war unbeschädigt. Stimmt das?«

»Ja.«

»Also, dann halten Sie den Mund, Wachter, und spielen Sie nicht kleine Einzelverfehlungen zu einer Diffamierung deutscher Soldaten hoch! Das klingt ja so, als ob unsere gesamte Wehrmacht nur aus Kunsträubern bestünde!«

»Nein... das sind nur einzelne, Herr Rittmeister. Nur eine kleine Gruppe...«

»Na also! Wer wird aus einem Furz schon einen Elefanten machen? Vergessen wir Ihr Gejammer...«

Daß er mit festem Schritt in eine Falle marschiert war, bemerkte Wollters nicht. Dr. Findling und Dr. Runnefeldt begriffen sofort den Doppelsinn der Worte und fühlten sich unmittelbar angesprochen. Mit betroffenem Blick sahen sie Michael Wachter an, und Runnefeldt atmete erlöst auf, als er feststellte, daß der Rittmeister den Tiefschlag gar nicht bemerkt hatte.

»Lassen wir dieses Thema doch fallen, meine Herren«,

schlug Runnefeldt vor. »Wir müssen uns mit dem abgeben und begnügen, was wir als Bernsteinzimmer aus Puschkin bekommen haben. Außerdem sind ja noch nicht alle Kisten ausgepackt.«

»Es ist trotzdem eine Sauerei!« schrie Dr. Wollters in hellster Empörung.

»Auf dem Transport ist nichts verlorengegangen, das können wir alle bezeugen. Wenn von dem Bernsteinzimmer etwas fehlt, muß es in Puschkin zurückgeblieben sein. Wie ist das möglich? Wo stehen diese Kisten jetzt? Oder deutlicher: Wer hat sie in diesen Tagen geklaut?«

»Wenn hier Kisten verschwunden sind, werden wir das nie erfahren, Herr Kollege.« Dr. Runnefeldt setzte sich auf den Rand einer an der Wand stehenden, aufgestemmten Kiste. »Wir können nur registrieren, was fehlt. Und nach dem Endsieg werden wir dann anhand der Fotos alles Fehlende wieder ergänzen und restaurieren. Wir verfügen über enorme Künstler der Bernsteinschnitzerei. Das wäre also kein Problem... was mich bis zur Galle ärgert, ist die lautlose Raffinesse, mit der man uns aufs Kreuz gelegt hat!«

»Das waren keine einfachen Landser«, sagte Wachter ganz ruhig. »Sie verfügen gar nicht über Möglichkeiten, so etwas verschwinden zu lassen.«

»Etwas ganz Wichtiges ist anscheinend vergessen worden, meine Herren«, warf Dr. Findling ein. »Von den drei wertvollen, unersetzlichen, geschnitzten und mit Blattgold belegten Türen des Bernsteinzimmers fehlen zwei! Nur eine ist mitgekommen. Warum?«

»Scheiße!« Dr. Wollters ballte die Fäuste. »Wenn man nicht selbst jede Schraube überwacht –«

»Zwei riesige Türen kann man nicht übersehen«, stellte der Museumsdirektor maliziös fest. »Beim Auspacken der einzelnen Teile habe ich das gleich bemerkt. Wir müssen sofort in Puschkin anrufen.«

»Das wird kaum über eine Privatleitung gelingen.« Dr. Runnefeldt schüttelte den Kopf. »Puschkin ist Frontgebiet, ist sogar nach dem Führerbefehl der Belagerung von Leningrad die vordere Hauptkampflinie. Da gibt es nur militärische Sprechverbindungen. *Wenn* es überhaupt möglich ist, in dieses Telefonnetz hineinzukommen, dann müßten wir mit dem Nachschubführer der 18. Armee sprechen. Der ist jetzt der einzige, der die zwei Türen – und vielleicht die Wandfriese, falls noch vorhanden – auf den Weg nach Königsberg bringen kann.«

»Dann versuchen Sie das, meine Herren!« Dr. Findling machte eine weite Handbewegung durch den noch leeren Saal. »Sollen wir in Zukunft alle Lücken mit ausstellen?«

»Der Gauleiter muß helfen«, sagte Dr. Runnefeldt gepreßt.

»Ja, der Gauleiter.« Wachter nickte hoffnungsvoll. »Jetzt kann er zeigen, ob er wirklich so mächtig ist, wie man sagt.«

»Ist denn keiner hier, der diesen Kerl zur Ordnung ruft?« schrie Wollters empört. »Jetzt kritisiert er auch noch den Gauleiter! Mann, das alles ist nur *Ihre* Schuld! *Sie* hatten den Auftrag, das Bernsteinzimmer zu überwachen, seit 225 Jahren, wie Sie immer betonen! *Sie* hätten das Fehlen bemerken müssen! Wozu sind Sie sonst da?!«

Wie immer, wenn sich hohe Herren in die Enge getrieben fühlen, schuld haben immer die Untergebenen. Auf eine elegante und fast immer sichere Art schieben sie den anderen, den Wehrlosen, die Schuld zu. Was die Beschuldigten auch beteuern, es hat kein Gewicht. Bevor der eigene Kopf rollt, müssen erst andere den ihrigen hinhalten. Das Opferlamm wird nie aussterben. Aber Michael Wachter war kein solches Opfertier. Mit einem Satz brachte er den Rittmeister von seinem hohen Roß herunter.

»Wie konnte ich das?« sagte Wachter ohne Erregung und hob dabei bedauernd die Schultern. »Sie haben mich während des Abbaus genau zehnmal aus dem Bernsteinzimmer hinausgeworfen, Herr Rittmeister. Ich konnte meiner Aufgabe ja gar nicht mehr nachgehen –«

»Aha!« bemerkte Dr. Findling nur. Mehr nicht, aber es genügte, um Wollters erneut explodieren zu lassen. Er streckte den Körper, richtete sich auf den Stiefelspitzen auf und schleuderte einen vernichtenden Blick auf Dr. Findling.

»Ihre Anmerkung war völlig überflüssig!« brüllte er. »Ich übernehme die Verantwortung für alles, was in Puschkin geschehen ist! Genügt das?!«

»Im Prinzip ja.« Dr. Findling schüttelte den Kopf, was eigentlich dem Ja widersprach, es sogar, genaugenommen, aufhob. »Aber davon habe ich noch nicht meine Türen und die Wandfriese wieder...«

Unterdessen war es auf der Treppe zu einer verhängnisvollen Begegnung gekommen: die herabsteigende Jana Petrowna stieß auf den hinaufeilenden Gauleiter Koch. Sie kannte ihn nicht, aber die goldbetreßte Uniform und die Personenbeschreibung, die man ihr von Koch gegeben hatte, paßten genau: mittelgroßer Mann, stämmig, Augen, die alles abschätzend musterten mit einem kalten Blick, über der Oberlippe ein kurzgehaltener, kleiner Schnurrbart, eine Nase mit breiten Nasenflügeln, eine Uniform, die vor allem dadurch auffiel, daß sie besonders breite, ausladende Breeches besaß, die an den Oberschenkeln wie Flügel aussahen, eine überdimensionale Reithose also, die der kleinen Gestalt mehr Gewicht verlieh. Er muß es sein, dachte Jana Petrowna blitzartig. Kein anderer könnte dieser Beschreibung so entsprechen.

Wie alle körperlich etwas zu kurz Geratenen war auch Koch immer und überall bestrebt, dieses Manko durch Machtfülle, Forschheit, einen barschen Befehlston und eine unerträgliche Rechthaberei auszugleichen.

Gauleiter Erich Koch verlor und kapitulierte nie. Seine entsetzlichen, gnadenlosen, vernichtenden Mittel heiligten sein übersteigertes Selbstbewußtsein und schmeichelten seinem schon paranoischen Drang, immer der Größte, der Unangreifbare, der Rechthabende zu sein. In seiner Nähe fror man nicht... man hatte einfach nackte Angst – und das war für Koch der Gipfel seines Lebens.

Jana und Koch blieben ruckartig auf den Treppenstufen stehen und sahen sich an. Der Gauleiter, zu allem Überfluß noch zwei Stufen tiefer als Jana und damit zusätzlich benachteiligt, denn es ist immer besser, auf etwas hinabzusehen als hinaufzublicken, glich diese Situation auf gewohnte Art aus.

»Ja, wer ist denn das?!« rief Koch. Ehrliche Begeisterung lag in seiner Stimme. Mit unverschämten Blicken musterte er Jana Petrowna, als stünde sie nackt vor ihm, tastete ihren Körper ab, von den schlanken Beinen bis zu den schwarzen Locken, glitten dann zurück zu ihren Brüsten, die auch in der Schwesterntracht auffielen, und blieben an ihnen hängen. »Welch ein wunderschönes Schwesterchen kommt da ins Schloß! Wer ist hier krank? Wer braucht Ihre Hilfe? Was den Patienten auch quält... jetzt *muß* er eine neue Krankheit bekommen haben: Blutsausen und Herzklopfen!«

»Es war ein Fehlalarm, Herr Gauleiter. Niemand ist hier krank.«

»Sie kennen mich?« fragte Koch kokett, obwohl er sicher war, daß ihn in Ostpreußen jeder kannte. Das konnten andere Gauleiter nicht vorweisen, weder Mutschmann von Sachsen, weder Grohé von Köln-Aachen, noch Wagner von Westfalen-Süd. Sie waren bekannt, aber die zweifelhafte Popularität von Koch erreichten sie nie.

»Wer kennt Sie nicht, Herr Gauleiter?« antwortete Jana Petrowna. Sie kam nicht näher, blieb auf ihrer Treppenstufe stehen und blickte auf Koch hinunter. Aber auch der stieg die beiden Stufen nicht hinauf... die jetzige Perspektive war ihm äußerst angenehm.

»Auch wenn es, wie Sie sagen, ein Fehlalarm war, er hat etwas Gutes: Ich bin Ihnen begegnet. Sonst wäre das vielleicht nie geschehen... und das wäre ein Verlust gewesen. Wie heißen Sie, Schwesterchen?«

»Jana Rogowskij, Herr Gauleiter.«

»Das klingt ganz ostpreußisch.«

»Ich wurde in Lyck geboren.«

»Das ist doch in Masuren?«

»Ja, Herr Gauleiter.«

»Jana – ein masurisches Mädchen zu sein war immer eine Verpflichtung und ein Versprechen...«

»Wie soll ich das verstehen, Herr Gauleiter?«

»Ein masurisches Mädchen ist heißblütig, unersättlich in der Liebe, Himmel und Hölle in einer Person. Bist du heißblütig, Jana?«

Wie selbstverständlich duzte er sie sofort nach den ersten konventionellen Sätzen, und wieder tastete er ihren Körper langsam mit seinen unverschämten Blicken ab. Dabei lächelte er... ermunternd sollte das sein, aber Jana war nur um so mehr auf der Hut. Was sollte sie antworten? Wie würden andere Frauen darauf reagieren? Nur lächeln – das war eine Aufforderung. Den Kopf schütteln – das würde ihn nur zu neuen Fragen solcher Art provozieren. Bei jedem anderen Mann wäre es einfach gewesen, ihn ohne Antwort stehen zu lassen und wegzugehen... konnte man das aber mit einem Gauleiter tun? Mit einem Tyrannen wie Erich Koch? Sie entschloß sich, auszuweichen.

»Ich weiß es nicht, Herr Gauleiter«, sagte sie und spielte perfekt die Verschämte. Koch gefiel diese Geziertheit ungemein. Sein tastender Blick wurde fordernd, Jana spürte ihn auf ihrem Körper, als seien es Hände, die über ihre Haut strichen.

»Es hat dir noch keiner gesagt?«

»Nein –«

»Wir sollten diese ›Volksmeinung‹ einmal überprüfen. Heißblütigkeit ist nur feststellbar, wenn man sie herausfordert. Enttäusche nicht Masuren, Jana. Wann hast du deinen freien Tag?«

»Den bestimmt Oberschwester Wilhelmi.«

»Irrtum! Den bestimme jetzt *ich*!« Koch stieg nun doch die beiden Stufen hinauf, und als er neben Jana stand, war er ein paar Zentimeter kleiner als sie. Das war er gewöhnt – die meisten Frauen, die sein Bett kannten, waren größer als er gewesen. Aber welche Bedeutung hatte das? In den Kissen war er der Größte.

Er versuchte, Janas Taille zu umschlingen, aber sie wich auf der Treppe zurück, eine stumme Abwehr, die Koch sonst kaum erlebt hatte. Die meisten Frauen, die er »erobert« hatte, sahen das als eine Ehre an, so wie die Männer ihre Brust wölbten, wenn man ihnen einen Orden verlieh.

»Was ist denn?« fragte Koch etwas verwirrt und mit einem bösen Unterton in der Stimme. Janas Augen flimmerten, er konnte sich erklären, warum.

»Mich hat noch kein Mann angefaßt, Herr Gauleiter«, sagte sie fast kläglich.

»Das darf doch nicht wahr sein! Hast du bisher nur unter Blinden gelebt?«

»Alle haben auf mich aufgepaßt. Zu Hause der Vater und der älteste Bruder, im Schwesternheim die Leiterin, im Krankenhaus die Oberschwestern.«

»So etwas gibt es wirklich noch?« Koch kam näher, streckte die Arme aus, spreizte die Finger und preßte sie plötzlich an Janas Brüste. Sie erstarrte, ballte die Fäuste und hatte großes Verlangen, Koch einen kräftigen Schlag auf die breite Nase zu geben. Das aber – sie erkannte es klar – würde ihr Ende bedeuten. Verbannung aus Königsberg, Schwester in einem Arbeitslager der Ostarbeiter, vor allem aber würde man entdecken, wer sie wirklich war. Und das bedeutete Einweisung in ein KZ, oder sie würde sofort zum Tode verurteilt werden. Koch hatte die Macht dazu. Kein »unabhängiger« Richter würde es wagen, einen Wink des Gauleiters Koch zu übersehen. Auch Richter sind zu ersetzen...

»Du bekommst am Mittwoch deinen freien Tag!« sagte Koch und drückte Janas Brüste. Die Gier in seinen Augen nach dieser Berührung war unerträglich. »Und dann feiern wir ein masurisches Liebesfest.«

»Ich... ich weiß es nicht.«

»Aber ich weiß es, und das genügt. Mittwoch abend, Jana. Ich lasse dich abholen. Wir werden in ein wunderschönes kleines Jagdschloß fahren... es wird dir gefallen.«

»Wenn die Oberschwester mir freigibt.«

»Daran ist nicht zu zweifeln. Wie heißt der Drachen?«

»Frieda Wilhelmi. Städtisches Krankenhaus.«

»Also dann bis Mittwoch, Jana.«

»Ja, Herr Gauleiter.«

Koch tätschelte ihr über die Wange, und als sie die Treppe hinunterging, blickte er ihr noch lange nach, gefangen vom Anblick ihrer schwingenden Hüfte, der wilde Phantasien in ihm wachrief. Ist das ein Weib, dachte er. Verdammt, das ist ein Weib!

In blendender Laune betrat er den Saal Nummer 37, gerade als Dr. Wollters wütend ausrief:

»Es muß sofort eine Verbindung nach Puschkin geschaffen werden! Wenn der Einsatzstab des Sonderkommandos Rosenberg mittlerweile dort war, können wir die fehlenden Dinge abschreiben.«

»Was ist mit Rosenberg?« fragte Koch. Seine scharfe Stimme ließ die Wissenschaftler herumfahren wie ertappte Diebe. Kochs gute Laune war wie weggewischt – der Name Rosenberg genügte, ihm gründlich den Tag zu verderben.

»Herr Gauleiter... es fehlen einige Dinge vom Bernsteinzimmer.« Dr. Findling zeigte auf die am Boden zusammengesetzte Bernsteinwandtafel. »Der obere Fries, die Ornamente zum Anschluß an die Deckenmalerei und zwei der drei Zimmertüren. Sie wurden offensichtlich vergessen, einzuladen.«

»Eine Sauerei!« schrie Koch und stampfte mit dem rechten Fuß auf. Er hatte das bei Hitler gesehen und festgestellt, daß solch ein Stampfen großen Eindruck hinterließ. »Vergessen! Wie kann man das vergessen?! Wer ist dafür verantwortlich?«

Dr. Wollters schluckte, sah Wachter an, aber der schwieg und berichtete nichts von seinem zehnfachen Hinauswurf. Tapfer blickte der Rittmeister dann Koch in die wütenden Augen.

»Ich nehme die Verantwortung auf mich, Herr Gauleiter. Herr Dr. Runnefeldt hat den Ausbau des Bernsteinzimmers geleitet, ich die Verpackung und die Verladung. Das mit den Friesen ist mir ein Rätsel... die beiden Türen haben wir glatt vergessen.«

»Und jetzt war Rosenberg im Katharinen-Palast, sagen Sie?«

»Ja. Leiter der Aktion ist Major Heinrich Müller-Gießen. Zweimal waren wir schneller als er... aber was wir zurückgelassen haben, dürfte jetzt weg sein. Verschwunden. Hoffnung habe ich nur für die Türen. Herr Gauleiter, machen Sie es möglich, bitte, eine schnelle Verbindung nach Puschkin in den Palast zu schaffen. Wenigstens die Türen können wir noch retten...«

»Und wenn sie nicht mehr da sind, weiß ich, wer sie hat! Auch den Deckenfries...«

»Das wird nicht nachzuweisen sein«, sagte Wollters vorsichtig. »Im Schloß ist genug zurückgeblieben, was sich für Rosenberg lohnt. Der Chinesische Saal, die Räume von Katharina der Großen, viele Gemälde... und wenn das Einsatzkommando Rosenberg erst einmal verpackt, fragt keiner danach, ob darunter auch die von uns vergessenen Kisten sind! Den Ausbau der Türen aber wird man sehen. Die 18. Armee muß davon unterrichtet werden. Auch General Jobs von Haldenberge, Befehlshaber des 50. Armeekorps. Er wohnt mit seinem Stab im Schloß.«

»Versuchen wir es.« Koch blickte auf die Wandtafel am Boden. »Welch ein Kunstwerk!« sagte er leise. Die Herren um ihn herum waren sprachlos: Koch zeigte Gefühle, konnte von einem Kunstwerk ergriffen sein. Wie paßte das zusammen? Runnefeldt zog eine Parallele: Hunderttausende Juden ließ Hitler umbringen, aber seinen Schäferhund Blondie liebte er abgöttisch und hätte geweint, wenn ihm etwas zugestoßen wäre. Wir werden den Menschen nie begreifen und ergründen lernen.

»Vor soviel Schönheit stockt einem der Atem...« fügte Koch mit leiser Stimme hinzu. »Deutsche Bernsteinmeister... vor über 230 Jahren... und so etwas Einmaliges soll in Rußland bleiben? Der Führer wird mir ewig dankbar sein, daß ich diesen Schatz nach Königsberg gerettet habe.«

Runnefeldt und auch Wachter vermieden es klug, Koch daran zu erinnern, daß es der Zarin Elisabeths Hofarchitekt war, der Graf Bartolomeo Francesco Rastrelli, der das

Bernsteinzimmer nach dem Tode Peters des Großen mit neuen, nach eigenen Entwürfen hergestellten Bernsteinschnitzereien weiter vervollkommnet hatte, wozu auch der Wandfries gehörte... eine Sinfonie der Schönheit, eine blendende Pracht, die das Bernsteinzimmer wirklich unnachahmbar machte. Dieser Bernsteinhymnus war das Werk des Italieners Rastrelli, nicht ostpreußischer Handwerksmeister. Aber wer wagte es schon, Gauleiter Koch zu berichtigen?

»Wenn nicht Bormann das Zimmer nach dem Krieg ins neue Museum von Linz bringen läßt. Führervorbehalt!« Dr. Runnefeldt riß damit Koch aus seinen Gedanken. »Und welche Kunstwerke unter Führervorbehalt fallen, das wird später allein Bormann bestimmen. Das wissen Sie, Gauleiter.«

»Um dieses Zimmer werde ich kämpfen! Es bleibt hier im Königsberger Schloß!« Kochs Stimme klang entschlossen. »Kämpfen, meine Herren!«

»Auch gegen Bormann?«

»Auch gegen ihn! Bormann ist nicht unverwundbar. Auch Siegfried hatte eine kleine Stelle zwischen den Schultern, wo Hagen ihn vernichten konnte.« Koch zeigte mit der geballten Faust auf die vor ihm liegende Wandtafel. »Für dieses Kunstwerk könnte ich zum Hagen werden!«

Die Herren nickten stumm, aber ohne Bewunderung. Sie alle wußten, daß Koch Angst hatte vor Bormann, daß sie sich haßten und daß nach dem Krieg ein Machtkampf ohne Beispiel beginnen würde, nicht einmal vergleichbar mit den mörderischen Intrigen der Renaissancefürsten, der Päpste und Kardinäle.

»Ich werde versuchen, nach Puschkin oder zur 18. Armee durchzukommen. Ich kenne Generaloberst von Küchler gut.«

»Das wäre ein großer Erfolg, Gauleiter.« Rittmeister Wollters glänzte über das ganze Gesicht. »Ich muß ohnehin nächste Woche nach Riga zurück und könnte nach Puschkin fahren und den Ausbau der Türen überwachen.«

»Das ist ein guter Vorschlag.« Koch war milder gestimmt und sah Wollters an. »Sie haben ja einiges gutzumachen, nicht wahr?«

»Jawohl, Gauleiter.«

»Also los! Rufen wir von Küchler oder von Haldenberge im Katharinen-Palast an.«

Koch grüßte knapp mit dem Hitlergruß, drehte sich forsch auf den Absätzen um und verließ den Saal Nummer 37. Die Herren, mit Ausnahme von Wachter, hoben ebenfalls den rechten Arm und ließen ihn oben, bis Koch das Zimmer verlassen hatte.

Oberschwester Frieda wartete in ihrem Zimmer auf Jana Petrowna, wie eine besorgte Mutter auf ihre zum erstenmal allein ausgehende Tochter wartet. Man sah, wie sie aufatmete, als Jana ins Zimmer kam.

»Wie war es?« fragte sie. »Warst du im Schloßmuseum? Was hast du gesehen?«

»Viel, Oberschwester.« Jana setzte sich, nahm ihr Häubchen ab und schüttelte ihre schwarzen Locken. »Aber es war ein falscher Entschluß.«

»Wieso?« Der Fleischturm beugte sich etwas vor. »Was gefällt dir nicht am Schloßmuseum?«

»Ich habe Gauleiter Koch kennengelernt. Am Mittwoch will er mit mir zu einem Jagdschlößchen fahren.«

»Dieses abscheuliche Schwein!« sagte Frieda und schnaufte laut durch die Nase. »Du bleibst hier!«

»Der Gauleiter will mit Ihnen sprechen ...«

»Soll er!« Frieda Wilhelmi richtete sich zu voller Größe auf. »Alle haben sie Angst vor dem Schwein ... ich nicht!«

»Er ist mächtiger als Sie, Oberschwester.«

»Ein Dummkopf ist er! Ein primitiver Affe!« Sie hob die Augenbrauen und musterte Jana Petrowna verärgert. »Oder willst du mit ihm ins Bett? Eine seiner vielen Huren werden? Nach zwei Wochen wirft er dich weg. Du wirst irgendwohin versetzt, nur damit du nicht mehr in seiner Nähe bist.«

»Und wenn ich mich weigere ... auch. Oberschwester, ich habe Angst.«

Auf der Bettkante saß sie, die Hände ineinander verschlungen, ein Häufchen Hilflosigkeit. Es gab nur einen Ausweg: die Flucht. Wieder untertauchen in die Anonymität. Nur so war es möglich, in der Nähe von Väterchen Michail und dem Bernsteinzimmer zu bleiben.

»Warten wir es ab, Kindchen.« Frieda Wilhelmi war so schnell nicht zu schrecken, ebensowenig wie man sie nicht zähmen konnte, wenn ihr Zorn alle Dämme brach. Da half nur noch der Rückzug ... die Ärzte, ohne Ausnahme, hatten sich darauf eingestellt.

»Sie ist unersetzbar«, hatte Chefarzt Dr. Pankratz einmal während einer Ärztebesprechung gesagt. »Ohne Frieda hätten wir hier ein Chaos... aber ein Drachen ist sie trotzdem!«

»Am Mittwoch?« sagte sie jetzt nachdenklich. »Da sind wir gar nicht im Haus. Da sitzen wir im Kino und sehen uns den Zarah-Leander-Film an. Und jetzt, Kindchen, koch uns einen starken Kaffee... ich habe wieder ein Pfund organisiert.«

Am Mittwoch abend erschien jedoch nicht Koch selbst, um Jana abzuholen, sondern Gauamtsleiter Bruno Wellenschlag, der Vertraute für alles. Er hielt mit einem unauffälligen neutralen Wagen, einem Adler, vor dem Krankenhaus und wandte sich an den Pförtner. Da er nicht seine Uniform, sondern Zivilkleidung trug, war alles noch unauffälliger.

»Ich möchte Schwester Jana abholen«, sagte Bruno.

»Jana? Kenn ick nich. Welche Station?« Der Pförtner blickte auf sein Telefonverzeichnis. »Hier laufen so viel Schwestern rum...«

»Sie arbeitet bei der Oberschwester.«

»Bei Frieda? Mann, haben Sie nichts Leichteres anzubieten?!« Der Pförtner musterte den Besucher. Wellenschlag sah nicht übel aus... einundvierzig Jahre, vom Alkohol etwas aufgeschwemmt, ein rosiges Gesicht, listige Äuglein, volle Lippen, ein Genußmensch. Und diese Jana war bestimmt zwanzig Jahre jünger. Na ja, wo die Liebe hinfällt. Im Krieg gibt's nicht mehr viel Auswahl... waren ja alle an irgendwelchen Fronten, vom Eismeer bis nach Afrika. »Ich versuche, anzurufen. Und wenn ick Frieda an der Muschel habe, kriegen Sie das Telefon. Aber atmen Sie tief durch.«

Der Pförtner wählte die Nummer von Friedas Büro, wartete, lauschte, zuckte dann mit den Schultern und legte wieder auf.

»Nichts, mein Herr.«

»Unmöglich. Schwester Jana weiß, daß sie abgeholt wird.«

»Aber bei Frieda ist keener.«

»Vielleicht ist sie auf irgendeiner Station.«

»Um die Zeit nicht mehr. Jetzt sind die Nachtschwestern schon dran.« Der Pförtner grinste breit. »Soll vorkommen, daß 'n Mädchen einen versetzt...«

»In diesem Fall ist auch das vollkommen unmöglich«, sagte Wellenschlag etwas hochmütig. »Telefonieren Sie mal rum...«

»Bitte, bitte ... wenn Sie sich so sicher sind ...«

»Das bin ich.«

Wellenschlag lächelte mokant. Wenn du wüßtest, alter Knabe, daß ich hier für den Gauleiter stehe, würdest du deinen Hintern ganz anders in Bewegung setzen. Los, hol mir schon die Jana heran!

Der Pförtner tat sein Möglichstes. Er läutete alle Stationen an, sogar die Arztzimmer – Junge, Junge, hat man da schon Dinge erlebt – und legte dann resignierend den Hörer wieder aus der Hand.

»Fehlanzeige. Weder Frieda noch eine Jana sind im Haus. Tut mir leid. Wird für Sie jetzt 'n langweiliger Abend werden, nicht wahr?«

»Ich glaube kaum.« Bruno dachte an Koch und wappnete sich innerlich, das Toben des Gauleiters zu ertragen. Es war das erstemal, solange Wellenschlag bei Koch war, daß eine Frau ihm auswich. Koch war nur an ein Ja gewöhnt, nicht an ein Nein. Meine liebe Jana, wer du auch bist ... das gibt Komplikationen. Das vergißt der Erich dir nie! Dir steht ein schweres Leben bevor.

»Da kann man nichts machen«, sagte Wellenschlag und hob die Schultern. »Weiber! Bis später ...«

»Was heißt später?«

»Ich werde wiederkommen, das ist doch klar. Morgen, übermorgen, was weiß ich?! Gute Nacht.«

»Gute Nacht.«

Der Pförtner sah Wellenschlag nach, bis er hinter der Eingangstür verschwand. Gib's auf, Männeken, dachte er. Wenn Frieda diese Jana unter die Fittiche genommen hat, verdrück dich lieber. Es ist aussichtslos.

Es war seltsam und für Wellenschlag ein völlig neues Erlebnis, daß Erich Koch nicht wie ein angestochener Stier tobte. Er hörte sich ruhig an, was Bruno berichtete, sagte dann: »Es ist gut. Du kannst nach Hause gehen, Bruno«, und zog seine Anzugjacke wieder aus. Aber dann fügte Koch noch etwas hinzu, auch mit ruhiger Stimme, und jetzt begriff Wellenschlag, wie gefährlich er war: »Ich will alles über diese Jana wissen ... besorge mir ihre Personalakte.«

Wellenschlag nickte und verließ die prunkvolle Gauleiter-Villa. Wäre ich ein Buchhalter, dachte er, könnte ich jetzt den Namen Jana als erledigt abhaken.

War es die Scheu, als Gauleiter selbst mit Oberschwester Frieda Wilhelmi zu sprechen und damit offiziell sein Interesse an Jana Petrowna zu bekunden – was eigentlich gar nicht zum Charakter von Koch paßte, dem völlig gleichgültig war, was die Menschen von ihm dachten, solange sie das taten, was er befahl –, oder dachte er sich einen anderen Trick aus, um das hübsche Schwesterchen wiederzusehen? Bei Wellenschlag sorgte Kochs Ruhe für Verwirrung und schweres Rätselraten.

Donnerstag, Freitag und Samstag gingen herum, ohne eine Aktion von seiten Kochs. Auch die Telefonverbindung mit Puschkin klappte nicht... dreimal war unter großen Schwierigkeiten und vielen Umschaltungen der Stab des 50. Armeekorps erreicht worden, aber schon nach den ersten Worten brach die Verbindung wieder zusammen. Wie verhext war es, Dr. Wollters faselte sogar von so etwas wie Sabotage, man wüßte ja, wer da telefonisch durchkommen wollte, und die Rosenberg-Leute hintertrieben das sicherlich, bis sich Koch nach der dritten Unterbrechung sagen lassen mußte, die Funker seien allesamt keine Idioten, sondern an der Front von Leningrad regne es. Alles versank in Schlamm und Morast, selbst Telefonverbindungen zwischen Kompanie und Bataillon brachen zusammen, die Suchtrupps blieben im Schlamm stecken, alles mußte zu Fuß gemacht werden, mit Fahrzeugen war überhaupt nicht mehr durchzukommen. Mit anderen Worten: Nichts ging mehr auf der ganzen Linie!

»Dann schreiben wir einen Brief«, sagte Dr. Findling. »Vielleicht ist die Briefpost besser dran als das Telefon. So etwas Verrücktes gibt es.«

In der Stabsliste der 18. Armee, die Koch vorliegen hatte, fand man den Namen des verantwortlichen Mannes: Major Pietschmann, Nachschubführer der 18. Armee. An ihn schrieb Dr. Findling im Namen von Gauleiter Koch, man möge die noch vorhandenen zwei Türen des ehemaligen Bernsteinzimmers in Puschkin, Katharinen-Palast, vorsichtig und mit Hilfe von Schreinern ausbauen lassen, gut mit Holzwolle und Pappverschalungen verpacken und dann an die Kunstsammlungen der Stadt Königsberg schicken. Um dem Wunsch den nötigen Nachdruck zu geben, fügte er noch hinzu:

»Diese Türen gehören zu einem Kunstwerk, das zu seinem Schutz vor Vernichtung auf Anordnung des Führers von uns ausgebaut und gerettet wurde. Ich habe dem Führer darüber Bericht zu erstatten. Herr Rittmeister Dr. Wollters, der die Aktion leitete, wird in den nächsten Tagen in Puschkin eintreffen, um die sachkundige Abwicklung des Türentransportes zu überwachen.«

»Das ist gut formuliert!« lobte Dr. Wollters den Brief, nachdem Findling ihn vorgelesen hatte. »Anordnung des Führers... da kann keiner dran vorbei!«

»Und es ist zudem auch noch die Wahrheit.«

»Ich werde morgen schon aufbrechen.«

»So schnell, Dr. Wollters?« Runnefeldt zeigte irgendwohin. »Wir haben die Kisten noch nicht alle ausgepackt. Wollen Sie nicht warten, bis...«

»Die Zeit ist kostbar, lieber Runnefeldt. Jetzt wegen der Türen um so mehr. Eile tut not! Nach Riga werde ich ohne große Schwierigkeiten kommen, und von Riga aus will ich versuchen, in einer Kuriermaschine zur 18. Armee einen Platz zu bekommen. Du lieber Himmel, Puschkin liegt doch auf keinem anderen Stern, da muß man doch hinkommen können!«

Schon am nächsten Tag fuhr Dr. Wollters mit einem Militärtransportzug nach Osten. Sein Abschied war kurz und knapp... ein Händedruck bei Dr. Findling und Dr. Runnefeldt, ein Blick wie auf eine Made für Wachter. Als die Tür hinter ihm zuklappte, atmeten die anderen tief auf. Aber keiner sprach aus, was er in diesen Minuten dachte.

Um es vorwegzunehmen: Der Brief erreichte Major Pietschmann am 17. Januar 1942, am 20. Januar waren die Türen ausgebaut und am 25. Januar trafen sie mit einem Lazarettzug von der Leningradfront in Königsberg ein. Die Nachschuborganisation, die gesamte Logistik arbeitete vorzüglich. Der Oberquartiermeister und IC der 18. Armee mußte ein hervorragender Mann sein.

Den Türen lag ein Briefchen von Dr. Wollters bei. Ein knapper, unverbindlicher Gruß und die völlig uninteressante Mitteilung, daß es ihm gut gehe.

Das war die letzte Nachricht von Rittmeister Dr. Wollters. Das Schlafzimmer Katharinas der Großen tauchte nie wieder auf, genausowenig eine Reihe Ikonen der Nowgorodner Schule, Gemälde, Gold- und Silberarbeiten, Teppiche und Gobelins. Auch die Kisten mit den vergessenen Bernsteinwandfriesen, ein Höhepunkt der Arbeit von Rastrelli, blieben unauffindbar.

Als Dr. Wollters den Katharinen-Palast wieder verließ, folgten ihm drei Lastwagen bis nach Riga. Was unter ihren Planen lag, kontrollierte niemand und interessierte auch nicht. Man hatte andere Sorgen im Kampfgebiet: Ein mörderischer Winter war ausgebrochen, die Truppe hatte nicht genügend Wintermäntel, Schals und Ohrenschützer, kaum Handschuhe und fast gar keine Filz- oder mit Fell gefütterte Stiefel. Alles erstarrte unter unvorstellbarem Frost und Eis, in den Wäldern hinter den Fronten überfielen Partisanen deutsche Trupps, sprengten Eisenbahngleise und Züge, zerstörten Brücken und vernichteten den Nachschub von Verpflegung und Munition. Wer kümmert sich da um einen Rittmeister mit drei klapprigen Lkws, zumal an die Türen Schilder geklebt waren *Einsatzkommando Hamburg. Sonder-Kommando AA*.

Wer fragte da noch nach einem Marschbefehl? Erstaunlich genug, daß das Außenministerium in Berlin ein Sonder-Kommando an der Front hatte.

Und noch mehr vorweggenommen: Niemand weiß, ob Dr. Wollters den Krieg überlebt hat, ob er vielleicht heute noch lebt, ein unbekannter Greis, in einem selbst geschaffenen Grabmal aus Ikonen und Gemälden, Gobelins und dem Schlafzimmer der großen Katharina mit den aus Holz geschnitzten und vergoldeten Penissen und Hoden.

Der Bernsteinwandfries des Rastrelli aber versank in das Geheimnis...

Drei Tage lang rief Gauleiter Koch im Städtischen Krankenhaus an und verlangte Schwester Jana zu sprechen, natürlich ohne Nennung seines Namens. Und dreimal geriet er an Frieda Wilhelmi, die ins Telefon donnerte: »Was wollen Sie von Jana? Wer sind Sie?!«

Ohne ein weiteres Wort zu verlieren, legte Koch wieder auf. Eine harte Nuß, dachte er wütend. Aber ich knacke sie. Bisher habe ich immer bekommen, was ich wollte.

»Wieder die Erzsau!« sagte Frieda mit deutlichem Ekel nach dem dritten Anruf. »Ruft er noch mal an, werde ich sagen: Nur über mich... Herr Gauleiter! Da wird er den Schwanz einziehen!«

»Und wenn er das nun tut?« Jana lachte hell – gab es einen absurderen Gedanken?

»Was?« fragte Frieda verständnislos.

»Nur über mich...«

»Das sagst du mir?!« Frieda stemmte ihren Fleischturm aus dem Stuhl. »Du bist ein Wolf im Schafspelz! Du steckst ja voller Frivolität! Ein Chamäleon bist du... kannst die Farbe wechseln und gleichst dich deiner Umgebung an, bis du unsichtbar bist!«

»Vielleicht.« Jana war plötzlich ernst geworden. »Ich wünschte, ich wäre unsichtbar. Meine Schwesternhaube eine Tarnkappe, das wäre schön.«

Sie ist es ja, dachte sie. Sie ist eine Tarnkappe. Unter ihr lebe ich unsichtbar unter euch... niemand wird erfahren, daß ich Jana Petrowna Rogowskaja bin. Da hast du etwas Wahres gesagt, Frieda... ich werde wieder und wieder meine Farbe wechseln, um in der Nähe von Väterchen Michail und dem Bernsteinzimmer zu sein.

Am Montag verfiel Koch auf eine andere Idee. Er rief erneut im Krankenhaus an, ließ sich mit dem leitenden Chefarzt verbinden, nannte als Namen Bruno Wellenschlag, Abteilungsleiter des Schloßmuseums, erzählte etwas von einer Handverletzung, die sich ein Packer zugezogen habe, und bat um eine Schwester.

»Am besten Schwester Jana«, sagte Koch. »Sie war schon mal hier, sie kennt sich aus.«

»Ich schicke sofort einen Sanitäter los!« antwortete Dr. Pankratz.

»Danke. Schwester Jana, wie gesagt, kennt sich hier aus.«

»Am besten ist, Sie bringen den Verletzten hierher zu uns.«

»Wegen einer kleinen Handverletzung?« Es kostete Koch unsagbare Mühe, nicht loszubrüllen. Pankratz, dachte er. Stabsarzt Pankratz. Ich werde dafür sorgen, daß Sie an der Front dringender gebraucht werden als in Königsberg. Sie haben die längste Zeit Ihren Arsch an der Krankenhausheizung gewärmt!

»So einfach ist das nicht. War's ein rostiger Nagel, kann sich eine Blutvergiftung einstellen, ein Wundstarrkrampf, ein Wundbrand. Ich habe in den Feldlazaretten schon tolle Dinge gesehen...«

»Danke!« sagte Koch und legte auf. Dann hieb er mit beiden Fäusten auf seinen Schreibtisch und setzte sich in seinen Sessel. Dieser Pankratz kommt also von der Front, scheint schwer verwundet zu sein und ist nur noch heimatverwendungsfähig. Einen Hvler zurück an die Front zu schicken, kann ein langwieriges Verfahren sein, aber man kann Dr. Pankratz in ein kleines Krankenhaus abschieben. Nach Rominten etwa oder Lyck. Auch an der Weichsel ist es schön – da kann er mit den Füchsen herumschnüren und im Winter mit den Wölfen heulen. Und Frieda Wilhelmi begraben wir als Oberschwester eines Irrenhauses. Da kann sie kommandieren, soviel sie will.

Jana, du masurische Wölfin, du entkommst mir nicht.

Er reckte sich etwas im Sitzen, griff wieder zum Telefon und rief Wellenschlag an. Wie immer nahm Wellenschlag eine straffe Haltung an, wenn Koch mit ihm sprach, auch wenn er ihn nicht sah, man konnte es an seiner Stimme erkennen.

»Bruno –«

»Gauleiter...«

»Du hast mir mal erzählt, daß du im Kaufhaus, in der Stoffabteilung, eine hübsche Verkäuferin gesehen hast.«

»Jawohl, Gauleiter. Emmi Sonnemann...«

»Noch so ein blöder Witz... und du fliegst an die Front!«

»Ich kann nichts dafür, Gauleiter, daß die Kleine genauso heißt wie die Frau des Reichsmarschalls Göring. Sie heißt wirklich Emmi Sonnemann.«

»Das wird ja ein doppeltes Vergnügen!« Koch lachte laut und schlug sich dabei auf die Schenkel. »Bring heute abend Emmi Sonnemann zu mir.«

Er prustete vor Lachen und hängte ein. Das müßte ich Göring mal erzählen. Ich hatte eine Emmi Sonnemann im Bett. Aber darin versteht der Dicke keinen Spaß mehr.

Am Abend zog Jana Petrowna ihren dicken Wintermantel über und nahm einen Wollschal mit. Ganz plötzlich war mit dem scharfen Ostwind auch die Kälte über Königsberg hereingebrochen. Es schneite noch nicht, aber es gab bereits Nachtfrost, eine glatte Schicht bedeckte die Straßen, Hauswände und Dächer. Die Menschen tappten oder rutschten ihre Wege, die Fahrzeuge schlichen dahin. Der Kälteeinbruch war zu plötzlich gekommen, die wenigsten hatten sich darauf eingerichtet.

»Wo willst du hin?« fragte Frieda, als sie Jana mit Mantel, Schal und Strickhandschuhen sah.

»Ins Theater, Oberschwester. Eine Operette spielen sie. *Der Vogelhändler*.«

»Ich bin die Christel von der Post –« brüllte Frieda

plötzlich los. Jana zuckte zusammen und starrte Frieda besorgt an.

»Was haben Sie, Oberschwester?«

»Das ist ein Lied aus dieser Operette, Kindchen. Mein Gott, der Vogelhändler. Sechsmal habe ich den gesehen. Zuletzt im Metropol-Theater von Berlin. Mit Johannes Heesters in der Hauptrolle. Schenkt man sich Ro-o-o-sen in Ti-i-i-rol...«

Auf einer Bühne wären jetzt die Kulissen umgefallen, aber Friedas Gesicht glänzte vom Glück der Erinnerung. Sie schwärmte heimlich von so vielem, von Zarah Leander und Ferdinand Marian, von Heinz Rühmann und Werner Kraus, von Heinrich George und Käthe Gold, von Gustaf Gründgens und Brigitte Horney... aber das alles schloß sie in ihren Panzer ein, um nicht irgendwo angreifbar zu sein.

»Gehst du allein ins Theater?« fragte sie mißtrauisch.

»Natürlich. Ich will mir sogar ein Theater-Abonnement kaufen. Für Sie auch, Oberschwester?«

»Danke, nein, mein Kind. Das sind festgelegte Tage, und ich will mich nicht binden.«

Das war ihr Geheimnis, ihr Credo, nach dem sie lebte: Nicht binden! Ganz gleich, was es war. Friedas Freiheitsdrang war allumfassend.

»Wann bist du wieder zu Hause?« fragte sie. Jana hob die Schultern.

»Ich weiß nicht, wie lange die Operette dauert.«

»Na, sagen wir zwei Stunden.« Frieda blickte provozierend auf die Uhr. »Jetzt ist es sieben Uhr. Um acht fängt's an, um zehn kann's aus sein. Um elf bist du wieder hier! Wird es später, kriegen wir Streit.«

»Jawohl, Oberschwester.«

»Ich will nur dein Bestes, Kindchen.«

»Ich weiß es. Einen guten Abend noch, Oberschwester.«

»Du auch... Gern hab' ich die Frau'n geküßt... Ach Quatsch, das ist ja aus Paganini...«

Begleitet von Friedas Gebrüll verließ Jana das Zimmer und durch die Seitentür der Einlieferung das Krankenhaus. Im Wachraum der Ambulanz saß wieder der Sanitäter Karl Bludecker und winkte ihr zu.

»Lange nicht gesehen, Schwester!« rief er. »Wo geht's denn hin? Ist verdammt glatt draußen. Halten Sie sich richtig fest an Ihrem Kavalier.«

»Ich gehe allein ins Theater. *Der Vogelhändler*.«

»Ist das das Stück, in dem jemand sagt: ›Mit Vögeln bin ich aufgewachsen!‹?«

»Bludecker, Sie sind ein Ferkel!« Jana schüttelte den Kopf. »Schämen Sie sich.«

»Wenn ich das mal könnte.« Bludecker grinste breit. »Viel Vergnügen, Schwesterchen. Übrigens, ist schon lange her, da hat jemand nach Ihnen gefragt. Ein Unteroffizier aus Berlin.«

»Julius Paschke.«

»Ja, so hieß er. 'ne tolle Type.«

»Und was haben Sie ihm gesagt?«

»Da die Schwester –« habe ich gesagt »– bei Frieda arbeitet, müßte er erst den Bunker knacken. Geh hin zu Frieda, aber vergiß nicht, 'nen Flammenwerfer mitzunehmen. Da ist er abgezogen.«

»Um elf Uhr bin ich wieder hier.«

»Is gut. Ich hab Nachtdienst. Kannst jederzeit kommen, Schwesterchen. Noch mal, viel Vergnügen.«

An der Theaterkasse kaufte Jana Petrowna ein Abonnement für vier Opern, zwei Operetten und drei Schauspiele, aber keine Karte für den *Vogelhändler* an diesem Abend. Sie kehrte zum Schloß zurück und drückte die Klingel an der Tür eines Seiteneingangs. Dreimal kurz, einmal lang... so wußte Väterchen Michail, wer draußen stand.

Nach einer kurzen Wartezeit drehte sich der Schlüssel. Aber nicht Wachter öffnete, sondern ein anderer, fremder älterer Mann. Er schien gerade zu Abend zu essen, denn er kaute noch auf einem Bissen herum.

»Was is?« fragte er mißmutig. »Rote-Kreuz-Schwester?! Ist was los? Kann hier jemand nicht kacken?«

»Höflich sind Sie ja nicht!« schlug Jana Petrowna zurück.

»Warum auch?« Der kauende Mann sah sie mit leidvollem Blick an. »Machen Sie mal zehn Stunden lang Führungen durchs Museum! Da fliegt Ihnen das Häubchen weg, Schwester. Bei *den* Besuchern? Da haben wir ein Gemälde im Saal neun. Leda und der Schwan. Von Boromäi Martini. Wunderschön! Und da führe ich 'ne Landsergruppe durchs Schloß, und was sagt einer von den Kerlen, nachdem er sich die Leda genau beguckt hat? ›Nichts für mich, Kumpels... die hat zu wenig Titten!‹ – So was muß man sich gefallen lassen, muß das runterschlucken... und da soll ich auch noch höflich sein?!«

»Ich möchte zu Herrn Wachter.«

»Isser krank?«

»Nein, ich soll ihm einen Gruß überbringen.«

Der griesgrämige Mann trat zur Seite, gab den Eingang frei und zeigte eine Steintreppe hinauf. »Da oben, erstes Stockwerk, erster Flur links. Da wohnt er. Hat da 'ne Riesenwohnung und ist allein. Da kann er mit Rollschuhen von einem Raum zum anderen fahren. Ist neu bei uns, der Wachter. Extra für'n Zimmer eingestellt, das sie jetzt aufbauen. Muß ja ein gewaltiges Ding sein, das Zimmer, wenn es einen Wächter für sich allein hat.«

»Danke«, sagte sie, ging an ihm vorbei und drehte sich an der Treppe noch einmal nach ihm um. »Sie müssen sich nicht soviel ärgern. Der Krieg bringt uns Sorgen genug.«

»Wem sagen Sie das, Schwester!« Der Mann wischte sich mit beiden Händen über das zerfurchte Gesicht. »Ich habe drei Söhne an der Front. Einer ist schon von den Engländern gefangen. Drüben, in Afrika, bei Marsa Matruh. Der wenigstens wird die Scheiße überleben.«

»Ich hoffe, alle drei werden überleben.«

Michael Wachter hob erstaunt den Kopf, als es an der Wohnungstür klingelte. Er las gerade in der Zeitung die Berichte von dem schrecklichen Wintereinbruch in Rußland, der die deutschen Armeen vor allem vor Moskau lähmte. Zitternd vor Frost hatten sich die deutschen Truppen eingegraben, während die russischen Divisionen, bestens ausgerüstet für die Kälte, ununterbrochen gegen die deutschen Stellungen anrannten. Wiederholte sich für Hitler die Niederlage Napoleons vor Moskau?

Wachter legte die Zeitung weg, ging zur Tür, entriegelte sie und öffnete.

»Töchterchen!« sagte er voller Freude, zog Jana in die Wohnung und umarmte sie. »Wie oft habe ich in den letzten Tagen an dich gedacht. Komm, zieh den Mantel aus, soll ich uns einen Tee kochen oder einen Grog... kalt ist's geworden, nicht wahr, und noch kälter wird es werden.«

Er hing ihren Mantel an einen Dielenhaken und führte sie in die Wohnung. Sie war wirklich riesig... große, hohe Räume, beheizt mit Kachelöfen, die Decken mit kunstvollem Stuck verziert, Kassettentüren und ein Boden aus gewachsten Dielen. Die Einrichtung war über hundert Jahre alt und stammte aus dem Besitz des Museums. Trotz der weiten Räume war es gemütlich warm und sogar ein wenig vornehm, wie es im Volksmund heißt. Herrschaftlich.

Nachdem Wachter einen guten Grog aus Rum gebraut hatte, saßen sie sich in den tiefen, breiten Sesseln gegenüber, und Jana erzählte ihre Erlebnisse der letzten Tage.

»Diese Frieda Wilhelmi muß ich kennenlernen!« rief Wachter aus. »Umarmen muß ich sie! Keine bessere Stellung hättest du bekommen können.«

»Ich denke oft an Nikolaj, Väterchen.« Jana Petrowna nahm vorsichtig einen kleinen Schluck von dem dampfenden Grog. »Wie wird es in Leningrad sein? Hungern und frieren werden sie. Tausende werden sterben... wie gut geht es uns, und wie schlecht wird es Nikolaj haben. Ob sie ihn zur Verteidigung eingesetzt haben? Ob er vorn in einem Bunker liegt?«

»Wer weiß das, Janaschka? Einmal werden wir es erfahren, kein Krieg dauert ewig. Jeden Tag bete ich, daß wir Nikolaj wiedersehen. Viel Glück haben wir bisher gehabt.« Sie sprachen jetzt russisch miteinander, trösteten sich mit der gemeinsamen Sprache. Inmitten der fremden Räume und Möbel fühlten sie sich so fast wie zu Hause. »Das Bernsteinzimmer ist gerettet.«

»Das Zimmer.« Jana lehnte sich in ihrem Sessel zurück. »Du wolltest mir immer von dem Zimmer erzählen, Väterchen. Es ist wertvoll, ja, aber für dich bedeutet es noch mehr als ein Kunstwerk. Und Nikolaj denkt genauso.«

»Es ist so, Töchterchen. Wie könnte ein Wachterowskij ohne das Bernsteinzimmer leben! Warum... oh, das ist eine lange Geschichte. Ungeheure Schicksale haben seine Wände erlebt – getränkt ist es mit Blut und Tränen, Liebe und Haß, Elend und Glück. Alles, was das Leben einem Menschen geben kann, ist im Bernsteinzimmer aufbewahrt. Seine Wände atmen... wir Wachterowskijs spüren es. Wir sehen die Wände an und sehen zweihundert Jahre Schicksal.«

»Erzähl, Väterchen, erzähl –«

»Das dauert lange, Janaschka.«

»Jetzt haben wir Zeit. Jeden Abend werde ich zu dir kommen. Alles muß ich vom Bernsteinzimmer wissen... Nikolaj und ich werden es ja einmal von dir übernehmen. Lehn dich zurück, Väterchen, trink einen Schluck und erzähle mir von Königen, Zaren und Zarinnen und ihrem wilden Leben.«

Und Michael Wachter begann zu erzählen.

II. Teil

Friedrich Wilhelm I.

DIE PERSONEN:

Die Preußen:

Friedrich Wilhelm I.	König von Preußen
Sophie Dorothea, genannt Fiekchen	Königin von Preußen
Friedrich	Kronprinz von Preußen
Karl Ludwig Freiherr von Pöllnitz	Freund des preußischen Königs
General Johann von Schweinitz	Armee-Inspekteur
Oberst Ludwig von Rammstein	Kommandeur der »Langen Kerls«
Ludwig Friedrich Graf von Bülow	Finanzberater des Königs
Generalleutnant Friedrich Wilhelm von Grumbkow	Freund des Königs
Leopold Fürst von Anhalt-Dessau	Freund des Königs
Hans Hoppel	Feldwebel bei den »Langen Kerls«
Friedrich Theodor Wachter	Hausmeister
Adele Wachter	seine Frau
Julius Wachter	ihr Sohn

Die Russen:

Peter Alexejewitsch Romanow genannt »Peter der Große«	Zar von Rußland
Fürst Semjon Borisowitsch Netjajew	Reisemarschall des Zaren
General Alexander Iwanowitsch Odojewskij	Militärbeobachter
Natalja Jemilianowna Gasenkowa	Peters Mätresse
Lewon Uskow	Zwerg und Hofnarr

Eine Aufregung war das! Ein Hasten und Schimpfen, ein Putzen und Wienern, ein Schrubben und Bohnern, daß den Mamsellen die Rücken wehtaten und die Lakaien Blasen an den Händen bekamen. Der Haushofmeister schrie herum – er war einer der wenigen Hofbediensteten, die nach der Thronbesteigung des Königs 1713 nicht den sofort folgenden Reformen zum Opfer gefallen waren. In der Küche wurden Fasanen und Hühner gerupft, Kräuter gehackt und Gemüse abgekocht, die Silbertabletts poliert und die Geschirre und Bestecke kontrolliert.

Am aufgeregtesten war Sophie Dorothea selbst, die Königin von Preußen. Zwischen Küche, Empfangssaal, Gästezimmer und Kabinett des Königs rannte sie hin und her und fiel schließlich erschöpft in einen Sessel im Arbeitszimmer des Preußenherrschers.

»Diese Ruhe!« sagte sie mit fliegendem Atem. »Ihre Ruhe... sie zerreißt mich noch! Um alles muß ich mich kümmern... und was tun Sie?! Sie stehen am Fenster und sehen dem Exerzieren Ihrer Riesengarde zu!«

»Wie nötig das ist! Die Grenadiere des Zweiten Bataillons sollten den Stock spüren! Sie marschieren wie lahme Enten! Keine Richtung halten sie. In Falten hängen die Strümpfe! Er soll was erleben, der Kommandeur des Zweiten Bataillons! Dieser träge Saukerl! Zum Teufel jage ich ihn! Nach Ostpreußen, wo es am einsamsten ist! Dort kann er Gemüse anbauen und Hühner exerzieren.«

Friedrich Wilhelm, trotz seiner achtundzwanzig Jahre schon dicklich und behäbig, mit einem runden Gesicht, kräftigen Armen und stämmigen Beinen, trat vom Fenster weg in das Kabinett und prustete seinen Zorn hinaus. Sein Gesicht war gerötet, seine Augen verrieten urplötzlich aufbrechenden Jähzorn und wilde Entschlossenheit.

Als sein Vater, Friedrich I., am Sonnabend, dem 25. Februar 1713, starb und der Kronprinz Friedrich Wilhelm nun den Thron bestieg, ahnte das übrige Europa, was sich da in Preußen alles verändern würde. Der englische Hof hatte schon früh Beschwerden verlauten lassen, nannte den rauhen Unteroffizierston, mit dem er die Diplomaten behandelte, eine Brutalität des Kronprinzen, und in Frankreich sah man mit Sorge nach Berlin, da man unterrichtet war, daß die Politik des kommenden Königs sich von der seines Vaters grundlegend unterscheiden würde. War Friedrich I. noch ein lebensfroher Herrscher mit französischen Allüren gewesen, zu denen Prunk, Prachtentfaltung, Völlerei und Mätressen gehörten, dann kam mit seinem Sohn ein anderer Wind nach Preußen: Armee und Finanzen, Familie und das einfache Leben waren die Eckpfeiler seines Lebens. Der französische Gesandte drückte es so aus:

»Der neue König hat keine anderen Umgangsformen als Kommandieren und Ordreparieren, er strebt seine Ziele, und das ist in erster Linie der Ausbau der Armee, mit Gewalt und skrupelloser Einseitigkeit an. Er hat sich vorgenommen, einen völlig neuen Typ von Offizieren und Beamten zu schaffen. Er ist der Garant eines absoluten Militarismus.«

Die erste Ansprache Friedrich Wilhelms I. nach seiner Thronbesteigung an die Minister war deutlich genug, allen zu zeigen, was ihnen bevorstand. Der holländische Gesandte Lintelo erlebte diese Vorstellung und schrieb in seinem Bericht: »Der König sagte mit großem Ernst und kräftigem Nachdruck zu uns allen, also auch zu mir: ›Mein Vater fand Freude an prächtigen Gebäuden, großen Mengen Juwelen, Silber, Gold und äußerlicher Magnifizenz ... erlauben Sie, daß ich auch mein Vergnügen habe, das hauptsächlich in einer Menge guter Truppen besteht.‹ Ohne Zweifel haben wir es mit einem Herrscher zu tun, der eine neue Regierungsform demonstrieren wird. Er berät nicht mit seinen Ministern und Administranten, er erteilt nur Befehle mit schnarrendem Kommandoton und duldet keinen Widerspruch. Wir werden von dem neuen Preußenkönig noch viele Überraschungen erwarten können.«

Der holländische Gesandte hatte die Lage richtig beurteilt und vorausgesehen: Friedrich Wilhelm räumte zunächst im eigenen Hause auf. Vorbild sein, das war seine erste Devise. Sofort schaffte er den Millionen verschlingenden Hofstaat seines Vaters ab, und ab sofort gab es auch keine prächtigen Hoffeste mehr, mit ein paar Ausnahmen, wie bei Staatsbesuchen fremder Fürsten oder bei Hochzeiten in der weit verzweigten Verwandtschaft. Die Hofbediensteten schaffte er weitgehend ab, die Pagen steckte er in die Kadettenanstalten, die Lakaien mußten den Uniformrock der Soldaten anziehen, die Ausgaben für Küche und Keller wurden rigoros zusammengestrichen, was eine Einsparung von jährlich 400 000 Taler bedeutete, ein Betrag, der sofort in die Vergrößerung der Armee floß. Aber damit nicht genug, das Heulen und Zähneklappern begann erst noch:

alle Gehälter wurden gekürzt. Ob Minister oder Beamte, Generäle oder sonstige Offiziere, jeder wurde kürzer gehalten und zahlte diesen »Überschuß« in die Armeekasse ein.

Verblüfft, ja geradezu erschrocken war Friedrich Wilhelm, als er nach dem Tode seines Vaters eine geheime Schatulle entdeckte, in der Gold- und Silbermünzen im Werte von 2,5 Millionen Taler lagen. Sofort machte er sich ans Rechnen, zählte den ererbten Reichtum und die zukünftigen Einkünfte zusammen und ließ seinen zwölf Jahre älteren Freund und Helfer ins Stadtschloß bitten, den Reichsfürsten Leopold von Anhalt-Dessau, der einmal der »Alte Dessauer« heißen sollte.

»Fürst –« sagte Friedrich Wilhelm zu ihm, als sie die Rechenzeilen durchgesehen hatten, »ich bin reicher, als ich gedacht habe... diese Taler sind genug, um unser Heer auf 60 000 Mann zu vergrößern.«

Und Fürst Anhalt-Dessau hatte geantwortet: »Das ist ein gutes Erbe. Ich helfe Ihnen, Majestät, Preußen zur unbesiegbaren Militärmacht zu machen.«

Es war die Geburtsstunde des »Soldatenkönigs«. Das große Sparen wurde zum Leitmotiv. Friedrich Wilhelm selbst ging mit einem Beispiel voran, das Sophie Dorothea überhaupt nicht gefiel. Das noch nicht in allen Teilen ausgebaute Berliner Stadtschloß, entworfen von dem berühmten Andreas Schlüter und von Hofbaumeister Eosander gebaut, blieb, wie es war – der spartanischste Sitz, den je ein König bewohnt hatte. Eosander, von Friedrich Wilhelm entlassen, ging nach Schweden; der große Schlüter fuhr 1713 nach Petersburg und kam nicht mehr zurück. Die Erzgießerei des Meisters Johann Jakobi, bei der Schlüter sein berühmtes Reiterstandbild des Kurfürsten Friedrich Wilhelm, dem Großvater des neuen Königs, gießen ließ, mußte sich umstellen – statt Denkmäler goß sie jetzt Kanonen.

Sophie Dorothea, von Friedrich Wilhelm zärtlich Fiekchen genannt, wenn sie allein waren in den schmucklosen, fast kahlen Räumen, die sie bewohnten, schlug mit der Faust auf die Lehne des Sessels. Sie war eine schöne, stolze, aber auch eine kühle und beherrschte Frau, die wenig Angst vor ihrem königlichen Gemahl hatte, vor allem nachdem sie ihm den Thronerben, den Kronprinzen Friedrich, 1712 geboren hatte. Auch jetzt war sie wütend, was sich mit dem Zorn des Königs über das schlappe Zweite Bataillon vermischte.

»Hören Sie mir überhaupt zu?« rief sie. »Es ist, als habe jeder den Verstand verloren.«

»Wer keinen hat, kann ihn nicht verlieren. Wozu die Aufregung?«

Er blieb vor ihr stehen, sein wütender Blick milderte sich. Immer, wenn er Fiekchen ansah, wurde ihm bewußt, wie glücklich er mit ihr war.

»Wozu?!« rief sie empört. »Wenn uns der Zar schon mit seinem Besuch beehrt...«

»Was weißt denn du, was er will, Fiekchen? Kommt er, um einen fetten Kapaun zu essen, eine gute Pfeife zu rauchen und einen Krug Bier zu leeren? Er kommt, um mich in den Nordischen Krieg hineinzuziehen. Hilfe von mir gegen Karl XII. von Schweden will er. Da kann es ihm gleich sein, ob er eine Kohlsuppe oder einen Fasan ißt, ob er in einem Holzbett schläft oder auf weichem Damast. Wer etwas von mir will, muß sich nach meiner Fasson richten!«

»Preußen wird sich blamieren! Morgen blickt die Welt auf uns.«

»Mit dieser Armee –« der König streckte den Arm zum Fenster hinaus »– ist es mir einen Scheißhaufen wert, was andere Souveräns über mich denken! Sie sollen sich um ihr Mätressenpack kümmern und nicht um mich. Sie werden einmal Preußen bestaunen und fürchten. Eine große Tafel für den Zaren! Ich muß sparen! Weißt du noch, wie das bei unserer Hochzeit war? Mein Vater wollte der Welt zeigen, was für ein Kerl er ist, wieviel Geld er hat, daß er nicht neidisch zu sein hat vor dem Hof in Versailles.« Er wanderte in dem kargen Zimmer umher, mit stampfenden Schritten, die Hände auf den Rücken gelegt. »Am 14. November 1706 haben wird geheiratet, Fiekchen. Bis Weihnachten ließ mein Vater die Taler springen und die Seidenröcke tanzen, fressen und saufen. Ballette führte er auf, Opern, Konzerte, Komödien, Maskenspiele, Festbeleuchtungen und Feuerwerke. Und – ich hab's nicht vergessen und mir die Zahlen gemerkt – an unsere Küche mußten die Bauern aus allen Provinzen als ›Geschenk‹ abliefern: 7600 Hühner, 1102 Puten, 1000 Enten, 650 Gänse und 640 Kälber. Und alles wurde kahlgefressen! Aber nicht bei mir, Fiekchen! Ich verfresse nicht den Staat... ich bin der erste Diener des Staates. Auch wenn der Zar von Rußland kommt, die ewige Seligkeit ist vor Gott – alles andere muß vor mir sein!«

Sophie Dorothea, obwohl völlig anderer Ansicht, vermied es, gerade heute den König noch mehr zu reizen. Was er gerade gesagt hatte, war sein Wahlspruch Nummer eins. Der zweite lautete: Menschen achte für den größten Reichtum, und der dritte enthielt alles, was das Ziel seines Lebens war: Ich stabilisiere die Souveränität und setze die Krone fest wie einen ehernen Fels. Es war klar, daß man deshalb mit ihm kaum diskutieren konnte und schon gar nicht anderer Meinung zu sein hatte, denn auch hier hatte Friedrich Wilhelm deutlich gesagt, daß nur sein Wort galt. In seiner berühmten Antrittsrede als König schleuderte er den Ministern ins Gesicht:

»Sollte jemand unter Ihnen sein, der neue Kabalen anfängt, so werde ich ihn auf eine Weise züchtigen, die ihn verwundern wird. Man möge sich merken, daß ich weder Rat brauche noch Räsonnement, sondern Gehorsam!«

»Noch nicht einmal ein Plan der Veranstaltungen liegt vor«, sagte Sophie vorsichtig. »Die Minister sind verzweifelt, die Generäle haben keine Order von Ihnen, ein Verwaltungsrat soll bereits geweint haben, weil er nachher wieder der Schuldige sein wird...«

»Was er herausweint, braucht er nicht auszupinkeln...«

Sophie Dorothea saß steif und aufgerichtet in ihrem Sessel. Was für Manieren! »Sie müssen doch dem Zaren etwas zeigen! Ein Programm muß gemacht werden...«

»Er wird genug sehen, der Petersburger Bär. Mir wird einiges einfallen.«

»Ja. Exerzierübungen, Paraden Ihrer Grenadiere und Füsiliere, der Kavallerie und Artillerie, Ihre Garde wird stampfen wie eine Herde Stiere...«

»Fiekchen, laß mir meine Langen Kerls in Ruhe.« Der König blieb vor ihr stehen und reckte sich. Auf seine Gardegrenadiere ließ er nichts kommen. Jegliche Kritik wischte er mit einer Handbewegung weg oder brüllte sie so nieder, daß niemand mehr wagte, ein Wort darüber zu verlieren.

Nur einmal, bei einer fröhlichen Runde in seinem berüchtigten Tabakskollegium in Potsdam, einem achteckigen Pavillon mit einer hohen Turmspitze, den er auf einer Insel im Faulen See bauen ließ, nicht zuletzt wegen des ihn erheiternden Namens, in dieser absoluten Männergesellschaft von Freunden und Generälen, zu der jedem Frauenzimmer der Eintritt verboten war, sagte er, indem er seinen »Heeresfinanzminister« Generalleutnant von Grumbkow anstarrte:

»Meine Langen Kerls verpflege ich von meinem *Menu*

Plaisir, weil ich doch in der Welt in nichts *Plaisir* finde als in einer guten Armee!«

Menu Plaisir... das war sein Ausdruck für Taschengeld.

»Der Zar wird genug zu sehen bekommen, außerdem ist er in Eile und nur auf der Durchreise nach Frankreich und Holland. Gib ihm was zu Kauen und zu Saufen, führ ihm unsere Kinder vor, entschuldige dich, daß hier nicht wie in Versailles eine Kompanie parfümierter dummer Kühe als Mätressen herumlaufen... für alles andere werde ich sorgen.«

Es klopfte kurz, dann wurde die Tür aufgestoßen, und Prinzessin Wilhelmine kam ins Kabinett. An der Hand zog sie den vierjährigen Kronprinzen Friedrich mit ins Zimmer, er wehrte sich zaghaft, stemmte die Beinchen gegen das Parkett und versuchte, sich durch Rucken dem Griff seiner älteren Schwester zu entziehen. Es gelang ihm nicht. Wilhelmine, sieben Jahre alt, war stärker. Er war ein schmalgliedriger, hübscher Junge mit hellen wachen Augen und einem erstaunlich weichen Mund, von dem sein Vater sagte: »Kommt er im Kollegium an die Pfeife, werden wir einen Mann aus ihm machen! Der Kronprinz von Preußen muß ein Kämpfer sein!«

»Welch ein unwürdiges Schauspiel!« sagte Friedrich Wilhelm laut. »Der Kronprinz läßt sich von einem Frauenzimmer herumzerren! Warum wehren Sie sich nicht?!«

»Sie ist meine Schwester, Papa.«

»*Wer* bin ich?« schrie der König mit dröhnender Stimme.

»Pardon... mein Vater.« Der Kleine hatte sich jetzt aus dem Griff Wilhelmines befreit und eilte zu seiner im Sessel sitzenden Mutter.

»Er hat Angst!« rief die Prinzessin.

»Halt's Maul!« brüllte der König. »Ein Kronprinz hat keine Angst zu haben.«

»Er fürchtet sich vor dem Zaren, Vater.«

»Fritz –«

»Vater?« Der Kleine, eng an seine Mutter gedrückt, nahm seinen kleinen Mut zusammen und sah seinem Vater voll in das strenge Gesicht.

»Du hast Gott zu fürchten... sonst keinen. Ein Zar ist kein Gott, auch wenn die Russen oft so tun, als sei er einer!«

»Man erzählt sich böse Dinge über ihn, Vater. Dinge, die Fritz ängstlich machen«, sagte die kleine Prinzessin furchtlos. »Ist das alles wahr?«

»Was soll wahr sein?«

»Der Zar soll mit den Fingern essen... mit den Saucen spritzt er um sich... wischt sich den Mund mit dem Handrücken ab. Wenn er Hühner oder Fasanen ißt, wirft er die abgenagten Knochen über den Tisch, und wen er trifft, der muß aufstehen, sich tief verneigen und sagen: Erhabener Zar, ich danke für den Orden. Er soll geeiste Sahne den Damen in den Busen gegossen haben, und der Fürstin Trubetzkoj schob er mit eigener Hand Früchte in Gelee in den Mund und drückte mit den Fingern nach, damit es rascher ging. Sie wäre bald erstickt...«

Sophie Dorothea schlug die Hände zusammen. Der König winkte mit dem Zeigefinger, gehorsam kam die kleine Wilhelmine näher. »Wer erzählt solche Sachen?«

»Ich weiß es nicht, Vater. Ein paar Männer standen zusammen, und ich hörte, was sie sagten.«

»Du hast gelauscht?«

»Ja, Vater.«

Mit schnellem Griff faßte Friedrich Wilhelm nach seinem immer in der Nähe liegenden Buchenstock, schwang ihn durch die Luft.

»Mein Kind schleicht herum und belauscht fremde Männer. Eine Prinzessin von Preußen! Und sie glaubt auch noch, was sie hört! Hast du den Stock verdient?«

»Ja, Vater.«

»Und wenn der Zar morgen nackt an unserem Tisch sitzt... wir sehen so etwas nicht. Er ist ein Souverän und kann machen, was er will.«

Sophie Dorothea hatte den Kronprinzen umfaßt und zog mit der anderen Hand die Prinzessin zu sich.

Der König legte den Stock zurück auf den Tisch. »Der Zar ist ein guter Soldat... da darf er auch am Tisch rülpsen!«

Am Vormittag des nächsten Tages traf die Reisekolonne von Peter I. in Berlin ein.

Er reiste, wie oft, nur mit kleinem Gefolge... vorweg zehn Reiter in der grünen Uniform des Regimentes Preobraschenskij, dann, in einer einfachen, aber stabilen Kalesche, der Zar mit seiner Begleitung, dahinter ein paar Wagen mit Lakaien, Pagen, seinem Lieblingsmohr Abraham Petrowitsch Hannibal und dem Zwerg Lewon Uskow. Den Schluß bildete eine verhängte Kutsche, in der zusammen mit zwei Zofen die gegenwärtige Mätresse des Zaren saß, die schöne Natalja Jemilianowna Gasenkowa, eine glutäugige Armenierin, deren Mann von Peter I. zum Verwalter des Munitionsdepots der Peter-und-Pauls-Festung ernannt worden war. Eine kleine Kolonne also für einen Zaren, für einen der mächtigsten Männer der Welt.

Friedrich Wilhelm trat vor die Tür, als sein Gast vor dem Schloß vorfuhr, so wie es sich für einen Hausvater gehörte. Er hielt nicht viel von einem prunkvollen Empfang mit angetretener Ehrengarde, Trompeten- und Fanfarengeschmetter, wehenden Fahnen, sich verneigenden Ministern und kichernden Ehrenjungfrauen, einem Spalier von Lakaien und Höflingen. Allein, hinter sich nur seinen Freund, den Freiherrn von Pöllnitz, stand er unter der Tür, in einem einfachen Rock, gestützt auf seinen Buchenstock und auf dem Kopf eine biedere dunkelbraune Perücke mit einer Rollenlocke an jeder Schläfe.

Genau vor dem Eingang des Schlosses ließ der russische Kutscher die Kalesche ausrollen und hielt ganz vorsichtig die Pferde an, um jeden Ruck zu vermeiden und den Zaren nicht auf seinem Sitz durchzurütteln. Einmal, vor einem halben Jahr, war ihm das nicht gelungen, die Pferde waren aus irgendeinem Grund nervös geworden, die Kutsche machte wahre Sprünge vor dem Anhalten, und der Zar war herausgestürzt, hatte seinen Knüppel geschwungen und den Kutscher so arg verprügelt, daß dieser drei Monate lang im Bett liegen mußte, bis er wieder den Kutschbock besteigen konnte.

Kaum hielt der Wagen, sprangen zwei Lakaien heran, rissen die Fahrzeugtür auf und standen stramm. Der Zar kletterte aus der Kalesche.

Tief bücken mußte er sich, die Tür war viel zu niedrig für ihn, aber er ließ sich keine seiner Größe entsprechende Kutsche bauen, einerseits aus Sparsamkeit, andererseits nach seinem Ausspruch handelnd: Ein Haupt zu beugen, ist keine Schande, auch der Zar muß es tun, allerdings nur vor Gott.

Friedrich Wilhelm umfaßte mit einem Blick, wer da in sein Haus kam, und war sehr zufrieden.

Peter I. maß an die zwei Meter, ein kräftiger Kerl, muskelbepackt und mit breiten Schultern, ein wahrer Riese, wie ihn Friedrich Wilhelm gern bei seinen Langen Kerls gehabt hätte. Das Gesicht des Zaren war sonnengebräunt, ein kleiner Schnurrbart glänzte über dem sinnlichen Mund, seine Augen blickten herrisch um sich. Das braune, gelockte Haar war diesesmal kurz geschnitten, gewiß wegen seiner Reise und der Königsbesuche, denn sonst ließ er selten eine Schere an seine Locken, eine Perücke war ihm lästig, und – was den Preußenkönig geradezu brüderlich stimmte – er stützte sich auf einen Knüppel, ein starkes spanisches Rohr, ähnlich dem Stock, mit dem Friedrich Wilhelm sein Preußen regierte.

Nach dem Zaren kletterten Fürst Netjajew und General Odojewskij aus der Kalesche, aus dem nächsten Wagen watschelte der Zwerg Lewon heran, gefolgt von Hannibal, dem Leibmohren des Kaisers.

Jeder Mensch hat seine Verrücktheiten, dachte der preußische König und kam Peter zwei Schritte entgegen. Er hat seine Mohren und Zwerge, ich habe meine Langen Kerls, der König von Frankreich befiehlt über ein Heer von Mätressen – jedem das Seine.

»Ich begrüße Sie in Berlin«, sagte Friedrich Wilhelm und streckte seine Hand aus. Wie immer sprach er schnarrend und befehlend, so als sollte es heißen: Hier ist Berlin! Nehme Er Haltung an, Kerl!

Peter ergriff die Hand, drückte und schüttelte sie... ein so massiver, schraubstockähnlicher Händedruck, daß Friedrich Wilhelm die Zähne zusammenbiß, um keinen Schmerzenslaut auszustoßen. Es stimmt, dachte er. Er hat Kräfte wie ein Stier. Die großen, harten Hände eines Arbeiters hat er, bedeckt mit Schwielen. Mein Vater mochte ihn nicht – er war ihm zu bäuerlich, zu ordinär, ein Zar, der wie ein Tagelöhner wirkte und lebte.

»War's eine gute Reise?« fragte der König und geleitete den Zaren ins Schloß. In der Halle knicksten die Hofdamen, Sophie Dorothea, links neben sich den Kronprinzen Friedrich, rechts die Prinzessin Wilhelmine, verneigte sich. Sie trugen festliche, seidene Kleider mit Brokatstickereien, ganz im Gegensatz zu dem König, der seinen einfachen Rock und Gamaschenhosen bevorzugte. Auch der Zar war einfach gekleidet: ein Anzug aus grobgesponnenem Tuch, das vom vielen Tragen schon abgewetzt und fadenscheinig war, ein von der Sonne ausgebleichter dunkelgrüner Rock mit einem verschossenen blauen Futter und großen Messingknöpfen, auf dem Kopf ein bänderloser Hut, an den Beinen alte Strümpfe und Schuhe mit schiefgelaufenen Absätzen. In Versailles würde man ein solches »Subjekt« aus der Schloßnähe verjagt oder sogar verhaftet haben.

»Sie haben gute Straßen in Preußen.« Peter I. nickte den Damen zu, musterte mit Kennerblick die junge Gräfin von Donnersmarck, blinzelte ihr ungeniert zu und ging dann mit weit ausgreifenden Schritten und schlenkernden Armen auf die Königin zu. Kronprinz Friedrich starrte hinauf zu dem Riesen, betrachtete die Warze auf der rechten Wange, bemerkte ein nervöses Zucken im Gesicht des Zaren und klammerte sich an seiner Mutter fest.

»Welche Freude, Sie so blühend zu sehen!« rief Peter laut aus, umfaßte ohne Zögern und mit festen Griff ihren Kopf, zog ihn an sich und schmatzte der Erstarrten und Überrumpelten zwei Küsse auf die Stirn. Der König, der hinter ihm stand, genoß amüsiert das Entsetzen seiner Frau.

So ist er, der Zar, dachte er. Völlig unkompliziert. Ein Kerl mit den Manieren eines sibirischen Holzfällers. Peter Alexejewitsch, wir könnten uns verstehen und Freunde werden, wenn du nur nicht immer Krieg führen würdest und dich von deinen Hurenweibern trennen könntest. Du hast doch eine brave Frau, die Katharina, die fast jedes Jahr schwanger ist. Was willst du mehr?

Peter hatte den Kopf der Königin wieder freigegeben und wartete nun darauf, was das Protokoll vorbereitet hatte. Aber es gab kein Protokoll. Nachdem schon 1713 der Hofmarschall und Oberkämmerer, der Oberheroldsmeister und Oberzeremonienmeister und andere Hofschranzen abgeschafft worden waren, gestaltete der König allein mit seinen Offizieren die Veranstaltungen für seine Besucher. Nur in der Küche befahl noch der königliche Küchenmeister seine ebenfalls zusammengeschrumpfte Kochbrigade – das, was der König und seine Familie aßen, konnte auch eine Bauersfrau kochen.

»Die Reise war lang –« sagte Friedrich Wilhelm – »war sie ermüdend? Wollen Sie sich ausruhen? Ich werde Sie in Ihre Gemächer begleiten. Ihr Gesinde ist ebenfalls bestens versorgt. Oder trinken wir erst einen Becher?«

»Trinken wir!« Peter I. rieb sich die Hände. »Und eine Pfeife rauchen wir. Meine holländischen Porzellanpfeifen, ich habe sie mit.« Er drehte sich um, winkte energisch, und da man das gewöhnt war, erschien sofort der Mohr Hannibal und trug eine große Schatulle auf beiden Händen. »Gehen wir –«

In dem sparsam möblierten Kabinett des Königs mit seinen weißgetünchten Wänden, wo es weder Teppiche noch Gardinen gab, waren sie dann allein, sogar Hannibal wurde weggeschickt, und der Lieblingszwerg Lewon durfte erst gar nicht ins Zimmer, sondern hockte sich vor der Tür auf den Boden. Wie eine große, bekleidete Kröte sah er aus.

Peter sah sich um und nickte mehrmals. »Wie bei mir. Was soll der ganze Prunk? Natürlich ist der Kreml in Moskau prachtvoll, die Paläste in Petersburg stellen sogar Versailles in den Schatten, die Schlösser in meiner Sommerresidenz *Zarskoje Selo* werden von den besten Baumeistern der Welt gebaut, von den besten Malern ausgestattet, von den besten Bildhauern und Silberschmieden geschmückt, man erwartet so etwas von einem Zaren... aber ich, mein lieber Freund, lebe lieber in einer massiven Holzhütte als zwischen Seide, Damast und Purpur.«

Er ging zum Tisch, auf den Hannibal die Schatulle gelegt hatte, öffnete das Schloß, hob den Deckel hoch und ließ Friedrich Wilhelm einen Blick hineinwerfen. Pfeifen in allen Formen und Längen aus Porzellan, gerade und gebogene, gebettet in grünen Samt, und an den Außenseiten bemalte Deckeltöpfe, gefüllt mit Tabak und Holzspänen zum Anzünden der Pfeifen.

»Ich lebe in kleinen Zimmern, schlafe auf hartem Bett und wohne, wie Sie, mit stabilen Möbeln.« Er suchte sich eine Pfeife aus, nahm eine andere, gebogene, aus der Samtklemme und reichte sie dem König hin. »Nehmen Sie diese. Meine beste, sie kühlt den Rauch, und nichts brennt mehr in der Kehle.«

»Ich werde es zu würdigen wissen.« Friedrich Wilhelm nahm die Pfeife tapfer und mit freundlicher Miene an, obwohl das Mundstück tief braun war und sichtlich kaum gereinigt wurde. »Was trinken wir?«

»Was Sie trinken, König von Preußen.«

»Ein volles, herb gebrautes Bier.«

»Muß das sein?« Peter verzog den Mund. Ein heftiges Zucken ließ sein Gesicht zu einer Fratze werden, der Kopf zuckte hin und her, der riesige Körper krümmte sich etwas, seine Augen weiteten sich. Nur kurz war dieser Anfall, jeder Fremde, der so etwas sah, erschrak zu Tode, nur der König nicht. Er wußte von diesen plötzlich auftretenden Krämpfen, die Peter von Kind an schüttelten und gegen die es kein Mittel gab.

Der Zar griff in eine Tasche seiner fleckigen Weste, holte ein Bernsteinkästchen hervor und entnahm ihm zwei Fingerspitzen voll Pulver, das er hinunterwürgte.

»Das einzige, was hilft«, sagte er und klappte das Döschen zu. »Von einem Schamanen hergestellt. Ein Pulver aus dem Magen und den Flügeln einer Elster. Alle Ärzte sind Idioten. Fände ich einen, der mir diesen Krampf nimmt, würde er der reichste Mann der Welt sein! Trinken wir einen Tokajer?«

Der König stampfte zur Tür, riß sie auf, stolperte fast über den dort kauernden Zwerg Lewon und brüllte dann zu den wartenden Lakaien hinüber.

»Tokajer!«

Darauf warf er die Tür wieder zu und stürmte ins Zimmer. Er zeigte auf Peters Stock und stakte mit seinem Buchenstock auf die Dielen.

»Mich interessiert Ihr Stock«, sagte Friedrich Wilhelm. »Ein schönes Stück.«

»Ohne ihn wäre ich nur halb.« Peter schwang den Knüppel durch die Luft. Ein Windhauch traf den König, und ein Zischen flog um seine Ohren. »Gutes spanisches Rohr. Und hier der Knauf aus Elfenbein, habe ich selbst geschnitzt. Meine ›Dubina‹ nenne ich den Stock. Der Mensch ist ein merkwürdiges Wesen. Man muß ihn züchtigen, sonst wird er faul und dumm! Sie haben meinen Mohren Hannibal gesehen? Ich liebe ihn. Als Elfjähriger kam er zu mir, mein Gesandter Tolstoj hatte ihn in Konstantinopel gekauft und mir geschenkt. Ich habe ihn taufen und erziehen lassen, er hat auch das Drechslerhandwerk erlernt, schläft in meiner Werkstatt, begleitet mich überall hin... und wöchentlich einmal verprügele ich ihn mit meiner Dubina. Nein, nichts hat er angestellt... ich verprügele ihn aus Liebe. Eine Auszeichnung ist es für ihn.« Er griff wieder zu seinem Bernsteindöschen, nahm eine Fingerspitze voll Pulver und betrachtete darauf die geschnitzten Steine. »Der Sonnenstein«, sagte er nachdenklich. »Das Gold der Ostsee...«

»Das Gold Preußens, Zar Peter.« Das klang stolz und endgültig. Eine Diskussion über dieses Thema wäre sinnlos gewesen.

»Ihr Vater zeigte mir bei meinem letzten Besuch hier im Schloß ein Zimmer ganz aus Bernstein.«

»In der dritten Etage, ein Eckzimmer. Unser Bernsteinkabinett.« Friedrich Wilhelm nickte. »Dafür, für solchen Firlefanz, hatte er Geld übrig. Elf Jahre haben die Bernsteinmeister daran gearbeitet. Elf Jahre Geld für einen Prunk, ohne den man leben kann. 1712 hat es mein Vater hier im Stadtschloß einbauen lassen.«

»Und in diesem Jahr habe ich es gesehen. Auf dem Weg zu meinen Truppen in Pommern war ich...«

»Ich erinnere mich gut. Ein großes Fest gab es. Die Mätresse meines Vaters, die grünäugige und rothaarige Gräfin Colbe von Wartenberg, ich habe sie nur die ›große Hur‹ genannt, gefiel auch Ihnen. Ihr Dekolleté war so tief, daß man die Brustmonde sehen konnte. Stimmt's? Diese Wartenberg. War ein Bürgermädchen, eine Mamsell Kathi Rickers, ehe mein Vater sie mit dem Trottel Wartenberg verheiratete. Wissen Sie, was sie getan hat? Zu mir ist sie gekommen, hat mit Brüsten und Hintern gewackelt und mir den Antrag gemacht, mit ihr zu Bette zu gehen. Und dabei war ich erst vierzehn Jahre alt.«

Der Zar lachte laut, hieb mit seiner Dubina auf den Tisch und bog sich in den Hüften. »Vierzehn Jahre und flüchtet vor einem heißen Weib! Mein lieber Friedrich Wilhelm, mit vierzehn hatte ich es schon aufgegeben, meine Geliebten zu zählen! Hofdamen, Putzmädchen, Bauernmägde, Ministerfrauen, Fürstinnen und Melkerinnen... vor mir gab es kein Entkommen. Außerdem wollten sie es alle. Sie haben viel verpaßt, lieber Vetter.«

»Ich bin glücklich mit meinem Fiekchen«, sagte der König verhalten und wechselte das Thema. »Das Bernsteinzimmer hat Ihnen gefallen?«

»Es ist ein einmaliges Kunstwerk! Ein ganzes Zimmer aus den Tränen der Sonne, wie die Slawen sagen. Gibt es etwas Schöneres? Ich habe noch nichts gesehen, was mit diesem Zimmer konkurrieren könnte.«

»Wollen Sie es noch einmal besichtigen, Peter?«

»Es ist noch hier?«

»Es wird nie betreten. Ich mag es auch nie betreten... ich ärgere mich bei seinem Anblick immer über die Verschwendungssucht meines Vaters.« Der König klemmte seinen Stock unter die Achsel, wuchtete wieder zur Tür, riß sie auf und winkte den wartenden Lakaien. »Herkommen!« brüllte er, und als sie zu ihm liefen, riß er den Buchenstock unter der Achsel hervor und schlug auf sie ein. »Wo bleibt der Tokajer?!« schrie er mit gewaltiger Stimme. »Komme Er her, Er Hundsfott! Näher! Soll ich ihm nachlaufen mit dem Stock?! Ja, heb Er nur die Arme, ich treffe Ihn doch!«

Der Zwerg Lewon rollte sich wie eine Kugel zur Seite und starrte hinauf zu seinem Zaren und seiner Dubina. Prügelte er jetzt auch? Zwei stockschwingende Herrscher... eine neue Zeit war angebrochen.

»Sehen wir uns das Bernsteinzimmer an, Peter«, sagte Friedrich Wilhelm mit zufriedener Stimme. Noch einen Hieb versetzte er einem aufheulenden Lakaien quer über den Rücken. »Ich habe uns den Weg freigemacht. Klettern wir in die dritte Etage.«

Das Gebrüll und die Prügelei des Königs hatten die Flure und Treppen leergefegt. Allein stiegen sie hinauf zu dem Eckzimmer, Friedrich Wilhelm stieß die Tür auf, und dann stand der Zar in diesem Zimmer, das unvergleichlich war.

Die Sonne schien durch die beiden Fenster in der Ecke, das eine ging hinaus zum Lustgarten, das andere zur Schloßfreiheit. Wie geblendet von dem in allen Gelbtönen schimmernden Bernstein, von diesem Leuchten, das wirklich einer eingefangenen Sonne glich, von dem Flimmern der gebrochenen Strahlen, die von den Mosaiken und Figuren, den Rosetten und Akanthusranken, den plastischen Köpfen und den acht Masken der Sterbenden zurückgeworfen wurden, blieb Peter I. ergriffen stehen und tastete mit seinen Blicken Wandtafel nach Wandtafel ab. So einfach der Zar selbst lebte, so kunstbesessen war er, wenn es darum ging, sein geliebtes Petersburg zur schönsten Stadt der westlichen Welt auszubauen. Schon 1714, nachdem er das Bernsteinzimmer zwei Jahre zuvor zum erstenmal bewundert hatte, gründete er die Kunstkammer von Petersburg mit dem Erlaß, planmäßig Kunstwerke und Raritäten zu sammeln und sie in der Kunstkammer abzuliefern. Die unermeßlichen Schätze der Eremitage wurden herangetragen.

»Welch ein Wunder«, sagte Peter leise, als stehe er in einer Kirche. »Friedrich Wilhelm, ich beneide Sie um diesen Schatz. Es ist auch mein einziger Neid...«

»Es gefällt Ihnen, Peter?«

»Wäre ich allein, würde ich niederknien und die Wände küssen.«

»Wir haben noch vieles zu besprechen.« Friedrich Wilhelm, wie Peter kein Mann, der diplomatische Schnörkel flocht, sondern der mit Direktheit auf sein Ziel losging, legte die Hände auf den Rücken. Er beobachtete still, wie der Zar jetzt von Wandtafel zu Wandtafel ging, im ganzen waren es zwölf und aneinandergereiht auf einer Länge von 14 Metern, sich vorbeugte und die Bernsteinschnitzereien betrachtete, mit den Fingerkuppen geradezu zärtlich über die Mosaike und Bordüren strich und dabei immer wieder bewundernd den Kopf schüttelte. »Peter, ich brauche Vorpommern. Es gehört zu Preußen und nicht zu Schweden. Wie denken Sie über ein Bündnis Rußland–Preußen?«

»Mein Wunsch seit vier Jahren.« Peter richtete sich auf und drehte sich zu dem König herum. »Ihr Vater ließ mich 1712 abblitzen, als ich ihn für ein Bündnis gewinnen wollte. ›Ich will nicht schießen, ich will tanzen‹, hat er mir ins Gesicht gelacht.«

»Und führte Preußen an den Rand der Pleite. Peter, ich bin dabei, eine andere Zeit aufzubauen. Ein starkes, unbesiegbares Heer, Zucht und Ordnung, Arbeitswillen und Vaterlandsliebe, Gehorsam bis in den Tod... der Mensch muß erzogen werden, sonst bleibt er ein blökendes Schaf! Die Zukunft verlangt Stärke.«

»Ein Bündnis zwischen Preußen und Rußland wird unsere Freundschaft vertiefen.« Der Zar zeichnete mit seiner Dubina eine grobe Karte in den Staub, der die Dielen bedeckte. Nur einmal in der Woche wurde der Boden gereinigt und nicht jeden Tag zweimal wie die anderen Räume. Wer betrat denn schon das Bernsteinzimmer oben im dritten Stock? »Das ist Westrußland, Ostpreußen, Polen, Pommern, Brandenburg, Preußen.« Peter tippte auf eine Stelle der Karte im Staub und nickte mehrmals. »Das ist Vorpommern, Friedrich Wilhelm. Ich habe kein Interesse daran... natürlich muß es zu Preußen gehören. Wir müssen nur die Schweden besiegen und wegjagen. Wir beide schaffen es.«

»Ich danke Ihnen, Peter.« Einen Augenblick dachte der König an Sophie Dorothea, der er genau das Gegenteil erzählt hatte. Aber dann wischte er die Gedanken weg. Weiber und Politik! Kinder sollen sie kriegen und ihre Männer erfreuen, das ist ihre Aufgabe. Über das Schicksal der Völker sollen Männer entscheiden. Männer wie Peter und ich. Zwei richtige Kerle! »Nehmen Sie das Bernsteinzimmer mit.«

»Ein schlechter Scherz, Friedrich Wilhelm!«

»Kein Scherz. Ich schenke es Ihnen.«

»Das kann ich nicht annehmen.« Der Zar zeigte sich

verwirrt, ein seltener Anblick, den nur wenige kannten. Immer war er der Erste, der Beste, der Klügste und der Tapferste, der Alleskönner und Unwiderstehlichste. »Nein, das kann ich nicht. Ein Kunstwerk, das nicht seinesgleichen hat –«

»Vorpommern ist mir wertvoller und wichtiger.« Der König schlug mit seinem Buchenstock gegen die Knöpfe seiner Gamaschen. »Ich lasse es ausbauen und bis an die Grenze bei Memel bringen. Dort können es Ihre Leute übernehmen.«

»Ich kann es noch nicht fassen, mein Freund.« Peter stürzte auf Friedrich Wilhelm zu, wollte ihn an sich reißen und küssen, aber der König, der an die Bärenkräfte des Zaren dachte und keine Lust verspürte, sich vor lauter Zuneigung ein paar Rippenbrüche einzuhandeln, ließ seinen Buchenstock fallen und bückte sich. Dadurch entkam er elegant der schmerzhaften Umarmung und richtete sich erst wieder auf, als Peters erste Anwandlung von zärtlicher Dankbarkeit verflogen war.

»Gehen wir zu Tisch!« sagte der König. Dabei ließ er seinen Stock wippen. »Der Tokajer ist noch immer nicht bei uns angelangt. Ich werde diese Hundsfötte lehren, wie Wiesel zu rennen!«

»Was gibt es bei Tisch?« fragte der Zar.

»Weiß ich es? Das ist Sache der Königin. Mein Fiekchen hat einen guten Geschmack.«

»Ich bin mit wenig zufrieden. Eine Krautsuppe, Grütze, kalter Braten mit Gurken und gesalzenen Zitronen, etwas Gemüse, und zum Dessert nichts Süßes, das stört meinen Magen, sondern nur Obst und Käse aus Limburg.«

»Von all dem haben wir bestimmt nichts im Haus.« Friedrich Wilhelm lachte dröhnend. »Das hätte ich mal meinem Küchenmeister befehlen sollen, der Schlag hätte ihn getroffen. Wie sind wir uns gleich, Peter. Eine Kanne Bier schmeckt auch mir besser als dieser französische Champagner. Und auf einem Holzschemel sitze ich ebenso gern wie auf einem Polster. Meinem Hintern ist das gleich.«

Der Zar folgte dem König zur Tür und blieb dort noch einmal stehen. Ein langer, glänzender Blick flog über die goldschimmernden Wände des Bernsteinzimmers.

»Es gehört jetzt wirklich mir?« fragte er wie ein Junge, der überraschend beschenkt worden ist.

»Sie können mit ihm anstellen, was Sie wollen.«

»Unfaßbar. Das werde ich Ihnen nie vergessen, Friedrich Wilhelm.«

»Vergessen Sie nicht Vorpommern ... das ist mir hundert Bernsteinzimmer wert, Peter.«

Sie verließen das Eckzimmer, stiegen die Treppe hinunter zur großen Halle und trafen dort auf die wartenden Gäste des Festmahls. Der König blieb auf der Treppe stehen und zupfte den Zaren am Ärmel.

»Da stehen sie, die mir die Haare vom Kopf fressen!« sagte er. »Sehen Sie sich die erwartungsvollen Fratzen an. Sie schmatzen schon in der Vorfreude. Ha, wer ist denn das?« Friedrich Wilhelms Blick blieb an einer Dame hängen, die mit tiefem Dekolleté und prächtigen Brüsten, mit langer Lockenperücke und seidenschimmernder Robe neben dem Fürsten Netjajew stand. Mit dem Finger zeigte er auf sie, und alle Blicke folgten der Richtung und starrten die Schönheit an. Der Zar lächelte breit. Sein Bart tanzte über der Oberlippe.

»Natalja Jemilianowna ist es«, sagte er unbefangen. »Meine Reisemätresse. Ich weiß, wie Sie darüber denken, Bruder, aber nicht nur der Magen sehnt sich nach Speise und Trank, nicht nur der Geist sucht das anregende Gespräch, das Herz stellt auch seine Forderungen. Natalja ist wie ein Steppensturm im Bett.«

»Mein Vater würde sich jetzt wie ein Narr benommen haben.« Der König stieg wuchtig die letzten Treppenstufen hinunter. »Ich *dulde* Ihre Natalja an meinem Tisch, weil sie in Ihrer Begleitung ist, Zar Peter.«

Das Festessen konnte beginnen.

Es wurde ein Festmahl, wie man es im Berliner Schloß so schnell nicht vergaß.

Der Zar saß rechts neben der Königin Sophie Dorothea, die Mätresse Natalja links von ihm, und neben ihr hatte der König sitzen sollen. Friedrich Wilhelm änderte sofort die Sitzordnung, nahm den Stuhl neben seinem Fiekchen und befahl dem Grafen von Bülow, sich neben die »weißen Kugeln« zu setzen, wie er das Dekolleté der Gasenkowa bezeichnete. Ob dieser Wechsel Peter gefiel, war ihm gleichgültig. Hier war er der Hausherr, und das Haus des Königs von Preußen war ein sittliches Haus, ohne Dirnen, ohne Knabenliebhaber und ohne schleimige Kriecher. Neben

Fiekchen hockte der Kronprinz Friedrich, unter sich einen kleinen Kissenberg, damit er über die geschmückte Tafel sehen konnte. An den Wänden aufgereiht standen die Lakaien, im Hintergrund spielte verhalten ein Streichorchester Musik von Händel, Scarlatti und Schütz. Man hatte am Hof einen Wink aus Petersburg bekommen: Bei offiziellen Essen liebte der Zar gern Musikbegleitung.

Peter I. war ein großer, ja grandioser Esser. Wie befürchtet, konnte er mit der ihm gereichten Serviette aus feinstem Damasttuch nichts anfangen, ging mit Messer und Gabel sehr ungeschickt um, vergoß Sauce und leckte seine Finger ab. Als Bratensaft auf seine Weste spritzte, machte ihn das nicht verlegen, nein, er schabte mit seinem Daumen den Saft von seinem Anzug und steckte dann den Daumen in den Mund.

»Es schmeckt vorzüglich, Madame«, sagte er zu Sophie Dorothea. »Der Fasan ist zart wie eine Mädchenbrust. Man beißt hinein und hat die Seligkeit im Mund.«

Er sagte das so laut, daß jeder am Tisch es verstand, auch die Prinzessin Wilhelmine, die den Kopf senkte und leise vor sich hinkicherte. Sie saß zu weit weg von ihrem Vater, sonst hätte Friedrich Wilhelm mit seinem Buchenstock über den Tisch gelangt und ihr einen Schlag versetzt.

Aber wütend war er allemal über die Bemerkung des Zaren, die man in einem Männerkreis machen kann, aber nicht vor den Damen, und da Friedrich Wilhelm nicht daran gewöhnt war, eine Wut zu unterdrücken, sondern ihr immer freien Lauf ließ, suchte er nach jemandem, der den Zorn auffing. Sein Blick traf auf einen Lakaien, der ihm gegenüber an der Wand stand und für das Wohlergehen des Generals Odojewskij zu sorgen hatte. Sein Weinglas war leer, Grund genug, den unaufmerksamen Lakaien zu strafen.

Schon beim Platznehmen an der Tafel hatte der Zar mit Verwunderung gesehen, daß zwei Pistolen neben dem Gedeck des Königs lagen, und er hatte schon fragen wollen, ob der König Angst vor einem Attentat während des Essens habe. Erstaunt sah Peter jetzt, wie der König aufsprang, eine Pistole ergriff, hochriß und auf den erbleichenden und zitternden Lakaien anlegte. »Er Coujon!« brüllte Friedrich Wilhelm. »Sieht nicht ein leeres Glas. Schläft im Stehen.«

Der Schuß krachte, aber aus dem Pistolenlauf zischte keine Kugel, sondern eine Wolke von groben Salzkristallen.

Sie traf den armen Lakaien mitten ins Gesicht, riß kleine Löcher in die Haut, er wandte sich ab, rannte aus dem Saal und begann, hinter der Tür bitterlich zu weinen.

Der Zar blickte amüsiert über die Festgesellschaft. Seine Russen waren starr vor Staunen, die preußischen Herrschaften zeigten keinerlei Entsetzen – sie aßen ungerührt weiter, als sich Friedrich Wilhelm wieder setzte und die abgeschossene Pistole mit der Salzladung neben seinen Teller legte. Sie kennen das, dachte Peter. Eine der vielen Marotten des preußischen Königs – man sollte sie sich merken.

Fürst Netjajew und General Odojewskij wechselten einen schnellen Blick. Der Zar hatte wieder etwas gelernt, er lernte ja dauernd und überall, fällte Bäume, sägte Balken, schnitzte Elfenbein, schmiedete Hufeisen und zog sogar Zähne. Zurück in Petersburg würde er nun mit einer Salzpistole um sich schießen und seine große Freude haben, die Lakaien und Pagen hüpfen zu sehen.

Gott schütze Rußland ... es könnte auch mal eine Kugel statt grobem Salz im Lauf stecken.

Nach dem Dessert erhob sich der König und löste die Tafel auf. Die Damen versanken in einem tiefen Knicks vor den Zaren und verließen den Saal, die Herren blieben zurück, um unter Führung des Königs in das Rauchkabinett zu gehen, wo Branntwein, Bier und ungarischer Rotwein auf sie warteten. Nur die Mätresse Natalja Jemilianowna blieb auf einem Wink Peters zurück, alle Männerblicke auf ihr tiefes Dekolleté ziehend. Friedrich Wilhelm wölbte die Unterlippe vor. Einem Gast wie dem Zaren kann man nicht sagen, daß eine Hur nicht in den Kreis der Männer gehört. Nicht am Hof von Preußen.

»Ihr Salzgeschoß war beeindruckend –« sagte Peter zu Friedrich Wilhelm und lachte. Dabei legte er den Arm um die schmale, geschnürte Taille der Mätresse und klopfte ihr ungeniert auf den Hintern. »Es zeigt Ihre Macht über die Menschen, Ihre souveräne Stärke. Ich habe auch ein Zeichen, daß jeder versteht. Sehen Sie zu, liebster Freund ...«

Er griff auf den Tisch, hob einen Silberteller hoch und faßte ihn mit beiden Händen. Und dann begann er, ohne Anstrengung, den Silberteller aufzurollen, so wie man ein Stück Papier zusammenrollt. Die Gasenkowa klatschte in die Hände, der König starrte etwas sauer auf den zerstörten Teller, und der Zar überreichte ihm die Silberrolle, als sei sie ein Zepter.

»Eine kleine Erinnerung«, lachte er dabei. »Begreifen Sie nun, warum meine kleine Natalja immer bei mir ist? Wo soll ich hin mit meiner Kraft?«

Er ist wirklich ein sibirischer Bauer, dachte Friedrich Wilhelm. Dagegen bin ich ein gerechter Hausvater. Potz Blitz und Kanonen... er ist gröber als ich. Das hat nun Fiekchen auch gesehen. Wie mich das beruhigt...

»Zu den Pfeifen und Branntwein!« kommandierte Friedrich Wilhelm gutgelaunt. Zwei Diener rissen die Türe zum Rauchkabinett auf. »Lassen wir's uns schmecken, meine Herren... nachher werden wir die Truppen besichtigen.«

Im Lustgarten war das 1. Bataillon des 1. Garderegiments zu Fuß, die Langen Kerls, angetreten und wartete auf den König und seinen Besuch, den Zaren von Rußland. Für diese Parade hatte man wochenlang geübt, hatte man herumgeschrien, hatten die Unteroffiziere und Feldwebel mit ihren Stöcken auf die Soldaten eingeprügelt, wenn die Richtung nicht stimmte, wenn der Gleichschritt aus dem Rhythmus kam, wenn die Wendungen zu müde waren und die Kampfübungen aussahen wie das Spielen mit Kinderholzgewehren. Der Kommandeur der Garde, Oberst von Rammstein, hatte jeden Tag die Truppe inspiziert und eine Stunde lang den Übungen zugesehen. Vorzüglich klappte alles, aber zufrieden war er nicht. Ein Kommandeur darf nie zufrieden sein, es macht die Soldaten übermütig und faul. Nach diesem selbstgedrechselten Spruch handelte von Rammstein, schnauzte die Offiziere an, die schrien die Feldwebel an, und die Feldwebel brüllten wie gestochene Stiere auf die Grenadiere ein und prügelten sie.

Nun stand das 1. Bataillon auf dem riesigen Exerzierplatz im Lustgarten und wartete auf Zar und König. So wichtig war diese Demonstration preußischer Militärerziehung, daß der Reformator des preußischen Heeres, noch 1713 von König Friedrich I. zum Feldmarschall ernannt und damit auf die höchste Stufe der preußischen Gesellschaft gehoben, einen Tag vor Eintreffen des Zaren in Berlin die Gardebataillone zu einer Sondervorführung antreten ließ und selbst inspizierte.

»Es geht nicht allein um Reputation!« sagte dabei der Alte Dessauer zu Oberst Rammstein. »Wir müssen den Eindruck hinterlassen, daß wir unschlagbar sind. Und das sind wir – wir müssen nur wollen. Seine Pflicht tun kann jeder... seine Pflicht lieben, darauf kommt es an.«

Oberst von Rammstein antwortete: »So ist es, Herr Feldmarschall!« und nahm sich vor, diesen neuen Ausspruch des Dessauers seinen Offizieren als neuen Leitspruch weiterzugeben.

So vieles war durch Leopold von Anhalt-Dessau neu in die Armee eingeführt worden. Der berühmt-berüchtigte preußische Drill war sein Werk. »Alles Militärische muß eins sein«, hatte er zur Grundlage erklärt. »Von der Sprache der Kommandos bis zur Fortbewegung in Gleichschritt und Paradeschritt und dem Kaliber seines Gewehres. Das Exerzieren ist eine Gleichheit aller Glieder der Soldaten wie Teile einer Maschine und muß geübt werden, immer und unaufhörlich, bis der Soldat ein Ganzes alles Militärischen ist.«

Der Grundstein für eine Armee reiner Befehlsempfänger und wegexerzierter Persönlichkeiten war damit gelegt worden. Ein Soldat hat nicht zu denken, sondern nur zu gehorchen. Er hat Futter für den Moloch Krieg zu sein.

Schon 1698 machte der Dessauer eine weitsichtige Erfindung. Um die Gewehre von vorn, man nannte sie Vorderlader, mit Pulver und Bleikugeln zu laden, benutzte man hölzerne Ladestöcke, die oft im Kampf bei hastigem Stopfen der Läufe zerbrachen. Dann fiel die Feuerkraft dieses Soldaten aus. Den Dessauer durchzuckte bei solchem Anblick eine ebenso einfache wie geniale Idee, wie so viele geniale Ideen einfach waren: Er erfand den eisernen Ladestock. Der zerbrach nie, ließ ein schnelleres Laden zu und erhöhte die Feuergeschwindigkeit.

»Gut schießen, rasch laden, Unerschrockenheit und mutiger Angriff, das bestimme das Leben der Soldaten«, ließ der Dessauer die Armee wissen, und das wurde tagaus, tagein geübt, und in die Soldaten hineingebrüllt und hineingeprügelt.

Der Alte Dessauer ließ noch einmal alles durchexerzieren, was dem Zaren vorgeführt werden sollte, dann nickte er dem Oberst von Rammstein gnädig zu.

»Das wird Eindruck machen«, sagte er. »Ich bin zufrieden. Der König wird es auch sein.«

Einen Mann ließ er sich persönlich vorführen, den Feldwebel Hans Hoppel. In Ostpreußen geboren, war er ein breiter, schnauzbärtiger Kerl, gefürchtet von allen Rekruten, die ihm in die Hände fielen, ein Mensch mit einem Maul und einer Lunge, die zusammen ein noch nie gehörtes Gebrüll fabrizierten, ein Vorgesetzter zudem, der in allem voranging, nie ermüdete und alle Schlaffen anschrie: »Was ich kann, kann Er auch, Er Hundsfott! Er muß nur wollen!«

Das Gesetz des Alten Dessauers.

»Er macht morgen mit zwölf ausgesuchten Grenadieren eine besondere Vorführung?« fragte der Dessauer, als Hans Hoppel steif wie ein Eichenstamm vor ihm stand. »Er will einen Nahkampf zeigen?«

»So ist es befohlen!« antwortete Hoppel zackig. »Angriff und Vernichtung des Gegners mit allen Waffen.«

»Sei Er vorsichtig, Feldwebel!« Der Dessauer hob warnend die Hand. »Zeige Er dem Zaren nicht zuviel von unserer Taktik. Er wird sie kopieren. Nur ein paar Dinge zeige Er: Stürmen, Hauen, Stechen. Das genügt. Unbesiegbar ist auch der, dessen Waffen man nicht kennt. Mach Er's gut, Feldwebel...«

Es war eine Auszeichnung ohne Beispiel. Das Ansehen des Hans Hoppel wuchs, und auch die Furcht vor ihm.

Das Erscheinen des Generals Johann von Schweinitz, einer der Armee-Inspekteure, kündete das Nahen des Königs und des Zaren an. Durch die Reihen des 1. Bataillons ging eine kurze nervöse Bewegungswelle... dann aber standen die Langen Kerls, keiner unter 1,90 Meter groß und mit ihren hohen, turmähnlichen Helmen noch gewaltiger wirkend, wie leblose, aus Ton geformte Figuren, Riesenleiber und Riesenköpfe, erschreckend für einen normalen Menschen, wenn er ihnen in seiner Kleinheit gegenüberstand.

Und dann kam der König über den Exerzierplatz, an seiner Seite – die aus den Augenwinkeln schielenden Grenadiere glaubten es kaum – ein Riese wie sie, zwei Meter hoch, mit dem wiegenden Gang eines Seemannes, der selbst an Land das Meer unter sich spürt, ein Kaiser ohne Perücke und seidenem Gewand, mit derben Hosen und Schuhen, aber mit Augen, die scharf und durchbohrend bis ins Herz blicken konnten.

Vor der Front des 1. Bataillons blieb Peter stehen und sah auf Friedrich Wilhelm hinab. Hinter ihnen, zwei Schritte zurück, hielt die Begleitung an: der Alte Dessauer, Generalleutnant von Grumbkow, General von Schweinitz, General von Renckendorff, Freiherr von Pöllnitz, Fürst Netjajew, General Odojewskij und der Zwerg Lewon Uskow. Vor solcher Ansammlung von Riesen mußte sich dieser wie ein Käferlein vorkommen.

»Ich gratuliere«, sagte der Zar. »Noch nie habe ich eine solche Truppe gesehen. Überall spricht man von ihr, in allen Ländern, aber sie mit eigenen Augen zu sehen, wischt alle Erzählungen fort. Wie groß ist der Kleinste?«

»Einen Meter neunzig, Majestät«, sagte von hinten General von Schweinitz.

»Ein gutes Maß!« Der Zar sah an sich hinunter. »Ich könnte auch bei Ihnen dienen, Friedrich Wilhelm.«

»Sie würden bei mir sofort Feldwebel!« Der König lachte und zeigte mit seinem Stock auf die bewegungslose Uniformenreihe. »Schreiten wir die Front ab, lieber Freund.«

Die Majestäten gingen weiter, an die Spitze der Truppen, und Oberst von Rammstein selbst befahl mit heller, durchdringender Stimme das »Habt acht! Präsentiert das Gewehr!«

Durch die Riesenreihe flog ein Ruck, die Gewehre sausten in die Luft, fielen kerzengerade in die linke Hand und vor die Brust, ein lautes schmatzendes Klatschen erfüllte die Luft, nur ein einziger Laut, kein Nachklappern, in einer Höhe waren die Hände, die Gewehrkolben, die Läufe, die Helmspitzen und die Kappen der Lederschuhe. Ein Lineal konnte nicht gerader sein. Hinter dem König nickte zufrieden der Dessauer. Da staunt er, der Zar! Das ist preußische Gründlichkeit.

Oberst von Rammstein meldete die Truppen, stieß vor dem Zaren seinen langen Offiziersspieß in den Boden und schnarrte seine Begrüßung. Vor ihren Kompanien standen, ebenfalls mit in den Boden gerammten Spießen, die Offiziere und rissen mit der linken Hand ihre Spitzhüte von den weißen Perücken.

Stolz schritt Friedrich Wilhelm die Front ab, seinen Gast neben sich völlig vergessend. Das war der Gipfel seines irdischen Glücks. An seinen Langen Kerls entlangzugehen, jedem in das Gesicht zu sehen und jeden spüren zu lassen: Ich bin euer Vater. Ich liebe euch alle, ihr Halunken und Hundsfötte!

Am Ende der Besichtigung schien es, als wache der König wieder auf. Mit leuchtenden Augen sah er zu dem Zaren hoch. Sein Stock stieß auf den Boden.

»So wie sie aussehen, kämpfen sie auch!« sagte er voller Stolz. »Sie werden Ihnen vorführen, daß es gegen sie keine

Wehr gibt. Und so wie meine Garde, ist mein ganzes Heer erzogen.«

Während unten im Lustgarten das Kriegspielen begann, standen oben am Eckfenster im dritten Stock zwei Männer im Bernsteinzimmer und beobachteten das Exerzieren. Der eine von ihnen trug einen einfachen, langen, blauen Rock, der andere die Uniform des Hofverwalters.

»Es ist wirklich wahr, was Ihr gehört habt?« fragte der Zivile und sah hinunter zu dem Zaren, der auf einem breiten Sessel Platz genommen hatte und den zwölf Grenadieren unter dem Befehl von Feldwebel Hoppel genau auf ihre Bewegungen guckte, als sie mit Angriff und Eroberung von feindlichen Stellungen anfingen.

»Aus erster Hand, Wachter. Die Königin selbst sagte es zur Generalin von Knobelsdorff: ›Stellen Sie sich vor, der König hat das Bernsteinzimmer dem Zaren zum Geschenk gegeben.‹ Nur einen Meter stand ich hinter ihnen, habe es ganz deutlich gehört.«

»Der König kann doch das Bernsteinzimmer nicht verschenken.« In Wachters Stimme war ein deutliches Zittern.

»Warum kann er nicht... es gehört ihm.«

»Verschenken nach Rußland... für Preußen auf ewig verloren. Das darf er nicht!«

»Ein König kann und darf alles... wer will ihn daran hindern?« Der Hofbeamte, der Karl Urban hieß, faßte Wachter an den linken Arm. »Ich hielt es für notwendig, Euch sofort zu unterrichten... damit Euch der Schreck nicht in die Glieder fährt, wenn Ihr's vom König selbst erfahrt.«

»Ihr seid ein wahrer Freund, Urban.« Wachter starrte wieder auf den Zaren, der jetzt in die Hände klatschte, als Hoppels Grenadiere demonstrierten, wie man dem Gegner mit dem Säbel den Kopf spaltet. »Ich werde mit dem König sprechen.«

»Sprechen? Wollt Ihr lahmgeprügelt werden, Wachter? Ein Geschenk kann man doch nicht zurückholen! Wachter, haltet bloß den Mund. Nehmt es als eine Fügung Gottes. Der König wird eine andere Aufgabe für Euch finden. Es gibt im Schloß genug Dinge, die verwaltet werden müssen. Ich flehe Euch an: Es ist Schicksal... beugt Euch vor ihm...«

Wachter nickte ruckartig, als sei ihm der Kopf zu schwer geworden und falle nach vorn. Er klopfte Karl Urban auf die

Schulter, drehte sich um, ließ seinen Blick über das sonnenleuchtende Bernsteinzimmer schweifen und verließ dann mit gesenktem Haupt den Raum.

Längst war der Zar weitergereist, als Freund von Preußen und beeindruckt von dessen Armee, über die er in Paris Wunderdinge zu berichten wußte, als ein Lakai in die Wohnung des Herrn Friedrich Theodor Wachter kam und einen Befehl Friedrich Wilhelms überbrachte:

»Er komme sofort zu mir.«

Wachter sah zum Fenster hinaus. Es war schon dunkel, die königliche Familie hatte wie üblich sehr einfach zu Abend gegessen. Es war eigentlich die Zeit, in der der König hinter seinen Akten saß, die Militärausgaben durchrechnete und Berichte der verschiedenen Rechnungskammern las und mit Randbemerkungen versah. Rastloser Arbeiter, der er war, kümmerte er sich um alles, von den Erträgen des Handels bis zur Urbarmachung versumpften Landes, von der Kleiderordnung seiner Soldaten bis zum häuslichen Frieden seiner Bürger. Wie oft war er mit seinem Buchenstock zwischen streitende Eheleute gefahren, wenn er sie auf seinen Wanderungen durch Berlin bis auf die Straße keifen hörte.

»Wann?« fragte Wachter erstaunt.

»Sofort. So steht's da.«

Wachter zog seinen blauen Rock an, seine Frau Adele reichte ihm die braune Perücke. Im Hintergrund des Zimmers, unter einem sechsflammigen Kerzenleuchter, saß ihr zehnjähriger Sohn Julius und las in einem Schulbuch.

»Was will der König von dir?« fragte Adele Wachter besorgt. »Um diese Zeit? Hat der Urban, dieser Kriecher, dich verraten und von deinen Worten berichtet? Schläge wirst du bekommen, Fritz, das mindeste wird das sein. Vielleicht wirft er dich ins Gefängnis, steckt dich unter die Soldaten... Mein Gott, warum hast du nicht den Mund gehalten...«

»Wir wollen sehen, Delchen.« Er gab seiner Frau einen Kuß auf die Augen, knöpfte den Rock zu und folgte dem Lakaien zum Arbeitskabinett des Königs.

Friedrich Wilhelm arbeitete wirklich und saß gebeugt über lange Listen, als die Türwache ihn ins Zimmer ließ. Einen tiefen Diener machte Wachter und wartete dann an der Tür, was nun kommen würde. Der König hob den Kopf und sah ihn an.

»Tret Er näher«, sagte er mit ruhiger Stimme. Sie klang zwar immer noch befehlend, hatte aber nicht den Unterton des Zorns. »Komm Er hierher zu mir, ganz nah... Fürchtet Er sich?«

»Nein, Majestät.«

»Das hat Er klug gesagt. Den König von Preußen soll man nicht fürchten, man soll ihn lieben. Auch wenn Er den Stock spürt – es ist nur zu seinem Guten. Er weiß, daß ich das Bernsteinzimmer dem Zaren zum Geschenke machte? Man hat es Ihm hinterbracht?!«

»Ja, Majestät.«

»Und, Wachter?«

»Ich bin traurig, Majestät.«

»Er weiß nicht, um was es geht, Er kennt nichts von Politik. Er soll's auch nicht wissen, denn Er begreift es doch nicht. Wachter, Er ist der Verwalter und Aufseher des Bernsteinzimmers? Ich erinnere mich, zweimal hat Er mir Meldung gemacht.«

»Dreimal, Majestät.«

»Belehre Er mich nicht, Coujon!« Die Miene Friedrich Wilhelms verfinsterte sich. »Seit wann betreut er das Bernsteinzimmer?«

»Seit 1707, Majestät. Die Sockel- und Wandfelder waren fertiggestellt, die restlichen Weiterarbeiten übernahmen die Bernsteinmeister Ernst Schacht und Gottfried Turow aus Danzig. Da hat Ihre Majestät Friedrich I. mich auf Lebenszeit beauftragt, über das Bernsteinzimmer zu wachen.« Wachter schwieg und fügte dann leise hinzu: »Das sind nun zwölf Jahre.«

»Glaubt Er, Kanaille, ich könne nicht rechnen?« Die königliche Faust sauste auf die Tischplatte. »Und nun kommt das Bernsteinzimmer weg. Wird nach Petersburg gebracht. Was heißt nun auf Lebenszeit, Wachter? Ist sein Leben nun damit herum?«

»Fast, Majestät. Mir wird es das Herz brechen, wenn das Zimmer nach Rußland kommt.«

Friedrich Wilhelm sah ihn lange und stumm an. Jetzt denkt er darüber nach, dachte Wachter, was er mit mir tun soll. Den Stock, das Gefängnis, der Zwangsdienst in der Armee oder ein einfaches Wegjagen ins Vogelfreie. Wie's auch sei... mein Leben ist nur noch wenig wert. Aber plötzlich sagte der König, und es riß Wachter fast um, als sei er vom Blitz getroffen:

»Er ist ein treuer Diener des Königs und der Krone. Ich habe Wohlgefallen an Ihm. Glaubt Er, ich trenne mich von meinem Bernsteinzimmer wie von einem Bandwurm im Gedärm?! Noch einmal sag ich's Ihm: Die Politik begreift Er nicht. Um Preußens Größe geht es. Ich will mich nicht wie mein Vater König *in* Preußen nennen, sondern König *von* Preußen... und dazu fehlt mir Vorpommern, die von den Schweden besetzten Gebiete. Sie gehören zu Preußen! Versteht Er das, Wachter?«

»Ja, Majestät. Der Pakt mit dem russischen Zaren...«

»Genug mit dem Geschwätz!« Der König machte eine energische Handbewegung. »Was geht Ihn das alles an! Er hat für das Bernsteinzimmer zu leben... und Er wird für das Bernsteinzimmer leben. Wachter, Er begleitet das Zimmer nach Petersburg und wird bis zu seinem Tode bei ihm sein. Dem Zaren schicke ich ein Schreiben. Hat Er einen Sohn?«

»Ja, Majestät.« Wachter war die Kehle zugeschnürt, seine Stimme zerpreßte die Worte. Nach Petersburg... mit meinem Bernsteinzimmer zum Zaren... ich werde bei ihm bleiben. Herz, steh nicht still, halte es aus... Berlin müssen wir verlassen, aber in Petersburg werden wir leben, im Versailles des Ostens. »Julius ist zehn Jahre alt, Majestät.«

»Und Seine Frau?«

»Wird einunddreißig.«

»Und Er?«

»Bin dreiundvierzig.«

»Und nur ein Kind? Wachter, Er ist doch ein kräftiger Kerl, hat eine junge Frau – und nur einen Sohn?! Enttäusche Er mich nicht in Petersburg, mach Er Seiner Frau noch einige Kinder, noch Söhne. Einer ist keine Garantie. Er kann sterben. Ich habe einen Auftrag für Ihn... nicht zuletzt, weil ich meinen Vater trotz allem liebe. Wachter, schwör Er mir, heb Er die Hand hoch zu Gott...«

Der König erhob sich von seinem Stuhl und streckte ebenfalls drei Finger an die Decke. So feierlich war es, daß Wachter die Knie weich wurden und seine hochgestreckten Finger hin und her schwankten.

»Schwöre Er bei Gott« – begann der König wie ein Prediger in der Kirche – »das Bernsteinzimmer nie zu verlassen, es zu pflegen wie Sein eigen Aug und Kind, mit Seinem Leben zu schützen in allen Gefahren und Sorge zu tragen, daß immer ein Sohn die Pflege als Erbe übernimmt, über alle Generationen und Zeiten hinweg bis an der Welt Ende, solange auch das Bernsteinzimmer lebt.«

»Ich schwöre es, Majestät.«

Wachter senkte den Kopf und die Hand. Es war nicht mehr zu übersehen, er weinte.

»Sei Er keine Memme!« rief Friedrich Wilhelm und gab Wachter einen Klaps auf die gesenkte Stirn. »Weiber weinen, ein Mann steht immer aufrecht. Auch wenn Er jetzt sagen wird, Er weine aus Glück.«

»Ich weine aus Glück, Majestät –«

»Dann geh Er schnell weg von mir, bevor der Stock hüpft. Laß Er sich morgen hundert Taler von der Kasse auszahlen. Er soll nicht wie eine Vogelscheuche in Petersburg einziehen, sondern wie ein Vertrauter des Königs von Preußen. Er vertritt unser Land wie ein Gesandter. Ist Ihm das klar? Und wehe Ihm, wenn seine Nachkommen meinen Auftrag vergessen. Ob in hundert oder zweihundert Jahren... mein Fluch wird sie zerstören! Ein Wachter hat ab heute die ewige Pflicht, Söhne zu zeugen und das Bernsteinzimmer zu pflegen. Und jetzt geh Er, ich habe genug mit Ihm geschwatzt...«

»Ist eine Frage noch erlaubt, Majestät?«

»Was?«

»Wann wird das Zimmer ausgebaut und nach Petersburg gebracht?«

»Noch in diesem Jahr, Wachter. Sonst im Januar des nächsten Jahres. Beeil Er sich also... Er hat lang genug auf der faulen Haut gelegen. Provozier Er mich nicht, ihn zu züchtigen.«

Wachter verbeugte sich tief, wischte sich dabei die Tränen aus den Augen und verließ das Arbeitskabinett. Zufrieden kehrte Friedrich Wilhelm zu seinem Tisch zurück, hockte sich auf den einfachen, rohen Holzschemel und griff nach einer Pfeife.

Der Ausbau des Bernsteinzimmers, das Abnehmen der schweren geschnitzten Vertäfelung, der Ornamente, Figuren, Köpfe und Mosaiken von den Wänden, brauchte mehr Zeit, als der König angenommen hatte. Nur Spezialisten durften das Zimmer zerlegen, und die fand man nicht in Berlin. Aus Danzig und Königsberg forderte Wachter Fachleute an, bekam dreimal Krach mit dem König, der herumschrie, alles sei zu teuer, die Reisen, die Verpflegung, die Gehälter, hätte er das vorher gewußt, hätte er das verdammte Sonnenzimmer von den Wänden gesprengt, mit einigen guten Ladungen Pulver. Und als Wachter es wagte, zu sagen: »So ist es mit teuren Geschenken, Majestät«, bekam er den Buchenstock zu spüren, aber es tat ihm nicht weh... seine Freude, dem König das gesagt zu haben, überdeckte den Schmerz.

Dreimal stieg der König auch hinauf in die dritte Etage, stellte sich in die Tür und sah mit kritischen Augen zu, wie die Fachleute aus Königsberg vorsichtig das Bernsteinzimmer auseinandernahmen. Es gab Wandbilder aus geschnitztem Bernstein, für deren unversehrte Ablösung man einen halben Tag brauchte. Millimeter um Millimeter mußte man sie vom Untergrund abheben, denn man hatte schlechtes Holz genommen, es war hinter dem Kunstwerk von Schimmel befallen, zerbröselte und gab keinen Halt mehr. Alles, was man von den Wänden löste, wurde auf massive, gut mit Öl getränkte Holztafeln neu verlegt, haltbar für Jahrhunderte, wie Wachter sagte, wenn man das Zimmer pflegte.

»Dafür sind die Wachters da!« sagte Friedrich Wilhelm. »Der Teufel hole den Wachter, der seine Pflicht vergißt! Und wenn's in fünfhundert Jahren ist! Wann ist Er fertig, Halunke?!«

»Ich weiß nicht, Majestät. In diesem Jahre nicht mehr.«

»Ist sein Weib wenigstens schwanger?«

»Adele weiß es nicht... die Zeit ist noch zu kurz.«

»Aber beschlafen hat Er sie?!«

»Wie Majestät befohlen haben.«

»Dann mach er weiter so... mit dem Bernsteinzimmer und dem Kindermachen. Wachter, Er soll mir Erfolge zeigen, keine Vertröstungen...«

Drei Tage vor Weihnachten wußte es Adele Wachter. Die Hebamme hatte sie untersucht und bestätigt, daß sie schwanger sei. Friedrich Theodor Wachter meldete es sofort dem König.

»Jetzt hoffe Er, daß es ein kleiner Kerl wird«, sagte der König wohlwollend. »Wird's ein Mädchen, muß Er weitermachen, Wachter. So lange, bis er zwei Jungen in Reserve hat! Laß er bloß nicht nach mit seinen Bemühungen –«

»Es ist mir keine Mühe.«

»Das will ich meinen!« Friedrich Wilhelm lachte donnernd. »Ein richtiger Kerl hat Ausdauer wie ein Wolf im Winter.«

Weniger vergnüglich war Adele Wachter. Nicht, daß es ihr nicht gefiel, noch mehrmals Mutter werden zu müssen, in Berlin hätte sie den Auftrag des Königs fleißig erfüllt... aber in Petersburg? Bei den Russen? Bei diesen Wilden, wie alle sie nannten? Die rohe Zwiebeln fraßen und bei Tische furzten, auf gemauerten Öfen schliefen, wenn der Winter kam, und oben auf der Ofenplattform, im Beisein der Kinder, neue Kinder zeugten. Aljoscha, rück zur Wand, Mütterchen muß die Beine breiter machen... O Gott, da soll man nun für immer leben?! Muß das sein?

Und Wachter hatte von seinem Generationenschwur erzählt und zum Schluß mit fester Stimme gesagt:

»Ja, es muß sein, Delchen. Alle auf dieser Erde sind Menschen, ob sie weiß sind oder ein Mohr, Schlitzaugen haben oder platte Nasen... und wenn auch wir Menschen bleiben, wird man uns überall lieben und wie Bruder und Schwester aufnehmen. Petersburg... die schönste Stadt nach Paris. Sie wird unsere Heimat werden, die Heimat aller unserer Nachkommen, solange das Bernsteinzimmer dort besteht. Laß uns überzeugt sein, daß wir glückliche Menschen sind. Du wirst auch die Russen lieben lernen, und die nächsten sieben Jahre liegst du sowieso nur im Wochenbett...«

Zu Weihnachten ließ der König den Wachters noch einmal großzügig 200 Taler zuweisen, ein unfaßbarer Reichtum für einen einfachen Mann, der nur Kohlsuppen kannte, geschmortes Gemüse, am Sonntag ein Fleckchen Fleisch und ab und zu, wie jetzt zum heiligen Feste, ein mageres Gänschen oder einen älteren zähen Hahn. 200 Taler für Petersburg, für Kleidung und Schuhe, für die Ausstattung an Küche und Bett. Gott im Himmel, wie hast du uns gesegnet.

Der Ausbau des Bernsteinzimmers war nun besser zu übersehen und abzuschätzen. Wachter verpflichtete sich, bis spätestens 20. Januar 1717 die wertvollen Stücke zur Verpackung bereitliegen zu haben. Riesige Kisten wurden in der Hofschreinerei bereits zusammengefügt, Sägespäne und sogar kostbare Gänsedaunen wurden gelagert, um den unersetzlichen Schatz unbeschädigt in Petersburg ankommen zu lassen.

»Bisher ist es gutgegangen«, sagte der König zu Wachter.

»Saubere Arbeit hat Er abgeliefert. Nun kümmere Er sich um den Transport auch. Ich sag Ihm: Wenn man mir meldet, daß in Petersburg Trümmer angekommen sind, nehme ich die nächste Kutsche, verfolge Ihn in Rußland und prügele Ihn in die Erde.«

»Für den Transport bin ich nicht verantwortlich, Majestät.«

»Er ist es, Wachter! Braucht Er eine Order? Er bekommt sie von mir. Jeder soll auf Sein Wort hören. Den Garnisonen, durch die der Transport geht, wird befohlen werden, Ihm jegliche Hilfe zu gewähren. Ist Er jetzt zufrieden, Er Halunke?!«

»Sehr zufrieden, Majestät.«

»Ich werde dem Zaren schreiben – in Holland ist er jetzt –, daß Er mit dem Zimmer Ende Januar in Memel eintrifft und es dann offiziell von Preußen an Rußland übergeben wird. Ist es so richtig?«

»Ja, Majestät.« Wachter, der seit Wochen über Wegekarten brütete, um die beste Strecke nach Memel herauszufinden, überdachte die Wahl jedes Wortes. »Ich brauche ein Schiff.«

»Ist Er toll? Wozu ein Schiff?«

»Der beste und sicherste Weg nach Memel ist der Wasserweg. Immer der Küste entlang, ohne Mühe und Sorgen wegen vereister Straßen, unpassierbarer Wälder, gesperrter Brücken, zerbrechenden Rädern, Schäden durch Sturm und Schnee, Erfrierungen und anderem Leid. Von Memel an werden die Russen den Weg bestimmen.«

Friedrich Wilhelm sah Wachter böse an.

»Ein Schiff will Er von mir haben? Wachter, Er macht Seinen König arm! Preußens Straßen sind bekannt für ihre Güte. Der Zar selbst hat sie gelobt. Aber für Ihn sind sie nicht gut genug, was?!«

»Es geht nur um die Sicherheit des Bernsteinzimmers, Majestät. Ich bürge mit meinem Kopf, und ihn möchte ich nicht verlieren.«

»Ich verstehe Ihn, Wachter. Laß Er mich überlegen, was wir tun werden.«

Am 17. Januar 1717 schrieb Zar Peter I. einen Brief an seine Gemahlin Katharina. Aus Amsterdam.

»Kathinka, mein Geliebtes. Neben vielem Neuen, von dem noch zu berichten ist, habe ich eine große Freude in Berlin

erfahren. Der König von Preußen hat mir als Geschenk ein Bernsteinzimmer gemacht, ein Kabinett, wie es seinesgleichen auf der ganzen Welt nicht gibt. Ich will es in Petersburg aufstellen lassen, in unserem Winterhaus an der Newa. Gefallen wird es dir, es ist von einmaliger Schönheit...«

Und nach Petersburg gab er die Order:

»Ende des Januars hat eine Sondermission unter Leitung des Oberhofmarschalls sich nach Memel zu begeben. Er nimmt dort einen Wagenzug des Königs von Preußen entgegen, den ein Friedrich Theodor Wachter aus Berlin befehligt, und bringt die Ladung unversehrt, mit größter Sorgfalt fahrend, in meine Stadt. Gelagert wird im Winterhaus, bis ich zurückkomme aus Amsterdam. Es soll bewacht werden Tag und Nacht...«

Es wurde ein Wettlauf gegen die Zeit. Fast war der Abbau des Bernsteinzimmers vollendet, waren die Schnitzereien und Mosaike auf neuen, kräftigen Holztafeln verklebt und verklammert, standen die Kisten in der Tischlerei bereit, war ein Schiff von Stettin bis Memel gefunden und ein großer Laderaum belegt, da brach der Winter über das Land herein, mit Schneestürmen und Vereisungen, so daß Wachter zu seinem König sagte:

»Majestät, ich wage nicht, bei diesem Wetter die Fuhrwerke nach Stettin auf den Weg zu bringen.« Friedrich Wilhelm nahm es zur Kenntnis.

»Da sieht Er, wie erbärmlich Menschenwerk gegen die Natur ist. Warte Er also auf eine gute Zeit«, sagte er einsichtig. »Was macht Sein Bein?«

Wachter hob die Schultern. Bei einem Besuch der Hoftischlerei war er auf dem vereisten Boden ausgeglitten und so unglücklich gefallen, daß sein linkes Bein zu Bruch ging. Der Militärarzt der Garde, vor dem sogar die Langen Kerls zitterten, hatte ihn behandelt, das Bein zwischen zwei Bretter gepreßt und dann bandagiert. Auf einer Krücke humpelte er herum, oft mit schmerzverzerrtem Gesicht, und der Medicus hatte ihm bereits angekündigt, daß er vielleicht für immer hinken würde, von jetzt ab ein Invalide, ein komplizierter Bruch sei's, der Knochen würde schief wieder zusammenwachsen, ein kürzeres linkes Bein würde bleiben.

»Es ist zu ertragen, Majestät«, antwortete Wachter.

»Sei Er froh, daß Er nicht nur ein Bein hat wie viele meiner Soldaten nach dem Kampf. Und das Bernsteinzimmer stört das nicht, und Kinder macht man nicht mit den Beinen! Er ist immer noch ein richtiger Kerl.«

Adele Wachter hatte in dieser Zeit viel eingekauft. Die Reisekisten waren gefüllt, und trotzdem hatte sie noch 70 Taler übrig. Das Söhnchen Julius studierte Karten, Kupferstiche und Beschreibungen von Petersburg und Rußland und schlug sich mit seinen Spielgefährten herum, die ihn bereits »den Russen« nannten. Adele war es jetzt viel übel, sie erbrach sich oft, das Wachsen des zweiten Kindes in ihrem Leib machte ihr zu schaffen. Sie aß viele Äpfel und in Zuckersirup eingelegte Kirschen, und die Hebamme, die weise Frau, sah sie forschend an und sagte ein paarmal: »Ein Mädchen wird's. Jawohl, ein Mädchen. So wie Ihr ausseht, Wachterin, muß es ein Mädchen werden.«

Es wurde April.

Der Bauch der Wachterin hatte sich gerundet, nun sah man deutlich ihren Zustand, und Wachter humpelte ohne Stock und Beinstützen herum, er hinkte wirklich etwas, aber war mit sich und seinem Körper zufrieden, nachdem ihm der Garde-Medicus mitgeteilt hatte: »Gute Knochen hat Er. Und ein gutes Heilfleisch. Er ist früher wieder unter den Gesunden, als ich dachte.«

Bei schönem Frühlingswetter knirschten die Fuhrwerke über den Hof des Berliner Stadtschlosses. Achtzehn Kisten waren gepackt worden, große, massive Behälter, gefüllt mit Sägespänen und Decken und Daunen, darin die Bernsteinwandtafeln, die Ornamente, Figuren, Masken, Gesimse und Sockel. Die kostbarste Fracht, die jemals von Land zu Land transportiert wurde. Den achtzehn Fuhrwerken waren noch zwei Kaleschen beigeordnet, in denen der Hausrat der Wachters verstaut war und in denen die schwangere Wachterin saß, der Junge Julius und das Hündchen Moritz. Auch er, der zur Familie seit sechs Jahren gehörte, mußte mit nach Petersburg, eine abenteuerliche Mischung aus Spitz, Windspiel und Hühnerhund und mit wachen, tatsächlich blauen Augen. Ein braun-weiß geflecktes Fell hatte er, und seine größte Tat war bisher gewesen, daß er den Feldwebel Hans Hoppel während des Exerzierens in die rechte Wade biß. Nur mit Mühe hatte man Hoppel davon abhalten können, Moritz mit dem Säbel in zwei Teile zu spalten.

Zum letztenmal stand Wachter seinem König gegenüber und hatte, er wollte es nicht, aber er konnte es nicht bezwingen, wieder Tränen in den Augen.

»Wachter, Er heult zuviel!« sagte der König streng. »Im Himmel sehe ich euch alle wieder... meine Langen Kerls und Ihn! Mach Er's gut, sei Er ein braver Diener des Zaren, pflege Er mir das Bernsteinzimmer, wie Er geschworen, und denke Er daran, daß Gott seine Hand über Ihn hält.«

Dann gab er Wachter einen leichten, väterlichen Klaps mit dem Buchenstock auf die linke Schulter, ein Beweis seiner Güte, den Wachter wie einen Ritterschlag empfing.

»Gott schütze Sie, Majestät«, sagte er mit schwerer Zunge, verneigte sich tief und verließ das Arbeitskabinett des Königs.

Eine Stunde später war die Kolonne auf dem Schloßhof zur Abfahrt bereit. Die Frühlingssonne bestrahlte sie mit goldenem Glanz, die 108 Pferde – vor jedem Fuhrwerk also sechs kräftige, hohe Pferde, bestens im Futter, stark und ausdauernd, erprobt beim Ziehen der Kanonen – wieherten wie zum Abschied. Die vier Pferde der Kutsche tänzelten in ihrem Geschirr, und Friedrich Theodor Wachter saß im Sattel eines Apfelschimmels, umritt noch einmal die Kolonne und gab dann das Handzeichen zum Abmarsch.

Friedrich Wilhelm stand am Fenster seines Kabinetts und blickte, auf seinen Stock gestützt, dem Abzug der Gespanne zu. Wird mir das Vorpommern bringen? dachte er. Werde ich Preußen zum stärksten Staate in Europa machen? Lohnt sich das Geschenk?

Reise Er gut, Wachter, und komme Er gesund in Petersburg an. Sein König wird an Ihn denken –

Peter Alexejewitsch

DIE PERSONEN:

Peter Alexejewitsch Romanow	Zar Peter I. der Große
Katharina Alexejewna	Zarin, Peters 2. Frau
Alexander Menschikow	Günstling des Zaren
Pjotr Schafirow	Günstling des Zaren
Lewon Uskow	Zwerg und Hofnarr
Alexej Petrowitsch	Zarewitsch, Sohn Peters I.
Friedrich Theodor Wachter	Betreuer des Bernsteinzimmers
Adele Wachter	seine Frau
Julius Wachter	sein Sohn
Fürst Dolgorukij	Berater Peters I.
Graf Wladimir Viktorowitsch Kubassow	Haushofmeister
Dr. Benjamin van Rhijn	Zweiter Hofarzt des Zaren

Ein kalter Winter war's gewesen, dieser Anfang des Jahres 1717. In Rußland lagen Eis und Schnee noch über Wäldern, Feldern, Hütten und Straßen, die Karren blieben noch in den Schuppen, und die Schlitten, die großen für den Transport, die kleinen für die Menschen, knirschten und kreischten über den festgestampften Schnee, gezogen von den kleinen struppigen Panjepferdchen mit den Glöckchen am Geschirr.

Anders in Preußen. Hier begann – in diesem Jahr zwar langsam – schon der Frühling. Der aufgeweichte Boden hing schwer an den Rädern, und auf der Fahrt von Berlin nach Kolberg, wo ein Schiff nach Memel liegen sollte, rief man oft die Bauern aus den Häusern oder von den Feldern, um die Räder aus dem Lehm zu ziehen.

Das besorgte mit scharfen Befehlen und oft auch mit den Schlägen eines langen Haselstockes, ganz im Sinne des Königs, der Leutnant Johann von Stapenhorst, der mit einer Abteilung Kürassiere vor, hinter und neben dem wertvollen Transport ritt. Friedrich Wilhelm hatte die schwere Reitergruppe in ihrem blinkenden eisernen Küraß, eine Art Brustpanzer, zum Schutz beigegeben, obwohl Wachter meinte, es sei nicht nötig.

»Er hat eine zu gute Meinung von den Menschen!« hatte der König zu ihm gesagt. »Merke Er sich eins: Es gibt mehr Halunken als Beter, und selbst die Beter werden zu Halunken, wenn es sich lohnt, zu stehlen und zu betrügen. Sei Er immer auf der Hut, Wachter! Das Gesindel ist überall.«

Und so wartete außerhalb des Schlosses die Abteilung Kürassiere auf das Bernsteinzimmer und nahm den Transport in ihre Mitte. Und so waren es nun zusammen mit den 108 Zugpferden und Wachters Apfelschimmel, den sechs Kutschpferden und den dreißig Kavalleriegäulen 145 Pferde, die nach Osten zogen. Leutnant von Stapenhorst schien keine Ahnung zu haben, was er da bewachen sollte, denn gleich nach der Begrüßung fragte er Wachter:

»Was bringen wir denn da nach Kolberg? Ist es wertvoll?«

Und Wachter antwortete knapp: »Fragen Sie den König, Leutnant. Ich kann Ihnen nichts sagen.«

Die Fahrt bis Kolberg vollzog sich ohne Ereignisse bis auf den Schrecken, den jede als Übernachtung ausersehene Garnison bekam, wenn die Kolonne einrückte. 145 Pferde, 66 Männer, eine Frau, ein Kind und einen Hund zu versorgen, und das aus dem Magazinbestand der Garnison, rief bei allen Kommandeuren tiefe Seufzer hervor, aber sobald Wachter den schriftlichen Befehl – die Order – des Königs vorzeigte, brachte man heran, was der Transport brauchte. Ganz ohne Schwierigkeiten ging das plötzlich, bis auf Moritz, das Hundemonstrum mit dem braun-weiß gefleckten Fell und den blauen Augen. Als der Koch einer Garnison ihm einen schon faulig riechenden Knochen hinwarf, beschnupperte Moritz das stinkende Etwas, hob dann den Kopf, starrte den Koch an und flog plötzlich mit einem gewaltigen Satz auf ihn zu, verbiß sich in seinen linken Oberschenkel und ließ nicht mehr los. Es half kein Schreien und Schlagen, kein Abschütteln.

»Ich bring sie um, die Bestie!« schrie der Gebissene. »Wartet nur ein wenig, ich hole mein Messer. Abstechen werd ich das Vieh!«

»Einen faulen Knochen habt Ihr ihm gegeben!« sagte Wachter streng. »Das beleidigt ihn.«

»Will er etwa ein gebratenes Hühnchen haben?« brüllte der Koch.

»Das wär schon was. Da hätte er Euch die Hand geleckt. Mein Moritz hat eine menschliche Seele.«

Dieser Ausspruch verbreitete sich schnell in der Garnison. Am Abend, als die Offiziere unter sich waren, fragte der Kommandeur, ein Obrist, den Leutnant von Stapenhorst: »Wer ist dieser Wachter?«

»Ein Vertrauter des Königs... so nimmt man an. Er hat alle Vollmachten in der Tasche. Sein Pferd ist aus dem königlichen Stall. Eine undurchsichtige Person.«

»Hält's der König neuerdings mit Narren?«

»Oberst, wir haben gelernt, nicht zu fragen, sondern zu gehorchen.«

»Das ist es, Leutnant. Da sagt Er ein wahres Wort. Ich frage mich oft: Wo führt das hin, ein einziger denkt, und ein ganzes Volk muß denken wie er.«

Der Oberst winkte ab, als er die betretenen Gesichter der Offiziere sah. »Wir werden sehen, was daraus wird. Gott ist so gnädig, uns nicht in die Zukunft blicken zu lassen.«

In ihrem Quartier, meistens einem Zimmer in der Kaserne, das für eine Nacht der Futtermeister räumen mußte, legte sich Adele Wachter sofort auf das Bett, erschöpft, müde, blaß und mit schwerem Atem. Von Station zu Station wurde es ärger, manchmal lag sie da, preßte die Hände auf den gewölbten Leib und sagte, mit geschlossenen Augen, lange kein Wort. Wachter saß dann neben ihr, streichelte ihr Gesicht, legte auch seine Hände auf ihren Leib und konnte nichts für sie tun, als Trost zu geben.

»Bald ist es vorbei, Delchen«, sagte er zärtlich zu ihr. »In Kolberg, auf dem Schiff, kannst du dich ausruhen. Diese holprigen Wege, das Rütteln und Schütteln und die Stöße... ich weiß, wie es dir zusetzt. Beiß die Zähne zusammen, Delchen.«

»Das Kind tritt in mir, als wolle es den Leib sprengen. So war es nie bei Julius.« Sie umschlang seinen Nacken und zog seinen Kopf hinunter auf ihren Bauch. »Hörst du es, Fritz? Es wehrt sich... es will nicht in mir sterben...«

»Es wird nicht sterben, Delchen. Bestimmt wird es nicht sterben. Es wird in Petersburg zur Welt kommen... nur daran sollst du denken.«

Etwa auf der Mitte der Strecke nach Kolberg änderte Wachter seinen Zeitplan. Er legte öfter eine Ruhestunde ein, ließ Adele sich auf einem Strohsack in einem der Kistenwagen ausstrecken, und Julius, nun bald elf Jahre alt, lief über die Felder, suchte in Wiesen und an Bachrändern und brachte frische Kräuter mit, die Wachter, in Wasser getaucht, Adele auf den Leib legte. Das beruhigte und erfrischte sie, kühlte die ziehenden Schmerzen und gab ihr neue Kraft.

Dann endlich, endlich hatten sie Kolberg erreicht, die kleine, schmucke, saubere Küstenstadt an der Ostsee, machten zum letztenmal Station in einer Kaserne, und Leutnant von Stapenhorst schickte einen Kurier los nach Berlin, die glückliche Ankunft in Kolberg zu melden.

Zusammen mit Adele und Julius fuhr Wachter schon am nächsten Tag zum Hafen, um das Schiff nach Memel zu besichtigen.

Es war kein großes Schiff, eher eine kleine Korvette mit nur einem Mast, ohne Geschütze, dafür mit Laderäumen in dem breitbauchigen Rumpf und einem Aufbau, in dem die Kajüten für Kapitän, Fahrgäste und die Mannschaft lagen. Die preußische Fahne flatterte am Bug.

Über einen Steg gingen Wachter, Adele und Julius an Bord, während Moritz angebunden in der Kutsche bleiben mußte und jämmerlich heulte und wütend, mit hochgezogenen Lefzen, die ein spitzes, starkes Gebiß bloßlegten, bellte.

Als sie an Deck standen, spürten sie trotz der Windstille das Schwanken des Schiffes.

Zum erstenmal hatten sie einen Boden unter den Füßen, der sich bewegte, ein unangenehmes Gefühl, das Unsicherheit in ihnen hochkommen ließ. Wachter begriff, warum Seeleute an Land, auf festem Boden, breitbeinig und schaukelnd dahergingen, wie auch der Zar es tat, der verliebt war in Schiffe, Meer und Wellenschlag.

Der Kapitän der *Wilhelmine II.* – so hieß das Schiff – kam ihnen mit wiegendem Schritt entgegen, warf einen Blick auf Adeles hohen Leib und reichte dann Wachter die Hand.

»Ihr kommt von dem königlichen Transport?« fragte er.

»Ich bin der Leiter, Kapitän.«

»Willkommen an Bord.« Er drückte Wachters Hand. »Wann laden wir?«

»Schon morgen. Achtzehn große Kisten und Reisegepäck. Zeigt mir, wohin sie gestellt werden... sie dürfen nicht im geringsten beschädigt werden. Ich habe dem König darüber Meldung zu machen. Hütet Euch davor, nach Berlin zum Rapport befohlen zu werden. Der Stock des Königs tanzt gern auf anderen Rücken, und die Gefängnisse sind dunkel, feucht und voll Ungeziefer.«

»Es wird alles so sein, wie Ihr befehlt. Mit dicken Tauen werden wir die Kisten vertäuen.« Der Kapitän machte eine weite Handbewegung. »Aber dem Meer können wir nichts befehlen. Im April kann es stürmisch werden... da müssen wir uns dem Stärkeren beugen.«

Sie gingen in die Kapitänsräume, tranken heißen Tee und Rum und knabberten an Zwieback und trockenen Wecken. Der Kapitän erzählte von wilden Stürmen und Begegnungen mit Geisterschiffen, wobei Adele ganz übel wurde, während Julius dagegen glühende Backen bekam, bis Wachter lachend ausrief: »Genug des Seemannsgarns. Kapitän... sehen wir uns das Schiff näher an.«

Es war ein altes, aber gutes Schiff. Dick im Holz, guter Teer in den Fugen, dicht vor allem, kein Durchsickern von Wasser, und die Laderäume, in denen man die Kisten vertäuen wollte, waren besonders trocken. Sie lagen in der Mitte des Rumpfes und hatten genug Eisenhaken an den Wänden, um das Bernsteinzimmer rüttelfrei festzuhalten.

»Sind wir allein auf dem Schiff?« fragte Wachter. »Keine anderen Waren?«

»Keine. Der Befehl des Königs...« Der Kapitän verzog das Gesicht, als habe er innere Schmerzen. »Kennt Ihr einen Grafen von Bülow?«

»Ja. Er berät den König bei den Finanzen.«

»Ein Halsabschneider, unter uns gesagt. Schickt mir ein Schreiben: ›Was nehmt Ihr für eine Fracht von Kolberg bis Memel im Auftrage des Königs?‹ Ich denke, o Himmel, der König selbst, und nenne einen anständigen, niedrigeren Preis als sonst. Und was schreibt mir der Graf von Bülow zurück: ›Ist er verrückt? Seine Majestät hat angeordnet...‹ Und er nennt mir eine Talersumme, die fast nur die Hälfte meiner Kosten deckt. Was ist besser, habe ich gedacht? Das Schiff versenken oder des Königs Order annehmen? Ich habe angenommen... und deshalb erwartet nicht, daß Ihr zum Essen große Braten oder fette Kapaune bekommt. Kohl und Grütze wird es geben, gesalzenen Fisch und Fladen. Und die Mannschaft, wundert Euch nicht, wenn sie Euch scheel ansieht... nur zwei Drittel des Lohnes bekommen die Kerle für diese Fahrt. Meinen Verlust kann ich allein nicht tragen. So ist es hier –«

Am nächsten Morgen fuhr die Kolonne von achtzehn Wagen und drei Kutschen an den Kai vor der *Wilhelmine II*. Leutnant von Stapenhorst hatte nur noch zehn Kürassiere mitgegeben, seine Mission war beendet, die ihm nie behagt hatte. Er war Soldat und nicht Begleiter eines Kistentransportes.

Das Verladen der riesigen, schweren Kisten wurde ein Problem. Aus den Wagen konnte man sie ganz gut auf den Kai zerren und schieben, aber sie auf das Schiff bringen, schien fast unmöglich. So große Fracht hatte man noch nie geladen, nicht Kisten von diesem Gewicht und diesen Ausmaßen. Selbst wenn man sie mit Ketten umgurtete und über Rollen an von Deck kragenden Balken hochzog, war es zweifelhaft, ob man sie heil an Bord bekam.

Aber es gelang. An dicken Seilen und über eisernen Rollen wurden die Kisten Zentimeter um Zentimeter ins Schiff gehoben und in den Laderäumen festgebunden. Einen ganzen Tag dauerte es, bis alle achtzehn Kisten im Schiff standen, und als Wachter zufrieden nickte, rief der Kapitän erleichtert:

»Jetzt darf unsereiner einen guten Schluck nehmen. Ihr auch, Wachter?«

»Warum nicht?!«

Sie tranken kräftig, lagen dann trunken in ihren Kojen und fielen in einen kurzen Schlaf. Morgens um sechs Uhr setzte man die Segel, holte den Laufsteg ein und löste die

Taue aus den in den Kaiboden eingelassenen eisernen Ringen. Von Leutnant von Stapenhorst sah Wachter nichts mehr... Abschied nahm er nur von den Fuhrleuten und den Kutschenfahrern, die ebenfalls aufatmeten, die kostbare Ladung endlich los zu sein.

»Viel Glück in Petersburg!« sagte der Vormann der Fuhrleute zu Wachter, als sie sich die Hand drückten. »Ich spreche es ehrlich aus: Ich beneide Euch nicht um das neue Leben...«

Von Deck, an der Reling stehend, sah Wachter den Wagen und Kutschen nach, als sie den Hafen verließen. Noch einmal winkte er ihnen zu und wußte, daß es gleich, mit dem Ablegen des Schiffes, ein Abschied für immer war. Er würde Preußen nie wiedersehen –

Adele, Julius und Moritz standen neben ihm, als sich über ihnen die Segel blähten, die Kommandos des Kapitäns über Deck hallten und das Schiff langsam aus dem Hafen glitt, hinaus aufs Meer. Das Schwanken wurde stärker, die Wellen hoben und senkten das Schiff, ließen es von Seite zu Seite rollen, festklammern mußte man sich am Relingseil und die Beine spreizen, um einen guten Stand zu haben. Julius fand es herrlich, jauchzte und winkte hinüber zu der verschwindenden Stadt, Moritz bellte und wedelte mit dem buschigen Schwanz, fletschte die Zähne und biß in das Relingseil, und man wußte nicht, war es Übermut, Freude oder Gegenwehr gegen das Schaukeln. Nur Adele war es übel, das Heben und Senken des Bootes war ihr fürchterlich, ihr Magen drängte hinauf zur Kehle, sie lehnte sich an Wachter, umklammerte seine Taille und würgte schon, als sie gerade den ruhigen Hafen verlassen hatten. Das Meer nahm sie freundlich auf, es war kaum Wellengang, aber Adele genügte es vollauf. Wachter brachte sie zurück zur Kajüte, legte sie aufs Bett, stellte einen Eimer neben sie, legte ein feuchtes Tuch auf ihre Stirn und stieg wieder an Deck. Der Kapitän stand neben dem Steuermann am riesigen Ruderrad und kam auf ihn zu.

»Eure Frau legt sich hin? Sie ist schon seekrank?«

»Das Kind macht ihr zu schaffen.«

»Und Ihr spürt nichts?«

»Nein, es ist doch eine ruhige Fahrt.«

»Warten wir's ab, bis wir weiter nach Norden kommen. Da gibt es einige Stellen, wo man vom Wind das Pfeifen lernen kann.«

Es sollte viel schlimmer werden. Am dritten Seetag fiel ein Unwetter über sie herein, das Schiffchen tanzte auf den Wellenkämmen, wurde hin und her geworfen wie ein Ball, gewaltige Wellen brachen über Deck, schäumende und brüllende Wassermassen fegten alles weg, was nicht festgezurrt war. Die Segel waren gerefft, nur ein Sturmsegel knatterte im Sturm, und dort hingen ein paar Matrosen an umgebundenen Seilen, die in starken Eisenösen verknotet waren. Wurden sie abgelöst, schwankten sie in ihre Kajüte, als seien ihnen die Knochen zerschlagen worden. Sie griffen nach der Rumflasche und tranken, als käme aus ihr das neue Leben. Und kalt wurde es, immer kälter, als sie die Kurische Nehrung entlangsegelten... der Wind aus dem Osten, aus Rußland herüber, stieß wie mit Fäusten nach ihnen.

»Ein unwirtliches Land ist es, in das ihr kommt«, sagte der Kapitän am letzten Tag der Fahrt. An seinem Tisch saßen sie, aßen eine Suppe aus eingesalzenen Bohnen, dunkles Brot, geräucherte Leberwurst und in Essig eingelegte Gurken. Adele, tapfer wie sie immer war, saß bei ihnen, mit leerem, ausgebrochenem Magen und ekelte sich vor jeder Speise.

»Kein Land kann so schlimm sein wie ein Schiff«, sagte sie stockend, und es würgte sie wieder beim Anblick des gedeckten Tisches. »Nie wieder werde ich ein Schiff betreten. Das sei geschworen.«

Und dann tauchte an der Küste Memel auf, das schöne stolze Memel mit seinen Türmen und Kirchen. Im Hafen drängten sich die Schiffe, an den Kais standen die Fuhrwerke mit Waren, die aus den Schiffen gebracht oder auf ihnen verladen wurden, und stolz, wie es sich für ein vom preußischen König gemietetes Schiff gebührte, fuhr die *Wilhelmine II.* zu ihrem Landeplatz.

Man hatte sie erwartet. Ein Kommando von sechs Reitern, befehligt von einem Wachtmeister, stand am Kai, und als das Schiff anlegte, ertönte ein Trompetensignal zur Begrüßung. Was und wer auch immer da anlegte – es kam aus Berlin, vom König.

Schon eine Stunde später stand Wachter vor dem preußischen Festungskommandanten von Memel, dem General Charles de Brion, und wurde etwas steif empfangen.

»Nun ist Er endlich da!« sagte der General wenig höflich. »Die Sondermission des Zaren ist längst nach Petersburg zurückgekehrt. Ein Kurier wird sofort an die Grenze abgeschickt. Was hat Er für eine Order?«

Wachter überreichte das Schriftstück, General de Brion las es aufmerksam durch und sah dann Wachter erstaunt an.

»Er hat Generalvollmacht?« sagte er, ein wenig freundlicher. »Was soll ich Ihm zur Verfügung stellen? Was braucht Er?«

»In schnellster Zeit Wagen und Leute.«

»Er wird alles bekommen.«

Zwei Tage dauerte es, bis man die Kisten vom Schiff geholt und wieder auf schwere Wagen umgeladen hatte. Bei ihrer Ankunft in Memel, das die Litauer Klaipeda nannten, war es der 30. April 1717 gewesen, nun, am 2. Mai, saß Wachter wieder auf einem Pferd, hatten Adele, Julius und Moritz wieder eine Kutsche, und die Kolonne wartete auf das Zeichen zum Aufbruch. Die Kisten waren äußerlich unversehrt, wie es drinnen aussah, wußte man nicht. Was hatte der Sturm auf dem Meer zerstört? In Petersburg würde man es sehen und dann den Kopf senken.

»Also, begeben wir uns nach Rußland!« sagte Wachter zu dem Führer des Begleitkommandos. »Die kurländische Grenze ist nicht mehr weit. Wie sind die Straßen?«

»Wie sollen sie sein?« Der Wachtmeister der Reiter hob die Schultern. »Je weiter nach Osten, desto unpassierbarer wird es. Und dann, so sagt man, das weite russische Land ist wie bei der Erschaffung der Welt.«

»Wir werden es schaffen.« Wachter richtete sich im Sattel auf. »Wenn der Zar bei seinen Reisen das Land verläßt, werden wir auch ankommen können.«

Er ritt wieder an die Spitze der Kolonne, hob die Hand und gab den Weg frei. Nach Osten, nach Rußland, in das riesige Unbekannte.

In die neue Heimat.

Gott steh uns bei!

Am 2. Mai schrieb General Charles de Brion seinen Bericht an den König von Preußen. Er lautete:

»Euer Königlichen Majestät habe hiermit alleruntertänigst berichten sollen, daß das Bernstein-Cabinet vorgestern in gutem Stande, so viel als ich bemerken und von dabei gestellten Leuten die Nachricht einziehen können, hier angelanget, und bald darauf weiter bis an die Grenze geschicket worden, und sein aus diesem Amte drei Relais,

auf jede Relais 108 Vorspann Pferde zu deren Fortbringung gegeben...«

Das hieß, daß wieder mit achtzehn schweren Wagen, beladen mit je einer Kiste und von sechs Pferden gezogen, das Bernsteinzimmer auf den Weg nach Rußland gebracht worden war.

Drei Stationen waren es bis zur russischen Grenze, über Straßen, deren Löcher und Querwellen die Fuhrwerke schütteln und springen ließ und Hunderte von Stößen in den Rücken schickten. Adele litt fürchterlich, aber tapfer, nur nach der zweiten Station sagte sie schwach zu Wachter: »Das Kind wird es nicht ertragen, Fritz. Tot wird es zur Welt kommen. Ich fühle es. Zu früh und tot wird es kommen...«

Die dritte Station, die Grenze, war ein befestigter Posten mit viel Grenadieren und einem Oberst als Kommandeur. Ohne Aufenthalt in der Kaserne ließ Wachter die Kolonne weiter zur Grenze fahren. Ein Trompetensignal kündigte sie an, und als sie am Schlagbaum standen, wartete ihnen gegenüber die russische Delegation. Zweihundert Kosaken unter dem Hetman Grigorij Semjonowitsch, neun Kutschen für den Reisemarschall Fürst Semjon Borisowitsch Netjajew, den Wachter schon vom Besuch des Zaren in Berlin her kannte.

Und wieder erfolgte die Mühe des Umladens auf russische Fuhrwerke. Neben hochrädrigen Karren waren es auch Schlitten, nicht nur, weil in diesem strengen Winter noch Schnee auf der Strecke bis Petersburg lag, sondern weil man auch bei Tauwetter mit Schlitten besser durch den Schlamm und Morast gleiten konnte als mit Rädern, die sich in die aufgeweichten Straßen mahlten. Dann gab es kein Vorwärtskommen mehr.

Fürst Netjajew begrüßte Wachter und Adele wie preußische Gesandte. Er sprach deutsch mit etwas schwerer Zunge, aber man konnte ihn gut verstehen.

»Im Namen Seiner Majestät des Zaren seid Ihr willkommen in Rußland«, sagte der Fürst. »Ist das Kabinett unversehrt?«

»Ich hoffe es. Beim Öffnen der Kisten wird's sich zeigen.«

»Von jetzt ab wird ihnen nichts mehr geschehen. Ich übernehme die Verantwortung.«

»Ich habe die Order von meinem König, das Bernsteinzimmer heil bis Petersburg zu bringen unter meinem Kommando, Fürst Netjajew.«

Wachter zeigte ihm das Blatt mit der Unterschrift Friedrich Wilhelms, aber Netjajew wischte es mit einer Handbewegung zur Seite.

»Euer König kann Euch befehlen ... aber jetzt seid Ihr in Rußland. Hier gilt allein das Wort des Zaren. Steckt das Papier ein, Ihr braucht es nicht mehr. Der Befehl des Zaren ist für Euch maßgebend, nicht mehr das Schreiben Eures Königs. Gewöhnt Euch daran, bevor Euch die Knute belehren muß.«

Wortlos ging Wachter zu dem großen, durch einen Holzaufbau verschlossenen Schlitten zurück, in dem Adele auf einem Fellberg lag und Julius mit einem nassen Tuch die Stirn seiner Mutter kühlte. Moritz hatte sich bei den Russen schon Respekt verschafft ... jeder, der in den Schlitten blickte, wurde angeknurrt, und zog er sich nicht sofort zurück, schnellte er vor mit weit aufgerissenem Maul und blinkenden Zähnen. Das genügte ... die Neugierigen flüchteten.

»Was ist, Fritz?« fragte sie mit leiser Stimme. »Du siehst nicht aus wie ein glücklicher Mensch.«

»Ich bin ein Nichts ... das hat man mir eben vorgeführt. Ich habe nichts mehr zu tun als neben dir im Schlitten zu sitzen. Fürst Netjajew übernimmt den Transport. Ich werde behandelt wie ein Kulak.«

»Noch können wir zurück, Fritz. Nur ein paar Meter rückwärts, und wir sind wieder in Preußen.« Sie umklammerte plötzlich seine Hand und zog sie an ihre Lippen. »Fritz, laß uns umkehren. Es ist die letzte Möglichkeit.«

»Und das Bernsteinzimmer?«

»Es ist in Rußland! Du bist frei ...«

»Nicht von meinem Eid vor dem König. Ein Eid für alle Nachkommen ...«

»Willst du dein Leben opfern für das Bernsteinzimmer?«

»Ja.«

»Und mein Leben? Und das Leben deiner Kinder?«

»Wir alle gehören zum Bernsteinzimmer, heute, morgen, solange die Welt besteht, hat der König gesagt. Ich habe es geschworen, Delchen ... und wenn ich mit der Zunge die Bernsteinwände säubern müßte, ich täte es, denn ich bin bei ihm.«

Zum erstenmal stand Wachter dem Zaren so nah gegenüber, von Angesicht zu Angesicht, daß er die Warze auf dessen Backe sehen konnte wie auch das plötzlich aufflammende Zucken der Gesichtsmuskeln, die Veränderungen der Augen, während der Zar sprach, die Ungeduld in seinen Fingern und das Atmen des breiten Brustkorbes in dieser riesenhaften, von Kraft strotzenden Gestalt. Ein wenig bleich sah Peter I. aus. In Amsterdam hatte ihn eine schwere Grippe mit Nieren- und Blasenschmerzen der heftigsten Art aufs Lager geworfen, dann war er in Bad Pyrmont zu einer Kur gewesen, aber die Nachwirkungen der Krankheit hatte sein massiger Körper noch nicht überwunden. Hinzu kam die Sorge um seinen Sohn, den Zarewitsch Alexej Petrowitsch, der aus Angst vor seinem herrischen Vater nach Österreich geflüchtet war und in Wien versteckt lebte.

Alexej. Wenn der Zar an ihn dachte, kam Trauer über ihn oder schäumende Wut, die jedesmal schreckliche Anfälle auslöste. Schwach war der Zarewitsch, ein Säufer und Hurer zudem, der seine Frau Charlotte von Wolfenbüttel nur zwangsweise, um einen Thronerben zu zeugen, im Schlafgemach besucht hatte, sonst aber mit Mätressen sich vergnügte, vor allem mit Weibern niedrigen Standes, mit leibeigenen Mägden, die sich glücklich schätzten, dem dürren, schwärmerisch veranlagten Zarewitsch zu Willen zu sein. Als Charlotte bei der Geburt des Thronerben Peter Alexejewitsch nach neuntägigem Leiden am 22. Oktober 1715 starb, verließen den Zarewitsch alle Hemmungen. Er soff wie ein Irrer, ruinierte seine Gesundheit und wurde zu einem Thronfolger, dem kein Thron mehr gebührte. Die Briefe seines Vaters beantwortete er mit sklavischer Untertänigkeit, aber als Peter I. ein Ultimatum verfaßte, das ihm alle Ausschweifungen verbot im Hinblick auf seine spätere Zarenwürde, flüchtete er nach Wien. Von dort trafen laufend böse Nachrichten ein ... von einer Verschwörung war die Rede, sogar von einer Ermordung des Zaren, die der Sohn offen begrüßte. Er lebte zusammen mit einem Mädchen, Afrosinja, einer drallen, fast häßlichen Bauernmagd, aber von einer solchen Lüsternheit, daß sich der Zarewitsch ein Leben ohne Afrosinja nicht mehr vorstellen konnte.

Das alles hatte sich in das Gesicht des Zaren eingegraben ... Wachter erschrak, als er Peter I. gegenüberstand und zu dem Riesen hochblickte.

»Ich habe den Brief Seines Königs gelesen«, sagte der Zar

mit erstaunlich gütiger Stimme. »Nicht nur das Bernsteinkabinett schenkt er mir, sondern auch Ihn! Samt Frau und Kindern. Er soll bis zu seinem Tode das Bernsteinzimmer pflegen, und später seine Erben von Generation zu Generation. Nun wohl... der Wunsch des Königs von Preußen soll erfüllt werden. Er bleibe also bei mir, erhalte eine Wohnung im Beamtenhaus und bekomme guten Lohn und freies Logis, einen Karren mit zwei Pferden, einen Schlitten und den Titel eines kaiserlichen Hausmeisters. Ist Er damit zufrieden?«

»Mir schlägt das Herz, Majestät.« Wachter verneigte sich tief. »Möge diese große Güte immer anhalten.«

»Es liegt nur an Ihm. Solange Er das Bernsteinzimmer vorzüglich pflegt, gibt es keinen Grund, ihn das spanische Rohr spüren zu lassen. Er heißt Friedrich Theodor Wachter?«

»Ja, Majestät.«

»Er und Seine Nachkommen werden immer in Rußland leben. Einen russischen Namen muß er haben, keinen preußischen. Ich mache Ihn zum Russen, also heißt er ab sofort Fjodor Fjodorowitsch Wachterowskij. Seine Frau heißt?«

»Adele, Majestät.«

»Adele Iwanowna – Sein Sohn?«

»Julius...«

»Heißt Julian Fjodorowitsch. Geb Er mir die Hand und schwöre Er, ein guter Russe zu sein.«

Zögernd reichte Wachter dem Zaren seine Hand. Zu widersprechen wagte er nicht, konnte nicht sagen, daß er ein Preuße war und es bleiben würde. Er sah den spanischen Stock, die berüchtigte Dubina, in der Zimmerecke stehen und hatte kein Verlangen, sie auf seinem Rücken oder über seinem Kopf zu spüren. Er zuckte heftig zusammen, als der Zar ihm die Hand drückte, so fest, daß er einen Augenblick das Gefühl hatte, man habe ihm alle Finger zerbrochen. Der Zar beobachtete Wachters Gesicht, erkannte die beherrschte Miene und war zufrieden.

»Schwör Er mir unbedingte Treue, Fjodor Fjodorowitsch.«

»Ich schwöre es, Majestät, mit meinem Leben.«

»Jederzeit kann Er zu mir kommen, wenn es nötig ist. Und wer Ihn hindern will, dem sage Er: Der Zar hat es befohlen. Er hat immer freien Zugang.«

Damit schien das Gespräch beendet. Aber Wachter, sich der Gunst der Stunde und des Zaren bewußt, verließ nicht das Zimmer.

»Majestät, ist eine Frage erlaubt?« sagte er. Peter I. sah erstaunt auf ihn hinab.

»Was will Er fragen?«

»Wo soll das Bernsteinzimmer aufgestellt werden?«

»Hier, in meinem Winterpalais. Es wird ein Saal dafür geräumt werden. Ich brauche die Maße, die Höhe...«

»Und ich brauche Spezialisten, Majestät. Fachleute, die mit Bernstein umgehen können, die Beschädigungen ausbessern, die das Zusammenfügen der Wandtafeln überwachen, und dann noch Handwerker, vor allem Tischler, für die tragende Zwischenwand aus Holz.«

»Bekommt Er alles.« Der Zar lächelte breit. »Fordere Er nur die Leute beim Haushofmeister an, wann Er sie braucht.«

Zufrieden verließ Wachter den Zaren und kehrte in das Beamtenhaus zurück, wo die Verwaltung des Winterpalais bereits vier Zimmer angewiesen hatte. Langsam ging Wachter zu dem Gebäudeflügel zurück, in dem nun sein Leben und das Leben seiner Familie eine Heimat finden sollte. Der erste Eindruck des Winterpalais war enttäuschend. Ein zweistöckiger Holzbau war's mit zwei Flügeln für Hofstaat und Beamte. Kein Prunkbau also, der den Namen Palais verdiente, und dessen Fassade sich von den anderen Villen an der Uferstraße der südlichen Newa nur dadurch hervorhob, daß über dem Einfahrtstor die Krone der kaiserlichen Marine angebracht war. Alle Häuser in der Umgebung des Zaren an der Newa waren dagegen wirkliche Paläste... der Palast des Generaladmirals Apraxin, die Häuser von Justizminister Jaguschinskij, die Villa von Vizeadmiral Cruys... sie alle aber waren Hütten gegen den Palast, den sich Fürst Menschikow hatte bauen lassen. Nach dem Sieg von Poltawa gegen die Schweden hatte Peter seinem Günstling die größte Insel im Newa-Delta, die Wassilewskij-Insel, geschenkt, und auf ihr, am Newa-Kai, war nach den Entwürfen des deutschen Architekten Friedrich Schädel ein dreistöckiger Palast ganz aus massivem Stein entstanden, mit einem Dach aus weithin leuchtenden, rot lackierten Eisenplatten und einer so riesigen Haupthalle, daß künftig die großen Feste und Bälle von Petersburg nur mehr in ihr stattfinden konnten. Der Menschikow-Palast blieb bis zu

Peters Tod das größte Privathaus der immer glänzender und schöner werdenden Stadt.

Für Peter war dieser Prunk seiner Umgebung nur nützlich, wenn er Empfänge gab. In seinem »Winterpalais« konnte er das kaum... um die Symmetrie der Uferstraße nicht zu unterbrechen, hatte er seinen Holzbau den anderen Häusern angleichen lassen, was bedeutete, daß auf allen Stockwerken große, hohe Räume entstanden waren, die den Zaren störten. Er, der Zwei-Meter-Riese, fühlte sich nur wohl in niedrigen Räumen, wie er sie in Holland bei seiner Tätigkeit als Zimmermann der Schiffswerften kennengelernt hatte. Er ließ also in allen Zimmern, die er bewohnte, eine niedrigere Zwischendecke einziehen... hier lagen in dem Hohlraum zwischen der echten und der falschen Decke oft seine Spitzel auf den Holzdielen und belauschten die Gespräche der Besucher, die in zwei Vorzimmern auf eine Audienz beim Zaren warteten. Auf diese Art erfuhr Peter I. so manche Wahrheit oder Meinung, die man vor ihm nicht auszusprechen wagte.

Das Bernsteinzimmer in diesem Winterpalais? In einem Holzhaus? Ein Haus, das brennen konnte wie trockenes Reisig?!

Wachter kratzte sich den Haaransatz, ging in den Beamtenbau und fand Adele damit beschäftigt, die Taschen und Kisten auszupacken. Drei Kammermädchen halfen ihr dabei, vom Haushofmeister selbst dazu abkommandiert. Die Kunde, daß der neue Deutsche hoch im Wohlwollen des Zaren stand, hatte sich in Windeseile bei den Höflingen herumgesprochen. Das Speichellecken begann, und natürlich auch der Neid.

»Welch eine Stadt«, sagte Wachter und setzte sich auf einen Diwan im Wohnzimmer. Die Zimmer hatte man ihnen voll eingerichtet übergeben, mit schönen Möbeln, die Adele in Berlin sonst nur bei den Hofdamen gesehen hatte, bei den adeligen Damen, vor denen sie immer einen tiefen Knicks gemacht hatte. Jetzt sollte sie in diesem kleinen Luxus leben. Mit klopfendem Herzen war sie von Zimmer zu Zimmer gegangen, hatte die Möbel und die Bezüge gestreichelt, Damaste, Gobelins und Seiden, sogar gute Teppiche lagen auf den Dielen, einige Ikonen hingen an den Holzwänden, ein Bild des segnenden Christus, und in der Küche war alles vorhanden, was eine Hausfrau brauchte, vom Wassertopf bis zum Schöpflöffel.

»Welch eine Wohnung, Fritz«, rief sie glücklich.

»Wo ist Julius?«

»Im Garten spielt er mit Moritz.« Sie drehte sich einmal um sich selbst, wie eine Tänzerin, es wäre grazil gewesen ohne ihren schweren Leib. »Alles ist so groß, so weit, so hoch...«

»Wie dieses Land, Delchen. Unendliche Erde unter einem hohen Himmel. Petersburg kann einmal schöner werden als Paris, wenn der Zar es weiterhin so ausbaut. Gärten sollen entstehen, große Parks, breite Straßen, und dann die Kathedralen, Delchen, Paläste zur Ehre Gottes, wie sie die Welt noch nicht gesehen hat! Wir werden nie bereuen, Berlin verlassen zu haben.«

»Laß uns darum beten, Fritz.« Sie setzte sich neben ihn auf den Diwan und legte den Arm um seinen Nacken. »Weißt du, wie sie mich schon rufen?«

»Ja. Adele Iwanowna...« Er lachte, als sie ihn verblüfft anblickte, küßte sie zwischen die Augen und rief fröhlich: »Ja, das bist du. Meine schöne, meine einzige Adeluschka... Wie das klingt! Adeluschka... Adelinka... Adjuschka!«

»Ich sehe, du wirst ein Russe, Fritz.«

»Nur äußerlich, Adelinka. Nur äußerlich. Im Herzen bleiben wir Wachters immer Preußen.«

Schon zwei Tage später, die Kisten mit dem Bernsteinzimmer standen sicher in den Stallungen, ließ Wachter sich bei dem Haushofmeister melden.

Es war ein Graf Wladimir Viktorowitsch Kubassow, ein völlig anderer Mensch als der Hofmarschall Fürst Netjajew, der Wachter an der Kurlandgrenze den Transport aus der Hand genommen hatte. Der Weg durch Schnee, Matsch und Schlamm von Memel bis Petersburg war mühsam gewesen, drei Pferde gingen dabei ein, vier Schlitten und zwei Fuhrwerke brachen zusammen, weil Netjajew eine Eile befahl, als ginge es um ein Wettrennen. Erschrocken sah dabei Wachter zum erstenmal, daß ein Leibeigener oder ein anderer niederer Mensch in Rußland nicht mehr galt als ein Tier. Als die Schlitten brachen oder auf besonders aufgeweichten Wegabschnitten Kufen und Räder versanken, sausten die Peitschen nicht nur über die schmerzhaft wiehernden Pferde, sondern auch über die Rücken, Schultern und Köpfe der

Kutscher und Fuhrleute. Viele saßen dann blutend auf ihren Böcken, aber keiner wagte auch nur einen Ton zu sagen. Wachter ahnte, daß Netjajew den Mann zu Tode peitschen oder pfählen hätte lassen können.

Kubassow empfing Wachter wie einen Freund... die Gunst des Zaren hob ihn hoch über alle anderen. Wie hatte einst Menschikow angefangen? Als Stallbursche. Jetzt war er Fürst, überhäuft mit anderen Titeln und einem unschätzbaren Reichtum, Generalgouverneur von Petersburg, ein so enger Freund des Zaren, daß man ihn mehr fürchtete als den Zaren selbst. Wußte man, was einmal aus diesem Deutschen werden würde? Am Hofe und im ganzen Land gab es genug Generäle, Kämmerer und Auserwählte, Architekten wie Ärzte, Astronomen wie Physiker, die aus dem Ausland gekommen waren, die meisten aus Landen mit deutscher Zunge.

»Ja, wohin mit ihm, dem Bernsteinzimmer?« sagte Kubassow, als Wachter ihn gefragt hatte, welcher Raum dafür geeignet sei. »Wohin? Wie sagt Ihr, sind die Maße?«

»4,75 Meter hoch, und an Wandfläche brauche ich vierzehn Meter. Es sind zwölf Wandfelder, 0,80 bis 1,50 in der Breite, genau wie die Sockelstücke. Dazu kommen zwei Türen mit Gesimsen bis zur Decke.«

Die Zahlen schienen Kubassow schwindelig zu machen. »Weiß das der Zar?« fragte er betroffen.

»Er hat das Zimmer in Berlin gesehen und brach in Begeisterung aus.«

»Was soll man tun? Im ganzen Palais gibt es nicht solch einen Raum! Man müßte ihn erst bauen, Zimmer zusammenlegen, die Decken erhöhen.«

»Das müßte man wirklich tun. Sofort. Denn der Zar wünscht...«

Graf Kubassow ließ Wachter nicht ausreden. Wenn dieser sagte, der Zar wünsche es, dann war es ein Befehl, als käme er vom Zaren selbst. Ein kaiserlicher Haushalt besteht nicht nur aus Mobiliar in einem Palast, sondern auch aus vielen Ohren, die alles hören. So wußte Kubassow von Wachters Vollmachten, schon bevor er mit ihm gesprochen hatte.

»Sehen wir uns an, was ich vorschlagen kann«, sagte er. »Wo soll das Bernsteinkabinett stehen?«

»In der Nähe der Zaren-Zimmer.«

Kubassow seufzte, erkannte die großen Probleme, die

auf ihn zukamen, und führte Wachter dann durch das Palais. Zwei Räume fanden sie, von denen Wachter sagte, sie seien geeignet für das Geschenk des Königs von Preußen. Im ersten Stockwerk lagen sie, mit zwei großen Fenstern hinaus zur Newa. Das Licht fiel voll herein, so daß der Bernstein in der Sonne leuchten konnte und seine ganze Schönheit entfalten würde, und leicht ließen sich die Wände herausnehmen und die Decken auf das nötige Maß erhöhen, da auch hier eine Zwischendecke eingezogen war.

»Das ist es!« sagte Wachter und drehte sich ein paarmal um sich selbst, alles genau betrachtend. »Hier kommt es hin.«

»Gleich neben den Gemächern der Zarin?« Kubassow wiegte den Kopf. »Der Lärm des Umbaues –«

»Nur ein paar Wochen sind's... der Schönheit willen wird's die Zarin dulden.«

Schon einen Tag später begannen die Arbeiten. Kubassow hatte mit Katharina, der Zarin, gesprochen. Sie war in den ausgewählten Räumen erschienen, hatte den sich tief verneigenden Wachter lange und eingehend gemustert und ihn dann in ihren Haushalt aufgenommen.

Eine dralle, vollbusige Frau war sie, mit sinnlichen Lippen und einer fröhlichen Stupsnase. Breite rote Wangen bestimmten ihr Gesicht, und sie hatte einen kräftigen Körper, was ihr bei den vielen Geburten zugute kam.

Bei der Belagerung von Marienburg, das in schwedischer Hand war, hatte General Scheremetjew sie zum erstenmal gesehen... die Magd eines geflohenen sächsischen Pastors mit Namen Glück, mit der er weiterreisen wollte nach Moskau, und die nicht genau wußte, wie sie hieß, da sie nie ihren Vater kennengelernt hatte. »Wer ich bin?« hatte sie gesagt, als Scheremetjew sie nach ihrem Namen fragte. »Einmal heiße ich Katharina Wassilewska, einmal Katharina Trubatschow. Mir ist gleichgültig, wie ich wirklich heiße. Ist's wichtig bei der Arbeit? Ich putze, koche, backe, schenke aus und bediene, wasche und bügle, halte den Garten in Ordnung und versorge den Stall.«

»Und läßt dich jede Nacht mit den Kerlen ein...« hatte der General gerufen.

»Das nicht. Deshalb bin ich geflohen aus Marienburg. Die schwedischen Soldaten ziehen durch die Stadt und greifen nach jedem Mädchen.« Sie hatte den General flehend angesehen und dann hinzugefügt: »Laßt uns weiter nach Moskau, Herr. Ich will dort meinem Pastor den Haushalt führen.«

Nicht nach Moskau kam sie, sondern nach Petersburg. General Scheremetjew nahm sie mit, damit sie seine Hemden bügelte. So kam Katharina Wassilewska – für diesen Namen entschied sie sich –, die Tochter eines ihr unbekannten Leibeigenen und einer Wirtshausmagd aus Litauen, nach Petersburg in den Haushalt des Generals. Dort sah sie bei einem Besuch der mächtige Menschikow. Sie stand gerade auf der Leiter, putzte die Fenster, und Menschikow, der Frauenkenner, sah sofort ihre schöne Gestalt, ihre Füße und Waden, ihre Taille und die vollen weißen Brüste, und sie lachte ihn keck an, als er sie so aufmerksam musterte.

Scheremetjew, immer bedacht, ein Freund des großen Menschikow zu bleiben, schenkte ihm Katharina. Nun bügelte sie die Hemden des Fürsten, zerknitterte des Nachts seine Bettlaken, eine Kriegsbeute, wie Scheremetjew sie genannt hatte, wie sie nicht schöner, lieblicher und dreister sein konnte.

Bei Fürst Menschikow sah sie der Zar. Ohne viel Worte lieh er sich die Magd aus, und als Menschikow sie nach zwei Wochen von Peter zurückerbat, ließ der Zar mitteilen, daß Katharina noch so viele Hemden auszubessern und zu bügeln habe, daß er sie bei sich behalten wolle.

Nun war sie die mächtige Zarin, verheiratet mit Peter I., und der vielleicht einzige Mensch, der es wagte, anderer Meinung als er zu sein, die einen hellen Verstand besaß und zu vernünftigen Ratschlägen in der Lage war. Für ihren Mann strickte sie selbst wollene Strümpfe, verlangte nie etwas Ungewöhnliches von ihm, lebte bescheiden mit ihm in Holzhütten, kochte, trocknete Peters Seemannswäsche, fuhr mit ihm über das Meer bei Petersburg, war immer das einfache Mädchen geblieben, auch als sie die Zarin geworden war. Aber es gab auch die andere Katharina in seidenen, mit Perlen und Edelsteinen bestickten Roben, mit einem Hofstaat von Fürstinnen, Gräfinnen und besonders hübschen Hofdamen, der Glanz aller Feste war sie, und wenn im Palast des Menschikow die prunkvollen Empfänge und im Garten die herrlichen Feuerwerke, die Peter so liebte, stattfanden, dann neigte Fürst Menschikow das Haupt vor seiner ehemaligen Magd und erkannte sie als Zarin an.

Bei Wachter erschien Katharina in einem schlichten

Kleid, so wie sie es immer trug, wenn Peter und sie keine offiziellen Verpflichtungen hatten. Wie eine Arbeiterfrau sah sie aus, durch die Geburten etwas dicklich geworden, mit wachen, alles sehenden Augen.

»Er will hier umbauen?« fragte sie Wachter. »Das Bernsteinkabinett aufstellen? Der Zar hat mir von dem Zimmer erzählt. Wie sieht es aus?«

»Das kann man nicht erklären, das muß man sehen, Majestät. Hier versagen Worte.«

»So schön?«

»Es ist die Sonne, eingefangen in Tausenden goldenen Steinen.«

»Dann baue Er das Zimmer.« Katharina nickte Wachter zu. »Über Schönheit kann Er jederzeit mit mir sprechen.«

Am vierten Tag des Umbaues, nachdem die Wand herausgerissen war und es nun daranging, die Zwischendecken aus Holz abzunehmen und die Wände mit Holz zu verkleiden, erschien der Zar auf der Baustelle. Eine fleckige Arbeiterhose trug er, darüber ein dunkelblaues grobes Hemd, und eine Lederschürze hatte er sich umgegürtet, die ebenfalls voller Flecke war. In den großen breiten Händen trug er Hobel und Stecheisen, Feilen und eine Säge. Im Bindeband der Schürze staken drei Hämmer, eine kleine Meßlatte und ein kegelförmiger Senkel.

»Welch eine faule Brut arbeitet hier?« schrie er mit seiner Donnerstimme.

»Zeigen werd ich's euch, was ein Zimmermann kann! Geht nach Holland und lernt, ehe ihr ein Brett anpackt! Fjodor Fjodorowitsch...«

»Hier bin ich, Majestät.« Wachter trat auf den Zaren zu.

»Er ist der Vormann. Zeig Er mir, was ich zu tun habe!« Er warf sein Werkzeug auf den Boden und rieb sich die Hände. »Zier Er sich nicht, mir Arbeit zuzuweisen. Ich bin wieder Peter, der Zimmermann. Gott sei mein Zeuge... ist das schön!«

Zwei Wochen arbeitete der Zar als Zimmermann am Ausbau des Bernsteinzimmers mit, jeden Tag drei Stunden. Und er verstand sein Handwerk besser als die Schreiner, die unter den besten von Petersburg ausgesucht worden waren. Zu seinem Werkzeug kam nun auch noch seine geliebte Dubina hinzu, das gefürchtete spanische Rohr mit dem selbstgeschnitzten Elfenbeinknopf. Wie oft tanzte der Knüppel auf den Rücken der anderen Schreiner herum, wenn Peter einen krummen Nagel entdeckte, ein schiefes Brett, keine senkrechten Fugen oder winkelige Zusammenfügungen, die er Gehrung nannte.

»In Holland hätte man euch alle ersäuft wie blinde Katzen!« brüllte er herum. »Und solche Idioten wollen meine Stadt bauen? Zusammenfallen wird sie, das sehe ich schon! Ihr alle werdet am Galgen enden, auf den Pfählen, auf dem Rad, unter den Peitschen!«

Ein schreckliches Arbeiten war es, aber sieh da... schon nach elf Tagen waren die Zimmer so umgebaut, daß sie einen einzigen Saal ergaben, genau in den Maßen, die das Bernsteinzimmer verlangte. Die großen Kisten in den Stallungen wurden geöffnet, die Tafeln, Figuren, Sockel, Gesimse, Reliefe und Bordüren vorsichtig freigelegt, und es zeigte sich, daß nichts zerbrochen war, daß der schwere Weg von Berlin nach Petersburg schadlos überwunden worden war.

»Vorsichtig!« rief Wachter immer wieder, als das einmalige Getäfel vom Stall in das Palais getragen wurde. »Vorsichtig! Bis jetzt hat es gehalten, stellt euch nicht an wie die Dummköpfe...«

»Meint Er mich damit?« fragte Peter I. Er trug auf seiner Schulter ganz allein ein großes Sockelstück, an dem sonst drei Mann geschleppt hätten. Seine Kräfte waren ungeheuer.

»Majestät...« Wachter schlug die Hände zusammen. »Natürlich die anderen!«

»Sag Er nur, wenn ich mich dumm anstelle.« Der Zar tappte weiter mit seinem Sockel. »Er bekäme die Knute, wenn Er mir nicht die Wahrheit sagt!«

Am Abend ging Wachter erschöpft nach Hause. Aus der Küche roch es nach Sauerkohl und geräucherter Schweinehaxe. Adele saß an dem großen, gemauerten Herd, lehnte an einem Stützbalken und hatte die Augen geschlossen. Moritz, der Höllenhund, saß vor ihr und winselte leise.

»Adjuschka, was hast du? Was ist dir?« Die vergangenen Wochen hatten genügt, soviel Russisch zu lernen, daß er nun ganze Sätze aussprechen konnte. Vor allem auf russisch fluchen hatte er gelernt, abgehört von den Handwerkern, wenn sie sich gegenseitig beschimpften. Er umfaßte Adele, streichelte sie und spürte, wie sie schlaff in seinen Armen lag.

»Es war zuviel, Fritz...« sagte sie, fast unhörbar. »Das

Meer, die Schlitten...« Sie legte die Hände auf den gewölbten Leib und starrte Wachter flehend an. »Das Kind... ich spüre es nicht mehr... es bewegt sich nicht mehr... es ist alles so still in mir... Ich habe Angst –«

Angst hatte auch Wachter, als er den Zustand seiner Frau sah. »Den Arzt hole ich!« sagte er und wußte sonst keine Worte, die sie trösten konnten. »Leg dich hin, Delchen, lieg ganz still... es ist bestimmt nichts Schlimmes.«

Der Zweite Hofarzt, ein Benjamin van Rhijn aus Amsterdam, den Peter I. bei seiner letzten Reise 1716 mitgenommen hatte, wollte Wachter erst an einen normalen Medicus verweisen, wurde dann aber sehr zuvorkommend, als er hörte, daß der Zar diesem Deutschen viele Sonderrechte eingeräumt hatte.

Als Wachter in seine Wohnung zurückkam, lag Adele fiebernd auf dem Bett, mit glühendem Kopf, geschwollener Zunge und schien nicht mehr zu begreifen, was um sie herum vorging. Julius saß an ihrem Bett mit weiten, angstvollen Augen und betete stumm.

»Die Mama...« stammelte er, als Wachter und der Arzt ins Zimmer stürzten. »Die Mama...«

Es war, wie Adele schon befürchtet hatte: das Kind in ihrem Leib war gestorben, das Leichengift floß bereits durch ihre Adern. Dr. van Rhijn setzte sich auf die Bettkante und sah zu Wachter hinauf.

»Hier kann nur Gott helfen –« sagte er betroffen.

»Gott ist nicht hier, aber Ihr seid da. Tut etwas! Rettet sie! Wozu habt Ihr studiert, wenn Ihr nur herumsitzen könnt und klagt. Rettet sie...«

Dr. van Rhijn nickte. »Tücher brauche ich«, sagte er. »Viel heißes Wasser, große Schüsseln und Eimer. Ob es gelingt, ich weiß es nicht.«

Drei Stunden arbeiteten sie gemeinsam an Adeles Körper und kämpften gegen den Tod. Sogar Julius, der Elfjährige, half tapfer, wenn auch weinend mit, schleppte Wasser, trug die blutigen Tücher weg, spülte die Schüsseln aus und starrte auf seine Mutter, als könne sein Blick den Tod verjagen.

Fürchterlich war es, was Dr. von Rhijn tat, aber es war die letzte Möglichkeit, Adeles Leben zu retten. Mit langen Zangen holte er das tote Kind stückweise aus dem Körper. Ein Mädchen war's, wie die Hebamme in Berlin es vorausgesagt hatte. Das faulende Fruchtwasser saugte er ab, ließ Adele zur Ader und rieb die Ohnmächtige mit kalten rauhen

Tüchern ab, mischte verschiedene Pulver und Flüssigkeiten zusammen und füllte sie in eine dunkle Flasche.

»Das muß sie trinken«, sagte der Arzt und sank erschöpft auf einen Stuhl. »Fünfmal am Tag fünfzig Tropfen in Wasser.« Er blickte zur Seite auf die noch immer ohnmächtige Wachterin. Farblos war ihr Gesicht geworden, eingefallen die Backen und die Augenhöhlen. Auf ihrem Leib lagen jetzt mit kaltem Wasser getränkte Tücher, ein scharfer Alkoholgeruch war im Zimmer – zum Schluß hatte Dr. von Rhijn noch den ganzen Körper mit starkem Wodka eingerieben. »Mehr kann ich nicht tun.« Er blickte Wachter mit müden Augen an. »Jetzt können wir wirklich nur noch auf Gott hoffen...«

»Ihr habt keine Hoffnung mehr?«

»Was soll man da sagen?« Dr. van Rhijn wischte sich über das Gesicht. »Es ist das erstemal, daß ich solch eine Operation gemacht habe.«

Am nächsten Tag begann man, die erste Bernsteinwandtafel an die neue Unterkonstruktion zu befestigen. Der Zar war natürlich wieder dabei in seiner Zimmermannskleidung, davon begeistert, mitarbeiten zu können und bis in die Seele entzückt von diesem »Wunder aus Bernstein«, das ausgebreitet vor ihm auf den Dielen lag. Er war der einzige, der frohgelaunt war. Die Schreiner- und Bernsteinmeister fürchteten seinen Zorn und schielten immer wieder auf das spanische Rohr, das in einer Zimmerecke stand, und Wachter tappte übermüdet und mit geröteten Augen umher und starrte ab und zu wie abwesend aus dem Fenster.

»Was hat Er?« fragte Peter I. »Ist er krank? Wie sieht Er aus... Augen wie ein Kaninchen, ein welker Hals...«

»Meine Frau ist sehr krank, Majestät... Ein Kind hat sie verloren...«

»Das kenne ich. Dafür wird ein neues kommen...«

»Im Mutterleib ist es gestorben, hat den Körper vergiftet. Der Medicus hat das Kind entfernt...«

»Welcher Medicus?« fragte der Zar plötzlich mit lauter Stimme.

»Der Zweite Hofarzt, Dr. van Rhijn...«

»Her mit ihm!« brüllte Peter I. in höchstem Zorn. »Hierher, sofort!« Die Tür riß er auf und schrie in den Gang, wo einige Lakaien warteten. »Herbringen, den Zweiten Medicus! Hier in das Bernsteinkabinett!«

Nach zehn Minuten schon erschien Dr. van Rhijn in der

Tür. Seine lederne Arzttasche hatte er bei sich, im Glauben, der Zar habe sich bei der Arbeit verletzt. Aber sofort erkannte er den Irrtum, als Peter wie ein tobender Riese auf ihn zuging.

»Was hat Er getan?!« brüllte er. »Operiert, ohne mir ein Wort zu sagen? Weiß Er nicht, was alle Spitäler der Stadt wissen? Kennt er nicht meinen Befehl, mir jede ungewöhnliche Operation zu melden und zu warten, bis ich ihm assistiere?! Hat Er nie gehört, daß ich von Holland das beste chirurgische Besteck mitgebracht habe?! Er Lump, Er verdammter?!«

»Majestät –« Dr. van Rhijn senkte den Kopf. Er wollte vor dem Zaren auf die Knie fallen, aber das hätte Peter noch mehr erzürnt. Einen kriechenden, um Gnade bettelnden Mann verabscheute er. »Es war zu eilig...«

»Nichts ist so eilig, als daß man mir ein Wort sagt! Er hat operiert, ohne mich zu rufen. In meinem Haus! Weiß Er, was Er verdient hat?«

»Majestät...«

»Zwanzig Schläge mit der Knute! Er melde sich beim Exekutor, oder soll ich Ihn hinschleifen lassen? Hinaus! Und komme Er wieder und zeige Er mir seinen blutigen Rücken –«

Wie gebrochen wankte Dr. van Rhijn aus dem Bernsteinzimmer, lehnte sich draußen an die Wand und weinte. Ein Page trat zu ihm... was der Zar im Zimmer gebrüllt hatte, war auf den Fluren gut zu hören gewesen.

»Weint nicht, Medicus«, sagte der Page voll Mitleid. »Was sind schon zwanzig Schläge? Man kann sie überstehen. Kommt, ich führe Euch zur Strafkammer. Dort habt Ihr's besser, als wenn der Zar Euch selbst verprügelt.«

Im Bernsteinzimmer herrschte ängstliches Schweigen. Peter stand am Fenster, sein Gesicht zuckte wieder, der nervöse Krampf verzerrte sein Antlitz zu einer Fratze, die einen erstarren ließ. Woher Wachter den Mut nahm, er wußte es hinterher nicht mehr zu erklären. An den Zaren trat er heran, stellte sich dicht hinter ihn und sagte leise:

»Warum wird der Medicus bestraft? Vielleicht hat er meiner Frau das Leben gerettet...«

Der Zar drehte sich nicht um. Zum Fenster hin knurrte er: »Sei Er still, Fjodor Fjodorowitsch! Noch nicht lange genug ist Er in Rußland. Wissen muß Er, daß nur *ein* Wort gilt: das des Zaren! Ist es bei Seinem König anders?«

»Nein, Majestät.«

»Also bezwinge Er sich und widerspreche Er nicht Seinem Zaren.«

Kurz danach betraten Peter I. und Wachter die Beamtenwohnung, und der Zar ging sofort in das Schlafzimmer. Adele lag graubleich im Bett, aus der Ohnmacht erwacht war sie, aber zu schwach, um ein Wort hervorzubringen. Als sie den Zaren erkannte, der sich über sie beugte, wurden ihre Augen weit, ihre Lippen bewegten sich, und in den Mundwinkeln tauchte ein Zucken auf. Julius stand auf der anderen Seite des Bettes, starrte den Zaren an und hielt das nasse Tuch mit beiden Händen umklammert, das er gerade seiner Mutter vom Leib gezogen hatte, um es zu wechseln.

»Sie wird es überstehen«, sagte Peter I. Ein väterlicher Ton war in seiner Stimme. »Ich kenne Sterbende... Sie sieht anders aus. Habe Sie nur Mut und einen starken Glauben.«

Ganz leicht bewegte Adele den Kopf... sie nickte. Der Zar richtete sich wieder auf und warf einen Blick auf Julius, der immer noch erstarrt die Tücher an sich drückte.

»Ist das Sein Sohn, Fjodor Fjodorowitsch?« fragte er dann.

»Ja, Majestät. Bisher mein einziger. Das zweite Kind hat mir nun das Bernsteinzimmer genommen.«

»Ein braver Bursche. Was soll er später werden?«

»Mein Nachfolger wird er sein, das Bernsteinzimmer pflegen.«

»Er wird Ihm würdig sein, Wachterowskij.« Der Zar griff in die Tasche seiner Zimmermannshose, aber da war nichts als Nägel und Klammern. Was hatten Kopeken oder Rubel auch dort zu suchen? »Du bekommst zehn Rubel von mir«, sagte Peter I. »Dein Vater bringt sie dir morgen mit. Wie heißt du?«

»Julius...« stotterte der Junge.

»Julian Fjodorowitsch. Natürlich, ich hab's vergessen. Zehn Rubel. Was wirst du damit tun?«

»Ein Buch kaufen über das Wissen eines Medicus.«

»Bei Blitz und Donner, das ist eine kluge Antwort.« Der Zar wandte sich zu Wachter um und klopfte ihm auf die Schulter. Wachter war es, als zerbräche sein Schulterblatt. »Stolz kann Er sein auf Seinen Sohn. Er bleibt jetzt hier bei Seiner Frau. Die Bernsteintafel werden wir auch ohne Seine Hilfe an die Wand bekommen.«

»Sie darf mit dem Untergrund keine Spannung haben, Majestät.«

»Ich habe Schiffe gebaut, Schiffe für alle Meere. Traut Er mir da nicht zu, eine Wandtafel anzubringen?!«

Der Zar nickte Adele noch einmal zu, warf einen wohlwollenden Blick auf den Jungen und verließ dann die Wohnung. Erst als die äußere Tür zufiel, rührte sich Julius. Er sah sich suchend um und schüttelte den Kopf.

»Wo ist Moritz?«

»Unterm Bett.« Wachter lachte leise. »Selbst er hat Angst vor dem Zaren.«

»Ich habe keine Angst vor dem Zaren!« sagte Julius. »Er ist ein böser Mann... aber mich hat er angeblickt wie einen Freund.« Er hob die Laken hoch und sah seinen Vater strahlend an. »Papa... wir müssen die Tücher wechseln.«

Adele Wachter überlebte. Ein Wunder war's... oder doch die ärztliche Kunst von Dr. van Rhijn? Nach fünf Tagen stand sie zum erstenmal auf, schwankte, auf Julius gestützt, einmal durchs Zimmer und legte sich dann, vor Schwäche zitternd, wieder hin. Aber ihr Gesicht hatte wieder Farbe bekommen, sie aß, ganz langsam schluckend, eine kräftigende Suppe aus Rindsbouillon mit kleinen, geringelten Nudeln, die der Hofkoch hinüber ins Beamtenhaus bringen ließ.

Der Zar war selbst dabei, als Adele zum erstenmal das Bett verließ, und sagte tadelnd, als Adele, kaum daß sie die Beine auf den Dielen hatte, einen tiefen Knicks versuchte, bei dem sie umgefallen wäre, wenn Julius sie nicht aufgefangen hätte:

»Laß Sie den Unsinn, Adele Iwanowna! Ich bin nicht der Zar... ich bin der Zimmermann Pjotr Alexejewitsch. Draußen ist Frühling, die Bäume beginnen mit der Blüte, die Wildgänse sind zurückgekommen, die Störche fliegen ein, und das Meer leuchtet wie Silber. Wenn Sie kräftig genug ist, schicke ich eine Kutsche, und Sie fährt übers Land und erholt sich in der Sonne.« Er zögerte und fügte dann hinzu: »Der Amsterdamer Medicus ist belohnt worden. Zum Leibarzt habe ich ihn ernannt. Ist Sie zufrieden mit mir?«

»Majestät...« stammelte Adele und hielt sich an ihrem Sohn fest. »Wie kann ich Ihnen danken?«

»Indem Sie nach angemessener Zeit vergißt, was gewesen

ist, und sich nach einem neuen Kind sehnt. Sie ist eine tapfere, schöne Frau...«

So war es. Eine Woche später – der Aufbau des Bernsteinzimmers war zur Hälfte vollendet – fuhr eine kaiserliche Kutsche vor mit einem uniformierten Leibkutscher, und hinter dem Aufbau standen zwei Pagen zur Bedienung. Es war, als fahre eine Fürstin aus.

Petersburg im Frühling... ein Wirklichkeit gewordenes Märchen.

Adele weinte vor Glück und vor Ergriffenheit vor soviel Schönheit, als sie am jenseitigen Ufer der Newa stand und hinüberblickte auf die in der Sonne leuchtende Stadt, auf die Türme und Dächer, die Paläste und Häuser, die Kanäle und breiten Straßen. Und sie legte den Arm um Julius und sagte:

»Mein Junge, das ist wirklich unsere Heimat. Vergiß es nie!«

Die Einweihung des wiederaufgestellten Bernsteinzimmers nahm der Zar allein vor. Diesmal waren seine Narren und Zwerge nicht dabei, wie sonst bei den Festen, wo sie tanzten und purzelten, sangen, deklamierten und die Gäste verspotteten. Am Hofe wurden die über sechzig Spaßmacher wie Haustiere gehalten, die der Zar liebte und verhätschelte, die aber unter Anführung seines Lieblingszwerges Lewon Uskow nicht nur harmlose Späße trieben, um die Geladenen zu erheitern. Sie waren vor allem seine Beobachter und Spione, die auch alle Schwächen, Verfehlungen, Veruntreuungen, Lügen und Diebstähle der Würdenträger bei Hofe auskundschafteten und diese dann wie fröhliche Geschichten erzählten, während der Zar die Betroffenen scharf musterte, wie sie darauf reagierten. Im Bernsteinzimmer hingegen saß er ganz allein auf einem geschnitzten, vergoldeten Stuhl in der Mitte des »Sonnenzimmers«, schwieg, blickte wie in unendliche Weiten und schien sein bisheriges Leben zu überdenken... den schier ewig währenden Krieg gegen Schweden, die bisher über 300 000 Gefallenen, die vielen Enthaupteten, Geräderten und Gepfählten, die Gefolterten und zu Krüppeln Geschlagenen, die schleimigen Günstlinge und die willigen, lüsternen Mätressen. Der Zarewitsch war nach Österreich geflohen, um zu saufen und zu huren und sich als Werkzeug einer Verschwörung gegen seinen Vater mißbrauchen zu lassen. Er dachte vielleicht an die schöne Zeit in Holland und Frankreich, die ihm viele Erfahrungen und einen Tripper eingebracht hatte, der trotz Behandlung durch die Leibärzte Dr. Blumentrost, einem Deutschen, und Dr. Paulson, einem Engländer, immer wieder ausbrach, oder auch an die wilden Saufgelage, die er manchmal veranstaltete, bei denen Huren in solchen Scharen zu Diensten waren, daß Dr. Blumentrost eines Tages zu ihm sagte:

»Majestät, schonen Sie sich. Geben Sie Ihr ausschweifendes Leben auf.«

Und Peter hatte ihn angebrüllt: »Esel seid Ihr! Alle Esel!«

Bei der dritten Warnung hatte er Blumentrost und Paulson mit der Dubina verprügelt, so arg, daß sie von da an schwiegen und nur sorgenvoll das Wachsen seiner verschiedenen Krankheiten beobachteten: die schweren Beine, die Nieren- und Blasenschmerzen, die Harnsteine, die immer häufiger auftretenden Krämpfe, das Schwanken zwischen Bärenstärke und schlaffer Bettruhe.

Und an Katharina, seine Frau, dachte der Zar in dieser einsamen Stunde im neuen Bernsteinzimmer, an die Frau, die einmal Dienstmagd gewesen war, und jetzt, trotz aller wechselnder Mätressen, der Ruhepol seines Lebens geworden war, die Frau, die er liebte und zur Kaiserin gemacht hatte, die ihm treu war – das glaubte er unerschütterlich – und bei der er ein Mensch und nicht nur der gefürchtete Zar sein konnte.

Welch ein Leben lag hinter ihm – und welch ein Leben hielt die Zukunft noch für ihn bereit?

Ab und zu hob er den Kopf, ließ den Blick über die Bernsteinmosaike, die Sockel, Schnitzereien, Figuren, Masken, Bordüren und Gesimse gleiten: eine in der Sonne vom weißlichen Gelb bis zum Braun schimmernde, ihn umschließende, eigene Welt. Und er spürte, wie sich die Unruhe in ihm legte und dieses Zimmer seine heimliche, seelische Beichtkammer werden konnte. Hier, von tausendfältigen Strahlen umgeben, konnte er sich vor sich selbst offenbaren und ehrlich gegen sich selbst sein.

Nach gut einer Stunde riß der Zar die Tür auf und winkte den draußen wartenden Wachter hinein.

»Begreif Er eins –« sagte er sehr ernst – »das hier ist *mein* Zimmer. Niemand anderes darf hinein! Nur wenn ich es befehle.«

»Auch nicht die Zarin, Majestät?« fragte Wachter.

»Sie darf... aber sie wird nicht. Nur ich und Er... und

ich schicke Ihn nach Sibirien zu den Wölfen, wenn ein Fremder dieses Zimmer betritt.«

Der Zar ging zum Fenster, blickte hinaus über die Newa und die Kanäle und Inseln, über die herrliche Stadt, die sein Werk war, herausgestampft aus einem sumpfigen, modrigen Boden, und sagte mit leiser Stimme:

»Umgeben bin ich von Arschleckern, Heuchlern, Intriganten, Verrätern, Dieben, Mördern, Postenjägern und Ehrgeizlingen. Fürchterlich ist es...«

»Jagt sie alle weg, Majestät.«

»Und dann? Die dann Kommenden sind nicht besser. Eine Hydra ist's... einen Kopf schlägt man ab und zwei neue wachsen nach! Habe ich Freunde? Ist Menschikow mein Freund? Schafirow? Dolgorukij? Trubezkoj? Romodanowskij? Ich weiß es nicht. Jeder würde mich verraten, wenn es ihnen nützt. Fjodor Fjodorowitsch, *Er* wird mich nie verraten.«

»Nie, Majestät.« Wachter trat neben den Zaren ans Fenster. »Schlagt mir den Kopf ab beim geringsten Verdacht.«

»Ein guter Mensch ist Er. Er und Seine Familie. Sein Sohn ist, wie ich gern einen Sohn gehabt hätte. Aber das Schicksal hat mir einen Schwächling, Säufer und Verräter beschert. Wachterowskij, sei Er mein heimlicher Freund. Ich weiß, Er begehrt nichts von mir, kein Amt, kein Fürstentum, keinen Palast, keine Armee, keine Weiber... er ist nur da für das Bernsteinzimmer. Und ich will, daß Er auch da ist für mich. Bei Ihm will ich mich aussprechen und sagen, was keine anderen Ohren hören sollen. Hier in diesem Zimmer. Er soll der Trog sein, in den ich mein Herz ausschütte. Aber wehe, wehe Ihm, wenn ein einziges Wort davon bekannt wird. Auch bei seinem Weibe nicht.«

»Ich schlucke Ihre Sorgen in meine Seele, Majestät. Mit mir sterben sie.«

Der Zar nickte, legte den Arm um Wachter, küßte ihn auf beide Wangen und verließ dann das Bernsteinzimmer. Draußen im Flur hörte man ihn wieder mit den Höflingen brüllen. Zwei Zaren gab es jetzt in Petersburg: Peter den Großen, den mächtigsten Herrscher Europas, und Peter Alexejewitsch Romanow, der immer morscher werdende Riese, der in seinem Bernsteinzimmer allein Gericht über sich selbst hielt. Welch ein Zwiespalt, von dem die Welt nie etwas erfahren würde!

Das Jahr ging vorüber, Adele war wieder schwanger, Julius, unterrichtet von dem deutschen Lehrer Georg Thorfeld aus Hannover, las mit glühenden Wangen medizinische Bücher und begleitete Dr. van Rhijn oft zu den Kranken.

Ein ruhiges, schönes Leben wäre es gewesen, wenn nicht am 21. Januar 1718 der nach Österreich geflüchtete Zarewitsch Alexej nach Rußland zurückgekehrt wäre. Eine List Peters hatte ihn aus der Sicherheit weggelockt... der Zar versprach ihm Gnade und Güte, wenn er ab jetzt ein guter Kronprinz sei, und er sicherte ihm sogar zu, daß er seine Mätresse Afrosinja heiraten könne. Die Anhänger des Zarewitsch, die Grafen Tolstoj, Rumjanzew und Wesselowskij warnten ihn, aber allein die Aussicht, seine über alles Geliebte als Zariza zu sehen, zerstreute bei Alexej alle Bedenken. Er ließ Afrosinja in Venedig zurück und freute sich auf die Umarmung mit seinem ihm vergebenden Vater.

Die Wahrheit erfuhr er sofort, nachdem er die russische Grenze überschritten hatte. Kosaken kreisten die Kolonne ein und brachten alle nach Twer bei Moskau, wo sie erfuhren, daß der Zar sie in Moskau sprechen wolle.

Vor seiner Fahrt nach Moskau saß der Zar wieder eine Stunde allein im Bernsteinzimmer und sprach mit sich selbst. Dann holte er Wachter herein, umarmte ihn und sagte mit dumpfer Stimme: »Ein schwerer Gang steht mir bevor. Die Welt wird mich ein Ungeheuer nennen, aber Rußland und sein Weiterleben zwingen mich dazu. Ich allein bin verantwortlich für mein Volk!«

Am 3. Februar 1718 fand im großen Audienzsaal des Kreml von Moskau in Gegenwart der höchsten Würdenträger des Reiches der erste Prozeß gegen den Zarewitsch und seine Freunde statt. In einem kurzen Vorgespräch sicherte der Zar seinem Sohn große Gnade zu, wenn er die Verräter und Mitverschworenen beim Namen nenne. Sonst – und das war klar gesagt – gab es Folter bis zum Tod.

Alexej, der Schwächling, der Säufer, Spieler, Hurer und Verräter, brach zusammen, warf sich, unter Tränen, dem Zaren zu Füßen und nannte Namen... viele Namen, große Namen, von Peters Halbschwester, der Zarewna Maria Alexejewna bis zu Fürst Wassilij Dolgorukij, von Fürst Juri Trubetzkoj bis zum Fürsten von Sibirien, selbst seine eigene Mutter, die frühere Zarin Jewdokija, verschonte er nicht.

Eine Untersuchung jagte die andere, die Verhafteten füllten die Verliese, gestanden unter grausamen Foltern ihre

Kontakte zu Alexej, was dem Zaren genügte, und am 22. März sprach man die Urteile.

Der Zar selbst war dabei, als am 26. März 1718 auf dem Roten Platz vor der Kremlmauer die Hinrichtungen stattfanden. 300 000 Zuschauer waren gekommen, um diesem grausigen Schauspiel beizuwohnen ... dem Enthaupten und Aufhängen, dem Rädern und Pfählen, dem Zu-Tode-Peitschen und dem Tod durch glühende Eisen. Ein Abschlachten war's, vor dem die übrige Welt erschauderte.

Gleich nach den Hinrichtungen fuhr Peter I. nach Petersburg zurück. Alexej, den Zarewitsch, nahm er mit. Er saß neben seinem Vater im Schlitten, unterwürfig, dankbar, nicht so bestraft zu werden wie seine Freunde und seine eigene Mutter, die der Zar auspeitschen und in ein fernes Kloster bringen ließ.

»Es ist geschehen!« sagte der Zar, als er zwei Tage nach seinem Strafgericht in Moskau wieder im Bernsteinzimmer saß und umgeben von dem Sonnenstein seine innere Ruhe wiederzufinden suchte. »Fjodor Fjodorowitsch, nur der Anfang war's. Erinnert Er sich noch an meine Worte? Habe ich Freunde? Mein eigener Sohn gehört an den Galgen. Aber kann ich das? Steck ich ihn in ein einsames Kloster ... neue Verräter und der Pöbel werden ihn befreien. Nie kommt mein Land zur Ruhe. Gott, was soll ich tun?!«

Am 15. April 1718 traf die Geliebte des Zarewitsch, die angebetete Hure Afrosinja, in Petersburg ein. Voll Ungeduld wartete Alexej darauf, sie in die Arme nehmen zu können, aber anstatt sie zu ihm zu bringen, schloß man sie sofort in eine Zelle der Peter-und-Pauls-Festung ein. Ihr Gepäck wurde durchsucht, und man fand, eingenäht in einen Kleidersack, zwei Briefe, die Alexej von Neapel aus geschrieben hatte: an den russischen Senat und an die Erzbischöfe der russisch-orthodoxen Kirche. Briefe, die eindeutig bewiesen, daß der Zarewitsch nur auf den Sturz seines Vaters wartete, um sich als neuer Zar krönen zu lassen.

Mit versteinertem Gesicht las Peter diese Schriftstücke. Von neuem zog er sich allein ins Bernsteinzimmer zurück, las immer wieder die Zeilen seines Sohnes und drückte dann die Stirn hilflos gegen eine der Wandtafeln, als könne ihn der Bernstein aus seinem Millionen Jahre alten Leben einen Rat geben.

Am 14. Juni 1718 eröffnete der Zar im großen Senatssaal

mit einem Gottesdienst die Gerichtsverhandlung gegen seinen Sohn. 127 Würdenträger bildeten das weltliche Gericht; drei Metropoliten, fünf Bischöfe, vier Archimandriten und eine große Zahl anderer hoher Kirchenherren stellten das geistliche Gericht dar. Der Zar selbst führte die Anklage und verhörte den Zarewitsch.

»Behandelt Alexej wie jeden meiner Untertanen!« rief der Zar in den Saal. »Behandelt ihn in der erforderlichen Form und mit der notwendigen Strenge.«

Alle im Saal erstarrten, jeder wußte, was diese Aufforderung bedeutete: Die Folter! Die Folter für den Zarewitsch!

Am 19. Juni war die erste Befragung. In einer Kalesche, begleitet von seinem Günstling Fürst Menschikow, fuhr der Zar hinüber zur Peter-und-Pauls-Festung und stieg hinab in die eigens für den Zarewitsch eingerichtete Folterkammer. An die Wand stellte er sich, gab selbst den Wink, und dann führten die Knechte den Zarewitsch herein, mit entblößtem Oberkörper, ein langaufgeschossenes bleiches Kerlchen, das beim Anblick der Foltergeräte und seines Vaters zu weinen begann. Sofort ergriffen ihn vier geübte Henker, hoben ihn hoch, schnallten ihn an den Wippgalgen, seine Füße berührten nicht mehr den Boden, an ausgerenkten und verdrehten Armen hing er frei in der Luft. Und dann trat der Henkersknecht heran, in der Hand die Peitsche aus nicht gegerbter, sondern in Milch gekochter Kuhhaut, so hart und ins Fleisch schneidend wie Stahl, sah den Zaren an, und der Zar nickte.

Schon beim ersten Schlag, der die Rückenhaut tief aufriß, schrie Alexej fürchterlich. Beim zweiten Schlag bäumte sich der Körper auf, verkrümmte sich, beim dritten Schlag hingen die ersten Fleischfetzen vom Rücken.

Ein Wink... die Befragung begann. Alexej, unfähig zu sprechen, schüttelte auf alle Fragen den Kopf. Hatte der Kaiser von Österreich ihm Truppen angeboten? Sollten die Truppen in Mecklenburg rebellieren? Wollte er an deren Spitze nach Petersburg marschieren und den Zaren stürzen? Wieviel Geld hatte er von Österreich bekommen?

Der Zarewitsch schwieg.

Fünfundzwanzig Knutenschläge prasselten auf ihn nieder, zerfetzten seinen Rücken bis auf die Knochen, das Blut lief in Strömen an ihm herunter, und immer hatte der Zar bei einem fragenden Blick des Henkers dumpf gesagt: »Weitermachen!«

Alexej gestand alles, brüllte seine Schuld heraus, schluchzte in den Schlagpausen, bettelte um Gnade, und schrie gellend wieder auf, wenn ein neuer Knutenschlag ihn traf.

Nach dem fünfundzwanzigsten Schlag trat der Arzt an den Zaren heran und empfahl, die Befragung zu unterbrechen. Dort hing kein denkender Mensch mehr.

»Er sagt nicht alles! Er lügt noch immer!« sagte Peter ernst. »Henker, mach Er weiter...«

Noch einmal klatschten fünfzehn Schläge mit der in Milch gekochten Kuhhaut auf den zerfetzten Rücken des Zarewitsch. Die tiefen Wunden bildeten schon eine zusammenhängende Masse heruntergerissenen Fleisches, und jetzt, beim vierzigsten Schlag, brüllte Alexej heraus, was Peter erwartet hatte:

»Ja! Ja! Ja! Ich wünschte mir den Tod meines Vater!«

Der Zar stieß sich von der Mauer ab und verließ den Folterraum. Der Zarewitsch wurde vom Wippgalgen losgebunden, brach auf dem Boden zusammen und wurde hinausgetragen. Der Arzt folgte ihm, um die Wunden zu versorgen. Er ahnte, daß dies nicht die letzte Befragung gewesen war.

In der Nacht zum 20. Juni sah Wachter von seinem Schlafzimmerfenster aus Licht im Bernsteinzimmer. Sofort zog er sich an und rannte hinüber zum Winterpalais, wo ihn die Wachen ohne Fragen einließen. Jeder kannte ihn jetzt und seine Vollmachten.

Der Zar saß wieder in seinem Sessel, hatte die Hände gefaltet und starrte, weit zurückgelehnt, auf die aus Bernstein geschnitzte Maske des sterbenden Kriegers, die Schlüter entworfen haben soll. Ein Gesicht, verzerrt im Schmerz und mit aufgerissenem Mund. Die letzte Sekunde vor der Ewigkeit.

»Was will Er?« knurrte der Zar. »Hinaus mit Ihm!«

»Ich habe Licht gesehen, Majestät. Meine Pflicht ist es...«

»Pflicht! Fjodor Fjodorowitsch, es gibt Pflichten, vor denen man sterben möchte.« Der Zar schloß die Augen, drehte den Kopf zu Wachter und öffnete sie dann wieder. Sein Blick war elend und voll Qual. »Was täte Er, wenn Sein Sohn wünschte, der Vater wäre tot?«

»Ich weiß es nicht, Majestät. Traurig würde ich sein.«

»Aber der Wunsch bleibt! Und es werden Mördergesellen

gesucht, und Verzeihung wird mit Mord gedankt. Mein Freund, der Zar hat keine andere Wahl... er muß richten. Richten nach dem Gesetz und vor Gott. Raus! Laß Er mich allein! Ich kann jetzt keinen Menschen sehen... auch Ihn nicht.«

Leise verließ Wachter das Bernsteinzimmer, setzte sich auf einen Hocker in eine Ecke des Flures und wartete. Er wußte um die Qual des Zaren... auf den Prozeß gegen den Zarewitsch starrte alle Welt.

Fast eine Stunde saß Wachter auf einem Hocker vor der Tür des Bernsteinzimmers, wie ein Hund, der seinen Herrn bewacht. Als Peter I. endlich aus dem Kabinett kam, blieb er vor Wachter stehen. Gerötete Augen hatte der Zar, als habe er lange geweint, und um seinen Mund lag ein Zug größter Resignation.

»Er ist ja noch immer hier!« sagte er mit rauher Stimme. Auch sie hatte gelitten, war fast tonlos vor Trauer und Bedrückung.

»Solange jemand im Bernsteinzimmer ist, bin auch ich vorhanden, Majestät.«

»Und wenn ich Ihm befehle: Geh Er weg!?«

»Dann muß ich Majestät an meinen Schwur in Ihre Hand erinnern: Laß Er das Bernsteinzimmer nie allein...«

»Ein merkwürdiger Mann ist Er, Fjodor Fjodorowitsch. Hat keine Angst vor dem Zaren! Als einziger von der ganzen Brut, die mich umgibt. Nur winselnde Hunde sehe ich, Tag um Tag, nur schleimige Kümmerlinge! Väterchen, sagen sie zu mir... und denken dabei: Wann stirbt er endlich?! Warum überlebt er alle seine Krankheiten? Warum steht er immer wieder auf von seinem Bett, stärker als vorher? Auch der Zarewitsch denkt so, Wachterowskij! Den Tod seines Vaters wünscht er. Dem österreichischen Kaiser hätte er Geld bezahlt, wenn dieser ihm eine Armee gegeben hätte, mich zu vernichten! Mein eigener Sohn ist ein Lump, ein Verräter, ein Mörder im Geiste, ein Zerstörer Rußlands. Mein Sohn, der Säufer und Hurer, der Knecht seiner mongolischen Dirne Afrosinja, der von Kriechern umschwänzelte Schwächling... er wollte Zar von Rußland werden! Was wäre aus meinem schönen, reichen, fleißigen Land geworden? Fjodor Fjodorowitsch, wie würde Er über einen solchen Sohn urteilen?«

»Mit Gnade, Majestät. Als Mönch in einem einsamen Kloster würde ich ihn büßen lassen. Ihn in die Vergessenheit versenken.«

»Er denkt wie die Zarin.« Peter lehnte sich an die Wand und starrte blicklos in die weite Ferne. »Gnade! Kennt man Gnade mir gegenüber? Ich weiß noch nicht, was ich tue. Geh Er zu seiner Frau, Wachterowskij. Ich tu das gleiche. Und denke Er nicht, sein Zar sei ein Teufel...«

Am 24. Juni 1718, an einem warmen Abend, trat das Gericht der 127 Würdenträger des ganzen Reiches zum letzten Mal zusammen, hörte sich die Geständnisse des Zarewitsch an und las die Zeilen, die Alexej unter größten Qualen, ein Wrack nach den Knutenschlägen, selbst geschrieben hatte, und die endeten mit den Worten: »...Ich hätte an nichts gespart, um meinen Willen durchzusetzen...« Das hieß: den Tod des Zaren.

Nach kurzer Beratung, während der Zar die Richter mit bösem Blick anstarrte, fällten sie das Urteil, das man von ihnen erwartete, einstimmig, ohne den geringsten Versuch, einen mildernden Umstand zu suchen im Wesen und in den Ausschweifungen des Zarewitsch. Nicht einer wagte es, sich dem stillen Wunsch des Zaren zu widersetzen. Das Urteil lautete:

24. Juni 1718. Wir, die Unterzeichneten, Minister, Senatoren, Funktionäre, Offiziere und Zivilpersonen, versammelt im Saal des Senats von St. Petersburg, haben nach reiflicher Überlegung und inspiriert durch unseren christlichen Glauben kraft der heiligen Gebote des Alten und Neuen Testaments, der heiligen Briefe der Evangelisten und der Apostel, der Regeln und Satzungen der Kirchenväter und Lehrer, des Rechts der römischen und griechischen Kaiser und jenes der anderen christlichen Herrscher wie auch kraft des russischen Rechts einstimmig und ohne Widerrede entschieden, daß der Zarewitsch Alexej für seine Schuld und seinen Aufruhr gegen seinen Herrscher und Vater ebensosehr als Sohn wie als Untertan Seiner Majestät den Tod verdient...«

Mit betrübtem Herzen und Tränen in den Augen – wie es später hieß – habe man den Zarewitsch zum Tode verurteilen müssen wegen einer Verschwörung, wie es sie ihresgleichen kaum jemals auf der Welt gegeben hat, in Verbindung mit dem Plan zu einem abscheulichen doppelten Vatermord – gegen den Vater seines Landes und seinen leiblichen Vater.

Bei der Verkündung des Urteils fiel der Zarewitsch ohnmächtig um und mußte weggetragen werden.

Der Zar ließ sich fast zwei Tage Zeit, das Urteil zu unterschreiben. Er schloß sich wieder in das Bernsteinzimmer ein, wanderte von Wand zu Wand, drückte die heiße Stirn gegen den kühlen Sonnenstein, betete und schlug sich selbst mit geballten Fäusten an die breite Brust. Tod durch den Henker oder Begnadigung zu einem Mönchsleben in Sibirien, das lebenslängliches Begrabensein bedeutete? Was bin ich zuerst: Zar von Rußland oder Vater eines mißratenen Sohnes? Was ist meine Pflicht gegenüber dem Vaterland, Gott und der übrigen Welt? Wer hilft mir? Mir, dem allmächtigen Zaren, der jetzt allein ist, ganz allein – und weint?

In der Nacht zum 26. Juni stand Wachter wieder vor dem Bernsteinzimmer auf dem Flur und wartete auf den Zaren. Wieder hatte er Licht gesehen, war voll dunkler Ahnungen in das Palais gelaufen und hatte an der Tür des Zimmers gerüttelt. Von innen kam keine Antwort, kein Wort, kein Zuruf, nur die stampfenden, dröhnenden Schritte hörte man, wenn der Zar ruhelos hin und her lief, und eine Art dumpfes Trommeln hörte man auch, das sich Wachter nicht erklären konnte. Es war, wie wenn der Zar sich selbst mit Fäusten schlug.

Um vier Uhr morgens öffnete der Zar die Tür und trat hinaus. Schrecklich sah er aus, zerstört das Gesicht, bleich, mit zuckendem Mund und starrem Blick. Die Krämpfe hatten ihn wieder geschüttelt und ihre Spuren tief in ihm hinterlassen.

»Da ist Er ja schon wieder!« sagte Peter mit müder Stimme. »Werd ich Ihn denn nie los?«

»Nur wenn Sie mich köpfen lassen, Majestät.«

»Vielleicht wird das einmal geschehen.« Der Zar lehnte sich wieder an die Wand des Flures. »Was will Er hier? Ich weiß, ich weiß ... Er hat Licht gesehen. Aber nun weiß Er, wer hier ist, und Er kann gehen!«

»Mich treibt die Sorge, Majestät.«

»Sorge um wen? Um mich oder um den Zarewitsch?«

»Um beide, Majestät. Es ist eine Einheit.«

»Wenn Er weiterredet, ist Sein Kopf noch heute ab!« schrie der Zar. »Geh Er!«

»Sei's drum, Majestät.« Wachter holte tief Atem. »Alle

kennen das Urteil gegen den Zarewitsch. Alles blickt nach Petersburg. Was tut der Zar?«

»Was er tut?« Peter I. ballte die Fäuste. »Allein ist er. Allein mit Gott! Allein mit seinem Gewissen! Allein mit seiner Pflicht! Niemand kann mir raten! Niemand wagt es, ein Wort zu mir zu sagen. Der einsamste Mensch auf dieser Erde bin ich... vor eine Entscheidung gestellt, die mir niemand abnehmen kann, wie sie noch nie einem Menschen gestellt worden ist. *Das* ist der Zar, Wachterowskij: ein Nackter im sibirischen Eissturm.«

»Gibt es keinen, der Ihnen einen Pelz umhängt?«

»Nein!«

»Darf ich es, Majestät?«

»Nein! Halte Er sich da raus, Fjodor Fjodorowitsch. Ein tödliches Mitleid kann das werden. Ich möchte Ihn behalten. Was um mich herumkriecht, dieses Geschmeiß, es ekelt mich! Welch ein Tag ist heute! Die Welt und ich werden ihn nie vergessen.«

Um acht Uhr morgens, am 26. Juni 1718, trafen in der Peter-und-Pauls-Festung der Zar, Fürst Menschikow, Fürst Dolgorukij, Admiral Apraxin, Kanzler Golowin, Vizekanzler Schafirow, General Buturlin – sie alle hatten das Urteil unterzeichnet – und einige andere Personen ein, begaben sich nach dem schnellen Verlassen ihrer Kutschen unverzüglich in die dunklen Gänge der Bastion Trubezkoj, und alle Türen wurden hinter ihnen verriegelt. Kurz darauf, so berichteten Bauarbeiter, die in der Nähe einen neuen Turm errichteten, gellten durch die vergitterten Fenster grauenvolle Schmerzensschreie, die nur von Alexej Petrowitsch kommen konnten. Aber auch sie verstummten sehr schnell, und dann lag eine bedrückende Ruhe über der Trubezkoj-Bastei.

Um elf vormittags öffneten sich wieder die Tore, der Zar mit seinem Gefolge kam heraus, stieg ohne ein Zeichen von Erregung, Trauer, Entsetzen oder Betroffenheit in seine Kutsche und fuhr davon. Er sah aus wie immer... ein unbezähmbarer Riese in einfacher Handwerkerkleidung, mit kühlem Blick und dem Gang eines Seemannes.

Zurückgekehrt ins Winterpalais aß er mit großem Appetit zu Mittag, trank hinterher Kwaß und zwei Gläser Anisbranntwein, und auch das Essen selbst war nichts Besonderes: eine Sauerkohlsuppe, kalter Braten mit Gurken und Pilzen, Kohlpiroggen und zum Abschluß der so geliebte

Limburger Käse, dessen Größe er jedesmal mit einem Zirkel maß und sich notierte, weil er den Verdacht hegte, sein Küchenmeister Velten nasche heimlich von diesem köstlichen, stinkenden Stück. An diesem Tag trank er sogar noch nach dem Kwaß und Branntwein zwei Gläser Tokajer, küßte der Zarin Katharina die Augen und ging in sein Arbeitskabinett. Den ganzen Nachmittag arbeitete er dort, gab Anordnungen für die am nächsten Tag geplanten Feierlichkeiten zum Jahrestag des glorreichen Sieges von Poltawa, bestimmte das Tedeum, das er wünschte, besprach in gütiger Laune einige politische Dinge und stieg dann hinauf ins Bernsteinzimmer. Keiner hatte ihn bisher etwas gefragt, auch Katharina nicht, die ihn bei Tisch stumm gemustert und in seinem Gesicht nach Antwort gesucht hatte.

Wachter war – wie konnte es anders sein – im Bernsteinzimmer und reinigte mit einem feuchten weichen Lederlappen die Falten eines aus Bernstein geschnitzten Kopfes.

»Hinaus mit Ihm!« sagte der Zar dumpf. »Und wage Er nicht, mich zu stören! Keinen will ich sehen... auch Gott nicht...«

Mit einer tiefen Verbeugung und einem sorgenvollen Blick verließ Wachter das Zimmer.

Um sechs Uhr abends gaben der Festungskommandant und der Arzt den Tod des Zarewitsch Alexej Petrowitsch bekannt. Unerwartet, an einem Schlaganfall, sei er gestorben. Kurz nachdem sein Vater, der Zar, ihn gegen elf Uhr am Vormittag verlassen hatte, sei er in tiefe Ohnmacht gefallen und nicht mehr aus ihr aufgewacht.

Ein Zittern des Grauens lief durch Petersburg und später durch ganz Rußland, durch Europa, durch alle Herrscherhäuser. Wer glaubte an den Schlaganfall? Was war zwischen acht Uhr morgens und sechs Uhr abends in der Trubezkoj-Bastei geschehen? Die Eingeweihten schwiegen, das Entsetzen in sich verbergend. Aber bald kamen die Gerüchte auf, von denen keiner wußte, was Wahrheit oder Erfindung war:

Der österreichische Gesandte Pleyer meldete drei Tage nach dem Tod des Zarewitsch nach Wien, Alexej sei mit einem Schwert oder einer Axt hingerichtet worden, und der Zar selbst habe den tödlichen Hieb gegen seinen Sohn geführt.

Der holländische Gesandte Jakob de By sandte einen Bericht, nach dem der Henker dem Zarewitsch die Adern geöffnet habe und er verblutet sei. In Gegenwart des Zaren.

Eine Kammerfrau Katharinas, die Deutsche Anna Kramer, erzählte, man habe Alexej auf Befehl des Zaren und in seiner Gegenwart die Kehle durchgeschnitten. Dann sei eine Frau aus Narwa, die nebenan gewartet habe, hereingeholt worden, und diese habe den abgeschnittenen Kopf kunstvoll wieder angenäht, damit man den Zarewitsch später mit Prunk im offenen Sarg aufbahren könne. Eine breite, lange Halsbinde würde jetzt den Schnitt verdecken.

Ein anderes Gerücht wurde verbreitet: Alexej sei von vier Gardeoffizieren mit Kissen erstickt worden. Einer der Offiziere mit Namen Rumjanzew beichtete es später auf seinem Totenbett – aber wer glaubte ihm?

Und es wurde weiter gerätselt. War der Zarewitsch erdrosselt worden? Hatte man ihm Gift gegeben? Hatte sein Vater ihn mit der Knute so lange geschlagen, bis er unter dieser schrecklichen Folter starb? Wie kann man die Schmerzensschreie kurz nach Eintreffen des Zaren und seines Gefolges in der Peter-und-Pauls-Festung erklären?

Lebte Alexej Petrowitsch noch, als der Zar um elf Uhr vormittags die Trubezkoj-Bastei verließ?

Wer wagte zu fragen? Wer wollte sich Verfolgungen aussetzen? Wer wollte gehängt werden? Der Zarewitsch war tot – das war das einzige, was man sicher wußte. Alles andere blieben wilde Vermutungen, die nie bestätigt wurden.

An diesem Abend, dem 26. Juni 1718, blieb Peter I. allein in seinem Bernsteinzimmer, und Wachter stand draußen und schickte jeden weg, der den Zar sprechen wollte. Selbst Menschikow und Vizekanzler Schafirow verwehrte er ein Klopfen und Rufen an der Tür, was Menschikow mit dem gefährlichen Hinweis beantwortete: »Merk Er sich gut: Auch Er ist sterblich, Er, Leiblakei!«

Bevor sie gingen, drückten sie Wachter eine Schriftrolle in die Hand, und Schafirow sagte:

»Übergeb Er dies dem Zaren! Er weiß, was es ist, nach seinem Willen ist es geschrieben. Er möge es unterzeichnen. Es eilt.«

Wieder saß Wachter bis gegen Morgen vor der Tür des Bernsteinzimmers auf seinem Hocker und wartete. Einmal kam Adele zu ihm, mit einem Korb voll Obst und kaltem Pfannkuchen, einem Krug mit Bier und einer Pfeife mit Tabak.

»Etwas essen mußt du«, sagte sie leise. »Und sei vorsichtig, Fritz. Hat er seinen Sohn mit eigener Hand umgebracht?«

»Ich weiß es nicht.«

»Überall in Petersburg flüstert man es. Zu Tode gepeitscht soll er ihn haben und dann auch noch geköpft!«

»So viel wird erzählt werden. Geh jetzt und laß mich mit dem Zaren allein. Einsam ist er im Herzen ... nur niemand sieht es.«

Der Morgen graute schon, als das Bernsteinzimmer aufgeschlossen wurde. Der Zar stieß die Tür auf, verkrümmt von Schmerzen; mit wild zuckendem Gesicht und einem verzerrten Mund, aus dem der Speichel rann, stand er dort. Ein neuer Anfall hatte ihn gepackt, und er war so schwer, daß Peter in diesen Minuten an seinen Tod glaubte. Erst der Zarewitsch, jetzt er ... Gott strafte Rußland.

»Fjodor –« keuchte er, als er Wachter erkannte. »Fjodor, helf Er mir. Ich sterbe ... ich sterbe ... Gott hat mich verlassen ... Mein armes Rußland ...«

Er stützte sich auf Wachters Schulter, aber es war mehr ein Aufbäumen, ein Kampf gegen die Krankheit, und die ganze Last des Riesen lag auf Wachters Rücken. Er stemmte sich breitbeinig gegen das Gewicht, hatte das Gefühl, kleiner zu werden unter dieser Last, zusammenzuschrumpfen, die Knochen schoben sich ineinander, und mit letzter Kraft gelang es ihm, den Zaren gegen die Wand zu lehnen und sich gegen ihn zu drücken wie ein stützender Pfahl.

»Sie werden weiterleben, Majestät –« keuchte er dabei.

»Warum? Warum muß ich weiterleben?«

»Majestät haben noch so viele Pläne, um aus Rußland die stärkste Macht der Welt zu machen. Das müssen Sie noch erfüllen.«

»Und wenn ich es nicht mehr kann, Fjodor Fjodorowitsch?!«

»Sie können es, Majestät. Sie sind wie ein Fels ... auch der Tod des Zarewitsch spaltet Sie nicht.«

Der Druck auf Wachters Schulter ließ nach, der Zar richtete sich auf, der Anfall ebbte ab. Mit schweißüberströmtem Gesicht, den Mund noch verzerrt, ein Zittern in den Händen schwankte er in das Bernsteinzimmer zurück, tastete sich an der Wand entlang, Halt suchend, und erreichte mühsam den geschnitzten Sessel. Mit einem tiefen Seufzer ließ er sich auf den Sitz fallen und streckte die Beine weit von sich.

»Was weiß Er vom Tod meines Sohnes?« fragte Peter I.

»Nichts... nur daß er tot ist.«

»Und Er fragt mich nicht?«

»Ich möchte – wie Sie – weiterleben, Majestät.« Er holte aus der Rocktasche die Schriftrolle und hielt sie dem Zaren hin. »Das haben mir Fürst Menschikow und Kanzler Schafirow gegeben. Es bedarf noch Ihrer Unterschrift.«

»Menschikow. Schafirow! Sie waren hier?«

»Ja, ich habe sie weggewiesen. Ich wußte, daß Majestät allein sein wollten, ganz allein...«

»Eine gute Tat war das. Ich werde es Ihm danken.«

Der Zar rollte das Schriftstück auf und las den kunstvoll geschriebenen Text. Nicht mehr anzusehen war ihm der Anfall, die Krämpfe hatten seinen Körper verlassen. Ruhig, als sei's ein Tag wie jeder andere, mit gerunzelter Stirn und etwas geschürzten Lippen beendete er die Lektüre des Schreibens und blickte dann zu Wachter hoch.

»Er ist ein kluger Mensch, das weiß ich«, sagte der Zar. »Hör Er zu, was ich in aller Welt verbreiten lassen will:

›Bei der Verkündigung des Gerichtsurteils gegen Unseren Sohn schwankten Wir, sein Vater, zwischen dem naturgemäßen Erbarmen einerseits und der Sorge um die Sicherung des Friedens im Reiche andererseits. Wir konnten in dieser so schmerzlichen und schwerwiegenden Angelegenheit keine Entscheidung treffen. Aber der allmächtige Gott wollte Uns in seiner Güte aus Unseren Zweifeln befreien und Unser Haus und Unser Land vor der Gefahr und der Schande schützen. Er zerschnitt gestern, am 26. Juni, den Lebensfaden des Zarewitsch Alexej. Dieser erlag einer schweren Krankheit, die ihn bei der Verlesung des Todesurteils und der Liste seiner Verbrechen gegen Uns und den Staat befiel. Die Krankheit begann mit einer Art Schlaganfall. Dann kam er wieder voll zu Bewußtsein, beichtete, empfing die christlichen Sterbesakramente und bat Uns, ihn zu besuchen, was Wir auch, seine sämtlichen Übeltaten vergessend, begleitet von allen Unseren Ministern und Senatoren, taten. Er gestand aufrichtig seine Verbrechen gegen Uns, weinte viel und erhielt die Vergebung, die Wir ihm als Vater und Herrscher schuldeten. Am 26. Juni gegen sechs Uhr nachmittags starb er eines christlichen Todes...‹

Ist das gut so, Fjodor Fjodorowitsch?«

»Es ist klug aufgesetzt, Majestät ... aber keiner wird es glauben.«

Der Kopf des Zaren schnellte hoch, seine Augen sprühten wieder das gefährliche Feuer.

»Warum nicht?! Es ist die Wahrheit!«

»*Wenn* es die Wahrheit ist, *will* sie niemand glauben. Sie klingt zu einfach.«

»Ich habe geschrieben: ›... er zerschnitt den Lebensfaden‹. Ich habe geschrieben: ›... eine Art von Schlaganfall ...‹ Und ich war bei ihm bis gegen elf Uhr morgens. Was ist da Lüge?!«

»Sie haben dem allmächtigen Gott alles zugeschoben. *Er* hat gerichtet, *Sie* von der Entscheidung befreit. Majestät, es klingt wie eine Flucht zu Gott.«

Der Zar starrte Wachter an, als sei er von ihm geschlagen worden. Zum erstenmal in seinem Leben wurde so mit ihm gesprochen, niemand hatte es je gewagt, ihn der Lüge zu bezichtigen, und wer bisher etwas Schlechtes über den Zaren gesagt hatte, war ausgepeitscht, gehängt, geköpft oder gerädert worden. Der Zar hatte immer recht – was er auch tat, es war gottgewollt.

»Denkt so das Volk?« fragte er.

»Ich befürchte es, Majestät.«

»Und das sagt Er mir ins Gesicht?! Wachterowskij, hat Er keine Angst vor dem Pfählen?!«

»Ich bin ganz in der Hand Ihrer Majestät. Urteilen Sie über mich ... ich habe Ihnen versprochen, immer die Wahrheit zu sagen.«

Der Zar ließ die Schriftrolle fallen und blickte auf die vom flackernden Kerzenschein erhellten Bernsteinwände. Das Zucken um seinen Mund begann wieder, aber neue Krämpfe folgten nicht. Mit leiser, stumpfer Stimme sagte er nur:

»Sag Er, wird man mich vergleichen mit Iwan IV.? Iwan, den man den Schrecklichen nennt? *Er* erschlug seinen Sohn, den Zarewitsch Iwan, wirklich mit seinem eisenbeschlagenen Stock. Im Jahre 1582 war's ... wird man nun sagen: Im Jahre 1718 wurde der Zar zu Peter dem Schrecklichen?«

»Man wird Sie immer Peter den Großen nennen –«

»Und wenn ich wirklich meinen Sohn getötet habe?!« schrie der Zar auf.

»Sie bleiben ›der Große‹. Sie haben das alte Rußland in die Neuzeit geführt, und Sie werden Rußland noch mächtiger machen ... wer wird da noch über Alexej Petrowitsch sprechen? Der Weg der Völker zum Licht war immer blutig. Wie starb der Zarewitsch ... Majestät, das müssen Sie allein in Ihrer Seele tragen. Da sind Sie jetzt wirklich allein. Nur Gott kennt Ihre Seele.«

»Er ist ein Philosoph ... ein Volks-Philosoph. Welch ein Glück, daß ich Ihn mag! Alles, was Er jetzt gesagt hat, ist hundert Tode wert. Fjodor Fjodorowitsch ... ich könnte Ihn zum Grafen machen.«

»Was soll ich auf einem Gut, Majestät.« Wachter hob beide Hände, die Handflächen nach oben. »Erweisen Sie mir das Glück und die Ehre, bei dem Bernsteinzimmer bleiben zu dürfen und es zu pflegen. Was fange ich mit einem Grafen an ohne Bernsteinzimmer? Es gibt genug Bojaren, Grafen und Fürsten in Rußland, aber nur ein Bernsteinzimmer.«

»Dann gebe ich Ihm tausend Rubel ... und mein Vertrauen.«

»Ich danke Euer Majestät.« Wachter ließ die Hände sinken und verneigte sich. »Das ist mehr als Fürst zu sein oder Metropolit.«

»Dann also an die Arbeit!« Der Zar erhob sich, riesig, bärenstark. »Heute feiern wir den Sieg von Poltawa. Mit Kanonendonner, Glockengeläut, Tedeum, Schiffsparade, Musik und Tanz und dem größten Feuerwerk, das die Welt gesehen hat!«

»Sollen wir Trauerkleidung tragen?«

»Nein! Warum?« Der Zar sah Wachter strafend an. »Der Zarewitsch ist schuldig gestorben!«

Er ließ Wachter stehen, ging an ihm mit dröhnendem Schritt vorbei, und auf der Treppe hörte man ihn kurz danach schreien, die Lakaien beschimpfen und die Wartenden wegscheuchen.

Und die Feier fand statt, wie Peter befohlen. Man tafelte üppig in der Wandelhalle des Sommergartens, das gesamte Diplomatische Korps war anwesend, nachdenklich und wortkarg saß die Zarin am Tisch, während Peter nach allen Seiten scherzte und bester Laune war. Der Sekretär des Zaren, Menschikow, schrieb in sein Tagebuch: »Nach dem Essen ging man in den Garten Seiner Majestät hinunter, wo man sich sehr gut unterhielt.«

Am klaren, sommerlichen Nachthimmel von Petersburg zerplatzten die Raketen und Feuerräder, die Sternenregen und Lichtergarben. Feurige Kaskaden stürzten aus dem Himmel, von allen Seiten donnerte und blitzte es, das größte Feuerwerk, das Peter je gegeben hatte... und zur gleichen Zeit wurde in der Trubezkoj-Bastei die Leiche des Zarewitsch gewaschen, angekleidet und in einen mit schwarzem Samt ausgeschlagenen Sarg gelegt.

Ein Pope überwachte die Tätigkeit und betete um Vergebung, während die Raketen knallten und ganz Petersburg lachte und tanzte.

»Der Horizont hat sich erhellt!« rief der Zar und schwenkte sein Glas, und alle jubelten ihm zu. Nicht einer wagte es, ein ernstes, trauriges Gesicht zu machen.

Nur Wachter saß mit seiner Frau Adele und seinem Sohn Julius in einer Ecke der offenen Wandelhalle und sagte bedrückt:

»Mich friert's, wenn ich sehe, wozu Menschen fähig sind...«

Dann schloß er die Augen. Er konnte das Feuerwerk nicht mehr sehen, es genügte, wenn er es hörte.

Es war so, wie es Wachter gesagt hatte: Die kommenden Jahre sahen das Aufsteigen Rußlands zur Weltmacht, niemand sprach mehr von dem Zarewitsch Alexej. Peters Reformen, mit eiserner Hand, ja Terror durchgesetzt, veränderten das Weltbild. Katharina war offiziell zur Zarin gekrönt worden, Gymnasien und Universitäten wurden gegründet, das Heer wuchs zu einer gigantischen Macht, es gab keine europäische Politik mehr ohne Rußlands Wort. Die Schweden waren besiegt, die Türkei und die Sultanate hatten mit Peter Frieden geschlossen, und Petersburg reihte sich ein unter die schönsten Städte Europas. Aus Bären und Barbaren – wie man bisher die Russen nannte – waren Bündnispartner und soziale Vorkämpfer geworden, und wenn auch das Volk unter Steuern und Knute litt... ein anderes Leben war's als die Jahrhunderte vorher. Ein Leben in die Zukunft hinein.

Peter I., nun nicht nur wegen seiner Zwei-Meter-Größe, sondern auch als Herrscher und Staatsmann »der Große« genannt, war auf der Höhe seiner Macht ein kranker Mann geworden. Ein hohler Riese, der immer öfter das Bett hüten mußte, der zu Kuren fuhr, der sich in seinen Krämpfen wand, der unmäßig essen und saufen konnte, um dann wieder wie ein einfacher Bauer zu leben, der die Mätressen wechselte wie seine Hemden, aber nur eine Frau wirklich liebte, seine Katharina. Sie hatte ihm zwölf Kinder geboren, sechs Jungen und sechs Mädchen, von denen nur die Tochter Elisabeth noch lebte, neben Anna, der älteren Tochter, die nun mit dem Deutschen Karl Friedrich von Holstein-Gottorp verheiratet war.

Ein Zar wie aus einem Märchen, aus der Ferne betrachtet. In Rußland selbst aber träumte man von einem Zaren, der gütig und väterlich war und seinen Weg zum Erfolg nicht mit Galgen, Rädern, Pfählen und Köpfen säumte. Aber wann hatte es in Rußland jemals einen solchen Zaren gegeben? Noch jeder Herrscher über das Riesenreich war vom Volk gehaßt worden, von den Millionen Bauern und Leibeigenen, Handwerkern und Gewerblern. Mit Peter I. hatte man endlich eine Art Lichtgestalt, die jeder »Väterchen« nannte, weil er Vater eines neuen Rußland war.

Friedrich Theodor Wachter und seine Frau Adele bekamen in diesen Jahren noch drei Kinder; zwei starben kurz nach der Geburt, das dritte, ein Mädchen, ertrank an einem warmen Sommertag 1723 in der Newa, weil niemand sich um die Hilfeschreie kümmerte und jeder am Ufer vorbeiging. Hineinspringen? In die Newa? Welch ein Gedanke! Wer in diesem Wasser schwamm, war selbst schuld an seinem Unglück. So blieb den Wachters also nur Julius, der Erstgeborene, und oft sagte der Zar zu seinem heimlichen Vertrauten:

»Fjodor Fjodorowitsch, paß Er gut auf Seinen Sohn auf! Denk Er an das Erbe. Ein kluger Junge ist's, nicht wahr? Nur Gutes hört man von ihm.«

»Ein Medicus will er werden.«

»Verboten! Er gehört zum Bernsteinzimmer!«

»Gesagt hab ich's ihm ... aber er hat andere Pläne, Majestät.«

»Ein Arzt!« Peter hatte abgewinkt und dabei sein Gesicht verzogen. »Weiß Er, was ich von Ärzten halte? Schwätzer alle, Lateinscheißer, Scharlatane, Besserwisser ohne Wissen, Quacksalber. Wieviel Ärzte habe ich um mich, weiß Er das? Ich weiß es nicht ... aber sie wimmeln um mich herum wie die Ameisen. Deutsche Ärzte, Engländer, Franzosen, Russen, Holländer, Österreicher, sogar ein Perser ist dabei! Aber helfen sie mir? Lindern sie meine Schmerzen? Von Heilung spreche ich schon gar nicht! Nur Geld kosten sie mich, Tausende von Rubel, und dafür stehen sie um mein Bett herum, glotzen mich an, und jeder hat eine andere Meinung von meiner Krankheit! Jeder braut sein eigenes Säftchen. In Wirklichkeit wissen sie gar nichts. Wachterowskij, Sein Sohn wird kein Medicus!«

Nun, im Jahre 1725, nach einem Weihnachtsfest voller Freude, an dem der Zar zusammen mit seinen Freunden die Tradition der Weihnachtssinger fortführte, ein Umzug von Haus zu Haus der vornehmen Petersburger Gesellschaft, wo Peter I. mit dem Hut in der Hand die Rubel einsammelte, die man ihm natürlich reichlich gab, war Julius Wachter neunzehn Jahre alt. Er hatte sich in die Tochter des Kammerherrn Kondratin Michajlowitsch Kurakin, die schöne Sofja Kondratinowna, verliebt, studierte heimlich bei dem Leibarzt des Zaren, dem Deutschen Dr. Blumentrost, Anatomie, die Kunst des Schneidens und das Erkennen von Krankheiten, das man Diagnose nennt, und wurde gleichzeitig von seinem Vater in die Pflege des Bernsteinzimmers eingewiesen.

»Warum, Vater –« sagte Julius eines Tages, »– kann ein Arzt nicht auch ein Zimmer bewachen? Dazu bleibt Zeit genug.«

»Warum kann ein Zimmerwächter kein Arzt sein?« antwortete Wachter. »Weil man nur einem richtig dienen kann... der Medizin oder dem Bernstein! Beides zusammen heißt, in jedem nur die Hälfte zu tun. Und die Hälfte, mein Sohn, ist für das Bernsteinzimmer zu wenig...«

Das Neujahrsfest endete mit einem der prächtigen Feuerwerke, die der Zar so liebte. Am Dreikönigstag stand er zur Wasserweihe auf der zugefrorenen Newa... aber es war nicht mehr der Zar, der Silberteller aufrollen konnte oder in der Schmiede den Hammer schwang oder auf seinem kleinen schnellen Boot hinaus in die Ostsee fuhr und gegen den Sturm anschrie, wenn dieser über sein Schiff herfiel. Ein kranker Mann stand da, der nichts von Krankheit wissen wollte, der sich gegen alles stemmte, was ihn angriff, der jetzt, vielleicht von Ahnungen geplagt, Fest um Fest feierte, fast jeden Tag eins, der eimerweise Wodka, Whisky und Branntwein soff, und der unmäßig das Fleisch von Bären, Hirschen, Bullen und Hasen in sich hineinschlang. Bei der von ihm erfundenen »Saufsynode«, einem alkoholischen Gegenstück zu Friedrich Wilhelms preußischem Tabakkollegium, ließ er als Abschluß einer geheimen »Sauf-Papst«-

Wahl sogar gebratene Wölfe, Füchse, Katzen und Ratten auffahren, die jeder in der Runde essen mußte... der Zar als Voresser!

Ein Rausch war's, der die Wahrheit überdeckte. Sie wurde offenbar, als sich Peter I. am 16. Januar ins Bett legte, das er nicht mehr verlassen sollte.

Seine Krankheit hatte Dr. Blumentrost schon lange erkannt, ohne viel Hilfe leisten zu können. Da war zunächst die Infektion der Harnwege, die zum erstenmal richtig zum Ausbruch gekommen war beim persischen Feldzug im Sommer 1722, der eine mörderische Hitze mit sich brachte. Vier Ärzte erklärten die Krankheit mit Harnsteinen und Harnzwang als eine Entzündung der Harnröhre und als Folge der mehrfachen Trippererkrankungen, die sich der Zar bei seinen wilden Lustspielen mit den Mätressen, vom Bauernmädchen bis zur Hofdame, geholt hatte. Im Sommer 1724 warfen die Schmerzen in der Blase den Zaren buchstäblich um. Er schrie, Krämpfe schüttelten ihn, kaum noch denken konnte er, die Welt um ihn herum war ein einziges Leiden.

Dr. Blumentrost, niedergedrückt von seiner Verantwortung als Leibarzt, hilflos wie auch sein Kollege Benjamin van Rhijn, rief den englischen Chirurgen Dr. Horn nach Petersburg, der den Zaren gründlich untersuchte.

»Wir kommen nicht daran vorbei«, sagte Dr. Horn und sah den Zaren dabei voll Anteilnahme an. »Wir müssen einen Katheter einführen, um der Blase einen Durchgang zu schaffen. Der Abfluß des Harns ist im Moment das Wichtigste.«

Die Operation war eine fürchterliche Qual. Dr. Horn gelang es nicht, einen Katheter bis zur Blase durchzuschieben, mehrmals versuchte er es, mit dem mageren Ergebnis, daß nur etwas Blut und Eiter herausflossen. Erst bei einem neuerlichen Versuch konnte er die Mündung der Blase in den Harnleiter so weit ausdehnen, daß er ein Glas voll Urin abzog. Ein lächerliches Glas voll...

Der Zar hatte eine Betäubung abgelehnt, er hielt sich statt dessen mit jeder Hand an den Armen von Dr. van Rhijn und Dr. Dupont fest, aber so sehr er sich zwang, die Schmerzen zu ertragen, sie überschritten die Grenze jeder Selbstbeherrschung, er schrie ab und zu laut auf und umklammerte die Arme der Ärzte. Als schließlich ein großer Blasenstein abging, fiel Dr. van Rhijn fast in Ohnmacht...

die Hand des Zaren schien seinen Arm zerquetscht zu haben. Sein Griff war wie eine Stahlzwinge.

Jetzt nun, am 16. Januar 1725, lag Peter I. keuchend vor Schmerzen in seinem Bett, wälzte sich hin und her und biß sich in die geballten Fäuste. Er fror, zitterte am ganzen Körper vor Kälte, und obwohl man ihn mit Wolfsfellen und Bärenhäuten zudeckte, hielt das Frieren an. Er fluchte, verwünschte die Ärzte und die Höflinge und sogar seine geliebte Katherinuschka, seine »kleine Herzensfreundin«, wie er sie zärtlich nannte – aber es gab keine Wärme mehr für ihn. Selbst der geflüsterte Vorschlag, man möge ihm eine junge heiße Orientalin als Wärmespenderin ins Bett legen, wurde von den Ärzten als völlig sinnlos verworfen.

Zum erstenmal gab Dr. Blumentrost zu, die Krankheit nicht bekämpfen zu können. Die alte Infektion war wieder aufgeflammt, dazu kamen Harngrieß, eine beginnende Urämie, Störungen des Kreislaufes, vor allem aber war die Entzündung der Blase so schwer, daß Dr. Blumentrost einen Wundbrand voraussah.

Kuriere jagten auf den besten Pferden von Station zu Station nach Berlin, zu Dr. Stahl, und nach Leiden in Holland, zu Dr. Boerhaave, mit einem Schreiben, in dem Dr. Blumentrost in heller Verzweiflung um Hilfe oder auch nur einen Rat bat.

Zu spät, alles zu spät. Noch einmal kam die große Qual über den Zaren, als am 23. Januar der englische Chirurg Dr. Horn unter Beratung des italienischen Arztes Dr. Lazarotti einen Blaseneinstich vornahm und die Blase entleeren konnte. Ein Zeuge dieser Operation, der französische Gesandte Campredon, der einige Pariser Ärzte empfehlen wollte, schrieb in sein Tagebuch: »Man entnahm ihm vier Liter Urin. Er stank entsetzlich und war vermischt mit Gewebeteilen.«

Das Ende?

Nein. Erleichtert von dem Harndruck, aß der Zar einige Löffel Hafergrütze, schlief eine Stunde, wachte dann erfrischt auf und sprach ein paar Worte mit dem Herzog von Holstein. »Sobald ich gesund bin, fahren wir gemeinsam nach Riga«, sagte er mit verhaltener Stimme. Und zu Katharina, die neben seinem Bett saß, Tag und Nacht, in einem Sessel schlief und Peters Stirn trocknete, sein Gesicht wusch, ihn festhielt, wenn wieder ein Krampf seinen Körper durchschüttelte, die weinte und schluchzte, wenn ihn die

Schmerzen hochwarfen, und die mehrmals in Ohnmacht fiel, als die Operationen an dem Zaren vorgenommen wurden, sagte er:

»Kathinka, mein Seelchen, mein Paradies... weine nicht. Meine Zeit ist noch nicht gekommen. Sieh, wie gut es mir wieder geht...«

Entsetzen verbreitete sich im Krankenzimmer. Peter I. richtete sich auf, klammerte sich an Dr. van Rhijn fest und stieg aus dem Bett. Er stand, ein Riese wie immer, auf seinen säulenartigen Beinen, die noch mächtiger wirkten durch den Wasserstau, und versuchte einige Schritte. In seinem Unterleib brannte ein Feuer, aber nicht ein Muskel zuckte in seinem Gesicht.

»Zum Bernsteinzimmer«, sagte er. »Ich will –«

»Unmöglich, Majestät.« Die Ärzte starrten erbleichend auf den Zaren. Katharina hielt ihn an seinem Nachtrock fest. Die Prinzessinnen Anna und Elisabeth schluchzten laut. Menschikow, der immer anwesend war, lauernd wie ein gejagter Fuchs, jedes Zucken registrierend, jeden weiteren Verfall bemerkend, trat ihm in den Weg.

»Wahnsinn ist das, was Sie tun«, sagte er. »Gehen Sie zurück ins Bett, Pjotr Alexejewitsch...«

»Wer ist hier der Zar?!« brüllte Peter plötzlich mit altgewohnter Stimme. »Wer? Noch bin ich es! Noch lebe ich! Und länger werde ich leben als euch allen lieb ist!«

Er wollte weitergehen, aber er wäre gefallen, wenn Dr. van Rhijn und Dr. Blumentrost ihn nicht festgehalten hätten. Der Zar senkte den Kopf.

»Bringt ihn zu mir«, sagte er matt. »Ich will Fjodor Fjodorowitsch sehen. Meinen Bernsteinwächter. Holt ihn und laßt mich mit ihm allein. Allein, sage ich. Kein Medicus, nicht du Halunke, Menschikow, auch Katharina nicht. Allein...«

Der Befehl des Zaren flog von Mund zu Mund, von Lakai zu Lakai, bis hinauf zum Bernsteinzimmer. »Er soll zum Zaren kommen!« sagte ein Diener zu Wachter, der wie immer mit einem Lederlappen die Bernsteintafeln blank putzte. »Sofort!«

Als Wachter in das Krankenzimmer trat, von den Anwesenden wie ein seltenes Tier bestaunt, denn nur wenige kannten ihn, den stillen Mann irgendwo im Winterpalast, verließen alle den Raum, als letzte Katharina mit einem langen Blick auf den seltsamen Vertrauten ihres Mannes.

Der Zar wartete, bis sich die Tür geschlossen hatte, und winkte dann Wachter zu sich ans Bett. Er saß auf der Bettkante, hatte die Finger der rechten Hand in die Decken gekrallt und atmete schwer. Die Schmerzen zerstörten ihn, er schien von innen zu verbrennen.

»Nun ist's soweit«, sagte er mit mühsam fester Stimme. »Fjodor Fjodorowitsch, es heißt Abschied nehmen. Ich weiß, wie es um mich steht, aber ich täusche sie alle. Ihre gierigen Blicke sehe ich: Wer wird der neue Zar?! Wer erbt mein Reich?! Wer bleibt als Günstling am Zarenhof? Wen ereilt der Bannfluch? Wer wird in Zukunft die Rubel scheffeln? Wer von uns kann das Volk aussaugen? Geschmeiß alles, alles Geschmeiß! Wachterowskij – was wird nach mir aus Rußland? Weiß Er darauf eine Antwort? Was wird ... das ist meine einzige Sorge, das schreckt mich, nicht der Tod. Wem kann ich noch vertrauen? Menschikow? Er ist der genialste Schuft von allen. Tolstoj? Ein Arschkriecher! Apraxin? Denkt nur an seine Karriere. Golowin? Ein Wolf, der mir die Hand leckt! Ich dürfte gar nicht sterben, ich müßte ewig leben, für mein Rußland leben ... aber Gott ruft den Menschen früher oder später zu sich. Bei mir ist es zu früh, und kein Bereuen hilft mehr.« Er krallte wieder vor Schmerz die Finger in die Decken, und sein Gesicht schien sich aufzulösen. »Sag Er mir die Wahrheit wie immer, Fjodor Fjodorowitsch: Muß ich jetzt schon wirklich sterben?«

»Ja, Majestät. Die Kunst der Ärzte hat ein Ende. Mein Sohn Julius sagt es auch.«

»Er ist also doch ein Medicus geworden, hinter meinem Rücken?«

»Er hat noch nicht studiert. Er lernt bei Dr. van Rhijn, sieht ihm zu, assistiert ihm ... Verzeiht ihm, Majestät.«

Der Zar nickte. Ein Schmerzanfall vernichtete für Minuten seine Stimme. Dann, nach einem röchelnden Atemholen, sagte er schwach: »Das Bernsteinzimmer sehe ich nie wieder. Mein geliebtes Kabinett, mein Beichtzimmer, der Ort, an dem ich mit meiner Seele sprechen konnte. Nie mehr! Wachterowskij –«

»Majestät.« Wachter trat näher und stand jetzt dicht vor dem keuchenden Zaren.

»Wagt Er etwas Ungeheures, wenn Sein Zar es wünscht? Nicht befiehlt ... er wünscht es. Beschädigt Er das Bernsteinzimmer?«

»Ich ... ich weiß es nicht ...«, antwortete Wachter stokkend. Der Gedanke, das Bernsteinzimmer zu beschädigen, lag ihm so fern wie die Sterne.

»Ein Stück will ich haben. Ein kleines Stück nur. Brech Er mir etwas aus den Wänden... eine kleine Girlande, ein Köpfchen, ein Blatt, eine Blume... irgend etwas. Ich will es auf meine Brust legen, wenn ich sterbe. Nur ein kleines Stück aus meinem Zimmer... ein kleiner Strahl des Sonnensteins.«

»Ihr Wunsch wird erfüllt werden, Majestät«, sagte Wachter mit trockener Kehle. »In der Tafel vier gibt es einen kleinen Engelskopf... ihn breche ich heraus.«

»Ein Engel!« Der Zar ließ sich nach hinten sinken. Wachter sprang hinzu, stützte ihn, legte ihn ins Bett und breitete die Decken über ihm aus. »Ein kleiner Engel fliegt mit mir in die Ewigkeit. Fjodor Fjodorowitsch, die Welt wird es nie erfahren, sie wird nur Menschikow, Apraxin, Buturlin, Tolstoj, Schafirow und all die anderen Marionetten kennen... Er aber ist mein wahrer Freund. Gott segne Ihn und Seine Familie...«

Wachter beugte sich über den Zaren, küßte seine Hände, sah ihm tief in die graugrünen Augen und erkannte in der Tiefe den Tod.

Als er die Tür öffnete, stürzten an ihm vorbei sofort Katharina und Menschikow ins Zimmer. Erst dann folgten die Ärzte. Keiner richtete ein Wort an Wachter, der stumm an der Tür stand und sie beobachtete.

Die Wölfe stürzen sich auf ihr Opfer, dachte er. Die Aasfresser formieren sich. Zu lange dauert ihnen das Sterben des Zaren. Er stirbt nur Stück um Stück, Stunde um Stunde und lebt euch zu lange. Armer Zar, du hast recht, zu schreien: Was wird aus Rußland?!

Er stieß sich von der Tür ab, ging hinauf in das Bernsteinzimmer, holte aus dem Werkzeugkasten einen kleinen Hammer, einen dünnen Meißel, eine Zange und ein festes Messer, betrachtete den kleinen Engelskopf in der vierten Wandtafel und begann dann, ihn vorsichtig herauszubrechen.

Der Zar erhielt den Engel nicht. Am gleichen Tag, am Abend, schrie er wieder vor Schmerzen, beichtete und kommunizierte, streckte die Arme nach Katharina aus, umklammerte ihre Hände und stöhnte: »Wie schlecht geht es mir. Wie schlecht. Ein Haus drückt auf meine Brust... Katherinuschka, nimm mir das Haus von der Brust.«

Drei Tage quälte er sich, und kein Arzt konnte mehr helfen. Sie wußten nur eins: Die Blase war vom Wundbrand befallen, der Unterbauch war mit Eiter gefüllt, der Schließmuskel der Blase war zu einem steinharten Verschluß geworden, der keinen Tropfen mehr durchließ. Der Zar verfaulte von innen, während er noch sprach, in hellen Momenten sogar diktierte, Begnadigungen und Verzeihungen aussprach und mehrmals die Sterbesakramente empfing.

Was wird nach mir aus Rußland...

Am 26. Januar – in Petersburg waren alle Kirchen geöffnet, Tausende beteten für den Zaren, die Glocken läuteten und riefen Gott zu Hilfe – warfen die Krämpfe den Zaren so hoch, daß er fast aus dem Bett gefallen wäre. Katharina und seine Tochter Anna hielten ihn fest, im Palast versammelten sich alle Minister, Senatoren, Generäle und die höchsten Beamten, um die Nachricht des Todes zu erfahren. Menschikow, Tolstoj und Buturlin saßen in einem Nebenzimmer zusammen und berieten kühl über die Nachfolge Peters I. Nicht Peter, der Sohn des hingerichteten Zarewitsch Alexej, sollte es sein, obgleich er in der Rangfolge der neue Zar hätte sein müssen, sondern Katharina, die Witwe. Sie garantierte, daß man auch weiterhin der Günstling am Hofe blieb.

In der Nacht zum 28. Januar begann der Atem des Zaren schwerer und röchelnd zu werden. Speichel floß aus seinem Mund, unter der grünen Nachthaube war sein Gesicht zu einer schrecklichen Grimasse verzerrt. Der ganze Körper zuckte, aber er wehrte sich, der Zar, der Riese, der Bär. Sein Wille bäumte sich auf, er kämpfte und kämpfte gegen den unbesiegbaren Feind, der Beichtvater Feofan Prokopowitsch schlug das Kreuz und sagte: »Ich hoffe, Gott wird dir alle Sünden vergeben, wegen des Guten, das du für dein Volk zu tun bemüht warst...« Und Katharina betete und weinte, während Menschikow, Buturlin und Apraxin die neue Thronerklärung für Katharina I., die Zarin, ausarbeiteten.

Am 28. Januar 1725 bäumte sich Peter I. auf, seufzte tief und fiel dann in die Kissen zurück. Sein verzerrtes Gesicht entspannte sich.

Der Zar war tot... in der sechsten Morgenstunde.

Katharina fiel vor dem Bett auf die Knie, hob die betenden Hände hoch empor und rief so laut, daß es der Himmel hören mußte:

»O Herr, ich bitte dich, öffne dein Paradies, um diese große Seele bei dir aufzunehmen!«

Nicht nur ein Zar, ein Zeitalter war gestorben.

Menschikow verließ das Zimmer, um den Tod des Unsterblichen den Wartenden zu verkünden.

Er ging an Wachter vorbei, der draußen vor der Tür stand, wo er seit drei Tagen gestanden hatte, wartend, daß der Zar noch einmal die Kraft erhielt, ihn zu rufen. Auf einem Samtkissen lag der kleine Engelskopf aus Bernstein. Er hielt das Kissen in den Händen, als läge die Krone Rußlands darauf.

Der Zar ist tot. Es lebe die Zarin Katharina I.!

Mein Gott, was wird nach mir aus Rußland werden –

III. TEIL

Königsberg 1945

DIE PERSONEN:

Michael Wachter	Verwalter des Bernsteinzimmers
Dr. Wilhelm Findling	Museumsdirektor
Martha	seine Frau
Erich Koch	Gauleiter von Ostpreußen
Peter Hasselmann	Stabsgefreiter Lkw-Fahrer der Wehrmacht
Josef Selch	Unteroffizier Lkw-Fahrer der Wehrmacht
Jana Petrowna Rogowskaja	
Dr. Jörg Pankratz	Stabsarzt in Königsberg
Frieda Wilhelmi	Oberschwester
Hans Leyser	Hauptmann
Sylvie Aarenlund	schwedische Studentin
Bruno Wellenschlag	Gauhauptamtsleiter
u. a.	

Der 10. Januar 1945 war ein trüber, von Nebelschwaden verhangener Wintertag. Der Schneefall hatte aufgehört, der scharfe, eisige Ostwind war zur Ruhe gekommen und hatte Ostpreußen, Königsberg und das Frische Haff in eine eisstarrende bizarre Landschaft verwandelt. Auf den Landstraßen nach Westen, nach Elbing, Allenstein, Ortelsburg und Danzig zogen die ersten Trecks von Flüchtlingen zwischen von der Front kommenden und zur Front fahrenden Militärkolonnen in eine unbekannte Zukunft. Nur weg von hier, wohin, das war gleichgültig, nur weg in Sicherheit, ins Überleben, weg von der Vernichtung. Auf Leiterwagen und Handkarren hatte man verladen, was ihnen das Wichtigste war: Bettzeug und Decken, Töpfe und Geschirr, Stühle und Tische, die Standuhr des Großvaters oder ein Teppich, Säcke mit Kohl und Kartoffeln, Holzscheite und Briketts, den alten Herd und Wäsche, Kleidung, Schuhe, das Nötigste, was man zum Leben braucht oder woran das Herz besonders hing. Und zwischen Kisten und Säcken, Möbeln und Kleinkram hockten die Menschen, eingemummt in Decken, Schals um den Kopf gegen die Kälte, hohläugig, hungernd und doch voll Hoffnung, den sicheren Westen Deutschlands zu erreichen. Frauen und Kinder, Greise und Säuglinge. Wer kein Fuhrwerk besaß und kein Pferd mehr, ging zu Fuß, schlang sich um den Körper die Seile, mit denen man die Karren zog, selbst in Kinderwagen schoben sie ihre letzte Habe durch das verschneite Land. Tausende, eine endlose, dunkle Menschenschlange, die sich über die verstopften Straßen quälte, die Angst im Nacken.

An Ostpreußens Grenze stand der Russe. Noch wartend auf den großen Tag, an dem die Winteroffensive die deutschen Fronten aufrollen sollte. Von allen Seiten drangen die Armeen der Amerikaner, Engländer, Franzosen und Russen nach Deutschland vor. Aus Großdeutschland war ein Großkessel geworden, ein Sack, der von Tag zu Tag enger zusammengeschnürt wurde. Der totale Krieg war von Goebbels proklamiert worden. Alle Männer ab fünfzig Jahren, die nicht in kriegswichtigen Betrieben arbeiteten, wurden zum Volkssturm eingezogen, zu einer armseligen Truppe, die einen Wall aus Leibern gegen den Ansturm der feindlichen Divisionen bilden sollte, miserabel bewaffnet, angefeuert mit Parolen, aus denen jeder Denkende heraushören konnte: Das Ende kommt, das Reich muß verteidigt werden. Der Krieg fällt in Deutschland ein. Die meisten

Städte lagen nach unfaßbaren Luftangriffen und Bombardements in Trümmern, in Kellern und Ruinen hauste man, in zerfallenen Häusern oder Bunkern. Und doch... für die Flüchtenden aus Ostpreußen war dieser zerbombte Westen die letzte Rettung, eine letzte Möglichkeit, sich zu verkriechen und zu überleben.

Im Führerhauptquartier stand Hitler wie jeden Tag bei der Besprechung zur Lage an der großen Karte auf dem langen Tisch, beugte sich über sie und betrachtete die neu eingezeichneten Linien des Frontverlaufes. Generalfeldmarschall Keitel, Generaloberst Jodl und Generaloberst von Guderian berichteten von den Fronten. Hitler, seit dem Attentat des Grafen von Stauffenberg am 20. Juli 1944 zusammengefallen, körperlich ein Wrack, immer öfter von einem Nervenschütteln befallen, von Tag zu Tag immer weniger ansprechbar, ein Mann am Rande der Selbstauflösung, je näher die Front von allen Seiten nach Deutschland vorrückte, hörte wortlos dem Bericht zur Lage zu, den von Guderian ihm vortrug.

Es sah trostlos aus. Die Ardennenoffensive des Generalfeldmarschalls von Rundstedt war zum Stehen gekommen, in Ungarn stießen die Russen vorwärts, in Mittelitalien drangen die Briten vor; seit dem 10. Oktober 1944, nach der Eroberung von Riga durch die sowjetischen Armeen, war die gesamte Heeresgruppe Nord eingekesselt; an Ostpreußens Grenze standen im Halbkreis drei russische Fronten bereit zum Angriff; die Bombergeschwader der Engländer und Amerikaner flogen fast völlig unbehindert ins Reich und zerstörten systematisch Städte, Brücken, Eisenbahnlinien und Fabriken. Die Zahl der Bombentoten ging in die Hunderttausende.

Hitler schwieg. Woran dachte er jetzt? An die Flüchtlinge im Schneesturm, an die Ohnmacht, die Armeen der Alliierten aufhalten zu können, an das jetzt sinnlose Opfer von Hunderttausenden Soldaten? War er nicht selbst geflohen? Sein geliebtes Führer-Hauptquartier »Wolfsschanze« bei Rastenburg in Ostpreußen hatte er verlassen müssen, nachdem es unmittelbar von der Roten Armee bedroht war. Jetzt hatte er sein Hauptquartier in Ziegenberg bei Frankfurt aufgeschlagen, hörte das Heulen der Sirenen, wenn die alliierten Bombergeschwader Deutschland zerhackten und die Städte in Flammen untergingen. Woran dachte er?

Guderian erfuhr es sehr schnell.

Nach Abschluß der Besprechung zur Lage holte von Guderian eine Liste aus seiner Aktenmappe und sah Hitler sehr ernst an.

»Mein Führer«, sagte er mit fester Stimme. »Um die zukünftige Lage zu verstehen, ist es notwendig, die neuesten Zahlen der Kräfteverhältnisse zu vergleichen. Ich habe hier den neuesten Stand ...«

»Mich interessieren Zahlen nicht!« Hitler warf einen kurzen Blick auf von Guderian. »Was soll ich mit Zahlen?«

»Mein Führer, wir müssen entscheiden, an welcher Front wir unsere Reserven einsetzen sollen. Die Ardennenoffensive hat uns viel Menschen und Material gekostet, die Munition wird knapp, aus Treibstoffmangel liegen viele Panzer still, der Nachschub kann nicht mehr nach vorn wegen der Luftangriffe. Wir sollten genau überlegen –«

»Wir?!« unterbrach ihn Hitler. Seine Stimme war lauter geworden, schriller, hysterischer. »*Wir?* Wer ist wir?! Sie, Guderian?!«

Von Guderian blieb ruhig. »Nach den neuesten Berichten ist es ein Fehler, Truppen aus dem Osten abzuziehen und an die Westfront zu werfen.«

»Ein Fehler?!« Hitlers Stimme schwoll noch mehr an. »Sie lasten mir einen Fehler an?! Keitel, hören Sie das?!« Und dann war er da, der Tobsuchtsanfall, den alle fürchteten und gegen den es keinen Widerstand mehr gab. »Sie brauchen mich nicht zu belehren, Guderian!« schrie Hitler mit sich überschlagender Stimme. »Ich führe seit fünf Jahren die deutschen Heere im Felde und habe in dieser Zeit soviel praktische Erfahrungen gesammelt, wie die Herren vom Generalstab sie nie sammeln können! Ich bin besser im Bilde als Sie!«

Der ehemalige Gefreite hatte gebrüllt, die Generäle senkten die Köpfe. Nur von Guderian ließ sich nicht beeindrucken. Er wartete ab, bis Hitler Luft holen mußte, und las dann aus seinem Papier ungerührt vor:

»Von der Abwehr, Abteilung ›Fremde Heere Ost‹, ist gemeldet worden, daß die Russen für Mitte Januar eine Großoffensive vorbereiten mit drei Stoßrichtungen auf Ostpreußen, Weichsel, Ukraine. Also die gesamte Front unserer Heeresgruppen Mitte und A. Die russische Überlegenheit beträgt bei der Infanterie das elffache unserer Truppen, das siebenfache bei den Panzern, das zwanzigfache bei der Artillerie...« Guderian machte eine winzige Pause, weil es ihm guttat, diesen Satz zu sagen... »und die Überlegenheit der sowjetischen Luftwaffe zweifelt niemand mehr an!« Das war ein Fußtritt gegen Reichsmarschall Göring, aber Göring war bei dieser Besprechung nicht zugegen. »In Zahlen, mein Führer, sieht die Lage folgendermaßen aus: An der 1200 Kilometer langen Ostfront von der Ostsee bis zum Plattensee in Ungarn haben wir zur Verfügung: 145 Divisionen, Kampfgruppen und Brigaden, hinzu kommen 16 schnelle Verbände, 12 Panzerdivisionen mit 318 Panzern, 616 Sturmgeschützen und 793 Pak. Im Gebiet der Heeresgruppe A meldet Generaloberst Harpe, daß er seinen Frontabschnitt von 700 Kilometern nur mit 137 Infanteristen pro Kilometer halten muß. Die Rote Armee kann pro Frontkilometer aber rund 1500 Infanteristen einsetzen. Die Reserve von Generaloberst Harpe besteht nur aus vier Panzerdivisionen, einer Panzergrenadierdivision und einer gepanzerten Kampfgruppe in Brigadestärke. Sie ist der Rest der aufgeriebenen 10. Panzerdivision.«

Von Guderian schwieg und sah Hitler an. Das Gesicht des Führers war regungslos, starr, maskenhaft. Auf beide Hände gestützt, starrte er auf die Karte vor sich, als habe er nichts gehört, als sei er mit seinen Gedanken gar nicht mehr im Raum. Er blieb stumm und unbeweglich. Von Guderian setzte zum letzten Schlag an.

»Mein Führer, die Abwehr kann verbindlich mitteilen: Unseren schwachen Verbänden stehen auf seiten der sowjetischen Westfront gegenüber: 55 einsatzbereite Armeen, sechs Panzerarmeen, 35 Panzer- und mechanisierte Korps, zusammen 6 289 000 Soldaten! Sechs Millionen, mein Führer! Diesen sowjetischen Verbänden stehen zur Verfügung: 115 100 Geschütze, 15 100 Panzer und Selbstfahrlafetten, 158 150 Kraftfahrzeuge. Die Zahl der Raketenwerfer ›Katjuscha‹, von uns ›Stalinorgeln‹ genannt, ist dabei nicht erfaßt...«

Der Name Stalin schien Hitler aus seiner Starrheit aufzureißen. Sein Kopf zuckte nach hinten, die Hände schnellten zur Brust empor und ballten sich. »Zahlen!« brüllte er. »Zahlen! Nichts als Zahlen. Der deutsche Soldat ist zehnmal mehr wert als ein Russe! Wir haben unsere ›Tiger‹, ›Panther‹ und ›Königstiger‹, wir haben das neue Sturmgewehr 44, das beste Maschinengewehr der Welt – das MG 42 –, wir haben unsere Sturmgeschütze und wir haben den Heldenmut des deutschen Soldaten, der weiß, daß er sein Vaterland verteidigen muß, seine Frauen und Kinder, Mütter und Väter und die Zukunft des Reiches! Was sind dagegen Zahlen?! Wo haben Sie diese Zahlen überhaupt her, Guderian?!«

»Von der ›Abteilung Fremde Heere Ost‹ der Abwehr, mein Führer. Die Zusammenstellung hat General Gehlen besorgt!«

»Gehlen! Gehlen! Immer dieser Schwarzseher! Dieser Jongleur mit Utopien! Ich will Ihnen sagen, was ich von diesen Zahlen halte: Das ist der größte Bluff seit Dschingis-Khan! Wie kann man einen solchen Blödsinn ausgraben? Ihn für wahr nehmen?! Und Gehlen fällt darauf herein! Ich nicht, Guderian, ich nicht! Aber sprechen Sie es aus: Was folgern *Sie* daraus?!«

»Die Räumung Kurlands und die Öffnung des Kessels um die Heeresgruppe Nord, Schaffung von Abwehrschwerpunkten im Raume Litzmannstadt und Hohensalza, Verstärkung der Ostfront von Ostpreußen bis zur Ukraine durch Verlegung von Verbänden aus Norwegen und der Westfront und Zurücknahme des Frontbogens zwischen Radom und Kielce. Eine sowjetische Großoffensive zielt auf eine Zangenbewegung ab, die ganz Ostpreußen, Polen und Pommern einkreisen soll.«

»Sagt Gehlen?!« schrie Hitler.

»Sagt uns die Lage, mein Führer.«

»Nein! Nein! Nein!« Hitler stampfte mit den Stiefeln auf, ein wildes Zucken lief über sein Gesicht, ein erschreckender Anblick, aber die Generäle hatten sich schon daran gewöhnt. Nur Keitel sah von Guderian böse an. »Sie alle erkennen nicht die Wahrheit! Die Ostfront steht! Im Westen brauchen wir einen Riegel! Im Westen! Nicht ein Soldat wird aus der Westfront abgezogen! Bin ich denn der einzige, der die Lage richtig überblickt?!«

»Wie Sie befehlen, mein Führer.« Von Guderian packte seine Unterlagen in die Ledermappe, grüßte mit dem Hitler-Gruß und verließ das Zimmer. Er war der einzige Generalstabschef des Heeres, der es bisher gewagt hatte, Hitler die Wahrheit zu sagen.

Der Wehrmachtsbericht an diesem 10. Januar 1945 lautete lapidar:

»Von der übrigen Ostfront werden keine Kämpfe von Bedeutung gemeldet.«

So war die Lage, als Jana Petrowna an ihrem freien Abend das Städtische Krankenhaus verließ, um Michael Wachter zu besuchen. Zu Oberschwester Wilhelmi sagte sie, daß sie sich noch einmal den neuen Veit-Harlan-Film *Kolberg* anschauen wollte mit dem unvergleichlichen Horst Caspar als Gneisenau und dem Schauspielerheros Heinrich George.

Wachter wohnte jetzt in einem Kellergewölbe des langgestreckten Nordflügels des Königsberger Schlosses neben den Kellern der Schloßgaststätte »Blutgericht«, ein in ganz Europa berühmtes Lokal, das der Weingroßhändler David Schindelmeißer gepachtet und umgebaut hatte. Früher waren die Keller Gefängnis, Gericht, Folterkammer und Hinrichtungsstätte der Ordensritter gewesen, woran der Name »Blutgericht« erinnerte. Unter Schindelmeißers Hand wurden sie zur bevorzugten Gaststätte des ostpreußischen Landadels, die Junker hatten hier ihre Stammzimmer, und aus allen Ländern kamen die Reisenden herbei, um mit einem leisen Grauen im Nacken in Gewölben zu essen und zu trinken, wo einst die Gefolterten schrien, während ihnen auf den Streckbänken die Glieder ausgerissen wurden. Auch Gauleiter Koch saß gern im »Blutgericht«, trank einen schweren Rotwein und gab seine bombastischen Sätze von sich.

Das Schloß von Königsberg... es gab es nicht mehr.

Es begann damit, daß im Frühjahr 1944 in der zweiten Etage ein Brand ausbrach. Dort hatte Koch zusammen mit dem Generalfeldmarschall von Küchler eine Ausstellung eröffnet, die eine einzige antisowjetische Hetze war. Das Bild des slawischen »Untermenschen« sollte sich so in den Köpfen der Deutschen festsetzen. Aber obwohl das Schloß Tag und Nacht von Soldaten bewacht wurde und es sogar eine Brandwache gab, die innerhalb des Schlosses alle Räume kontrollierte, gelang es unbekannten Nazi-Gegnern, diese Ausstellung kurz nach ihrer Eröffnung in Flammen aufgehen zu lassen.

Koch tobte, sorgte dafür, daß die Wehrmachtswache sofort an die Front verlegt wurde, und rief dann Museumsdirektor Dr. Findling, Michael Wachter und den Stadtkommandanten zu sich.

»Es ist eine Sauerei!« schrie Koch. »Unter meinen Augen, im bewachten Schloß, tummeln sich Terroristen! Aber das schwöre ich jetzt: Es werden andere Saiten aufgezogen! Hier wird nach meiner Melodie getanzt werden!«

Nach einer Stunde Beschimpfung verließ der Stadtkommandant bedrückt das Amtszimmer des Gauleiters. Zurück blieben Dr. Findling und Wachter; sie warteten, bis Koch seinen wildesten Zorn mit einem tiefen Schluck Kognak gemäßigt hatte.

Das Feuer, im zweiten Stock gelegt, hatte die darüber liegende Gemäldesammlung und das Bernsteinzimmer nicht gefährdet. Als Koch es sofort nach der Löschung des Brandes mit Findling und Wachter besichtigte, lag nur ein weißer Belag über den Wandtafeln. Wachter, der zur Zeit des Feuers wie immer im Bernsteinzimmer gesessen hatte, hustete noch von dem Qualm, der in das Zimmer gedrungen war.

»Man kann es leicht abwischen, Gauleiter«, sagte er und rieb mit dem Ärmel über die Mosaike. »Niederschlag des Rauches ist es. Welch ein Glück haben wir gehabt.«

»So ist es.« Dr. Findling hatte Gauleiter Koch schon auf dem Weg zur dritten Etage beruhigt, aber jetzt erst atmete Koch sichtbar auf. »Aber man soll sich nie auf das Glück verlassen. Ich weiß nicht, wer es gesagt hat, aber der Mann hatte recht: Das Glück ist eine Hure!«

»Das könnte von mir sein!« Koch lachte kurz auf. »Was wollen Sie damit andeuten, Dr. Findling?«

»Deutschland befindet sich nach einem Angriffskrieg im Abwehrkampf...«

»Findling, hoffen Sie nicht darauf, daß meine Ohren Ihnen gegenüber immer taub bleiben.« Koch sah Dr. Findling freundlich, aber tadelnd an. »In einem Krieg geht es hin und her... bis zum Endsieg! Denken Sie an Friedrich den Großen. Nach der Niederlage bei Kunersdorf gab keiner mehr einen Heller für ihn, Preußen schien am Ende. Und was kam dann? Leuthen! Und Preußen strahlte heller denn je! Warum? Weil Friedrich nie aufgab! Und so ist auch der Führer... er gibt nicht auf, Rückschläge machen ihn nur stärker, und eines Tages haben *wir* unser Leuthen: den Endsieg!«

»Immerhin wäre es möglich, Gauleiter, daß sich die Luftangriffe auf den Westen auch nach Ostpreußen ausdehnen«, sagte Findling vorsichtig.

»Sollen sie kommen! Wir holen sie vom Himmel!«

»Aber Bomben können sie trotzdem werfen. Und wenn nur eine Bombe das Schloß trifft, hier diesen Flügel, die dritte Etage...«

Koch starrte Dr. Findling an. Er verstand ihn sofort, und er begriff auch sofort das Unvorstellbare, das dann geschehen würde. Auch Wachter war plötzlich wie erstarrt und spürte ein Würgen im Hals.

»Das Bernsteinzimmer –« sagte Koch leise.

»Und alle Gemälde.«

»Unersetzbar.«

»Wenn wir sie nicht retten, Gauleiter.«

»Was schlagen Sie vor, Findling?«

»Ich möchte das Bernsteinzimmer wieder abbauen, in Kisten verpacken und in den sicheren Keller des Südflügels einlagern. Nach dem Endsieg –«, Dr. Findling machte eine bedeutungsvolle Sprechpause, »– nach dem Endsieg kann es dann leicht wieder aufgebaut werden, wenn es nicht nach Linz transportiert wird in das Führer-Museum.«

»Es bleibt hier!« Koch zeigte mit beiden Händen auf den Fußboden. »Hier in Königsberg. Hier gehört es her. Ich werde das bei Bormann und dem Führer durchboxen.« Er sah sich um, drehte sich einmal um sich selbst, und man sah, wie seine Augen vor Stolz leuchteten. »Ausbauen also, Findling?«

»Ja. Alle Wandtafeln sind jetzt so angebracht, daß man sie ohne Schwierigkeiten abnehmen kann. Bei den Girlanden und Sockeln ist es das gleiche. Der Ausbau in Puschkin war wesentlich schwieriger. Rastrelli hatte sie mit der Wand fest verbunden.«

Koch wandte sich zur Seite und streckte den Zeigefinger nach Wachter aus.

»Und was ist Ihre Meinung, Wachter? Sie sind ja fast selbst ein Stück Bernstein ... würden Sie sich in einen Keller einschließen lassen?«

»Um zu überleben ... jederzeit, Herr Gauleiter.«

»Dann halten wir es so. Dr. Findling, Sie haben meine Genehmigung, das Bernsteinzimmer in Sicherheit zu bringen, wo immer Sie es für sicher halten.«

Das war ein kluges Wort gewesen.

In aller Eile wurden die herrlichen Vertäfelungen, Schnitzereien, Sockel, Figuren, Masken, Mosaiken, Engelsköpfe und Friese herausgenommen und in 25 Kisten verpackt. Wachter hatte die Verantwortung übernommen, daß nichts beschädigt wurde, aber trotzdem war Dr. Findling jeden Tag mehrere Stunden im Saal, um diesen Kunstschatz zu überwachen. Dabei sagte er einmal:

»Die Schäden, die das Zimmer in Puschkin durch unsere Truppen bekommen hat, haben wir alle ausgebessert, Michael.« Im Laufe der Monate hatte er sich angewöhnt, zu Wachter Michael und Sie zu sagen, eine Vertrautheit, die beweisen sollte, welch eine große Meinung er von Wachter hatte und wie eng er ihm verbunden war in ihrer gemeinsamen Liebe zum Bernsteinzimmer. »Sie wissen, daß wir uns fürchterlich geärgert haben über diesen, sagen wir es offen unter uns, Vandalismus deutscher Soldaten. Man konnte schamrot werden. Aber eins geht mir nicht aus dem Kopf, und wir haben seltsamerweise nie darüber gesprochen: Aus der vierten Wandtafel war ein kleiner Engelskopf herausgebrochen. Erinnern Sie sich, Michael? Und wenn ich alte Fotos mit der Lupe betrachte, diese kleine kahle Stelle war immer zu sehen, war immer vorhanden. Nie hat jemand versucht, den Engelskopf neu zu schnitzen und einzusetzen. Auch Sie nicht, Michael. Und auch Ihr Vater nicht. Haben Sie dafür eine Erklärung?«

»Er wurde nie ersetzt, Doktor. Und als ich sah, daß Sie den Engelskopf nachschnitzen ließen und in die leere Stelle einsetzten, habe ich nichts gesagt, aber ich war wie gelähmt.«

»Michael! Was ist denn mit Ihnen?!« Dr. Findling blickte Wachter verwirrt an. »Sie werden ja ganz bleich.«

»Dieses kleine Loch in der vierten Tafel war für uns wie eine Reliquie. Für uns Wachters, nur für uns. Mein Vorfahr Friedrich Theodor Wachter, der erste Betreuer des Bernsteinzimmers, hatte den Engelskopf herausgebrochen, um ihn dem Zar Peter dem Großen in den Sarg zu legen. Das war am 28. Januar 1725 in St. Petersburg. Es war einer der letzten Wünsche des Zaren: Ein Stück vom Bernsteinzimmer auf seiner Brust, um es mitzunehmen in die Ewigkeit. Er starb, bevor mein Vorfahr ihm den Engelskopf bringen konnte. Er hat ihn zwei Tage nach der Beerdigung am Ufer der Newa eingegraben, an der Stelle, wo der Zar am liebsten stand und über seine herrliche Stadt blicken konnte.«

Wachter senkte den Kopf, und auch Dr. Findling war erschüttert. Sie schwiegen eine ganze Weile, bis Findling sagte: »Michael, das hat niemand gewußt. Ich verspreche Ihnen: Wenn wir das Bernsteinzimmer wieder aufstellen, entferne ich den nachgemachten Engelskopf. Der ›Zarenfleck‹, nennen wir ihn so, soll bleiben.«

»Danke.« Wachter wischte sich mit beiden Händen über

die Augen. »Danke, Dr. Findling. Sie sind einer der wenigen, die das verstehen.«

Wie nötig der Abbau des Bernsteinzimmers war, erkannte man in der Nacht vom 29. zum 30. August 1944.

Bombergeschwader der anglo-amerikanischen Luftwaffe erschienen über Königsberg. Ein verheerendes Bombardement begann, die Stadt ging in Flammen auf, Flak und Nachtjäger schossen vergeblich in diesen dichten Schwarm hinein. Aus dem Nachthimmel regnete es Tod und Zerstörung. Sprengbomben, Luftminen, Brandbomben und Phosphorbomben entfachten eine Gluthölle.

Am Morgen des 30. August 1944 gab es das alte Königsberg nicht mehr.

Das Schloß der Ordensritter, der Stolz der Stadt, war in einer einzigen Nacht fast völlig zerstört worden. Rauchende Ruinen blieben zurück, zerplatzte Mauern, eingestürzte Türme, zerfetzte Gebäudeflügel... das Schloß von Königsberg war ein Haufen geschwärzter, verkohlter, zerfetzter Trümmer.

Der Wehrmachtsbericht lautete:

»30. 8. 1944.
In der Nacht führte die britische Luftwaffe erneut unter Verletzung schwedischen Hoheitsgebietes Terrorangriffe gegen Stettin und Königsberg.
Luftverteidigungskräfte schossen bei diesen Angriffen 82 viermotorige Terrorbomber ab...«

Das war alles. Ein paar allgemeine Sätze über die Vernichtung einer Stadt, das Elend von Tausenden, den Tod von Frauen, Kindern und Greisen, über aufgerissene Leiber und Menschen, die in den Kellern erstickten, die verbrannten oder an Lungenriß jämmerlich krepierten.

Gauleiter Koch, aus seinem sicheren Bunker hervorgekrochen, ließ sich sofort zum Schloß fahren, zum Südflügel, der völlig zerbombt war. Er suchte Findling und Wachter und fand sie im Hof des Schlosses, umgeben von Soldaten und polnischen Zwangsarbeitern.

»Das Bernsteinzimmer!« schrie Koch, als er aus dem Wagen sprang. »Was ist mit dem Bernsteinzimmer, Findling, sagen Sie mir die Wahrheit!«

Die Stadt brannte noch, Häuser stürzten in sich zusammen, Bergungstrupps wühlten die Trümmer nach Überlebenden durch. In den Krankenhäusern, in Schulen und Turnhallen lagen die Wimmernden und Sterbenden, arbeiteten die Ärzte und Sanitäter, die Schwestern und Freiwilligen und kämpften um jedes Leben.

»Es ist unversehrt, Gauleiter.« Dr. Findling, mit rußgeschwärztem Gesicht, nickte Koch zu. »Die Keller haben gehalten.«

»Das ist Ihr Verdienst, Findling! Ich werde das nie vergessen.« Koch zögerte, dann streckte er Findling beide Hände hin. »Ich danke Ihnen.«

»Das Bernsteinzimmer ist ein Teil meiner Seele, Gauleiter.« Findling wandte sich zu Wachter um. Polnische Arbeiter schleppten gerade die erste Kiste aus dem Keller nach oben in den Schloßhof, begleitet von Wachters Rufen: »Aufpassen! Höher halten! Mehr nach links, ihr Kerle! Links...«

»Was soll denn das?« fragte Koch laut.

»Ich lasse die Kisten in den Nordflügel bringen, Gauleiter. Dort sind sie sicherer. Die Keller des Südflügels sind zwar tief genug, aber die Gewölbe im Nordflügel sind stärker. Die Keller neben dem ›Blutgericht‹ sind die sichersten im ganzen Schloß. Hier kommt die stärkste Bombe oder Luftmine nicht durch. Hier kann es keinen Brand geben.«

»Tun Sie, was Sie für richtig halten, Findling.« Koch blickte auf die erste Kiste, die jetzt auf dem trümmerübersäten Schloßhof stand. »Ich vertraue Ihnen einen der größten Kunstschätze der Welt an. Nach dem Endsieg werde ich Sie dem Führer vorstellen... er wird Ihnen sehr dankbar sein.«

Koch grüßte, stieg in seinen Wagen und fuhr wieder zurück in die brennende Stadt. In das Führerhauptquartier schickte er die Meldung: »Der Einfachheit halber bitte ich Sie, dem Führer und Reichsleiter Bormann mitzuteilen, daß das Bernsteinzimmer unversehrt geblieben ist.«

Es war selbstverständlich, daß Wachter nach dem Transport des Bernsteinzimmers in die Gewölbe des Nordflügels einen Keller weiter als neue Wohnung bezog. Seine bisherige Wohnung war bis auf die Grundmauern zerstört worden, nichts fand er von ihr wieder als eine kleine, aus Messing gehämmerte, dreiteilige Reise-Ikone, die Zar Peter I. 1720 seinem heimlichen Freund Friedrich Theodor Wachter geschenkt hatte. Seitdem war sie von Generation zu Generation vererbt worden, hatte in der »schönen Ecke« auf einem

Holzbord gestanden, wo sonst das Kruzifix hing, und Julius Wachter, der Sohn Friedrichs, der Medicus und Bernsteinzimmerverwalter unter den drei Zarinnen Anna, Elisabeth und Katharina II., hatte auf der Rückseite eingravieren lassen: »Möge der Segen uns alle erleuchten und beschützen, solange es Tag und Nacht wird auf dieser Erde. Petersburg, den 20. Mai 1766, unter der Güte der großen Katharina.«

Der Segen war geblieben... Wachter fand die Ikone unter den Trümmern seines Kleiderschrankes, geschützt von den Fetzen eines Anzuges, als habe eine göttliche Hand sie unter den Stoff gesteckt.

Die Kellerwohnung war bombensicher, aber kalt. Die dicken Mauern atmeten noch immer den Moder der Jahrhunderte aus. Drei Öfen ließ sich Wachter bringen, ein breites Bett mit dicken Daunendecken, einen Tisch, vier Stühle, einen Waschtisch, einen Schrank, einen Spiegel, einen Kohleherd, für dessen Abzugsrohr vier Tage lang ein Loch in das Gemäuer geschlagen werden mußte, ein paar Töpfe, Geschirr und Bestecke, einige Gläser, einen Teppich aus Kokosfasern, eine Lampe für die Decke und zwei für den Tisch. Das war alles, was man ihm aus dem Versorgungslager gab, und auch nur, weil er ein Schreiben des Gauleiters vorwies: »... dem Michael Wachter ist jede Hilfe zu gewähren...«

Ein Feiertag war's, als polnische Arbeiter auf einem Handwagen ein richtiges Sofa brachten, ein Sofa mit grünem Plüschbezug und geschnitzten Lehnen, wie es millionenfach in deutschen Zimmern stand. Es war ein Geschenk von Kochs Intimus Bruno Wellenschlag, der nun, zum Gauhauptamtsleiter befördert, verantwortlich war für die Zuteilung an Mobiliar für ausgebombte Volksgenossen. Und auch zwei Bilder schickte Wellenschlag neben dem Sofa zur Verschönerung der Kellerwohnung mit. Das berühmte Hitlerbild, das den Führer in Uniform und Wettermantel zeigte, den Kragen hochgeschlagen, den festen Blick in die Ferne, in die Zukunft gerichtet, und eine Reproduktion des Gemäldes von Menzel: Das Flötenkonzert von Sanssouci.

Sans souci... ohne Sorgen. Welch bittere Ironie!

Wohin mit Hitler, fragte sich Wachter, als er das große Führerbild vor sich stehen hatte. Dort an die Wand? Ihn immer ansehen müssen, Tag und Nacht, bei jeder Bewegung, bei jedem Tun? Es beherrschte das Zimmer. Wohin mit ihm?

Den Menzel hing er über dem Sofa auf. Den Führer nagelte er draußen an seine Tür. Als Dr. Findling ihn das erstemal im Keller besuchte und sarkastisch sagte: »Ist hier das Führerhauptquartier?«, antwortete Wachter: »Es ist mir eine Freude, ihn von hinten zu sehen. Die anderen sollen denken, ich folge ihm. Jedem das Seine...«

An diesem 10. Januar 1945 nun besuchte Jana Petrowna ihr »Väterchen«.

Glücklich war sie, fröhlich, himmelhochjauchzend, die Welt umarmend, stürzte fast in den Kellerraum hinein, fiel Wachter um den Hals, küßte ihn und drehte sich mit ihm im Kreise. Den ganzen Tag hatte sie im Krankenhaus gearbeitet, Listen und Berichte geschrieben, Formulare ausgefüllt und Oberschwester Frieda Wilhelmi auf dem Kontrollgang durch die Stationen begleitet. Die Schreibmaschine beherrschte sie jetzt vollkommen, schrieb blind und schnell, wie ein Maschinengewehr ratterte es, wenn sie Briefe oder Mitteilungen tippte, und Frieda, der Fleischturm mit dem menschlichen Gesicht, gewöhnte sich an ihre Mutterrolle so sehr, daß sie Jana wie eine Tochter liebte. Alle Mutterliebe, die sie nie hatte geben können, schüttete sie über Jana aus. Mit einem Donnerschlag hatte sie dafür gesorgt, daß der flotte Dr. Hans Phillip, nachdem er Jana in einer Abstellkammer bedrängt und ihr das Kleid zerrissen hatte, von Königsberg nach Elbing versetzt wurde. Nach der Drohung, alles hinzuschmeißen und mit ihrem »Töchterchen« nach Berlin zu ziehen, war der Krankenhausleitung gar nichts anderes übriggeblieben. Das war 1943 gewesen, und seitdem gab es niemanden mehr, der Jana Petrownas Gegenwart als ungewöhnlich empfand. Auch der Personalchef schwieg... sie war die einzige Schwester ohne Papiere. Eigentlich ein Nichts, ein Phantom, das auf der Lohnliste stand.

Seit 1943 hatte Jana eine Freundin, die Sylvie Aarenlund hieß und in Schweden geboren war. Sie studierte in Uppsala Kunstgeschichte, interessierte sich vor allem für ostasiatische Kunst und war 1943, als Bürgerin eines neutralen Landes, nach Königsberg gekommen, um sich an der Universität als Gasthörerin weiterzubilden.

Zum erstenmal trafen sich Jana und Sylvie im Schloß, in der Gemäldegalerie und dann im Bernsteinzimmer, das Dr. Findling damals zur Besichtigung für alle freigegeben hatte. Jana fiel auf, daß das blonde Mädchen nicht wie andere Besucher einen Rundgang an den Bernsteinwänden entlang machte, sondern oft stehenblieb, einzelne Mosaike betrachtete und sich dann sogar auf einen der Stühle setzte, die zum Ausruhen im Zimmer standen. Wachter, der eine Gruppe Schüler mit ihrem Lehrer herumführte und die Geschichte des Bernsteinzimmers erzählte, beachtete das Mädchen nicht. Er wunderte sich nur bei einem schnellen Seitenblick, daß Jana, die ihn an diesem Nachmittag besuchte, mit der jungen Besucherin sprach.

»Das Zimmer interessiert Sie?« hatte Jana das Mädchen angesprochen. Und in akzentfreiem Deutsch hatte Sylvie geantwortet:

»Es ergreift mich. Verstehen Sie, was ich meine? Ich bin nicht fasziniert von diesem einmaligen Kunstwerk... das wäre zu wenig. Es... es dringt mir ins Herz...«

»Mir geht es genauso. Manchmal bin ich wie betäubt von soviel Schönheit.«

»Sie sind Krankenschwester, wie ich an Ihrer Tracht sehe.«

»Ja. Hier im Krankenhaus.«

»Stammen Sie aus dem Baltikum? Sie sprechen ein hartes Deutsch.«

»Ich bin in Masuren geboren.« Die alte Lüge, die ein gutes Schutzschild war. »In einem kleinen Dorf bei Lyck.«

So begann eine Freundschaft. Sylvie und Jana fanden sich sofort sympathisch, verabredeten sich zu einem Kinobesuch, und – als sei sie wirklich eine brave Tochter – nahm Jana die neue Freundin eines Tages auch mit ins Krankenhaus und stellte sie Frieda Wilhelmi vor.

»Sie ist ein nettes Mädchen«, sagte Frieda am Abend, als sie wie immer zusammen am Tisch saßen und aßen, was ihnen vom Arztkasino gebracht worden war. »Es freut mich, daß du endlich eine Freundin hast und nicht immer allein ausgehst oder hier herumsitzt. Das heißt nicht –« Frieda hob den Zeigefinger, – »daß ihr nun zu zweit herumflitzt und den Männern die Köpfe verdreht. Ich passe weiter auf dich auf, Tochter.«

Es wurden schöne Wochen. Im Sommer fuhren sie hinaus zur Nehrung und badeten in der Ostsee, mieteten sich ein Segelboot und segelten im Haff, und es zeigte sich, daß Sylvie eine erfahrene Seglerin war und jede Windsituation meisterte. Im Winter liefen sie Schlittschuh im Eisstadion, auf dem gefrorenen Haff oder am Ufer der Pregel, tranken Glühweinersatz, teilten die mitgenommenen Butterbrote miteinander, wobei Sylvies Schnitten immer besser belegt waren, da sie aus Schweden Freßpakete erhielt... wie Schwestern wuchsen sie zusammen, und es gab nichts, was zwischen ihnen ein Geheimnis war.

Das änderte sich im Sommer 1944.

Jana, die von Sylvie einen Schlüssel zu deren kleiner Wohnung in einem Vorort von Königsberg erhalten hatte, kam an diesem Abend unverhofft zu Besuch. Sie hatte von Frieda unerwartet frei bekommen, war mit der Straßenbahn hinausgefahren, schloß leise die Wohnungstür auf, um Sylvie zu überraschen, und stand plötzlich im Zimmer.

Von einer Sekunde zur anderen wie versteinert, blieb Jana in der Tür stehen. Sylvie saß in einem Sessel, tief über einen schmalen Kasten auf ihrem Schoß gebeugt. Ein Kabel verband den schwarzen Kasten, an dem einige Knöpfe und Schalter waren, mit einem Kopfhörer, den sie übergestülpt hatte. Angestrengt schien sie auf etwas zu lauschen, schaltete dann um und tippte mit dem Mittelfinger auf eine Taste. Es klapperte leise... kurz, lang, kurz, kurz... und irgendwo saß jemand anderer und nahm die Zeichen auf.

»Guten Abend, Sylvie...« sagte Jana laut.

Sylvie fuhr entsetzt hoch, schaltete das Gerät aus, riß den Kopfhörer herunter, griff zur Seite und ließ die Hand hochschnellen. Ihre Finger umklammerten eine Pistole, die sie jetzt auf Janas Brust richtete.

»Jana, mein Gott, Jana, das hättest du nicht tun dürfen«, flüsterte sie mit erstickter Stimme. »Jana... jetzt... jetzt muß ich dich erschießen... Rühr dich nicht von der Stelle! Jana... warum hast du nicht angeklopft?«

»Ich wollte dich überraschen.« Jana starrte auf die Pistole. Der Lauf zeigte genau auf ihr Herz.

»Das ist dir gelungen. Und... ich muß dich töten. Ich *muß*...«

»Du hast ein Funkgerät, Sylvie...«

»Ja.«

»Du gibst Nachrichten durch...«

»Ja.«

»Du bist eine Spionin...«

»Ihr nennt es so... Ich kämpfe gegen dein Deutschland, gegen den Faschismus, gegen den Krieg, gegen euren verdammten Führer... ich kämpfe für Freiheit und Frieden...«

»Und du... du heißt auch nicht Sylvie Aarenlund...«

»Doch. Das ist mein richtiger Name. Aber was sind

Namen?« Sie hielt die Pistole immer noch auf Janas Brust, den Finger am Abzug leicht gekrümmt. Nur eine winzige Krümmung mehr, und es gab Jana Petrowna nicht mehr. »Wir sind eine kleine Gruppe von Antifaschisten. Ich melde ihnen, was ich hier sehe, und sie unterrichten mich, was sie aus Rußland hören. Über unsere Gruppe läuft ein direkter Kontakt zum NKWD in Leningrad.« Sie atmete tief durch, hob die Pistole höher und zielte. »Jetzt weißt du alles, Jana... ich *muß* schießen. Versteh mich... ich *muß*!«

»Du erschießt eine Freundin, Sylvie –«

»Ich *muß*!« rief Sylvie voller Qual. »Ich kann jetzt doch nicht anders. Ich darf keinen Mitwisser haben!«

»Aber eine Mitkämpferin... ist das auch verboten?« Jana kam ins Zimmer und sah, daß der Lauf der Pistole jeder ihrer Bewegungen folgte. »Sieh mich nicht so ungläubig an, Sylvie. Du hattest dein Geheimnis, ich habe mein Geheimnis... beide bedeuten den Tod! Ich bin keine Rote-Kreuz-Schwester.«

»Das sagst du jetzt nur!« Sylvie hielt die Pistole in Augenhöhe, während Jana mit beiden Händen durch ihr Haar fuhr. Die Schwesternhaube hatte sie vom Kopf gerissen und auf den Boden geschleudert. »Damit kannst du dich nicht mehr retten.«

»Ich bin auch nicht in Lyck geboren, sondern in Leningrad. Ich bin eine Russin und heiße richtig Jana Petrowna Rogowskaja.«

Ganz langsam ließ Sylvie ihre Waffe sinken. »Wie... wie willst du das beweisen?« sagte sie gepreßt.

»Kannst du russisch?«

»Ja.«

»Ich bin in der Uniform der Rote-Kreuz-Schwester bei Puschkin von den deutschen Truppen überrollt worden und bin seitdem Deutsche«, sagte sie auf russisch. »Niemand hat mich gefragt... die Schwesterntracht allein genügte. Ich gehöre zur Bewachung des Bernsteinzimmers... der Verwalter, Michael Wachter, ist mein zukünftiger Schwiegervater. Sein Sohn Nikolaus kämpft in Leningrad gegen die Deutschen... Nikolaj Michajlowitsch Wachterowskij. Bei Beginn der Blockade war er in der Eremitage beschäftigt. Ich weiß nicht, ob er noch lebt, ob er die neunhundert Tage Hunger und Sterben überlebt hat, neunhundert Tage Hölle, bis unsere Rote Armee die deutschen Truppen zurückdrängte und Leningrad befreite. Ich habe keine Nachricht von ihm, wie auch? Woher? Sylvie, ich lebe hier ein anderes Leben, genau wie du... Glaubst du mir?«

»Ja.« Sylvie ließ die Pistole sinken. »Ich glaube dir. Mein Gott, ich hätte dich erschossen, erschießen müssen... meine beste, einzige Freundin.«

»Ich verstehe es, Sylvie.«

»In welch einer gnadenlosen Zeit leben wir!«

Sie ließ das Funkgerät auf den Sessel gleiten, sprang auf, umarmte Jana, zog sie an sich und küßte sie nach alter Russenart dreimal auf die Wangen. Und plötzlich weinte sie, die Nervenanspannung löste sich und wurde zum Schluchzen. Die Erkenntnis, daß sie Jana wirklich erschossen hätte, ließ sie fast zusammenbrechen.

Von diesem Tag an gab es nichts, was Sylvie und Jana hätte trennen können. Manchmal saß Jana neben ihr, wenn sie mit ihrer Gruppe den Funkverkehr aufgenommen hatte und die Truppenteile durchgab, die Königsberg verließen oder in Königsberg einmarschierten. In Leningrad war man so über alle Truppenbewegungen der deutschen Armeen unterrichtet, über ihre Ausrüstung, über die Zahl von Artillerie und Panzer und über die Züge, die Verpflegung und Munition in die Stadt brachten. Jana half mit, indem sie wiedergab, was ihr die verwundeten Soldaten im Krankenhaus von der Front erzählten, von Munitions- und Spritmangel, von der Stimmung in der Truppe, von den herumgeisternden Gerüchten, die der Landser »Latrinenparolen« nannte und die doch immer ein Quentchen Wahrheit enthielten. Aus den von allen Seiten hereinkommenden Mosaiksteinchen an Informationen setzte man dann in Moskau das ganze Bild der deutschen Lage zusammen. Ein fast vollkommenes Bild... das langsame, aber unaufhaltsame Sterben des Großdeutschen Reiches. Die Niederlage Hitlers. Das Ende der Naziherrschaft. In Moskau wußte man mehr als der Großteil der deutschen Bevölkerung. Man kannte die Wahrheit... wer in Deutschland wußte von ihr?

Die Wahrheit über Sylvie erfuhr ein paar Tage später auch Wachter. Er nahm sie sehr vorsichtig auf, prüfte das hübsche blonde Mädchen, sprach mit ihr russisch, nahm einmal teil an dem Funkverkehr mit Schweden und las die Notizen, bevor Sylvie sie verbrannte.

»Sag ihnen –«, meinte eines Abends Wachter zu Sylvie, »– daß das Bernsteinzimmer unversehrt und gut bewacht ist. Sie sollen es nach Leningrad weitergeben, zum Direktor der Eremitage. Und eine große Bitte habe ich«, er sprach jetzt wieder russisch, »die Bitte eines Vaters. Frag sie, ob sie mein Söhnchen gesehen haben, ob sie wissen, ob er noch lebt oder ob er gefallen oder verhungert ist. Hat er an der Front gekämpft, oder ist er auf der Straße erfroren wie all die Hunderttausenden in Leningrad. Lebt er noch ... wo ist er dann? Sylvie, kannst du das fragen? Ein Vaterherz kannst du von vielen Zweifeln und großer Not befreien. Auch Jana zittert um Nikolaj. Frag sie ... frag sie ... bitte ...«

Sylvie versprach es, aber in Leningrad schwieg man. Wochen gingen dahin, Monate, und immer hatte sie mit den Schultern gezuckt, wenn Jana fragte. Ein zermürbendes Warten war's, bis Wachter sagte:

»Sie finden ihn nicht ... auch das ist eine Antwort. Töchterchen, seien wir gefaßt, belügen wir uns nicht selbst. Nikolaj gehört zu den Tausenden Unbekannten, die sie in Leningrad begraben haben. Er ist als Held gestorben ... das sei unser Stolz.«

Er entzündete eine kleine runde Kerze in einem Metallschälchen, das die Deutschen »Hindenburglicht« nannten, stellte sie vor die aufgeklappte Reise-Ikone seines Vorfahren Friedrich Theodor und betete zusammen mit Jana Petrowna für das Seelenheil Nikolajs. Jeden Tag erneuerte er die Kerze, ließ das flackernde Lichtchen nie ausgehen. Und als der große Flüchtlingstreck über Ostpreußen hereinbrach, als Tausende Leiterwagen, zweirädrige Karren mit Frauen und alten Männern als Zugtieren und voll bepackte Kinderwagen, Schlitten und sogar Flöße aus Brettern über die vereisten Straßen nach Westen zogen, im Schneesturm steckenblieben, als Tausende am Straßenrand erfroren und dort liegenblieben, weil es sinnlos und hindernd war, die Leichen mitzuschleppen, als von allen zuerst die Säuglinge und kleinen Kinder, die Schwachen und die Greise starben, besorgte sich Wachter kraft seines Gauleiter-Briefes aus der Zentrale für Bombengeschädigte drei Kisten voll »Hindenburglichter«, weil Bruno Wellenschlag sie kontingentierte: Für jede Familie pro Woche zwanzig Stück.

Drei Kisten ... jetzt hatte er genug bis zum Ende des Krieges. Das Ende, das vor der Tür stand, an den Grenzen Ostpreußens und im Westen von Ungarn bis zur Nordseeküste. Eine riesige Zange, die Deutschland zusammenquetschte. Jetzt war es kein Krieg mehr, den Hitler führte... es war ein millionenfacher Mord an seinem eigenen Volk.

Gauleiter Koch empfing alle wichtigen Männer seiner Stäbe, alle Befehlshaber der vielfältigen Organisationen, die Kommandierenden der Truppenteile in und um Königsberg, auch Dr. Findling und sogar Wachter befahl er zu sich in den Saal der Gauleitung.

Vor einer riesigen, an der Wand aufgespannten Hakenkreuzfahne stand er dann in seiner maßgeschneiderten Uniform mit den breiten Breecheshosen, die Beine gespreizt, den Kopf in den Nacken geworfen, vor seinen Satrapen, hielt eine seiner von Führerverehrung triefenden Reden und schrie am Schluß:

»Königsberg bleibt deutsch! Ostpreußen wird nicht geräumt! Der Kampf bis zum letzten Mann ist unsere Pflicht! Es lebe unser Führer Adolf Hitler. Sieg heil!«

Die Anwesenden streckten den rechten Arm empor und brüllten mit. Sieg heil! Sieg heil! Sieg heil!

Auch Wachter hob den Arm und rief mit. Verzeiht mir alle, dachte er dabei. Verurteilt mich nachher nicht, ich tu's für mein Bernsteinzimmer. Der Sieg wird kommen. Er steht schon vor der Tür und holt nur noch tief Atem.

Auf Königsbergs Straßen, an allen freien Wänden, an Ruinenmauern, an Plakatwänden und den Aufbauten der Lastwagen, auf Transparenten und in allen Zeitungen schrien die neuen Parolen auf die Bevölkerung herab. Parolen, die mehr aussagten als jeder Wehrmachtsbericht, jeder Artikel von Goebbels in der Zeitschrift *Das Reich,* jeder Kommentar im Reichsrundfunk. Aus diesen Parolen schrie der Untergang, den man verleugnen wollte, und die Mächtigen merkten es nicht.

Der Führer erwartet Dein Opfer für Wehrmacht
und Volkssturm

Damit Dein Stolz, Dein Volkssturmmann,
in Uniform sich zeigen kann,
räum Du jetzt Schrank und Truhe leer
und bring uns bitte alles her!

Auf zum heiligen Volkskrieg
für die deutsche Heimat und unsere Zukunft.

Unser unbeugsamer Wille:
niemals Sklaven des anglo-amerikanischen Kapitalismus,
niemals als bolschewistischer Zwangsarbeiter nach Sibirien!

Hitler befiehl... wir folgen Dir!

Die Menschen rannten achtlos an diesen Sprüchen vorbei. Die Furcht um ihr nacktes Leben zerriß ihre Gesichter. Gab es noch ein Entrinnen? Was tat der Russe, wenn er Königsberg erobert hatte? Schlachtete er alles ab, wie die Propaganda behauptete? Selbst Dr. Findling stellte sich diese Frage. Seit dem 3. Januar lebte er allein in einem Keller des »Blutgerichts«; er hatte durch seine Beziehungen erreicht, daß seine Frau mit dem Schiff von Königsberg nach Danzig ausreisen konnte, und hatte beim Abschied zu ihr gesagt:

»Martha, weine nicht, ich komme nach, ich versprech es dir. Fahr von Danzig nach Berlin und warte dort auf mich. Und wenn es in Berlin zu unsicher wird, fahr zu deiner Cousine Luise nach Hannover. Irgendwo sehen wir uns wieder, und irgendwie komme auch ich hier heraus, wenn ich weiß, was mit dem Bernsteinzimmer wird.«

»Bernsteinzimmer! Bernsteinzimmer! Immer Bernsteinzimmer! Das verfluchte Bernsteinzimmer!« Sie hatte sich an ihn geklammert, weinend, zitternd, mit beiden Händen seinen Kopf umfassend. »Komm mit, Wilhelm. Komm mit, ich flehe dich an. Willst du dein Leben opfern für das verfluchte Zimmer?«

»Es ist kein Opfer, Martha, es ist ganz einfach Pflichterfüllung.«

»Daß du stirbst wegen ein paar Bernsteinwänden? Das ist doch Wahnsinn, Wilhelm! Ihr habt das Bernsteinzimmer den Russen gestohlen... laß sie es doch zurückerobern.«

»Das verstehst du nicht, Martha.« Er hatte sie bis zum Schiff gebracht und winkte ihr nach, als sie die Gangway hinaufging an Bord. Es war ein ehemaliger Ausflugsdampfer. Fröhliche Fahrt entlang der Ostseeküste. Mit drei Tagen Badeaufenthalt auf Usedom. Im herrlichen Seebad Heringsdorf oder Mistroy. Kraft durch Freude... Jetzt war das Schiff grau gestrichen und sah aus wie ein Hilfskreuzer.

»Wir sehen uns wieder, Liebes...« hatte Findling leise gesagt, als er sie an der Reling stehen sah, weinend, so zart und klein, wie er sie bisher nie gesehen hatte. »Gute Fahrt, mein Liebling... du bist in Sicherheit.«

Dr. Findling hatte nie erfahren, daß zwei Tage später nördlich von Rügenwalde ein sowjetisches U-Boot mit zwei Torpedos das graue Schiff versenkte. Es wurde niemand gerettet.

Heute nun, am 10. Januar 1945, jauchzte und lachte, weinte und schluchzte Jana Petrowna am Hals von Väterchen Michail, schwenkte ihn im Kreis herum und rief dabei immer wieder, obgleich ihr bei jedem Wort die Stimme brach:

»Er lebt! Er lebt! Er lebt! Väterchen, Nikolaj lebt. Nachricht hat er gegeben! Grüßen läßt er uns! Grüßen! In Leningrad ist er noch. In der Eremitage. Er lebt... er lebt... er lebt...« Dann sackte sie zusammen, Wachter trug sie auf das alte Plüschsofa und legte sie hin.

Nikolaj lebt. Gut geht es ihm. Gott, o Gott, wie kann ich Dir danken?! Mein Söhnchen habe ich wieder. Auf die Knie falle ich vor Dir, Allmächtiger, wie hast Du uns gesegnet...

Und er kniete wirklich nieder vor der alten Reise-Ikone aus Messing, vor dem dünn flackernden Flämmchen des Hindenburglichts, faltete die Hände und betete und war erlöst und glücklich, daß die Tränen über sein Gesicht liefen und sein Herz vor Freude zu bluten schien.

Nikolaj, mein Söhnchen, lebt.

O Herr, wieviel Gnade schenkst Du uns.

Tagesbefehl des Marschalls Tschernjakowskij,
Befehlshaber der 3. Weißrussischen Front,
vom 12. Januar 1945

Zweitausend Kilometer sind wir marschiert und haben die Vernichtung all dessen gesehen, was wir in zwanzig Jahren aufgebaut haben. Nun stehen wir vor der Höhle, aus der heraus die faschistischen Angreifer uns überfallen haben. Wir bleiben erst stehen, nachdem wir sie gesäubert haben. Gnade gibt es nicht – für niemanden, wie es auch keine Gnade für uns gegeben hat. Es ist unnötig, von Soldaten der Roten Armee zu fordern, daß Gnade geübt wird. Sie lodern vor Haß und vor Rachsucht. Das Land der Faschisten muß zur Wüste werden, wie auch unser Land, das sie verwüstet haben. Die Faschisten müssen sterben, wie auch unsere Soldaten gestorben sind.

Aufruf
des sowjetischen Schriftstellers Ilja Ehrenburg als Flugblatt unter russische Soldaten verteilt.

»Tötet! Tötet! Es gibt nichts, was an den Deutschen unschuldig ist, die Lebenden nicht und die Ungeborenen nicht! Folgt der Weisung des Genossen Stalin und zerstampft für immer das faschistische Tier in seiner Höhle. Brecht mit Gewalt den Rassehochmut der germanischen Frauen! Nehmt sie als rechtmäßige Beute!«

In der Gauleitung rief Gauleiter Koch erneut seine Getreuen, so nannte er sie, zusammen. Mit zitternden Händen hielt er ein Papier vor sich hin, und als er sprach, war seine Stimme rauh vor Erregung.

»General Gehlen von ›Fremde Heere Ost‹ der Abwehr hat uns soeben einen Aufruf des Judenlümmels Ilja Ehrenburg durchgegeben. Alle deutschen Wehrmachtsverbände werden darüber unterrichtet. Der Führer hat befohlen, daß jeder diese widerliche Schmiererei kennt, um endlich klar zu sehen, was uns erwartet, wenn wir uns nicht mit allem Heldenmut dieser roten Mörderflut entgegenstemmen.«

Koch verlas den Aufruf Ehrenburgs wie ein Schauspieler einen dramatischen Text. Den Tagesbefehl des Marschalls Tschernjakowskij unterschlug er. Als er den Vortrag beendet hatte, warf er das Blatt auf den Boden und stampfte mit den Stiefeln darauf. Die versteinerten Gesichter vor sich nahm er nicht wahr, auch nicht, daß Wachter die Hände gefaltet hatte. Kreisleiter Wagner rückte nervös an seinem Koppel herum. Bruno Wellenschlag schluckte mehrmals, als verstopfe etwas seinen Hals.

»Sie haben es gehört!« schrie Koch mit hochrotem Gesicht. »Das ist ein Aufruf zum Mord! Das ist der Befehl, unsere Frauen zu vergewaltigen! Die bolschewistischen Bestien werden losgelassen! Ein dreckiges Judenschwein will uns den Arsch aufreißen! Männer ... es geht jetzt nicht mehr darum, ein Stück Land zu verteidigen. Wir müssen unsere Frauen und Kinder retten! Wir kämpfen bis zum letzten Mann. Sieg heil!«

Bevor sie alle den Saal mit der riesigen Hakenkreuzfahne verließen, winkte Koch mit der rechten Hand Dr. Findling und Wachter, zu bleiben. Als sie allein waren, fiel die Maske des Kämpfers für Führer und Volk von Koch ab. Mit verzerrtem Mund, seinen kleinen Schnurrbart streichelnd, kam er auf sie zu.

»Man erwartet jeden Tag den Beginn der großen sowjetischen Offensive«, sagte er. »Heute oder morgen oder übermorgen ... länger wird's nicht dauern. Wir alle vertrauen auf unsere tapferen Soldaten, eine Überlegenheit des Feindes hat uns noch nie geschreckt. Nicht 1870/71, nicht im Ersten Weltkrieg und heute schon gar nicht. Trotzdem ... Findling, kann mein Bernsteinzimmer sofort verlagert werden?«

Er sagte tatsächlich »mein Bernsteinzimmer«. Dr. Findling starrte ihn an, als traue er seinen Ohren nicht.

»Natürlich wäre das möglich, es kommt nur darauf an, wohin. Man müßte es für einen längeren Transport allerdings neu und besser verpacken.«

»Ich habe darüber nachgedacht.« Koch nahm eine kleine Wanderung vor Dr. Findling auf. Drei Schritte hin, drei Schritte zurück. »Ich habe auch schon mit Gauleiter Mutschmann in Dresden gesprochen. Er hält die Sächsische Schweiz nicht für sicher genug. Eine wirkliche Sicherheit bieten nur Thüringen oder die Salzbergwerke bei Göttingen, das Bergwerk Grasleben oder Merkers in Thüringen. Auch die Salzstollen in der Ostmark wären sicher ... rund um den Dachstein gibt es Riesenhöhlen, deren Eingang man nach der Einlagerung der Kunstschätze sprengen könnte. Niemand würde erfahren, wo das Bernsteinzimmer hingekommen ist ... nur ein paar Eingeweihte. Sie, Dr. Findling, Sie, Wachter, ich und natürlich der Führer und Reichsleiter Bormann. Und noch ein paar andere, die mit dem Transport zu tun haben. Was halten Sie davon?«

»Sie glauben, daß der Russe Königsberg erobern wird, Gauleiter?« fragte Dr. Findling.

»Stellen Sie nicht so dämliche Fragen, Mann!« Koch starrte Findling wütend an. »Was ich denke, ist unwichtig. Wichtig ist allein die Rettung der unersetzlichen Kulturgüter. Auch die Rettung vor einer möglichen Gefahr ... möglichen Gefahr, sage ich, hören Sie genau zu! Ich bin gewillt, das Bernsteinzimmer, die Ikonensammlung, die russischen Gemälde, die Bibliothek des Zaren Peter und das ganze Silber, alles, was aus Puschkin zu uns gebracht wurde, aus Königsberg wegzuschaffen! Ins sichere Reich! Wie lange brauchen Sie bis zur Transportbereitschaft?«

»Ein paar Tage nur, Gauleiter.« Dr. Findling räusperte

sich. »Soll das ohne eine Benachrichtigung des Führers geschehen?«

»Natürlich nicht. Natürlich werde ich den Führer fragen. Auch den genauen Einstellort werden wir dann festlegen. Wichtig ist, daß Sie –«, er sah dabei Dr. Findling und Wachter scharf an, »– sofort mit der Arbeit beginnen.«

Doch das, was zuerst kam, war die Rote Armee.

Am 12. Januar, vor Sonnenaufgang, rollte die größte Offensive an, die jemals in einem Krieg losgeschlagen wurde. Entgegen aller Erwartungen öffneten sich die Schleusen an Mensch und Material nicht an der ostpreußischen Front, sondern weiter südlich, am Weichsel-Brückenkopf von Baranow. Die 1. Ukrainische Front unter Marschall Konjew, bestehend aus sieben Armeen, darunter drei Garde-Armeen, setzte nach einer heftigen Artillerievorbereitung und Hunderten von Stalinorgeln zum Sturm auf die deutschen, schwach besetzten Stellungen an. Sechzig Infanterie-Divisionen und acht Panzerkorps wälzten sich nach Westen und überrollten wie eine Lawine die Verteidigungslinien der deutschen 4. Panzerarmee. Ihr Kommandeur, General der Panzer Graeser, hatte es kommen sehen. Seine Meldung an das Führerhauptquartier war knapp: Den sowjetischen Armeen gelang der Durchbruch.

Gleichzeitig begann rund um Ostpreußen, plötzlich wie ein Donnerschlag, ein mehrstündiges, unvorstellbares Artilleriefeuer. Sowjetische Stoßtrupps in Bataillonsstärke rannten gegen die deutschen Linien an, aber es war noch nicht der alles vernichtende Orkan. Es war ein Vortasten, eine Warnung, eine militärische Visitenkarte: Hier sind wir.

Das Oberkommando der Wehrmacht gibt bekannt: 13. 1. 1945

An der Weichselfront hat die lange erwartete Winteroffensive der Bolschewisten begonnen. Nach außergewöhnlich starker Artillerievorbereitung trat der Feind zunächst an der Westfront des Brückenkopfes von Baranow mit zahlreichen Schützendivisionen und Panzerverbänden an. Erbitterte Kämpfe sind entbrannt. Nebenangriffe südlich der Weichsel und im Nordteil des Baranow-Brückenkopfes wurden zerschlagen.

Im ostpreußischen Grenzgebiet lag beiderseits der Rominter Heide schweres feindliches Artilleriefeuer auf unseren

Stellungen. Zahlreiche bataillonsstarke Angriffe der Sowjets wurden abgewiesen...

Welch karge Worte für Tod und Untergang!

Kaum hatte man im Führerhauptquartier den Schock überwunden, als das eintraf, was General Gehlen rechtzeitig gemeldet hatte und Hitler mit einer Handbewegung als den größten Bluff seit Dschingis-Khan weggewischt hatte: Am Morgen des 13. Januar erhebt sich der russische Riese. Aus dem Raum Pillkallen heraus wird Ostpreußen überrannt. Die 3. Weißrussische Front unter Marschall Tschernjakowskij bricht mit sechs Armeen, zwei Garde-Panzerkorps und einem Gewitter von Artilleriebeschuß über die deutschen Stellungen herein. Ihr Ziel ist offensichtlich: die Zerschlagung der deutschen 3. Panzerarmee und damit die Eroberung des Kurischen Haffs. Damit wäre Königsberg nach Norden abgeschnitten worden.

Am gleichen Tag, Samstag, den 13. Januar, bricht der Damm an den beiden Brückenköpfen am Narew: Die 2. Weißrussische Front unter Marschall Rokossowskij ergießt sich über das Land. Sechs Armeen, zwei Panzerkorps, ein Pionierkorps und das berühmte 3. Garde-Kavalleriekorps zermalmen die Stellungen der deutschen 2. Armee unter Generaloberst Walter Weiß. Das große Ziel Rokossowskijs ist Elbing. Gelingt der Durchbruch, ist Ostpreußen ein einziger großer Kessel.

Und dann der nächste Schlag: Am Sonntag, den 14. Januar, trifft Rußlands genialster Heerführer, Marschall Schukow, mit seiner 1. Weißrussischen Front, bestehend aus fünf vollständig aufgefüllten Armeen, darunter die polnische 1. Armee, auf die deutsche 9. Armee. Hier, an den Weichsel-Brückenköpfen Magnuszew und Pulawy, beginnt die Hauptoffensive der Roten Armee: Durchbruch nach Westen und Nordwesten, Zerschlagung der Heeresgruppe A, Zurückeroberung von Polen und das Betreten deutschen Bodens.

Welch ein Ziel: russische Armeen auf dem Marsch nach Berlin.

Die Front der deutschen 9. Armee wird überrannt, die sowjetischen Divisionen strömen nach Westen.

Der »größte Bluff seit Dschingis-Khan« läßt Hitlers Rükken noch runder werden, das Zittern seiner Hände verstärkt sich, sein Gesicht wird fahl und teigig. Generaloberst von

Guderian empfindet keinen Triumph... er hat nur noch Mitleid mit dem »größten Führer aller Zeiten«.

Deutschland steht auf dem Spiel.

6,2 Millionen russische Soldaten holen zum Gegenschlag aus. In Königsberg wurde fieberhaft gepackt.

Die große, dieses Mal amtlich organisierte Evakuierung der Bevölkerung rollte an. Die Stunde der Kriegsmarine war gekommen. Der Kommandeur des Marineoberkommandos Ost, Generaladmiral Kummetz, übernahm die gesamten Flüchtlingstransporte, an Gauleiter Koch vorbei, der bisher jeden Treck nach Westen einen Verrat am Führer genannt hatte. Alles, was man an Handelsschiffen, Dampfern, seetüchtigen Fahrzeugen, Booten und Kähnen besorgen kann, wird nach Königsberg befohlen. Sogar die bisher als Wohnschiffe benutzten Passagierdampfer und Kriegsschiffe aller Größen laufen aus den Häfen Pillau, Danzig, Gdingen und Kolberg aus, um den Flüchtlingsstrom der Hunderttausenden aufzunehmen und zu retten. 24 Flottillen und 350 kleinere Kriegsschiffe unter dem Befehl von Konteradmiral Butow bilden den Geleitschutz für die Personenschiffe und Handelsschiffe, die restlos überfüllt sind. Wer keinen Platz mehr auf den Schiffen bekommt, zieht auf den Straßen weiter... endlose Schlangen von Menschen und Fahrzeugen, hinein in einen Winter, in einen Frost, der sie zermürbt, bei dem sie unter freiem Himmel kampieren müssen, ohne ausreichende Verpflegung, gejagt vom Artilleriebeschuß der Sowjets, niedergemäht von den Angriffen der Tiefflieger, in die Straßengräben und Felder abgedrängt, wenn Panzer, Lastwagen, Geschütze und Transporter mit Infanterie nach Königsberg hineinjagten oder von Königsberg an die immer enger werdende Einschnürung der Front geworfen wurden.

Gauleiter Koch hatte nur noch einmal Zeit, sich um »sein« Bernsteinzimmer zu kümmern. Die Räumung Ostpreußens, der Verlust seines Reichskommissariats Ukraine, das zügige Vordringen der Roten Armee, der Verluste an Menschen und Panzern nichts auszumachen schien und die aus der Tiefe des Landes immer neue Reserven an die Fronten warf, vor allem aber die Vorbereitungen für seine eigene Flucht nahmen ihn voll in Anspruch.

»Wohin, Gauleiter?« fragte Dr. Findling. »Wohin können wir noch? Wenn der Russe weiter vordringt, gibt es keinen Weg mehr nach Westen!«

»Das Führerhauptquartier ist umgezogen! Es wird jetzt in Berlin eingerichtet. Ich kann weder den Führer noch Bormann erreichen. Findling, wenn ich sehe, daß es keine andere Möglichkeit mehr gibt, bringen wir die Kunstschätze ohne den Befehl des Führers weg! Zunächst nach Thüringen.«

Am selben Tag änderte Koch seinen Plan. Nicht nach Thüringen, teilte er Dr. Findling telefonisch mit, sondern nach Sachsen, nach Wechselburg bei Rochlitz und nach Burg Kriebstein. Gauleiter Mutschmann hatte dort Platz geschaffen. Dreihundert Quadratmeter gut durchlüftete und bombensichere Keller standen dort zur Verfügung.

»Wie kommen Sie voran?« fragte Koch.

»Gut, Gauleiter. Heute abend sind wir fertig. Wir haben 25 Kisten, große Kisten, neu hergestellt. Zehn Mann haben unter Leitung des Tischlers Mann und des Schlossers Weiß daran gearbeitet. Eine sehr gute Arbeit. Stabilere Kisten sind nicht denkbar. Die Wandtafeln, Köpfe, Girlanden, Gesimse und Sockel sind erschütterungssicher in Steppdekken, Kopfkissen und Federbetten verpackt. Sie stehen jetzt auf dem Hof des Schlosses. In der Nacht werden wir die Gemälde einkisten, die Ikonen und die Silberbibliothek des Zaren Peter. Wir sind morgen zum Abtransport bereit. Wenn bloß kein neuer Luftangriff kommt –«

»Die Transportstaffel steht auch bereit.« Findling hörte, wie Koch erregt keuchte. »Aber ich bekomme den Führer nicht an den Apparat, und auch Bormann ist in der Parteikanzlei nicht zu erreichen. Findling, keine Angst... ich bekomme stündlich die Meldungen von der Front. Wir machen es dem Russen schwer, auf Königsberg vorzurükken...«

»... und uns schwerer, das Bernsteinzimmer zu retten.«

Wachter hatte die Kellerwohnung bereits bis auf sein Bett geräumt. Für ihn war es selbstverständlich, daß er den Transport, wohin auch immer, begleiten würde. Dr. Findling, der seit acht Tagen zum Volkssturm gehörte und eine alte Uniform trug, aber keine Waffe, getreu des Witzes, den man sich jetzt erzählte: Was ist der Volkssturm? Eine Einheit von drei Mann, der eine trägt den Stahlhelm, der andere das Koppel, der dritte die Panzerfaust... mußte wahrscheinlich noch in Königsberg bleiben, wie Gauleiter Koch, bis zum letzten Mann...

Es war nicht viel, was Wachter mitnehmen wollte: zwei

Anzüge, Wäsche, Schuhe, Hemden, das Allernötigste nur, und seine Reise-Ikone in einem mit Samt ausgeschlagenen ledernen Futteral. Die letzten Nächte lag er immer angezogen auf dem Bett, um sofort zum Abmarsch bereit zu sein.

Die Lazarette und Krankenhäuser von Königsberg quollen nun über von Verwundeten. Was die Landser von der Front erzählten, deckte sich mit dem, was Sylvie jeden Tag über Schweden per Funk erfuhr, was aber in keinem Wehrmachtsbericht stand: Die Truppen des Marschalls Tschernjakowskij brachen in einem weiten Bogen in die deutschen Linien ein. Die deutsche 3. Panzerarmee, allein gelassen gegen sechs sowjetische Armeen in bester Verfassung und mit überlegener Ausrüstung, wurde an vielen Stellen auseinandergerissen. Gumbinnen war schon verloren, Insterburg lag unter einem verheerenden Granat- und Bombenfeuer, Goldap und Lotzen waren verloren, Kraupischken besetzt, aus dem Süden stieß Rokossowskij vor und eroberte Nikolaiken und Ortelsburg. Hunderte schwere Panzer vom Typ T 34 und T 42 rückten unaufhaltsam auf Allenstein und Wartenburg zu. Der Ring um Königsberg schloß sich... nur noch der Seeweg war frei und eine schmale Landverbindung nach Danzig über Heiligenbeil, Braunsberg und Elbing. Eine einzige Eisenbahnlinie und einige wenige Straßen... überfüllt von den Flüchtlingstrecks und Wehrmachtsverbänden, unter Beschuß von Tieffliegern, weittragenden Granaten und einem Bombenregen.

Die schweren deutschen Panzer »Tiger« und »Königstiger«, die sich dem Ansturm der Roten Armee hätten entgegenstemmen können, lagen nach einigen Tagen hilflos herum und wurden sogar wie kleine Festungen eingegraben. Der Sprit war verbraucht, neuer Brennstoff kam kaum durch, die Granaten für die Bordgeschütze wurden gezählt. Auf rätselhafte Weise verschwanden Nachschubzüge mit Munition und Benzin im Nichts. Der Oberquartiermeister der 2. Armee, die den Hauptangriff von Rokossowskijs sechs Armeen auffangen mußte, Oberst Wirsing, verfolgte am Telefon die Meldungen der Stationen, die ein Zug mit Tankwagen, mit dem lebenswichtigen Panzersprit, durchfuhr. Der Zug, der sich über Deutsch-Eylau der verzweifelt kämpfenden 2. Armee näherte. Und plötzlich war dieser Zug verschwunden, wie von Geisterhand weggewischt. Oberst Wirsing verfolgte noch einmal den Weg des Zuges, aber von nirgendwoher bekam er eine Antwort.

Die deutsche Lehrerin Elsbeth Langenbach, die in der deutschen Schule von Unieck unterrichtete und die man bei der kopflosen Flucht der Naziführer »vergessen« hatte, worauf sie auf einem Pferd vierzig Kilometer durch die vorstoßenden sowjetischen Panzerspitzen geritten war, bis sie die Linien der 2. Armee erreichte und zum Generalstab weitergereicht wurde, hörte die verzweifelte Suche nach dem Spritzug mit. Fassungslos sah sie Oberst Wirsing an, als er die Telefonate am Feldtelefon abbrach und resignierend sagte: »Es hat diesen Zug nie gegeben. Es war ein Gespensterzug. Was nützen uns jetzt unsere Panzer...?«

Alles war möglich in diesen Tagen des Zusammenbruchs der deutschen Ostfront. Während in Königsberg die Durchhalteparolen von den Hauswänden schrien, wurde in der Nacht vom 21. zum 22. Januar heimlich ein »Gauleiter-Sonderzug« zusammengestellt, um Koch und seine Parteiprominenz, die aus ganz Ostpreußen nach Königsberg geflüchtet war, über die einzige Bahnstrecke nach Elbing und weiter nach Danzig in Sicherheit zu bringen. Der »Kämpfer bis zum letzten Mann« hatte seine Flucht vorbereitet.

Endlich, endlich am 22. Januar erhielt Koch eine telefonische Verbindung mit der Parteikanzlei in Berlin. Hitler in seinem neuen Hauptquartier war nicht zu sprechen, Bormann, aus Berchtesgaden zurückgekehrt, wo er unterirdische Anlagen besichtigt hatte, war so kurz angebunden und schroff, wie er immer mit Koch verkehrt hatte.

»Natürlich gibt der Führer die Erlaubnis, unersetzliches Kulturgut zu retten!« sagte er. »Warum ist das nicht schon längst geschehen?! Fast alle Kunstschätze der Museen in den bedrohten Gebieten sind verlagert worden, schon 1944, auch aus Ihren Museen, Gauleiter, das haben Sie ja selbst organisiert... Warum sind das Bernsteinzimmer und die Gegenstände aus *Zarskoje Selo* noch in Königsberg? Das ist unverantwortlich, Gauleiter!«

Das hab ich gern, dachte Koch verbittert. Ein Anschiß ohne Grund. »Es gab zwei Gründe, Herr Reichsleiter –«, antwortete er böse. »Erstens sollte durch die totale Verlagerung aller Kunstschätze die Bevölkerung nicht beunruhigt werden, und zweitens stand und stehe ich noch zum Endsieg des Führers!«

Bormann schwieg einen Augenblick, vielleicht war er selbst erstaunt über die letzten Worte Kochs. Ihnen war nichts zu entgegnen.

»Sorgen Sie für den sofortigen Abtransport«, sagte er dann. »Über Elbing – Danzig – Stettin, Berlin – Weimar nach Reinhardsbrunn. Im Schloß Reinhardsbrunn wird dafür gesorgt werden, daß das Bernsteinzimmer eingelagert wird. Als Zwischenstation. Der endgültige Lagerort wird von dort bekanntgegeben.«

»Sie übermitteln den Befehl des Führers nach Reinhardsbrunn, Herr Reichsleiter?«

»Ja!«

Bormann legte abrupt auf. Koch wischte sich mit beiden Händen über das Gesicht. Reinhardsbrunn gefiel ihm gar nicht. Das Schloß kannte er nicht, wohl aber das Geheimnis, daß hier die SS, vor allem Himmler, eine große Menge Kunstschätze des Reichsamtes SS versteckt hatte. »Sein Bernsteinzimmer« neben den Schätzen der SS zu wissen, behagte ihm wenig. Auch Bormanns Mitteilung, daß Reinhardsbrunn nur eine Zwischenstation sein sollte, beruhigte ihn nicht. Warum nicht Thüringen, dachte er wütend. Warum nicht Göttingen? In den sicheren Schächten der Salzbergwerke, deren Sohlen bis in 600 Meter Tiefe reichten, war der beste Platz, die Schätze zu retten. Man sprengte die Zugänge, und niemand, außer ein paar Eingeweihten, würde ahnen, was da unter der Erde lag. Bombensicher, gut konserviert, bestens temperiert... ein Lager für Jahrtausende, in diesem Falle für ein paar Jahre. Die neue Wunderwaffe, von der man munkelte und flüsterte, die Bombe mit Atomkernspaltung, an der ein geheimes Forscherteam zusammen mit Wernher von Braun, dem Schöpfer der Raketen V 1 und V 2, die jetzt täglich auf London niederheulten, unentwegt arbeitete, würde alle Feinde in einem unvorstellbaren Feuerball von dieser Erde brennen und Deutschland den Sieg bescheren.

In der Nacht zum 22. Januar 1945, die sowjetischen Divisionen hatten Wehlau erobert und standen jetzt nur noch knappe vierzig Kilometer vor Königsberg, rief Koch den vor Unruhe schlaflosen Dr. Findling an.

»Wir können!« sagte er. »Die Transportstaffel ist unterwegs zu Ihnen. Der Transportführer, ein Hauptmann Leyser, hat den genauen Fahrplan bei sich. Bei Morgengrauen müssen die Wagen die Stadt verlassen haben.«

»Ich bin bereit, Gauleiter.«

»Wieso Sie?« Kochs Stimme dehnte sich vor Erstaunen. »Sie brauche ich noch hier. Die Kisten können allein reisen.

Es ist garantiert von der Parteikanzlei, daß sie überall bevorzugt behandelt werden und in eine sichere Lagerstelle kommen. Sie können jetzt für das Bernsteinzimmer nichts mehr tun...«

Dr. Findling schluckte. Er wußte, daß es für ihn keinen Ausweg gab. Er trug die Uniform des Volkssturmmannes, er hatte auf den Führer seinen Eid als Soldat abgelegt, er fiel unter die Parole »Bis zum letzten Mann«.

»Und Wachter?« fragte er.

»Findling, stellen Sie doch jetzt, wo's eilt, nicht so dumme Fragen! Was soll Wachter denn bei dem Transport?«

»Aufpassen. Wie immer. Wie seit über 226 Jahren!«

»Will er etwa auch noch mit hinunter in die 600-Meter-Sohle eines Bergwerkes?« fragte Koch spöttisch. »Ein moderner Barbarossa? Der treue Wächter, in Salz konserviert! Nach 226 Jahren hat die Familie Wachter es verdient, sich auszuruhen. Übrigens ist er noch nicht zu alt, um ein Gewehr zu halten und abzudrücken! Er bleibt in der Festung Königsberg wie Sie... und ich... Der Führer braucht jetzt jeden Mann. Wir wissen doch, seit Ilja Ehrenburg, was uns erwartet. Teilen Sie das Wachter mit.«

Eine Stunde nach diesem Gespräch, das Findling nie vergessen sollte, fuhren in den Schloßhof zwanzig Lastwagen ein. Dr. Findling traute seinen Augen nicht: Die Aufbauten und die Dächer der Transporter waren groß mit einem roten Kreuz bemalt, als handele es sich um eine Hilfsgüterkolonne oder um Verwundete.

Unterstrichen wurde dieser Eindruck auch noch durch die Rote-Kreuz-Armbinden, die jeder Fahrer über den linken Ärmel gestreift hatte. Nur Hauptmann Leyser, der in einem Kübelwagen fuhr, trug diese Armbinde nicht.

»Das ist die größte Frechheit, die ich jemals gesehen habe«, sagte Wachter gepreßt. »Wenn sich das rumspricht, ist kein wirklicher Lazarettwagen oder Verwundetenzug mehr sicher.«

»Um Himmels willen, halten Sie den Mund, Michael!« Dr. Findling stieß Wachter warnend in die Rippen. »Denken Sie nur daran: In den Wagen ist das Bernsteinzimmer! Um es zu retten, wird es als Rote-Kreuz-Fracht getarnt. Nur daran müssen Sie denken. Ich möchte nicht wissen, wieviel Dinge unter dem Schutz des Roten Kreuzes hin und her geschoben werden. Mein Gott, denken Sie in unserer Situation bloß nicht an Moral!« Dr. Findling sah dem Auffahren der Lkw-Kolonne zu. »Morgen ist alles vorbei. Da sind wir Volkssturmmänner.«

»Ich nicht, Herr Doktor.«

»Wachter, was haben Sie vor?«

»Ich bleibe natürlich bei dem Bernsteinzimmer.«

»Das ist Wahnsinn! Wissen Sie, was das bedeutet? Fahnenflucht, Feigheit vor dem Feind! Von einem Schnellgericht werden Sie zum Tode verurteilt und aufgehängt oder erschossen!«

»Ich nicht.«

»Warum sollte man mit Ihnen eine Ausnahme machen? Wie wollen Sie überhaupt aus Königsberg raus? Sie haben keinen Marschbefehl. Dieser Hauptmann Leyser wird sich hüten, Sie heimlich mitzunehmen. Jetzt werden sogar Ritterkreuzträger aufgehängt –«

»Ich werde es schaffen, Doktor.« Wachter atmete tief ein. Die Sorge, was aus Jana wurde, war noch nicht gelöst. Für Oberschwester Frieda Wilhelmi war sie unentbehrlich geworden. Die Masse der Verwundeten, die mit Lazarettzügen oder Sankas nach Königsberg gebracht wurden, hatte die Aufnahmefähigkeit der Krankenhäuser, der Notlazarette in Schulen und Turnhallen und den weit verzweigten alten Festungsanlagen von Königsberg längst überschritten. Die alten Forts und Bollwerke waren überfüllt, es gab zu wenig Ärzte und Schwestern, Sanitäter oder Hilfskräfte. Lehrerinnen und Frauen in Sozialberufen wurden dienstverpflichtet. Sie wuschen die Verwundeten, gaben ihnen zu trinken, fütterten sie und drückten den Toten die Augen zu, saßen bei den Sterbenden und waren oft Mutter-, Frau- oder Brautersatz in den letzten Stunden.

»Wann kommen wir heraus?« fragte Jana an einem dieser Tage.

»Heraus?« Frieda hatte sie erstaunt angesehen. »Wann es befohlen wird.«

»Und wenn das zu spät ist?«

»Ich bleibe, solange noch ein Verwundeter hier im Haus liegt!«

»Die Russen werden Königsberg erobern...«

»Na und? Können meine Verwundeten weglaufen? Ich gehöre zu ihnen, sie brauchen mich.«

»Die Russen werden dich vergewaltigen... denk an den Aufruf Ehrenburgs.«

»Mich vergewaltigen?« Frieda, der Turm aus Knochen

und Fleisch, lachte kurz auf. »Da müssen schon vier sibirische Riesen kommen...«

»Töten werden sie dich! Ganz einfach töten.«

»Tochter! Wer hätte das gedacht, du bist ja auch von der Propaganda verseucht! Ob Deutsche oder Russen, man kann mich überall brauchen. Man wird froh sein, daß ich noch da bin. Wir Ärzte und Schwestern kennen weder Freund noch Feind, nur Verletzte, Kranke, Hilfesuchende. Merk dir das, Tochter!«

Janas letzter Besuch bei Sylvie wurde zu einer Qual. Unentwegt funkte diese ihre Beobachtungen nach Schweden, die von dort zur Zentralstelle in Leningrad weitergegeben wurden. Die Zehntausende von Flüchtlingen, die am Haff und am Bahnhof auf einen Platz in einem Eisenbahnwaggon oder auf einem Schiff warteten, die Schanzarbeiten an neuen Verteidigungslinien, das Aufstellen neuer Panzersperren aus Beton, das Hereinströmen der letzten Reserven, die versuchen sollten, einen Riegel vor Königsberg zu bilden... Berichte waren es, die der sowjetischen Führung zeigten, daß Verzweiflung ungeahnte Kräfte mobilisieren kann und daß es noch viel Blut kosten würde, bis man in Königsberg einmarschieren konnte. Aber das kannte man von Leningrad her. Neunhundert Tage Blockade durch die deutschen Truppen hatte man überstanden, eine Hungerhölle ohne Beispiel, bis im Januar 1944 die Stadt von der sowjetischen 42. Armee befreit wurde.

Für Königsberg aber gab es keine Befreiung mehr. Ob noch Tage oder Wochen... der Untergang war sicher.

»Ich will Abschied nehmen«, sagte Jana Petrowna. Sie saß Sylvie gegenüber, die ihr Funkgerät gerade abgestellt hatte.

»Abschied? Wieso?« Sylvie sah Jana ungläubig an und schüttelte dabei den Kopf. »Was soll das heißen?«

»Ich werde Königsberg verlassen.«

»Bist du verrückt? Wo willst du denn hin?«

»Ich weiß es nicht. Noch nicht...«

»Jana, das ist Wahnsinn! Du bleibst hier bei mir in Königsberg, wirfst die Nazitracht weg, wirst dich beim sowjetischen Kommandanten melden, eine russische Feldscher-Uniform bekommen und wieder das sein, was du bist: eine Russin. Und nach dem Sieg wirst du deinen Nikolaj wiedersehen...«

»Ich kann Väterchen nicht allein lassen, Sylvie.«

»Michail Igorowitsch wird man mit offenen Armen aufnehmen. Ein Held wird er sein.«

»Ohne Bernsteinzimmer? Was ist Väterchens Leben wert ohne Bernsteinzimmer? Er bleibt bei ihm, wird mitziehen, wohin man es auch bringt, nicht trennen kann man ihn von ihm. Und ich muß bei ihm bleiben, Sylvie. Er paßt auf das Bernsteinzimmer auf und ich auf Väterchen. Das ist meine Pflicht.«

»Pflicht! Pflicht! Überleben sollst du! Willst du als deutsche Krankenschwester irgendwo verrecken? Jana, in ein paar Tagen kannst du wieder eine Russin sein!«

»Ohne Bernsteinzimmer und Väterchen.«

»Du bist verrückt, verrückt, verrückt!« schrie Sylvie und sprang auf. »Ist denn das Bernsteinzimmer das Wichtigste auf der Welt?!«

»Für uns – ja.«

»Man sollte dich mit kaltem Wasser übergießen, damit du endlich vernünftig wirst. Was kannst du denn tun, wenn die Naziräuber das Bernsteinzimmer irgendwo vergraben?«

»Ich bin dabei... ich weiß, wo es vergraben ist... ich kann es nach dem Krieg wieder ausgraben lassen und zurückbringen nach Puschkin in den Katharinen-Palast. Das allein ist meine Aufgabe.«

»Und dafür hältst du den Kopf hin!«

»Ja. An den Fronten sterben unsere Männer und kämpfen um ihr Vaterland. Ich kämpfe auch, nur auf einem anderen Kampfplatz.«

»Der geheime Soldat Jana Petrowna! Wie heldenhaft das klingt! Und nun... warum bist du gekommen?«

»Um Abschied zu nehmen, Sylvie.« Jana faltete die Hände im Schoß. Das Herz wurde ihr schwer. »Ich hoffe, daß wir uns wiedersehen.«

»Wo?«

»In Leningrad, oder bei dir, in Schweden, in Uppsala oder sonstwo. Was wirst du nach dem Krieg tun?«

»Ich weiß es noch nicht. Weiterstudieren oder heiraten und Kinder kriegen, ein Sommerhäuschen auf den Schären... wie kann man sagen, was unsere Zukunft ist? Nicht schwer wird es sein, dich zu finden: Wo das Bernsteinzimmer ist, bist auch du.«

»So Gott will, Sylvie.«

»Du glaubst an Gott?« Sylvie starrte Jana verblüfft an. »Du – eine Kommunistin?! Eine ehemalige Komsomolzin?«

»Ja. Ich glaube an Gott. Ich bete sogar.«

»Aus dir soll man klug werden.« Sylvie umarmte Jana, als diese aufstand, sie küßten sich wie zwei Schwestern, und dann riß sich Jana los und rannte aus der Wohnung, als hätte sie jemand davongejagt. Gab es ein Wiedersehen?

Aus der Ferne, vom Wind herbeigetragen, rollte Kanonendonner über die Stadt. Ein Gewitter des Todes und der Zerstörung.

Die zwanzig Lkws mit dem roten Kreuz waren beladen. Die Kisten, in denen das Bernsteinzimmer, von allen Seiten gut gepolstert, stand, trugen einen roten Punkt. In den anderen Verschalungen steckten die berühmte Silbersammlung, die Gemälde alter russischer und europäischer Meister, darunter ein Rubens, ein Canaletto und ein Spitzweg. In einer besonderen Kiste hatte man einen Gobelin aus Flandern aus dem Jahre 1580 verstaut, ein Riesengewebe von 4,52×3,50 Metern. Diese Kiste trug, mit Pinsel und schwarzer Farbe aufgemalt, den Vermerk: M-D-Voß und – in einem gezeichneten Dreieck – den Buchstaben B. Ein Gobelin, der unter »Führervorbehalt« fiel. M-D-Voß war die Abkürzung für den Beauftragten des Sonderauftrages »Linz«, den in Dresden lebenden Museumsdirektor Voß, und das B im Dreieck ließ die Deutungen Berlin, Berchtesgaden oder Bormann zu.

Das hatte jetzt alles wenig Bedeutung. Was mit den Rote-Kreuz-Wagen abtransportiert wurde, galt als »Sammlung Gauleiter Koch«.

Noch einmal versuchte Dr. Findling, mit Koch zu sprechen. Es war fünf Uhr morgens, das Artilleriefeuer an der Front von Wehlau war deutlich zu hören. Aber Koch war nicht zu erreichen. Er hatte zur Überraschung aller seinen Gauleiter-Sonderzug den in geballten Massen am Hafen und Bahnhof wartenden Flüchtlingen zur Verfügung gestellt. Militär und Parteifunktionäre regelten, so gut es ging, das Chaos, als Tausende den Zug stürmten. Der Befehl »Frauen und Kinder zuerst« war völlig sinnlos geworden, um einen Platz im Zug wurde getreten und geboxt, niedergerannt und zusammengeschlagen. Im Hafen war es nicht anders. Der Sturm auf die wenigen noch zur Verfügung stehenden Schiffe war ein Kampf auf Leben oder Tod. Die Zange um Ostpreußen schloß sich von Stunde zu Stunde mehr, die sowjetischen Armeen von Tschernjakowskij und Rokossowskij drangen unaufhaltsam vor.

Am Apparat erreichte Dr. Findling nur Bruno Wellenschlag, dessen Stimme vor Angst gebrochen schien.

»Ja, Doktor, ja! Hauen Sie ab!« rief Wellenschlag ins Telefon. »Die Russen stoßen auf Elbing zu und werden uns abschneiden. Dann ist für Sie der Ofen aus! Sie müssen den Landweg noch schaffen! Umladestation ist Berlin, von dort bringt ein Zug die Ladung nach Reinhardsbrunn. Der Gauleiter hat mit dem Gauleiter von Thüringen Sauckel alles durchgesprochen, von Schloß Reinhardsbrunn geht es weiter in ein Salzbergwerk. Reinhardsbrunn wird wahrscheinlich das neue Führerhauptquartier werden und den Namen ›Wolfsturm‹ erhalten. Sicherer geht es nicht. Mann, hauen Sie endlich ab!«

Er legte auf. Hauptmann Leyser, der neben Dr. Findling stand und alles mitbekommen hatte, sah Findling betroffen an. »Das klingt nicht nach Endsieg –«, sagte er dann sarkastisch. »Also dann los! Sie bleiben hier?«

»Ich muß!«

»Dann – ein Überleben. Das ist alles, was ich Ihnen wünschen kann.« Sie gaben sich die Hand und gingen dann hinunter in den Hof des zerstörten Schlosses.

An den abfahrbereiten Lkws warteten neben den Fahrern mit der Rote-Kreuz-Binde auch Michael Wachter und eine junge Krankenschwester. Sie hatte einen Sanitätskoffer an einem Lederriemen über der linken Schulter hängen. Dr. Findling bekam einen Schreck, aber er besaß genug Beherrschung, es nicht zu zeigen. Michael, was tun Sie da? Die nächsten Minuten sind Ihr Todesurteil!

Hauptmann Leyser blickte erstaunt auf die beiden und kam schnell näher. Wachter kannte er vom Beladen der Lastwagen, die Rote-Kreuz-Schwester war ihm neu.

»Ja bitte?« fragte er knapp. »Sie wünschen?«

»Ich bin bereit«, antwortete Wachter.

»Wozu?«

»Zur Begleitung des Sonderkommandos, Herr Hauptmann.«

»Sie? Davon weiß ich nichts.« Leysers Verblüffung war groß. »Ich habe Ihren Namen nicht auf der Transportliste.«

»Ich komme im persönlichen Auftrag des Herrn Gauleiters mit. Gewissermaßen in seiner Vertretung. Hier ist meine Anweisung, Herr Hauptmann.«

Wachter hielt Hauptmann Leyser den Brief vor, den Koch ihm nach dem verheerenden Luftangriff auf Königsberg geschrieben hatte.

»... dem Michael Wachter ist jede Hilfe zu gewähren. Er ist berechtigt, in meinem Namen im Zusammenhang mit den Kunstschätzen im Königsberger Schloß notwendige Anordnungen zu treffen...«

Hauptmann Leyser ließ den Brief sinken. Dr. Findling starrte Wachter ängstlich an. Ein eiskalter Hund sind Sie, Wachter, dachte er. Himmel, was wagen Sie da! Der Brief ist doch jetzt nichts mehr wert.

»Das ist kein Marschbefehl, Herr Wachter«, sagte Leyser prompt. »Zwar eine Vollmacht, aber –«

»In den Kisten befinden sich die größten Kunstschätze europäischer Kultur, Herr Hauptmann. Mein Auftrag vom Gauleiter lautet, sie nicht aus den Augen zu lassen und sie überallhin zu begleiten. Es gäbe ungeheure Komplikationen, wenn ich diesen Auftrag nicht erfüllen könnte. Sie haben es gelesen, daß ich zu notwendigen Anordnungen berechtigt bin.«

»Ohne Marschbefehl –«, sagte Leyser wieder, aber nun zögernder.

»Für die Ausstellung einer solchen Formalität ist es jetzt zu spät«, mischte sich Dr. Findling ein und blinzelte Wachter zu. »Sie haben gerade selbst am Telefon gehört: Der Transport muß sofort abgehen.«

»Dann also, gut. Steigen Sie ein!« Er wandte sich zu Jana um und betrachtete sie, wie jeder Mann, von oben bis unten mit einem interessierten Blick. »Und Sie?«

»Ich bin als Krankenschwester und Sanitäterin zugeteilt«, sagte sie mit einem forschen Augenaufschlag. »Der Herr Gauleiter ist der Ansicht, daß zu einer Sanitätskolonne auch eine Krankenschwester gehört. Und sei's zur Tarnung. Ich habe den Befehl zur Begleitung erhalten.«

»Natürlich in der Eile auch ohne Marschbefehl.«

»Nein, Herr Hauptmann... hier ist er.« Sie holte aus der Manteltasche das Formular. Marschbefehl für Schwester Jana Rogowskij für Sonderkommando Gauleiter Koch. Königsberg, den 21. Januar 1945. Unterschrift: Stabsarzt Dr. Pankratz.

»In Ordnung.« Leyser gab Jana das Papier zurück. Dr. Findling starrte sie fassungslos an. »Fahren Sie in meinem Kübel mit, Schwester Jana?«

»Wenn ich darf, Herr Hauptmann.«

»Es wird mir eine Freude sein.« Leyser trat zwei Schritte zurück und hob den rechten Arm. »Aufsitzen!« brüllte er zu den vor ihren Wagen angetretenen Fahrern. »Wagenabstand dreißig Meter! Kolonne – los!«

Zum letztenmal gaben sich Dr. Findling und Wachter die Hand.

»Michael, Sie sind ein verdammt mutiger Kerl! Machen Sie's gut.«

»Sie auch, Doktor. Auf Wiedersehen –«

»Glauben Sie daran?«

»Ich will es glauben. Gott mit Ihnen, Doktor.«

Plötzlich fielen sie sich in die Arme und umarmten sich. Der erste Wagen fuhr schon an, Jana und Hauptmann Leyser liefen zu dem Kübelwagen, wo der Stabsgefreite Hasselmann wartete.

»Ich habe noch eine große Hoffnung«, sagte Dr. Findling leise. »Koch wird mich in seinen Stab nehmen, und Koch will überleben. An seiner Seite komme ich hier heraus... das ist meine einzige Chance...«

Wachter riß sich los, rannte zum Wagen neun, mit dessen Fahrer, dem Unteroffizier Josef Selch, er bereits gesprochen hatte, und kletterte ins Fahrerhaus. Dr. Findling winkte ihnen nach, aber nur kurz... er drehte sich um, senkte den Kopf und ging zurück in seinen Keller neben dem »Blutgericht«.

Durch den eisigen Morgen ratterte die Lastwagenkolonne durch die zerstörte Stadt zur einzigen Straße, die noch nach Westen führte. Heiligenbeil – Braunsberg – Elbing... und dann freier Weg nach Berlin.

Am Morgen, als Frieda Wilhelmi in ihr Büro kam, wunderte sie sich, daß Jana nicht, wie immer seit fast vier Jahren, schon hinter der Schreibmaschine saß. Verschlafen hat sie sich, dachte sie. Ist das ein Wunder? Wie hat sie in den letzten Wochen arbeiten müssen, bis tief in die Nächte hinein. Einmal braucht auch der Körper Ruhe.

Aber um neun Uhr war Jana noch immer nicht gekommen. Frieda sah auf die Uhr, schüttelte den Kopf und rief in Janas Zimmer an. Sie meldete sich nicht. Unruhig, besorgt um ihre »Tochter«, wälzte sich Frieda über den Gang zu Janas Zimmer, klopfte an und riß gleichzeitig die Tür auf. Wehe, wenn bei ihr im Bett ein Mann liegt! Wer's auch sein mag, und wenn es der Chef selbst ist – mit Ohrfeigen jage ich ihn davon. Und sie, Jana, bekommt auch ihre Prügel. Da gibt es gar kein Pardon.

Aber das Bett war leer, unberührt, mit militärischer Exaktheit hergerichtet, »gebaut« nennt es der Landser. Frieda Wilhelmi blieb in der Tür stehen, den Blick in sich gekehrt, im Herzen die plötzliche Schwere: Sie ist bei einem Mann über Nacht geblieben. Nein, denk nicht an so etwas! Sie hat bei ihrer Freundin Sylvie geschlafen und nicht mehr die Straßenbahn bekommen. Bei Sylvie kann man nicht anrufen, sie hat kein Telefon... aber in ein paar Minuten wird Jana kommen, ausschimpfen werde ich sie, das ist nötig, aber dann werde ich ihr einen Riegel Schokolade geben.

Erst als sie sich schon umdrehen und weggehen wollte, sah sie, daß auf dem Kopfkissen ein Briefkuvert lag. Frieda Wilhelmi schloß die Augen und atmete tief durch. Nein, sagte sie zu sich, nein! Das kann nicht sein, das darf nicht sein. Das tut Jana nicht. Das kann sie mir nicht antun! Dieser Brief ist nicht für mich. Nein, ich gehe nicht zum Bett und fasse ihn an. Nein! Nein!

Aber sie tat es doch. Sie setzte sich auf die Bettkante, riß den Umschlag auf, und schon der erste Satz, die Anrede, bestätigte die große Tragödie ihres Lebens.

Meine liebe »Mutter« Frieda.
Alle Zeilen des Verlassens fangen an: Wenn Du diesen Brief liest, bin ich... Nein, so soll es bei uns nicht sein. Ich habe Dich nicht verlassen. Ich habe mich nur eine kurze Zeit von Dir entfernt und weiß, daß wir uns wiedersehen. In einer besseren Zeit, in einem endlichen Frieden, in einer Freiheit wie Vögel in der Luft, wie Wolken unter dem Himmel.
»Mutter«, verzeih mir, ich mußte es tun. Nicht aus Feigheit, nicht aus Angst, glaub mir, ich wäre bei Dir geblieben, wenn ich nicht eine andere Aufgabe zu erfüllen hätte, von der ich Dir heute noch nichts sagen kann. Aber wenn wir uns wiedersehen, wirst Du mich verstehen, das weiß ich.
Wieviel habe ich Dir zu verdanken. Nicht nur das Schreibmaschineschreiben, nicht nur die Kenntnis von Spritzen, Nadeln und Kanülen, von Verbänden und Wundenbehandlung, vom Trost für die Sterbenden und den tröstenden Worten für die Hinterbliebenen. Wie oft habe ich sie geschrieben, die Briefe an die Mütter und Väter, an die

Frauen und Kinder. Er ist sanft und ohne Schmerzen eingeschlafen... dabei hat er geschrien und sich an mich geklammert, als sei ich das Leben. Wir haben aus Trost gelogen und fanden, daß es notwendig sei.
»Mutter«, ich will jetzt nicht lügen, Dich nicht belügen, der ich soviel im Leben verdanke, vor allem Deine Mutterliebe, in die ich mich in Stunden der Angst und der Reue verkriechen konnte. Bei Dir war ich zu Hause. Bei Dir war ich sicher. Du hattest eine Burg um mich gebaut. Das werde ich Dir ewig danken. Und einmal wird der Tag kommen, an dem ich allen Dank über Dich ausschütten kann und zu Dir Mutter sagen werde.
Frieda... ich stamme nicht aus Lyck in Ostpreußen. Ich bin eine Russin aus Leningrad, heiße Jana Petrowna Rogowskaja und bin als falsche Rote-Kreuz-Schwester hinter die deutsche Front eingesickert, um meinen Auftrag zu erfüllen. Nein, ich schwöre Dir, ich bin keine Spionin, ich habe Deine Liebe nicht für die Spionage ausgenutzt, ich habe mit dem Militär nichts zu schaffen, ich habe keinen verraten, bitte glaub es mir. Mehr kann ich Dir heute nicht sagen.
Gott sei bei Dir, Mutter Frieda. Gott gebe uns die Gnade, uns wiederzusehen. Paß auf Dich auf, zu sagen, laß Dich nicht unterkriegen, wäre falsch: Du läßt Dich nicht unterkriegen!
Ich umarme Dich, ich küsse Dich. Sei nicht enttäuscht von mir. Wo ich auch sein werde, in meinem Herzen bist Du dabei. Deine Jana Petrowna.

PS.: Ich habe aus Deinem Schreibtisch einen Blanko-Marschbefehl, unterzeichnet von Dr. Pankratz, gestohlen und ausgefüllt. Verzeih mir, aber er ist der Paß für ein Überleben.

Frieda Wilhelmi las den Brief langsam durch, Wort für Wort, ganz langsam, als wolle sie ihn auswendig lernen. Dann zerriß sie ihn, nahm ihn mit in ihr Zimmer und steckte ihn in den Ofen. Sie sah zu, wie er verbrannte, zerstörte mit dem Schüreisen auch noch die Asche und warf dann die Ofenklappe zu.

Jana Petrowna, Tochter, Gott sei auch mit dir.

Die Straße und die Eisenbahnlinie nach Elbing waren noch frei an diesem Morgen, dem 22. Januar 1945. Die sowjetische 48. Armee, 65. Armee und 2. Panzer-Armee stießen weiträumig über Osterode und Deutsch-Eylau auf die Küste zu, schwere Artillerie hatte Straße und Bahn bereits unter Beschuß, Tiefflieger stürzten sich auf die endlosen Flüchtlingstrecks und Militärkolonnen, aus Königsberg lief der letzte D-Zug nach Westen aus. Im Morgengrauen des 22. Januar... dann war der Weg in die Freiheit versperrt.

Die Nachricht, daß der Russe durchbrechen würde, löste eine unvorstellbare Panik aus. Die wichtigste Versorgungsstelle und das Zentrallager des Nachschubs, das Heereszeugamt in Ponart, wurde von seinem eigenen Leiter in Brand gesetzt. Die gesamte Besatzung des am Stadtrand von Königsberg gelegenen Lufthansa-Flugplatzes Devau flüchtete mit dem Flugzeug ins Reich; als Militär den Platz besetzte, fand es die Panzerschränke offen vor, randvoll mit geheimen Unterlagen.

Gauleiter Koch tobte. Todesurteile wurden gefällt und sofort ausgeführt. Da der Landweg nun versperrt war, setzte bei den verzweifelten Flüchtlingsmassen, die sich noch in der Stadt drängten, ein Sturm auf die letzten Schiffe im Hafen ein. Überfüllt, tief im Wasser liegend, stampften sie hinaus in die Ostsee, begleitet von kleinen Marinefahrzeugen, die nie in der Lage gewesen wären, sowjetische U-Boot-Angriffe abzuwehren. Nur weg, weg aus dem sich bildenden Kessel Königsberg. Weg von den Russen, die nach den Aufrufen ihrer Führung keine Gnade mehr kannten. Wenige der Flüchtenden nur dachten daran, daß sie nun das gleiche Schicksal erlitten, das vor ihnen die russische Bevölkerung beim Vormarsch der deutschen Divisionen auf sich nehmen mußte. Hunderttausende Tote durch Hunger, Verfolgung, Deportation, Erschießungen, allein in Leningrad während der neunhunderttägigen Blokkade. Die Verhungerten lagen auf den Straßen herum und wurden mit Schlitten, auf Brettern und auseinandergeklappten Pappkartons, mit Handwagen oder einfach über die Schulter geworfen zu den Friedhöfen gebracht. Hunderttausende unschuldiger Menschen. Wer kann das vergessen?

Die Rote-Kreuz-Kolonne, die zwanzig Lkws mit dem Bernsteinzimmer und den »Gauleiter-Schätzen«, quälte sich durch den Flüchtlingstreck langsam nach Elbing.

Hauptmann Leyser studierte während der Fahrt die Karte und schüttelte mehrmals den Kopf.

»Wenn das so weitergeht im Schrittempo, erreichen wir nie Berlin. Der Treck wird von Elbing aus die Straße nach Danzig und weiter über Stolp – Köslin – Stettin völlig verstopfen! Wir müssen weg von der großen Linie und versuchen, über den schmaleren Weg Elbing – Marienburg – Graudenz – Bromberg – Schneidemühl – Landsberg Berlin zu erreichen. Wenn der Russe nicht schneller ist –« Er sah Jana an, die neben ihm im Kübelwagen saß. »Was halten Sie davon?«

»Ich weiß es nicht. Ich kenne den Weg nicht. Ich weiß nur, daß der Russe sehr schnell ist.«

Sie fuhren drei Tage und drei Nächte, ununterbrochen, selbst die Mahlzeiten verzehrten sie im Fahren. Als sie endlich durch Graudenz fuhren, das in panischer Räumung begriffen war, atmeten sie alle auf. Von hier ab lag der Weg nach Berlin noch frei vor ihnen, die deutsche 2. Armee hatte einen Riegel gebildet, gegen den fünf sowjetische Armeen anrannten. Aber auch diese Straße lag unter dem Artilleriefeuer der russischen 65. Armee, und in Richtung Thorn – Bromberg stieß die sowjetische 47. Armee des Marschalls Schukow vor, während gleichzeitig aus dem Raum südlich Warschaus fünf Armeen in den Raum Lodz, Posen, Bromberg marschierten. Jetzt, am 25. Januar – die russische Artillerie schoß bereits in die Stadt Königsberg und in den Hafen hinein – war es noch immer ein Wettrennen, aber man war der Umklammerung entkommen. Hauptmann Leyser ließ kurz anhalten und erklärte die Lage.

»Wir haben richtig gehandelt, Leute!« sagte er. »Die Straßen über Bromberg – Schneidemühl und Landsberg sind noch frei. Wenn wir jetzt auf die Tube drücken, fahren wir vor den Sowjets her, immer im Rücken der zurückgehenden 9. Armee. Jungs, wir erreichen Berlin! Es wird zwar Tieffliegerangriffe geben, aber keine Bomben und Granaten. Aufgesessen und ab die Post!«

Tiefflieger – plötzlich ein Pfeifen in der Luft, heranjagende Schatten mit Flügeln, das Hämmern schwerer Maschinengewehre und das Bellen von Bordkanonen... drei-, viermal von allen Seiten... und dann war der Spuk wieder im Himmel verschwunden.

Neunmal erlebte die Lkw-Kolonne einen solchen Angriff, ohne beschossen zu werden. Das weithin auf den

Dächern der Wagen leuchtende Rote Kreuz war ein sicherer Schutz. Die sowjetischen Jäger heulten über die zwanzig Transporter hinweg, umkreisten sie ohne einen Schutz, einige wackelten sogar wie zur Begrüßung, und dann jagten sie weiter, die Straße hinunter, um Bahndämme, Fabriken, Züge, Militärkolonnen und marschierende Truppen anzugreifen.

»Wenn die wüßten, was wir transportieren!« lachte Unteroffizier Selch. Neben ihm saß Wachter, der jedesmal den Kopf einzogen hatte. »Keine Angst, Kumpel. Aufs Rote Kreuz schießen die nicht. So sind sie nun doch nicht, die Russen.«

Am nächsten Tag, dem 26. Januar, erreichten die Russen den Stadtrand von Graudenz und bissen sich an den neuen deutschen Stellungen der 2. Armee fest. Hauptmann Leyser erfuhr es von Offizieren der Infanterie-Reserven, die ihnen auf der Straße entgegenkamen. Einer der Offiziere fragte, indem er auf die Lastwagenkolonne zeigte: »Verwundete?«, und Leyser antwortete: »Lazarettmaterial und Einrichtungen.«

Der Offizier wies mit dem Daumen zur Front: »Die Verwundeten sind aber da, Kamerad. Sie fahren in der falschen Richtung.«

»Und dahin –«, Leyser zeigte mit dem Daumen nach Westen, »– werden sie kommen. Es sollen neue Feldlazarette aufgebaut werden. Wie lange, Kamerad, glauben Sie, hält die Front noch?«

»Bis zum 1. Februar ist das hier alles russisch.« Der Offizier lachte verbissen und gab Leyser die Hand. »Am besten, ihr baut eure Lazarette erst gar nicht hier auf. Schafft sie nach Berlin... da werdet ihr sie bald gebrauchen.«

»Das sieht ja düster aus.«

»Düster?!« Der Offizier grüßte kurz zum Abschied. Nicht mit dem Führergruß, sondern wie früher mit dem Handtippen an den Mützenschirm. »Alles Scheiße! Deine Emma! Gute Fahrt, Kamerad.«

Auf der Straße von Bromberg nach Schneidemühl geschah es dann.

Die Kolonne hatte am Rande eines Waldstückes gehalten, und der Stabsgefreite Hasselmann, der den Kübel fuhr, hatte noch Zeit genug, in einem großen Kessel über einem mit Dieselöl getränkten Holzstapel aus zehn Erbswürsten eine dünne Suppe zu kochen, in die man Kommißbrotstückchen bröckelte.

Sie saßen alle am Waldrand in einem weiten Bogen, vierzig Fahrer, Wachter, Jana und Hauptmann Leyser, als das bekannte Gebrumm und Pfeifen plötzlich über den Baumwipfeln aufklang.

»Flieger von links!« schrie Unteroffizier Selch.

Er warf sich sofort flach in den Schnee, die anderen spritzten auseinander, in den Wald hinter Bäume oder Büsche, Hauptmann Leyser riß Jana mit sich in den Schnee und schrie sie an: »Kopf runter! Schnell... robben Sie zum nächsten Baum.« Nur Wachter blieb erstaunt sitzen und starrte den drei sowjetischen Jägern nach, die über den Wald rasten, einen weiten Bogen flogen und dann, noch flacher über der Erde, zurückkamen.

»In Deckung, du Flasche!« schrie ihm Selch zu. »Wir sind nicht im Wagen, wir sind draußen!«

Zu spät. Aus den spitzen Schnauzen der Flugzeuge spuckten die Maschinengewehre und legten eine Naht von Geschossen vor den Waldrand. Ein Schuß einer leichten Bordkanone traf den Suppenkessel und ließ ihn zerplatzen. Weggeworfene Kochgeschirre wirbelten durchlöchert durch die Luft, drei Stahlhelme tanzten im Geschoßhagel über den Boden, und als jetzt, viel zu spät, Wachter mit einem weiten Satz zwischen die Bäume fliehen wollte, bekam er einen gewaltigen Schlag in die linke Schulter. Er taumelte, fiel nach vorn in den Schnee und kroch in den Wald hinein. Dort zerrten ihn drei Fahrer weiter in Deckung... nach einer Wende griffen die Tiefflieger zum zweitenmal an.

Wachter lag auf dem Bauch und spürte keinen Schmerz. Nur ein heftiges Zittern lief von der Schulter über seinen ganzen Körper, klebrige Feuchtigkeit spürte er auf der Haut. Blut ist das, dachte er. Ja, das ist Blut. Sie haben mich getroffen, verwundet bin ich, die linke Schulter, wie ein Hammerschlag war's, aber es tut nicht weh, nur wie gelähmt bin ich rechts, kann den Arm nicht mehr heben, alles in mir zittert, als läge ich nackt auf Eis.

Seine Zähne schlugen aufeinander, er konnte es nicht verhindern. Er drehte sich auf den Rücken, starrte zum Baum, unter dem er lag, hinauf und staunte, wie weich und ineinander verlaufend alle Konturen waren und der Schnee nicht mehr weiß, sondern bläulich schimmerte. Und dann war da plötzlich das Gesicht von Jana, ganz nahe über ihm, ihre schwarzen Augen voll Sorge, ihr schöner Mund, und sie fragte: »Väterchen, tut's weh? Lieg ganz still, ganz still...«, und dann war das Hämmern der Maschinengewehre wieder um sie, das Klatschen der Geschosse in die Baumstämme und den Boden. Er hörte, wie der Stabsgefreite Hasselmann brüllte: »Diese Säue! Diese Drecksäue! Gibt's kein anderes Ziel als meinen Suppenkessel?« Und dann wieder Janas Kopf, sie sagte Worte, die er nicht verstand, in die hinein er aber flüsterte: »Töchterchen, es geht mir gut. Keine Schmerzen. Alles halb so schlimm...« Und dann hörte er Leysers Stimme: »Sammeln! Die Scheiße ist vorbei. Seht euch das an! Kein Schuß in die Wagen. Das war 'ne Meisterarbeit!«, und dann Janas Stimme: »Wir müssen ihn mitnehmen. Ich kann ihn nur notdürftig versorgen und verbinden... bis zur nächsten Stadt...«, und wieder Leysers Stimme: »Das ist Schneidemühl...«

Dann spürte er, wie man ihn hochhob, zu einem Wagen trug und auf die Ladeklappe legte. Jemand sagte: »Schneid ihm die Uniform auf...«, plötzlich wurde es kalt an seiner Schulter, Jana sagte irgend etwas, die Augen riß er auf, aber er sah nur Dunkelheit um sich, und dann durchzuckte ihn ein Schmerz, der von der Hirnschale bis zum Zehennagel fuhr. Er schrie auf, vor seinen Augen schien ein Stern zu explodieren, und dann war er im Nichts. Es gab keine Gefühle und kein Denken mehr.

Irgendwann wachte er auf, hörte Geräusche, fühlte unter seinen Fingern Stoff, aber es blieb dunkel um ihn, und er tauchte wieder unter im Nichts. Als es ihm gelang, die Augen aufzureißen und die Erinnerung schlagartig zu ihm zurückkehrte, merkte er, daß er nicht mehr am Waldrand im Schnee lag, auch nicht auf der Ladeklappe eines Lastwagens, sondern in einem Bett, und das Weiß um ihn herum war keine Schneedecke, sondern ein Bettbezug.

Aber Jana war da... ja, ihr Gesicht schwebte wieder über ihm. Sie lächelte ihn an, und er versuchte, zurückzulächeln, und dann hob er den Kopf und erkannte staunend, daß Jana eine andere Uniform trug, nicht mehr die Rote-Kreuz-Tracht, sondern eine grüne weite Bluse, einen langen grünen Rock und an den Füßen derbe Stiefel. Und dann hörte er Leute sprechen in einer Sprache, die er kannte, die aber nicht hierher gehörte, eine Frauenstimme sprach mit einem

Mann russisch, und der Mann antwortete auf russisch: »*Sestra*, sei gnädig, gib mir noch eine Spritze. So weh tut's mir im Leib...«

Was war das? Was geht um mich herum vor?

»Ja, Töchterchen...« sagte er mühsam mit schwerer, wie verklebter Zunge. »Wo... wo sind wir?«

»In Schneidemühl, Väterchen. Drei Tage hast du geschlafen. Operiert bist du, alles ist gut, nicht steif werden wird dein Arm. Das Schulterblatt wird wieder zusammenwachsen. Ein Geflecht aus Silberdraht haben sie darübergezogen, da wächst der Knochen wieder zusammen. Hast großes Glück gehabt, sagte Dr. Trofim Igorowitsch Fedorenkow. Ein fabelhafter Chirurg ist er.«

»Fedorenkow...« Wachter versuchte, wieder den Kopf etwas zu heben. »Jana, Töchterchen... habe ich einen Fieberwahn? Wo bin ich?«

»Im Lazarett Nummer 3 der sowjetischen 2. Garde-Panzerarmee. Seit zwei Tagen ist Schneidemühl russisch. Väterchen, wir sind wieder bei unseren Brüdern und Schwestern.«

Wachter ließ sich zurück auf das Kissen fallen. Der Schmerz überfiel ihn, nicht vom Rücken her, sondern aus dem Herzen.

»Und das Bernsteinzimmer?« fragte er kaum hörbar.

»Ich hoffe, es ist jetzt in Berlin.«

»Ohne... ohne uns...?«

»Väterchen, es ging um dein Leben –«

»*Du* hättest dabei bleiben müssen, Jana.«

»Väterchen, du warst mir wichtiger.«

»Das Bernsteinzimmer... wir... wir sehen es nicht wieder. Jana... wird haben versagt... nach 226 Jahren hat ein Wachter versagt... Warum habt ihr mich nicht sterben lassen.« Plötzlich weinte er, Tränen rannen über seine zerfurchten Wangen in die Mundwinkel. Mit einem Mulltupfer saugte Jana sie weg. »Wie können wir Nikolaj jemals wieder unter die Augen treten?«

»Bald ist der Krieg zu Ende, Väterchen.« Jana beugte sich über Wachter und trocknete sein Gesicht. »Dann suchen wir es, und wir werden es finden. Wir kennen doch den Weg. Berlin, dann nach Schloß Reinhardsbrunn in Thüringen, von dort in ein Salzbergwerk. Vielleicht sind wir nach dem Krieg die einzigen, die es noch wissen. Väterchen, wir finden das Bernsteinzimmer wieder... und eines Tages steht es wieder im Katharinen-Palast, Nikolaj wird es bewachen und pflegen, und du wirst im Park mit deinen Enkeln spielen und ihnen erzählen, wie Großväterchen von Flugzeugen beschossen wurde, die Narben wirst du ihnen zeigen, und sie werden überall erzählen: Unser Großväterchen ist ein Held der Nation. Stolz werden sie alle auf dich sein.«

»Aber ich schäme mich.« Wachter drehte den Kopf zur Seite. »Geschworen haben wir…«

»Hat Gauleiter Koch nicht auch geschworen: bis zum letzten Mann? Geflohen ist er, schon am 28. Januar, mit allen seinen Leuten, nach Neutief bei Pillau. Dort wartet er jetzt in einem unterirdischen Hauptquartier auf seine weitere Flucht nach Westen.« Jana umfaßte mit beiden Händen Wachters Gesicht und drehte es wieder zu sich herum. »Väterchen, gesprochen habe ich mit dem Genossen Generalleutnant Bogdanow, Kommandeur der 2. Garde-Panzerarmee. Erzählt habe ich ihm alles, habe ihm als Zeugen General Sinowjew genannt. Angerufen hat er Sinowjew, und dann hat Bogdanow gesagt: Das Bernsteinzimmer, hat Lenin gesagt, ist ein Heiligtum der Nation! Verlaßt euch auf Bagdanow. Ich werde euch helfen, wo ich kann…«

»Worte. Worte! Alles nur Worte!« Wachter umklammerte Janas Hände. »Wir hätten bei ihm bleiben müssen. Wo sollen wir es später suchen?«

»Wir kennen seinen Weg, Väterchen. Wir haben seine Spur.«

»Eine Spur? Nichts haben wir, Janaschka! Nichts. Du hättest mich auf einer Kiste festbinden müssen!«

»Dann wärst du gestorben…«

»Der einzige Grund, das Bernsteinzimmer zu verlassen, Jana. Der Tod!«

»Klage nicht, Väterchen. Lieg ruhig, sammle Kraft. Wir ziehen weiter mit unseren Soldaten nach Berlin. Der Sieg ist zum Greifen nahe. Die Spitzen unserer fünften Panzerarmee stehen vor Zehden, nur noch sechzig Kilometer von Berlin entfernt. Wir holen das Bernsteinzimmer ein, Väterchen, wir holen es ein! Nur stark mußt du jetzt wieder werden… Darum bin ich bei dir geblieben.«

Wachter nickte schwach, dann schlief er wieder ein, erschöpft von dem langen Reden und geschwächt von dem großen Blutverlust.

Er träumte, wie er das Bernsteinzimmer betrat. Aufgebaut war es wieder, in seiner ganzen sonnenleuchtenden

Pracht. Durch die Fenster flutete das Licht und ließ die Schnitzereien und Wände in allen goldenen Farben funkeln. Schon wollte er an die Wandtafel treten, aus der das Engelsköpfchen für den Zaren Peter gebrochen worden war, um es voll Demut zu küssen, da riß ihn eine Hand brutal zurück, und eine harte Stimme sagte auf englisch: *No entry!*

Kein Eintritt!? Er, Wachter, durfte nicht das Bernsteinzimmer betreten?! Auf englisch befahl man das?! Und plötzlich löste sich vor seinen Augen das Bernsteinzimmer auf, floß ineinander, zerstob nach allen Seiten, und zurück blieb eine zerstörte schwarze Wand mit Rissen und Löchern, durch die ein Sturm ihm den Hut vom Kopf riß.

Mit einem lauten Stöhnen wachte er auf. Jana war wieder bei ihm, drückte ihn in die Kissen zurück und streichelte sein Gesicht. »Ganz ruhig, ruhig...« sagte sie.

»Töchterchen, Janaschka!« schrie er und wehrte sich gegen ihre Hände. »Laß mich los! Laß mich gehen! Ich habe es gesehen... ich habe mein Bernsteinzimmer verloren... Jana, das Zimmer gibt es nicht mehr.«

Dann fiel er in Ohnmacht, und es sah aus, als sterbe er jetzt wirklich...

An einem der letzten Januartage 1945 fuhr eine SS-Kolonne mit vier geländegängigen Wagen in den kleinen Ort Nußdorf am Attersee ein und hielt vor dem Gemeindehaus. Über dem See, dem größten von Österreich und beliebt bei den Urlaubern wegen seiner herrlichen Lage zwischen Wiesen und Fels, lag dichter Nebel. Die grauen Schwaden trieben an der schroffen, steilen, zerklüfteten Wand des Höllengebirges am jenseitigen Ufer hoch. Die Straßen war schneeglatt, zum Teil vereist, und selbst die vierradangetriebenen Wagen der SS hatten Mühe gehabt, am See entlang vorwärts zu kommen. Der Kommandant der kleinen Truppe, ein SS-Untersturmführer, eingehüllt in einen langen, pelzbesetzten Mantel, sprang aus seinem Wagen und betrat das Bürgermeisteramt.

Vom Fenster aus hatte der Gemeindeschreiber mit heruntergezogenen Mundwinkeln die Anfahrt der SS-Fahrzeuge gesehen und trat nun von der Gardine zurück.

»Jetzt kommt er«, sagte der Schreiber, »in seiner ganzen Pracht.«

»Halt bloß das Maul!« sagte der Bürgermeister warnend. »Die SS seh i lieber von hinten...«

Bürgermeister Karl Wiesinger, gleichzeitig Besitzer des Lokals »Bräuwirt« in Nußdorf, war ein aufrechter Mann und Patriot. Jeden Tag verfolgte er anhand der Wehrmachtsberichte auf einer Landkarte die Bewegungen der deutschen und feindlichen Truppen und wunderte sich oft, wie geschickt die Wehrmachtsberichte große Gebietseinbußen verschleierten. Da war von strategischen Rückzügen die Rede, von Frontbegradigungen und Geländeverlegungen. Auf der Karte mitverfolgt, sah das ganz anders aus... da erkannte man, daß die gegnerischen Armeen Deutschland von allen Seiten einschnürten und immer tiefer ins Reich vordrangen. Unaufhaltsam und schnell. Vor allem aber interessierte Wiesinger die Front im Süden, von Ungarn und Bayern. Hier kam der Krieg unmittelbar auf Nußdorf zu, auch wenn nicht zu befürchten war, daß ausgerechnet der Attersee einmal die Hauptkampflinie werden würde. Von München herüber brachte der Wind das Donnern der Bombenangriffe bis nach Nußdorf, ab und zu sah man bei klarem Wetter sogar den roten Widerschein der Brände am Himmel, aber die Angst der Nußdorfer hielt sich in Grenzen. Auf sie marschierte nicht der Russe zu, sondern der Amerikaner, und das waren keine Unmenschen. Nur die Neger bereiteten im voraus Sorgen, vor allem, wenn sie betrunken waren, sollten sie wirklich wie die Wilden sein. So erzählte man... Genaueres wußte man nicht. Wer in Nußdorf war schon mal einem Neger begegnet, höchstens im Zirkus, wenn der seine Zelte in St. Georgen, Vöcklabruck, Wels oder Salzburg aufschlug.

Die Tür sprang auf, ohne Anklopfen, und der SS-Untersturmführer trat in das Gemeindezimmer. Bürgermeister Wiesinger stand an einen Aktenschrank gelehnt und wartete ab, was da kommen würde.

»Heil Hitler!« sagte der SS-Führer und ließ den Arm hochschnellen.

Wiesinger hob auch den Arm, aber er schwieg.

»Wer ist hier der Bürgermeister?«

»Ich.«

»Aha!« Der SS-Führer musterte kurz den Mann vor sich und kam dann sofort zur Sache. »Das ist ein Sonderkommando des Reichsführers SS in Verbindung mit dem AA.«

Aha, dachte Wiesinger ruhig. Auswärtiges Amt, heißt das. Kann aber auch heißen: Alles Arschlöcher! Suchen wir's uns aus.

»Grüß Gott in Nußdorf –« sagte er freundlich. »Haben Sie einen Wunsch?« Der SS-Untersturmführer holte aus seiner am Koppel hängenden ledernen Kartentasche einen genauen Plan vom Attersee und Umgebung hervor und breitete ihn auf dem Schreibtisch vor Wiesinger aus. Einige Stellen waren mit Rotstift eingekreist. Ein paar dieser Kreise waren dick durchgestrichen. Ob auch Nußdorf umrandet war, konnte Wiesinger von seinem Platz aus nicht sehen. Hat es einen Kreis, dachte er nur, wird auch er durchgestrichen, was auch der Kreis bedeuten mag.

»Haben Sie Höhlen?« fragte der SS-Führer und sah Wiesinger scharf an.

»Höhlen?« Wiesinger wischte sich schnell über das Gesicht und trat einen Schritt näher. »Was für Höhlen?«

»Tiefe, geräumige, bombensichere, trockene, naturbelüftete Höhlen...«

»Naturbelüftete... Na! Haben wir nicht. Wo sollen in Nußdorf naturbelüftete Höhlen sein?«

»In der Umgebung! In Ihren Bergen! 300 Quadratmeter genügen.«

»Wir haben auch keine 300 Quadratmeter naturbelüftete –«

Der SS-Führer winkte energisch ab. Der Gemeindeschreiber zog den Kopf zwischen die Schultern und blinzelte zu Wiesinger hinüber. Karl, sei vorsichtig. Wenn der merkt, daß du ihn verarschst...

»Hier gibt es doch überall Höhlen!« Der SS-Untersturmführer beugte sich wieder über seine Karte. »Überall! Salzbergwerke, Tropfsteinhöhlen...«

»Die sind nicht trocken«, sagte Wiesinger freundlich. »Zwar naturbelüftet, aber...«

»Schon gut!« Zufrieden sah Wiesinger, daß der SS-Führer den roten Kreis, der also doch um Nußdorf gemalt war, durchstrich. Das hätten wir, dachte er. Was nun? »Kennen Sie Höhlen?«

»Genug.« Wiesinger machte eine weite Handbewegung. »Im Dachsteingebiet gibt's genug, drüben im Höllengebirge bestimmt auch, im Salzburgischen sind die Salzbergwerke. Wozu brauchen Sie eine Höhle?«

»Unwichtig.«

»Woll'n Sie was einlagern? Da gibt es doch schon ein Depot... in Alt-Aussee.«

Der Kopf des SS-Führers schnellte hoch. »Was wissen Sie

von Alt-Aussee?!« schnarrte er. Wiesinger hörte sofort die Warnung in der Stimme.

»Ich habe das irgendwo gehört...«

»Dann vergessen Sie sofort und gründlich, was Sie gehört haben, Herr Bürgermeister.« Der SS-Untersturmführer faltete seine Karte zusammen und steckte sie zurück in die lederne Tasche am Koppel. »Im Höllengebirge, sagen Sie? Danke. Wie sind dort die Straßenverhältnisse?«

»Straßen?« Wiesinger bezwang sich, nicht zu lächeln. »Um diese Jahreszeit? Da wünsche ich Ihnen viel Glück.«

Der SS-Führer wölbte die Unterlippe vor, warf einen Seitenblick auf den Gemeindeschreiber, sagte stramm: »Heil Hitler« und verließ das Büro. Hinter der Gardine beobachteten Wiesinger und der Sekretär die Abfahrt der SS-Kolonne.

»Die wollen was verstecken«, sagte der Gemeindeschreiber. »Karl, das hat was mit der ›Alpenfestung‹ zu tun! Die rechnen damit, daß hier der Endkampf stattfindet. So eine Scheiße!«

»Warten wir's ab.« Bürgermeister Wiesinger starrte auf die schneeglatte Straße. »Das ändert sich jetzt alles von Tag zu Tag...«

Am 3. Mai 1945 warteten, verschanzt an der zu Nußdorf gehörenden Ortschaft Zell, Einheiten der Wehrmacht und SS-Soldaten einer ungarischen Division auf den Vormarsch der Amerikaner. Die 3. und die 7. US-Armee rückte über Rosenheim, Salzburg, Braunau und Linz in Österreich ein. Es gab keinen großen Widerstand, die »Alpenfestung« war ein Phantom.

Am 6. Mai 1945 um 12.30 Uhr erschienen die ersten Panzerkolonnen der 3. US-Armee in Nußdorf. Kampflos ergaben sich die deutschen Truppen in Zell.

Der kleine, schöne Ort am Attersee atmete auf. Der Krieg war für sie vorbei, das Dorf war nicht zerstört, sogar die Neger waren freundlich und schenkten den Kindern Kekse, Fruchtstangen und Schokolade.

Ein schöner Maitag war's. In der Sonne leuchtete der See. Einige Fischerboote waren draußen und fingen Saiblinge und Renken. In den Vorgärten blühten Primeln, Tulpen und Stiefmütterchen. Vom Kirchturm läuteten die Glocken.

Es gab noch keinen Frieden, aber über Nußdorf lag er bereits.

Am 9. Mai 1945 um 00.01 Uhr war der Krieg zu Ende.

In einem gewendeten amerikanischen Offiziersmantel, deutschen Kommißstiefeln und einem viel zu weiten Anzug stand Michael Wachter am 10. Mai vor den Zinnentürmen am Eingang von Schloß Reinhardsbrunn. In einem Jeep hinter ihm, neben einem kaugummikauenden GI, saß Jana Petrowna. Ein dünnes, baumwollenes Kleid trug sie, darüber einen großen Schal wegen des Fahrtwindes. Das schwarze Haar hatte sie hochgesteckt und hielt es mit einem roten Band zusammen.

Wachter starrte auf das Schloß, drehte sich dann um und ging zum Jeep zurück. Er verzichtete darauf, das Gittertor zu öffnen und zum Eingang zu gehen.

Der amerikanische Ortskommandant hatte es ihm schon gesagt: Zwanzig große Kisten waren nicht im Schloß gewesen, als man es besetzte. Eine Unmenge Material und andere Dinge, aber zwanzig Kisten ... nein!

»Hier hört es auf!« sagte er. Seine linke Schulter hing etwas herab, vor allem, wenn er ging. »Niemand weiß etwas. Das Bernsteinzimmer ist verschwunden.«

»Wir finden es, Väterchen.« Jana beugte sich über ihn und streichelte seine Wange. Sie sprachen russisch, und der amerikanische Soldat am Steuer des Jeeps spuckte seinen zerkauten Gummi über die Windschutzscheibe. Man hatte gemeinsam gesiegt, aber man mochte sich nicht. »Sei nicht traurig. Wie Wölfe werden wir sein und die Fährte verfolgen.«

»Es gibt hundert verschiedene Spuren, Töchterchen.«

»Und eine ist die richtige. Warte, bis Nikolaj zu uns kommt. Väterchen, das Bernsteinzimmer wird bald wieder in Puschkin sein.«

Wachter nickte. »Laß uns daran glauben, Janaschka.« Er stieg in den Jeep und setzte sich auf den metallenen Rücksitz. »Zum erstenmal fällt mir das Glauben schwer –« Und zu dem GI sagte er: »*Go on*.«

Der Jeep ruckte an und fuhr die Schloßstraße hinab.

Wachter senkte den Kopf, stellte den Kragen seines Mantels hoch und schloß die Augen. Wehmut drückte auf sein Herz. Und Trauer.

Gott, der du alles siehst und weißt: Wo ist mein Bernsteinzimmer ...?

Larry

DIE PERSONEN:

Michael Wachter	Verwalter des Bernsteinzimmers
Nikolaus Wachter	sein Sohn
Jana Petrowna Rogowskaja	dessen Verlobte
Lieutenant Bob Mulligan	US-Soldat und Kunsthistoriker
Captain Fred Silverman	US-Soldat und Kunstexperte
General Patton	Kommandeur der 3. US-Army
General Eisenhower	Oberkommandierender der US-Army
Larry Brooks	Sergeant der US-Army
Joe Williams	Master-Sergeant der US-Army
Eberhard Moschik	Grubendirektor von Merkers
Johannes Platow	Grubeninspektor von Merkers
Wassilissa Iwanowna Jablonskaja	sowjetische Kunstwissenschaftlerin

Die Schachtanlagen der Kaligrube Kaiseroda II/III bei der kleinen Stadt Merkers in Thüringen waren von amerikanischen Panzern umstellt. Rund um das Salzbergwerk war Flak aufgestellt worden, alle Straßen nach Merkers waren von amerikanischen Militärpolizisten gesperrt, über der Schachtanlage kreisten zwei Hubschrauber, und ein Bataillon Infanterie stand in Paradeformation auf dem Platz vor dem Verwaltungsgebäude der Grube. Eine Menge von Jeeps und Trucks war aufgefahren, schwere Lastwagen mit kompletten Werkstatteinrichtungen, drei mittelschwere Kräne standen vor den Schachteingängen, an denen Posten mit schußbereiten Maschinenpistolen warteten.

Es war der 12. April 1945. Die 3. US-Armee unter General Patton hatte Thüringen erobert in einem Sturmlauf, der atemberaubend war. Als die ersten Panzerkolonnen und Kettenfahrzeuge durch Merkers rasselten, ein Captain das Gemeindeamt betrat, den Bürgermeister und alle anderen Amtspersonen für abgesetzt und vorläufig unter Haft erklärte, war auch ein Jeep unter den Fahrzeugen, in dem Captain Fred Silverman und Lieutenant Bob Mulligan saßen. Auch sie hielten beim Gemeindeamt, verlangten den Bürgermeister und sprachen den verschüchterten Mann – wer ist nicht voller Angst, wenn er plötzlich verhaftet wird? – in einem einwandfreien Deutsch an. Silverman, als Friedrich Silbermann in Frankfurt am Main geboren, war im Februar 1933 über London nach New York geflohen, zusammen mit seinen greisen Eltern und nur mit einem Koffer in der Hand. Der Captain grüßte kurz und fragte knapp:

»Wo geht es zur Kaligrube Kaiseroda II/III?«

Der Bürgermeister erklärte es ihm und wurde etwas bleich. Silverman bemerkte es, winkte Mulligan zu und setzte sich vor dem Verhafteten auf einen der Bürostühle.

»Ich sehe Ihnen an, Sie wissen, wonach ich frage. Spielen Sie jetzt nicht den Ahnungslosen!« sagte er scharf. »Bevor wir uns selbst darum kümmern, beantworten Sie mir erst einige Fragen. Zunächst zu uns: Wir sind Mitglieder des OSS, das ist die Abkürzung von *Office of Strategic Service*! Das sagt Ihnen nichts?«

»Nein. Habe ich noch nie gehört.« Der Bürgermeister schüttelte den Kopf.

»Es ist der Name des amerikanischen Geheimdienstes. Sie sollten ihn sich gut merken. Sie werden noch oft mit ihm sprechen. Die ›Einsatzgruppe für Kunst- und Kulturgüter im deutschen Reichsgebiet‹, wir nennen sie ORION, hat seit 1944 über Agenten, durch Geheimberichte und andere Quellen eine genaue Kenntnis über die Auslagerungsstätten deutscher und geraubter Kunstschätze erhalten. Mein Kollege Mulligan und ich sind Kunsthistoriker, und wir wissen, genau wie Sie, welche Bedeutung Merkers hat.« Silverman machte eine Sprechpause und gab damit das Wort an Mulligan weiter.

Mulligan hielt sich nicht mit einer langen Vorrede auf. »Was befindet sich im Kalibergwerk?« fragte er schroff.

»Ich weiß es nicht, Herr Offizier.«

»Wann wurden die Lieferungen ausgeführt?«

»O Gott, das waren eine ganze Menge. Das begann schon 1944 und ging ab Januar 1945 erst richtig los. Laufend Transporte. Schwere Lastwagen und Eisenbahnwaggons von Weimar und Gotha... von allen Truppenteilen. Wehrmacht, Luftwaffe, SS... man hat gemunkelt, daß nach Reinhardsbrunn das neue Führerhauptquartier kommen sollte.«

»Das wissen wir.« Mulligan winkte energisch ab. »Weiter.«

»Der letzte Transport kam im Salzbergwerk am 10. April an. Lastwagen mit Schweizer Kennzeichen, Schweizer Flagge und dem Roten Kreuz. Aber da saßen keine Schweizer drin, keine Zivilisten... SS war es... sogar hohe Offiziere. So wie SS-Obersturmbannführer und SS-Standartenführer. Ja, das war, soviel ich weiß – ich habe ja nicht alles gewußt, ich wurde ja auch nie gefragt – der letzte Transport. Sie haben zwanzig Kisten, große Kisten abgeladen. Holzkisten, zum Schutz mit Firnis gestrichen, und auf den Kisten stand ›Wasserbaubehörde Königsberg‹. Ja, und alle hatten einen deutlichen roten Punkt. Mehr weiß ich nicht.«

Mulligan und Silverman sahen sich kurz an.

»Kamen die Kisten von Schloß Reinhardsbrunn?«

»Möglich. Ich weiß es nicht. Die Wagen kamen zweimal... am 9. und am 10. April.«

»Also vorgestern...« Silverman sprach nun weiter. »Und dann?«

»Dann stießen Ihre Panzerspitzen vor, und der Spuk hatte ein Ende. Alle verschwanden über Nacht.«

»Aus den Schächten ist nichts mehr mitgenommen worden?«

»Unmöglich. Dazu blieb ja keine Zeit.«

»Es ist also alles noch drin? Sind die Eingänge gesprengt?«

»Nein. Das heißt, ich weiß es nicht. Ich bin seit zwei Tagen kaum aus dem Haus gegangen. Da war die SS, wissen Sie, und KZ-Häftlinge mußten die Kisten und alles andere schleppen.«

»Und die SS hat die Häftlinge mitgenommen?« Silvermans Gesicht war schmal und kantig geworden.

»Ja.« Der Bürgermeister senkte den Kopf. »Wir können doch nichts dafür, Herr Offizier.«

Silverman erhob sich abrupt, auch Mulligan sprang auf.

»Fahren wir zum Bergwerk, Bob«, sagte Silverman mit belegter Stimme. »Alle sind sie unschuldig, alle. Aber drei Onkel, drei Tanten, zwei Cousinen und ihre Ehemänner sind in Buchenwald und Dachau verscharrt worden. Darunter drei Kinder, Bob! Aber alle Deutschen sind unschuldig... sie haben nur alle geschrien ›Führer, wir folgen dir!‹ so wie man eben schreit als sei's ein Football-Spiel...«

Sie verließen das Gemeindeamt, sprangen unten in ihren Jeep und fuhren sehr schnell in Richtung Kalibergwerk ab.

Jetzt, um fünf Uhr nachmittags, war die Schachtanlage Kaiseroda II/III zu einer Art Festung geworden. In wenigen Minuten sollten die Männer eintreffen, von denen die ganze Welt sprach: Die US-Generäle Bradley, Patton – und Eisenhower.

Der kleine thüringische Ort Merkers wurde zur Sensation.

Larry Brooks, aufgewachsen in einem Armenviertel von Brooklyn als Sohn eines Leichenwäschers in einem großen Beerdigungsinstitut, während die Mutter von sechs Uhr abends bis zwei Uhr in der Frühe als Klofrau im gekachelten Keller eines Mittelklasse-Hotels dazuverdiente, um sechs Kinder nicht hungern zu lassen, hatte als Jüngster der Brooks-Familie das für ihn einzig Richtige getan: Er hatte sich zur Army gemeldet. Sie wurde sein Zuhause, die Kameraden waren seine Familie. Er hatte ein Bett zu jeder Jahreszeit, er bekam ein gutes Essen, der Lohn reichte aus für Zigaretten, Whiskey und einen Puff-Besuch einmal pro Woche, und selbst die gesamte Kleidung stellte die Army, von den Socken bis zum Schlips. Es war ein herrliches

Leben, auch wenn man dauernd angebrüllt wurde, strammstehen mußte und sadistische Ausbilder einen durch Sandgruben oder Schlammlöcher hetzten. Kein Lohn ohne Arbeit, sagte sich Larry. Aber gegen das, was mein Alter seit Jahrzehnten machte, immer nur Tote schrubben, rasieren, anziehen und schminken, bis sie aussahen wie die ondolierten Leichen in den Hollywood-Filmen – komischerweise gefiel das den Hinterbliebenen, und sie waren von Al Brooks Leistungen begeistert –, war der Militärdienst eine saubere, reelle Sache. Als er dann Sergeant wurde und selbst kommandieren konnte, wurde die Army wirklich seine Heimat. Der Krieg gegen die *Germans,* die man »Krauts« nannte, weil in Amerika Sauerkraut mit Eisbein als Inbegriff alles Deutschen galt, die Invasion in Italien, der Vormarsch auf Monte Cassino, die Versetzung zur 3. Armee des sagenumwobenen Generals Patton, die Eroberung Deutschlands... das alles war ein verdammt harter und blutiger Job gewesen, aber eben nur ein Job für Larry, weiter nichts. Es galt nicht, die Freiheit der USA zu verteidigen, sondern den größenwahnsinnigen »Krauts« in den Arsch zu treten und diesen kleinen Schnurrbart, diesen Hitler zu beseitigen. Für die ungeheuren Massen von Material, das man aus den USA nach Europa warf, fuhr er einen schweren dreiachsigen Truck und hatte darauf schon alles transportiert, was man verladen konnte: von Granaten bis zu beschlagnahmten Kühen, von Werkstattkisten bis zu schlichten Holzsärgen.

Bei der 3. Armee, Transportbataillon II, lernte er Joe Williams kennen.

Williams war ein völlig anderer Mensch als Larry. Er war in einem guten Elternhaus aufgewachsen, zwei Jahre älter als er, und wenn Joe Bilder zeigte, waren das Fotos von einer großen weißen Villa in einem weiten Park, von einem Cadillac und Reitpferden, einem gemütlichen, dicklichen Vater, einer schlanken Mama von mexikanischem Aussehen und einer Schwester, die Hollywood auf den Kopf hätte stellen können, wenn sie sich bei den Filmbossen gemeldet hätte. Aber das hatte sie nicht nötig, Geld schien bei den Williams keine Rolle zu spielen.

Joe, einziger Sohn und damit Erbe des Riesenvermögens, das der alte Williams mit Baumwolle und Erdnüssen verdient haben wollte, mußte Whitesands, so hieß der Besitz am Meer, frühzeitig verlassen. Nicht um zu studieren, wie man schädliche Käfer von Erdnüssen fernhält, sondern um zunächst für zwei Jahre auf Weltreise zu gehen! Grund: Zehn Meilen von Whitesands entfernt war die Leiche eines jungen schwangeren Mädchens angeschwemmt worden, von dem man nur wußte, daß es öfter mit Joe gesehen worden war.

O nein, ein Verdacht fiel nie auf Joe. Sein Daddy unterstützte eine Partei, finanzierte den Wahlkampf des Oberstaatsanwalts, der gerne Gouverneur werden wollte, stiftete einen Kindergarten, sponserte eine Football-Mannschaft und ließ eine schöne Kirche bauen. Die Unbekannte wurde begraben, die Akten geschlossen, aber auf freundschaftliches Anraten des Oberstaatsanwalts schickte der alte Williams seinen Joe erst einmal nach Europa.

Dort geschah in diesen zwei Jahren Merkwürdiges. In London wurde ein Juwelier überfallen und zum Krüppel geschossen. In Rom verblutete ein Bankdirektor neben seinem geöffneten Tresor. In Berlin fand man im Grunewald einen Mann mit durchschnittener Kehle. Ein rätselhafter Mord, bis die Spezialisten der Kriminalzentrale am Werderschen Markt entdeckten, daß der Tote mit Kokain gehandelt hatte. In Budapest entdeckte das Zimmermädchen auf der 2. Etage des Hotels Metropol die Sängerin Ilona Varanady nackt auf ihrem Bett. Einen großen Blumenstrauß hielt sie in den gefalteten Händen, zwischen die üppigen Brüste gedrückt, nur war leider auch ihre Kehle durchschnitten. Daß in Whitesands Ansichtskarten von Joe aus London, Berlin, Rom und Budapest eintrafen, war bestimmt nur ein Zufall.

Joe sprach nie darüber, wie er zur Army gekommen war. Er war jedenfalls da, hatte es bis zum Master-Sergeanten gebracht und kommandierte die 1. Gruppe der Truck-Kolonne, zu der auch Larry gehörte. Joe war ein guter Vorgesetzter, hielt nicht viel vom Herumbrüllen, war ein guter Kamerad und bei allen beliebt. Nur ab und zu benahm er sich etwas merkwürdig. In den Nächten mit Neumond saß er mit finsterer Miene herum, gab kaum Antworten, war blaß im Gesicht, und einmal beobachtete Larry in solch einer Nacht zufällig, wie Joe aus dem Stall eines Bauern vier Hühner holte, sie an den Beinen hoch in die Luft hielt und ihnen mit einem ungemein scharfen Messer die Kehle durchschnitt, ja ihnen die Köpfe abhieb.

Larry behielt diese Beobachtung für sich. Der Krieg hatte

sie zu Freunden gemacht, und dabei sollte es bleiben. Nach dem Sieg sah ja alles anders aus: Larry würde nach New York zurückkehren, und Joe würde am eigenen Badestrand am Meer, irgendwo im Süden, schwimmen. Nach ein paar Briefen hin und her würde dann die Freundschaft einschlafen. Wie das so ist...

An diesem 12. April 1945 standen sie vor ihren Trucks und warteten auf Eisenhower und seine Generäle. Wie immer war Joe Williams bestens unterrichtet und hatte zu Larry gesagt:

»Da unter der Erde haben sie 'ne tolle Sache entdeckt. Ich habe gehört, daß in den Salzstollen Millionen liegen sollen.«

»Tote?« fragte Larry ahnungslos.

»Dollar, du Idiot.« Wenn Joe Idiot sagte, war das wie eine Zärtlichkeit.

»Da unten? Wieso das denn?«

»Noch keiner weiß was Genaueres. Jedenfalls kriechen da unten Kunstexperten rum und sollen sich wie Kokssüchtige benehmen. Glaubst du, Eisenhower kommt sonst in dieses Nest, wenn da unten nicht eine Sensation liegt? Mensch, Larry, denk doch an die Bergwerke, die wir schon hinter uns haben! Gemälde, Teppiche, Silber, Bücher, Porzellan, Gobelins, Ikonen, Statuen, Patentakten... Kunstschätze aus allen Jahrhunderten und Ländern, aus China, Ägypten, Rußland, Mesopotamien, Persien... ganze Museen! Aber das hier muß das Tollste sein. Wenn Eisenhower sich persönlich auf die Socken macht –«

»Na und?« Larry Brooks hob die Schultern. »Man wird alles raufholen und zu dem anderen tun.«

»Und in die Staaten bringen, Larry!«

»Klar. Wir haben ja den Krieg gewonnen... kann nicht mehr lange dauern.«

»*Wir* haben ihn gewonnen. Das hast du richtig gesehen. *Wir*! Also auch du und ich.«

»Wenn man's so sieht... stimmt.«

»Nun denk einmal nach, Larry-Boy!« Williams hatte sich neben Brooks an den Truck-Kühler gelehnt. »Von all den Millionen – sagen wir ruhig Milliarden Dollar, die man jetzt überall wegschleppt –, was sehen wir davon? Nichts! Keinen Dreck unterm Daumen. Das geht alles in die große Tasche von Washington. Siegerbeute! Aber wir, Larry, wir sind ja auch die Sieger. Was bleibt in unseren Taschen hängen? Ein paar zerquetschte Chesterfields! Soll das alles sein, was wir Mami mitbringen? Dafür haben wir Kopf und Arsch hingehalten... für nichts?«

»Ich komm da nicht mit, Joe.« Brooks hatte den Kopf geschüttelt. »Was soll das alles? Willste in eurem Schloß am Meer ein Privatmuseum aufmachen? Und dafür Bilder oder sonstwas klauen?«

»Sicherstellen, Larry. Sicherstellen. Für alle Zeiten...«

»Joe, du hast'n Knall.« Brooks hatte den Kopf zum wiederholten Male geschüttelt. »Wie willst du die Dinge rüber in die Staaten bringen?!«

»Das ist alles nur eine Frage der Organisation. Wenn Schiffsladungen von Kunstgütern über den Teich schwimmen, ist auch 'ne Ecke für uns dabei. Eine kleine Ecke im großen Schiff... Larry, in ein paar Jahren sitzt du in Florida unterm Sonnenschirm, die süße Dolly neben dir, eine Suite hast du im besten Hotel und bezahlst das alles aus der linken Hosentasche.«

»Das kannst du dir doch schon alles leisten, Joe.«

»Aber du nicht, Larry-Boy! Ein paar Bildchen nur, und du hast ein neues Leben, bist ein anderer Mensch... und hast dir nichts anderes genommen, als was dir als Sieger über die ›Krauts‹ zusteht. Überleg mal.«

»Und wie soll das gehen, Joe?«

»Warten wir ab, was sie da unten entdeckt haben. Und dann spielen wir Hühnchen und picken uns ein paar goldene Körnchen heraus.«

»Und dann?«

»Warten wir weiter ab.« Joe Williams lachte und klopfte Larry auf die Schulter. »Selbst Gott brauchte für die Schöpfung der Welt sechs Tage.«

Die Ankunft von Patton, Bradley und Eisenhower in Merkers war ein kleines militärisches Fest. Die deutschen Armeen befanden sich in Auflösung und kämpften nur noch im Norden, um Berlin und im Ruhrkessel. In Torgau hatten sich amerikanische und sowjetische Generäle die Hand gereicht, die Zusammenschnürung Deutschlands war vollendet, die Kapitulation aller deutschen Wehrmachtsverbände war nur eine Frage von Tagen, noch über 300000 Flüchtlinge aus dem Osten mußten in Sicherheit gebracht werden, und Goebbels rief in einer seiner letzten Reden in das verwüstete Land hinein: »...aber wenn wir abtreten, dann soll der Erdkreis erzittern...!«

Das war deutlich genug. Eisenhower kam nicht als Feldherr nach Merkers, sondern als Sieger.

Aber es gab keine Parade, kein Abschreiten einer Ehrenformation. Patton, Bradley und Eisenhower begaben sich sofort in das Verwaltungsgebäude des Salzbergwerkes.

Fred Silverman und Bob Mulligan erwarteten ihn im Zimmer der Direktion. Eberhard Moschik, der Grubendirektor, und einige andere Herren erhoben sich von ihren Stühlen, als die Generäle ins Zimmer traten. Der deutschen Grubenleitung war ab sofort das Betreten des Betriebsgeländes verboten worden. Unter Bewachung, als handele es sich um Kriegsverbrecher, hatte man sie zum Verwaltungsgebäude geführt, das von amerikanischer Militärpolizei, kurz MP genannt, hermetisch abgeriegelt worden war. Den Befehl dazu hatte Silverman kraft einer Vollmacht aus Washington gegeben. Merkers war eine Angelegenheit des Geheimdienstes OSS geworden. Die erste Handlung, die Silverman vorgenommen hatte, war die Beschlagnahme der Lagerlisten des Bergwerkes, in denen, mit preußischer Gründlichkeit, jeder Gegenstand aufgeführt war, der tief unten in den Salzsolen versteckt sein mußte.

Beim Durchlesen dieser Listen hatte sich Silverman hinsetzen müssen. Ihm, dem Kunsthistoriker, war schwindlig geworden. »Mein Gott«, hatte er zu Mulligan gesagt, »das darf nicht wahr sein! Das ist der Fund des Jahrhunderts... dagegen ist das Grabmal des Tutenchamun eine Müllgrube!«

Nach einer kurzen Begrüßung stellte sich Silverman vor. Auch Mulligan machte sich bekannt. Für General Patton waren sie keine Unbekannten, schon bei drei früheren Naziverstecken waren die OSS-Männer tätig geworden und hatten Millionenschätze aus deutschen Museen entdeckt. Ihre Listen für den Geheimdienst waren sensationell.

»Ich schlage vor, General, wir fahren sofort in die Grube ein«, sagte Silverman ohne lange Vorreden. »Das, was wir hier vorfinden, kann man nicht erklären, das muß man sehen und dann die Lagerlisten lesen. Ich habe ja bereits gemeldet, daß es so etwas noch nicht gegeben hat.«

»Da bin ich wirklich gespannt.« Eisenhower, mit Mütze und in einem leichten Mantel, sah sich um. Die Generäle Patton und Bradley trugen ihre Helme mit den vier großen Sternen auf der Stirnseite. Sie nickten ihrem obersten Chef zu.

»Mister Platow wird uns führen.« Silverman zeigte auf einen mittelgroßen, stämmigen Mann, der in der Gruppe der Grubenleitung stand. Da alle Deutschen vorläufig verhaftet worden waren und ihr ferneres Schicksal nicht kannten, war auch er abwartend, vorsichtig und bedrückt.

»Vortreten!« befahl Silverman auf deutsch.

Grubeninspektor Johannes Platow trat zwei Schritte vor. Eisenhower musterte ihn kurz und wandte sich dann ab. »Gehört er zu den Kriegsverbrechern?« fragte er.

»*No, Sir.*« Silverman versuchte ein knappes Lächeln. »Dann hätte ich ihn nicht mit Mister angeredet...«

Zwanzig Minuten später waren die Generäle, Silverman, Mulligan, vier andere Offiziere und drei MPs in den Schacht eingefahren. Auf der Sohle in 450 Meter Tiefe verließen sie den Förderkorb und betraten nach einem kurzen, hervorragend ausgebauten Tunnelgang die Lagerstätte. Johannes Platow ging voraus und winkte mit seiner Grubenlampe. Die drei Militärpolizisten und zwei Lieutenants, denen man auch eine Grubenlampe in die Hände gedrückt hatte, folgten ihm und verteilten sich. Sie hoben die Grubenlampen hoch und verstummten wie in Ehrfurcht.

»Okay!« sagte Silverman. »Bitte, Sir –«

Die Generäle traten ein. Vor ihnen lag eine riesige Halle, die an ein mächtiges Domgewölbe erinnerte. Kristallen schimmerte es von den Wänden, der Boden war eben, zum Teil mit Brettern belegt, zum Teil nackter, geglätteter Fels.

Über zwei Drittel der Halle waren vollgestellt mit Kisten, Kartons, Säcken, stählernen Behältern und hier unten angefertigten Verschlägen.

Ein paar Kisten und Säcke waren von Silverman und seinen Helfern aufgebrochen und aufgeschnürt worden, und der Inhalt lag nun, wie in einer Schaufensterauslage, vor ihnen.

Altrussisches Silbergeschirr, ägyptische Plastiken, Gemälde und breite, geschnitzte Goldrahmen, goldene russische Kirchenleuchter, Banknoten, Goldmünzen, Goldbarren, edelsteinbesetzte Inka-Masken. Ein Berg von Schmuck mit funkelnden Diamanten, eine Sammlung antiken Glases, ein aufgerollter flämischer Gobelin... im Schein der Grubenlampen war es, als wolle sich das Märchen vom Sesam-öffne-dich wiederholen und ihnen allen Reichtum der Welt zu Füßen legen.

Fassungslos stand Eisenhower vor diesen Schätzen. Hinter ihm starrten Patton und Bradley stumm vor Staunen in die Halle hinein.

»Jesus –« sagte Eisenhower leise, ging einen Schritt weiter und stellte sich auf die Schienen der schmalen Transportbahn, die bis zum Ende der Halle verlegt waren. Vor ihm lagen Tausende von Säcken, jeder korrekt mit einem Schild an der Schnürstelle, auf dem der Inhalt angegeben war. Auf der linken Seite lagerten die Kisten, schnurgerade aufgestellt. »Jesus... das ist unglaublich. Captain, das sind alles Kunstschätze?«

»Alles, Sir.« Silverman hatte die Listen in der Hand und las daraus vor. Mulligan hielt die Grubenlampe über ihn. »Ich gebe nur ein paar Beispiele. In dieser 450-Meter-Sohle lagern –« er zeigte auf die Sackreihen – »nach der sichergestellten Liste, die wir noch überprüfen müssen, folgende Werte, die fast das gesamte deutsche Reichsvermögen ausmachen: Deutsches Papiergeld im Wert von 187 Millionen Dollar, 110 000 britische Pfund, 4 Millionen norwegische Kronen, 89 000 französische Francs und –« er sah kurz zu Eisenhower hin, – »238 Millionen Dollar in purem Gold! Auf der anderen Seite sehen Sie über 3000 Kisten mit dem Inhalt unschätzbarer Kunstwerke aus 15 Berliner Museen, aus Weimar, Reinhardsbrunn, Königsberg und vielen anderen Museen. In einigen Nebenräumen lagern noch Kisten mit russischen Ikonen, unersetzlichen Monstranzen, drei Pharaonenstatuen, handgeschriebenen Klosterbibliotheken und einer ganzen Bibiliothek mit in Silberplatten gebundenen Büchern, edelsteinverziert.« Silverman machte eine spannungssteigernde Sprechpause, ehe er fortfuhr. »Wir alle kennen Rembrandts berühmtes Gemälde ›Der Mann mit dem Goldhelm‹. Jeder kennt die ›Vier Apostel‹ von Albrecht Dürer. Und es gibt keinen, der sie nicht von Millionen Nachbildungen her kennt: die Büste der Nofretete. Hier, Sir –« Silverman machte eine weite Handbewegung – »hier lagern sie!«

»Jesus!« sagte Eisenhower noch einmal, und diesmal war Erschütterung in seiner Stimme. »Dieser Tag wird in die Historie eingehen! Captain, ich möchte mir das näher ansehen.«

Johannes Platow und Silverman führten Eisenhower, Patton und Bradley durch die Riesenhalle und einige Nebenräume. Sie sahen Gemälde, die man nur aus Kunstbüchern kannte, sie legten Bild nach Bild nur einer Kiste um und wußten, daß allein diese eine Kiste Millionen Dollar wert war, sie kauerten sich vor die großen Koffer mit den Monstranzen und hoben die Ikonen der berühmten Nowgoroder Schule in den Schein der Grubenlampen. Und sie sprachen kaum ein Wort, und wenn sie etwas sagten, redeten sie mit gedämpfter Stimme, als seien sie in einer Kirche. Auch Kunst kann stumm machen.

Bei einem Stapel von zwanzig gefirnißten Kisten mit dicken Eisenschlössern, denen man an den abgestoßenen Ecken ansah, daß sie schon oft herumtransportiert worden waren, blieb Silverman stehen. Jetzt wurde sogar seine forsche Stimme etwas stiller, ja fast feierlich.

»Auf den Kisten steht ›Wasserbaubehörde Königsberg‹,« sagte er. »Und sie haben alle einen roten Punkt. Wir waren erstaunt, da auch in der Liste genau diese Bezeichnung steht. Wieso lagert man Behördenakten ein? Eine Tarnung für geheime Reichssachen? Akten der SS oder des Außenministeriums? Unterlagen aus Hitlers Parteikanzlei? Alle Kunstwerte sind detailliert aufgeführt, und nun zwanzig Kisten einer Behörde? Das machte mich besonders neugierig, und ich habe eine Kiste aufbrechen lassen. Nur eine, Sir... die anderen wage ich nicht anzurühren. Geschützt durch Kissen, Federbetten und Decken kam das hier zum Vorschein.« Er nahm mit Hilfe von Mulligan und zwei MPs einen der schweren Deckel von der Kiste und winkte. Die Grubenlampen wurden hingehalten. Golden, in allen Farben, vom hellsten Gelb bis zum Schwarzbraun, schimmerte eine Wandtafel aus Bernstein: Mosaike und Schnitzereien, Girlanden und Rosetten, und umgeben von einem besonders prächtig geschnitzten Rahmen aus Bernstein ein geschliffener venezianischer Spiegel. »Das Bernsteinzimmer von Zar Peter dem Großen aus dem Katharinen-Palast von *Zarskoje Selo,* jetzt Puschkin, in der Vollendung des Hofarchitekten der Zarin Elisabeth, dem Italiener Rastrelli.« Silverman hielt den Atem an, ehe er fortfuhr: »Sir... Sie stehen vor einem der größten Wunderwerke der Kunst. Lenin nannte es ein nationales Heiligtum... ein Heiligtum des russischen Volkes.«

»Wieviel Dollar?« fragte Patton nüchtern, während Eisenhower voll Ehrfurcht schwieg.

»Unschätzbar, Sir. Dafür gibt es keine Wertangabe mehr. Wer könnte sagen, was die Sixtinische Madonna kostet?«

»Und so was fällt in unsere Hand«, sagte Eisenhower

leise. Mulligan und die beiden MPs stellten den Kistendeckel wieder vor die Wandtafel. »Das darf keinen Tag länger mehr hier lagern. Das muß sofort, ich sage sofort, in Sicherheit gebracht werden. Captain, alle diese Schätze hier sind auf schnellstem Wege nach Frankfurt zu bringen, in das Gebäude der Deutschen Reichsbank. Die Tresore dieser Bank sind erhalten geblieben. Die Gemälde, Figuren und die anderen Kunstgegenstände kommen in den *Central Collecting Point Wiesbaden* (Zentrale Kunstsammelstelle der US-Streitkräfte in Wiesbaden) und bleiben dort, bis über die Kunstbeute entschieden wird. Patton –«

»Sir?« General Patton hob den Kopf.

»Sie sorgen für die nötige Sicherheit der Transporte. Schärfste Bewachung. Es könnte zu Sabotageakten oder Überfällen kommen. Ich vermute, daß wir genau beobachtet werden.«

»Es wird nichts passieren, Sir.« Patton lächelte breit. »Es wird sein, als verlagere man den amerikanischen Goldschatz aus Fort Knox.«

Nach dem Abflug der Generäle kamen Joe Williams und Larry Brooks wieder zusammen. In der Kantine des Transportbataillons saßen sie sich bei Kaffee und Schokoladenkuchen gegenüber, rauchten eine Lucky Strike, und Joe kam auf das alte Thema zurück, daß auch der kleine Soldat der Sieger sei und seinen Anteil haben müßte. Sogar Vergleiche zog er, der kluge Junge:

»Denk an Alexander den Großen, Larry-Boy«, sagte er. »Als der Persien eroberte, überließ er die Städte seinen Soldaten, und die konnten sich nehmen, was sie wollten. Auch die Frauen... Junge, das waren noch Zeiten!« Er beugte sich über den Tisch vor und senkte seine Stimme zu einem Flüstern. »Ich habe gehört, daß wir in den nächsten Tagen den ganzen Reichtum wegbringen sollen. Vierhundert Tonnen Kunst... da fallen ein paar Pfund weniger nicht auf. Laß das mal Joe machen.«

Nach Eisenhowers Besuch wurde das Bergwerk zur Besichtigung für die amerikanischen Offiziere und die niedrigen Dienstgrade freigegeben. Mit der Sorglosigkeit und Unkompliziertheit der Amerikaner stöberten die Besucher zwischen den Kisten und Kartons, Koffern und Verschalungen herum, rissen Bretter heraus, schlitzten Kartons auf, wühlten zwischen den Ikonen und Gemälden, den Silbergeschirren und Steinskulpturen, den Exponaten der ostasiatischen Sammlungen und ägyptischen Ausgrabungen. Nie ist darüber gesprochen worden und nie hat man gegen irgendwelche Personen ermittelt, aber als am 14. April auf Befehl von General Patton die erste schwere Truck-Kolonne mit den Kunstschätzen des Bergwerks Kaiseroda II/III von Merkers beladen wurde, waren eine Menge Kisten aufgebrochen und unersetzliche Kunstwerke einfach verschwunden. Es war nicht anders als bei dem anderen ungeheueren Kunstfund im Bergwerk Grasleben, das am 12. April von den Amerikanern erobert und später am 1. Juni 1945 an die Engländer übergeben wurde. In einem Top-Secret-Bericht der Engländer hieß es: »In allen aufgesuchten Lagerstätten sind verschiedene Kisten von den Investigators des CIC zu Anfang der Besetzung aufgebrochen und mit halb herausgezerrtem Inhalt zurückgelassen worden. In Grasleben waren von den 6800 Kisten mehr als die Hälfte offen, als sie später herausgeholt wurden...«

Am 14. April fuhr der erste Truck-Konvoi aus Merkers weg in Richtung Frankfurt. Patton hatte sein Versprechen gehalten: Der Transport war gesichert wie noch nie ein Konvoi vorher. Die 29 riesigen Lastwagen waren bewacht von fünf Zügen Infanterie, zehn mobilen Flakgeschützen und zwei MG-Trupps. Über der Kolonne kreisten drei Beobachtungsflugzeuge, und zwei Mustang-Bomber überflogen immer wieder die Trucks, um einzugreifen, wenn der »Werwolf«, die von den Amerikanern so gefürchtete deutsche Partisanenbewegung, den Transport überfallen sollte.

Die letzten drei Wagen wurden von Larry, Joe und einem farbigen GI gefahren, der, wie viele Schwarze, den biblischen Vornamen Noah trug. Es war eine langweilige Fahrt durch das zerstörte deutsche Land, durch Felder und Wälder und Dörfer, durch Städte, in deren Fenstern noch die weißen Fahnen hingen und wo lange Menschenschlangen an den Lebensmittelausgaben standen. Um Schokolade bettelnde Kinder rannten neben den Lastwagen her, und abends, bei der Rast an Stadträndern vor allem, strichen deutsche Mädchen um die Kolonne herum, um sich für Butter, Zucker, Mehl, gebratene Hähnchen oder eine Stange Zigaretten anzubieten. Zwar hieß Eisenhowers Befehl: *No fraternization* – aber wer konnte den deutschen »Fräuleins« widerstehen? Mary, June und Anny waren weit weg, tausend Meilen übern großen Teich...

Larry und Joe waren mit sich zufrieden. Unter den Sitzen

ihrer Trucks und den stählernen Ersatzteilkisten an den Seiten lagen bei Larry sieben Ikonen, vier alte, aus purem Silber getriebene, einzigartige russische Leuchter und ein aus dem Rahmen geschnittenes, zusammengerolltes Gemälde, das mit van Dyck signiert war. Joe transportierte in seinem Wagen zwei altrussische dreiflügelige Altar-Ikonen, zwei assyrische Steinmasken, ein Gemälde von Caravaggio, ein Gemälde von Tizian, einen kleinen Koffer voll altägyptischem Goldschmuck und die von Alexander von Humboldt dem Berliner Museum für Völkerkunde geschenkte, in der gesamten Kunstwelt berühmte Serpentinscheibe mit dem Sonnengott der Inkas. Noah, der den dritten Wagen am Ende fuhr, hatte nichts in den Kästen oder unter dem Sitz. Ihn interessierte nicht, was er da durch die Gegend fuhr... für ihn war wichtig, daß ein deutsches »Fräulein«, ein *wonderful* weißes Mädchen, nur eine Stange Chesterfield oder ein halbes Pfund Butter zusätzlich einem halben Hähnchen kostete.

Dann, sie hatten ihr Nachtquartier am Stadtrand von Alsfeld aufgeschlagen, geschah das, was niemand begreifen konnte, was nie geklärt wurde, was einfach unglaublich war und trotzdem eine Tatsache: Von den 29 scharf bewachten Trucks fehlten am nächsten Morgen drei! Sofort schwärmten Suchtrupps aus, durchkämmten die ganze Gegend, über Funk wurde der ungeheure Vorfall zur 3. Armee gemeldet. General Patton schrie herum, erließ den Befehl der strengsten Geheimhaltung, so geheim, daß Eisenhower erst viel später davon erfuhr... die drei Lastwagen blieben verschwunden, als hätten sie sich in Luft aufgelöst.

Die Fahrer waren: Larry Brooks, Joe Williams und Noah Rawlings.

»Die besten Burschen, die wir haben!« sagte der Transportkommandant, ein Colonel. »Was ist denn da passiert?«

Zwei Tage stockte der Konvoi, zwei Tage und Nächte wurde gesucht, Hubschrauber überflogen das Gebiet, so niedrig es möglich war, wie Ameisen tuckerten die Jeeps durch das Land. Nicht eine Spur fand man... eine Jeep-Besatzung stieß am zweiten Tag in einem Waldstück südlich von Alsfeld auf den toten Noah Rawlings. Er hatte ein Loch in der Stirn, lag da mit bloßem Oberkörper, und in seine glänzende, schwarze, muskulöse Brust war ein großes Hakenkreuz eingeschnitten.

Für die Amerikaner war die Lage klar: Der deutsche

»Werwolf« hatte die drei Trucks geholt. Wie das möglich war, ohne einen Laut, vorbei an den Wachen, blieb das große Geheimnis. Dem »Werwolf« war – man sah es ja – alles zuzutrauen. Wo Larry und Joe geblieben waren, wurde zum Rätsel. Hatte man sie mitgenommen? Hatte man sie wie Noah erschossen, aber besser versteckt? Die Suche wurde abgebrochen und dem amerikanischen Stadtkommandanten von Alsfeld übergeben. Der Konvoi fuhr weiter nach Frankfurt.

Nur Fred Silverman stieß einen dumpfen, fast röchelnden Laut aus, griff sich an die Brust, als stehe plötzlich sein Herz still, und wurde bleich wie ein Leichentuch, als die Meldung in Merkers auf seinen Tisch kam.

»Das Bernsteinzimmer –« stammelte er und sah dabei Mulligan aus entsetzten Augen an. »Bob... das Bernsteinzimmer war auf den drei Trucks. In zwanzig Kisten! Und vierzehn französische Impressionisten! Bob!« Und dann schrie er seine ganze Qual hinaus: »Das Bernsteinzimmer ist weg!«

An diesem Abend besoff sich Silverman so, daß man glaubte, er werde an Alkoholvergiftung sterben. Er schüttete den Whiskey in sich hinein, als sei er ein Faß ohne Boden. Besinnungslos fiel er um und wurde ins Militär-Hospital gebracht.

Von da an interessierte ihn nicht mehr, was die Konvois vom 14. und 17. April aus der Grube von Merkers nach Frankfurt brachten. Ihn interessierten überhaupt keine neu entdeckten Lagerstätten der Nazis mehr... er kannte nur noch eins: die Suche nach dem Bernsteinzimmer – bis zum Ende seines Lebens.

Das Bernsteinzimmer war ihm zum Schicksal geworden.

Sie hielten auf einer kleinen Straße südlich von Alsfeld am Ufer des Flüßchens Antrift an, um kurz nachzusehen, was Noah im dritten Wagen tat und vor allem dachte. Bei der Abfahrt hatte er nichts gesagt... sein Master-Sergeant hatte es befohlen, also mußte es richtig sein. Aber mittlerweile mußte es auch einem simplen Geist wie Noah aufgefallen sein, daß irgend etwas nicht stimmte. Als Larry und Joe nach hinten kamen, hockte Noah mit nachdenklichem Gesicht hinter seinem Lenkrad und kaute auf seinem Gummi.

»Alles okay?« fragte Joe. Noah schüttelte den Kopf.

»*No*…«

»Wo fehlt's denn?«

»Joe, das ist doch ein krummes Ding, was wir hier machen.«

»Unser Bibeljunge wacht auf!« Williams lachte. Er wartete, bis Noah aus dem Truck gesprungen war. Er war ein großer, athletischer Neger mit riesigen Armmuskeln, der einen Weltmeister im Boxen abgegeben hätte, wenn er nicht Angst vor Schlägen an den Kopf gehabt hätte. Als Kind hatten ihm weiße Jungen einen Stein an den Kopf geworfen, vier Wochen lag er im Hospital. Seitdem ließ er nichts mehr an seinen Kopf heran, auch wenn ihm Trainer und Manager vorrechneten, daß er Millionen Dollar verdienen könnte mit seinen Muskeln und seiner Bullenstärke.

»Ich weiß nicht, was ihr vorhabt«, sagte Noah bedächtig. »Ihr habt mich da hineingezogen, ich bin an allem mitschuldig… also steht mir auch ein Drittel von allem zu. Egal, was.«

»Unser Blackyboy kann rechnen.« Williams lachte wieder, aber es klang jetzt etwas rauher, mit einem gefährlichen Unterton. »Paß mal auf, Kleiner. Das hier ist ein Sonderkommando. Das ›Special of Joe Williams‹. Verstehst du?«

»*No*.«

»Ist auch nicht nötig. Für uns, Blacky, ist der Krieg zu Ende, wir sind vermißt, gehen eine Zeitlang in Deckung und tauchen irgendwann mal irgendwo wieder auf, wenn uns alle vergessen haben.«

»Ich will nach dem Krieg nach Hause!« sagte Noah laut. »Joe, ich will nicht tot sein, wenn auch nur so.«

»Okay, darüber reden wir noch.« Williams stieß Brooks verstohlen an. Der verstand den Rippenstoß nicht und hob nur die Augenbrauen. »Du bist noch vor uns bei deiner Mami…«

»Meine Mom ist tot.«

»Na ja. War nur so 'ne Redensart.«

»Und was wird aus den Trucks?«

»Da fällt mir noch was ein.« Joe grinste breit. »Mir fällt zur Zeit überhaupt viel ein. Los, fahren wir weiter.«

Noah hielt seine breite Hand hin und sah Williams fordernd an. »Ein Drittel, Joe. Garantiert.«

»Du erhältst, was dir zusteht, Blacky.« Williams schlug in die Pranke ein. »Verlaß dich drauf.«

Sie fuhren die ganze Nacht durch, sehr vorsichtig und nur

auf kleinen Nebenstraßen, die eine feste Decke hatten und deshalb keine Spuren aufnahmen. Es regnete sogar eine Stunde, als helfe ihnen auch noch die Natur, spurlos zu verschwinden. Beim Morgengrauen kamen sie in das Gebiet des Naturschutzgebietes Vogelsberg, bogen in einen befestigten Waldweg ab und hielten am Fuß des 772 Meter hohen Berges Taufstein an. Dichter Wald umgab sie.

Den ganzen nächsten Tag kletterten sie auf dem Taufstein herum und suchten. »Wo ein Berg ist, gibt's auch Höhlen!« hatte Joe gesagt. »Wir werden doch wohl noch zwanzig Kisten unterbringen können...«

Den ganzen Tag lang kreisten über ihnen Hubschrauber und ein Aufklärungsflugzeug, sonst störte sie niemand. »Sie suchen uns«, sagte Larry einmal. Sie lagen im Wald unter den Bäumen, flach auf den Boden gedrückt, bis der Hubschrauber weiterknatterte.

»Sie werden uns noch monate-, noch jahrelang suchen, Larry.« Williams setzte sich und holte eine Zigarette aus der Tasche. Er trug seinen Stahlhelm, wohl berechnend, daß sich jeder »Kraut«, wenn er in die Nähe kam, beim Anblick des amerikanischen Stahlhelms schnell aus dem Staub machte. Noch war ja Krieg, noch waren die US-Truppen Feinde, noch durften sie auf alles schießen, was verdächtig war. Die Ruhe im eroberten Land war so lange trügerisch, wie es noch keine Kapitulation der deutschen Wehrmacht gab. Die Heeresgruppe B unter Generalfeldmarschall Model hatte sich zwischen Rhein, Ruhr und Lippe eingeigelt und den »Ruhrkessel« geschaffen. Am 14. April überrannten die 9. US-Armee und die 1. US-Armee die deutschen Truppen und Model erschoß sich selbst. Zur gleichen Zeit stießen die Russen nach Berlin vor, im Norden Deutschlands sammelten sich die letzten deutschen Divisionen, abgeschnitten von allem, von Munition, Nachschub und Verpflegung. Aber der große, ersehnte Befehl: Das Ganze halt. Helm ab. Gott, wir danken dir... war noch nicht gekommen. Joe Williams hatte schon recht. Ein amerikanischer Stahlhelm verscheuchte jetzt noch die »Krauts«.

Es war ausgerechnet Noah, der eine Höhle fand. Dichtes Gebüsch verdeckte den Eingang, der gerade hoch genug war, daß man die Kisten durchschieben konnte. Ein schmaler Gang kam zuerst, dann die Höhle selbst, uneben, zerklüftet, feucht, glitschig, aber groß genug, um die zwanzig Kisten aufzunehmen.

»Bernstein rostet nicht«, sagte Joe, nachdem er die Höhle besichtigt hatte. »Und die Kisten haben eine Schutzschicht gegen Feuchtigkeit. Jungs, hier können sie eine Zeitlang stehen, bis die Welt anders aussieht. Los, spuckt in die Hände.«

Nur mühsam kamen sie mit den Trucks bis in die Nähe der Höhle heran, und dann begann eine Knochenarbeit mit Schleppen, Heben und Drücken, Meter um Meter, bis sie alle zwanzig Kisten in die Höhle gezwängt hatten. Sogar drei junge Bäume hatten sie gefällt, um die Stämme als Rollen zu benutzen, und es zeigte sich, daß Noahs Bullenkräfte unbezahlbar waren. Er spannte sich wie ein Stier in die Seile und zog die Kisten den schrägen Weg zur Höhle hinauf. Larry und Joe drückten von hinten, keuchend, ächzend und mit Flimmern vor den Augen. Am Nachmittag hatten sie es geschafft.

»Und nun?« fragte Noah. Mit bloßem Oberkörper, schweißbedeckt, saß er auf dem Trittbrett seines Trucks und löffelte aus einer Dose kaltes Huhn. »Die Kisten hätten wir weg. Was wird aus uns?«

»Darüber denke ich nach.« Joe Williams nahm einen Schluck Whiskey aus der Flasche. »Zuerst sprengen wir den Eingang zur Höhle zu.«

»Womit?« fragte Larry.

»Larry-Boy, Joe denkt an alles. Ich habe eine Stange Sprengstoff mitgenommen. Die reicht. Brauchen ja nur den Eingang zu verschütten. Und dann? Alles schön der Reihe nach.«

Joe kannte sich aus, es gab keine laute, weithin hörbare Explosion, als die Ladung hochging und der Höhleneingang verschüttet wurde. Zufrieden besichtigten er und Larry das Ergebnis und drückten sich die Hände.

»Das ist perfekt!« sagte Larry. »Da findet niemand mehr die kleinste Spur.«

»Und nun zum nächsten.« Joe Williams wirkte ausgesprochen heiter. »Jetzt machen wir eine kleine Spazierfahrt mit zwei Trucks.«

Noah fragte nicht lange, als er hörte, daß Williams sich die Gegend ansehen wollte, wo man die Trucks verstecken konnte. Wieder über einsame Wege fuhren sie zurück in Richtung Alsfeld, bis Williams an einem Waldrand zwischen den Flüssen Antrift und Schwalm plötzlich anhielt. »Hier –« sagte er zu Larry, der neben ihm saß. Hinter ihnen bremste Noah. »Das ist eine gute Stelle.«

»Wozu?« fragte Larry verwundert.

»Zum ersten Schritt in die Zukunft, Baby.« Joes Stimme hatte sich auf einmal verändert. Sie klang kalt und metallhart. »Wir steigen aus, du nimmst deine Pistole und schießt Noah ein schönes Loch in die Stirn.«

»Nein, Joe!« Larry zuckte zusammen und duckte sich wie eine Katze zum Sprung. »Das kannst du nicht verlangen! Das mache ich nicht. Du bist total verrückt, Joe!«

»Verrückt bist du, Larry.« Williams sah Brooks mit einem kalten Blick an. »Du bist auf der Leiter, Millionär zu werden. Nur noch ein paar Stufen, und du bist ganz oben! Der Junge aus den Slums.«

»Nicht für einen Mord!« schrie Larry. »Warum tust du es nicht?!«

»Ich will mir sicher sein.« Joes Kälte ließ Brooks frieren. »Ich muß wissen, daß du mich nicht verrätst, mir nicht in den Rücken fällst, mich nicht betrügst.«

»Ich bin doch dein Freund, Joe –«

»Freundschaften können bei Millionen Dollar sterben. Wenn du Noah in seinen Himmel schickst, weiß ich, daß du immer zu mir hältst.«

»Das schwöre ich dir, Joe.«

»Dann nimm die Pistole und geh zu Noah...«

»Joe –«

»Ja oder nein? Auch Schwüre kann man vergessen, aber ein Killer vergißt nie! Wir sind jetzt Außenseiter, Larry, Vogelfreie... da gelten andere Gesetze. Wir beide bauen uns ein neues Leben auf. Laß nicht einen Balken auf dich runterstürzen.«

Brooks verstand. Er warf noch einen verzweifelten Blick auf Williams, stieg aus dem Truck und ging nach hinten. Noah war ebenfalls ausgestiegen und sah ihm entgegen. Er hatte seine Jacke nur über die Schulter geworfen, der breite Brustkorb war bloß, er schwitzte noch immer. Je näher Larry zu ihm kam, um so langsamer ging er. Seine rechte Hand lag auf dem Koppel, nicht weit von seinem Pistolenhalfter entfernt.

Um sein Herz krallte es sich wie eine Eisenklammer, als er Noahs breites, grinsendes, glänzendes schwarzes Gesicht sah. Tu etwas, dachte er, frag mich etwas, greif mich an, laß dein Gehirn arbeiten und die Lage erkennen, Noah, steh nicht so grinsend herum, merk doch endlich, was los ist... Aber wie sollte der gute, harmlose Noah Rawlings merken, daß sein Leben nur noch eine knappe Minute dauern würde?

»Hier stellen wir die Trucks ab?« fragte er sogar ungläubig. »Und den ganzen Weg latschen wir zurück? Larry, das ist doch 'n idiotischer Plan. Meine Beine sind fast lahm...«

»Wir gehen auch nicht zu Fuß«, sagte Larry mit erstickter Stimme. Er spürte in seinem Nacken Joes Blick, der sich aus dem Wagenfenster lehnte und wartete. »Es ist alles so furchtbar, Noah, alles so sinnlos...«

Mit einem Ruck riß er die Pistole heraus, starrte auf Noahs Stirn, ließ den Lauf in Augenhöhe schnellen und drückte sofort ab. Er war einer der besten Schützen, und genau in der Mitte der Stirn platzte das kleine Loch auf. Mit einem erstaunten Kinderblick sah ihn Noah an, obwohl er schon in derselben Sekunde tot war, dann warf ihn der Aufschlag nach hinten auf den breiten Rücken. Nur ein schmaler Blutfaden floß aus der Wunde.

Williams sprang aus seinem Truck und rannte zu Larry. Er klopfte ihm auf die Schulter, beugte sich stumm über den Toten, nahm sein breites Kombimesser aus dem Gürtel und ritzte in die schwitzige, muskelbepackte Brust ein großes Hakenkreuz. Als er sich aufrichtete, sah er Larrys Pistole auf sich gerichtet.

»Mach keinen Scheiß, Larry«, sagte Joe leise und gefährlich. »Allein bist du eine Null. Nur mit mir kommst du zu 'ner Villa in Miami. Wir sind ein Team, begreif das! Los, steig ein... in Noahs Wagen. Ich fahr voraus.«

»Warum mußtest du auch noch Noahs Brust zerschneiden...« Larry steckte seine Pistole in das Halfter, Joe atmete sichtbar auf. Das war knapp, dachte er. Larry hat ein empfindsames Gemüt, und da gibt es leicht Kurzschlüsse.

»Wenn sie ihn finden, sagt jeder: Das war der deutsche ›Werwolf‹. Und uns haben sie gekidnappt oder auch gekillt und besser vergraben. Wir werden von der Liste gestrichen. Köpfchen muß man haben, Larry.«

»Du bist ein Gangster, Joe«, sagte Larry leise. »Jawohl, ein Gangster. Jetzt weiß ich es. Und die Millionen von deinem Vater... schmutziges Geld. Heißt ihr überhaupt Williams?«

Joe war weit davon entfernt, beleidigt zu sein. Er gab sogar eine Antwort.

»Wir heißen jetzt Williams, okay? Mein Daddy war ein cleverer Bursche, nicht einen Verdacht, nicht eine Verhaftung, nicht eine Anklage. Wie auch? Er hat mit einer lautlos arbeitenden Organisation ausgesucht hübsche Mädchen an südamerikanische Puffs verkauft. Nie in die USA. Engländerinnen, Schwedinnen, Finninnen, wundervolle Püppchen aus Korea, den Philippinen, Hongkong, Singapur und Macao, braune Schönheiten von Samoa, Tahiti, Fidji und den Cook-Inseln... Larry, die gingen weg wie frischer Schokoladenkuchen. Mit fünfzig setzte sich Daddy zur Ruhe und ließ sich als Wohltäter bis hinauf zum Senat in Washington feiern.« Williams lächelte Brooks breit an. »Das ist doch ein ehrliches Geschäft, Larry, der eine handelt mit Maschinen oder Apfelsinen, der andere mit Fötzchen...«

»Und du bist ein eiskalter Killer!«

»Im Augenblick bist du es, Larry-Boy. Los, steig ein! Wir bringen Noahs Wagen dorthin, wo sie ihn finden werden.«

Sie fuhren durch das Land, stellten Noahs Truck hinter einer einsam am Feldrand stehenden, leeren, verfallenen Scheune ab und kehrten dann zum Taufstein zurück.

Zwei Monate später, im Juni, als der Krieg schon sechs Wochen zu Ende war, meldeten Einwohner von Kronberg im Taunus, daß auf einer Waldschneise seit etwa drei Wochen zwei amerikanische Lastwagen parkten. Ohne Fahrer. Das wäre doch merkwürdig. Ein Jeep mit vier MPs raste zur Fundstelle, sie untersuchten die Trucks, stellten erstaunt fest, daß die Tanks noch halb voll waren, und fuhren sie nach Frankfurt zum Hauptquartier. Dort stellte man anhand der Nummern sehr schnell fest, daß sie zu einer Transportstaffel der 3. Armee gehört hatten und in der Liste der Verluste am 16. April als vermißt eingetragen waren. Bemerkung: Voraussichtlich Überfall des »Werwolfs«. Die Sache deckte sich mit der Meldung über den erschossenen GI Noah Rawlings und dessen später aufgefundenen Wagen.

Der Fall wurde abgehakt und mit einer Randbemerkung geschlossen. Joe Williams und Larry Brooks waren zwar verschwunden, aber nach Lage der Dinge konnten sie nicht mehr leben. Der zuständige Offizier in der 3. Armee erklärte sie für tot und ließ die Angehörigen verständigen.

Larrys Eltern weinten, obgleich sich Larry in den letzten Jahren kaum bei ihnen hatte sehen lassen. Der alte Williams ließ auf dem Friedhof von Whitesands eine große Marmorsäule zum Gedächtnis an seinen Sohn errichten und mit militärischen Ehren und Salutschüssen einweihen. Sein Ansehen als Vater eines Helden stieg noch mehr. Nur Mrs.

Williams, die zeit ihres Lebens glaubte, ihr Mann handele wirklich mit Baumwolle und Erdnüssen, nur ihr Sohn sei das große Sorgenkind, sagte tapfer:

»Wer weiß, wofür es gut ist. Joe war ein so ganz anderer Mensch als wir...«

Um diese Zeit lebten Larry und Joe mit gekauften gefälschten Pässen sorglos in Frankfurt, bauten in der Moselstraße ein vormals halbzerstörtes Haus auf und gründeten ein Striptease-Lokal mit Bar und drei Etagen Einzelzimmer. Es war ein Edelbordell, eines der ersten nach Kriegsende und deshalb eine Goldgrube. Vor allem die GIs standen Schlange, die Deutschen hatten kaum Geld dafür, denn ein anständiger Fick hatte den Gegenwert von einem Pfund Kaffee, und das kostete 1947 pure 500 Reichsmark. Dafür kauften sich die Deutschen lieber Butter, Speck, einen Braten oder eben Kaffee. Die Dollars aber, welche die GIs den Mädchen zwischen die Titten drückten, waren hartes, gutes Geld.

Ende 1947 funktionierte der Postverkehr mit den USA wieder reibungslos. Die besiegten »Krauts« erwiesen sich nach einer Entnazifizierungswelle als durchaus ernstzunehmende Mitmenschen, während man die ehemaligen Kriegsverbündeten, die Russen, nur noch mit der Zange anpacken wollte, was den Mitsiegern schweres Kopfzerbrechen bescherte und Churchill zu der Bemerkung hinreißen ließ: »Wir haben die falsche Kuh geschlachtet«. Genau am 10. November schickte Joe Williams einen kleinen Brief an seinen Daddy mit der lapidaren Mitteilung:

Lieber Dad,
Dein Joe lebt. Für heute nicht mehr. Du hörst bald von mir Genaueres. Warte und frage nicht. Dein Jonnyboy.

In Whitesands schlug der Brief wie eine Bombe ein, aber man verhielt sich still. Der alte Williams sprach nicht darüber. Mrs. Williams begann in der von ihnen gestifteten Kirche jeden Tag zu beten, die Marmorsäule blieb stehen und wurde wie bisher mit frischen Blumen geschmückt. Aber sonst hielt sich der Alte einen Teufel an die Bitte seines Sohnes. Er machte einen umfangreichen Apparat von Privatdetektiven und Agenten mobil, ließ seine Beziehungen spielen und kurbelte eine Suchaktion ohne Beispiel an.

Umsonst. Joe, der seinen Vater genau kannte, hatte den Brief natürlich nicht in Frankfurt zur Post gegeben, sondern war extra dafür nach Hamburg gefahren und hatte ihn dort in den Kasten der Bahnpost gesteckt. Hamburg aber war englisch besetztes Gebiet... die Suche des alten Williams lief sich tot.

Larry verzichtete auf Nachricht. Die wäre auch nie angekommen – sein Vater, der Leichenwäscher, starb an Kehlkopfkrebs, ihm folgte Anfang 1947 Larrys Mutter an Herzversagen. Seit Larrys Todesnachricht war sie immer weniger geworden, wie eine abbrennende Kerze. Der Tod ihres Mannes blies die Kerze aus.

Die verschüttete Höhle im Vogelsberg-Gebiet war bis jetzt nicht entdeckt worden. Der Eingang war in den beiden Jahren zugewachsen, die Höhle lag sowieso an einer Stelle, an die kaum ein Wanderer kam und die auch für das Forstamt uninteressant war. Die krüppeligen Bäume lohnten keinen Holzeinschlag.

Das Bordell in Frankfurt blühte. Brooks und Williams waren zufrieden. Sie hatten Zeit, und die Zeit half ihnen. Das Bernsteinzimmer geriet in Vergessenheit. Wichtigere Probleme bestimmten das Geschehen: der Aufbau Europas.

Das Bernsteinzimmer nahm ihnen keiner mehr weg.

Kleine Irrtümer merkt man gleich, große Irrtümer bedürfen der Reifung.

Vieles hatte sich geändert seit dem Tag im Jahre 1945, an dem Michael Wachter und Jana Petrowna am Eingang von Reinhardsbrunn standen und dann mit einem vom Ortskommandanten geliehenen Jeep resignierend zurückgefahren waren. Die letzte Spur hatte ihnen eine alte Köchin des Schlosses gegeben: In den Bogengängen unter dem Ahnensaal des Schlosses hätten Anfang 1945 zwanzig große Kisten gelagert. Im Schloß erzählte man sich, daß sie aus Königsberg stammten, wie es ja auch auf den Deckeln stand: Wasserbaubehörde Königsberg, aber daß sie nichts mit einer Behörde zu tun hatten, sondern das berühmte Bernsteinzimmer enthielten. Und weiter erfuhr Wachter von der Köchin, daß die Kisten später in das weitverzweigte unterirdische Bunkersystem des neuen Führerhauptquartiers »Wolfsturm« gebracht werden sollten oder nach Saalfeld.

Dort hatte Gauleiter Koch nach seiner Flucht aus Königsberg über Pillau sein neues eigenes Hauptquartier aufschlagen wollen... einerseits, um in der Nähe seines Führers zu sein und damit in Bormanns Nähe, andererseits, um »sein« Bernsteinzimmer nicht aus den Augen zu verlieren. Hitlers und Kochs Pläne wurden durch den schnellen Vormarsch der Amerikaner und der Russen vereitelt – die unterirdischen Anlagen wurden nie bezogen. Aber die zwanzig Kisten, so erzählte die Köchin, waren noch da gewesen, im Bogengang. Dann kamen zwei große Lastwagen mit dem Roten Kreuz und der Rote-Kreuz-Fahne, luden die Kisten auf und fuhren davon. Wohin, das wußte sie nicht, das wußte niemand. Auffällig war nur, daß die Rote-Kreuz-Wagen von SS-Offizieren gefahren wurden. Hohen Offizieren, sagte die Köchin. Sie habe gehört, wie ein Soldat, stramm stehend, gerufen hatte: »Jawoll, Herr Standartenführer.«

Wachter und Jana waren sofort nach Saalfeld gefahren, aber in Saalfeld waren die Kisten nie angekommen. Die Spur verrann wie ein Wassertropfen in der Wüste.

»Es ist in der Nähe«, hatte Wachter zu dem Ortskommandanten von Friedrichroda, zu dem Schloß Reinhardsbrunn gehörte, gesagt. »Ich wittere es wie ein Wolf! Es ist hier... im weiten Umkreis... aber es ist da! Irgendwo haben sie es versteckt.«

Der Kommandant, ein Oberstleutnant der 3. US-Armee, sah an Wachter und Jana vorbei an die Wand, an der ein Bild des seit kurzem zum US-Präsidenten gewählten Harry S. Truman hing. Jana, die ihn aufmerksam beobachtete und in seinem Gesicht zu lesen schien, sagte plötzlich:

»Sie wissen mehr, als Sie uns sagen. *Was* wissen Sie mehr?«

Sie sprachen deutsch miteinander, und trotz der zwölf Jahre, die zwischen der Auswanderung und der Rückkehr des Oberstleutnants lagen, hörte man noch den schwäbischen Zungenschlag heraus. »Ich habe Ihnen nichts zu sagen...«

»Das mag sein... aber Sie wissen mehr.« Wachter griff in seine Rocktasche. Der viel zu weite Anzug schlotterte um seinen Körper. Ein Papier holte er heraus, das in vier Sprachen abgefaßt war... in deutsch, englisch, französisch und russisch. Es bat alle Besatzungsmächte, dem Michail Wachterowskij bei der Suche nach dem Bernsteinzimmer mit allen Mitteln behilflich zu sein. Dann folgte eine Beschreibung, was das Bernsteinzimmer überhaupt war und daß es die Nazis aus Puschkin gestohlen hatten. Der US-Oberstleutnant winkte ab und nahm das Schreiben gar nicht in die Hand.

»Ich kenne es ja«, sagte er. »Sie haben mir's schon zweimal gezeigt.« Er zögerte und fügte dann hinzu: »Wenden Sie sich an das OSS beim Stab der 3. Armee. Verlangen Sie Captain Fred Silverman. Aber verraten Sie bloß nicht, von wem Sie den Tip bekommen haben! Ehrenwort.«

»Sie haben es.« Wachter drückte ihm die Hand. »Und was weiß dieser Silverman?«

»Das müssen Sie ihn selbst fragen. Viel Glück.«

»Auch das muß ich suchen.« Wachters Antwort klang wie ein Hilferuf. Er legte den linken, bei bestimmten Bewegungen noch immer schmerzenden Arm um Janas Schulter und ging hinaus.

Am nächsten Morgen verließen sie Friedrichroda mit einem zur Verfügung gestellten Beutewagen, in einem alten Adler, in dessen Türen noch Maschinengewehrkugeln steckten.

Es war ein weiter Weg, bis sie Captain Silverman fanden.

Da ihnen, trotz des überall vorgezeigten Schreibens, keiner der US-Kommandeure sagen wollte, wo sich gegenwärtig das Hauptquartier der 3. US-Armee und General Patton befand, schickte man sie nach Nürnberg zu einer Dienststelle des Geheimdienstes. In der fast völlig zerstörten Stadt bekamen sie ein Barackenzimmer bei einer amerikanischen Pioniereinheit, wurden von der Kompanieküche verpflegt und warteten. Viermal wehrte Jana Petrowna in diesen Tagen zudringliche Soldaten ab. Ein schwarzer GI versuchte sogar, erst durchs Fenster zu klettern und nachher die Tür aufzubrechen, aber das bekam ihm nicht gut, denn Jana hatte seit Wochen immer ein Stück Eisenrohr bei sich, wie man es für eine Wasserleitung verwendet. Sie hatte es durchbohren lassen, hatte einen Strick durch das Loch gezogen und trug das Eisenrohr jetzt am Gürtel ihres Kleides.

Es war schon oft nützlich gewesen, so wie auch jetzt, wo der liebestolle GI nach Aufbrechen der Tür schon beim ersten Schritt über die Schwelle einen so kräftigen Hieb über den Kopf bekam, daß er lautlos zu Boden ging und besinnungslos blieb, bis ihn zwei MPs abholten.

»Ich möchte den Kompaniechef sprechen!« rief Wachter erregt. »Das ist das viertemal, daß wir belästigt werden. Ist das etwa das sogenannte freie amerikanische Leben?«

Die MPs verstanden kein Deutsch. Sie starrten Jana nur an und grinsten anzüglich.

»Sei still, Väterchen«, sagte sie da auf russisch. »Was bringt's? Es ist eine böse Zeit, können wir sie ändern? Sieh doch, ich kann mich wehren.«

Zwei Wochen warteten sie in Nürnberg. Zwei verlorene Wochen, wie Wachter meinte. Durch die zerstörten Straßen gingen sie, sahen Frauen und Kinder in den Ruinen wühlen und Ziegelsteine abklopfen, ob man sie noch verwenden konnte.

Keller wurden ausgegraben, zerborstene Wände geflickt und die mit Trümmern verstopften Straßen freigeschaufelt. An den Lebensmittelausgabestellen stauten sich die Menschenschlangen ebenso wie an den Hydranten, wo man eimerweise das Wasser holen konnte. Die deutschen Verwaltungsdienststellen hatten unter amerikanischer Aufsicht wieder mit der Arbeit begonnen und versuchten, Ordnung in das Chaos zu bringen. Der Krieg war ja nun seit dem 9. Mai zu Ende, es gab nicht mehr Freund und Feind, sondern nur noch Sieger und Besiegte. Und überall, am Bahnhof, auf den Plätzen, am Fuße der Burg, an der alten Stadtmauer und den Türmen begann, zunächst zaghaft, der Schwarzmarkt. Endlich, in der dritten Woche, kam ein Offizier zu Wachter und Jana und lehnte sich in den Türrahmen. In einem gebrochenen Deutsch sagte er:

»Telefon... hin und her... Jetzt alles okay! Captain Silverman ist in Austria. In Salzburg. Okay?«

Er grüßte und verließ das Zimmer.

»In Salzburg«, sagte Wachter und setzte sich an den Tisch. »Jana, wir müssen nach Salzburg. Silverman ist vielleicht der einzige, der uns weiterhelfen kann.«

»Aber dort ist nicht das Bernsteinzimmer, Väterchen.«

»Wissen wir's? Die Amerikaner haben ein riesiges unterirdisches Lager mit Kunstschätzen in Alt-Aussee entdeckt. Hitlers persönlicher Schatz soll es sein, haben sie uns erzählt. Das ganze Lager ist noch gar nicht erfaßt... vielleicht sind die zwanzig Kisten aus Königsberg darunter. Jana, an jeden Hoffnungsstrahl müssen wir uns klammern.«

Sie fuhren mit dem klapprigen, zerschossenen Adler-Wagen nach Salzburg und erfuhren im Hauptquartier des 15. US-Armeekorps, daß Captain Silverman mit seinem OSS-Büro auf Schloß Klessheim einquartiert war. Am nächsten Morgen dann, endlich, endlich, standen sie vor Silverman, ließen ihn ihre Legitimation lesen und warteten auf seine Reaktion.

Silverman legte das Schreiben in den vier Sprachen und mit den vielen Stempeln vor sich auf den Schreibtisch und blickte zu Wachter und Jana Petrowna auf. Jetzt sind die Russen auch da, dachte er. Natürlich, ihnen gehört ja das Bernsteinzimmer, wenn man historisch denkt. Historisch dachten auch die Deutschen und sagten: Es gehört uns. Es ist heimgekehrt. Und wenn wir als Sieger denken, kann es heißen: Es gehört den USA, denn wir haben es erobert. Es ist Kriegsbeute. Das ist rechtlich nicht haltbar, aber was gilt Recht im Krieg? Wem das Bernsteinzimmer letztendlich auch gehört ... es ist weg. Es gibt keine Probleme mehr ... bis man es wiederfindet.

»Sie sprechen deutsch?« fragte er.

»Ja«, antwortete Wachter. »Ich bin Deutscher.«

»In Ihrer Vollmacht steht: Wachterowskij. Russe.«

»Ich war und bin in russischen Diensten. Seit fast 230 Jahren.«

»Dafür haben Sie sich gut gehalten. So alt sehen Sie wirklich nicht aus.«

Der alte, dumme Witz. Wachter lächelte schwach.

»Ich hoffe, daß meine Nachkommen auch weitere 230 Jahre das Bernsteinzimmer betreuen können.«

»Wenn es da ist.«

»Deswegen sind wir zu Ihnen gekommen, Captain Silverman.«

Silverman hob beide Arme hoch, als richte Wachter eine Waffe auf ihn.

»Bitte, überzeugen Sie sich –« sagte er mit Bitterkeit in der Stimme, – »ich habe es nicht in der Tasche.«

»Aber Sie haben es gesehen, Captain.«

»Wer hat Ihnen das gesagt?«

»Wir haben Informationen gesammelt – wären wir sonst bei Ihnen?«

Silverman fiel auf den Bluff herein. Er ließ die Arme sinken und blickte Jana erstaunt an, die jetzt sagte:

»Wir haben die Spur der zwanzig Kisten von Königsberg

über Berlin, Weimar, Friedrichroda und Schloß Reinhardsbrunn verfolgt. Von dort hat man auf Lastwagen mit dem Roten Kreuz und mit Schweizer Autonummern das Bernsteinzimmer weitertransportiert.«

»Das stimmt.« Silverman tappte blind in die Falle. »Und als wir die Kaligrube von Merkers durchsuchten, stand ich vor den Kisten.«

Es war das erstemal, daß Wachter und Jana den Namen Merkers hörten. Keiner hatte ihnen je etwas davon gesagt, nur Andeutungen hatte es gegeben. In Saalfeld war einmal ein amerikanischer Offizier mit der Bemerkung herausgerückt: »Hier in Thüringen haben Millionenschätze übereinander gelegen.« Wo, das hatte auch er verschwiegen.

Merkers. Wo liegt Merkers? Eine Kaligrube...

Weder Wachter noch Jana ließen sich anmerken, welch ein Aufruhr in ihnen ausgebrochen war. Als wüßten sie das alles, sahen sie Silverman nickend an. Der Captain starrte zur Seite hinaus aus dem Fenster. Eine warme Frühlingssonne lag über dem Park von Schloß Klessheim, über den Wegen, Büschen, Beeten und Steinfiguren. Ein richtiger Friedenstag mit einem weiten blauen Himmel.

»Dann wissen Sie, wo das Bernsteinzimmer ist?« fragte Wachter.

»Natürlich.«

Durch Wachter zuckte ein heißer Stich. »Wo?«

»Es hat sich aufgelöst in Luft.« Silvermans Stimme bebte in der Erinnerung vor Erregung. »Es ist ganz einfach verschwunden.«

»Das gibt es nicht«, sagte Jana laut. »Zwanzig große Kisten... ein paar Lastwagen voll!«

»Genau drei Armee-Trucks. Wir haben auf Befehl Eisenhowers alle in der Schachtanlage Kaiseroda II/III gefundenen Kunstschätze und Geldsäcke mit zwei Transporten nach Frankfurt gebracht. Am 14. und am 17. April. Konvois unter größter Bewachung. Trotzdem verschwanden von dem ersten Transport am 16. April die drei Trucks mit dem Bernsteinzimmer. Die Trucks fand man später wieder und einen der Fahrer, Noah Rawlings. Erschossen. In seine Brust war ein Hakenkreuz eingeritzt. Daraus folgerten wir: Der deutsche ›Werwolf‹ hat die Trucks entführt. Nur, wie er das so lautlos fertiggebracht hat, ist uns ein Rätsel geblieben.«

»Und die anderen Fahrer?« fragte Wachter.

»Sind nie wieder aufgetaucht und werden vielleicht einmal durch Zufall als Gerippe im Wald entdeckt.« Silverman wandte sich ihnen wieder zu. »Sie suchen im Auftrag der sowjetischen Regierung das Bernsteinzimmer. Ich habe mir selbst den Auftrag gegeben. Wir sollten uns zusammentun...« Er atmete tief durch. »Mein Gesuch auf Entlassung aus dem OSS liegt bereits in Washington auf dem Tisch. Dort hält man mich anscheinend für verrückt...«

»Wir sind auch Verrückte, Captain«, sagte Wachter sarkastisch. »Nur so werden wir durchhalten. Eine bittere Frage: Ist es möglich, daß man das Bernsteinzimmer bewußt hat verschwinden lassen, um es dann heimlich in die USA zu bringen?«

»Wie denn? Und wer denn? Herr Wachter, Sie bezichtigen US-Offiziere des Kunstraubes?!«

»Es war nur so eine verrückte Idee, Captain«, sagte Wachter schnell. »Ich habe in diesen Tagen gehört, daß in einem Bergwerk bei Grasleben, wo über 6000 Kisten Kunstschätze versteckt gewesen waren, die Hälfte davon aufgebrochen war, bevor Grasleben von den Engländern übernommen wurde. Es waren Amerikaner... das CIC und Angehörige der 50. US-Armee.«

»Davon weiß ich nichts.« Silverman richtete sich steif hoch. »So vieles ist noch Hetze!«

»Und in Merkers war das nicht möglich?«

»Nein. Da war ich und paßte auf. Auf gar keinen Fall konnten zwanzig Kisten dieser Größenordnung heimlich verschwinden.«

»Wir sollten noch einmal in Merkers mit der Spurensuche beginnen, Captain.«

»Dann müssen Sie sich beeilen.« Silverman lehnte sich in seinem Stuhl weit zurück. Er schürzte die Lippen und drückte damit aus, für wie absurd er das alles hielt. »Aufgrund der alliierten Beschlüsse und der Einteilung Deutschlands in Besatzungszonen hat General Eisenhower befohlen, Sachsen und Thüringen zu räumen und den Sowjets zu übergeben.«

»Was?!« Wachter zuckte zusammen, aber es war nicht aus Entsetzen, sondern aus Freude. »Unsere Soldaten kommen nach Thüringen?«

»Ich denke, Sie sind Deutscher?« fragte Silverman befremdet.

»Dann ist Merkers russisch?« rief Jana Petrowna.

»Nein... russisch besetzt. Das ist ein Unterschied. Wir bleiben in Bayern, aber deswegen ist Bayern nicht amerikanisch, sondern bleibt Deutschland. Wie das alles in den nächsten Jahren aussieht – wer weiß das?«

»Wenn Merkers russisch besetzt wird, können wir dort ungestört arbeiten.« Wachter schloß kurz die Augen. Das Deutschland, das er bisher nur von der Landkarte kannte, gab es nicht mehr. Es war zerschlagen und zerteilt worden. Durch die Straßen Berlins, der Heimat seiner Vorväter, marschierten sowjetische Truppen. »Darüber freue ich mich: Die sowjetischen Behörden werden uns bei unserer Suche nach dem Bernsteinzimmer überall unterstützen.«

»Die amerikanischen auch«, sagte Silverman fast beleidigt. »Aber weder Ihre Behörden noch meine sind Magier, die das Bernsteinzimmer herbeizaubern können.« Silverman ließ seinen Stuhl wieder nach vorn kippen. »Überhaupt, was wollen Sie in Merkers suchen? Da ist nichts mehr... die Grube ist leergeräumt. Die drei Trucks sind in Alsfeld verschwunden. In Hessen.«

»In Alsfeld...« sagte Wachter gedehnt. Das war eine völlig neue Spur, von Hessen war nie gesprochen worden. Alle bisher theoretisch möglichen Wege einer Verlagerung der zwanzig Kisten aus Reinhardsbrunn wiesen in Richtung Göttingen, Westsachsen oder Mecklenburg (wenn das Bernsteinzimmer wieder in die Nähe Berlins gebracht worden war) und in die allgemeine Richtung Süden, vor allem zur »Alpenfestung« und nach Österreich. Aber Hessen lag völlig außerhalb aller Mutmaßungen. »Man hat also doch eine Spur –«

»Wenn Sie es so nennen wollen, jawohl. Seit Wochen wird dort gesucht.«

»Wäre es möglich, daß die Kisten von Alsfeld weiter nach Süden oder nach Nordwesten gebracht worden sind?«

»Möglich ist alles.« Silverman machte eine weite Handbewegung. »Die Welt ist groß... aber ich könnte schwören, das Bernsteinzimmer ist noch in Deutschland.«

»Dann finden wir es auch!« sagte Wachter voller Zuversicht. »Captain Silverman, wollen wir gemeinsam suchen?«

»Sie nehmen mir das Wort aus dem Mund.« Silverman erhob sich von seinem Stuhl. »Für mich ist die Suche aber erst dann möglich, wenn ich meine Entlassung aus dem OSS erhalten habe und auch die Army auf mich verzichtet. Ich muß auf Washington warten.« Er zeigte aus dem Fenster in den Park von Schloß Klessheim. »Wollen Sie hier mit mir warten? Im Schloß ist Platz genug. Ist es nicht wundervoll? Der Blick über Salzburg, hinüber zur Veste, das Panorama der Berge, die Seen des Salzkammergutes vor der Tür. Hier könnte ich leben. Sie wissen, daß ich ein deutscher Jude bin?«

»Ich habe es angenommen, Captain.«

»Zwölf Jahre lang habe ich Heimweh gehabt nach diesem Deutschland. Nach diesem schrecklichen Deutschland! Vierzehn Verwandte sind in Buchenwald, Flossenbürg und Mauthausen umgekommen, erschlagen, zu Tode gequält, in der Gaskammer, als Opfer von medizinischen Versuchen. Und trotzdem hatte ich Heimweh, verstehen Sie das?«

»Ja. Janaschka und ich ... wir haben auch Heimweh nach Puschkin ... aber nur mit dem Bernsteinzimmer.«

»Vielleicht bleibe ich wirklich hier in Österreich. Vielleicht kann man mich als Kunsthistoriker gerade hier in Salzburg gebrauchen. Hier atmet Kunst aus jedem Stein.« Silverman schüttelte den Kopf und lächelte schwach. »Pläne ... der größte Krieg aller Zeiten ist zu Ende, und wir machen schon Pläne. Wie sieht die Zukunft aus, Herr Wachter?«

»Ich kenne nur ein Ziel: das Bernsteinzimmer.«

»Und wenn Sie dadurch zum ewigen Wanderer werden?«

»Dann muß es so sein, Captain«, sagte Wachter in fast feierlichem Ton. »Dann ist es Gottes Wille.«

Die Entlassung Captain Silvermans zog sich hin. So einfach kann man nicht vom Geheimdienst abspringen, vor allem nicht, wenn man so viel wußte wie Fred Silverman und seine von ihm geleitete Einsatzgruppe ORION für Kunst und Kulturgüter im deutschen Reichsgebiet. Außerdem leitete er eine Abteilung der *T-Forces,* eine Spezialeinheit, die nach Auswertung der Geheimberichte nicht nur verborgene Schätze, Patente, Archive oder Bibliotheken suchte, sondern auch untergetauchte, versteckte oder unter falschem Namen lebende Kriegsverbrecher. Ein solcher Mann will gehen, wirft seine Aufgabe hin?

Captain Silverman wurde nach Washington befohlen. Am 3. August flog er nach Amerika. Zur Berichterstattung, wie es hieß. Zum Verhör, wie er wußte.

Wachter und Jana hielten es auf Schloß Klessheim nur bis

zum Juli aus. Sie fuhren, noch immer mit dem alten Adler-Wagen, zurück zur amerikanisch-sowjetischen Zonengrenze, über die von Hitler so geliebte Autobahn München–Berlin, und zeigten den amerikanischen Posten nördlich von Hof ihre Ausweise. Ein Lieutenant nickte, warf mit amerikanischer Unkompliziertheit einen Blick auf die Ausweisbilder, verglich sie mit den Personen und gab den Weg frei.

Auf sowjetischer Seite empfing sie zunächst Mißtrauen, vor allem als Jana auf russisch »Guten Tag, Genossen!« rief. Sie wurden in eine Baracke gebracht, wo ein junger Oberleutnant vor einem Radio saß und andächtig eine Arie aus der Oper *Eugen Onegin* hörte. Er blickte kurz auf, zeigte auf die Wand, der Posten schob Jana und Wachter an die Bretterwand, und dort standen sie, bis die Arie zu Ende war. Der Oberleutnant drehte das Radio unwillig leiser. Das nächste Stück war die Ouvertüre zu *Ruslan und Ludmila.*

»Woher? Wohin?« fragte er im Befehlston.

»Von Salzburg nach Berlin, Genosse Oberleutnant«, antwortete Wachter auf russisch.

»Warum?«

»Deswegen. Lesen Sie –«

Wachter entfaltete das viersprachige Papier und legte es dem Offizier auf die Tischplatte. Die Wirkung war verblüffend. Mit einem kurzen Blick erfaßte der Oberleutnant die vielen Stempel auf dem Papier, drehte sofort das Radio aus, blickte erstaunt zu Jana und Wachter und beugte sich über das Schreiben. Die Wunderkraft der Stempel wirkte. Je mehr Stempel auf einem Papier, um so ehrfurchtsvoller wird ein Russe. Ein Stempel kommt von einem Amt, und je mehr Ämter gestempelt haben, um so wichtiger muß die Person sein.

»Seien Sie willkommen, Genossen«, sagte der Oberleutnant nach der Lektüre des Briefes. »Natürlich können Sie sich frei bewegen, wohin Sie wollen. Das Bernsteinzimmer suchen Sie? Ich habe davon schon gehört, von dem Zimmer, in der Armee-Zeitung stand es, die Faschisten haben es gestohlen. Was diese Hunde nicht alles gestohlen haben, nicht wahr, Genossen?! Bekommen wird jetzt alles wieder?«

»Wer weiß das?« Wachter nahm das Papier wieder an sich, faltete es und steckte es ein. »Wir können weiterfahren?«

»Wohin Sie wollen, Genosse.« Der Oberleutnant lachte jungenhaft. »Von mir aus bis Sibirien.«

»Vielleicht später«, sagte Wachter trocken. »Froh werden wir sein, wenn wir mit dem alten Wagen von Berlin aus Leningrad erreichen.«

»Nach Leningrad wollt ihr, Genossen? Welch ein Weg!«

»Wir sind von Leningrad bis hierher gekommen, dann geht's auch zurück. Genauer gesagt: Puschkin ist das Ziel.«

»Dann gute Fahrt, Genossen.« Der Oberleutnant gab Jana und Wachter die Hand. Einen langen Blick warf er über ihre schäbige Kleidung. Einen Beauftragten mit so vielen Stempeln stellte man sich anders vor. »Wer unterstützt Sie eigentlich?«

»Sie, Genosse Oberleutnant, zum Beispiel.« Jana lachte ihn an. »Wir brauchen Benzin, Motoröl, Brot, Butter, Marmelade, Wurst, Büchsenfleisch, Gurken, Zwiebeln...«

»Geräucherten Stör und Kaviar vom Asowschen Meer...«

»Auch gut, Genosse.«

»Einen Schein stelle ich aus«, sagte der Oberleutnant und bremste seine Heiterkeit ab. »Den legen Sie dem Stadtkommandanten von Saalfeld vor. Er wird Ihnen Lebensmittelkarten geben, damit können Sie überall einkaufen oder in einem Hotel und einem Restaurant essen, wenn Sie ein offenes finden.«

»Es wäre praktischer, von Lager zu Lager der Roten Armee zu fahren und dort zu essen.«

»Versuchen Sie es, Genossen.« Der Oberleutnant grinste verlegen. »Sie kommen von den Amerikanern, sind verwöhnt, nicht wahr? Die haben zehnmal mehr zu essen als wir, ihre Verbündeten.« Er hob resignierend die Schultern. »Aber eine Kascha werdet ihr bekommen oder eine Kapusta. Legt schnell die Verwöhntheit ab, Genossen. Am fetten Topf degeneriert man zu schnell –«

Zwei Wochen waren sie unterwegs, schliefen in Kasernen oder Feldlagern der Roten Armee, aßen mit den Offizieren, erzählten vom Bernsteinzimmer. In Berlin bekamen sie von der Zentralstelle der sowjetischen Verwaltung neue, richtigsitzende Kleidung. Einmal hielt Wachter im Offizierskasino von Karlshorst einen Vortrag über Puschkin, den Katharinen-Palast und das Bernsteinzimmer, was ihnen einen anderen Wagen einbrachte, einen Beutewagen Marke Horch, ein geradezu luxuriöses Fahrzeug mit sowjetischer Militärnummer. Noch ein paar Stempel mehr drückte man auf ihr Papier, auf dem jetzt die Namen von vier Generälen und einem Marschall der Sowjetunion prangten, und mit dieser Ausrüstung setzten sie die Fahrt nach Puschkin fort.

Noch einmal besuchten sie Königsberg, die fast menschenleere, zerstörte Stadt, den zerbombten Hafen mit den Schiffswracks, das ausgebrannte Schloß mit den zerborstenen Mauern. Noch einmal stieg Wachter hinunter in den Keller des »Blutgerichts«, wo das Bernsteinzimmer und er alle Zerstörungen überlebt hatten. An der Außenwand der Tür hing sogar noch das Hitlerbild, aber man hatte das Gesicht des Führers zerschnitten, und unten am Geschlecht war das Bild aufgeschlitzt. Im Kellerraum standen noch Tisch, Stühle und das Feldbett, nur die Matratzen und das Bettzeug fehlten, im Schrank das Geschirr und die Bestecke und auch den Ofen hatte man mitgenommen. Es war damals kalt gewesen in Königsberg, von Januar bis April 1945. Unglaublich, daß alles nur sechs Monate her war seit jenem Januartag, an dem der Transport mit Hauptmann Leyser auf die Flucht geschickt wurde.

Jana Petrowna fuhr zum Krankenhaus. Nur leicht beschädigt war es, an der Pforte saß ein alter Mann im Kontrollraum, unbekannte deutsche und sowjetische Schwestern eilten durch die Gänge, neue Ärzte begegneten ihr auf den Fluren und sahen sie fragend an, und dann stand sie in Friedas Zimmer. Nichts hatte sich verändert: Der breite Schreibtisch war da, der Maschinentisch mit der Schreibmaschine, die abgestoßenen Aktenschränke und der abgewetzte Linoleumboden. Nur Frieda war nicht mehr da, eine andere Oberschwester saß auf ihrem Platz, im gleichen, überbreiten Stuhl, extra für Frieda angefertigt, und hinter der Schreibmaschine hockte ein schmales, blasses, junges Mädchen mit einem Mausgesicht.

»Ja, bitte?« fragte die Oberschwester, als Jana eingetreten war und sich stumm umschaute. »Sie wünschen?«

»Nichts.«

»Das ist etwas Neues.«

Das Mäuschen an der Schreibmaschine hob den Kopf und grinste verlegen.

»Wo ist Oberschwester Frieda Wilhelmi?«

»Das weiß ich nicht. Ich kenne sie nur aus den Unterschriften in den Akten. Als ich hier anfing, war sie weg. Wohin? Keine Ahnung.«

»Wann haben Sie hier angefangen?«

»Am 15. April... sechs Tage nach der Kapitulation von Königsberg.«

»Und Dr. Pankratz?«

»Ist am 2. April bei einem Bombenangriff gefallen.«

»Und von Frieda keine Spur?«

»Keine. Ich weiß gar nichts. Wer sind Sie denn?«

»Ich habe dort –« sie zeigte auf den Platz an der Schreibmaschine –« gesessen und... und wurde dann versetzt.«

»Tut mir leid.« Die Oberschwester zuckte mit den Schultern. »Damals sind so viele Menschen in Königsberg spurlos verschwunden oder als unbekannte Tote begraben worden. Die Russen schossen ja fast pausenlos in die Stadt. Wer da auf der Straße erwischt wurde... ein namenloser Toter mehr. Es war die Hölle.«

»Danke.« Jana nickte der Oberschwester zu. Ihre Kehle war trocken und wie geschwollen. »Danken wir Gott, daß jetzt alles vorbei ist.«

Sie verließ Friedas Zimmer, lehnte sich draußen an die Flurwand und weinte. Niemand blieb stehen und fragte. Man hatte in Königsberg immer Grund, zu weinen... denn ein Königsberg gab es nicht mehr.

Am 3. August, dem Tag, an dem Captain Silverman nach Washington abflog, lag Puschkin vor ihnen... die breite, von hohen Bäumen gesäumte Zufahrt des Katharinen-Palastes. Eine zerstörte Fassade, eingesunkene Dächer, zerbrochene Mauern. »Mein Gott«, sagte Wachter leise und faltete die Hände. »Mein Gott –«

In einigen der mehr oder weniger beschädigten Prunkräume war ein Kommando der Roten Armee untergebracht worden, um den Katharinen-Palast zu bewachen. Auch wenn man bekanntgegeben hatte, daß jeder, der etwas aus dem Palast mitnahm, als Plünderer betrachtet und sofort erschossen würde, so sicher war man sich nicht, daß von den unüberblickbar vielen, dennoch geretteten Kunstschätzen nicht doch eine Kleinigkeit beiseite geschafft wurde. Ein ziselierter Silberlöffel, ein handgetriebener silberner Kerzenleuchter, chinesische Prozellantellerchen, eine kleine Vase, ein assyrisches Glas, eine goldene Tabatiere... es gab so viele Dinge, die man in eine Hosentasche stecken oder unter einer Mütze mitgehen lassen konnte.

Nach der Zerstörung des Schlosses und dem Rückzug der deutschen Truppen am 15. Januar 1944 aus Puschkin hatten vor allem die eingesetzten Puschkiner Frauen die Trümmer weggeräumt. Feuerwerkertrupps der Roten Armee durchsuchten Schloß und Parks nach Blindgängern, versteckten Bomben und Sprengsätzen, und eine Kommission von Kunstexperten besichtigte die Paläste des ehemaligen *Zarskoje Selo* und stellte fest, daß die Deutschen sachverständig und gründlich gestohlen hatten. Was man nicht vorher schon nach Leningrad in Sicherheit gebracht hatte, war verschwunden oder zerstört... nur wenige Teile waren gering genug beschädigt, daß man sie wieder restaurieren konnte.

Aber dafür war jetzt keine Zeit. Auch nicht im Jahre 1945, dem Jahr des Sieges. Es galt, die zerstörten Städte und Dörfer aufzubauen, die Landwirtschaft und die Industrie notdürftig in Schwung zu bringen, die Bilanz von Tod und Vernichtung zu ziehen und die Milliarden Rubel aufzubringen, das verbrannte Land wieder zum Blühen zu erwecken. Die Kunst konnte warten... ein hungernder Mann findet keinen Gefallen mehr an einem Gemälde von Raffael. Zuerst hieß es, Wohnungen bauen... für die Schlösser war der kommende Frieden lang genug.

Auch der Katharinen-Palast war soweit aufgeräumt worden, daß man wieder durch die Räume gehen konnte. Einige der prunkvollen Säle waren sogar mit geretteten Möbeln ausgestattet worden. Ständig im Einsatz tätige Putzkolonnen von Frauen aus Puschkin sorgten dafür, daß etwas Sauberkeit den einstigen Glanz des Palais ahnen ließ und daß im Winter der Frost nicht noch mehr zerstörte. Ein Verwalter überwachte alle Arbeiten und sortierte vor dem Abtransport der Trümmer alles heraus, was man später für die Erneuerung noch gebrauchen und einbauen konnte.

Eine ganze Weile standen Wachter und Jana Petrowna vor der zerstörten Fassade, blieben in ihrem Horch-Wagen sitzen und schwiegen erschüttert.

Der Krieg hatte aus Europa ein Ruinenfeld gemacht, Jahrhunderte von Kulturen waren im Granaten- und Bombenhagel vernichtet worden, waren in Brand aufgegangen oder mutwillig in die Luft gesprengt worden – aber war das ein Trost für Michael Wachter? Das hier war *sein* Katharinen-Palast, war *sein* Puschkin, war einst *sein* Bernsteinzimmer gewesen. Fast 230 Jahre hatte ein Wachter in diesen Räumen gelebt, war dafür geboren worden und dafür gestorben. Zaren und Zarinnen waren gekommen und gegangen, hatten unter dem Gesang der Priester und Mönche und dem Geläut der Glocken ihre Seele ausgehaucht oder waren ermordet worden. Rasputin, der Wundermönch, hatte in *Zarskoje Selo* seine wilden Sauf- und Liebesgelage abgehalten und hatte sogar zweimal im Bernsteinzimmer vor dem Zarewitsch gesessen und mit dem Streicheln seiner Hände einen Anfall der Bluterkrankheit des kleinen Alexej aufgehalten. Trotzkij war durch das Schloß gegangen; Lenin hatte ergriffen im Bernsteinzimmer gestanden und es zum russischen Heiligtum erklärt. Stalin hatte sich auf einem Stuhl mitten ins Zimmer gesetzt und sich geduldig, was sonst nicht seine Art war, die Geschichte des Bernsteinkabinetts von Wachter erzählen lassen, vor allem die Orgien der großen Katharina II., die sich oft mit ihrem jeweiligen Geliebten in dem Zimmer eingeschlossen hatte, um sich im Glanze des »Sonnensteines« besonders angeregt zu verlustigen. Immer war ein Wachter zur Stelle gewesen, immer war ein Wachter der Vertraute gewesen, und über Georgij Ludwigowitsch Wachterowskij hatte Rasputin ein Kreuz geschlagen, wonach er nie wieder krank wurde und im Alter von 101 Jahren friedlich, während des Schlafes, zu Gott einging.

Hatte ein Wachter nicht das Recht, beim Anblick der Trümmer *seines* Schlosses Tränen in die Augen zu bekommen?

So saßen sie also stumm in ihrem Auto. Jana Petrowna hatte den Arm um Wachters Schulter gelegt, und sie ließ ihm Zeit, sein Inneres zur Ruhe zu bringen. Vom säulengetragenen Eingang in den Park kam ein sowjetischer Major langsam auf sie zu. Er hatte die Mütze in den Nacken geschoben, den Uniformrock aufgeknöpft und sogar den Hemdkragen geöffnet. Hier draußen nahm man es nicht so genau, Kontrollen waren selten, und kam mal ein höherer Offizier zum Katharinen-Palast, dann wurde das vorher rechtzeitig gemeldet, und man konnte sich schnell wieder korrekt kleiden. Es war heiß. Die Augusttage in Leningrad können brennen, und dieser Sommer 1945 war besonders heiß und lag schwer über dem Land.

Der Major betrachtete den großen Horch-Wagen, las die sowjetische Militärnummer, sah aber nur zwei Zivilisten im Auto, einen älteren Mann und eine schöne, höchst interessante Frau mit hohen Wangenknochen und leicht schräg gestellten Augen. Er zog seine Mütze etwas tiefer in die

Stirn, was ihn amtlicher machte, dann trat er an die Wagentür mit der heruntergekurbelten Scheibe heran.

»Haben die Genossen Fragen?« sagte er und sah Jana wohlgefällig an.

Wachter nickte, öffnete die Tür und stieg aus. Auf der anderen Seite tat Jana das gleiche. Tief holte Wachter Atem und stieß mit der Luft den Rest seiner Erschütterung heraus.

»Ich kenne das Palais von früher«, sagte er. »Kann ich es betreten und mich umsehen?«

»Sie kennen es, Genosse? Sie werden weinen.«

»Ich habe bereits geweint, Genosse Major.«

»Ich kannte den Palast nicht, als ich hierherkam. Aber viele, die ihn jetzt besucht haben und sich erinnerten, haben auch geweint. Was wollen Sie sehen? Nicht alles ist zu besichtigen... es gibt Teile, die sind gesperrt wegen Einsturzgefahr. Nur wenig ist übriggeblieben. Das meiste liegt noch in Leningrad und wird – so sagt man – erst wiederkommen, wenn das Schloß wieder aufgebaut worden ist.«

»Ich weiß es.« Wachter blickte zu dem Teil des Schlosses hinüber, den er so gut wie kein anderer kannte. »Das Bernsteinzimmer möchte ich sehen.«

»Weg ist es, Genosse. Gestohlen von den Faschisten! Ein schönes Zimmer muß es gewesen sein.«

»Es gab nicht Schöneres. Ein greifbares Wunder war's. Der Himmel, die Sonne, die ganze Schönheit der Welt, das leuchtende Meer, aus dem der Bernstein kam. Menschen gab es, Genosse Major, die standen vor seinen Wänden, falteten die Hände und beteten.« Wachter holte wieder tief Atem. »Ich möchte es sehen, das Bernsteinzimmer... die leeren Wände...«

»Fragen Sie den Verwalter.«

Durch Wachter zuckte es wie ein Stich. Auch Jana Petrowna spürte eine Beklemmung, begriff Wachters Betroffenheit, kam zu ihm und legte ihm wieder tröstend den Arm um die Schultern.

»Einen Verwalter gibt es?« fragte Wachter. »Es gibt wieder einen Verwalter?«

»Eingesetzt von der Zentralstelle der Schlösserverwaltung.« Der Major bemerkte die Betroffenheit in den Gesichtern der Besucher und winkte lächelnd ab.

»Ein guter, zugänglicher Mann ist er, Genossen. Wird euch nicht verweigern, das leere Zimmer anzusehen. Hat schon viel aufgeräumt hier im Schloß. Hat die Putzbrigade und die Maurer fest im Griff. Ohne ihn –« der Major verzog sein Gesicht – »wär's hier noch wie vor einem Jahr.«

»Dann gehen wir, Töchterchen.« Wachter blickte wieder hinüber zu den Fenstern des ehemaligen Bernsteinzimmers. Neue Scheiben hatte man eingesetzt und auch die Fensterrahmen erneuert. In die Zimmer stach darum die Sonne wie in offene Höhlen. Wachter gefiel das; auch der neue Verwalter schien das Bernsteinzimmer sehr zu lieben und hatte es als einen der ersten Säle geschützt. Und als sie die Schloßhalle betraten und der Major zurückgeblieben war, sagte Wachter: »Verraten wir dem neuen Verwalter nicht, wer wir sind, Janaschka. Reden lassen wir ihn, erklären soll er uns das Bernsteinzimmer, und wenn er fertig ist, sage ich zu ihm: Genosse, das haben Sie falsch erzählt und das und das haben Sie vergessen. Früher war hier ein Michael Wachter, der wußte mehr ... Ein fröhliches Stündchen wird's werden.«

»Und nachher willst du nicht sagen, wer du bist, Väterchen?«

»Nein, Janinka. Erst fahren wir weiter nach Leningrad und suchen die Menschen, die Nikolaj gekannt haben. Vielleicht können sie uns zeigen, wo sein Grab ist, und wir können ihm Blumen bringen.«

»Du glaubst, daß er doch noch gefallen ist?«

»Die letzte Nachricht war vor sieben Monaten. Freunde von Sylvie funkten es aus Leningrad. War's die Wahrheit? Warum von da ab keinen Ton mehr? Abgeschlossen habe ich mit dem Schicksal, der letzte Wachter zu sein.« Er sah die halbwegs erhaltene breite Treppe hinauf, die zum Bernsteinzimmer führte. »Jetzt gilt es Abschied nehmen von 230 Jahren treuen Diensten.« Er atmete tief durch, um Luft für eine feste Stimme zu bekommen. »Ob der neue Verwalter in unserer Wohnung lebt? Kann ich ihn bitten, sie mir zu zeigen?«

»Wir werden ihn fragen, Väterchen. Bestimmt wird er dich verstehen. Aber dann mußt du dich ihm zu erkennen geben. Was geht einen Fremden die Verwalterwohnung an?«

»Recht hast du, Janaschka, wie immer. Man muß sich das überlegen, sehr überlegen.«

Die breite Treppe gingen sie hinauf, ganz langsam, als wollten sie Stufe um Stufe genießen oder Abschied nehmen. Dann standen sie vor der Haupttür des Bernsteinzimmers, die Dr. Findling 1941 als fehlend reklamiert und ausbauen hatte lassen. Jetzt hatte man eine einfache Brettertür eingehängt, nur mit einer alten Klinke und ohne ein Schloß. Was sollte man auch abschließen? Die kahlen Wände? Was gibt's in einem leeren Raum zu stehlen?

Trotzdem drückte Wachter mit sichtbarer Ehrfurcht die Klinke herunter, öffnete die Tür und trat in das Zimmer ein. Jana ließ ihn vorangehen und folgte ihm erst nach einer Minute, blieb an der Tür stehen und atmete kaum.

Wachter stand in der Mitte des Raumes, die Hände auf dem Rücken, so wie er Jahrzehnte da gestanden hatte, allein oder mit einer Gruppe Besucher. Er stand im Zimmer, als leuchteten noch von den Wänden die Bernsteinmosaike, als blitzten die Sockel und Paneele, die Girlanden und geschnitzten Köpfe, die Engel und die Masken, die venezianischen Spiegel und eingelassenen Gemälde.

Das wertvolle Intarsienparkett aus den verschiedensten Hölzern und mit Perlmutteinlagen, vielleicht einer der schönsten Fußböden der Welt, war noch, bis auf einige aufgebrochene Stellen, erhalten. Der neue Verwalter oder wer auch sonst hatte sauberes Sägemehl darüber schütten lassen. Mit den Schuhspitzen schabte Wachter eine kleine Fläche frei und spürte das Glück, diesen Boden wieder unter seinen Füßen zu haben. Auch die Deckengemälde waren noch vorhanden und unversehrt. Gepflegt waren sie, das sah er sofort, vorsichtig abgewaschen und vom Staub befreit. Es fehlten nur die Wände, die verschwundenen zwanzig Kisten mit dem Bernstein-Wunder, und er, Michael Wachter, hätte wieder hier stehen können und in russisch oder in deutsch sagen können: »Liebe Genossen, meine Damen und Herren. Was Sie hier sehen, werden Sie nie wieder und nirgendwo sonst sehen: das Bernsteinzimmer... das eingefangene Gold der Sonne...«

Nein, er würde es nie wieder sagen. Das Bernsteinzimmer war verschollen, und ein neuer Verwalter hatte das Wachtersche Erbe übernommen. Vorbei war alles, Vergangenheit, Historie. Es war der Augenblick, in dem Wachter wußte, daß er ein alter Mann war. Ein Mensch von gestern.

Nur eins blieb ihm noch: die Suche nach dem Bernsteinzimmer.

Ganz langsam drehte er sich um sich selbst, schloß die Augen und sah vor sich die Wandtafeln, wie sie 230 Jahre lang dagewesen waren. Sogar das kleine Loch sah er, das Fjodor Fjodorowitsch, der Urahne und erste Wächter für das Bernsteinzimmer, am 26. Januar 1725 hinterlassen hatte, als er den kleinen Engelskopf aus dem Getäfel brach, um ihn Zar Peter dem Großen mitzugeben in die Ewigkeit.

Ein Anblick war's, der Jana den Atem stocken ließ. Sie hörte nicht, daß jemand die Treppe heraufgekommen war, sie merkte nicht, daß neben ihr die Tür aufging, da der Türflügel diese verdeckte, und jemand ins Zimmer kam. Aber dann wurde sie zerrissen wie von einer Explosion, an die Wand mußte sie sich lehnen, krallte die Fingernägel in den bröckelnden Verputz und spürte keinen Herzschlag mehr.

Neben ihr, in der Tür, erklang ein Aufschrei. Ein so wilder, das Herz zerreißender Aufschrei, der auch ihr Blut fast erstarren ließ.

»Vater! Vater! O mein Gott – Vater!«

Wachter stand starr und schwankte. Die Gestalt in der Tür stürzte zu ihm, fing ihn auf, drückte ihn an sich, schlug die Arme um ihn, vergrub sein Gesicht am Hals des alten Mannes und rief wieder: »Vater! Vater!«

Und seinem Aufschrei folgte endlich, endlich der zitternde Schrei des Alten:

»Nikolaj! Kolka! Kolka! Mein Söhnchen... mein Söhnchen...«

Und dann sank Wachter in sich zusammen, nur noch gehalten von den Armen seines Sohnes, und er weinte, weinte, ließ sich auf die Knie fallen, faltete die Hände und hob sie empor zum Himmel, und die Tränen überströmten sein Gesicht, liefen in seine zitternden Lippen, sagen wollte er etwas, irgend etwas sagen, Nikolaj oder danke, danke, Gott. Und er sah seinen Sohn an, dieses reifer gewordene Gesicht, einen kurzen Bart trug er, aber er hatte noch die blonden Locken seiner Mutter, ihre blauen Augen. Sein Sohn, sein Sohn, nicht im Grabe lag er, er sah ihn, er fühlte ihn, seine Hände, seinen Atem. Nebeneinander knieten sie am sägemehlbestreuten Boden, hatten die Arme umeinandergeschlungen und küßten sich und zerflossen im Glück und fanden keine anderen Worte mehr als Söhnchen und Vater...

Noch immer knieten sie auf dem Boden und hielten sich umfangen, als Nikolaj mit zitternder Stimme fragen konnte:

»Väterchen, was ist aus Jana geworden? Hast du etwas gehört von Janaschka...«

Da erst begriff Wachter, daß Jana hinter dem offenen

Türflügel stand, hob den Arm und zeigte stumm über Nikolajs Schulter. In diesem Augenblick stieß sie sich von der Wand ab. Auch sie brach in einen hellen, zitternden Schrei aus. »Nikolaj, mein Liebling, mein Herz, mein Himmel!« schrie sie, stürzte auf ihn zu mit ausgebreiteten Armen und fiel dem Aufspringenden an die Brust.

»Nun endlich ist Frieden«, sagte Wachter und hatte seine Stimme wieder in der Gewalt. Über die Köpfe Janas und Nikolajs streichelte er und wunderte sich, daß vorhin sein Herz nicht einfach zersprungen war. »Nun sind wir wieder zusammen.«

»Laß uns ein Weinchen trinken.« Nikolaj legte seine Arme um Jana und seinen Vater. »Gefunden im Keller habe ich noch zwanzig Flaschen. Stellt euch das vor. Freuen wirst du dich, Väterchen. Der Tisch und die Stühle sind noch da, und auch dein geliebtes geschnitztes Sofa. Eigentlich ist alles so wie früher, wenn man nicht aus den Fenstern schaut.«

Es war das zweitemal, daß Wachter seinen Kopf an die Schulter seinen Sohnes legte.

»Du ... du bist der neue Verwalter?« fragte er mit pfeifendem Atem.

»Selbstverständlich, Väterchen. Ein Wachter gehört hierher! Gibt's etwas anderes? Sofort nach der Befreiung Puschkins bin ich zurückgekommen. Aufgeräumt habe ich und in hundert Richtungen nach euch gefragt. Verschollen sind sie, hieß es überall. Aber ich habe immer gehofft und gehofft...«

»Mein tapferes Söhnchen...« Wachter biß die Lippen zusammen, um ein neues Schluchzen nicht freizulassen. Und dann sagte er wie eine Anklage gegen sich selbst: »Ich habe das Bernsteinzimmer verloren. Bei ihm war ich, bis der Luftangriff kam. Getrennt haben sie mich von ihm, und ich wußte es nicht.«

»Seine Schulter haben sie ihm zerschossen, Kolka. In ein Lazarett habe ich Väterchen gebracht, sonst wäre er gestorben.« Jana Petrowna sah Nikolaj wie um ein Urteil bittend an. »War's ein Fehler, Nikolaj? Hätte ich bei dem Zimmer bleiben müssen? Väterchens Leben war mir mehr wert in diesen Stunden. Meine Schuld ist's.«

»Alles war richtig, Janaschka.«

»Und diese Wände –« Wachter machte eine weite Handbewegung, –« bleiben kahl! Aber eine Spur gibt es, eine Spur... Söhnchen.«

»Wir werden alle sammeln, Vater. Wir werden das Bernsteinzimmer wiederfinden. Nun kommt, laßt uns den Wein trinken ... die Kehle ist mir pulvertrocken, geweint haben wir, daß wir ausgeleert sind.«

Die Arme um die Schultern gelegt, gingen sie hinüber zum Verwaltertrakt und betraten die Wohnung. Wie früher war es, vor dem Sofa stand ein kleiner Hocker, auf den Wachter seine müden Beine legte, wenn er von den Schloßführungen zurückkam.

»Zu Hause«, sagte er, zog den Rock aus, setzte sich auf das Sofa, streckte die Beine aus und legte sie auf den Hocker. »Kinderchen, ich bin zu Hause. Wenn ich jetzt mein Pfeifchen hätte ...«

»Auch die ist da.« Nikolaj lachte, holte aus dem Schrank die alte gebogene Pfeife und hielt sie Wachter hin. »Nur der Tabak, Väterchen, ist schlechter geworden.«

Ein Sommerabend in Puschkin ... wie ein roter Ball versank die Sonne im Park.

Die schönsten Pläne sind abhängig von den Gegebenheiten. Man kann nicht ein volles Netz Fische aus dem Meer ziehen, wo keine Fische sind; man kann eine geliebte Frau nicht in seine Arme ziehen, wenn sie nicht will; man kann kein Haus bauen, wenn man kein Grundstück hat, auf dem es stehen soll, und man kann nicht kreuz und quer durch Deutschland ein Bernsteinzimmer suchen, wenn die staatlichen Organisationen andere Dinge für wichtiger halten.

Die Sonderkommission für die Rückführung geraubter Kulturgüter in Moskau war zwar gegründet worden, eine Außenstelle wurde in Leningrad eingerichtet, ein Berg von Dokumenten wurde gesammelt, aber sie führte ein Schattendasein im allgemeinen großen Aufbau des zerstörten Landes. Die Deutschen waren zwar besiegt, sie hungerten jetzt, räumten ihre Ruinenstädte auf, aber die Behörden arbeiteten wieder und ein ungeheurer Lebenswille durchzog das Land. Sogar demokratische Parteien wurden gegründet, Namen wie Adenauer, Schumacher, Hundhammer und Heuss tauchten auf, das zerstörte Deutschland pumpte sich wieder mit Leben voll ... wohingegen einer der Sieger – Rußland – die schrecklichen Wunden des Krieges so schnell nicht schließen konnte. Die Verluste an Menschen und Material, über 12 Millionen Tote allein, waren zu hoch, und man sah sich plötzlich isoliert, denn die Kampfgefährten von gestern waren zu den politischen Feinden von heute geworden. Die beiden Gesellschaftssysteme – Sozialismus und Kapitalismus – prallten wieder aufeinander. Verbündete im Kampf gegen Hitler-Deutschland ja... aber niemals ein Zusammenleben mit dem Kommunismus. Der Vorhang fiel wieder zwischen Ost und West, der Eiserne Vorhang, Rußland stand allein in seinem verbrannten Land.

Michael Wachter, Nikolaj und Jana waren nach Leningrad gefahren, waren wie Helden empfangen worden. Es gab zahllose Umarmungen mit den Museumsdirektoren, den Stadtverordneten und Parteifunktionären, und für einen Tag war Wachter es wert, in den Zeitungen genannt zu werden, sogar mit Bild und einem Zitat: »Ich werde nie aufhören, das Bernsteinzimmer zu suchen!« Aber so schnell und gründlich, wie der Wind den Staub vor sich herbläst, verwehten auch Wachters Name und sein 24-Stunden-Ruhm.

Die Leningrader Abteilung der Moskauer Sonderkommission hörte sich Wachters Bericht an, nahm ein genaues Protokoll auf und zeichnete auf einer Deutschland-Karte den mutmaßlichen Weg des Bernsteinzimmers ein: von Königsberg nach Berlin, von Berlin nach Schloß Reinhardsbrunn, vom Schloß in das Bergwerk Kaiseroda II/III bei Merkers in Thüringen, von Merkers, sehr umstritten, nach Frankfurt und auf diesem Wege bei Alsfeld verschwunden. Der Name Fred Silverman wurde rot unterstrichen als der wichtigste Zeuge.

»Sehr interessant das alles, Genosse Wachterowskij«, sagte der Vorsitzende der Sonderkommission nach den langen Gesprächen und Aufzeichnungen. Er war ein Kunsthistoriker, hieß Pawel Leonidowitsch Agajew, hatte ständig Hunger, und seine gelblichen Augäpfel wiesen auf einen schlechten Zustand von Galle und Leber hin. Wenn er einen Satz von mehr als zehn Worten sprach, begann er zu hüsteln. »Wir werden das alles nachforschen. Aber im Augenblick...«

»Sie sehen Schwierigkeiten, Genosse Agajew?« fragte Wachter betroffen.

»So ist es, mein lieber Michail Igorowitsch. Gemeinsam haben wir den Krieg gewonnen, aber mit dem letzten Schuß ist auch die Freundschaft wie weggeflogen.« Bitterkeit klang in seiner Stimme, und er hüstelte wieder stark.

»Sie sollten die Verbindung zu Captain Silverman herstellen«, sagte Nikolaj. Agajew sah ihn gequält an.

»Unmöglich. Sag ich's doch... die Freundschaft mit den Amerikanern ist eingefroren. Von ihnen Hilfe? Ha, wie utopisch denken Sie, Genosse! Beteiligung bei der Suche nach dem Bernsteinzimmer? Eher leiten Sie die Lena in die Mongolei! Ist der Kunstschatz in den Händen der US-Army – nicht ein Silbchen werden sie verraten, nicht einen Laut. Wer gibt ihn her, solch einen einmaligen Schatz?«

»Er gehört dem russischen Volk. Seit 230 Jahren, Genosse Agajew!« rief Jana Petrowna.

»Und wenn er schon 800 vor Christi Geburt den Skythen gehört hätte... jetzt hat ihn der Amerikaner.« Agajew sah Wachter an und klopfte auf das umfangreiche Protokoll. »Wenn alles stimmt, was Sie erzählt haben, Michail Igorowitsch.«

»Es ist nachprüfbar, Pawel Leonidowitsch.«

»Eben nicht!« Agajew zeigte mit dem Daumen auf einen Aktenschrank hinter sich und hüstelte wieder. »Alles Spuren von Kunstschätzen. Ein Berg von Vermutungen. Ein Hügelchen von tatsächlichem Wissen. Aber selbst an diesen Maulwurfhaufen kommen wir nicht heran... er liegt im Westen!«

»Thüringen und Sachsen gehören jetzt zur sowjetisch besetzten Zone.« Nikolaj tippte mit dem Zeigefinger auf die Deutschlandkarte. »Und hier können wir nachforschen.«

»Mein lieber Genosse!« Agajew stützte die Stirn in die Hand. »Das heißt: Hunderte Orte, Schlösser, Depots und Bergwerke aufsuchen. Hunderte verschüttete Keller öffnen, gesprengte Stollen aufgraben, unterirdische Gänge freischaufeln, Tausende von Personen verhören, meterdicke Bunkerwände aufreißen – dafür haben wir jetzt keine Zeit und kein Geld.«

»Keine Zeit für das Bernsteinzimmer?« Wachter starrte Agajew ungläubig an. »Verhört muß ich mich haben.«

»Genossen, nur an das Bernsteinzimmer denkt ihr!« rief Agajew gequält aus. »Denkt daran, daß wir gerade eben erst, vor vier Monaten, den Krieg gewonnen haben und nun flach auf dem Hintern liegen. Die angeblich hungernden Deutschen haben mehr zu kauen als unsere Städter. Ein Kohlkopf wird bei uns vergoldet, eine Eiche kann man ausstellen wie eine griechische Statue, und eine mit Hackfleisch gefüllte Pirogge ist so üppig wie ein Bojarenmahl.«

Nach diesem Riesensatz mußte er heftig husten. »Wo hat da noch ein Bernsteinzimmer Platz, liebe Genossen?«

Es hatte keinen Sinn, weiter mit Agajew zu reden. Die Wachters und Jana Petrowna sahen das ein, gaben dem Genossen Kommissionsvorsitzenden die Hand und standen dann wieder auf der Straße. Wohin man auch blickte, was er gesagt hatte, war nicht wegzuleugnen. Überall standen lange Schlangen von Männern, Frauen und Kindern, um zu kaufen, was es in diesem Geschäft gerade gab. Was, war zunächst gleichgültig. Es gab etwas. Wenn man Glück hatte, bekam man es, und wenn man es hatte, konnte man tauschen, es anziehen oder essen. Wichtig war: Es gab etwas.

Ein schöner Spätsommertag war's, sie spazierten ein wenig an der Newa entlang, standen am Ufer vor dem Winterpalais und der Eremitage, gingen zum Dekabristenplatz zurück und setzten sich auf die Steine des Denkmalsockels.

»Wir sollten es allein versuchen, meine Lieben«, sagte Wachter nach langem schweigendem Nachdenken. »Jananka und ich. Du, Nikolaj, bleibst in Puschkin.«

»Auf gar keinen Fall. Wir drei bleiben zusammen. Nur eine Frage, Väterchen, wer soll's bezahlen? Kein Ausflug ist's...«

»Das weiß ich auch«, knurrte Wachter. »Es kann Monate dauern.«

»Wenn wir überall gegen Wände rennen, auch Jahre!« sagte Jana realistisch. »Zuerst müssen wir Silverman finden, aber wo? Das Fundament allen Suchens ist Silverman. Die Basis. Allein er weiß mehr als alle anderen, die man fragen könnte.«

»Er wird sich melden. Um seine Entlassung hat er nachgesucht. Er hat versprochen, sofort Nachricht zu geben.«

»Wohin?« fragte Nikolaj.

»Ich habe ihm die Puschkiner Adresse gegeben. Katharinen-Palast.«

»Und du glaubst wirklich, daß dort ein Brief von ihm ankommt?«

»Warum nicht? Einmal ja... früher oder später. Es ist doch Frieden.«

»Nein, Väterchen, falsch siehst du das.« Nikolaj schabte mit den Schuhspitzen über das Pflaster. »Geschossen wird nicht mehr auf die Deutschen, das ist alles. Jetzt wird mit

Schikanen, Verleumdungen, politischem Gift um sich geworfen und die Welt in zwei Teile gespalten. Noch lächelt man sich an, mit säuerlichen Mienen, noch bildet man ein Siegerquartett, um die Geschichte nicht völlig zu verwirren. Aber warte es ab, was in zwei oder drei oder zehn Jahren sein wird. Und schlimmer noch für uns: Wir sind Deutsche in Rußland. Wir leben hier wie die Russen, wir sprechen russisch, wir denken russisch, man spricht unsere Namen russisch aus, aber wir sind Deutsche.«

»Das hat unser Urahn Friedrich Theodor dem Preußenkönig geschworen...«

»Die Amerikaner werden den Brief von Silverman an uns kontrollieren, der Brief wird dann von den sowjetischen Behörden zensiert, ehe er zu uns kommt... wenn er dann überhaupt noch kommt.«

»Nein, kein Brief an mich ist zensiert worden!« sagte Wachter abwehrend. »Jeder Brief an mich ist angekommen!«

»Vor dem Krieg, Vater.« Nikolaj erhob sich und zog Jana von dem Denkmalsockel hoch. »Aber jetzt? Der Krieg hat die Welt und die Menschen verändert... gründlich verändert. Nichts wird mehr so sein, wie es früher war. Die Welt hat ein anderes Gesicht bekommen.«

So schien's zu sein. Das Jahr ging zu Ende... der Genosse Agajew und seine Sonderkommission schwiegen. Ein paarmal schrieb Wachter hin, aber Antwort bekam er nie. Als das Telefon wieder in Ordnung war, rief er dreimal an. Immer war eine tiefe, mürrische Frauenstimme am Hörer und sagte: »Ist in Moskau!« oder »Ist in Kiew!« oder »Ist nicht da! Wo er ist? Was kümmert's Sie, Genosse?!«

Nach dieser frechen, groben Auskunft ließ Wachter das Telefonieren sein. Er schrieb einen langen Brief an die Zentralkommission in Moskau, aber auch von dort antwortete ihm nichts als Schweigen. Nur von der Museenverwaltung hörte er etwas. In Würdigung seiner Verdienste um den Katharinen-Palast und seiner jahrzehntelangen guten Arbeit habe man sich entschlossen, ihm ein ehrenvolles Ruhegeld von monatlich 100 Rubel zu geben, freie Wohnung im Katharinen-Palast und den Orden »Verdienter Arbeiter des Volkes«. Der Stadtsowjet von Puschkin würde ihm die Medaille überreichen. Verwalter blieb Nikolaj Michajlowitsch Wachterowskij.

»Hundert Rubel, das ist reichlich«, sagte Wachter, nachdem er den Brief gelesen hatte. »Zusammen mit freier Wohnung... da läßt's sich leben. Aber zu wenig ist's, um auf eigene Kosten das Bernsteinzimmer zu suchen.«

Am Donnerstag vor Ostern 1946 heirateten Nikolaj und Jana Petrowna in der Schloßkapelle des Katharinen-Palastes nach griechisch-orthodoxem Ritus. Ganz altmodisch, obwohl Jana eine junge, gute Kommunistin war, aber die Liebe zu Kolka war stärker als ihre Ideologie. Sie standen vor einem Popen im Festgewand, vor einer Ikonostase, ein Männerchor von sechs Stimmen sang, und Wachter hielt über Janas geschmücktes Haupt die kleine Krone, so wie es üblich war, und während der Pope die Hochzeitssegnung vornahm, dachte er: Gewünscht hab ich es mir, diesen Tag im Bernsteinzimmer zu erleben. Auch Johann Friedrich Wachter, der Verwalter des Zimmers unter Zar Alexander II., hat dort seine Sophie geheiratet. Mein Großvater und meine Großmutter. Gott segne euch, meine Kinder... ein schöner Tag ist's und doch ein trauriger. Vier leere Wände verwalten wir, und keiner hört unsere Rufe. Er senkte den Kopf, als der Pope den Segen sprach.

Der Bericht, den Captain Fred Silverman seinem Hauptquartier des OSS zusammen mit der Bitte um Entlassung aus dem Dienst vorlegte, wurde aufmerksam gelesen... das Abschiedsgesuch weggelegt und in der Personalakte abgeheftet. General Allan Walker rief ihn nach sieben Wochen Warten in sein Büro, begrüßte ihn mit Handschlag, deutete auf einen Ledersessel, ließ sich selbst in einen hineinfallen und schlug die Beine übereinander.

»Sie wollen abhauen, Fred?« fragte er geradeheraus.

»Das ist nicht der richtige Ausdruck, Sir.« Silverman straffte sich in seinem Sessel. »Ich glaube, ich habe meine Aufgaben erfüllt und möchte ins Zivilleben zurück.«

»Das können Sie auch im Rahmen unserer Dienststelle, zum Beispiel als Botschaftsrat in einer unserer Botschaften. Nach Osten hin wird sich einiges tun. Noch spielen wir alle Ringelreihen und tun so, als seien die Beschlüsse von Jalta bindend, aber jeder weiß, daß es völlig anders kommen wird. Ich könnte Sie für die Botschaft in Ungarn vorschlagen, Fred. Später dann geht's an die Speerspitze: US-Botschaft Moskau! Reizt Sie das nicht?«

»Nein, Sir.«

»Die Mädchen von Budapest... jeder andere würde schon morgen hinfliegen.«

»Ich bin nicht jeder andere, Sir, ich bin ich. Ich bitte um nichts Unerfüllbares: um meine Entlassung.«

»Sie sind Offizier, Fred. Captain... Ihre Beförderung zum Major liegt auf meinem Tisch.«

»Danke, Sir.«

»Die USA befinden sich in einer prekären Situation. Wir haben mit Rußland den Krieg gewonnen, aber wir mögen die Russen nicht. Gar nicht! Es wird zu großen Umwälzungen kommen, zu größten Veränderungen der Weltpolitik. Das Hitler-Deutschland ist wegradiert... Weltpolitik gibt es ab jetzt nur zwischen Washington und Moskau! Sie sind ein guter Mann, Fred, wir brauchen Sie noch. Ein US-Offizier verläßt nicht sein Kommando, wenn ihn das Vaterland noch braucht.«

General Walker sah Silverman aus grauen, forschenden Augen an. »Amerika ist doch Ihr Vaterland geworden, nicht wahr?«

Silvermans Rücken wurde noch steifer. »Ich verstehe die Frage nicht, Sir.«

»Sie sind doch ein deutscher Jude, Fred.«

»Seit 1934 bin ich US-Bürger, Sir.«

»Im Paß! Aber wie ist's mit dem Herzen?«

»Ich habe gegen Deutschland gekämpft.«

»Gegen Nazi-Deutschland... das gibt es nun nicht mehr.«

»Fast meine gesamte Familie ist in den KZs ausgerottet worden.«

»Das ist schreckliche, unvergeßliche, unsühnbare Vergangenheit, Fred... wie aber sehen Sie die Zukunft?« Walker beugte sich etwas zu Silverman vor.

»Sprechen wir miteinander wie zwei gute Freunde: Was haben Sie vor, wenn Sie das OSS verlassen haben und ein freier Zivilist sind?

»Ich werde nach Deutschland zurückkehren.«

»Aha, also doch. Als Friedrich Silbermann.« Walker lehnte sich wieder in den Ledersessel zurück. »Wie ich aus den Akten sehe, wollen Sie intensiv nach dem verschwundenen Bernsteinzimmer forschen.«

»Nicht nur, Sir. Ich möchte so viele Kunstgüter wie möglich, die von den Nazis geraubt wurden, aufstöbern und den rechtmäßigen Besitzern zurückgeben.«

»Das sind vor allem die Russen.«

»Es sieht so aus, Sir. Ich weiß viele Stellen, wo die Nazis die Kunstschätze versteckt hatten, und ich will den Weg zurückverfolgen, wohin sie nach der Besetzung Deutschlands gekommen sind.«

»Ihr Wissen haben Sie als Angehöriger des OSS bekommen, und nun wollen Sie dieses Wissen *gegen* die USA verwerten!« Walkers Stimme hatte sich gehoben. »Finden Sie das nicht schäbig, Fred?! Irgendwie verräterisch?! Ein Dolchstoß in den Rücken?«

»Heißt das, daß alles, was die US-Armeen abtransportiert haben, jetzt US-Besitz ist?«

»Darüber entscheiden nicht Sie oder ich, sondern andere Stellen. Ihre Aufgabe war es, die Lagerstätten zu entdecken und auszuforschen, die Truppenführer hinzubringen und die entdeckten Depots in ihrer Liste anzustreichen. Damit war Ihre Tätigkeit erfolgreich beendet. Haben Ihnen nicht Eisenhower, Patton und Bradley die Hand gedrückt und Sie gelobt?«

»Ja. In Merkers, einer Stadt in Thüringen. Wir hatten den größten Schatzfund der Kriegsgeschichte gemacht. Aber wo sind diese Schätze jetzt?«

»Geht Sie das etwas an, Fred?«

»Gemälde von Rubens lagerten da, von Caravaggio, Tizian, Uccello, Masaccio, Rembrandts ›Mann mit dem Goldhelm‹ und der Kopf der Nofretete... wo sind Sie hingekommen?«

»Da zuckt Ihr deutsches Herz, Friedrich Silbermann, nicht wahr?« Walker hob die Hand und winkte energisch ab, als Silverman etwas entgegnen wollte. »Ich soll Sie also entlassen, damit Sie unser Gegner werden?«

»Nein, Sir, ich will nur...«

»Einen Teufel werde ich tun, Fred. Ich befördere Sie zum Major, nagele Sie auf Ihren Eid als US-Offizier fest und damit hat es sich! Und wir schicken Sie als Kultur-Attaché an die Botschaft von Neuseeland. Da können Sie kein Unheil anrichten und können die Kultur der Maoris studieren.«

»Sir –«

»Mein letztes Wort, *Major* Silverman!« Walker sprang auf, Silverman mußte ihm folgen und nahm Haltung an. »Melden Sie sich im Außenministerium. Dort weiß man schon Bescheid. Ihre Versetzung nach Wellington/Neuseeland wird bereits nächste Woche erfolgen. Viel Glück, Fred... und werden Sie ein international angesehener Maori-Forscher.«

Walker nickte. Für Silverman blieb nur der Rückzug und der aufbrechende Gedanke: So lasse ich mich nicht behandeln! Ich decke doch keinen Kunstraub. Es muß einen Weg geben, und ich werde ihn finden!

Am nächsten Tag schrieb er einen Brief an Michael Wachter, Katharinen-Palast, Puschkin bei Leningrad, UdSSR.

Der Brief kam nie an.

Die Lena floß noch nicht in die Mongolei –

Das Jahr 1956 machte Michael Wachter zum Siebzigjährigen.

Welch ein Fest war das in Puschkin und im Katharinen-Palast! Wieder einmal wurde Michail Igorowitsch, der »Schloßgeist von *Zarskoje Selo«,* wie fixe Journalisten ihn tauften, zum Tagesthema der Zeitungen. Sie beschrieben sein Leben und das seiner Vorfahren, zeigten Fotos, wie der Bürgermeister von Leningrad ihm eine Blütenkette um den Hals hängte, als sei man in der Südsee, wie man ihm noch eine Medaille an den Rock heftete und der nun fast überall im Gesicht gelb gewordene Kulturfunktionär Agajew eine kurze Laudatio hielt, die in dem gehüstelten Satz endete: »Die Treue war für ihn nicht nur Maßstab, sondern Halt, aus ihr schöpfte er Kraft, auch wenn er sein großes Ziel nicht erreichte, das Bernsteinzimmer nach Puschkin zurückzuholen.«

Wachter empfand diesen Satz als eine Frechheit. Nikolaj und Jana Petrowna konnten ihn nur mit Mühe davon abbringen, in seiner Erwiderung zu sagen:

»Der Genosse Agajew hat gut zu bedauern. Wenn seine Behörde soviel Rubel für das Bernsteinzimmer ausgeben würde, wie sie für unnütze Beamte ausgibt, könnten wir vielleicht schon längst vor diesem Wunderwerk stehen.«

Er sagte es also nicht, ließ sich feiern, ließ sich küssen, schüttelte unzählige Hände und fuhr dann nach Puschkin zurück, wo ein großes Abendessen vorbereitet war.

In den vergangenen elf Jahren Frieden war viel oder wenig geschehen, je nachdem, aus welcher Ecke man es betrachtete und zu welchem Volk man gehörte. Die Städter standen noch immer Schlange vor den Geschäften. Die Kolchosen und Sowchosen erfüllten ihre Planziele, ohne daß der allgemeine Lebensstandard stieg, was so mancher nicht verstand. Aber wer genug Rubelchen besaß, ein paar Hintertürchen kannte und ein paar geheime Quellchen anzapfte, der bekam schon genug Fleisch, Eier, Speck, Krimsekt, Krimwein, grusinischen Kognak und natürlich Wodka, das Wässerchen aller Wasser. Auch Mehl hatte man, Grieß, Grütze, Zwiebeln, Gurken wie Pilze, gesäuert oder gesalzen und getrocknetes oder konserviertes Obst... Genossen, was will man mehr von dieser Welt als gut essen, gut saufen und gut schlafen neben einem warmen Frauenkörperchen! Brauchen wir den Luxus der Kapitalisten? Französische Mode und Parfüms? Englisches Golf? Oder amerikanische Steaks und Hollywood? Einen deutschen Mercedes oder Urlaub auf Mallorca? Hebt euer Gläschen, Freunde – in zehn Jahren sieht's noch besser aus. Der Welt können wir das größte Geschenk überhaupt machen: Zeit. Zeit, Genossen, haben wir genug...

Nikolajs Idee war es gewesen, die Festtafel im leeren Bernsteinzimmer aufzustellen. Die rohen, beraubten Wände hatte man mit gelbem Stoff bespannt, im Licht von vielen Glühbirnen strahlte das Deckengemälde und leuchtete der einmalige Parkettboden. Väterchen Michail saß vorn am Kopf der Tafel, und neben ihm saßen seine Enkel Peter und Janina, Janas Kinder, die sie vor neun und sieben Jahren bekommen hatte. Eine schöne, reife, viel bewunderte Frau war sie geworden, nun vierunddreißig Jahre alt, schlank geblieben und doch mit begehrten Rundungen, dort wo sie hingehörten, und wenn sie lachte und sich dabei zurückbog und Bluse, Kleid oder Pullover sich spannten, wurde Nikolaj, man gestehe es offen, von allen anderen Männern beneidet.

Eine große Überraschung erlebte Wachter an diesem Abend, als nach dem Essen eine hochgewachsene, dunkelhaarige Frau auf ihn zutrat, man konnte sie auf dreißig schätzen, und sich als Wassilissa Iwanowna Jablonskaja vorstellte.

»Ein schönes Geschenk bringe ich Ihnen mit aus Moskau«, sagte sie mit einer warmen Altstimme. »Mich –«

»Wie exklusiv!« lachte Wachter und hob sein Glas. »Willkommen, Wassilissa Iwanowna... aber bedenken Sie, heute bin ich siebzig geworden. Was wollen Sie mit mir noch anfangen?«

»Ihren Lebenstraum vollenden.« Sie machte eine kleine Pause und sagte dann feierlich: »Von der Zentralkommission in Moskau soll ich Ihnen mitteilen, daß die Suche nach dem Bernsteinzimmer wiederaufgenommen wird. Ich bin die Leiterin der Sonderkommission. Wir werden zusammenarbeiten, Michail Igorowitsch.«

Da stieß der alte Wachter einen Jauchzer aus wie ein Bayer, drehte sich einmal um sich selbst und warf sein Glas gegen die Wand.

Und alle Gäste lächelten und dachten: Na, Alterchen, geht dir der Wodka zu schnell ins Hirnchen? Und viele Gläser flogen seinem Glas nach.

Nicht in Moskau, sondern letztlich in Peking war Fred Silverman gelandet, immer noch weitab vom Schuß. General Walker, seit drei Jahren in Pension, hatte seinen problematischen Major zunächst tatsächlich nach Neuseeland geschickt, auf einen Posten, wo er völlig kaltgestellt war. Gemäß der uralten, aber immer wieder sich bestätigenden Wahrheit, daß die Zeit alle Spuren verwischt, gibt es nach zehn, zwanzig oder dreißig Jahren kaum noch Erinnerungen, die man auswerten kann, oder die meisten Zeugen sind gestorben. So wurde Silverman ans andere Ende der Welt versetzt, und um ihm ein wenig Abwechslung zu gönnen, ließ man ihn später nach Peking umziehen, das für einen Kunsthistoriker wie ihn ein überwältigendes Erlebnis war. Die in den deutschen und österreichischen Salzbergwerken eingelagerten und entdeckten Kunstschätze der Nazis schnitt man damit aus seinem Leben heraus.

Viel Informationen für die Öffentlichkeit gab es sowieso nicht, die wechselvolle Geschichte des Kunstraubes wurde totgeschwiegen. Nur einmal sickerte eine Bemerkung durch, als der damalige Leiter des *Central Collecting Point Wiesbaden,* Mr. Walter Fermer, voller Verbitterung sagte: »Wir konnten es nicht fassen, daß wir Amerikaner uns nun anschickten, genau das zu tun, was Hitler getan hatte. Wir waren dabei, Bilder aus dem Besitz eines anderen Landes in ›Sicherheitsgewahrsam‹ zu nehmen. Das Besondere dieser Auswahl aber war: Die Zusammenstellung der Bilder sollte die Lücken in amerikanischen Sammlungen füllen.«

Auch private, unbekannte Sammlungen profitierten davon, und in den Tresoren von Kunstliebhabern oder einfach

Kapitalanlegern stapelte sich Kunst. So verschwanden unter amerikanischer Besatzung spurlos weltberühmte Kunstwerke aus den Berliner Museen, die vor allem im Salzbergwerk Grasleben ausgelagert worden waren. Das erste, was vom amerikanischen Geheimdienst beschlagnahmt wurde und danach verscholl, waren fast alle Lagerlisten mit den genauen Angaben.

Erst viele Jahre später gelang es, eine Reihe der fehlenden Kunstwerke zu benennen. Verschwunden waren der »Schatz des Priamos«, die Goldkiste der ägyptischen Abteilung, 80 Steinskulpturen der indischen Sammlungen, 34 Kisten unersetzbarer ostasiatischer Kunst, 50 Kisten mit anderen Skulpturen, 330 antike Vasen, berühmte Gemälde wie Menzels »Tafelrunde in Sanssouci« oder der bewunderte »Knabe aus Naxos«, Inbegriff griechischer Schönheit und Harmonie.

Diese Schätze und noch viel, viel mehr hatten nicht, wie immer wieder laut behauptet wurde, die Russen als Beutegut abtransportiert, sondern waren im Westen unter amerikanischer Besatzung verschwunden.

Merkwürdiges geschah dann in den folgenden Jahren nach dem Krieg: Die deutschen Museumsbeamten und Abteilungsleiter der Berliner Museen, die das Ende des Hitler-Reiches überlebt hatten und die nun darangegangen waren, nach dem Verbleib der Kunstschätze zu forschen, die mit den letzten Transporten aus Berlin am 6. und 7. April 1945 nach Grasleben und Merkers geschafft worden waren, dezimierten sich auf rätselhafte Weise.

Der Leiter der Antikenabteilung wurde mit einer harmlosen Blinddarmreizung in ein Krankenhaus eingeliefert, operiert, die Wunde verheilte gut, er fühlte sich gesund und kräftig, aber an dem Tag, an dem er aus dem Krankenhaus entlassen werden sollte, starb er plötzlich. Die schnelle Diagnose: Darmkrebs.

Vier Tage später schluckte der Chef der Skulpturenabteilung, die am meisten gelitten hatte, eine tödliche Dosis Zyankali, nachdem er eine Liste der fehlenden Exponate angefertigt hatte. Die Liste wurde nie gefunden, nur der Tote.

An seinem Schreibtisch wurde der Leiter des Völkerkundemuseums erschossen aufgefunden. Selbstmord hieß es, wie bei dem Zyankalitoten. Aber weshalb Selbstmord? Es gab nicht den geringsten Grund dafür.

Plötzlich starb im Sommer 1945 auch der Restaurator der Gemäldegalerie. Herzschlag, hieß es. Aber niemand konnte sich daran erinnern, daß er jemals über Herzbeschwerden geklagt hatte – er war ein gesunder Mann gewesen.

Und spurlos verschwand auch ein anderer Restaurator der Nationalgalerie, der am 7. April eine genaue Liste aufgestellt hatte, ein Inventarverzeichnis der ausgelagerten Gemälde.

Und der Mann, der diese Aufzählung von Merkwürdigkeiten und Rätseln zusammengestellt hatte, war später nicht mehr bereit, darüber zu sprechen. Freunde flüsterten sich zu, er habe Angst, Todesangst.

Und die Zeit, die Jahre breiteten einen Schleier des Vergessens über alle Mutmaßungen und über alle Wahrheiten.

Silverman im fernen Peking hatte dieses umfangreiche Material gesammelt. Er war nun vierundvierzig Jahre alt, Botschaftsrat, und konnte einem angenehmen Lebensabend entgegensehen. Über das Bernsteinzimmer sprach er seit zehn Jahren nicht mehr, es galt als verschollen und verloren, seitdem es angeblich im Bergwerk von Merkers gelagert haben sollte. Das Verschwinden der drei Trucks mit zwanzig Kisten und der Tod des armen Noah Rawlings, diese Blamage der US-Transportstaffel, wurden gründlich vergessen. Ein unglücklicher Zwischenfall im Krieg wie tausend andere – das war's. Wozu darüber große Worte? Silvermans damalige Berichte wurden in die Tresore des OSS verbannt und waren damit für alle Zeiten uneinsehbar. So vieles ist verlorengegangen, wie viele Städte waren nur noch rauchende Ruinen... wer regte sich da über ein Zimmer aus Bernstein auf?! Leute, so etwas braucht man nicht zum Leben. Seht euch an, was nach einem verlorenen Krieg möglich ist: das deutsche Wirtschaftswunder! *Das* ist wichtig: ein starker Block gegen den Osten!

Silverman paßte sich dem neuen Denken an, wenn auch nur als Tarnung. Das Bernsteinzimmer war kein Gesprächsstoff mehr, und nach der Pensionierung von General Walker kam ein Nachfolger an die Spitze des OSS, dem Silverman kein Begriff mehr war und der die interne Geschichte des Diplomaten im Fernen Osten nicht kannte.

Silverman selbst sah eine große Chance in diesem Wechsel. Zunächst schickte er ein Gesundheitsattest des Botschaftsarztes nach Washington. Der Arzt, Dr. Humbert

Seykonone, ein Halbjapaner, hatte viele Gespräche mit Silverman geführt, bis dieser ein so großes Vertrauen zu ihm faßte, daß er ihm vom Bernsteinzimmer erzählte. Seykonone, im Herzen ein Japaner, erinnerte sich daran, was amerikanische Truppen damals von den von ihnen besetzten japanischen Inseln aus Tempeln, Grabanlagen und Heiligtümern weggeschleppt hatten, gab Silverman die Hand und sagte: »Ich werde Sie krank schreiben, Fred, Ihr Gesuch um Entlassung unterstützen und auch dem Botschafter erklären, daß ein Mann wie Sie seine Ruhe verdient hat und die letzten Jahre seines Lebens eigentlich in Florida oder an der kalifornischen Küste genießen sollte.«

»Dann müssen Sie mir aber eine verdammt tückische Krankheit andichten, Humbert.« Silvermann sah Seykonone nachdenklich an. »Wenn das gelingt –«

»Versuchen wir es.«

Dr. Seykonone fand eine Krankheit, die man kaum anzweifeln konnte und die so ernst klang, daß eine Pensionierung Silvermans gerechtfertigt war. Laut Attest litt Silverman an einer benignen Nephrosklerose, eine vaskuläre Nierenerkrankung unter Beteiligung der kleinen Gefäße. Das mußte reichen.

Und es reichte. Silverman wurde nach Washington gebeten, ins Außenministerium, und dort empfing ihn ein sehr freundlicher Beamter, drückte ihm die Hand und ließ sich nicht anmerken, wie sehr er den Kranken bedauerte.

»Ihr Gesuch, lieber Silverman, ist von uns eingehend geprüft worden«, sagte er. »Wie fühlen Sie sich?«

»Schlapp. Und oftmals ist da eine schreckliche Übelkeit. Von den Nierenstauungen ganz abgesehen.« Silverman hatte Seykonones Ratschläge gut auswendig gelernt. »Ich habe manchmal das Gefühl, in der Mitte durchzubrechen.«

»Die beste Krankheit taugt nichts«, versuchte der Beamte den alten dummen Scherz. »Wir haben für Ihre Lage volles Verständnis. Wären Sie bereit, in vier Wochen in den Ruhestand zu treten?«

»Es wäre für mich eine große Erleichterung. Ich möchte mich dann nach Monterey zurückziehen und nur noch Golf spielen.«

»Die Bewegung in der frischen Luft wird Ihnen guttun.« Es sollte aufmunternd klingen, aber Silverman hörte mit innerer Freude heraus, was man insgeheim dachte: Der arme Kerl. Will Golf spielen und weiß nicht, daß er bald an seiner Nierenverkalkung zugrunde geht. »Wir werden alles vorbereiten, Mr. Silverman.«

Schon drei Wochen später traf in Silvermans Hotel die Nachricht ein, daß er aus dem diplomatischen Dienst und Geheimdienst ehrenvoll entlassen sei. Eine große, schöne Urkunde erhielt er, einen Händedruck eines Staatssekretärs, die Bestätigung einer angemessenen Pension ... und dann war er kein US-Beamter mehr, kein ehemaliger Major des Geheimdienstes OSS, kein »besonderer Fall« wie bei General Walker, er war frei in allen seinen Handlungen, konnte sich überall auf der Welt niederlassen, natürlich auch zum Golfspielen in Monterey, südlich von San Francisco.

Von Washington noch rief er Dr. Seykonone in Peking an.

»Humbert, ich werde Ihnen ewig dankbar sein. Seit neun Stunden bin ich nur noch Fred Silverman, der Pensionär.«

»Gratuliere, Fred«, rief Seykonone zurück. »Und was werden Sie jetzt tun?«

»Die Farm meines Vaters verkaufen, alles Geld zusammenkratzen und nach Germany fahren. Doch vorher noch eine Frage, nur zur Beruhigung: Habe ich wirklich keine Nierenverkalkung?«

»Sie haben Nieren wie ein College-Boy, Fred«, lachte Seykonone. »Wenn's bei Ihnen nur an den Nieren hängt, können Sie hundert Jahre alt werden. Viel Glück im kalten Germany.«

»Danke, Humbert. Vielleicht kann ich hundert Jahre sogar gebrauchen.«

Silverman legte auf. Das war mein letztes Telefongespräch mit einer amtlichen amerikanischen Stelle, dachte er. Jetzt heißt es, Geld beschaffen, ein Ticket nach Frankfurt zu kaufen und ein anderer Mensch zu werden. Ein deutscher Jude kommt nach Deutschland zurück, um ein russisches Bernsteinzimmer zu suchen. Er geht in das Land zurück, das seine ganze Familie ausgerottet hat. Etwas absurd war das schon ... aber notwendig.

Ich bin der einzige, der mehr weiß als alle anderen.

Die Geschäfte mit dem Bordell, dem Stundenhotel und der Erotikshow liefen vorzüglich. Larry Brooks und Joe Williams waren zu den heimlichen Herrschern der Frankfurter Szene aufgestiegen und hatten das Puffgewerbe nach amerikanischem Muster völlig unter ihrer Kontrolle.

Als nach der deutschen Währungsreform 1948 auch die Deutschen wieder genug Geld hatten, um sich eine Stunde oder auch zwei mit den »Alleinunterhalterinnen« zu gönnen, vor allem aber neue Sexlokale gegründet wurden, auf deren Bühnen tabufreie Erotikshows stattfanden, an denen sich jeder Besucher im Saal beteiligen konnte, und als die Privatclubs überall aus dem Boden schossen, in denen Partnertausch und Gruppensex gepflegt wurden, liefen alle Konzessionen erst einmal über Larry und Joe. Wer, ohne sie zu fragen, einen Puff aufmachte, bekam Besuch von Larry, und meistens war die Angelegenheit nach zehn Minuten Unterhaltung erledigt. Getreu dem Vorbild der Mafia von New York, Chikago, New Orleans und anderen Städten wurden Schutzverträge abgeschlossen und monatlich kassiert. Ein paar Wackere, die sich nicht beugen wollten, kamen spätestens nach sechs Monaten zu Larry und Joe, unterschrieben und zahlten... ein paarmal die Lokaleinrichtung zu erneuern oder einen Messerstich auszuheilen, ist nicht jedermanns Sache.

Und trotzdem, Larry beging eine Dummheit, die das ganze schöne Bordellgeschäft ins Schwanken brachte.

Ein Immobilienmakler bot ihm im Jahre 1955 eine Villa im Taunus an, ein weißes, schloßähnliches Gebäude mit eigenem Reitstall, einem See, mit Wild gut bestandenen Wäldern und einem verpachteten Bauernhof. Ein Traumbesitz, der – wie Larry sich sagte – gut zu ihm paßte, nur der Preis von elf Millionen harter DM überstieg Larrys aktuelles Konto. Aber er wußte Rat, und in neun Tagen hatte er die Summe zusammengebracht. Der Herrensitz im Taunus konnte gekauft werden.

Es war an einem Abend in der Villa von Joe Williams, daß sich Larry plötzlich nicht mehr sehr wohl fühlte. Carla, Joes gegenwärtige Geliebte, war nicht im Haus, was Larry auffiel, und auch Joe war anders als sonst, öffnete statt des Butlers selbst die Tür und ließ Larry stumm eintreten. Erst am Barschrank im großen Salon, nachdem Larry einen doppelten Whiskey bekommen hatte, blieb Joe vor ihm stehen, verschränkte die Arme vor der Brust und zog das Kinn an.

»Hast du die Zeitung gelesen?« fragte er.

»Welche?« fragte Larry und bekam einen starken Druck im Magen.

»Die *Frankfurter Allgemeine*.«

»Ja.«

»Da steht, daß plötzlich bei einem Kunsthändler drei wertvolle, bisher verschollene Kunstgegenstände aufgetaucht sind, die aber schon, als die Polizei eingriff, an einen unbekannten Sammler nach Amerika verkauft waren. Es handelte sich um eine Ikone der Nowgorodner Schule, eine Monstranz von 1518 und ein Gemälde von Tiepolo.« Joes Stimme blieb ruhig und klang deshalb besonders gefährlich. »Soviel ich mich erinnern kann, gehörten diese Kunstschätze einmal einem Larry Brooks.«

»Joe, ich muß dir das erklären...«

»Das ist auch nötig, glaube ich.«

»Ich kann einen Traum von Haus kaufen. Mit See, Reitstall, Wäldern... im Taunus, weißt du. Sogar ein großer Bauernhof ist dabei.«

»Preis?« fragte Williams knapp.

»Elf Millionen DM.«

»Du bist verrückt, Larry. Du drehst durch...«

»Mir fehlten nur noch neunhunderttausend Mark! Lumpige Neunhunderttausend! Sonst wäre der ganze schöne Besitz an einen Araber gefallen. Da habe ich...«

»Da hast du in den Tresor gegriffen und ein paar Stückchen herausgeholt.«

»Ja, Joe.«

»Und mich zu fragen, daran hast du nicht gedacht.«

»Nein. Hättest du mir die Neunhunderttausend gegeben?«

»Auf gar keinen Fall.«

»Siehst du.« Larry trank das zweite Glas Whiskey leer. In Joes Blick lag etwas, das Angst in ihm erzeugte.

»Ich sehe, und ich lese es. Wenn dieser Kunsthändler umfällt und die Schnauze aufmacht...«

»Er fällt nicht um, Joe...«

»Jeder Mensch hat seine Schwächen... sieh nur dich an, Larry! Also der Händler singt... und was ist dann? Eine Spur ist gelegt, und wie die Jagdhunde werden sie diese Spur aufnehmen. Die Kunsthistoriker, die Museumsdirektoren, die Polizei, unser Geheimdienst, das CIC... die ganze Meute gegen uns.«

»Ich habe meinen Namen nicht genannt. Sie werden nie auf uns kommen, Joe.«

»Es gibt kein Nie im täglichen Leben, Larry. Wenn sie erst wissen, daß uns damals der ›Werwolf‹ nicht umgebracht hat, werden sie auch wieder nach den zwanzig Kisten fragen! Und alles, alles war umsonst! Elf Jahre Versteckspielen ... umsonst. Sie werden uns in die Staaten bringen und dort weichklopfen, bis wir hinausschreien, wo das Bernsteinzimmer ist! Und alles nur, weil Larry Brooks wie ein Graf leben will. Mit einem Gutsherrenschloß ...«

»Es wird nichts geschehen, Joe, glaub es mir. Nichts wird geschehen!« rief Larry fast kläglich. »Alles verläuft im Sand.«

»Darauf verlasse ich mich nicht.« Williams stieß sich von dem Barschrank ab und wanderte in dem großen Salon hin und her. Larrys Blicke folgten ihm und jeder seiner Bewegungen. Plötzlich blieb Joe ruckartig vor ihm stehen. Larry schrak zusammen.

»Du erinnerst dich an Noah?« fragte Joe.

»Ungern –« Larry verzog sein Gesicht.

»Es bleibt dir nichts anderes übrig, als es noch mal zu tun.«

»Nein, Joe, nein!« Larry trat heftig einen Schritt zurück. »Ich bin kein Killer, das weißt du. Ich habe Jahre gebraucht, um Noahs Augen zu vergessen, bevor er umfiel!«

»Es ist unser einziger Schutz, Larry. Du nimmst die deutsche Pistole und korrigierst deine Dummheit. Und das Schlößchen kaufst du auch nicht!«

»Joe, ich bin kein Idiot! Ich bin auch nicht dein Tanzbär! Ich kann tun, was ich will!« Es war ein mattes Aufbegehren, das Williams mit einem Wink wegscheuchte.

»Du schaffst wieder Ordnung, Larry«, sagte er kalt. »Und ich kümmere mich darum, daß das Bernsteinzimmer in die Staaten kommt ...«

»Du willst es rüberschaffen, Joe? Wie denn?«

»Von Genua aus mit dem Schiff.«

»Und wie kriegst du die zwanzig Kisten nach Genua?«

»Mit Geld in die richtigen Hände.«

»Einen deutschen Zollbeamten zu bestechen ist Wahnsinn!«

»Aber nicht den Kommandanten einer US-Atlas-Transportmaschine. Im Hafen von Genua ist das Handaufhalten eine tägliche Übung.«

»Und drüben, Joe?«

»Larry, du bist ein Rindvieh! Natürlich kommen die Kisten nicht nach New York oder Boston oder Baltimore. In Mexiko kommen sie an Land und dann über die Grenze.

Auch hier helfen Dollars.« Joe lehnte sich wieder an den Barschrank. »Zunächst aber bist du an der Reihe, Larry. Dein Kunsthändler muß schlafen.«

»Ich kann das nicht, Joe!« schrie Larry hysterisch. »Ich habe nicht die Nerven wie du!«

»Leider, Larry. Aber das Schicksal hat uns zusammengeführt, wir haben das größte Ding aller Zeiten gedreht, wir sind aufeinander angewiesen... es ist eben Schicksal. Reiß dich zusammen, Larry-Boy. Du bist erst fünfunddreißig... vierzig Jahre hast du sicherlich noch vor dir. Larry, vierzig Jahre!«

An diesem Abend betrank sich Larry Brooks so gründlich, daß er Joes Villa nicht mehr verlassen konnte. Er merkte nicht einmal, daß dieser ihn sogar ins Bett schaffen mußte.

Zwei Tage später berichteten die Frankfurter Zeitungen:

Der Kunsthändler M. Sch. wurde in der vergangenen Nacht in seinem Haus im Westend erschossen. Wie die Polizei mitteilt, gibt es keinen Hinweis auf den oder die Täter. Gestohlen wurde nichts, wodurch ein Raubmord ausgeschaltet werden kann. Der Täter benutzte eine ehemalige deutsche Wehrmachtspistole, 08 genannt, wie nach der ersten Obduktion festgestellt wurde.

Eingeweihte Kreise sprechen davon, daß die Ermordung des Kunsthändlers mit den vor kurzem aufgetauchten und von ihm weiterverkauften Kunstwerken, die seit Kriegsende als verschollen galten, in engem Zusammenhang steht. Eine Sonderkommission der Kriminalpolizei hat vor allem in dieser Richtung die Ermittlungen aufgenommen. Die wiederaufgetauchten Kunstwerke sollen – so Experten – aus dem Katharinen-Palast bei Puschkin/Leningrad stammen, der 1941 von deutschen Truppen und Sonderkommandos geplündert worden war. Darunter befand sich auch das berühmte Bernsteinzimmer, das bis heute verschollen ist.

»Da haben wir's!« sagte Williams, als er die Zeitung gelesen und Larry an den Kopf geworfen hatte. Larry hockte wie ein Häufchen Elend in einem Sessel und schien dem Weinen nahe. »Das Bernsteinzimmer kommt wieder ins Gespräch!

Eine Scheiße ist das, Larry, eine große Scheiße! Wir müssen die zwanzig Kisten aus der Höhle holen und nach Genua bringen! Und warum... weil Larry Brooks, der Junge aus den Slums, ein Graf sein wollte! Mit Herrenhaus! Mit eigenem Reitstall! Mit einem eigenen See! Sitz nicht rum und heule!«

»Ich habe einen Menschen umgebracht, Joe.« Larry schlug die Hände vor sein Gesicht. »Zum zweitenmal einen Menschen... Ich bin total fertig.«

»Bis übermorgen. Dann hast du's verdaut.«

»Das glaube ich nicht, Joe.«

»Aber ich... Das Bernsteinzimmer wird immer wertvoller. Jetzt hat es schon zwei Menschenleben gekostet.«

Es klang zynisch und eiskalt, und Larry fror wirklich bei diesen Worten vor Entsetzen und Angst.

Im November, an einem trüben Tag, der Genua noch häßlicher machte, als es ohnehin schon war, vor allem den Hafen, legte das Motorschiff *Lukretia* von der Pier ab. Es fuhr unter libanesischer Flagge, wurde von einem griechischen Kapitän befehligt und hatte eine Besatzung aller nationalen Schattierungen. Es transportierte Landmaschinen nach Mexiko, große Kisten, unter denen die zwanzig alten Kisten gar nicht auffielen, die eines Nachts an Bord gebracht worden waren. Eine Nacht, in der der Kapitän um fünfzigtausend Dollar reicher geworden war. Und bei fünfzigtausend Dollar stellt man keine Fragen mehr – das wußte Joe, und er konnte daher leicht großzügig sein.

Ein paar Tage zuvor war er nach Köln gefahren, um möglichen Nachforschungen vorzubeugen, und hatte vom Bahnpostamt ein Gespräch nach USA, nach Whitesands, angemeldet. Dort meldete sich der alte Butler William, Joe verstellte seine Stimme und sagte, es sei eine wichtige Angelegenheit, auf die der Hausherr warte. Als er seinen Vater hörte, sagte er:

»Hallo, Dad... ich bin's!«

»Wer ist dort?« fragte der alte Williams steif.

»Joe, Daddy.«

»Das kann nicht sein. Mein Sohn ist in den letzten Kriegstagen in Deutschland gefallen, sein Ehrenmal steht in Whitesands...«

»Dad, du weißt doch, daß ich lebe. Zugegeben, ich habe

jahrelang nichts von mir hören lassen, ich habe an dich gedacht, als du fünfundsiebzig wurdest, aber es war noch nicht die Zeit, aufzutauchen...«

»Was wollen Sie?« fragte der alte Williams ziemlich grob. »Wo stecken Sie?«

»In Germany. Dad... wie geht es Mom?«

»Meine Frau ist vor sieben Monaten gestorben.«

»Mom... ist tot?« Joe schluckte ein paarmal. »Woran ist sie gestorben?«

»Was interessiert Sie das, Sie sind mir unbekannt! Sie stehlen mir meine Zeit.«

»Dad! Sie war meine Mutter –«

»Ihr Sohn ist vor elf Jahren gefallen, Sie Lügner!« schrie der alte Williams ins Telefon. »Sie hatte keinen Sohn mehr! Und so traurig es ist, ein Kind zu verlieren, sie war froh, daß ihr Sohn wenigstens ehrenvoll gestorben ist. Als Kriegsheld... und nicht als Gangster.«

»Das sagst *du* mir, Dad? Ausgerechnet *du*?! Dein ganzes Leben lang hast du nur Glück gehabt, das ist es! Ohne dieses Glück wärst du längst auf dem elektrischen Stuhl gebraten worden! Verdammt noch mal, ich wollte jetzt nach Hause kommen.«

»Bleib bloß, wo du bist!« Die Stimme des alten Williams war beinhart. »Es könnte einen Unfall auf dem Weg nach Whitesands geben.«

»Dad! Das könntest du tun?«

»Mein Sohn Joe ist im Krieg gefallen – dabei bleibt es!« Der alte Williams legte auf. Joe starrte eine Zeitlang auf seinen Hörer, ehe er einhängte, zum Postschalter ging und das Gespräch bezahlte.

So also ist das, dachte er. Es gibt mich nicht mehr. Auch gut... das Bernsteinzimmer kann überall stehen, dazu brauche ich Whitesands nicht. *Bye bye, Dad* – das war unser letztes Gespräch.

Der Abtransport der zwanzig Kisten aus der Höhle im Berg Taufstein war keine Schwierigkeit. Von einer Baufirma in Alsfeld lieh sich Larry Brooks einen kleinen Raupenbagger, fuhr ihn zur Höhle, und schon nach sechs Stunden hatten sie den gesprengten Eingang freigelegt. Joe hatte sich um einen Lastwagen bemüht und am Stadtrand von Alsfeld eine alte Lagerhalle gemietet. Dorthin transportierten sie in viermaligem Hin- und Herfahren das Bernsteinzimmer, gaben Bagger und Lkw wieder ab und ließen zwei Wochen verstreichen. Den Eingang der Höhle hatten sie mit dem Sprengschutt wieder verschlossen und überließen es dem Forstamt des Vogelsberges, sich darüber zu wundern, nach einer Erklärung zu suchen und keine zu finden.

Etwas schwieriger wurde es mit dem Kommandanten der Atlas-Maschine auf der US-Air-Basis von Frankfurt. Joe Williams blätterte zwanzigtausend Dollar auf den Tisch, aber Captain Hugh Fortner blieb verschlossen.

»Joe, ich mache keine krummen Dinger«, sagte er.

»Das ist kein krummes Ding. Das ist mein Privateigentum.«

»Und warum soll das heimlich weggebracht werden?«

»Wegen des Zolls, Hugh.« Joe tippte auf die Dollarscheine, die vor Fortner lagen. »Auch das ist steuerfrei. Und in meinen Sexladen hast du auf Lebenszeit freien Eintritt und kannst dir umsonst jedes Mädchen aussuchen. Freies Schießen, Junge.«

Fortner überlegte. Er war ein paarmal in Joes Bar und Stundenhotel gewesen, sie kannten sich gut, Joe hatte die schönsten Weiber von Frankfurt im Stall, das wußte jeder, und zwanzigtausend Dollar in bar waren kein Regentropfen auf der Hand. Einmal in der Woche flog er die Atlas nach Genua, um im Hafen Nachschub abzuholen oder irgendwelche Dinge auf ein amerikanisches Schiff zu bringen. Die US-Transporte der Army oder Air Force hatten freie Durchfahrt, keiner kontrollierte sie, die Hafenwache kannte sie, und zwanzig Kisten waren überhaupt kein Problem.

»Es ist kein schiefes Ding?« fragte Fortner noch einmal.

»Ich verspreche es dir, Hugh«, sagte Joe feierlich. »Ich muß die Kisten nur zur Basis bringen – das ist es.«

»Da helfe ich dir. Ich schicke dir einen Truck.«

»Zwei, Hugh. Es sind große Kisten. Zwei schwere Trucks.«

»Okay, Wann?«

»Einen Tag, bevor du fliegst. Sie liegen in Alsfeld.«

Alles lief daraufhin reibungslos nach Plan. Zwei riesige Trucks der US-Air-Force holten die Kisten ab, brachten sie zur Air-Basis, und dort wurden sie in Fortners Atlas-Maschine geladen. Sie bekamen die Bezeichnung »Umzugsgut« – was noch nicht einmal gelogen war –, nachdem Joe die Aufschriften »Wasserbaubehörde Königsberg« übermalt hatte, und am selben Tag, an dem Fortner nach Genua flog, waren auch Larry und Joe unterwegs nach Italien.

Für den Puffbetrieb hatten sie vorläufig einen Geschäftsführer eingestellt, einen Jugoslawen mit guten Kenntnissen der Frankfurter Szene, und Joe hatte ganz klar zu ihm gesagt:

»Wir werden bestimmt ein halbes Jahr wegbleiben. Und nun hör genau zu, Jugo-Boy: Wenn die Abrechnungen nicht stimmen, wenn du denkst, du könntest uns aufs Kreuz legen, wenn hier durch deine Schuld irgend etwas schiefläuft, kann deine Mami einen Kranz schicken! Verstehst du das?«

»Du sprichst deutlich genug«, antwortete der Jugoslawe und nickte. »Ich werd doch dein Vertrauen nicht ausnützen.«

»Das sagen alle. Boy, paß bloß auf!«

Nun dümpelte die *Lukretia* im Brackwasser des Genueser Hafens und sollte am nächsten Tag auslaufen. Man hatte die zwanzig Kisten geschickt unter die anderen Kisten mit Ersatzteilen und den Landmaschinen verteilt. Zum drittenmal waren sie umbenannt worden. Jetzt hieß es: »Motoren und Ersatzteile«. Fünfundzwanzigtausend Dollar steckten in der Tasche des griechischen Kapitäns, noch einmal die gleiche Summe bekam er, wenn die Kisten in Mexiko an Land waren.

»Das große Werk ist gelungen!« sagte Joe Williams am Abend zu Larry Brooks. Es klang wie der Beginn einer Ansprache. »Das Bernsteinzimmer ist weg aus Deutschland... jetzt wird es keiner mehr finden, und wenn sie hundert Jahre suchen. Es gibt keine Spuren mehr.« Er sah Brooks mit strahlendem Gesicht an. »Wenn du nur nicht ein so weiches Gemüt hättest, Larry-Boy.«

Am nächsten Tag dampfte die *Lukretia* von Genua ab, hinaus ins Mittelmeer. Es war ein naßkalter, nebeliger Novembertag.

Am gleichen Nachmittag flog Joe Williams von Genua nach Rom und von Rom weiter nach Mexiko.

Erst drei Tage später entdeckte ein Hafenboot einen im Wasser treibenden Gegenstand, kam näher und zog ihn heraus. Es war ein Mensch mit einem kleinen Loch in der Stirn. Ein unbekannter Toter. Ein Mord, den man nie klären würde. Und als ein Unbekannter wurde Larry Brooks dann auch in Genua begraben.

Der dritte Tote des Bernsteinzimmers.

Joe

DIE PERSONEN:

Michael Wachter (Michail Igorowitsch Wachterowskij)	ehemaliger Verwalter des Bernsteinzimmers
Nikolaus Wachter (Nikolaj Michajlowitsch Wachterowskij)	sein Sohn, neuer Verwalter des Bernsteinzimmers
Jana Petrowna Wachterowskaja	dessen Frau
Fred Silverman (Friedrich Silbermann)	amerikanischer Kunsthistoriker
Joe Williams	amerikanischer Geschäftsmann
Wassilissa Iwanowna Jablonskaja	sowjetische Kunstwissenschaftlerin

Es war alles so geworden, wie General Walker es vor Jahren vorausgesehen hatte: Bei seiner Rückkehr nach Deutschland war aus dem US-Major Fred Silverman wieder Friedrich Silbermann geworden, der emigrierte Jude, der hoffte, in ein besseres, geläutertes Deutschland zu kommen. Die Dollars, die er mitbrachte, reichten aus, um über Jahre hinweg ein unabhängiges Leben zu führen. Trotzdem bewarb er sich mit einem Empfehlungsschreiben an der Universität von Würzburg als Kunsthistoriker, und der Senat nahm ihn nach langer Beratung als Privatdozent in die Alma mater auf.

Er hatte nur wenige Studenten, aber um so mehr Zeit, die Spur des Bernsteinzimmers wiederaufzunehmen. Vierzehn Jahre lagen nun schon zwischen dem Verschwinden der drei Trucks auf dem Weg nach Frankfurt, und genauso lange waren alle Kunstexperten der Meinung, daß das Bernsteinzimmer für immer verschollen sei. Alle bisherigen Hinweise und Spuren, die von Kunstliebhabern, Museumsdirektoren, staatlichen Kommissionen und den Geheimdiensten verschiedener Länder, vor allem aber der Amerikaner und Russen, verfolgt wurden, liefen ins Nichts. Immer wieder stieß man auf eine Mauer des Unwissens und den immer wiederkehrenden, altbekannten Spruch: »Ob die Kisten das Bernsteinzimmer enthielten, weiß keiner. Sicher ist nur, daß große Kisten im Januar 1943 ankamen und im April wieder weggeschafft wurden.«

Es lagen Berichte aus vierunddreißig verschiedenen Stellen und Lagerstätten vor: Bergwerke, Schlösser, Burgen, unterirdische Bunker, Höhlen, sogar zwei Klöster waren dabei, aber sie waren nur eine Zwischenstation der unübersehbar verschlungenen Wege, welche die Kisten genommen hatten.

Selbst die Schweiz wurde nicht mit Anfragen verschont, und die Regierung protestierte heftig. In Österreich forschte man besonders intensiv, nachdem man in Alt-Aussee eines der größten Nazidepots für geraubte Kunst entdeckt hatte. Es war nicht so spektakulär wie Grasleben oder Merkers, aber man vermutete, daß gerade in Österreich noch viele Kunstschätze versteckt waren, die unter den »Führervorbehalt« fielen... für das größte Museum der Welt in Linz an der Donau. Hitlers verheerender Traum.

Silbermann staunte oft über die Phantasie der Sucher und ihre Euphorie, wenn sie eine vermeintliche Spur zu finden glaubten. Sein Wissen nutzte ihm wenig, im Gegenteil, es machte ihn hochgradig verdächtig.

Ein Besuch im Hauptquartier von Frankfurt hätte ihn warnen müssen.

Die Zentrale Kunstsammelstelle der amerikanischen Streitkräfte war längst aufgelöst worden. In den verschiedenen Dienststellen, die Silbermann aufsuchte, starrte man ihn verständnislos an, höhere Offiziere erinnerten sich an gar nichts und bekamen nur einen lauernden Blick. Schließlich landete Silbermann dort, wo zu landen er schon immer vermutet hatte: beim amerikanischen Geheimdienst CIC.

Die ehemaligen Kollegen waren zu Silbermann freundlich, aber bei gezielten Fragen von einer geradezu kindlichen Unwissenheit. Vom Bernsteinzimmer hatten sie überhaupt nur wenig gehört, nur, was in den Zeitungen stand. Im Archiv nach den Listen der gefundenen Kunstschätze nachzusehen erwies sich als sehr mühselig, ganze Aktenstücke waren verschwunden, und ein Colonel des CIC sagte zu Silbermann sogar: »Lieber Freund, warum beschäftigen Sie sich mit solchen Dingen? Das bringt doch nur Ärger. Von mir aus können sie das Bernsteinzimmer auf den Mond schießen, ich weine ihm keine Träne nach.«

Nach sechs Wochen, in denen er sich durch die Akten des Geheimdienstes gewühlt hatte, stieß Silbermann auf die Kopie der Liste von Merkers. Welch ein Erfolg! Hier war endlich der Beweis, daß das Bernsteinzimmer in der Zeche Kaiseroda II/III gelagert gewesen war.

Aber schon nach einem Überfliegen der Listenkopien ließ Silbermann die Blätter sinken und rieb sich die Augen. »Das ist doch nicht möglich«, sagte er betroffen. »Das ist doch meine Liste, von mir unterschrieben. So etwas gibt es doch nicht.«

Es war eine vollständige Liste, die nur einen Schönheitsfehler hatte: Die zwanzig Kisten mit dem Bernsteinzimmer waren nicht enthalten. Die Zeilen waren gelöscht und mit anderen Beschreibungen von Kunstwerken wieder gefüllt worden.

»Sind Sie sich sicher?« fragte der Colonel, als Silbermann ihm die Fälschung zeigte. »Wissen Sie, daß sie den CIC verdächtigen? Sie, ein US-Major und Diplomat?! Haben Sie irgendeinen Beweis für ihre Anklage?!«

»Die Originallisten, Sir.«

»Das *sind* die Originallisten! Andere gibt es nicht!«

»Meine Liste!«

»Es ist Ihre. Ihre Unterschrift steht ja darunter.«

»Die Liste ist manipuliert worden!«

»Eine ungeheure Behauptung, Mr. Silbermann! Das müssen Sie beweisen!«

»Ich werde nach den Beweisen suchen, Sir. Ich habe einen unbestechlichen Zeugen: Präsident Eisenhower! Er war damals 1945 zusammen mit General Patton und General Bradley im Bergwerk Merkers, und ich habe ihm vom Bernsteinzimmer berichtet und eine Kiste öffnen lassen. Er hat es gesehen und erschüttert ›Jesus!‹ ausgerufen.«

»Sie wollen den Präsidenten als Zeugen benennen?« Der Colonel erstarrte geradezu. »Sie bringen wirklich die Frechheit auf, den Präsidenten der Vereinigten Staaten als Zeugen für einen angeblichen Kunstraub aufzurufen. Mr. Silbermann, ich beginne mich zu schämen, daß so jemand wie Sie einmal US-Offizier gewesen ist. Und dann auch noch beim OSS!«

»Die Wahrheit hängt nicht von Personen und Positionen ab, Sir!«

»Die Wahrheit ist, daß Sie ein übler Nestbeschmutzer sind!« Das Gesicht des Colonel wurde rot. »Die Wahrheit ist, daß Sie nie Amerikaner geworden sind, sondern immer der deutsche Jude geblieben sind. Und die letzte Wahrheit ist, daß Männer wie Sie zum Kotzen sind ... für mich! Danke!«

Silbermann wunderte sich nicht über diese Reaktion des CIC. Was nach 1945 »wiedergefunden« und »dem rechtmäßigen Besitzer übergeben worden ist«, war nur ein Bruchteil dessen, was die Nazis ausgelagert hatten. Wo die Mehrzahl der Kunstwerke geblieben war, blieb ein Rätsel, wurde mit einem Achselzucken beantwortet oder mit der lapidaren Antwort: Na ja, es war eben Krieg. Was da nicht alles verschwindet ...

Vier Wochen später fand ein Motorradfahrer auf einer Landstraße zwischen München und dem Ammersee, am Straßenrand verkrümmt liegend, einen blutenden Mann und benachrichtigte die Polizei. Ein Rettungswagen brachte den Schwerverletzten in das nächste Krankenhaus, man zog ihn aus und stellte fest, daß er sechs Messerstiche in den Unterleib bekommen hatte. Die Kriminalpolizei übernahm sofort den Fall, aber der Niedergestochene war nicht vernehmungsfähig. Wie durch ein Wunder überlebte er und sagte am vierten Tag nach seiner Einlieferung aus: »Ich heiße Friedrich Silbermann. Ich bin noch amerikanischer Staatsbürger, wohnhaft in Würzburg. Die Verletzungen habe ich mir selbst beigebracht, ich wollte Selbstmord begehen. Das ist alles, was ich sagen kann... und sagen will.«

Was hätte Silbermann auch erzählen sollen? Daß man im Flur seines Hauses plötzlich einen Sack über ihn geworfen und ihn weggeschleppt hatte in ein Auto. Daß das Auto nach Stunden irgendwo hielt, daß man ihn herauszerrte, gegen einen Baum lehnte und eine Stimme sagte: »Heute ist es nur eine Warnung, aber sie soll wirksam sein. Du weißt, wovor wir dich warnen, Fred Silverman.« Und dann hatte man sechsmal zugestochen, ihn zu Boden fallen lassen, den Sack vom Kopf gezogen und war ohne Scheinwerfer abgefahren. Er konnte weder die Autonummer noch die Automarke oder Farbe erkennen.

Es sind Profis, hatte Silbermann noch gedacht. Dann war er bewußtlos geworden.

Sollte er das erzählen? Ein Protokoll würde es geben, das bald in einem Aktenschrank verstaubte. Ein ungeklärter Überfall mehr; ein unerklärbarer dazu.

Vier Wochen blieb Silbermann im Krankenhaus, dann wurde er entlassen.

Als er aus dem Gebäude kam und in das bestellte Taxi stieg, hatte er das Gefühl im Nacken, daß er beobachtet wurde. Er kannte dieses Gespür von früher, aber er sah keinen Wagen, der ihnen folgte.

Es waren eben Profis –

Es stellte sich heraus, daß Wassilissa Iwanowna Jablonskaja nicht nur über beste Beziehungen in Moskau und Leningrad verfügte, sondern auch vom sowjetischen Kultusministerium und sogar vom KGB mit weitreichenden Vollmachten ausgestattet war, die es ihr erlaubten, jede sowjetische Dienststelle, sei sie zivil oder militärisch, um volle Unterstützung zu bitten.

Das zeigte sich deutlich bei den Kreuz- und Querfahrten, die sie mit Michael Wachter begonnen hatte. Vorher gab es noch eine erregte Diskussion, denn Nikolaj wollte seinen siebzigjährigen Vater nicht allein auf die anstrengenden Reisen schicken, und selbst Jana Petrowna überlegte ernsthaft, ob sie nicht ihr Väterchen begleiten sollte. Die Kinder waren schon selbständig genug, um unter Aufsicht eines im Ruhestand lebenden Lehrers aus Puschkin eine Zeitlang allein gelassen zu werden. Peter war neun, Janina sieben Jahre alt, es waren kluge und vernünftige Kinder, die schon jetzt in ihrer Jugend von der Schönheit ihrer Mutter zeugten. Die Jablonskaja hatte es einmal ausgesprochen, was Großvater Michael im stillen schon gedacht hatte, voller Stolz, wie Großväter nun mal sind: »Peter und Janina hätten früher Modelle für Raffael und Tiepolo abgegeben.«

Nun also wollten Nikolaj und Jana den alten Wachter begleiten und überfielen ihn drei Tage vor der geplanten Abreise aus Puschkin mit der Eröffnung: »Väterchen, alles ist geregelt. Nikolaj ist beurlaubt, die Kinderchen bleiben unter Aufsicht von Arkadij Trofimowitsch, dem alten Lehrer, im Schloß – alles ist gut.«

»Nichts ist gut!« hatte Wachter ärgerlich gerufen. »Was, frage ich, soll da gut sein? Daß ein Wachter seinen Posten als Betreuer des Bernsteinzimmers verläßt? Daß eine Mutter ihre Kinder in Pflege gibt?! Das ist gut?!«

»Soll ich einen leeren Saal bewachen, Vater?« rief Nikolaj zurück.

»Wäre das Zimmer da – ich rührte mich nicht von der Stelle. Das weißt du! Unmöglich aber ist's, dich allein auf die Suche zu schicken.«

»Wassilissa Iwanowna ist bei mir.«

»Genügt das vielleicht? Wenn du krank wirst, wenn du ausrutschst und dir ein Bein brichst, wenn irgend etwas anderes passiert... Janka ist eine gute Krankenschwester geworden. Und vergiß nicht, Väterchen... ein alter Mann bist du.«

»Was bin ich?!« Auf sein Alter hingewiesen zu werden war Wachter ein Greuel. Er war kein Greis, er fühlte sich nicht so, er war nicht im geringsten klapprig in den Knochen und den Muskeln. Sein Herz schlug kräftig wie vor vierzig Jahren, seine Adern waren nicht verstopft und das Denken war ihm nicht schwerer geworden. Nur die linke Schulter war etwas schief seit dem Feuerüberfall der Tiefflieger, und daß es gerade sowjetische Flieger gewesen waren, die ihn, einen Wachter, die seit 230 Jahren in Rußland lebten, zusammengeschossen hatten und indirekt und unwissend schuld daran waren, daß er das Bernsteinzimmer aus den Augen verloren hatte, ärgerte ihn immer wieder. Aber ein alter Mann, auf den man aufpassen mußte wie auf einen Säugling, nein, das war er keinesfalls.

»Ihr seht mich als einen Tattergreis?!« rief er empört. »Ha, zeigen werde ich's euch! Wer bin ich denn? Soll eine eigene Krankenschwester brauchen? Einen starken Sohn, der mich auf den Schultern herumträgt?«

»Väterchen, so ist das nicht.« Jana Petrowna versuchte, Wachter milde zu stimmen. »Acht Augen sehen mehr als vier Augen, und sechs Ohren hören besser als vier...«

»Jeder auf seinem Platz!« sagte Wachter streng. »Ich fahre und suche mit Wassilissa Iwanowna allein...«

Als sie von Puschkin abfuhren nach Leningrad, um dort ein Flugzeug nach Ost-Berlin zu besteigen, war zwar Jana im Katharinen-Palast bei den Kindern geblieben, aber Nikolaj war mitgekommen und hatte dem Alten allen Wind aus den Segeln genommen, indem er sagte: »Ein Wachter gehört zum Bernsteinzimmer. Bin ich ein Wachter? Ohne Zweifel. Wo ist das Bernsteinzimmer? Verschollen. Wer hat die Pflicht, es zu suchen? Ein Wachter. Ich wiederhole: Bin ich ein Wachter? Was kannst du dagegen sagen, Väterchen?«

»Du bist ein Dickkopf wie ich.« Michael Wachter stieß mit der Faust gegen die Brust seines Sohnes, und die Kraft des Alten war noch so stark, daß Nikolaj etwas schwankte. »Gut ist's. Keine Diskussion mehr! Froh bin ich, daß Janinka zu Hause bleibt. Wir alle wissen, wie schwer es wird, was wir vorhaben. Sogar gefährlich kann's werden. Es *gibt* Menschen, die wissen, wo das Bernsteinzimmer geblieben ist, und sie werden unsere Feinde sein und vor nichts zurückschrecken.«

»Und deshalb ist es gut, daß ich bei dir bin«, sagte Nikolaj.

In Berlin blieben sie nur drei Tage, wohnten als Gäste des sowjetischen Stadtkommandanten im Gästehaus der Roten Armee in Karlshorst und studierten die Detailpläne, die man in Moskau erstellt hatte und mit denen die Jablonskaja jahrelang beschäftigt gewesen war. Drei wichtige Spuren gab es, auf denen man dem Bernsteinzimmer folgen wollte: nach Grasleben, nach Merkers und nach Österreich im Raum Alt-Aussee, Dachstein, Höllengebirge... aber in elf Jahren war viel Gras über das Land und die Erinnerung gewachsen.

»Suchen wir in Thüringen«, sagte Wachter, nachdem er alle Karten, Aussagen, Berichte und Mutmaßungen durchgelesen hatte. »Merkers... da muß es gewesen sein. Im Bergwerk Kaiseroda II/III. Wenn man nur wüßte, wo dieser Captain Silverman lebt! Er hat's gesehen, sagt er. Er hat den Transport nach Frankfurt zusammengestellt. Und auf diesem Transport sind drei Lastwagen mit zwanzig Kisten angeblich vom deutschen ›Werwolf‹ überfallen und geraubt worden. Zwanzig Kisten ... das könnte genau das Bernsteinzimmer sein! Silverman behauptet das auch... Meine Lieben, wir müssen in Merkers anfangen mit der Suche. Noch einmal! Wozu nach Österreich fahren? Nach Grasleben? Das alles sind nur falsche Spuren.«

Mit dem Zug fuhren sie von Berlin nach Weimar, und hier zeigte sich die Macht des Ausweises von Wassilissa Iwanowna. Sofort bekam sie vom sowjetischen Militärkommandanten einen Wagen, keinen mit Armeenummer und braungrau gestrichen, sondern einen unauffälligen Privatwagen, dessen wahre Identität nur die Tankwarte kennenlernten, denn Benzin bekamen die Wachters und die Jablonskaja kostenlos gegen Vorlage der sowjetischen Bescheinigungen.

In Merkers hatte sich wenig verändert. Das Salzbergwerk arbeitete nur mit halber Kapazität, Grubendirektor Eberhard Moschik war vor zwei Jahren gestorben, und Grubeninspektor Johannes Platow, der 1945 Eisenhower, Patton und Bradley in die riesige Salzhalle geführt und ihnen die Schätze gezeigt hatte, konnte sich an nichts mehr erinnern. Vor ebenfalls zwei Jahren war er abends nach seinem Stammtisch im »Grünen Baum« von einem unbekannten Auto angefahren und durch die Luft geschleudert worden. Er hatte überlebt, aber der Schädelbruch, den er erlitten hatte, machte ihn zum Invaliden, der sich an nichts mehr erinnern konnte.

Die neue Grubendirektion zeigte sich sehr hilfsbereit. Mit einem Obersteiger fuhr man die »Kommission«, wie die Jablonskaja sie vorstellte, 450 Meter tief in den Berg hinunter und zeigte ihnen die Hallen, in denen 1945 die wertvollsten Schätze der Berliner Museen, fast das gesamte Reichsvermögen in Gold – und das Bernsteinzimmer – versteckt gewesen waren. Eine bedrückende Leere dehnte sich vor ihnen aus, geblieben war nur das Gleis der Schmalspurbahn, das die riesige Haupthalle durchzog.

»Hier also war es...«, sagte Wachter leise, genau wie damals Eisenhower, der ergriffen vor den Kunstschätzen gestanden hatte.

»Man nimmt es an.« Der Obersteiger zuckte mit den Schultern. »Ich war damals fünfzehn Jahre alt, mein Vater hat mir erzählt, daß Wehrmacht und SS waggonweise Kisten, Kartons und Säcke in den Schacht gebracht hätten. Aber keiner von uns, das schwöre ich, hat gewußt, was es ist. Die meisten wußten überhaupt nichts. Sie wußten nicht mal, daß hier in der Nähe das neue Hauptquartier von Hitler gebaut wurde und daß bei Saalfeld der Gauleiter Koch unterkriechen wollte. Daß unter der Erde viel gebaut wurde, das haben wir gesehen... aber wozu, danach hat keiner gefragt. Wir hätten ja auch keine Antwort bekommen.«

»Könnte es sein, daß in den unterirdischen Bunkern und Gängen des geplanten Hitler-Hauptquartiers auch zwanzig Kisten versteckt worden sind?«

»Warum nicht? Platz war genug da. Eine ganze Bunkerstadt unter der Erde.«

»Ich habe die Pläne hier.« Die Jablonskaja klopfte auf ihre lederne Umhängetasche. »Ich wollte sowieso in diese Unterwelt steigen.«

Sie sprach russisch, Nikolaj übersetzte es, aber der junge Obersteiger schüttelte den Kopf. »Das können Sie sich sparen«, sagte er. »Da unten ist alles leer. Wenn was drin gewesen war, dann hat das der Amerikaner mitgenommen.« Er machte eine weite Handbewegung durch die Salzhalle. »Sie haben ja auch hier alles mitgenommen. Zurückgelassen haben sie aufgerissene Kisten, Koffer, Kartons, Schatullen und Säcke.«

»Es ist und bleibt die einzige wichtige Spur«, sagte Wachter, als sie wieder über Tage waren und mit dem Grubendirektor und dem Obersteiger in der Kantine zusammensaßen und ein Pilsener Bier tranken. »Von hier gingen die zwanzig Kisten aus Königsberg mit einem US-Konvoi nach Westen. Und die drei Lastwagen mit den zwanzig Kisten verschwanden spurlos und wurden erst später leer wiedergefunden.«

»Mit einem toten Fahrer. Einem Neger«, fügte der Grubendirektor hinzu. »Wenn ich mich daran erinnere, mein Gott, war das damals ein Rummel! Ein Fahrer tot, zwei Fahrer vermißt, die Ladung gestohlen... die Amis müssen eine halbe Armee auf Suche geschickt haben. Es wimmelte nur so von Panzern, Infanterie, Hubschraubern und Geschützen.« Er sah zu Wachter hinüber, der stumm in sein Bierglas starrte. »Glauben Sie, in den zwanzig Kisten könnte das Bernsteinzimmer gewesen sein?«

»Es war in den Kisten!« Wachter umklammerte sein Bierglas. »Wie kommen wir nur an diesen ehemaligen Captain Silverman heran? Er muß doch zu finden sein.«

»Nicht in Amerika.« Die Jablonskaja blätterte in ihren Unterlagen. »Wir haben in Moskau alles versucht... ohne Ergebnis. Die US-Botschaft kann überhaupt nichts feststellen, da alle Anfragen in Washington mit *No* beantwortet werden. Briefe an den Geheimdienst OSS sind völlig sinnlos, man weiß nicht, ob sie ankommen, man erfährt keine Reaktion, man setzt uns vielleicht sogar auf die Liste der Personen, die besonders überwacht werden müssen. Man umgibt diesen Silverman mit einer Mauer des Schweigens.«

»Ein Beweis, daß er mehr weiß als alle anderen.« Nikolaj blickte hinüber zu seinem Vater. »Wir sollten eine Anzeige aufgeben. In der *New York Times* – das ist Amerikas größte Zeitung.«

»Und wenn er in Kalifornien oder Alaska lebt... da liest er vielleicht nicht diese Zeitung. Das müßte schon ein Zufall sein.«

»Der General Zufall hat schon manche Schlacht gewonnen«, sagte die Jablonskaja. »Nikolajs Rat ist gut. Eine Suchanzeige in der *New York Times* – versuchen sollten wir's.«

»Und welche Adresse geben wir an?« Wachter trank sein Glas Pils leer.

»Puschkin? Da wird nie ein Brief ankommen. Berlin-Ost? Ein ungutes Gefühl habe ich. Nennen wir eine westdeutsche Adresse.«

»Vielleicht in Frankfurt.« Nikolaj sah, wie sein Vater nachdenklich nickte. »Silverman war in Frankfurt als OSS-Offizier. Liest er die Anzeige mit der Frankfurter Adresse, kann er ahnen, wer ihn sucht.«

Bevor sie aber diese Anzeige an die *New York Times* schickten, fuhren sie nach Wassilissas Plänen alle Orte ab, wo man das Bernsteinzimmer, genauer, wo man große Kisten gesehen hatte, transportiert von Wehrmacht, SS und sogar der Luftwaffe.

Sie besuchten fünfunddreißig Schlösser und Burgen, unterirdische Stollen und Klöster, Bergwerke und Höhlen, krochen durch Kellergewölbe und Felsengänge, sprachen mit Bürgermeistern, Verwaltern, Äbten, Pfarrern und Schloßangestellten... überall wollte man die großen Kisten gesehen haben, die dann Mitte April wieder weggebracht worden waren. Von deutschen Fahrzeugen mit unbekanntem Ziel.

»Die Daten stimmen«, sagte die Jablonskaja, während sie erneut vor ihrem Aktenstapel saß. Sie hatten in Frankfurt eine Wohnung gemietet und hatten von hier aus auch Grasleben und die Fundorte im Raum Göttingen besucht. Im Gegensatz zu Thüringen und Sachsen zeigten sich die westdeutschen Behörden äußerst abweisend, ja sogar aggressiv, vor allem, wenn Wassilissa Iwanowna ihre sowjetischen Vollmachten vorlegte.

»Das haben wir gern«, wurde ihr einmal von einer Stadtratssitzung erzählt. »Kommen die Russen hierher und wollen schnüffeln! Nach gestohlenen Kunstwerken! So eine Frechheit! Und was haben die geklaut! Halb Ostpreußen! Königsberg heißt jetzt Kaliningrad! Man sollte ihnen sagen, daß sie uns kreuzweise... Ritze rauf und Ritze runter!«

Über ein halbes Jahr war jetzt vergangen. Hunderte von Spuren gab es, aber keine war die richtige. »Wenn man das alles zusammennimmt, die Daten und die Beobachtungen«, sagte die Jablonskaja, »dann war das Bernsteinzimmer zu gleicher Zeit an vierzehn verschiedenen Orten. Wo aber war's wirklich?«

»Das kann nur Silverman wissen.« Michael Wachter schob die vor ihm liegenden Listen von sich. »Die Anzeige in der *New York Times* ist wirklich die einzige Möglichkeit, ihn zu finden.«

Kurz vor Weihnachten erschien in Amerikas meistgelesener Tageszeitung die Anzeige:

Wir bitten Mr. Fred Silverman, ehemaliger Captain der US-*Army in Deutschland, 1945 im Raume Merkers stationiert, um ein Lebenszeichen. Es wäre schön, uns wiederzusehen. Fred, melden Sie sich und schreiben Sie an folgende Adresse...*

Sie gaben keinen Namen an, nur die Straße, die Hausnummer und das Stockwerk. Eine teure Anzeige war's, aber die Rechnung bezahlte die sowjetische Botschaft in Rolandseck am Rhein, gegenüber dem Drachenfels und Bad Honnef.

»Jetzt können wir nur warten«, sagte Nikolaj. Weihnachten war nicht weit. Schweren Herzens dachte er daran, daß er dieses Jahr nicht mit den Kindern unter einem nach deutscher Art geschmückten Weihnachtsbaum sitzen und deutsche Weihnachtslieder singen würde und auch das sowjetische Fest von Väterchen Frost versäumte. Traurig dachte er an Jana Petrowna, die er in diesem halben Jahr nur zweimal telefonisch hatte sprechen können und deren Briefe, die sie nach Frankfurt schickte, so fröhlich klangen und doch voller versteckter Sehnsucht waren. Immer wieder fragte er sich deshalb in Sorge: Wozu das alles? Wir finden das Bernsteinzimmer doch nie!

Der alte Wachter war es dann, der ihm neuen Mut gab. »Es ist noch da!« sagte er voll fester Überzeugung. »Es ist nicht vernichtet worden. Irgendwo ist es versteckt, und da es das Zimmer noch gibt, hört nie die Hoffnung auf, die richtige Spur zu ihm zu finden. Man muß nur immer von ihm sprechen, nicht lockerlassen, die Menschen anregen, die Augen offenzuhalten und genau zu beobachten... ja, meine Lieben, die Menschen, nicht die Behörden. Von den staatlichen Stellen haben wir nichts zu erwarten, da sind wir nur die unbequemen, bohrenden, frechen, kommunistischen Russen, denen man jede Information verwehrt, jede Einsicht in Archive, jede Aufzeichnung der Vergangenheit. Allein stehen wir, ganz allein... hoffen können wir nur auf einen Zufall, auf einen Wink aus der Bevölkerung, der uns den richtigen Weg weist. Und darum dürfen wir nie Ruhe geben, müssen immer in die Lande rufen: Was wißt ihr über das Bernsteinzimmer? Was habt ihr 1945 oder heute gesehen? Was habt ihr flüstern hören? Sagt es uns. Jeder Hinweis ist wichtig.«

Es wurde Weihnachten. Wassilissa Iwanowna und die Wachters feierten in ihrer Wohnung mit einem geschmückten Bäumchen, mit Gänsebraten, Rotwein, Plätzchen, Stollen und Lebkuchen. Für die Jablonskaja war es das erste deutsche Weihnachten. Sie war als gute Kommunistin erzogen worden, und in ihrem Elternhaus hatte es kein Weihnachten gegeben: Bei den Komsomolzen lachte man sogar über den christlichen Feiertag und sagte, die Geburt Lenins sei wichtiger als die Geburt dieses Jesus. Was hatte er schon geleistet? Nur Unruhe unter die Völker hatte er getragen, nur Glaubenskriege, wahnsinnige Inquisitionen und einen unnachahmbaren Kapitalismus. Lenin aber hatte einen

Staat geschaffen, ein neues Rußland, ein Land der Sowjets, eine völlig neue Gesellschaft, einen Fels des Sozialismus in einer kapitalistisch verseuchten Welt.

Nun saß die Jablonskaja vor dem Bäumchen, an dem die Kerzen flackerten, hörte im Radio die deutschen Weihnachtslieder und spürte etwas von der Ergriffenheit, die alle befällt, wenn die Stille und Besinnlichkeit des Heiligen Abends ins Zimmer tritt. Nikolaj hatte einen langen Brief nach Puschkin zu Jana und den Kindern geschickt und für Peter einen großen ferngesteuerten Kran und für Janina eine sprechende Puppe mit Schlafaugen gekauft. Ob die Geschenke angekommen waren, konnte man nur hoffen. Ein Paket von Frankfurt bis Leningrad geht durch viele Hände –

Am zweiten Weihnachtstag verließen Wassilissa, Nikolaj und Michael Wachter ihre Wohnung. Sie wollten sich einmal verwöhnen lassen in einem feinen Lokal, wo der Oberkellner noch einen Frack trug und jeden Gast mit einer Verbeugung begrüßte. Es war kalt an diesem Abend, das Schneewasser auf den Straßen war zu Eis gefroren, vorsichtig mußte man gehen, am besten, man hielt sich gegenseitig fest und tastete sich Schritt für Schritt langsam vorwärts.

»Wenn ich das Essen nicht schon in der Nase hätte«, sagte Wachter fröhlich, »bliebe ich im warmen Sessel hocken! Aber ich rieche schon den Duft! Meine Lieben, fassen wir uns unter... kann Eis uns erschrecken? Denkt an die Winter in Puschkin. Aufgewachsen sind wir mit –«

Weiter kam er nicht mit seinen Worten. Irgendwoher, aus der Dunkelheit vor oder neben ihnen, aus einem Eingang oder einem Fenster oder von einer Straßenecke aus bellte ein Schuß auf. Durch Zufall rutschte Nikolaj ein wenig aus, aber diese Bewegung rettete ihm das Leben. Die Kugel zischte an seinem Kopf vorbei, schlug an die Hauswand und irrte dann als Querschläger an dem alten Wachter vorbei die Straße hinunter.

Es war auch der Alte, der sofort und richtig reagierte. Er ließ sich fallen, und da sie sich untergehakt hatten, fielen die anderen mit ihm auf die Straße, streckten sich und lagen flach, als der zweite Schuß in halber Höhe über sie hinwegzischte. Stehend hätte er einen von ihnen in den Bauch getroffen.

Eine ganze lange Minute blieben sie auf der vereisten Straße liegen. Dann hob der alte Wachter der Kopf, sicherte wie ein gejagter Wolf nach allen Seiten, schob sich auf die

Knie und legte links und rechts seine Hand auf den Rücken von Nikolaj und Wassilissa.

»Am richtigen Platz sind wir!« sagte er auf russisch. »Vor uns liegt die richtige Spur. Wie nahe sind wir dem Bernsteinzimmer, wenn man versucht, uns zu töten.« Er stand auf, lehnte sich gegen die Hauswand und wartete, bis die Jablonskaja und sein Sohn auch wieder auf den Füßen waren. »Welch ein wundervolles Weihnachten, meine Lieben! Man schenkt uns das Bernsteinzimmer... nur abholen am richtigen Ort müssen wir es. Auch ihn werden wir finden mit Ausdauer, Mut und Gottes Hilfe...«

Die zwanzig Kisten auf der *Lukretia* waren zusammen mit den Landmaschinen wohlbehalten angekommen. Der griechische Kapitän hatte zunächst einen kleinen, unwichtigen Hafen angesteuert – Agiaba hieß er, lag im Golf von Kalifornien und war ein Nest, hinter dem ein Sumpfgebiet mit einem See lag, das von Moskitos und Parasiten nur so wimmelte. Joe Williams hatte keinerlei Mühe, den Alkalden des Dorfes mit fünftausend Dollar zu bewegen, zwei flache Boote zu der vor der Küste ankernden *Lukretia* zu schicken und zwanzig große Kisten abzuholen und an Land zu bringen. Seit drei Wochen hielt sich Joe in Mexiko-City auf, war dann nach Chihuahua geflogen und von dort nach Navojoa gefahren, wo ihn das Funktelegramm der *Lukretia* erreichte. Mit dem zweiten Boot landete auch der griechische Kapitän in Agiaba und hielt die Hand auf. Ohne Zögern zahlte ihm Williams die restliche Summe aus.

»Sie sind ein Gentleman, Mister«, sagte der Kapitän. »Sie hätten auch sagen können: Hau ab! Verdufte dich, ehe ich deinen Gestank wegwedele.«

»Und was hätten Sie dann getan?«

»Die nächste Polizeistation angerufen.«

»Sehen Sie, mein Freund, und deshalb bekommen Sie Ihr Geld.« Joes Stimme wurde plötzlich hart und kalt. »Auch wenn ich Sie nicht bezahlt hätte, würden Sie mich nicht verraten haben.« Er zeigte auf den sandigen Boden. »Dann lägen Sie dort mit einem Loch im Körper.«

»Ich sagte es ja, Sie sind ein Gentleman.« Der Kapitän steckte die Dollarscheine ein und grüßte mit der Hand an der Mütze. »Leben Sie wohl, Mister. Hoffentlich sehe ich Sie nie wieder.«

»Damit können Sie rechnen, Kapitän. Gute Fahrt.«

»Werden Sie glücklich mit Ihren Kisten! Was ist denn wirklich drin?«

»Eingefangene Sonnenstrahlen...«

»Aha!« Der Kapitän grinste, tippte sich an die Stirn und ließ sich zurück zu seiner *Lukretia* bringen. Ein verrückter Amerikaner mehr, dachte er. Das Geld muß denen tatsächlich das Gehirn aufweichen.

Er griff an seine Uniformjacke, fühlte das Bündel Dollarscheine in der Tasche und war voll Freude, daß gerade er solch einem Verrückten begegnet war.

Joe Williams hatte eins gelernt, was sonst einem Amerikaner nicht gegeben ist: Er hatte Zeit. Ihn steckte keine Hektik an, er jagte nicht nach Geschäften, er ließ sich auf keinen Wettlauf ein, um die Konkurrenz zu überholen... er hatte das alles nicht nötig. Die zwanzig Kisten ließ er von Agiaba nach Ciudad Juarez, direkt an die Grenze zu New Mexico bringen, gleich gegenüber von El Paso. Hier mietete er einen Lagerraum, stellte die alten Kisten unter, schloß das Tor ab und fuhr hinüber nach El Paso, um gut zu essen, sich ein Hotel zu nehmen, ein Mädchen mit langen, schwarzen Locken zu mieten und somit heimlich seinen Triumph zu feiern. Das Bernsteinzimmer war in Amerika. Niemand würde es mehr finden. Es gab keine Spuren mehr. Auch ein Captain Silverman mußte bei Alsfeld stehenbleiben, bei dem Überfall des deutschen »Werwolfs«, der drei GIs getötet hatte, von denen man dann nur einen, den armen Noah Rawlings, fand. Und außerdem... das war nun über elf Jahre her. Wer weiß, was aus Captain Silverman geworden war.

Von El Paso rief er nochmals seinen Vater in Whitesands an.

»Daddy...«, sagte er, »...ich weiß, daß ich für dich tot bin. Gut, ich akzeptiere es. Hat ja auch keinen Sinn, in Whitesands aufzutauchen und das Ehrenmal umzustürzen. Sie sollen ihren Helden haben, und du auch. Aber eine Frage: Wer erbt deinen ganzen Gangsterschatz?«

»Ich habe eine Stiftung für Krebskranke gegründet. Da hinein kommt alles. Alles!«

»Sehr edel, Dad. Sie werden dich nie vergessen, vielleicht bekommst du sogar ein Denkmal. Aus Whitesands wird vielleicht Williamsburgh! Du tust wirklich viel für die Unsterblichkeit. Anders als Al Capone. Der ging in die Geschichte als größter Gangster ein... du wirst es als großer Wohltäter schaffen. Das ist genial, Dad – sie haben dich nie geschnappt!«

»Was willst du?« fragte der alte Williams. Es klang, als wollte er nach einer Ratte treten.

»Für mein Alter zehn Millionen Dollar auf ein Konto.«

»Arbeite«, sagte der Alte.

»Auf deine Art? Dad, das kann doch nicht dein Ernst sein.« Joe lachte laut. »Was sind zehn Millionen Dollar für dich? Ich habe mal in einer stillen Stunde ausgerechnet, wieviel du in vierzig Jahren Mädchenhandel verdient hast. Allein nur damit... die anderen Geschäfte gar nicht mitgerechnet. Dad, dieses Weiberfleisch hat dir nicht nur die Nase, sondern den ganzen Körper bis zum Arsch vergoldet.«

»Wohin?« fragte der alte Williams knapp.

»Was wohin?«

»Wohin sollen die zehn Millionen Dollar überwiesen werden, du Saukerl?!«

»Das gebe ich dir noch bekannt. Danke, Dad.«

»Und wann?«

»Damit du siehst, daß ich deine Großzügigkeit geerbt habe, erst nach deinem Tod. Eine Anweisung im Testament.«

»Und wenn ich das vergesse? Wenn nichts drinsteht nach meinem Tod?«

»Es wäre das erstemal, daß der große Williams nicht sein Wort hält. Aber nehmen wir an, diesesmal hält er es nicht. Was dann, Dad? Dann bricht in Whitesands Feuer aus, explodieren die Heizöltanks, und deine Krebsstiftung wird monatlich einmal auf irgendeine Weise heimgesucht, bis sie die zehn Millionen Dollar in ein Köfferchen stecken, um endlich Ruhe zu haben.«

»Du bist ein Schwein!« sagte der Alte. Seiner Stimme hörte man den Ekel an.

»Ich bin dein Sohn, Dad!« Joe lachte wieder ins Telefon. »Eigentlich solltest du auf mich stolz sein.«

Er legte auf, ehe der alte Williams ihm noch mehr Grobes an den Kopf werfen konnte.

Kurz vor Weihnachten saß Joe wieder in einer Maschine, die nach Frankfurt flog. In der 1. Klasse wurde Champagner serviert, Williams streckte die Beine von sich, prostete der blonden Stewardeß augenzwinkernd zu, nahm einen

Schluck und faltete dann die *New York Times* auseinander, die mit dem Champagner gebracht worden war. Sie war dick wie immer, eine Lektüre für Stunden, wenn nicht für einen ganzen Tag, wenn man jede Seite genau lesen wollte, und Joe machte sich daran, erst die Politik und dann den Sport zu lesen. Beim Umblättern der Anzeigenseiten fiel ihm eine umrandete Anzeige auf, die er aber nicht las, sondern nur flüchtig wahrnahm, bis er plötzlich stutzte und die Augenbrauen zusammenzog.

Hatte da nicht der Name Silverman gestanden? Verrückt – aber sein Hirn hatte es registriert. Er blätterte schnell zurück, fand die umrandete Anzeige sofort und las sie mit zusammengepreßten Lippen.

Captain Fred Silverman – das war er. Den gab es nur einmal. Und jemand suchte ihn ... in Frankfurt, ausgerechnet in Frankfurt, und so wichtig mußte es sein, daß eine auffällige Anzeige in der *New York Times* erschien.

Joe riß das Blatt aus der Zeitung, faltete es zusammen, steckte es in seine Brusttasche und dachte dann nach. Einen Fred Silverman sucht man nicht ohne Grund. Vor allem sucht man ihn nicht, um ihm bloß die Hand zu drücken, ihn zu umarmen, auf die Schulter zu klopfen und zu sagen: »Gut, daß du noch da bist. Jetzt gehen wir mal gut essen!« Wer so nach einem Silverman sucht, hat einen gewichtigen Grund. Und wofür kann Silverman wichtig sein? Für die Suche nach dem verschwundenen Bernsteinzimmer.

Eine große Unruhe erfaßte Joe Williams. Der Flug bis nach Frankfurt kam ihm jetzt doppelt so lang vor wie der Hinflug nach Mexiko. Vom Flughafen ließ er sich sofort zu seinem Puff in der Moselstraße fahren und stand plötzlich vor dem völlig verwirrten jugoslawischen Geschäftsführer.

»Hallo, Boy!« sagte Williams freundlich. »Das sind Joes kleine Überraschungen. Laß die Koffer aus dem Taxi holen, und dann legst du mir die Buchführung vor.

»Ist Mr. Brooks auch da?« fragte der Jugoslawe.

»Nein, der gute Larry bleibt drüben in den Staaten. Er hat ein Mädchen kennengelernt, ist seitdem geistig verwirrt und will sich auszahlen lassen.«

Er ging die Treppe hinauf in seine Privaträume, von denen aus er mit versteckten Kameras und Mikrofonen in allen Zimmern kontrollieren konnte, was dort geschah und gesprochen wurde, holte einen Stadtplan aus der Schublade und suchte die Straße, die in der Anzeige aufgegeben worden war. Sie lag in der Nähe des Zoos, eine stille Straße mit Häusern um die Jahrhundertwende, eine gute Gegend, um angenehm zu wohnen.

Schon am nächsten Tag fuhr Joe mit einem Volkswagen unauffällig durch die Straße, hielt gegenüber dem angegebenen Haus an, beobachtete es und hatte gleich das Glück, Wassilissa Iwanowna zu sehen. Sie kam aus der Tür, hielt einen Brief in der Hand und ging zu einem Briefkasten, der drei Straßen weiter an einer Hauswand hing. Joe fuhr an, überholte sie, war vor ihr an dem Briefkasten, stieg aus und tat so, als werfe auch er einen Brief ein. Dann, als er die Frau hinter sich spürte, drehte er sich ungeschickt um, rempelte sie an, machte ein schuldbewußtes Gesicht und verbeugte sich.

»Verzeihung!« sagte er. »Ich habe Sie nicht gesehen! Wie ungeschickt von mir. Wirklich, es ist mir peinlich. Habe ich Ihnen weh getan?«

»Nix passiert...« Wassilissas Deutsch war hart und bestand nur aus wenigen Worten. »Nix weh...« Sie lächelte verzeihend. »Schonnn gutt...«

Joe blieb am Briefkasten stehen, nachdem Wassilissa den Brief eingeworfen und weggegangen war. Eine Russin, dachte er. Ja, das ist eine Russin. Und bestimmt ist sie nicht allein! Was wollen die Russen von einem Captain Silverman? Da braucht man nicht dreimal zu fragen, die Antwort liegt auf der Hand. Die Russen suchen das Bernsteinzimmer. Die Russen wissen, daß Silverman es zuletzt gesehen hat. Die Russen haben eine Spur, und jetzt werden sie wie Wölfe sein, die ihre Beute jagen. Die Russen sind hinter mir her... Joe, wehre dich. Sollen elf Jahre Warten umsonst gewesen sein?! Joe, du kennst sie jetzt, aber sie haben keine Ahnung von dir. Du hast die bessere Position... mach sie klein!

Noch zwei Tage lang beobachtete Joe das Haus in der stillen Straße. Er sah auch Michael Wachter und Nikolaj... allein, zu zweit, zu dritt mit der Frau. Nur drei sind es, dachte Joe zufrieden. Drei gegen mich, den Unbekannten! Das ist nun kein Problem mehr... aus einer guten Deckung heraus braucht man nur dreimal abzudrücken.

Am zweiten Weihnachtstag war er wieder in der stillen Straße am Zoo und lauerte auf eine Gelegenheit. Wieder benutzte er die alte deutsche 08-Pistole, mit der Larry den Kunsthändler getötet hatte... fand man die Kugeln in den

Leichen der drei Russen, aus denselben Lauf abgeschossen wie bei dem Händler, würde die Polizei zu kühnen Schlüssen kommen: Es gab noch eine Nazi-Organisation, die aus irgendwelchen Gründen alle liquidierte, die mit ehemals geraubten Kunstschätzen zu tun hatten. Der große Unbekannte... ein Alptraum für jeden Kriminalbeamten!

Joe hatte Glück... die drei kamen zusammen aus dem Haus. Er hockte auf der anderen Straßenseite im Gebüsch eines Vorgartens, zielte sorgfältig und wußte, daß er treffen würde. Und dann geschah es, daß der Anvisierte rutschte, genau in dem Augenblick, als Joe den Finger krümmte. Die Kugel schlug in die Mauer, im gleichen Moment lagen die drei auf der Straße, noch bevor der zweite Schuß sie treffen konnte, und Joe Williams blieb nichts anderes übrig, als sich geduckt durch den Vorgarten zu entfernen. Im Haus hinter ihm gingen die Lichter über der Haustür an.

Das sind Profis, dachte Joe, als er wieder in seinem Wagen saß. Verdammt gut ausgebildet. Sssst... und weg waren sie. Das ist beste Schule. Das sind drei, die sich nicht einschüchtern lassen. Für die ist eine 08 zu langsam... zu denen muß man mit einer Gun kommen, mit einer Maschinenpistole und Rrrrrr ein Sieb aus ihnen machen. Joe, du mußt dir zwischen Weihnachten und Neujahr eine Gun besorgen, sonst bist du gewaltig im Nachteil.

Er fuhr an, zockelte – es war ja Glatteis – die stille Straße hinunter und sah gerade noch, wie die drei rasch in ihr Haus zurückschlüpften.

Ob Silverman die Anzeige gelesen hat und sich meldet, dachte er auf der Fahrt ins Bahnhofsviertel. Ob er wirklich nach Frankfurt kommt und sich mit den Russen trifft? Joe Williams, das wäre das Beste, was dir passieren könnte. Dann brauchst du dich nur um einen zu kümmern und kannst die Russen ziehen lassen. Dann gibt es nur einen, der dir gefährlich werden kann: Fred Silverman.

Und mit ihm, Joe, das ist dir doch klar, wirst du fertig.

In der Wohnung zogen sie die dicken Mäntel aus und setzten sich in das Wohnzimmer. Auf einem runden Tischchen glänzte der Samowar aus Messing. Er war das erste Einrichtungsstück, das Wassilissa Iwanowna gekauft hatte, und die sowjetische Botschaft, die alles bezahlte und deshalb auch alle Rechnungen verlangte, reklamierte nicht, das sei eine unnötige Ausgabe. Ein Samowar und ein Schachbrett gehören zur Grundausstattung eines echten Russen.

»Nun haben sie uns«, sagte Wachter, streckte beide Hände aus, nahm die heiße Teetasse und schlürfte vorsichtig einen Schluck. »Meine Lieben, ich hab es geahnt, nein, gewußt habe ich es, daß wir auf der richtigen Spur sind. Sie wollen uns töten, weil wir ihnen zu nahe sind.«

»Und wo ist das Ende der Spur?« Die Jablonskaja tauchte einen Löffel in ein Honigglas und süßte damit ihren Tee.

»Auch das werden wir noch finden. Wie dumm sie sind! Machen auf sich aufmerksam.«

»Du solltest zurück nach Puschkin fahren, Vater«, sagte Nikolaj.

»Jetzt? Gerade jetzt? Wo denkst du hin, Söhnchen?!« Wachter schlürfte wieder einen Schluck Tee. »Ha! Sag es, sprich dich aus: Angst hast du...«

»Ja, Vater, um dich. Wenn sie dich erschießen...«

»Und wenn sie *dich* erschießen? Größere Angst müßte ich haben! Eine Frau hast du, zwei Kinderchen... *du* solltest nach Hause fahren. Ein alter Mann bin ich. Ja, jetzt sag ich's selbst! – und mein Leben liegt hinter mir. Was kann man noch verlieren? Wenn es nützt, Söhnchen, das Bernsteinzimmer zu finden... erschießen sollen sie mich, und du wirst sie verfolgen, Nikolaj, wirst sie zwingen, das Versteck zu verraten, und dann wird es wieder aufgebaut im Katharinen-Palast und alle Welt wird die Hände falten vor soviel Schönheit. Dann hat das Sterben doch einen Sinn gehabt, nicht wahr, Söhnchen? Für einen Wolf ist eine Blutspur immer die beste –«

»Schöne Worte, schöne Reden...« Nikolaj schlug mit der Faust auf den Tisch. »Zurück nach Leningrad fliegst du!«

»Nein!«

»Sei nicht so störrisch, Väterchen.«

»Mich stellt man nicht in eine Ecke!«

»Verdammt! Willst du unbedingt ein Bernsteinzimmer-Märtyrer werden?«

»Hör dir das an, Wassilissa, hör dir das an! So beleidigt ein Sohn seinen Vater! So erhebt er seine Stimme gegen ihn! Was soll man tun? Traurig sein oder ihn schlagen? Will mich entfernen, jetzt, wo ich das Zimmer fast greifen kann! Jetzt bekommt er Angst, am Ende, am Ziel... sieh nur seine Augen an! Wie ein Ochse im Gewitter schaut er drein! Nikolaj Michajlowitsch, nicht ein Wörtchen mehr will ich davon hören. Wassilissa, was sagst du dazu?«

»Du solltest auf Nikolaj hören, ist meine Meinung.«

»Wegfliegen nach Leningrad?«

»Ja... so schnell wie möglich.«

Mit einem langen Blick betrachtete Wachter seinen Sohn und die so kluge Jablonskaja, schüttelte wie in großer Wehmut den Kopf, stand auf und verließ das Zimmer. In seinem Schlafraum setzte er sich aufs Bett, holte seine alte Reise-Ikone vom Bord, stellte das geöffnete Triptychon auf seine Knie und fuhr mit dem Zeigefinger über die Figur des segnenden Christus.

»Herr, laß mich jetzt nicht allein«, sagte er leise. »Vor der Erfüllung meines Lebens stehe ich. Laß sie mich noch erleben.«

Es war wirklich ein Zufall, daß Friedrich Silbermann nach seiner Entlassung aus dem Krankenhaus die *New York Times* des Tages zu lesen bekam, an dem die Suchanzeige darin erschien. Seit einer Stunde erst zurückgekehrt in seine Wohnung in Würzburg, klingelte es an seiner Tür, und als er öffnete, standen ein Major und ein Captain der US-Army vor ihm.

»Kommen Sie rein!« sagte Silbermann und machte die Tür frei. Auf den ersten Blick erkannte er, daß es Männer vom Geheimdienst waren. Zu lange war er selbst dabeigewesen, um nicht sofort zu erkennen, wen er vor sich hatte.

Der Major und der Captain betraten die Wohnung, ohne sich vorzustellen, und hätten sie es getan, wären es falsche Namen gewesen.

»Es freut mich, daß Sie gekommen sind«, sagte Silbermann freundlich. »Whiskey? Nein? Es ist echter Bourbon, Gentlemen. Nicht? Bitte, setzen Sie sich. Lassen Sie mich raten, warum Sie gekommen sind: Sie wollen sich für Ihren Verein entschuldigen. Stimmt's? Ich weiß nur nicht, wer's war... das OSS oder das CIC? Und ich fragte mich immer wieder in diesen Wochen: Warum nur Stichverletzungen! Warum nicht einen sicheren Stich ins Herz oder eine Kugel zwischen die Augen? Zu meiner Zeit hat man da sauberer gearbeitet.«

»Ich weiß nicht, Fred, wovon Sie reden«, sagte der Major ungerührt. Silbermanns Worte zeigten keine Wirkung. »Wir haben von diesem Überfall auf Sie gehört, und wir sind hier, weil wir Sie noch immer als einen der Unseren betrachten. Wir wollen Ihnen helfen.«

»Die Fürsorge des OSS ist rührend.« Silbermann goß sich einen Bourbon ein. »Wie soll mir geholfen werden?«

»Zunächst mit einem Rat: Kehren Sie in die Staaten zurück.«

»Ich bin Dozent in Würzburg und fühle mich hier wohl.«

»Warum reden wir so dumm herum, Fred.« Der Captain, ein forscher junger Mann, beugte sich im Sitzen vor. »Was Sie hier in Deutschland tun, wissen wir genau.«

»Natürlich, das ist ja auch Ihre Aufgabe.«

»Muß das sein?«

»Ja. Oder wissen *Sie,* wo das Bernsteinzimmer geblieben ist?«

»Es geht hier nicht um dieses dumme Zimmer, Fred!« sagte der Major ärgerlich. »Die Regierung möchte, daß endlich das Gerede aufhört, unsere Truppen hätten 1945 Kunstschätze geklaut wie die Elstern. Immer wieder kommt das in der deutschen und internationalen Presse hoch. Wir stehen schlechter da als die Russen! Hier, lesen Sie nachher mal durch, was man so alles über den Nazischatz schreibt, den wir mitgenommen haben sollen!« Der Major warf eine *New York Times* auf den Tisch, beugte sich nach vorn, nahm Silbermann das Glas aus der Hand und trank den Bourbon aus. »Wenn jetzt auch Sie, Fred, noch einen großen Rummel um dieses Bernsteinzimmer machen, hört das Gerede nie auf.«

»Es wird keinen Rummel geben... ich werde lautlos suchen.«

»Angenommen, Sie entdecken das Bernsteinzimmer.«

»Das wäre der Triumph meines Lebens.«

»Was dann? Dann stoßen Sie aber in die Posaune, damit wie damals die Mauern von Jericho einstürzen. Nur ist's nicht mehr Jericho, sondern Washington! Fred, wir haben Ihre Berichte von 1945 studiert. Danach sind die zwanzig Kisten zusammen mit drei Trucks und drei GIs verschwunden. Verantwortlich waren also wir.«

»Das stimmt. Ich habe das damals als eine persönliche Niederlage empfunden, und die will ich nun aus meinem Leben streichen. Das kann doch jeder verstehen.«

»Natürlich, Fred... aber die Zeiten und die Politik haben sich seitdem gründlich verändert. Der Osten ist der große schwarze Mann, und wir müssen sauber sein, ganz sauber. Dieser häßliche Fleck durch den Kunstraub muß weg, Fred. Machen Sie ihn nicht noch größer... das ist unsere Bitte.« Der Major lehnte sich zurück in den Sessel. »Fred, Sie sind Dozent in Würzburg. Reizt Sie nicht eine Professur in Princeton?!«

»Nein. Ich heiße auch nicht mehr Fred Silverman, sondern Friedrich Silbermann. Ich werde wieder Deutscher sein. Meine Familie hat man in den KZs vernichtet, ich konnte noch flüchten... jetzt bin ich zurückgekehrt, weil ich trotz allem Heimweh hatte. Lassen Sie mich in Ruhe, Gentlemen... verfolgen Sie mich nicht. Wir sind genug verfolgt worden als deutsche Juden... jetzt sollen Sie mich in Ruhe lassen als einen endlich Heimgekehrten.«

Es gab keine Diskussion mehr, kein Thema, das man noch besprechen konnte. Der Major und der Captain erhoben sich, setzten ihre Mützen auf und verließen nach einem freundlichen »Überlegen Sie sich's, Fred!« die Wohnung.

Silbermann kehrte ins Zimmer zurück, goß sich einen neuen Whiskey ein, den anderen hatte ja der Major ausgetrunken, faltete die *New York Times* auseinander und suchte den Artikel über den Kunstraub der Amerikaner. Beim Durchblättern sah er aus den Augenwinkeln auch die umrandete Anzeige, stutzte, weil er meinte, seinen Namen gelesen zu haben, blätterte zurück und las den Text.

Das bin ich, dachte er, teils verwundert, teils erschrokken. Ja, das bin ich! Jemand sucht mich... ein Informant, oder ist es eine Falle? Entscheide dich, Fred – fährst du hin oder vergißt du die Anzeige?

Noch am selben Abend erreichte er Frankfurt mit dem D-Zug München–Köln, fuhr mit dem Taxi zum Hotel »Frankfurter Hof« und bekam sogar noch ein Zimmer. Die Halle war mit einem großen Tannenbaum und vielen Tannenzweigen geschmückt, und jetzt erst kam Silbermann voll zu Bewußtsein, daß morgen Heiligabend war, ein Abend, der jedes Jahr seiner Kindheit bestimmt hatte. Es gab dann immer Honigkuchen und Pfeffernüsse, alles im Haus roch nach Lebkuchen und Vanille, und Manna gab es, ja Manna, das Festbrot der Juden. Er hatte es nie gemocht, aber immer tapfer gegessen, um auch Stollen und Schokoladenprinten zu bekommen.

Tapfer, dachte er. Bin ich jetzt tapfer? Wage ich das Leben, um das Bernsteinzimmer zu bekommen? Wohin soll mich diese Anzeige locken? Wieso setzt man voraus, daß ich in den USA die *New York Times* lese? Wer kennt mich in Frankfurt?

Den Heiligen Abend feierte er allein im Restaurant des Hotels. Am 1. Weihnachtstag ließ er sich mit einem Taxi durch die in der Anzeige angegebene stille Straße in der Nähe des Zoos fahren und musterte im Vorbeifahren das Haus, in dem er erwartet wurde. Wer ist es, fragte er sich, verdammt, wer ist es?

Das Taxi fuhr an einem parkenden VW vorbei, und Silbermann achtete ebensowenig darauf, wie Joe Williams das Taxi nicht interessierte.

Warten wir es ab, dachte Silbermann. Beobachten wir erst mal das Haus. Ihr könnt euch doch denken, Jungs, daß ein alter Fuchs des Geheimdienstes nicht so ohne weiteres in eine Falle tappt! Ein paar Tage Zeit haben wir alle...

Er beschloß, im neuen Jahr, vielleicht am 3. Januar 1957, das Haus zu betreten, mit einer Smith & Wesson im Gürtel. Im Hotel übte er dann drei Tage lang das blitzschnelle Ziehen, stand vor dem Spiegel, rief hopp und riß die Waffe aus dem Gürtel.

»Du wirst nie ein Gary Cooper!« lachte er einmal sein Spiegelbild an. »Und der alte Wayne kann's auch besser! Aber für Frankfurt muß es reichen. Man muß nur immer eine Sekunde schneller sein...«

Zwischen Weihnachten und Neujahr beobachtete er das Haus. Er hatte sich ein Auto geliehen, und ein paarmal begegnete er einem VW, aber keiner achtete auf den anderen.

Das ist ein Scheißspiel, dachte Joe Williams in diesen Tagen. Kommt er, oder kommt er nicht?! Hat er die Anzeige gelesen? Wie lange soll ich hier auf der Lauer liegen? Wochenlang? Ihr verdammten Russkijs, fahrt doch endlich zurück nach Moskau –

Am 3. Januar, wie er es sich vorgenommen hatte, wagte es Silbermann, vor dem Haus anzuhalten und aus dem Wagen zu steigen. Wie ein Schlag traf es Joes Herz. Er parkte an der Straßenecke und beobachtete das Haus mit einem Fernglas.

Er ist es! Wirklich, er ist es. Captain Fred Silverman. Der einzige, der nie an einen Überfall des »Werwolfs« geglaubt hatte. Der einzige, der ahnte, daß das Bernsteinzimmer nicht für immer verschollen war.

Fast körperlich spürte Joe die Gefahr.

Er sah, wie Silverman das Haus betrat, und wußte, daß Zögern eine Art von Selbstmord geworden war. Er spreizte die Finger, umklammerte dann das Lenkrad und wurde so kalt, von den Zehen bis zur Hirnschale, als sei heute eine Neumondnacht.

Nikolaj öffnete die Tür, als die Klingel schrillte. In der Hand hielt er eine russische Pistole, eine 9-mm-Makarow. Im Durchgang zum Wohnzimmer hatte sich die Jablonskaja an die Wand gedrückt und hatte die Finger am Abzug einer kleineren, aber mit zwanzig Schuß im Magazin schnelleren Stechkin. Wie es auch kommen würde ... die eine Sekunde Vorsprung hatte Silbermann nicht mehr.

»Ja?« fragte Nikolaj und musterte den ihm fremden Mann. »Sie wünschen?«

Er sprach deutsch, und Silbermann antwortete ihm auf deutsch.

»Sie haben mich eingeladen«, sagte er und blickte auf die Makarow. »Der Text der Anzeige klang so freundlich ... um so unfreundlicher ist der Empfang.«

»Captain Fred Silverman?«

»Zuletzt Major. Und heute Friedrich Silbermann.«

»Kommen Sie herein.« Nikolaj hob die Pistole, als Silbermann in die Diele trat. Rasch stieß er die Tür zu. »Haben Sie eine Waffe?«

»Ja. Sie doch auch.«

Nikolaj streckte die linke Hand aus. »Geben Sie her ...«

»Nein! Warum? Warum sollte ich schießen? Sie wären immer im Vorteil.«

»Das stimmt.« Nikolaj zeigte auf die Tür zum Wohnzimmer. »Gehen Sie weiter.«

Silbermann nickte, setzte sich in Bewegung, trat in das Wohnzimmer, sah aus dem Augenwinkel Wassilissa mit ihrer Stechkin stehen und vor sich einen Mann aus dem Sessel springen.

»Silverman! Sie sind es wirklich!« rief der alte Mann und streckte beide Arme nach ihm aus. »Erkennen Sie mich noch? 1945 ... Salzburg, Schloß Klessheim ...«

»Wachter! Ja, Sie sind Wachter ... der Mann vom Bernsteinzimmer.«

Sie stürzten aufeinander zu, umarmten sich, klopften sich

auf den Rücken, betrachteten sich dann mit ausgestreckten Armen, und Wachter sagte:

»Sie haben sich kaum verändert, Herr Silbermann.«

»Auch Sie nicht, Herr Wachter. Ein bißchen älter sind wir geworden, faltiger und um die Hüften dicker. Aber Kraft haben wir noch genug, nicht wahr?«

Es wurde ein wundervoller Abend. Sie tranken Rheinwein, Wassilissa buk Pelmeni und servierte nach russischer Art Lauchzwiebeln und eingelegte Gurken.

Silbermann erzählte von seinen diplomatischen Diensten in Neuseeland und China, Wachter berichtete stolz von seinen Enkeln Peter und Janina und den vielen Ehrungen, die er zum 70. Geburtstag empfangen hatte, bis die Jablonskaja eine Flasche Wodka auf den Tisch stellte und sagte:

»Genug mit der Vergangenheit. Sprechen wir von Gegenwart und Zukunft: Mr. Silverman, wie war das damals mit dem Bernsteinzimmer? War es wirklich im Salzbergwerk von Merkers?«

»Ja. Ich habe es mit eigenen Augen gesehen und eine große Wandtafel dem damaligen General Eisenhower gezeigt. Ein Irrtum ist ausgeschlossen. Es war keine andere Bernsteinarbeit.«

»Und jetzt rekonstruieren wir mal alles«, sagte die Jablonskaja und holte einen Bogen Papier heran. »Ein Mosaik besteht aus vielen kleinen Steinchen. Suchen wir sie uns zusammen...«

Bis zwei Uhr morgens blieb Silbermann im Haus. Geduldig wartete Joe Williams am Ende der Straße.

Er sah Silbermann herauskommen, begleitet von dem älteren Russen, der seinem Gast auf die Schulter klopfte. Aber er konnte nicht hören, was Wachter sagte: »Jetzt machen wir das alles gemeinsam, Friedrich. Ich bin wie du davon überzeugt, daß das Bernsteinzimmer jetzt in Amerika ist. Wenn wir seinen Weg nachvollziehen, finden wir es. Zwanzig große Kisten kann man nicht über den Atlantik blasen... Sei vorsichtig, Friedrich, die Schüsse auf uns beweisen, daß wir den Räubern dicht auf den Fersen sind.«

Silbermann nickte, stieg in seinen Wagen und fuhr davon. War's der Wein, oder war er wirklich unaufmerksam... zwei Ecken weiter, als er in die Hauptstraße einbiegen wollte, stieß er mit einem VW zusammen. Kein großer Knall, kein großer Schaden, nur verbogenes Blech, beim Einbiegen fährt man ja langsam.

Er stieg aus, der Fahrer des VW stürzte wie ein wütender Stier aus seinem Auto und schrie sofort: »Sind Sie blind? Ich komme von rechts! Wohl besoffen, was? Auf Hurentrip?!« Ehe es Silbermann begriff oder antworten konnte, bekam er einen wohlgezielten Schlag gegen das Kinn, genau auf den Punkt, ein klassischer K.-O.-Schlag. Silbermann fiel sofort um, der Fahrer des VW zerrte ihn zu seinem Wagen, zog den Ohnmächtigen auf den Hintersitz und raste davon.

Er fuhr aus Frankfurt hinaus in Richtung Kronberg im Taunus, hielt am ersten Waldstück an, fesselte Silbermann mit unzerreißbaren Nylonschnüren und setzte dann seinen Weg fort. Als er hörte, daß sich hinter ihm der Gefesselte regte, hob er die Hand, winkte und sagte fröhlich:

»Hallo, Sir. Wie geht's? Ich bitte um Verzeihung, Captain, aber dieser kleine Trick mußte sein. Nicht nur in den Staaten gibt es Kidnapping.«

»Wer sind Sie?« fragte Silbermann mit ruhiger Stimme. »Brooks oder Williams?«

»Joe Williams, Sir. Erstaunlich, Sie kennen unsere Namen noch?«

»Die habe ich mir gemerkt wie einmal zwei gleich zwei ist! Das mit dem ›Werwolf‹ war eine gute Idee, gerade um diese Zeit... aber ich habe es nie geglaubt. Nur Noah hättet ihr nicht umbringen sollen.«

»Er war zu dämlich für die weiteren Aktionen, Sir. Er liebte die blonden, weißhäutigen Mädchen zu sehr und hätte ihnen im Bett stolz seine Heldentaten erzählt. Ein zu großes Risiko für uns.«

»Ihr habt also das Bernsteinzimmer?« fragte Silbermann direkt.

Und ebenso direkt und ohne Zögern antwortete Joe: »Ja, Sir. Ich fahre Sie hin, Captain.«

Joe hörte, wie Silbermann an seinen Fesseln zerrte, aber gegen Nylonschnüre war nichts zu machen. Jetzt ahnt er, wohin wir fahren, dachte Joe kalt. Jetzt hat er ein Gefühl im Leib, als müsse er scheißen. So ist das Leben, Sir, und so wird's immer sein: Es gibt Sieger und Besiegte. Sie sind ein harter Bursche, das weiß jeder... verlieren Sie mit Anstand, Captain.

»Was du auch vorhast«, sagte Silbermann, ruhig wie bisher, »es nützt dir gar nichts. Ich habe mit den Leuten aus Leningrad gesprochen, sie wissen alles.«

»Sie wissen ebensowenig wie Sie, Sir. Nur Sie kennen

mich... für alle anderen bleibt das Verschwinden des Bernsteinzimmers ein Rätsel. Nur über mich kann man an das Zimmer heran. Aber wer weiß das?! Amtlich bin ich tot, den Namen habe ich gewechselt, man kann mich nur bekommen, wenn man mein Gesicht kennt. Und an das erinnert sich nur noch einer: Sie, Captain. Sehen Sie bitte ein, daß ich mich schützen muß. Der Selbsterhaltungstrieb des Menschen ist fast so groß wie der Geschlechtstrieb. Er beherrscht den Menschen. Sir, Sie hätten in den USA bleiben sollen, statt einem Phantom nachzujagen. Denn ich bin ein Phantom geworden und werde eins bleiben.«

»Verrückt sind Sie, Joe, verrückt. Weiter nichts! Was wollen Sie mit dem Bernsteinzimmer. Einen solchen internationalen Kunstschatz werden Sie nie verkaufen können! Und in Einzelteile zerbrochen, ist er nichts wert! Nur als Ganzes! Joe, sagen Sie mir, wo das Bernsteinzimmer ist... und ich vergesse Sie. Ist das ein Wort?«

»Ein sinnloses Wort, Sir. Ich habe nicht die Absicht gehabt, das Bernsteinzimmer zu verkaufen. Ich habe Geld genug. Millionen Dollar, Captain. Geerbt von meinem lieben Gangster-Daddy. Und jetzt verhandeln Sie nicht weiter... ich höre Ihnen nicht mehr zu.«

Am 7. Januar fanden Skiläufer in einer Burgruine im Taunus eine nackte, steifgefrorene Leiche. Der Körper war von Messerstichen durchbohrt, ein langes, dolchähnliches Messer und ein Skalpell lagen neben ihm. Der Tote war verblutet... um ihn herum war das Blut zu einem Eissee erstarrt. Am schrecklichsten war die Wunde in der Körpermitte: man hatte ihm den Bauch aufgeschlitzt. Ein wahnsinniger Blutrausch mußte den Mörder erfaßt haben.

Der Tote hatte keine Papiere bei sich, seine Kleidung wurde gefunden, aber auf einem Foto, das alle Zeitungen veröffentlichten, erkannte Wachter den Ermordeten sofort.

»Das ist das Ende –«, sagte er. Jetzt war er ein gebrochener, alter, zittriger Mann. »Jetzt werden wir das Bernsteinzimmer nie wiedersehen. Wer auch dahintersteckt... er war stärker und schneller als wir. Nun gibt es keinen Weg mehr zu ihm. Mit Silbermann ist alle Hoffnung gestorben.«

Sie riefen die Polizei an, fuhren in das Gerichtsmedizinische Institut und identifizierten die Leiche. Wassilissa hatte eine langstielige rote Rose mitgebracht und legte sie Silbermann auf die nackte Brust, Wachter streichelte ihm die vereisten Hände, und Nikolaj hielt seinen Vater von hinten fest, als er zu weinen begann und unsicher auf den Beinen wurde.

Sie warteten noch das Begräbnis ab, standen dann am zugeschaufelten Grab zusammen mit zwei Kriminalbeamten, einem Grab, das sie mit den Dollars bezahlt hatten, die sie in der Würzburger Wohnung gefunden und dann bei der Polizei abgeliefert hatten. 163 000 Dollar waren es, ein riesiges Vermögen, und Wachter fragte: »Was wird damit?«

»Wir werden in den USA nach Erben suchen.«

»Und wenn er keine Erben hat? Wäre es nicht sinnvoll, die 163 000 Dollar dem Unterstützungsfonds der deutschen Juden zu überweisen?« fragte Nikolaj.

»Das geht nicht.« Der Beamte sah Nikolaj erstaunt an. »Es liegt ja kein Testament vor. Wir können das Geld nur einziehen.«

»Und so beerbt ein Staat, der eine ganze Familie ausrottete, auch noch den letzten Überlebenden.«

»Ich glaube, Sie sehen das falsch!« Der Beamte bekam einen steifen Rücken und wurde etwas verkniffen. »Sie können das nicht verstehen... Sie sind Russe!«

»Gehen wir.« Wachter faßte seinen Sohn unter und verließ die Behörde. Und draußen – es war ein sonniger Wintertag mit einem klaren blauen Himmel wie über Leningrad – sagte er mit fester Stimme: »Laß uns zurück nach Puschkin fahren, Söhnchen. Hier haben wir nichts mehr zu suchen. Das Bernsteinzimmer ist verloren... für alle Zeit... und voll Blut ist es jetzt auch. Gott war uns nicht gnädig... und ich weiß nicht, warum.«

Die Gnade Gottes aber ließ ihn vierundneunzig Jahre alt werden.

An einem Junitag im Jahre 1980 fanden Nikolaj und sein Sohn Peter den Alten wie immer im Bernsteinzimmer auf dem Stuhl sitzend, auf dem er vierundsechzig Jahre als Wächter und Betreuer gesessen hatte. Er hatte den Kopf nach hinten an die kahle Wand gelehnt, blickte in den Himmel, in das Deckengemälde mit den allegorischen Darstellungen, hatte die Augen weit geöffnet und atmete nicht mehr.

Nikolaj, nun auch schon ein Mann von zweiundsechzig Jahren, und der Enkel Peter, ein hübscher Bursche von dreiunddreißig Jahren, trugen ihn auf seinem Stuhl sitzend aus dem leeren Bernsteinzimmer hinüber in die Wohnung. Und als sie ihn auf das geliebte alte geschnitzte Sofa legten, sagte Jana Petrowna leise: »Wie glücklich er aussieht. Geträumt hat er von seinem Zimmer und hat es mitgenommen in die Ewigkeit. Nun bist du zufrieden, Väterchen, nicht wahr? Erfahren hast du noch, daß man es nachbauen will. Es wird das Zimmer wieder geben, dein Bernsteinzimmer ... und ein Wachter wird es wieder pflegen, dein Sohn Nikolaj oder dein Enkel Peter. Väterchen, ruhe dich aus im Himmel.«

»Das war die schönste Grabrede, die er bekommen konnte«, sagte Nikolaj und legte den Arm um Jana Petrowna. »Wir sollten nicht um ihn weinen ... wir sollten ihn bewundern. Was ist Treue, sollten wir immer fragen. Was ist Liebe? Und wir werden immer antworten: Sieh dir Michail Igorowitsch an, dort an der Wand hängt sein Bild, sieh ihm in die Augen und du weißt, was Liebe und Treue ist.«

Sie setzten sich alle um den Toten, Nikolaj, Jana, Peter und Janina. Jana steckte eine Kerze an und stellte sie an den Kopf des Alten, und so wurde es Abend, das flackernde Licht der Kerze war der einzige Schein, und die langen Jahre kehrten zurück und brachten Dankbarkeit mit ... Dankbarkeit für ein schönes, wildes, umkämpftes und erfülltes Leben.

Ein Mensch sollte immer dankbar sein, für jeden Tag, jede Stunde, denn das Leben verrinnt und wäre umsonst gelebt ohne Dankbarkeit –

Whitesands

DIE PERSONEN:

Joe Williams, jetzt Ron Calling	Einwohner von Whitesands
Reverend John Killroad	Geistlicher
David Hoven	Chef der Feuerwehr von Whitesands
Dr. Simson	Psychiater

»Der Verrückte spielt wieder mit seinen Schiffchen«, sagte David Hoven, der Kommandant der Feuerwehr von Whitesands, als er vom Angeln nach Hause kam und seiner Frau Lornie drei Fische auf den Küchentisch klatschte. »Man soll es nicht für möglich halten: Steht bis zum Bauch im Wasser, hat den Gummioverall an, und obenrum trägt er eine Art Uniform mit Schnüren und Schnörkeln, als spiele er in einem dieser historischen Hollywoodschinken mit. ›He!‹ habe ich ihm zugerufen. ›Was gibt das da?‹ Und er hat geantwortet: ›Wenn ich die Schweden diesmal schlage und ihre Flotte vernichte, bin ich der Herr der Ostsee!‹ – Was soll man dazu sagen? Er wird immer verwirrter im Kopf. Und als ich ihm zurief: ›Ron, komm aus dem Wasser. Es ist noch zu kalt. Du verkühlst dir den Arsch!‹, winkte er wie ein Feldherr und sagte stolz: ›Was nimmt Er sich heraus?! Erkennt Er Pjotr Alexejewitsch nicht?‹ – Da bin ich weg. Wer ist Pjotr Alexejewitsch?«

»Kenn ich die Spinnereien des Alten?« Lornie betrachtete die Fische. Sie waren gut für zwei Mahlzeiten ... einmal Bratfisch, einmal Fischsuppe. »Du solltest mal den Reverend fragen. Der kennt ihn besser. Auf jeden Fall ist es etwas Russisches.«

»Was hat Ron Calling mit Rußland zu tun?«

»Verrückte leben immer in anderen Welten. Das habe ich mal irgendwo gelesen. Solange er ein harmloser Irrer ist, kann er von mir aus auf Tahiti leben und am Strand Hula-Hula tanzen ...«

Vor fünfundzwanzig Jahren war Ron in Whitesands aufgetaucht, ein fröhlicher, starker Bursche mit einem flotten Oberlippenbärtchen und gelockten Haaren, genau an dem Tag, an dem der alte, von allen geliebte und verehrte Williams in seinem weißen Schloß am Meer starb. Noch genau konnte man sich an diesen Tag erinnern: Alle Glokken im Ort läuteten, am Rathaus wurde die amerikanische Flagge auf Halbmast gesetzt, in den drei Kirchen wurde gebetet. Es war mehr Trauer unter dem Volk, als wenn der Präsident der USA gestorben wäre. Der Präsident war weit, dahinten in Washington, aber Williams war nahe gewesen, ein Wohltäter, wie es keinen zweiten mehr geben würde, nicht für Whitesands. Einen Kindergarten hatte er gestiftet, zwei neue Feuerwehrlöschwagen, er war Mentor der Baseball- und Football-Mannschaft, er hatte ein Schwimmstadion bauen lassen, und jedes halbe Jahr durften sich alle

Einwohner von Whitesands auf seine Kosten in der Klinik der Bezirksstadt auf Krebs untersuchen lassen. Wo gab es so etwas wieder? Der Tod von Williams war ein nationaler Trauertag für Whitesands.

Ron Calling hatte an dem großen Trauerzug teilgenommen. Er hatte auch am Grab gestanden und einen Blumenstrauß hinunter auf den schweren Eichensarg geworfen. Die Einwohner von Whitesands fanden das sehr lobenswert, denn Mr. Calling war ja erst vor vier Tagen angekommen und hatte den alten guten Williams nie gekannt.

Dann wurde das Testament eröffnet, ganz Whitesands staunte und hätte Beifall geklatscht, wenn's nicht ein so trauriger Anlaß gewesen wäre: Williams hatte sein gesamtes Vermögen der Krebsforschung vermacht, weil – so schrieb er – sein Sohn Joe diese Welt verlassen hatte. Man munkelte etwas von fast dreihundert Millionen Dollar, und eine Delegation des bedachten Krebsforschungsinstitutes pilgerte nach der Testamentseröffnung mit einem riesigen Blumengebinde zum Grab des Spenders und legte auch einen schönen Blütenkranz vor dem Ehrenmal nieder, das Williams für seinen gefallenen Sohn Joe hatte errichten lassen.

Auch bei diesen Feierlichkeiten war Ron Calling immer dabei, was ihn bei allen beliebt machte, und als die Forschungsstelle begann, das Erbe, nämlich Schloß, Grundstück und eine große Seehütte, in Dollars umzusetzen, war jedermann damit einverstanden, daß Ron Calling das Seegrundstück kaufen konnte.

Glatte dreihunderttausend Dollar legte er dafür auf den Tisch. Man wunderte sich darüber, denn Calling hatte bisher sehr bescheiden in einer Pension gelebt. Er aß am liebsten Hamburger oder eine heiße Wurst mit scharfer Currysoße, wie die Hauswirtin erzählte, aber dann vergaß man das Staunen und sah mit Wohlgefallen, wie Calling die Seehütte ausbaute.

Er ließ sie mit Steinen ummauern, brach große Fenster in die Fassade zum Meer hin, zog eine hohe Mauer um sein Grundstück, und schließlich kamen ein paar Möbelwagen an, brachten Couches und Schränke und Teppiche und Sessel und zwanzig große Kisten mit, die einen kompletten Haushalt enthalten mußten.

Drei Monate lang arbeiteten dann drei Handwerker aus New Orleans im Hause von Ron Calling. Sie wohnten bei ihm, sie kochten sich selbst das Essen, gingen nie aus, machten keine Jagd auf die hübschen Mädchen im Ort, nur der Supermarkt-Besitzer erzählte im Vertrauen, daß sie immer die besten und teuersten Sachen bestellten und ins Haus liefern ließen: französischen Wein, russischen Kaviar, geräucherten Stör, Champagner, gewaltige Steaks und Schokoladentorten. Was die drei Handwerker im Hause von Calling machten, wußte niemand... sie waren plötzlich aus New Orleans gekommen –, so hieß es, und ebenso plötzlich waren sie nach drei Monaten wieder verschwunden. Hinter der hohen Mauer blieb vieles verborgen, auch der Bau der neuen Terrasse. Daß unter der Betondecke in einer Grube drei Leichen lagen... wer konnte das ahnen? Wer traute Ron Calling so etwas zu, ihm, dem netten Kerl, der immer so freundlich grüßte, jeden Monat einen Blumenstrauß vor dem Ehrenmal Joe Williams' niederlegte und dann sinnend einige Minuten verharrte. Der Plattenleger, der später die Marmorplatten anbrachte, konnte bloß berichten, daß Mr. Calling ihn nur bis in die Gartenhalle gelassen hatte. Weiter nicht, und der ganze linke Flügel des Hauses, schätzungsweise zehn Meter lang, habe drei riesige Fenster, die aber immer verschlossen und mit einer dichten Jalousie von innen versehen seien.

Dann wurde es still um den neuen Einwohner von Whitesands. Man sah ihn viel am Meer sitzen, nie ließ er sich in den Restaurants oder in einer Bar blicken. Auch Frauen schienen ihn nicht zu interessieren, denn niemals, in all den späteren Jahren, sah jemand ein weibliches Wesen in seinem Haus, obwohl er doch ein ansehnlicher, starker, netter Mensch war, mit dem so manche Frau, auch in Whitesands, sofort ins Bett gegangen wäre. Außerdem schien er genug Geld zu haben, um schon in seinen besten Jahren im Liegestuhl zu liegen, im Meer zu schwimmen oder am Sandstrand entlangzulaufen, statt sich um den Erwerb von Dollars zu kümmern.

Wo Geld lockt, ist das Versprechen der ewigen Seligkeit nicht weit. Reverend John Killroad von der »Kirche der Kinder Gottes« erschien denn auch bei Ron Calling, als man sah, daß der Bau vollendet war. Das Ganze wirkte letztlich etwas exzentrisch, denn über dem linken Flügel des Hauses ließ Calling einen kleinen Zwiebelturm anbringen, mit vergoldetem Dach und auf der Spitze ein Doppelkreuz wie bei den orthodoxen Kirchen. Reverend Killroad staunte, konnte sich darauf keinen Vers machen und bat um eine Audienz.

Ron Calling empfing ihn nicht im Haus, sondern vor dem Haus, auf der Marmorterrasse. Wenn Killroad geahnt hätte, daß er genau über drei einbetonierten Leichen saß, während er es sich auf einer Gartenliege bequem machte und Orangensaft mit Wodka trank, hätte er das Glas von sich geworfen und wäre geflüchtet. Aber so freute er sich über die Gastfreundschaft des neuen Bürgers Calling, schenkte ihm eine Broschüre, in der die Geschichte seiner Kirche stand, und ließ so nebenbei verlauten, daß der Altar doch ein wenig primitiv sei. Mr. Williams habe versprochen, einen neuen Altar zu stiften, aber der Tod habe das großherzige Werk verhindert.

»Mr. Williams wollte Ihnen einen neuen Altar schenken?« fragte Calling interessiert.

»So ist es! Nun hat er alles der Krebsforschung gestiftet, und da ist nicht ein Cent zu holen. Im nächsten Jahr hätte der Altar eingeweiht werden können. Einen Entwurf gab es schon.«

»Bringen Sie die Pläne das nächstemal mit«, sagte Calling leichthin. »Es interessiert mich.«

»Sie haben einen Zwiebelturm auf dem Haus.« Reverend Killroad rülpste verhalten. Er hatte den Wodka mit Orangensaft zu schnell getrunken. »Hat das was zu bedeuten?«

»Ja. Ich liebe Rußland.«

»Aha! Sie kennen Rußland, Mr. Calling?«

»Sehr gut, Reverend.« Calling lehnte sich auf seiner Liege weit zurück. »Und Rußland liebt mich. Die Schlacht von Poltawa war die Geburt eines unbesiegbaren Reiches.«

»So ist es.« Reverend Killroad wischte sich über die Augen und blickte durch die gespreizten Finger Calling an. Was meint er damit, rätselte er. Die Schlacht von Poltawa? Wir Amerikaner haben doch im letzten Krieg nicht in Rußland gekämpft? Oder war Calling in Rußland bei einem Spezialverband? Man hat nie von einer solchen Truppe gehört. »Rußland muß schön sein.«

»Wunderschön. Im Winter... die Schlittenfahrten durch die Wälder... im Sommer das Segeln auf dem Meer mit dem Blick auf mein Petersburg... man kann es einfach nicht erklären. Und aus dem Nichts habe ich es gestampft, aus einem elenden, unbebaubaren, fiebrigen Sumpfgebiet. Es sollte schöner werden als Paris. Ein Juwel unter den Städten der Welt.«

»Wenn nur die Bolschewisten nicht wären...«, sagte

Reverend Killroad vorsichtig. Irgendwie kam ihm Calling jetzt unheimlich vor.

Ron hob den Kopf und starrte Killroad an. »Ich kenne keine Bolschewisten«, sagte er erstaunt. »Was ist das?«

»Sie interessieren sich überhaupt nicht für Politik, nicht wahr?«

»Wie können Sie das behaupten?« Calling sprang auf. »Schweden muß besiegt werden, und ich will Polen haben!«

»Ein großer Plan, Mr. Calling...«, stotterte Killroad verwirrt. Auch er sprang von dem Liegestuhl auf. »Wann darf ich wiederkommen mit den Plänen?«

»Jederzeit. Pläne machen mich fröhlich.«

Calling begleitete Killroad bis zum Eingangstor in der hohen Mauer, drückte ihm so fest die Hand, daß der Reverend das Gesicht verzog und die Hand nachher vorsichtig schüttelte, um zu sehen, ob nichts gebrochen war, und winkte ihm nach, bis er in den Hügeln verschwand.

Zu Hause angekommen, griff Killroad sofort nach einem Lexikon, schlug unter Poltawa nach und las: Gebietshauptstadt in der Ukraine. Im Nordischen Krieg siegte hier Peter der Große 1709 entscheidend über den Schwedenkönig Karl XII.

Killroad ließ das Lexikon auf den Teppich fallen, starrte gegen die Wand und hatte dann einen dreifachen Whiskey nötig. Er ist verrückt, dachte er. Lieber Gott, er ist schizophren! Er bildet sich ein, Zar Peter der Große zu sein: Mein Rußland, mein Petersburg, ich will Polen haben, meine Stadt aus dem Sumpf gestampft, das Juwel unter allen Städten der Welt... Jesus, er *ist* verrückt. Jetzt muß man sich beeilen, der Altar muß stehen, bevor er ganz verrückt ist.

Reverend Killroad sprach mit niemandem über seinen Verdacht, auch später nicht, als der Altar längst in der Kirche stand und bewundert wurde. Ab und zu besuchte er Ron Calling, unterhielt sich mit ihm über den verräterischen Zarewitsch und dessen Bauernhure, über die Zarin Katharina und lachte gequält, wenn Calling von seinen Zwergen und Krüppeln erzählte, die während der Festessen Faxen und Possen reißen mußten.

Mit den Jahren gewöhnte sich Whitesands an seinen merkwürdigen Bewohner. Er war ein großzügiger Mäzen, nicht so generös wie Williams, dessen Reichtum alles erlaubte, aber wenn Mr. Calling fünftausend Dollar für den Bau eines Golfplatzes stiftete, war das eine Großzügigkeit, die man loben mußte. Da konnte er noch so wunderlich sein und werden – er hatte ein Herz für seine Mitmenschen. Und nur das zählt. Verschrobenheit ist eine persönliche Angelegenheit, solange sie nicht andere einschränkt. Und das war bei Mr. Calling nicht zu erwarten.

Vor zehn Jahren hatte er dann begonnen, mit seinen großen Holzschiffen im Meer zu spielen, wenn die Wellen ruhig waren und er in dem langen Gummioverall bis zum Bauch ins Wasser watete, im Rock eines russischen Admirals, und eine Seeschlacht entfachte, bei der er sogar einige Schiffe brennen ließ und die Hand an die Stirn legte, wenn sie untergingen.

Ein armer, reicher Mensch, sagten die Whitesandser mitleidig und mitfühlend. Mit jedem Jahr wird er verrückter. Aber wer kann ihm helfen? Er läßt ja keinen in sein Haus hinein. Und einen Arzt ruft er auch nicht. Nur der Reverend darf zu ihm, und Killroad schweigt, wie es seine Priesterpflicht ist. Paßt auf... eines Tages findet er ihn tot im Sessel, auf der Terrasse oder in irgendeiner Ecke.

Aber noch legt er Blumen am Ehrenmal für Joe Williams nieder...

Jeden Tag, meistens um die Mittagszeit, zog Joe Williams die dicken Läden an den drei hohen Fenstern im linken Flügel seines Hauses hoch, über dem in strahlender Sonne die Zwiebelkuppel glänzte. Er stieß die Fenster auf, ließ Luft und Licht in den Raum, ging dann zu einem mit rotem Samt bezogenen, geschnitzten und vergoldeten Sessel und setzte sich hinein. Er hatte die Generalsuniform der zaristischen Garde angelegt, stützte sich auf einen Stock aus spanischem Rohr mit einer in Elfenbein geschnittenen Krücke und starrte mit stolzem Blick um sich.

Um ihn herum schimmerten, glitzerten und leuchteten die Wände aus Bernstein wie tausende kleine Sonnen. Die Girlanden funkelten, die Simse und Friese warfen vielfach gebrochen das Sonnenlicht zurück, die Köpfe der Engel, Krieger und Blütenmädchen schienen im Wechselspiel von Sonne und Schatten lebendig zu werden. So ungeheuer war der goldene Glanz des »Sonnensteins« im Licht von Mississippi, so leuchtend das Farbenspiel der Bernsteinmosaike, daß Joe Williams ab und zu die Augen schließen mußte, um nicht geblendet zu werden.

Fast zwei Stunden saß er in dem Prunksessel mitten im Bernsteinzimmer, jeden Tag, seit über zwanzig Jahren, den spanischen Stock zwischen die Knie geklemmt, die Hände zu Fäusten geballt auf den Lehnen, und blickte durch die Fenster hinaus über das Meer, das in sanften Wellen gegen den feinsandigen Strand lief.

Mein Petersburg. Das Meer mit den stolzen Schiffen, deren Segelmaste hoch in den Himmel stießen, der Atem der Freiheit, der mit dem Wind über das Land strich, die göttliche Ruhe des Bernsteinzimmers, in das man flüchtete, wenn das Herz voll und die Gedanken überladen waren, mein Reich, mein Rußland, meine eigene Welt, von mir erschaffen... So überwältigend war es, daß Joe Williams jedesmal die Augen schloß, die Fäuste gegen die Brust preßte und das Gefühl hatte, an seinem Glück zu ersticken.

Nach einer Stunde schweigenden Sitzens begann Joe zu sprechen. Ab und zu stand er auch auf, ging die sonnenglänzenden Bernsteinwände entlang, blieb vor den eingelassenen Spiegeln stehen und betrachtete sich. Dann hob er auch hin und wieder die Hand, um einen Kopf zu streicheln, eine Rosette mit den Fingern nachzuziehen oder eine Girlande zu verfolgen, und dabei sprach er in würdevollem Ton mit sich selbst, mit seinem russischen Volk, mit Gott sogar und hinaus in alle Welt.

»Ich habe die Pflicht« – sagte er einmal und blickte hinauf zu dem Kopf eines sterbenden Kriegers – »für mein Volk zu leben, aber auch für mein Volk zu sterben, wenn es ihm nützt. Solange es eine schwedische Flotte gibt und ich nicht Herr der Ostsee bin, finde ich keinen Schlaf. Ein großes Heer habe ich aufgebaut, das stärkste der Welt, selbst die Preußen sind mir unterlegen... aber ich muß mehr tun für meine Flotte. Ich muß bauen, bauen, bauen... Und an Sibirien muß ich denken. Was weiß man von Sibirien? Wieviel unbekanntes Land gibt es dort noch. Helft mir, ihr guten Geister, das Werk zu vollenden.«

Nach zwei Stunden schloß er die Fenster wieder, ließ die Jalousien herunter, verriegelte die Tür, hängte sich den Schlüssel um den Hals, zog die Generalsuniform und die langen Gummistiefel an und ging hinunter zum Meer, wo in einer kleinen Sandbucht seine »Flotte« ankerte. Es waren Holzschiffe, wie sie zur Zeit Peter des Großen gebaut wurden, voll unter Segel, jedes ungefähr einen Meter fünfzig lang und entsprechend hoch im Mast, eine stolze Armada, bereit, den Schweden die Ostsee wegzunehmen. Und dann schob er die Schiffe ins Meer, dirigierte sie mit einem langen Stab hin und her, ließ sie in Kiellinie laufen, in breiter Angriffsfront und in Rammpositionen.

Je älter er wurde, um so wunderlicher wurde er. David Hoven, der Feuerwehrkommandant, der viel Zeit hatte, denn in Whitesands hatte es seit vierzehn Jahren nicht mehr gebrannt und sein Beruf als Schlossermeister strapazierte ihn auch nicht übermäßig, der also viel angeln ging und stundenlang auf einer Holzmole am Meer saß und Ron Calling mit seinen Schiffen beobachtete, erzählte seiner Frau Lornie regelmäßig, was der Alte wieder an neuen Marotten erfunden hatte.

»Gestern ist ein Schiff von ihm verbrannt«, sagte er. »Wirft der Idiot eine Fackel in den Kahn, und als der natürlich sofort in Flammen aufgeht, springt er im Meer herum, rauft sich die Haare, steht dann stramm und grüßt, als das Schiff untergeht. Und dann« – Hoven holte tief Luft – »ging er ans Ufer, breitete die Arme weit aus und schrie die Sonne an. Was, konnte ich nicht verstehen, aber eine Stimme hatte er dabei, eine Stimme sag ich dir. Als wenn du auf Metall schlägst! Es dauert nicht lange, da ist er völlig übergeschnappt. Wäre verdammt schade, wenn wir ihn in eine Anstalt bringen müßten.«

Auch Reverend Killroad war über den Verfall seines Altarspenders bestürzt. Beim letzten Besuch auf der Terrasse hatte Calling gesagt: »Ich komme nicht weiter. Ich komme nicht weiter! Die schwedische Flotte weicht mir aus. Es kommt zu keiner Schlacht. Wie kann ich einen Sieg erringen, wenn ich keinen Gegner finde?!«

»Das ist wirklich ein Problem«, hatte der Reverend geantwortet. »Es hat noch nie was eingebracht, gegen Schatten zu kämpfen.«

»Schatten. Das ist es, John. Schatten. Überall Schatten. Die Welt wird immer dunkler... Schatten! Wer nimmt die Schatten weg?«

Killroad hatte sich daraufhin schnell wieder verabschiedet, war zu Dr. Simson, einem Psychiater, gefahren und hatte ihn gefragt, wann ein Irrer soweit sei, daß man ihn in einem Heim betreuen müsse. Dr. Simson, durch den täglichen Umgang mit geistig Verwirrten zum Zyniker geworden, hatte Killroad angesehen mit dem forschenden Blick eines Seelenkenners und dann gefragt:

»Mann oder Frau?«
»Mann.«
»Wie alt?«
»Ich glaube siebenundsechzig...«
»Kein Alter... wird er kindisch?«
»Nein.«
»Läuft er mit einem Beil herum und will jeden erschlagen?«
»Im Gegenteil, er ist der friedlichste Mensch, den ich je kannte. Ein stiller Träumer, der nicht einmal eine Fliege töten könnte...«
»Debil ist er also?« Dr. Simson schüttelte den Kopf. »Wir alle sind mehr oder weniger debil, Reverend. Wir merken es bloß nicht. Solange der Mann noch für sich sorgen kann und nicht über die Wiese kriecht und Gras frißt, sehe ich keinen Grund, ihn in einer Anstalt restlos fertigzumachen. Zufrieden?«
»Nein, Doktor.« Killroad verließ die Praxis mit dem Gedanken, daß sich Nervenärzte mit den Jahren doch immer mehr ihren Patienten anglichen. Ron Calling war ein schwerkranker Mann, das war für ihn sicher, aber keiner konnte ihn zwingen, zu einem Arzt zu gehen. Ein jeder Mensch hat ein Recht auf seinen eigenen Körper und sein Leben.

Es war der 10. Oktober 1987, als über alle Rundfunksender die Sturmmeldung gebracht wurde: Ein Orkan mit 200 km Geschwindigkeit raste auf die Küste zu. Auch in Whitesands rechnete man mit Schäden, schlug Bretter vor die Schaufenster, ließ die Autos in der Garage, brachte alles Bewegliche im Haus in Sicherheit... mehr konnte man nicht tun. Nur noch weglaufen, aber das war nicht die Art der Whitesandser. Sie krempelten die Ärmel hoch.

Um elf Uhr vormittags hatte der Sturm die Küste erreicht. Ein lautes Heulen war in der Luft, der Himmel wurde bleigrau, die Palmen bogen sich, und die ersten Blechdächer von Schuppen wirbelten durch die Luft. Vom Strand wehte der feine, weiße Sand wie eine riesige Wolke über Häuser und Hügel und deckte vor allem das Haus von Ron Calling zu, das jetzt mitten im Sturm lag.

Nur eine halbe Stunde nach Ausbruch des Orkans kam das Meer. Wellen so hoch wie Häuser, donnerten gegen die Küste und begruben und zerschlugen alles, was sich ihnen in den Weg legte. Ein einziger Wirbel war es, ein Heulen und

Kreischen, ein Donnern der niederstürzenden Wogen, und gewaltig zog sich ein Vorhang aus Sand, Erde, weggerissenen Büschen und im Sturm schwebenden Bäumen zwischen Meer und Himmel hoch.

Joe Williams saß zusammengekauert auf seinem Prunksessel im Bernsteinzimmer, hatte die Jalousien hochgezogen, aber die Fenster geschlossen gehalten. Auf den spanischen Stock gestützt, starrte er auf das Inferno vor sich, auf den Flugsand, auf die herandonnernden Wellen, auf die sich biegenden oder mit der Wurzel herausgerissenen Palmen und Bäume, auf die große Platane, die mitten im Stamm wie von einem Riesen abgedreht wurde, und auf die Schindeln, die von der hohen Mauer wie Geschosse durch die Gegend flogen.

Gegen ein Uhr mittags stemmte sich Joe Williams aus dem Sessel hoch, ging, auf den Zarenstock gestützt, zu dem mittleren Fenster und blickte hinüber zu der kleinen Bucht, in der die »russische Flotte« ankerte. Die Riesenwellen hatten die Bucht nicht nur überspült, sondern völlig zerstört. Es gab keine Bucht mehr, sondern nur noch eine wild ausgezackte Küste, die nach jeder Welle ihre Form veränderte und vom Meer gefressen wurde.

»Meine Schiffe...«, stammelte Joe. »Meine Flotte... meine schöne Flotte... Ich habe keine Schiffe mehr...«

Er sprang zurück ins Bernsteinzimmer, raste dann aus dem Raum, riß die Haustür auf, und sofort erwischte ihn der Sturm, hieb wie eine Faust auf ihn ein, schleuderte ihn gegen die Mauer und jagte ihn dort kreiselnd entlang. An einer schon fast umgeknickten Palme klammerte sich Joe fest, zog den Kopf tief zwischen die Schultern und stürzte sich dann wie ein Rammbock gegen den Sturm. Die Mütze wurde ihm weggerissen, der Rock flatterte wie ein Geistervogel davon... barhäuptig, im aufgerissenen Hemd und mit zerfetzten Hosen, erreichte er den Strand, umklammerte eine in den Strand gerammte Eisenstange, an der er vor zehn Jahren noch ein Ruderboot vertäut hatte, das jetzt längst verrottet war, und sah mit flackerndem, irrem Blick auf die weggeschwemmte Bucht. Kein Schiff mehr, kein Segel, keine russische Fahne... nur ein brüllendes Meer, das alles verschlang.

»Meine Schiffe!« schrie Joe Williams. Er warf den Kopf weit in den Nacken, hob die rechte Faust zum grauschwarzen Himmel empor, eine einzige klaffende Wunde war sein

Mund, und aus dieser Wunde schrillte ein Schrei in das Toben des Orkans hinaus, ein heller, schriller Schrei, der das Herz zerreißen mußte.

»Meine Flotte! Die Schweden siegen! Mein Rußland... ich habe dich vernichtet. Ich, der Zar! Jetzt ist die Zeit gekommen –«

Er ließ den Eisenpfahl los, der Wind trieb ihn wie ein Stück Holz auf sein Haus zu, er prallte gegen die Mauer, krallte sich an ihr fest und erreichte den Eingang. Irgendwo blutete er... er wußte nicht, wo, er spürte nichts, er sah nur, wie er eine Blutspur hinterließ, als er durch sein Haus schwankte. Er stieg in den Keller, schleppte auf den Schultern eine Holzkiste hinauf und stellte sie im Bernsteinzimmer ab.

Ein ohrenbetäubendes Krachen ließ ihn zusammenzukken. Über ihm kreischte und splitterte es, klang es wie ein Ächzen aus tausend Kehlen. Die Riesenhand, die auch die Platane abgedreht hatte, griff nach der Zwiebelkuppel, riß sie aus ihrer Verankerung, hob sie hoch in den Sturm, als habe sie kein Gewicht, und schleuderte sie hinaus ins Land. Das schwere Doppelkreuz wurde gegen die Mauer geschleudert und schlug ein großes Loch in den Verputz.

»Vernichtung!« schrie Joe Williams mit greller Stimme. Sein irrer Blick glitt über die Bernsteinwände, die Spiegel und Gemälde. »Vernichtet alles! Nichts sollt ihr von mir finden! Ich ergebe mich nicht den Schweden. Ich ergebe mich nicht –«

Er riß den Kistendeckel auf und warf ihn weg. In der Kiste lagen gelb gestrichene Stangen, eine neben der anderen. In einem gesonderten Fach, in Ölpapier eingewickelt, war eine Kabelrolle eingepackt. Ein kleiner, viereckiger Kasten mit einigen Anschlüssen und einem roten Druckhebel stand daneben.

Mit zitternden Fingern verteilte Joe die Dynamitstangen rund an den Wänden des Bernsteinzimmers entlang, zog die Zündkabel hinter sich her in die anderen Räume, verteilte auch dort die gelben Stangen an die Wände, und als er in allen Zimmern Dynamit gelegt hatte, verband er die Kabel miteinander, steckte sie in die Anschlüsse des elektrischen Zündkastens und schlug den roten Hebel hoch.

Draußen riß der Orkan an den Fenstern und Türen, hämmerte mit Eisenfäusten gegen die Außenwände des Bernsteinzimmers, das Meer fraß sich weiter ins Land und klatschte bereits gegen die Mauer. Ganz ruhig, mit einem Lächeln, das überirdisches Glück widerspiegelte, setzte sich Joe auf den vergoldeten, geschnitzten Sessel mitten im Bernsteinzimmer, nahm den Zündkasten auf seinen Schoß, und mit dem gleichen seligen Lächeln, den Blick auf den Bernsteinkopf des sterbenden Kriegers gerichtet, drückte er kraftvoll auf den roten Hebel herunter.

Die Explosion, die Druckwelle war sogar noch stärker als der Orkan. In Whitesands zerbarsten einige Fensterscheiben, Reverend Killroad sah von seiner Kirche den emporschießenden Feuerball, die Explosionswolke, die schnell vom Sturm auseinandergerissen wurde, und dann die Feuerwand, aus der im Wind die Funken hoch in den Himmel stoben.

Er rannte zum Telefon, rief David Hoven an, zum Glück konnte man noch innerhalb Whitesands telefonieren, da alle Leitungen unter der Erde verkabelt waren – auch ein Werk des alten guten Williams –, und brüllte:

»Bei Ron ist etwas passiert! Es brennt bei ihm! Sieht aus wie eine Explosion! Tatsächlich, es brennt bei ihm...«

»Ich kann nicht raus!« schrie Hoven zurück.

»Du mußt, David. Du mußt helfen! Du bist doch die Feuerwehr...«

»Der Sturm fegt mir die Löschwagen durch die Luft. Wie Spielzeugautos. Keine zehn Meter komme ich! John... mein Gott... ich bin hilflos bei diesem Sturm... Der arme Ron...«

»Arm! Arm! Arm! Davon hat er nichts. Wir müssen ihm helfen, David...«

Es war unmöglich, wie Hoven es gesagt hatte. Der erste Löschwagen wurde vom Orkan gepackt und noch in der Garage gegen die Mauer geschleudert. Den zweiten ließ Hoven gar nicht erst ausfahren, sondern ging in den Bereitschaftsraum zurück, sah die Männer in ihren Feuerwehruniformen mit einem starren Blick an und sagte:

»Ron Calling gibt es nicht mehr. Freunde, laßt uns für ihn beten. Das ist alles, was wir für ihn tun können.«

Den ganzen Tag und die ganze Nacht heulte der Sturm und brannte das Haus am Meer. Am zweiten Tag gelang es endlich, die Löschwagen bis an die Mauer zu bringen. Die Kraft des Windes hatte etwas nachgelassen, aber er war noch stark genug, das Feuer immer wieder anzufachen. Ringsum herrschte noch eine solche Gluthitze, daß Hovens

Männer nicht in die Nähe des Hauses kamen. Die Mauern zerbarsten und fielen unter sprühendem Funkenregen in sich zusammen. Es war kein Haus mehr, nicht einmal die Form oder die Ahnung eines Hauses ließen die Flammen zurück, geschwärzte Steintrümmer waren alles, was übrigblieb.

Am vierten Tag endlich gelang es Hoven und seinen Männern, die letzten Flammen zu löschen und die Trümmer zu betreten. Nach Ron Calling brauchte man nicht mehr zu suchen, auch nicht nach Überresten von ihm. »Der ist zu Pulver verbrannt!« sagte Hoven heiser. Neben ihm stand Reverend Killroad und segnete die Trümmer, in denen Rons Asche liegen mußte. »So was von Feuer hab ich noch nicht gesehen. Was hatte der Alte hier bloß gelagert? So gründlich fliegt keine Dynamitfabrik in die Luft...«

Er schüttelte den Kopf, atmete tief durch und stieg aus den Trümmern. »So 'n Ende hat ihm keiner gewünscht. Er war ein lieber, guter Mensch... und daß er am Ende ein wenig verrückt war, dafür konnte er nicht. Reverend, wir werden ihm auf dem Friedhof ein Kreuz errichten. Zum Gedenken an Ron Calling, unseren Freund. Das hat er verdient.«

»Ja –«, sagte Killroad feierlich. »Das hat er bei Gott verdient.«

Ein paar Tage später fuhr ein Bagger ans Meer, schaufelte die Trümmer in große Trucks, und die Wagen brachten die geschwärzten Steine in ein Loch, das das Meer gerissen hatte, und füllten es damit auf.

Noch heute und vielleicht noch in hundert Jahren werden Kunsthistoriker, Sonderkommissionen, Geheimdienste und private Kunstliebhaber das Bernsteinzimmer suchen. In Gruben, Bergwerken, unterirdischen Gängen und Gewölben.

Es gibt es nicht mehr, das Bernsteinzimmer. Die Wände aus dem »Sonnenstein« leuchten nicht mehr, und nur die Sonne, die es erstrahlen ließ, weiß, wo es geblieben ist.

Aber die Sonne schweigt.

Das Leben ist ihre Aufgabe... nicht die Erzählung vom Tod.